Das Buch:
Das Ende der Welt scheint näher, als wir denken – James Herberts apokalyptische Visionen vom Untergang unseres Planeten sind in der Tat nur ein paar Jahre nach unserer Zeit angesiedelt. Aber schon häufen sich allenthalben die Anzeichen einer globalen Katastrophe. Verheerende Stürme, Erdbeben, Flutwellen, Vulkanausbrüche erschüttern die Erde: die letzten gewaltsamen Spasmen eines sterbenden Planeten. Eine Serie ominöser Ereignisse kündigt nahendes Unheil an: Beim Tauchen am Great Barrier Riff beobachtet ein Mann fasziniert, wie ein winziges Licht an ihm vorbei zur Wasseroberfläche schwebt. Augenblicke später wird der Mann in Stücke gerissen, als das Riff in einer gewaltigen Eruption zerbricht. In Varanasi am Ufer des Ganges starrt ein Junge gebannt auf das Spiel geheimnisvoller Lichtstrahlen im Monsunregen, bevor eine kochende Wassersäule aus der Straße aufsteigt und ihn hinwegreißt. In der chinesischen Stadt Kashi berichten Reisende von einem seltsamen Leuchten, das sie über den endlosen Dünen der Wüste gesehen hätten. Wenig später verschlingt eine ungeheure Flutwelle aus Sand die Stadt. Es sind die Vorboten einer Apokalypse von unvorstellbarem Ausmaß.

Der Autor:
James Herbert ist einer der führenden Autoren von Horror-Literatur. Er wurde 1943 in London geboren und studierte Grafisches Design und Fotografie. Nach einer höchst erfolgreichen Karriere in der Werbebranche begann er zu schreiben. Schon sein erster Roman *Die Ratten* (01/7686) wurde ein Bestseller. Von seinen Romanen wurden weltweit mehr als 25 Millionen Exemplare verkauft. Im Wilhelm Heyne Verlag sind lieferbar: *Domain* (01/7616), *Die Ratten* (01/7686), *Die Brut* (01/7784), *Die Gruft* (01/7857), *Unheil* (01/7974), *Dunkel* (01/8049), *Todeskralle* (01/8138), *Nachtschatten* (01/8237), *Blutwaffe* (01/8374), *Höllenhund* (01/4818), *Erscheinung* (01/8666), *Besessen* (41/34), *Erscheinung/Domain* (23/81).

JAMES HERBERT

# APOKALYPSE

*Roman*

Aus dem Englischen
von Alexandra v. Reinhardt

Deutsche Erstausgabe

WILHELM HEYNE VERLAG
MÜNCHEN

HEYNE ALLGEMEINE REIHE
Nr. 01/9133

Titel der Originalausgabe
PORTENT
Erschienen bei Hodder and Stoughton

Redaktion: Rainer-Michael Rahn


Printed in Germany 1994
Umschlagillustration: IFA Bilderteam / Cvetinovski
Umschlaggestaltung: Atelier Ingrid Schütz, München
Satz: (2037) IBV Satz- und Datentechnik GmbH, Berlin
Druck und Bindung: Presse-Druck Augsburg

ISBN 3-453-07585-4

*Man muß Chaos in sich haben, um einen tanzenden Stern gebären zu können.*

Friedrich Nietzsche

*Man findet das Licht in der Dunkelheit, und deshalb ist uns das Licht am nächsten, wenn wir Leid tragen.*

Meister Eckart

*MYSTERIÖSER SELBSTMORD VON 7000 PINGUINEN*

Tausende von Pinguinen gerieten auf einer Insel, über der die Ozonschicht stark beschädigt ist, in wilde Panik und kamen dabei zu Tode.
Experten sind bestürzt über diesen Massenselbstmord von 7000 Königspinguinen auf der unbewohnten subarktischen Insel Macquarie.

Daily Mail, Montag, 26. Juni 1990

*PINGUINE GERATEN IN PANIK UND STERBEN*
*Hobart, Tasmanien, 24. Juni*

Tausende von Königspinguinen sind von einer Brutstätte auf der Insel Macquarie in Panik geflüchtet, wobei 7000 Pinguine zu Tode kamen. Behördenvertreter ließen heute verlautbaren. das mysteriöse Ereignis werde untersucht. »Wir wissen derzeit nicht, warum sie in Panik gerieten«, erklärte ein Sprecher des australischen Ausschusses für Naturschutz. »Wir haben ein derartiges Verhalten zuvor noch nie beobachtet.« Die Insel Macquarie liegt zwischen Australien und der Antarktis und gehört administrativ zum australischen Inselstaat Tasmanien.

New York Times, 25. Juni 1990

*Auf das nächste Jahrtausend zu …*

# Präludium

*Mitternacht.*

*Er hatte seit Stunden im Dunkeln wach gelegen, doch jetzt erhob er sich von seinem schmalen Bett und ging zur Tür. Dort blieb er stehen. Ein Schauder überlief ihn.*

*Hatte es begonnen? War dies der Moment, vor dem er sich so lange gefürchtet, den er zugleich aber herbeigesehnt hatte?*

*Er zog die Tür auf, langsam, widerwillig, so als warteten draußen Dämonen der Nacht auf Einlaß. Doch nur die kalte Brise vom See drängte sich an seinem mageren Körper vorbei.*

*Er zog den Kopf ein, um nicht an den niedrigen Türrahmen zu stoßen, und seine Finger strichen über das rauhe Holz. Er entfernte sich nicht weit von der Schwelle.*

*Das Gesicht zum Himmel emporgewandt, lauschte er dem fernen Flügelschlag. Spürte es auch der Adler? War das der Grund für seinen klagenden Schrei? Eine scharfe, klare Erkenntnis, die das Brüten schlagartig durchbrach und einen fast physischen Schmerz bereitete?*

*Er atmete die Nachtluft wie etwas sehr Kostbares, sehr Seltenes ein. Und das war sie ja auch geworden. Er sank auf die Knie und fühlte das faserige Gras unter seinen schwachen Fingern, hielt sich daran fest, so als drohte er von der Erde zu fallen.*

*Er betete, und sein Gebet galt dem Planeten.*

*Verzeih, flehte er.*

*Doch tief in seiner Seele wußte er, daß es zu spät war. Das Krebsgeschwür würde aus dem Organismus entfernt – herausgerissen – werden.*

*Und dieses Krebsgeschwür war die Menschheit.*

*Er weinte vor Verzweiflung, und die Nacht, gefühllos in ihrer Gleichgültigkeit, bot keinen Trost.*

*Seine Tränen versiegten.*

*Er hob den Kopf, straffte sich, aber er kniete noch immer.*

*Etwas Neues war ihm zu Bewußtsein gekommen.*

*Irgendwo wußte eine andere Person über diesen mitternächtlichen Moment Bescheid.*

*Und diese Person empfand hämische Freude.*

*Denn dies war auch* ihre *Zeit.*

## KÜSTE VON QUEENSLAND, AUSTRALIEN

*Great Barrier Reef*

Das Meer war ruhig und von großer Farbenvielfalt – verschiedene Blau- und Grüntöne, und in der Ferne, wo die Landzunge endete, sogar Indigo –, und die Sonne schien von ihrer eigenen Hitze ausgeblichen zu sein. Hier auf der Innenseite des großen Riffs war die Wasseroberfläche des Pazifiks nur leicht gekräuselt, und der Ponton, an dem ein dreißig Meter langes Katamaran vertäut war, bewegte sich kaum. In einiger Entfernung war ein Amphibienflugzeug gelandet, und zwei Passagiere ließen sich bereits von den Schwimmern in die warmen Fluten hinab, bekleidet mit grellen Taucheranzügen, die genauso farbenprächtig waren wie die Unterwasserwelt, die auf sie wartete. Ein Touristenboot entfernte sich langsam von der breiten Plattform und steuerte zielsicher auf die versteckten Korallenriffe zu. Von der Stahl- und Glaskonstruktion aus beobachteten die Insassen aufgeregt alles, was sich im türkisfarbenen Halbdunkel unter der Wasseroberfläche bewegte. Es dauerte nicht lange, und sie gerieten in ihrem trockenen Aquarium über Wasserjungfern und leuchtende blaugelbe Clownfische in helle Begeisterung. Als dann auch noch eine olivfarbene Seeschlange mit orangem Kopf vorbeiflitzte, schaukelte das Gefährt infolge des Trubels an Bord.

An Deck des Katamarans labten sich Tagesausflügler zum Mittagessen an Platten mit Meeresfrüchten und an billigem Wein, vorzugsweise im Schatten. Manche verzogen sich auch in den überdachten Teil des breiten Floßes. Ihnen allen genügte es vollauf, den Schnorcheltauchern in der Nähe zuzuschauen oder auch einfach das Meer zu betrachten.

Weiter draußen ließ sich einer der Sporttaucher in die kühleren Tiefen hinab; der Schatten des Amphibienflugzeugs hing wie ein auf Beute wartender Vogel Roch über ihm an der sonnendurchfluteten Wasseroberfläche. Während der Taucher auf seinen Gefährten wartete, sah er sich um und versuchte zu entscheiden, welche Richtung er einschlagen wollte.

Neville Schneider III – Snidey für seine Freunde, einfach Snide für alle anderen – war im Grunde nicht der Dritte dieses Namens: Er war in Melbourne geboren und aufgewachsen, als einziger Sohn einer alleinstehenden Mutter, aber ihm gefiel die amerikanische Mode beigefügter Ordnungszahlen. Als erfolgreicher Selfmademan in der Schuhbranche fühlte er sich zu jedem Titel seiner Wahl berechtigt. ›Der Dritte‹ hörte sich gut an. Klang nach einem richtigen Stammbaum. Und ein Stammbaum implizierte Respektabilität. Es war eine nicht ganz legitime Methode, seine illegitime Herkunft zu verleugnen. Doch mittlerweile *fühlte* er sich wie ein ›Dritter‹.

In seinem gelb-purpurnen Taucheranzug sah er für seine siebenundvierzig Jahre sehr passabel aus: der Bauchansatz wurde vom Gummi gestrafft, und seine Glatze war unter der eng anliegenden Kappe verborgen. Die totale Erschöpfung, die er anfangs nach dem Tauchen verspürt hatte, begann erheblich nachzulassen, weil sich sein Körper mittlerweile offenbar an die ungewohnte Anstrengung gewöhnt hatte. Und seine nächtlichen Schlafzimmeraktivitäten im Hotel machten zweifellos ebenfalls große Fortschritte – das würden Sandie und Cheryl bestimmt gern bestätigen. Ein Jammer, daß beide keine nassen Haare bekommen wollten – andernfalls hätte es hier unten noch viel vergnüglicher zugehen können.

Etwas stieß leicht gegen ihn und riß ihn aus seinen Gedanken. Barry, sein Tauchlehrer und bezahlter Gefährte (und Blitzableiter, um die Wahrheit zu sagen), war dicht an seiner Seite. Schneider deutete sofort in die Richtung, die er einschlagen wollte. Barry signalisierte sein ›Okay‹, indem er Daumen und Zeigefinger zusammenfügte, und die beiden Männer setzten sich geschmeidig und mühelos in Bewegung.

Schneider liebte das Gefühl fast völliger Schwerelosigkeit, obwohl ihm der scheinbar unendliche Raum aus Meereswasser immer noch ein wenig unheimlich war, genauer gesagt, die Wesen, denen er hier begegnen konnte. Gestern war ein Riffhai mit schneeweißen Flossenspitzen vorbeigeschwommen, Gott sei Dank ohne ihn zu beachten (später hatte Schneider zu seiner großen Beruhigung vernommen, daß Menschen keineswegs das Leibgericht eines Hais sind, auch wenn gewisse Filme uns das weismachen wollen). Zumindest konnte er sich hier für kurze Zeit aller häuslichen und geschäftlichen Verpflichtungen los und ledig fühlen. Jodie konnte sich nach Herzenslust zwei Wochen lang mit irgendeinem Kerl amüsieren, und das Schuhgeschäft – *sein* Schuhgeschäft, *sein* Schuhimperium – lief während dieser Zeit auch ohne ihn wie geschmiert. Vierzehn Tage Ruhe und Erholung hatte der Arzt ihm verordnet, und das Tauchen war Teil dieser Erholung. Nur ein Teil, wohlgemerkt. Zwei weitere Teile sonnten sich jetzt bestimmt am Swimmingpool auf der Insel Hayman. Sobald sie davon genug hatten, würden Sandie und Cheryl den Rest des Nachmittags damit verbringen, sich für die Rückkehr des Helden schön zu machen. Schneider war dieser Held. Und, bei Gott, er fühlte sich auch wie ein Held, wenn er hier unten in der Tiefe umherschwamm, obwohl das bestimmt Macho-Blödsinn war.

Barry hatte die Führung übernommen und deutete jetzt auf etwas in den Korallen, sichtlich bemüht, für sein beträchtliches Lehrerhonorar auch entsprechende Leistungen zu erbringen. Schneider glitt neben ihn und nickte bedächtig, als er die vielfarbigen spiralförmigen Lamellenpilze zwischen den Felsen sah. Wie eine Kinderzeichnung, dachte er, stachelige Klackse ohne präzise Form und korrektes Muster.

Einen Moment lang wunderte sich Schneider über die Sensibilität seiner eigenen Seele.

Er wandte sich ab und winkte Barry weiter. Verdammt, er würde sich noch in einen gefühlsduseligen Trottel verwandeln, wenn er so weitermachte. Diese hübschen Kleinigkeiten waren zwar nicht schlecht, ja sogar ganz reizvoll, aber er war auf aufregendere Erlebnisse aus. Nun ja, so ganz stimmte das auch nicht. Wenn er wirklich ehrlich zu sich selbst sein wollte – und er war die einzige Person, zu der er hundertprozentig ehrlich sein konnte, allerdings auch nicht immer –, so war es die *Vorstellung* vom Tauchen im großen Ozean, die ihm gefiel, ließ sich dieses Thema doch großartig bei Jodies nächster sterbenslangweiliger Dinnerparty ausschlachten; oder auch bei der nächsten Fußbekleidungsmesse, wenn er mit den anderen an der Bar tolle Reden schwang. Ein paar Ausschmückungen verstanden sich natürlich von selbst.

*Was war das?*

Gott sei Dank nur Barry, der ihn am Knöchel gepackt hatte, um ihm einen neuen Fund zu zeigen. Hoffentlich etwas Lohnendes. Na großartig, eine übergroße Muschel, aus der ein stacheliger Zweig herausragte. Vielleicht bezahlte er Barry zuviel. Was, zum Teufel, machte der Bursche denn jetzt? Er tat so, als stopfte er sich etwas in den Mund. O ja, schon kapiert! Die Muschel fraß das stachelige Zeug auf. Sehr interessant, in der Tat. Wenn es sich um ein Menschenbein gehandelt hätte, an dem die Muschel knabberte – *das* wäre etwas.

Schneider erstarrte, als er einen dunklen Schatten herannahen sah. Er packte seinen Führer bei der Schulter und deutete mit einem Finger auf das riesige Etwas, fluchtbereit, aber von dem Wunsch durchdrungen, daß Barry seinen Rückzug dekken möge. Der Lehrer schüttelte übertrieben stark den Kopf, legte die Hände an seine Maske und tat so, als würde er das Korallenriff in Augenschein nehmen.

Schneider atmete erleichtert in sein Preßluftgerät aus und nickte zum Zeichen, daß er verstanden hatte. Es war kein Wal oder riesiger Killerhai, der auf sie zukam, sondern das gläserne Boot, das er vorhin an der Oberfläche gesehen hatte, besetzt mit Touristen, denen der Mut fehlte, selbst zu tauchen und sich die Natur hier unten aus der Nähe anzuschauen. Er grinste – ein schwieriges Unterfangen, wenn man Gummi im Mund hatte – und stieß sich vom Riff ab, um auf das komische Glasgefährt zuzusteuern. Der andere Taucher erkannte die Absicht seines Schülers und blieb, wo er war. Ihm genügte es vollauf zuzuschauen. Der Bursche sollte sich amüsieren, soviel er wollte. Barry hatte schon oft für Typen dieses Kalibers gearbeitet – aufgeblasen, prahlerisch und alles andere als gesund, vor allem von Herzerkrankungen bedroht.

Schneider hoffte, im Schutz des Stahlbugs unbemerkt direkt

unter das langsame Boot gelangen zu können. Erstaunlich, daß man unter Wasser viel leichter schwimmen konnte als an der Oberfläche. Fast war er am Ziel. Wartet nur, bis ich einen Satz nach oben mache und mit meiner Faust gegen das Glas schlage. Die Scheißtypen würden sich vor Angst bestimmt in die Hosen machen...

Gott im Himmel!

Er zuckte erschrocken zusammen, als etwas Weiches gegen seine Maske prallte. Was war das? Nur ein Fisch, du Blödmann! Stahlblau mit grünlich-gelben Tupfen. Da kommt auch noch ein zweiter. Paß auf, wohin du schwimmst, du kleine Sprotte! Okay, vielleicht bist du keine Sprotte, aber jedenfalls auch keine Makrele. Wie die hier wohl schmecken mögen?

Er wirbelte herum, als ein Schwarm winziger Fischer ihn rammte, kaum härter als Schneeflocken. Nichtsdestotrotz war er sehr verunsichert. Was ging hier vor? Verdammt, in seinem farbenprächtigen Anzug war er doch wirklich nicht zu übersehen. Du lieber Himmel, da kamen ja noch mehr! Das ganze Meer war plötzlich voller Fische... es wimmelte nur so von Fischen und anderem Zeug, von irgendwelchem Zeug, das Ähnlichkeit mit Aalen hatte, mit Schlangen oder auch einfach mit Strandgut, nur daß es sich rasch fortbewegte, in den tieferen Ozean hinaus flüchtete. Da war auch eine jener verdammt großen Schildkröten... Du lieber Himmel, wie konnte die nur so schnell schwimmen?

Schneider mußte sich nicht nur der Meerestiere erwehren, sondern auch gegen die von ihnen erzeugten Strömungen ankämpfen. Er drehte sich im Wasser, ruderte mit den Armen, versuchte seine Lage zu stabilisieren. *Wo war Barry, warum eilte der Kerl ihm nicht zu Hilfe, was, zum Teufel, glaubte er denn, wofür er bezahlt wurde?*

Und dann trat wieder Ruhe ein. Bis auf einige wenige Nachzügler schien das Meer leer zu sein. Viel leerer als zuvor...

Nur wenige Meter entfernt konnte er über sich verschwommen die Insassen des Glasbootes erkennen, die ihre scheinbar grauen Gesichter an die dicken Scheiben preßten. Sie sahen komisch aus, aber Schneider war nicht mehr nach Lachen zumute. Die Stille um ihn herum war irgendwie unheimlich.

Er stellte fest, daß er sank, und benutzte schnell seine Flossen. Nur ein, zwei Meter weiter unten war es nämlich viel dunkler.

Eine Bewegung fiel ihm ins Auge.

Wieder stieg etwas auf.

Noch ein Fisch? Nein, dazu war dieses Ding viel zu hell, viel zu grell.

Ein Taucher, es mußte ein anderer Taucher sein, ein Taucher mit Taschenlampe. Hatte Barry eine Taschenlampe bei sich? Vielleicht war es so ein Meeresforscher, so ein Streber. Vielleicht hatte er – oder sie – die ganze Unruhe ausgelöst. Es müßte per Gesetz...

Warte mal. Es war zwar zweifellos ein Licht, aber niemand war dabei, niemand hielt es. Nur ein Licht... ein rundes Licht von der Größe eines Tennisballs... allein unterwegs. Einer jener Leuchtfische, die am Meeresboden herumhängen? Aber *so* tief war es hier doch gar nicht.

Es kam näher. Immer näher. Und es war schneeweiß und sehr hell. Aber nein, an den Rändern war es farbig wie ein Regenbogen... schimmernd... faszinierend.

Es schwebte an ihm vorbei, weiter nach oben.

Schneider verrenkte sich fast den Hals, um dem Licht nachzublicken, und seine Augen leuchteten hinter der Taucherbrille.

Ein bleicher Schein, fast wie Mondlicht, huschte plötzlich über das Glasboot, und gespenstische blutlose Schatten blickten hinaus.

Das kreisförmige Licht wurde schwächer, als es sich der Wasseroberfläche näherte, nicht etwa, weil es selbst an Intensität verloren hätte, sondern weil es jetzt mit der grellen Sonne konkurrieren mußte.

Dann brach es durch, und alles, was Schneider noch sehen konnte, war ein sanfter Schimmer, der höher emporstieg und immer kleiner wurde, bis er schließlich ganz verschwand.

Schneider dachte endlich daran, Luft zu holen.

Er trieb in der gewichtigen Stille.

*Das* mußt du ihnen bei Jodies nächster langweiliger Party erzählen, dachte er.

Obwohl die gewaltige Wassermenge sein Hörvermögen beeinträchtigte, glich das Krachen hinter ihm einem mächtigen Donnerschlag von ohrenbetäubender Intensität und roher Brutalität. Er wirbelte herum, bevor die geballte Kraft der anrollenden Wassermassen ihn traf, und instinktiv versuchte er, mit den Händen seine ohnehin bedeckten Ohren zu schützen.

Und dann sah er, wie Barry vom Korallenriff geschleudert, ja förmlich katapultiert wurde. Der Tauchlehrer drehte und krümmte sich, kämpfte verzweifelt strampelnd gegen die Strömung an, um die Kontrolle über seinen Körper zurückzuerlangen.

Schneider konnte von seiner Position aus nur schwer erkennen, was genau vorging, aber er sah, daß Korallenbauten abbrachen und wie Felsbrocken herumflogen, und daß aus dem Riff Blasenfontänen aufstiegen.

Während sein Körper von der plötzlichen Welle getroffen wurde, mußte er das Schrecklichste mit ansehen, was er in seinem relativ kurzen Leben je erlebt hatte.

Mit einem Donner wie aus hundert Kanonen schossen Fragmente von Polypen, zersprungenen Schrapnellen gleich, auf die Oberfläche zu und zerfetzten Barrys Körper, so als bestünde er nur aus Papiermaché.

Der Taucher – jedenfalls der größte Teil von ihm – verschwand in einem roten Strudel, während einige Stücke zusammen mit härteren Polypenfragmenten in einer gewaltigen Fontäne aus Blut, Korallen und Fleisch in den Sonnenschein emporschossen.

Schneider schrie in seinen Luftschlauch hinein.

Die Eruption war so gewaltig, daß ihr an der Oberfläche alles zum Opfer fiel – Glasboot, Amphibienflugzeug, Katamaran, Ponton, Sonnendeck und Schwimmer –, weil jedes Objekt, egal ob weich oder hart, völlig mühelos durchbohrt und in Millionen Stücke zerfetzt wurde.

Schneider blieb gerade noch Zeit, seinen Arzt zu verfluchen, der ihm diesen verdammten Erholungsurlaub verordnet hatte.

Dann blieb von Neville Trevor Schneider III nichts mehr übrig.

## ÜBER DEM GOLF VON MEXIKO

»Kaffee, Doc?«

»Was?« James Rivers wandte sich von dem kleinen Fenster ab, in Gedanken noch immer bei den interessanten Wolkenformationen in einiger Entfernung, hauptsächlich Gewitterwolken.

Der stämmige schnurrbärtige Mann, der sich über ihn beugte, streckte ihm einen Becher entgegen. »Kaffee. Letzte Möglichkeit, einen zu trinken, bevor wir in die Scheiße geraten.«

Rivers nickte und nahm Gardenia den Plastikbecher ab. Die heiße Flüssigkeit drohte ihm die Finger zu verbrennen. Er trank rasch einen Schluck und nahm den Becher in die andere Hand, brachte aber gleichzeitig ein Lächeln zustande. Der andere amüsierte sich noch immer über ihn.

»In welcher Höhe gehen wir rein?« fragte er laut, um die vier dröhnenden Motoren des Flugzeugs zu übertönen.

»Ist noch nicht entschieden«, erwiderte der Schnurrbärtige, während er einen Blick auf die Monitore vor Rivers warf. »Wenn's nach mir geht, so tief wie möglich, weil wir dann mehr Infos bekommen – vielleicht fünftausend oder so –, aber der Pilot hat auch noch ein Wörtchen mitzureden. Zehntausend wären viel sicherer. Was macht Ihr Magen?«

»Er wird durchhalten, für welche Höhe Sie sich auch immer entscheiden.«

Gardenia kratzte sich am fast kahlen Schädel. »Wir hatten in den letzten paar Jahren schon ein paar wirklich schlimme – angefangen 1988 mit Hurrikan Gilbert –, aber dieser hier dürfte der allerschlimmste werden. Alle Daten deuten darauf hin.« Er beugte sich über das schmale Pult und spähte durch die Polykarbonat-Doppelfenster, wodurch er Rivers tief in die Rückenpolster des Sitzes preßte.

»Äußere Windstärke scheint im Moment achtzig oder neunzig Knoten zu betragen.« Gardenia kniff hinter seiner dicken Hornbrille die Augen zusammen. »Das wird sich aber bald ändern. He, was hat drei Höcker und singt durchs Arschloch ›Stormy Weather‹?«

Rivers schüttelte den Kopf, obwohl er sich die Antwort denken konnte. Solche Witze waren nun schon seit zwei Jahren im Umlauf, seit der Katastrophe.

»Ein irakisches Kamel.« Gardenia schnalzte mit der Zunge, so als schämte er sich plötzlich selbst. »Ja, ich weiß, ziemlich geschmacklos. Aber die verrückten Kerle hätten nicht mit Dingen rumpfuschen sollen, von denen sie nichts verstanden, und schon gar nicht, nachdem sie im Krieg so die Hucke voll bekommen haben. Verdammt, schaun Sie sich mal die Wolken da vorne an! Halten Sie den Kaffee lieber nicht zu lange in der Hand, sonst haben Sie bald 'nen heißen Schwanz. Hier wird's demnächst wie in einer Berg- und Talbahn zugehen.«

Rivers blickte an Gardenia vorbei auf das ferne Unwetter hinaus. Die Wolken waren noch schwärzer und bedrohlicher als vor einer Minute. Man konnte glauben, sie wären am Kochen.

»Haben Sie so was schon mal mitgemacht, Jim?«

Rivers war froh, daß Gardenia das ›Doc‹ aufgegeben hatte – Doktoren der Physik waren an diese Anrede nicht gewöhnt –, aber der plötzliche ernsthafte Ton des Mannes war nicht gerade beruhigend. Thom Gardenia gab sich zwar ruppig – ob das nun echt oder nur gespielt war –, aber immerhin leitete er das Hurrikan-Forschungszentrum der National Oceanic and Atmospheric Administration (NOAA) und war alles andere als ein Dummkopf. Vielleicht versuchte er mit Ruppigkeit nur seine Nervenanspannung zu verbergen, die allen Teilnehmern dieser besonderen Mission zu schaffen machte. Nach der Verwüstung, die Hurrikan Zelda auf Jamaika angerichtet hatte, wußte jeder an Bord, daß dieser Sturm beispiellos war. Seine Stärke war nicht einfach beängstigend – sie war unbeschreiblich. Rivers' Kehle war so trocken wie der Pimmel einer Mumie – so hätte es zumindest Gardenia wohl ausgedrückt.

»Ich habe in unserer eigenen C-130 Hercules mehrere Forschungsflüge mitgemacht, aber noch nie etwas Vergleichbares.« Er trank einen Schluck, froh über den heißen Kaffee. Einen Augenblick lang hatte ihn gefröstelt, und das lag nicht an der Höhe – die meisten Wissenschaftler trugen kurzärmelige Hemden, und die Besatzung hatte leichte blaue Overalls an.

Gardenia klopfte ihm mit plumper Hand auf die Schulter. »Nur keine Sorge, Kumpel, wir haben noch nie 'nen Briten verloren. Vielleicht werden Sie den Flug sogar genießen.«

Das NOAA-Flugzeug kippte plötzlich etwas zur Seite, und Gardenias Finger gruben sich in Rivers' Schulter. Mit der anderen Hand hielt er sich an der Ecke des festgeschraubten Pults fest. »Fast wie in der Achterbahn, Doc.« Er grinste, und der dichte schwarze Schnurrbart ließ seine mit Keramik überkronten Zähne noch weißer erscheinen.

Rivers hielt den Becher so, daß der Kaffee nicht überschwappen konnte, starrte in die Tiefe, auf das Meer hinab, und fragte sich, wie und wo dieser Hurrikan wohl entstanden sein mochte. Über Afrika? Windkollisionen in der Nähe des Äquators, die Zonen niedrigen Luftdrucks erzeugt hatten? In sechs von hundert Fällen konnte es dabei zu Stürmen solcher Größenordnung kommen: ein starker Sog, beschleunigt durch die Erdrotation, der Feuchtigkeit vom warmen Meer bezog und aus dem Ozean Energie in die Atmosphäre pumpte, wodurch der Sturm genährt wurde. Die Wolken wurden immer turbulenter und bildeten eine innere Wand, innerhalb deren sich der Kern des Hurrikans befand, das Zentrum, das ›Auge des Sturms‹.

»Jamaika und die Spitze von Kuba sind total verwüstet«, bemerkte Gardenia, als das Flugzeug wieder eine horizontale Lage hatte, »und dabei ist er immer noch nur Kategorie vier. Hoffen wir, daß er sich bald erschöpft.«

»Was haben die letzten Satellitenmessungen ergeben?«

»Achtunddreißig bis vierzig Kilometer im Durchmesser, bevor er sich über Land austobte, und seit er jetzt wieder über dem Ozean wütet, sind es etwa sechzehn. Er scheint rasch kleiner zu werden.« Gardenia runzelte die Stirn. »Schauen wir mal – wir sind im Augenblick noch etwa achtzehn Kilometer entfernt, und bis wir ihn erreichen, dürfte er wohl so zehn oder zwölf Kilometer Durchmesser haben.«

»Schrumpft er so schnell?«

»Scheint so.«

»Und wir fliegen durch ihn hindurch.«

»Uh-hh. Unser Pilot manövriert nicht gern in Zyklonen, speziell wenn sie ständig kleiner werden. Im Innern des Auges ist die Konvektion sehr stark, besonders ausgeprägt in der Nähe der Wände.«

»Aufwinde in Sturmstärke?«

»So ist es.«

Rivers beschloß eine verbrühte Kehle zu riskieren und den Kaffee auszutrinken, bevor der Flug ungemütlich wurde.

Eine Gestalt in Sweater und khakifarbener Baumwollhose kam durch den Gang auf sie zu. Der Mann legte einen Arm auf das Pult, an dem der britische Klimatologe saß.

»Ich muß jetzt übernehmen, Jim. Unser Käpten geht auf Nummer Sicher und will bei zehntausend rein.«

Rivers erhob sich mit dem leeren Becher in der Hand, und Joe Pusey, der Meteorologe, nahm seinen Platz ein. »Schnallt euch an, Jungs, gleich werden wir ordentlich durchgeschüttelt.«

Der Klimatologe setzte sich ihm gegenüber und stellte den Becher neben sich auf den Boden. Als Beobachter der britischen Sektion des Intergovernmental Panel of Climate Change war er an diesem Spezialeinsatz nicht direkt beteiligt; er war zur Untätigkeit verurteilt, während der amerikanische Wissenschaftler mit seinem Team Daten sammelte und diese dem Hurricane Centre auf dem Festland meldete. Die Hauptaufgabe bestand darin, das exakte Zentrum des Wirbelsturms zu bestimmen, damit die Meteorologen seinen weiteren Verlauf und seine Richtung berechnen und die betroffenen Küsten- und Inlandsgebiete warnen konnten. Sonden und Sensoren an der Außenseite des Flugzeugs registrierten Luftdruck, Feuchtigkeit, Temperatur und Windgeschwindigkeiten, während Radargeräte die Wind- und Regenstrukturen aufzeichneten, die notwendig waren, um die Höhe der Flutwelle vorhersagen und den potentiellen Schaden abschätzen zu können, den der Hurrikan Zelda bei erneutem Übertritt auf Land anrichten würde.

Rivers hatte erst am Vortag im Hadley Research Centre in Berkshire die Meldung erhalten, daß ein besonders heftiger Sturm über die Karibik fegte, und der hastige Flug nach New York sowie ein weiterer nach Süden hatten ihn ein wenig mitgenommen. Doch jetzt war alle Müdigkeit von ihm abgefallen: Er war hellwach, alle Sinne waren geschärft.

In der ganzen Kabine arbeiteten Mitglieder des kleinen Forschungsteams und der Besatzung an Konsolen oder Computer-Keyboards; der junge Meteorologe beschäftigte sich jetzt intensiv mit den Instrumenten vor ihm, notierte Daten und konferierte per Kopfhörer mit dem Piloten. Alle waren sehr höflich und freundlich, wenn auch etwas zerstreut gewesen – sogar Gardenias Sprüche und Späße waren gutmütig –, aber Rivers fühlte sich als Außenseiter, als Dandy ohne richtige praktische Erfahrung, als Schreibtischhengst, der nie ›auf dem Wind geritten‹ war, nie ›den Taifun angezapft‹ hatte. Das entsprach zwar nicht ganz der Wahrheit, aber es wäre sinnlos gewesen, die Sache richtigzustellen. Er war als Beobachter hier, weiter nichts.

Das Flugzeug machte einen Satz; Gardenia ließ sich hastig in einen Sitz vor dem Klimatologen fallen und schnallte sich an, bevor er sich umdrehte und ermutigend den Daumen hob. »Ohren steifhalten, Kumpel! Solange wir in dieser Höhe bleiben, wird die Sache nicht schlimmer als eine Jeepfahrt über steinige Wege.«

Rivers nickte, erwiderte das Grinsen aber nicht. Ihn interessierten die Monitore vor Joe Pusey viel mehr, und er beugte sich so weit wie möglich vor. Der Meteorologe bemerkte sein Interesse und klopfte leicht an seine Kopfhörer; dann deutete er auf eine Tasche neben Rivers' Sitz. »Setzen Sie die Dinger auf«, rief er.

Der Klimatologe tat, wie ihm geheißen, und als die Kopfhörer seine Ohren bedeckten, justierte er den dünnen Mikrofonarm.

»Wir alle halten auf diese Weise Kontakt«, hörte er Pusey sagen.

Das Flugzeug schlingerte, und eine andere Stimme, die des Piloten, ertönte: »Wir befinden uns jetzt im Sturm, meine Herren, wie ihr schon selbst bemerkt haben werdet. Okay ... wir gehen auf zehntausend rauf, und es sind noch ungefähr dreißig Kilometer bis zur inneren Wand. Sobald wir dann im Auge sind, werde ich zu kreisen versuchen, falls euch das was nutzt.«

»Wir werden das Zentrum ausfindig machen und eine Windsonde aussetzen, während du das Auge durchfliegst.«

»Von mir aus, gern. Ich kann es so oft durchqueren, wie ihr wollt.«

Rivers schlug ein Notizbuch auf, das er aus seiner Tasche geholt hatte. Obwohl man ihm später alle Aufzeichnungen und Daten zur Verfügung stellen würde, wollte er zusätzlich seine eigenen Beobachtungen festhalten. Das Flugzeug kippte ab, und diesmal wurde sein Körper gegen den Gurt gedrückt. Eine ganze Serie von Luftlöchern folgte.

»Dieses Baby ist ganz schön wild«, kommentierte ein Mitglied der Crew ruhig.

»Ja, es ist ein schlimmes Ding«, sagte der Pilot. »Wir haben hier Spitzenböen von etwa zweihundert Knoten.«

Rivers machte sich eine neue Notiz. In den folgenden Minuten wurden die Stöße immer stärker, folgten dicht aufeinander.

»Kleinere Kurskorrekturen notwendig, bevor wir zum toten Mittelpunkt vorstoßen«, meldete die Stimme des Piloten.

»Wir müssen Nullwinde finden, also sollten wir einen ausmachen.«

»Einverstanden. Nehmt schon mal eure Kotztüten zur Hand, Jungs.«

Das Flugzeug begann heftig zu schwanken, während wolkenbruchartiger Regen gegen den Rumpf trommelte und an die Fenster gepeitscht wurde. Rivers blickte hinaus und sah nur graue Wolken in wilder Jagd, dunkle Furien, die sich mit unglaublicher Geschwindigkeit bewegten. Er umklammerte die Armlehne seines Sitzes, als ein besonders gewaltiger Aufwind das Flugzeug hob, so als wäre es nichts weiter als eine Alge auf einer Meereswelle. Sein Kugelschreiber fiel zu Boden, und er stellte rasch einen Fuß darauf, bevor das Ding wegrollen konnte. Der Plastikbecher, den er auf dem Boden abgestellt hatte, war umgefallen und beschrieb einen Halbkreis. Er bückte sich, um den Kuli aufzuheben, und während er das tat, trat wieder segensreiche Stille ein.

Gedämpfter Beifall in den Kopfhörern, und in der Kabine wurde es heller. Rivers entspannte sich merklich beim nächsten Blick aus dem Fenster: Unten tanzten Wellen mit weißen Kronen, während das Meer tiefblau, fast ruhig war. Die Wand des Sturmauges wirkte im Sonnenlicht von oben bleich und unbewegt.

»Scheint etwa zwanzig Kilometer hoch zu sein«, sagte jemand.

»Ja, und bis ganz unten vollkommen klar«, meinte ein anderer.

»Okay, lokalisieren wir das Zentrum«, riet der Pilot.

»Wir befinden uns direkt darüber«, sagte Gardenia.

»Ich werd's markieren.«

»Mein Gott, wir haben einen neuen Rekord für niedrigen Luftdruck an der Flugzeugoberfläche – 892 Millibar.«

»Nein, 1969 bei Hurrikan Camille gab's so was schon mal.« Das war wieder Gardenias Stimme. »Und auch '88 bei Gilbert, wenn ich mich recht erinnere. Allerdings ist es ungewöhnlich für tropische Stürme.«

»Windstärke auf der Südseite 138 Knoten und ... Moment ... 186 Knoten auf der Nordseite.«

»Es war wirklich nicht übertrieben, den hier als gemeingefährlich zu bezeichnen. Er wird ungeheuren Schaden anrichten, wenn er wieder über Land fegt.«

»Scheiße, der wird zu Kategorie 5 gehören.«

»Ich hab' zwar keine Erfahrungswerte, aber ich würde sagen, daß er einen mindestens sechzig Kilometer breiten Streifen der Verwüstung hinterlassen wird.«

»He, wir sind schon halb durch! Das Auge ist stark geschrumpft. Was meint ihr – neun oder zehn?«

»Weniger«, sagte Gardenia. »Ich schätze, nur noch knapp acht Kilometer Durchmesser.«

»Wir sind jetzt bei 879 Millibar. Kann der Druck so schnell fallen?«

Einige Sekunden lang schwiegen alle.

Rivers lauschte dem Dröhnen der Flugzeugmotoren, und sein Unbehagen wuchs. Sein schweißfeuchter Daumen klebte an der Notizbuchseite.

Dann meldete sich Gardenia wieder zu Wort: »Setzen wir die Windsonde aus.«

Direkt vor ihm wirbelte ein blau uniformiertes Crew-Mitglied auf seinem Stuhl herum, den runden, aufgerollten Draht schon in der Hand. Der Mann öffnete eine kleine vorstehende Klappe im Flugzeugboden und schob die Sonde hindurch.

Rivers beugte sich zum Fenster hinüber, um sie in die Tiefe fallen zu sehen.

»Das kann nicht stimmen«, sagte jemand.

Rivers drehte sich um und stellte fest, daß Joe Pusey bestürzt auf die Monitore starrte.

»Was ist los, Joe?« fragte Gardenia eine Spur nervös, wie Rivers auffiel.

»Der Luftdruck ist weiter gefallen. Nur noch 878 Millibar.«

»Das kann nicht stimmen, Joe. Von einem so niedrigen Druck hab' ich noch nie was gehört.«

»Komm her, dann siehst du's mit eigenen Augen.«

»Wollt ihr, daß ich drinbleibe, Jungs?« Das war der Pilot.

»Was?«

»Wir sind fast durch. Ich muß schnell wenden, wenn ihr wollt, daß ich im Auge bleibe. Es schrumpft sehr schnell.«

Gardenia wirbelte auf seinem Sitz herum und blickte auf

die gewaltige Wolkenwand hinaus, drehte den Kopf nach links und rechts. »Es schrumpft.«

»Das sagte ich doch«, erwiderte der Pilot trocken. »Du mußt dich schnell entscheiden, Thom.«

»Bleib drin.«

Der Flügel auf Rivers' Seite senkte sich scharf nach unten, und er konnte einen Moment lang die fallende Sonde erkennen, die auf ihrem Weg ins Meer hinab das Licht reflektierte. Dann waren sie plötzlich wieder ringsum von grauen Wolkenmassen umgeben, wie von dichtem Nebel. Winde stürzten sich auf das Flugzeug, das zu wenden versuchte, und schüttelten es kräftig durch.

»Tut mir leid, meine Herren, aber das verdammte Auge scheint noch schneller zu schrumpfen, als ich gedacht habe. In einer Minute oder so dürften wir wieder drin sein.«

»Es ist auf unter acht Kilometer geschrumpft!« rief Gardenia aufgeregt.

»Vielleicht sogar auf sieben, Thom.«

»Sehr ungewöhnlich.«

»Bißchen unheimlich.«

Sie kehrten bald ins Sonnenlicht zurück, obwohl das Flugzeug sich noch in Schräglage befand.

»Ich kapier's nicht.« Gardenias Stimme.

»Es ist ohne jeden Zweifel kleiner geworden.« Das war Pusey, dem keine Spur von Nervosität anzuhören war. »Es bricht in sich zusammen.«

Das Flugzeug lag fast wieder horizontal, als Rivers plötzlich etwas erblickte. Er kniff die Augen zusammen.

Zuerst dachte er, es könnte die Windsonde sein, aber er begriff sehr schnell, daß das unmöglich war – sie mußte inzwischen im Meer angelangt sein. Und außerdem stieg dieses Ding empor.

»Sieht jemand von Ihnen dort draußen auch, was ich sehe?«

»Ich habe im Augenblick beim besten Willen keine Zeit, um aus dem Fenster zu schauen, Doc«, erwiderte Gardenia.

»Warten Sie, ich glaube, ich sehe es auch«, meldete sich ein

Mitglied der Crew. »Links von uns. Jetzt ist es weg. Unter dem Flugzeug.«

»Was war es denn?«

»Ein Licht.«

»Eine Reflexion vom Meer.«

Rivers mischte sich ein. »Nein, es bewegte sich aufwärts. Es war ganz klein.«

Andere begannen aus den Fenstern zu sehen. Abgesehen vom Motorenlärm herrschte Stille.

»Ich sehe es!« schrie jemand. »Es kommt vom Zentrum!«

Auch Rivers sah es jetzt wieder, ein rundes Licht, das sich näherte und höher stieg, obwohl der warme Luftstrom im Zentrum des Auges nach unten gerichtet war, kein Punkt mehr, sondern ein Ball.

»He, Jungs«, tadelte Gardenia, »das ist ein Kugelblitz, weiter nichts. Wir haben da draußen sehr ungewöhnliche Wetterbedingungen. Es ist interessant, aber *dazu* sind wir nicht hier. Joe, ich komme rüber, um mal einen Blick auf deine Monitore zu werfen.« Er nahm die Kopfhörer ab und öffnete seinen Sicherheitsgurt.

»Es ist auf unserer Höhe«, sagte jemand, »und steigt weiter.«

Gardenia ging zu dem Meteorologen hinüber.

Rivers' Augen folgten dem kleinen Lichtball. Er war fasziniert. Das Ding war strahlend weiß, am Rand leicht verschwommen.

»Tinkerbell«*, flüsterte er vor sich hin.

Das Licht bewegte sich auf den Scheitel des ruhigen Sturmauges zu, in Richtung der unteren Stratosphäre.

Dann ging alles plötzlich sehr schnell.

*»Das Auge schließt sich!«*

Ohne Kopfhörer hatte Gardenia die Warnung des Piloten nicht gehört. Er beugte sich über Pusey und ließ seinen Blick von einem Monitor zum anderen schweifen.

* Fee aus ›Peter Pan‹, die wie ein helles Licht strahlt; Anm. d. Übers.

Alle anderen schauten sofort aus den Fenstern.

»Fünf Kilometer Durchmesser.«

»Ich würde eher sagen, drei – und es wird immer kleiner.«

»Wir sind fast draußen.«

»O Scheiße – seht mal, dort, über uns!«

Rivers preßte sein Gesicht an die Kunststoffscheibe und spähte in die Höhe. Ihm stockte der Atem.

Die glatten rotierenden Wolken, aus denen das zylinderförmige Sturmauge bestand, kehrten sich nach innen, schwarz und unheilverkündend, brausten von oben heran, um den ruhigen Raum darunter auszufüllen.

Das Flugzeug schwankte, und Gardenia klammerte sich an Puseys Sitzlehne fest, während er überrascht um sich blickte.

»Setzen Sie sich lieber wieder hin«, riet Rivers ihm.

Aber es war schon zu spät. Die Fenster füllten sich mit Dunkelheit, und das Flugzeug sackte plötzlich ab, so als wäre es von einem riesigen Hammer getroffen worden. Rivers begriff freilich sofort, daß es sich eher um eine Lawine zusammengebrauten Wetters handelte.

Gardenia wurde an die Decke geschleudert, und sein Genick brach mit einem scharfen Knacken, das in der Nähe trotz des tosenden Sturms deutlich zu hören war. Sein schlagartig schlaffer Körper fiel nicht auf den Boden, denn die Kabine hatte sich schief gelegt, während der Pilot verzweifelt versuchte, das Flugzeug wieder unter Kontrolle zu bringen: Der Tote stürzte auf Rivers und preßte ihn gegen die Wand. Alles, was nicht befestigt war – Bücher, Flugjournale, Keyboards und kleine Instrumente – flog in der Gegend herum, und die größeren Geräte ächzten in ihren Halterungen.

Rivers bemühte sich, Gardenias Körper wegzuschieben, und blickte dabei zu Pusey hinüber. Der Meteorologe klammerte sich mit beiden Händen an sein Pult, von seinem Gurt im Sitz gehalten; er starrte wie versteinert die Instrumente an, die Meßdaten und Radarbilder, so als wären sie und nicht der tobende Sturm für das Grauen verantwortlich.

Dann stellte sich die Welt auf den Kopf, und Rivers hing

plötzlich vom Fußboden hinab – das heißt, von dem, was soeben noch der Boden gewesen war.

Der Lärm in den Kopfhörern vermischte sich mit dem Heulen der überforderten Motoren und dem Kreischen zerberstenden Metalls. Doch die laute Stimme des Piloten war trotzdem deutlich zu vernehmen:

»*Wir stürzen ab, wir stürzen ab, wir stür...*«

**BRITISH COLUMBIA, KANADA**
*acht Kilometer nördlich von Naramata*

Annie Devereux schälte ein Stück Fichtenrinde ab, wobei sie sehr sorgfältig vorging, um mit dem dickschneidigen Messer nicht den eigentlichen Baum zu verletzen. Das ferne Kreischen von Kettensägen und elektrischen Baumscheren störte ihren Frieden, denn diese Geräusche bedeuteten für sie mittlerweile eher Raubbau als Produktivität. Sie summte eine Melodie, um den Lärm zu übertönen.

Die alten Küstenindianer von British Columbia, die Kwakiutl, sangen ein Gebet, wenn sie einer Zeder die Rinde nahmen, um daraus Schüsseln und Eimer herzustellen oder um ihre Erdhäuser zu decken.

»Schau mich an, Freund!
Ich bitte dich um dein Kleid,
denn du hast Mitleid mit uns.
Du gibst uns alles, was wir brauchen...«

Der Tag würde kommen, und er war vermutlich nicht mehr fern, da die Abfallsammler lernen würden, die gleiche Dankbarkeit zu empfinden.

Sie prüfte das Holz. »Kein Schädlingsbefall«, sagte sie laut und fügte leise hinzu: »Gott sei Dank!«

Sie warf das Rindenstück weg, legte den Kopf in den Nakken, blickte durch die hohen Baumwipfel zum Himmel empor und atmete tief und genußvoll ein. Das Ausatmen geriet jedoch zum Seufzer.

Vor fünfzehn Jahren, als das Forstministerium sie als Assessorin eingestellt hatte, war fast die Hälfte der neunzig Millionen Hektar von British Columbia bewaldet gewesen: hauptsächlich Nadelhölzer, aber im Nordosten mit Laubbäumen vermischt. Jetzt waren die meisten dieser nach der Eiszeit entstandenen Wälder krank, und die gesunden Bestände wurden von geldgierigen Holzhändlern immer mehr dezimiert, trotz sogenannter bundesstaatlicher Kontrollen. Sogar die neuen Pflanzungen gediehen nicht so recht, waren nur noch Schatten ihrer prächtigen Vorgänger. Trotzdem wurde dieser Raubbau fortgesetzt.

Die Konkurrenz des beharrlich überproduzierenden brasilianischen Marktes war erdrückend, und sogar die Wechselkursschwankungen – die Wertminderung der schwedischen Krone und des französischen Franc und, noch schlimmer, der dramatische Verfall des japanischen Yen – wirkten sich negativ auf Kanadas Wettbewerbsfähigkeit aus. In diesen harten Zeiten konnte nur Quantität das Überleben garantieren.

Annie berührte das nackte Holz der Fichte, das Fleisch unter der harten Haut, und seine Feuchtigkeit übte auf sie einen geradezu sinnlichen Reiz aus. Sie wandte sich ab, klappte das Messer zu und schob es in ihre Anoraktasche.

Oh, sie wünschte sich die alten Zeiten der Handsägen und kleinen Dampfmaschinen zurück, als die gefällten Bäume noch von Ochsengespannen über mit Fischöl eingeschmierte Holzrutschen geschleppt wurden, anstatt sie mit Hilfe mobiler Stahlsparren abzutransportieren, und als die Stämme noch von Männern mit dicken Stangen und guten Nerven sortiert und stromabwärts gestakt wurden, anstatt von Schleppkähnen. Und jetzt wurden die Bäume – die Schierlingstanne, Rottanne, die Douglas- und die Balsamtanne, die Pinie und die Zeder – sogar genetisch geklont. Außerdem wurden Sprößlinge von ›Plus-Bäumen‹, gesunden Bäumen bester Qualität, unter wissenschaftlich kontrollierten Bedingungen gekreuzt, und Satelliten wachten über die Wälder wie himmlische Ammen, während Computer über Zustand und geplante Aufforstungen urteilten. Trotzdem nahmen die NSR – die ›not satisfactorily restocked‹ (nicht zufriedenstellend aufgeforsteten) Flächen – zu, und die alten Wälder degenerierten. Immer häufiger gerieten die Sämlinge nicht, und die alten Bäume schienen erschöpft zu sein.

Sie wirbelte absichtlich mit den Füßen Waldstaub auf und vergrub ihre Hände in den Taschen. Annie schlenderte durch den Wald, und die gedämpften Maschinengeräusche folgten ihr, so als wollten sie sie verhöhnen, so als wollten sie ihr klarmachen, daß Fortschritt nun einmal Fortschritt und Rückschritt nun einmal Rückschritt sei, und daß danach überhaupt nichts mehr komme.

Sie gelangte zu einer kleinen Lichtung, einem Kreis von Bäumen und Unterholz, und wäre er nicht so unregelmäßig gewesen, hätte man glauben können, er wäre von Menschenhand angelegt. Eine umgestürzte Kiefer lag dort, eher ihrer Altersschwäche als einer Krankheit zum Opfer gefallen. Zum Teil war sie verfault, und ihr Holzstaub bedeckte den Waldboden, aber Annie fand zwischen kahlen Ästen einen Sitzplatz.

»Meine Freunde«, redete sie die Bäume um sich herum an, »ihr habt Probleme. Aber ich vermute fast, daß ihr das selbst wißt.«

Sie bückte sich und hob ein Stück Rinde vom weichen Waldteppich auf. Ihr Gesicht war ernst, während sie die Rinde zerstreut zerbröckelte. Annie Devereux war erst einundvierzig Jahre alt, aber ihre wettergegerbten Züge ließen sie älter erscheinen – rauhe Winde und unwirtliches Wetter waren die einzigen Nachteile, die man in Kauf nehmen mußte, wenn man sich beruflich wie in der Freizeit meistens im Freien aufhielt. Daß in ihren kurzen dunklen Locken vorzeitig graue Haare auftauchten, hatte allerdings nichts mit ihrem Lebensstil zu tun.

In Annies Leben hatte es bisher nur drei ernsthafte Beziehungen gegeben, eigentlich zwei, wenn man die unbeholfene Romanze in der High School mit einem Jungen nicht mitrechnete, der ein Jahr jünger und einen Kopf kleiner als sie gewesen war. Diese Affäre hatte sechs Monate gedauert, und beide waren sehr erleichtert gewesen, als es aus war – bei Schulschluß endete auch die Liebe. Drei Jahre später kam dann Louis, ein ernster Mann, der es als seine Mission ansah, die Welt zu retten, und den sie heiratete. Sie lernten sich im Saskatchewan's Kelsey Institute kennen und wurden getraut, bevor der zweijährige Kursus ›Regenerative Energiequellen‹ zu Ende war. Es folgten zehn herrliche Jahre, erfüllt von gemeinsamen Interessen und einer ungewöhnlichen Liebe – sie war viel zu intensiv, viel zu leidenschaftlich, um als normal bezeichnet zu werden. Ihrer beider Enthusiasmus für Schutz und Erhaltung der Umwelt bestimmte nicht nur ihre Berufswahl, sondern auch eine persönliche Hingabe an die Natur, mit Reisen in Kanadas einsame Randgebiete, wo sie emsig Flora und Fauna studierten; und bei ihrem Außendienst für das Ministerium pflanzten sie stets etwas auf eigene Kosten. Und so wie sie die Liebe zur Natur teilten, teilten sie ihre Liebe auch *mit* der Natur.

Wann immer es möglich war, wann immer ihnen danach zumute war, liebten sie sich im Freien. An einem See, auf einer Waldlichtung wie dieser, wo sie gerade ausruhte, im hohen Gras – sogar auf den verschneiten Hügeln der Northwest Territories; ihre Ferienhütte war freilich nicht allzu weit entfernt gewesen, so daß ein rascher Rückzug möglich war, und um Erfrierungen vorzubeugen, hatten sie zuvor an den erforderlichen Stellen Löcher in ihre Kleidungsstücke gerissen.

Louis stammte zwar aus Quebec, war aber nur leicht frankophil; im Gegensatz zu Annies erstem Freund war er ein sehr großer und kräftiger, zugleich aber anmutiger Mann, und seine Pranken hätten zwar ohne weiteres einem Holzfäller gehören können, waren aber so sensibel wie Chirurgenhände. Gott sei Dank hatte er einen schnellen Tod gehabt: Der Krebs gab sich bei ihm nicht mit Halbheiten zufrieden, sondern raffte ihn gierig dahin.

Es dauerte nur drei Wochen, bis der kranke Lungenflügel seine gesunde Schwesterlunge überreden konnte, sich an der Plünderung zu beteiligen, und nach einer weiteren Woche war die Verwüstung komplett. Jetzt, fünf Jahre nach seinem Tod, kam es Annie so vor, als wäre er von einem Moment auf den anderen gestorben, und in ihrer Erinnerung war er nie der abgezehrte Kranke auf dem säuerlich riechenden Klinikbett, sondern immer nur der Riese mit dem buschigen schwarzen Bart und den kleinen, braunen lachenden Augen.

Und nun war die Natur ihre dritte Liebesbeziehung, ihr dritter Liebhaber. Die felsigen Hügel, die Wälder, die Flüsse und Seen, die schneebedeckten Berggipfel in der Ferne. Die Natur war im wahrsten Sinne des Wortes ihr Geliebter, denn in manch mondheller oder auch mondloser Nacht hatte sie in den kalten Gewässern gebadet und sich nackt und naß auf den weichen Waldboden gelegt; sie hatte irgendeinen Baum zu ihrem Gefährten erkoren, ihre Arme um den rauhen Stamm gelegt, ihn mit den Beinen umschlungen und ihre Schenkel an die harte Rinde gepreßt, bis sie in Ekstase und Verzweiflung aufschrie und auf die Erde niedersank, wo sie unter dem stillen Nachthimmel um ihren verlorenen Liebsten weinte.

Und nun lag auch dieses einst so fruchtbare Land, ihre letzte große Liebe, im Sterben, aber es war ein langsamer Tod, ein Siechtum, das kaum auffiel – oder übersehen wurde, weil es schlichtweg inakzeptabel war.

Es ist zu spät, Louis. Du hast immer behauptet, daß es noch eine Chance zur Wiederbelebung gebe, aber du warst ja überhaupt ein Optimist. Viel zu wenig Menschen haben laut gewarnt, und viel zu wenige haben ihnen zugehört. Aber haben wir das Recht, ihnen zu zürnen? Haben wir beide nicht auch deine eigene Krankheit geleugnet? Haben wir in jener ersten Woche die Diagnose nicht auch angezweifelt? Haben wir in der zweiten Woche nicht noch gedacht – gehofft, gebetet? –, daß der Kelch an dir vorbeigehen würde, daß der grimme Feind von dir ablassen und sich ein anderes Opfer suchen würde, ein Opfer, das diese Schrecken (welch schändliches Gebet!) mehr verdient hatte? Lungenkrebs, liebster Louis, und dabei hast du nie auch nur eine Zigarette zwischen den Lippen gehabt! Welch bittere Ironie des Schicksals!

Sie blinzelte, und ihre Augen wurden feucht. Das konnten doch keine Tränen sein, nicht nach so langer Zeit. Sie hatte gedacht, das Weinen hinter sich zu haben. Annie nahm sich zusammen, hob den Kopf. O Louis, warum nur bin ich heute so schrecklich traurig? Deinetwegen? Die Trauer um dich weicht nie, aber das Schlimmste hatte ich doch drei Jahre nach deinem

Tod überwunden. Weine ich aus Trauer um die sterbenden Wälder? Oder aus Selbstmitleid?

Annie schloß die Augen und ließ ihren Tränen freien Lauf.

Ein Rascheln schreckte sie auf. Sie drehte sich rasch um und sah gerade noch, daß im Unterholz Zweige wippten. Bestimmt hatte irgendein kleines Lebewesen ihre Anwesenheit viel zu spät gewittert und erschrocken die Flucht ergriffen.

Klug von dir, mein kleiner Freund. Uns Menschen darf man nicht trauen.

Ein neues Geräusch, zu ihrer Linken, viel lauter als das erste. Etwas brach durch den Wald, ein Hirsch oder Elch, jedenfalls ein großes Tier, dem Lärm nach zu schließen. Und jetzt ein Flattern von Flügeln. Annie blickte bestürzt in die Höhe und sah eine Vogelschar davonstieben, so hastig, daß viele Flügel die oberen Äste streiften.

Mein Gott, daran bin doch wohl nicht ich schuld? Nein, ich kann sie unmöglich aufgeschreckt haben.

Wegen der Tränen in ihren Augen nahm sie ihre Umgebung nur leicht verschwommen wahr, auch jenes leuchtende Ding, das plötzlich ihre Aufmerksamkeit auf sich zog – ein schimmerndes, funkelndes Etwas, wie ein Diamant im Sonnenlicht. Sie holte ein Taschentuch hervor und fuhr sich über die Augen. Ihre Tränen waren ihr peinlich. Wenn nun einer der Holzfäller hier aufgetaucht wäre...

Jetzt konnte sie das helle Etwas deutlicher erkennen.

»Oh«, flüsterte sie.

Es war wunderschön.

Sie wagte nicht, sich zu bewegen, aus Angst, das winzige Licht zu vertreiben.

Es funkelte zwischen den Bäumen, höchstens zwölf Meter von ihr entfernt, etwa in Schulterhöhe, schwebte dort wie ein herrlicher Leuchtkäfer, erstrahlte inmitten des dunklen Waldes.

Annie hob langsam eine Hand zum Mund, der sich vor Staunen unwillkürlich geöffnet hatte. Nie zuvor hatte sie ein so strahlend weißes Licht gesehen, und doch wurde sie nicht davon geblendet. An den Rändern schien es leicht zu flimmern.

Sie streckte ihre Hand aus, so als wollte sie das Licht berühren.

Es begann emporzusteigen, eine mühelose, fast gelassen anmutende Bewegung.

Dann begann es zu tanzen.

Annie hielt jetzt beide Hände an ihr lächelndes Gesicht. Alle düsteren Gedanken verflogen, und sie fühlte sich plötzlich beschwingt und glücklich.

Immer noch waren aus der Ferne Maschinengeräusche und gelegentliche Stimmen zu hören, aber sie kamen Annie plötzlich unwirklich vor, schienen einer anderen Dimension anzugehören. Das sacht zwischen den Bäumen umherschwebende Licht war das einzig Reale.

Annie Devereux machte einen Schritt auf das bezaubernde funkelnde Etwas zu, und da bewegte es sich nicht mehr. Sofort blieb sie erschrocken stehen; sie wollte dieses winzige Phänomen um keinen Preis vertreiben. Was ist das nur, Louis? Was hat es mit diesem seltsamen wundervollen Ding auf sich?

Das Licht begann wieder emporzusteigen, wich Ästen geschickt aus, schien den hohen Wipfeln zuzustreben. Doch dann hüpfte es statt dessen von Baum zu Baum, berührte die dünneren Zweige, prallte von ihnen ab wie ein ätherischer Pingpongball.

Annie lachte leise und etwas unsicher auf, während sie fasziniert den scheinbar zufälligen Tanz des Lichtes beobachtete, stocksteif wie ein aufgeregtes Kind. Das Licht schwebte ein wenig tiefer, streifte einen biegsamen Ast, sprang auf einen anderen.

Dieser sprühte Funken.

Das Licht berührte einen dritten Zweig, der kurz aufflakkerte.

Annies Lächeln gefror.

Das Licht schwebte ins Geäst eines anderen Baumes, und wieder flogen Funken, wie von einem unsichtbaren Feuerstein. Diesmal loderte eine Flamme auf, und sofort fingen andere Zweige Feuer.

»Nein...«, flehte Annie leise. »O nein...«

Die Flammen wurden größer und breiteten sich aus.

Das Licht tanzte jetzt schneller von Baum zu Baum, setzte Äste in Brand, entfachte neue Feuer. Das Holz war trocken, so trocken, daß es sofort lichterloh brannte.

Annie wirbelte auf dem Absatz herum, als sie hinter sich ein lautes Prasseln hörte. Die Flammen hatten jetzt ein Eigenleben, fraßen sich immer weiter fort, verschmolzen miteinander. Sie schrie auf, so als wollte sie die Bäume warnen.

Annie taumelte rückwärts und wäre in ihrer Bestürzung um ein Haar gestürzt. Sie wußte, daß sie ins Tal hinabrennen mußte, um per Feldtelefon das Forstamt zu verständigen. Mein Gott, das Feuer griff so schnell um sich. Ein Baum nach dem anderen wurde von den Flammen erfaßt, und das Licht, das Licht... wo war das Licht?

Dort, vor ihr, in der Nähe des Pfades, auf dem sie hergekommen war. Es berührte tiefhängende Äste, setzte sie in Brand. Annie stieß einen Schreckensschrei aus, als sie begriff, was das bedeutete.

Sie rannte auf den schmalen Pfad zu, aber es war schon zu spät. Eine Flammenwelle schoß von einem Baum zum anderen und schnitt ihr den Fluchtweg ab. Sie wirbelte herum, drehte sich im Kreis. Das Feuer hatte sie umzingelt. Überall um sie herum standen die Bäume in Flammen. Ein verzweifelter Ausbruchsversuch scheiterte, als dicht vor ihr ein brennender Ast herabstürzte, so als hätten Feuer und Wald sich verschworen, sie aufzuhalten.

Annie stolperte rückwärts und riß die Arme hoch, um ihr Gesicht vor der Hitze zu schützen, die bereits ihre Haut versengte. An ein Entkommen war nicht mehr zu denken. Das Feuer breitete sich mit unvorstellbarer Geschwindigkeit kreisförmig aus. Es war so, als wäre um sie herum eine undurchdringliche Flammenwand errichtet worden.

Sie zerrte an ihrem Hemdkragen, als der Luftsauerstoff

knapp wurde, und sie sank auf die Knie, der schrecklichen Hitze schutzlos ausgesetzt. Die Augen offenzuhalten war schmerzhaft, aber sie wollte es unbedingt noch einmal sehen, wollte jenes Licht noch einmal anschauen.

Und sie entdeckte es, aber inmitten des Flammenmeers hatte es seinen strahlenden Glanz verloren; es bewegte sich nicht mehr, und sein schwacher Schein hätte auch von einem fernen Stern herrühren können. Es übte auf Annie keine magische Anziehungskraft mehr aus.

Sie würgte, hustete, glaubte zu ersticken.

Trotzdem versuchte sie noch einmal aufzustehen. Sie wollte sich nicht in dieses schreckliche Schicksal fügen. Aber sie hatte keine Kraft mehr. Während sie auf den rauchenden Waldboden fiel und ihre Haare zu schwelen begannen, dachte sie an ihren toten Mann. Louis lächelte ihr zu.

Und als sie gleich darauf von Hitze und Luftmangel überwältigt wurde, schien Annies Gesicht trotz aller Pein ebenfalls zu lächeln.

# 1

*Wir stürzen ab, wir stürzen ab, wir...*

Rivers riß die Augen auf, und alle Traumbilder verschwanden. Er lag auf seinem Bett, vom Laken nur halb zugedeckt, verschwitzt und benommen.

»Scheiße«, murmelte er, warf das Laken beiseite und hinkte auf das offene Fenster zu, brach aber in die Knie, bevor er es erreicht hatte. Er griff nach den dünnen Gitterstäben, zog sich dichter heran und atmete gierig die feuchte Morgenluft ein, während er sich zur Ruhe zwang. Der pochende Schmerz in seinem Knie erleichterte ihm die Rückkehr in die Realität.

Es ist vorbei, sagte er sich, mit beiden Händen die Metallstäbe umklammernd. Du verdammter Narr, es ist vorbei...

Er lehnte seine Stirn einige Minuten lang ans Fensterbrett, bevor er sich umdrehte und auf den Boden setzte, den Rücken an der Wand. Während er das zerwühlte Bett betrachtete, fügten sich einzelne Traumfetzen zu einem Ganzen zusammen, und er begann zu zittern.

Der beharrliche Schmerz entriß ihn schließlich seinem schrecklichen Angstzustand. Anstatt aufzustehen, rutschte er auf den Knien zum Bett zurück und nahm den Pulsator zur Hand, der immer griffbereit auf dem Nachttisch lag. Er stellte das Gerät auf HIGH, drückte die stumpfe Spitze in die Kniekehle, wo sich das Implantat befand, und betätigte den Einschaltknopf. Obwohl der Schmerz schon nach wenigen Sekunden nachließ, ließ Rivers das Instrument eine ganze Minute laufen.

Er stemmte sich mit dem gesunden Bein ab, setzte sich auf die Bettkante und betrachtete die faltigen Brandnarben auf seinem linken Oberschenkel und die ordentlicheren Operationsnarben am Knie. Unwillkürlich krümmte er die Finger der linken Hand; nach all den Monaten waren die Sehnen noch immer steif, und das Fleisch vom inneren Handgelenk bis zum Ellbogen war noch immer rot und runzelig. Eine Bagatelle, rief er sich in Erinnerung, eine Bagatelle, verglichen mit dem, was die beiden anderen Überlebenden erlitten hatten...

Er straffte seine gebeugten Schultern und strich sich mit beiden Händen über das Gesicht, um auch die letzten Reste von Müdigkeit zu vertreiben. Vor ihm lag ein arbeitsreicher Tag. O Gott, wie er diese dreitägigen internationalen Mammutkonferenzen haßte! Welche Schlußfolgerungen hoffte man ziehen zu können? Daß alles in Ordnung war, daß es keinerlei Probleme gab, daß es sich nur um ökologische Mißverständnisse handelte? Um eine schlechte Phase, die der Planet durchlief? Daß sich das Klima in ein, zwei Jahren wieder einpendeln würde? Andererseits mußte man sich mit den Schwarzsehern auseinandersetzen, mit jenen Wissenschaftlern und Naturschützern, die das Problem aus Eitelkeit oder moralischer Entrüstung, vielleicht sogar aus Unwissenheit, übertrieben und größtmöglichen Pessimismus verbreiteten. Der Umgang mit ihnen wurde dadurch erschwert, daß sie der Wahrheit näher kamen als die Gemäßigten. Immerhin gab es einen schwachen Trost: Man hatte die Teilnehmerzahl der ausländischen Delegationen begrenzt, und die Konferenz sollte weitgehend unter Ausschluß der Öffentlichkeit stattfinden. Niemand wollte eine Wiederholung des Debakels von Genf im Vorjahr, als Wortgefechte in Tätlichkeiten ausgeartet waren und weltweit für Schlagzeilen gesorgt hatten. Schaudernd griff Rivers nach dem Krückstock, der am Fußende des Bettes lehnte.

Er hinkte durch den Flur ins Bad und warf einen sehnsüchtigen Blick auf die Wanne, während er den Stock an einen Kleiderhaken hinter der Tür hängte und die Duschkabine betrat. Seltsamerweise hatte er vor dem Verbot viel lieber geduscht als im schmutzigen Badewasser gelegen. Verbotene Früchte, schalt er sich selbst.

Während er duschte, rasierte er sich – sein Solarrasierapparat mußte dringend aufgeladen werden, registrierte er – und schaute sich im Mini-Fernseher, der am Duschrohr hing, die

Morgennachrichten an. Wassertropfen liefen über den Anti-Beschlag-Bildschirm, so als wollten sie sich über die Flüchtlinge lustig machen, die in Zentralafrika dürre Wüsten durchquerten. Als nächstes wurde ein Schneesturm in Syrien gezeigt, und Rivers schaltete das Gerät aus. Diese Bilder würden in den anderen Kanälen noch oft genug zu sehen sein, und sie entsprachen nicht seinen Vorstellungen von einem angenehmen Tagesbeginn.

Er saß am Küchentisch, trank seine zweite Tasse Kaffee und rauchte seine erste Zigarette, als das Telefon klingelte. Er warf einen Blick auf seine Uhr: 7.40. Für lange Gespräche hatte er jetzt keine Zeit mehr.

Der Sensor lag griffbereit neben seinen Schlüsseln auf der Anrichte. Er nahm ihn zur Hand, richtete ihn auf den Lautsprecher in der Wand gegenüber und drückte auf die RECEIVE-Taste.

»Rivers«, meldete er sich, während er seine Zigarette im Aschenbecher ablegte.

»Mr. James Rivers?« fragte eine tiefe, kräftige Männerstimme leicht kurzatmig, so als leide der Anrufer an Asthma.

»Wer spricht dort?« erkundigte sich Rivers.

»Sie kennen mich nicht, Mr. Rivers.«

»Wie sind Sie dann an meine Nummer gekommen? Sie steht nicht im Telefonbuch.«

»Äh, nein, aber wir haben gemeinsame Bekannte.«

Rivers griff nach seiner Zigarette und zog kräftig daran. »Nennen Sie mir einen.«

Der andere Mann holte pfeifend Luft, bevor er antwortete: »Das ist im Augenblick nicht wichtig. Ich würde Sie sehr gern sehen, Mr. Rivers.«

»Hören Sie, ich möchte nicht unhöflich sein, aber ich habe es heute morgen ziemlich eilig. Wie wär's, wenn Sie mir wenigstens Ihren Namen sagen würden?«

»Aber ja, natürlich. Entschuldigen Sie bitte. Ich heiße Poggs.«

Obwohl es für Humor eigentlich noch zu früh am Tag war,

mußte Rivers grinsen. Irgendwie paßte der Name, der von Dickens hätte stammen können, zu der Stimme.

»Hugo Poggs«, ergänzte der Mann hoffnungsvoll, so als könnte der Klimatologe von ihm gehört haben.

Irgendwie kam diesem der Name tatsächlich bekannt vor, aber er konnte ihn im Augenblick nirgends unterbringen.

»Müßte Ihr Name mir etwas sagen?« fragte er deshalb.

»Vielleicht nicht.« Ihm war keine Enttäuschung anzumerken. »Ich muß Sie treffen, um mit Ihnen über eine Angelegenheit von größter Bedeutung – und vielleicht auch von größter Dringlichkeit – zu sprechen.«

Rivers nahm sich die Zeit zu einem Schluck Kaffee. »Lebensversicherung?« mutmaßte er dann.

»Ich würde sagen, daß Ihr Schutzengel vollauf genügt. Finden Sie nicht auch?«

Rivers verstand die Anspielung. »Darüber möchte ich nicht sprechen...«

Er hörte, daß der Anrufer wieder tief Luft holte.

»Ich auch nicht, Mr. Rivers. Darf ich Ihnen meine Nummer geben, damit Sie mich zurückrufen können, sobald Sie mehr Zeit haben?«

»Ich wüßte nicht, warum ich das tun sollte.«

»Vielleicht ändern Sie Ihre Absicht, wenn ich ein bestimmtes Wort erwähne.«

»Für mich hört sich das alles noch immer nach einer Lebensversicherung an.«

Nach kurzem Schweigen erwiderte Poggs: »In gewisser Weise ist das nicht einmal so weit von der Wahrheit entfernt.«

Rivers bemerkte, daß der den Zigarettenstummel zwischen den Fingern zerdrückte.

Es war der Traum, der ihm so zu schaffen machte, der für seine Nervosität verantwortlich war. Mit diesem Unbekannten hatte das wirklich nichts zu tun. »Ich warte«, sagte er ungeduldig.

»Tinkerbell.«

Er starrte den Lautsprecher an, so als wäre dort Poggs höchstpersönlich zu sehen.

Ein, zwei Sekunden vergingen, bevor er auf die MEMO-Taste drückte.

»Geben Sie mir die Nummer«, murmelte er.

# 2

Rivers öffnete die Tür seines Renault und fegte einen Kakerlak vom Fahrersitz auf den Gehweg. Er zerquetschte das Insekt mit dem Fuß, bevor es wegrennen konnte, eine Tat, für die ihn heutzutage nicht einmal die radikalsten Tierschützer getadelt hätten.

»Na, immerhin wird dieser Tage jetzt zu etwas nützlich gewesen sein«, sagte er zu den schwärzlichen Überresten auf dem Beton.

Nach einer schnellen Inspektion holte er eine umweltfreundliche Dose (zu Küchenschaben und ihresgleichen war sie allerdings nicht freundlich) aus dem Handschuhfach und sprühte das Wageninnere gründlich ein. Er schloß die Tür und rauchte eine Zigarette, während die Chemikalien ihre Wirkung taten.

Woher hatte dieser Mann mit dem albernen Namen das gewußt, fragte er sich, an sein Auto gelehnt. Und *was* wußte er über Tinkerbell? Nachdem das schwer beschädigte Forschungsflugzeug fünfzehn Kilometer von Galveston entfernt eine Bruchlandung gemacht hatte, und man ihn, einen von nur drei Überlebenden, aus dem Wrack gezogen hatte, wiederholte er diesen Namen ein ums andere Mal – jedenfalls hatte man ihm das später berichtet. *Tinkerbell, Tinkerbell, Tinkerbell*... Das war das einzige, was er in den beiden ersten Wochen nach der Katastrophe sagte.

So lange dauerte es, bis er wieder bei Sinnen war, und dann brauchte er noch einmal halb so lange, bis ihm einfiel, was der Name bedeutete. Daraufhin wurde *Tinkerbell* zum Dienstgeheimnis erklärt.

Ein Nachbar in kurzärmeligem weißem Hemd, gestreifter Krawatte und dunklen knielangen Shorts rief dem Klimatologen im Vorbeigehen »Guten Morgen« zu. Er hatte eine Aktentasche bei sich, seine nackten Körperteile waren dick mit Sonnenschutzcreme eingerieben, und auf der Hemdtasche hatte er eine selbstklebende UV-Warnplakette angebracht, deren lichtempfindliche Chemikalien die wechselnde Sonnenstrahlung im Laufe des Tages durch verschiedene Farben anzeigen würden. Rivers erwiderte den Gruß, keineswegs verwundert über die Vorsichtsmaßnahmen des Mannes.

Wie hatte dieser Hugo Poggs nur etwas über *Tinkerbell* erfahren? Und was bezweckte er mit seiner Anspielung darauf? Poggs ... der Name sagte Rivers irgend etwas, aber er hätte um alles in der Welt nicht sagen können, was. Irgendwann hatte er den Namen gehört, oder vielleicht hatte er irgendwo etwas über den Mann gelesen. Na, macht nichts, sagte er sich, es wird mir schon noch einfallen.

Er warf die nur halb gerauchte Zigarette auf die staubige Straße und öffnete die Wagentür wieder, damit die Dämpfe sich ein wenig verflüchtigen konnten, bevor er einstieg und sich rasch vergewisserte, daß keine betäubten Insekten herumlagen und mit den Beinen in der Luft strampelten. Dann ließ er den Motor an und fuhr davon.

Sogar zu dieser frühen Stunde brannte die Sonne schon heiß vom Himmel, und als er seinen Nachbarn – einen Makler in der City, wie er sich dunkel erinnerte – überholte, überlegte er, ob er anhalten und ihn bis zum Bahnhof mitnehmen sollte. Der Geschäftsmann – er hieß Simpson oder Timpson – war früher immer mit einer kastanienbraunen Jaguar-Limousine in sein Büro gefahren, aber seit solche Luxuskarossen mit ihrem enormen Benzinverbrauch verpönt waren und die Fahrer wie Parias behandelt wurden, hatte er es sich angewöhnt, öffentliche Verkehrsmittel zu benutzen. Rivers fuhr weiter – zum Teufel mit dem Kerl, sollte er ruhig laufen. Er selbst hatte heute morgen ganz andere Sorgen im Kopf.

Der Durchzug vertrieb sehr schnell auch die letzten Reste des Insektensprays. Er schloß die Fenster und schaltete die Klimaanlage ein.

Die Hauptkonferenz würde den größten Teil des Vormittags in Anspruch nehmen, und nach dem Mittagessen würde man, in kleinere Gruppen aufgeteilt, in verschiedenen Teilen des riesigen Instituts für Meteorologie und des nahegelegenen Hadley Centre weiterdiskutieren. Dieser Meinungsaustausch würde sich zweifellos bis zum Abend, vielleicht sogar bis in die Nacht hinziehen. Sein eigenes Referat würde kurz ausfallen – alle anwesenden Wissenschaftler und Repräsentanten wußten selbst nur allzugut über die chaotischen Wetterverhältnisse des Planeten und deren negative Auswirkungen auf die Umwelt Bescheid. Man erwartete jedoch von ihm und seinen Kollegen fundierte Vorhersagen, wie die gegenwärtigen Unregelmäßigkeiten sich weiterentwickeln und wann sie wieder das beruhigende Stadium einer ›established constancy‹ erreichen würden. (Er grinste über diesen Ausdruck – ›eingependelte Konstanz‹ –, den das US National Center for Atmospheric Research kürzlich erfunden hatte.) Genaue Paradigmen, erstellt auf der Grundlage von Computermodellen und gründlicher wissenschaftlicher Forschung, waren unabdingbar, damit die Regierungen ihre Länder auf unnatürliche Katastrophen vorbereiten konnten, aber Rivers war sich alles andere als sicher, daß seine Organisation damit aufwarten konnte. Solche Vorhersagen waren nur möglich, wenn es konkrete Hinweise auf gewisse Gesetzmäßigkeiten gab, mochten diese auch noch so kompliziert sein; beim Wetter schien ein solches Ordnungsprinzip aber nicht zu existieren. Das Umherflattern eines Schmetterlings in Massachusetts könnte möglicherweise in Indien einen Tornado auslösen. Wer würde jemals etwas vom Flügelschlag des Schmetterlings erfahren? Die verschiedenen Arbeitsgruppen würden nur Möglichkeiten aufzeigen können; und weil die Klimaveränderungen in den letzten Jahren so unberechenbar – und oft in so gravierendem Ausmaß – aufgetreten waren, handelte es sich bei solchen Prognosen der möglichen Entwicklung im Grunde nur um mehr oder weniger fundierte Vermutungen. Fest stand nur eines: Die Welt hatte sich selbst versaut, und niemand – ob nun Wissenschaftler, Umweltschützer oder Weissager – konnte prognostizieren, welches Schicksal der

Menschheit in den nächsten Jahrzehnten beschieden sein würde. Nicht einmal in den nächsten Wochen.

Ein lauter Knall riß ihn aus seinen Gedanken. Etwas hatte den Wagen getroffen.

Er fuhr weiter, weil er zu wissen glaubte, was passiert war. »Laß deine Wut lieber an der Regierung aus«, riet er dem Steinewerfer im Geiste. »Die Fahrbeschränkungen waren nicht meine Idee, sondern die der Politiker.« Diese Regelung erleichterte die Fahrt durch die Großstadt ein wenig, obwohl man höllisch aufpassen mußte, weil ganze Legionen von Radfahrern und Tandem-Taxis unterwegs waren, deren Rücksichtslosigkeit keine Grenzen kannte. Immerhin war aber auch die Luft dadurch etwas erträglicher geworden, und dafür mußte man schon sehr dankbar sein.

Rivers steuerte auf die M4 zu, die aus London herausführte.

Bei der vom UK Meteorological Office – vom Britischen Meteorologischen Institut – veranstalteten Konferenz waren alle möglichen weltweiten Organisationen vertreten, vom Scientific Committee on the Problems of the Environment (SCOPE) bis hin zur Royal and Linnean Society, vom Intergovernmental Committee of the UN Environment Programme und der World Meteorological Organisation bis hin zum Norwegian Institute of Scientific Research and Enlightenment (NIVFO), von der United Nations' Food and Agricultural Organization bis hin zum Institute of Terrestrial Economy. Allein schon beim Überfliegen der Teilnehmerliste hatte Rivers Kopfweh bekommen.

In seinem Fünf-Minuten-Referat ging es hauptsächlich um die Vorzüge des neuen Cray X-MP Mk IV, des unbestreitbar imponierendsten Wettervorhersage-Computers, der um zwanzig Prozent leistungsfähiger war als sein Vorgänger. Die Maschine würde bald mit anderen Computern in aller Welt vernetzt werden, wodurch alle Nationen, die den World Environment Pact (WEP) von 1993 unterzeichnet hatten, sofortigen Zugang zu Informationen von größter Bedeutung haben würden. Möglicherweise würde das auch jene Länder, die sich dem

Umweltabkommen bislang aus verschiedenen (zumeist kommerziellen) Gründen verweigert hatten, zum Beitritt ermutigen. Der Cray X-MP Mk IV vermochte Wetterprobleme zu erkennen, lange bevor sie ein kritisches Stadium erreichten, und in manchen Fällen würde er vielleicht sogar bei der Lösung solcher Probleme behilflich sein können. Das war Technologie der fortschrittlichsten Art, einer der vielen Beiträge, die die Wissenschaft zur Bewältigung der ständig zunehmenden Umweltprobleme leistete. Den Schmetterling in Massachusetts erwähnte Rivers nicht.

Nach dem Mittagessen tagten die Arbeitsgruppen in verschiedenen Räumlichkeiten des Met Office und des angrenzenden Hadley Centre, und die Diskussionen, Streitereien – und sogar Beschimpfungen – zogen sich erwartungsgemäß bis zur Nacht hin.

Rivers' Gruppe machte als eine der letzten Schluß, und er konnte sich erst um 23.30 in ein ruhiges Büro zurückziehen und den Anruf erledigen.

# 3

Er brachte sein Bein in eine andere Stellung. Schon zwanzig Minuten nach Fahrtantritt hatte es zu schmerzen begonnen. Bisher hatte er zweimal angehalten, um sich etwas Bewegung zu verschaffen, eingedenk des Rates seiner Physiotherapeutin, er solle das verletzte Bein so oft wie nur möglich trainieren, die Muskeln und Sehnen strecken, um Verkrampfungen und Schwächungen vorzubeugen. Er hatte die Frau oft verflucht, weil die Übungen wahnsinnig schmerzhaft waren – anfangs schleuderte er ihr seine Anklagen ins Gesicht, und in den letzten ein, zwei Monaten mußten ihr häufig die Ohren geklungen haben –, aber er hatte ihr auch von Zeit zu Zeit einen Blumenstrauß geschickt (heutzutage ein teurer Spaß), weil er ihre Geduld und Beharrlichkeit zu schätzen wußte. Sie hatte ihm versprochen, daß er in einem Jahr keinen Krückstock mehr benötigen würde, daß ihn dann nur noch ein leichtes Hinken und eine schnelle Ermüdung des linken Beins an seinen Unfall erinnern würden. Die körperlichen Narben hatte sie nicht erwähnt. Und er hatte die seelischen nicht erwähnt.

Die ungewöhnliche Trockenheit dieses Sommers verlieh der Landschaft ein müdes Aussehen: Das Gras war braun und verdorrt, das Laub strohig. Sogar das Vieh auf den Feldern machte einen mageren und phlegmatischen Eindruck. Der letzte starke Niederschlag lag vierzehn Wochen zurück, obwohl der Himmel oft bewölkt gewesen war und Regen verheißen hatte. Heute aber brannte die Sonne erbarmungslos von einem hellblauen Himmel herab.

Als Rivers nach etwa zweistündiger Fahrt eine Kleinstadt in Dorset passierte, stoppte ihn ein Polizist mit Hilfe einer Fahne, um den Fahrzeitenaufkleber an der Windschutzscheibe genau inspizieren zu können. Fälschungen hatten so überhandgenommen, daß seit kurzem sehr hohe Strafen verhängt wurden.

Als der Beamte den Stempel des Verteidigungsministeriums – kaum jemand wußte, daß das Met Office dem Verteidigungsministerium unterstand – entdeckte, salutierte er stramm. Rivers nickte ihm zu und unterdrückte ein Grinsen, bis der Polizist seine Aufmerksamkeit anderen Verkehrsteilnehmern des ruhigen Städtchens zugewandt hatte. Weil höhere Straßenbenutzungsgebühren für große Pkw und Lkw nur geringe Auswirkungen auf Benzinverbrauch und Luftverschmutzung gezeitigt hatten, hatte die Regierung ein Gesetz durchgeboxt, das jedermann – Speditionen und wichtige Dienstleistungsbetriebe ausgenommen – zwang, sein Fahrzeug jede zweite Woche stehenzulassen. Nur Fahrzeuge mit blauen Aufklebern durften in der einen Woche unterwegs sein, nur Fahrzeuge mit roten Aufklebern in der nächsten. Diese Aufkleber, die jedes Quartal erneuert werden mußten, waren so teuer, daß Gelegenheitsfahrer abgeschreckt wurden. Im Verein mit den exorbitanten Benzinpreisen hatte dieses Gesetz bewirkt, daß der Verkehr auf Großbritanniens Straßen stark abnahm – und daß das öffentliche Transportwesen endlich riesige Gewinne zu machen begann. Es war eine radikale Lösung, aber sie erwies sich als so erfolgreich, daß andere Länder – mit Ausnahme Nordamerikas, wo große Kampagnen von Bürgerrechtlern das Votum des Senats mühelos hinwegfegten – dem britischen Beispiel folgten. Wäre der Kleinstadtpolizist freilich nicht farbenblind gewesen (das war heutzutage kein Bewerbungshindernis mehr), so hätte er gesehen, daß Rivers' Windschutzscheibe mit einem *grünen* Aufkleber versehen war, was freie Fahrt zu jeder Zeit bedeutete.

Nach weiteren vierzig Minuten war Rivers nicht mehr weit von seinem Ziel entfernt. Er bog von der ruhigen Landstraße auf einen Feldweg ab und hielt an, um Poggs' Angaben zu Rate zu ziehen. »In unserem Waldgebiet kann man sich leicht verirren«, hatte Poggs ihm am Telefon erklärt. Erst als Rivers den Zettel zur Hand nahm, auf dem er sich alles genau notiert hatte, fiel ihm auf, daß das Licht bei weitem nicht mehr so gut war wie noch vor kurzem. Er warf einen Blick aus dem Seitenfenster und sah, daß dunkle Wolken aufgezogen waren und schon den halben Himmel bedeckten; beim Gedanken an den Regen, den sie mit sich führen mußten, hätte er gewiß frohlockt, wenn diese Wolkenwand nicht gar so bedrohlich ausgesehen hätte.

So aber runzelte er die Stirn. Wo, zum Teufel, kamen diese Wolken her? Seines Wissens nach war kein Unwetter angesagt worden.

Rivers griff nach dem Autotelefon und drückte auf eine Taste. Während die gespeicherte Nummer automatisch gewählt wurde, beobachtete er die fernen schwarzen Wolkenmassen.

»G 23«, sagte er, als sich jemand am anderen Ende der Leitung meldete. »Jonesy? Hier ist Jim.«

»Weißt du nicht, daß heute Sonntag ist und du dich ausruhen solltest? Nein, wir wissen nicht, wo sie hergekommen ist, falls du wegen jener verdammt großen Wolkenbank anrufst. Ich habe in der Zentrale *und* im Observatorium nachgefragt, sogar bei den Typen vom Nahbereich. Es gab keinerlei Hinweise auf diese Wolkenfront, bis sie plötzlich auf dem Satelliten aufgetaucht ist.«

»Aber sie muß doch irgendwo entstanden sein, und von einer Sekunde zur anderen kann sie auch unmöglich diese Größe erreicht haben. Kaum zu glauben, wir haben eine katastrophale Dürre, und niemand bemerkt ein aufziehendes Unwetter. Kein Wunder, daß die Öffentlichkeit jedes Vertrauen verloren hat.«

»Ja, ja, ich weiß, aber schließlich ist nicht *unsere* Abteilung dafür verantwortlich. Turbulenzen vor der Südküste, das ist die einzige Erklärung, die uns die Kollegen geben konnten.«

»Gott weiß, daß wir Regen brauchen können, aber das sieht mir ziemlich ungemütlich aus.«

»Ich kann dir nur raten, zu Hause zu bleiben. Wenn es losgeht – und das wird bald der Fall sein –, wird dir ein Schirm nicht viel nutzen.«

»Ich bin schon draußen.«

»Na dann – viel Glück! Immerhin werden die Gärtner Grund

zur Freude haben, von den Bauern ganz zu schweigen. Wir alle sollten uns freuen, denke ich.«

»Hängt von den Schäden ab, die das Unwetter anrichtet. Wie gesagt, die Wolken sehen gemein aus.«

Nach kurzem Schweigen murmelte Jonesy: »Seien wir optimistisch.«

»Du hast recht. Hör zu, ich erwarte morgen einen ausführlichen Bericht. Ich möchte wissen, wo die Wolken entstanden sind und wieviel Regen gefallen ist.«

»Ich dachte, du hättest diese Woche Urlaub.«

»Schick das Zeug an meine Adresse.«

»Wird gemacht. Und jetzt solltest du irgendwo in Deckung gehen. Genieß den Tag. Ein Glück, daß die Konferenz hinter uns liegt. Sonst hätten wir uns vor peinlichen Fragen unserer lieben ausländischen Freunde nicht retten können. Nach einer der längsten Dürreperioden in der Geschichte Englands zieht ein gewaltiger Sturm auf, und niemand hat ihn vorhergesagt. Das ist fast so unangenehm wie der Hurrikan von '87.«

Nachdem Rivers aufgelegt hatte, betrachtete er erneut die herannahenden Sturmwolken. Jetzt konnte er die Turbulenzen in ihrem Innern ebenso erkennen wie die bleierne Dunkelheit, die sich an den unteren Rändern massierte. Er stieg aus, um die Atmosphäre zu spüren. Sie war unangenehm schwül, eine drückende Hitze von der Art, die nur durch einen Schauer zu vertreiben ist. Nun, bald würde viel mehr als nur ein Schauer niedergehen. Vielleicht stand der Erde gar eine neue Sintflut bevor. Rivers wußte nur zu genau, was überall auf der Welt vor sich ging.

Er stieg wieder in seinen Renault, warf noch einen Blick auf seinen Merkzettel und fuhr weiter.

Die Schleusen des Himmels öffneten sich blitzartig.

Von einer Sekunde zur anderen spien die bedrohlichen Wolkenmassen ihren ganzen Zorn aus. Der Regen ging mit solcher Wucht auf die Erde nieder, daß die Wagenfenster sofort überflutet waren. Er trat auf die Bremse, viel zu hart, viel zu schnell, und der Wagen geriet ins Schleudern. Er spürte, daß der rechte vordere Kotflügel gegen etwas prallte, aber das Knirschen von Metall ging im Wolkenbruch fast unter. Sein Oberkörper wurde nach vorne geworfen, als der Wagen leicht zur Seite kippte und abrupt zum Stehen kam. Der Sicherheitsgurt schnürte seinen Magen und Brustkorb ein, hatte ihn aber Gott sei Dank von der Windschutzscheibe ferngehalten. Ein schneidender Schmerz durchzuckte sein verletztes Bein, und er umklammerte stöhnend seine Kniescheibe. Unwillkürlich hatte er beim Aufprall seinen Fuß fest gegen den Boden gestemmt und sich völlig versteift.

»Verfluchte Scheiße!« murmelte er und schlug mit der freien Hand aufs Lenkrad. Der Schmerz fraß sich wie ein Feuer in beide Richtungen, bis zum Knöchel hinab und bis zu den Leisten hinauf. Feuer... Er fummelte ungeschickt und viel zu hastig am Verschluß des Sicherheitsgurtes herum, der nicht aufgehen wollte. Seine Finger waren taub, sein Arm... sein Arm brannte...

Regen trommelte auf das Metall über seinem Kopf, peitschte gegen die Fenster, eine graue bewegliche Fläche.

»O Gott!« schrie er und versuchte sich gleich darauf selbst zu beruhigen. *Du bist nicht in dem Flugzeug, du stürzt nicht ab! Nimm's leicht, es besteht keinerlei Gefahr.* Er hatte Schweißperlen auf der Stirn, während er am Sicherheitsgurt herumhantierte.

Schließlich gab der Gurt ihn frei, doch im nächsten Moment ließ eine neue Schmerzwoge ihn laut aufschreien, und er umklammerte sein Knie nun mit beiden Händen. *Wir stürzen ab, wir stürzen ab, wir...*

Rivers wußte genau, wo er sich befand, und er wußte, daß keine Gefahr bestand, daß sein Wagen nicht stark beschädigt war. Doch Gardenias Leiche flog in der Kabine herum, mit rollenden Augen und irre grinsendem Mund, eine Leiche, die sich über die Lebenden lustig machte, weil sie ihnen einen Schritt voraus war, weil sie wußte, wie es ist zu sterben... Rivers wußte, wo er war, was passiert war, und doch schnürte sich ihm vor Angst die Kehle zusammen.

Aber bevor er schreien konnte, wurde die Wagentür aufgerissen, und unter einer tief in die Stirn gezogenen Kapuze konnte er verschwommen ein besorgtes Gesicht erkennen, obwohl sich alles um ihn herum drehte.

»Ist alles in Ordnung?« fragte die Frau.

Sein Schwindelgefühl verflog, und die Welt stand wieder still, aber er zitterte noch immer am ganzen Leibe.

»Ihr Bein – haben Sie es verletzt?« Sie hob die Stimme, um das Prasseln des Regens übertönen zu können.

Er starrte sie verständnislos an. Von ihrem Plastikumhang tropfte Wasser, als sie sich vorbeugte, um selbst nach dem Rechten zu sehen.

Ihr Körper schützte ihn vor dem Wolkenbruch, und ihre Köpfe berührten sich jetzt beinahe. Sie hatte weiche Gesichtszüge, und obwohl ihre Augen im trüben Licht fast schwarz wirkten, wußte er intuitiv, daß ihr Blick sanft und freundlich war.

»Äußerlich sind keine Verletzungen zu erkennen«, sagte sie. »Könnten Sie versuchen, das Bein zu bewegen?«

Rivers wollte ihr eine Erklärung geben, brachte aber nur ein unverständliches Gemurmel hervor. Er schnitt eine Grimasse und versuchte es noch einmal. »Es ist weiter nichts. Der Unfall ist einer alten Verletzung nicht gerade gut bekommen.«

Sie lächelte, und er sah sie verwirrt an. Ihr haftete der Geruch des erfrischenden Regens an, und irgendwie verscheuchte ihre Gegenwart den Alptraum.

»Glauben Sie, daß Sie sich bewegen können?«

»Was? Oh – ja, ich schon. Fragt sich nur, ob mein Auto es kann.«

»Ich befürchte, daß es feststeckt. Sie sind in einen Straßengraben gefahren.« Ihm fiel auf, daß sie einen leichten amerikanischen Akzent hatte. »Das war übrigens eine spektakuläre Rutschpartie. Zum Glück haben Sie den Baum mehr oder weniger nur gestreift, obwohl Ihr rechter Kotflügel ausgebeult werden muß.«

»Sie haben gesehen, wie es passiert ist?«

»Sozusagen von der ersten Reihe aus. Es war großartig, aber ich werde Sie nicht um eine Wiederholung bitten.« Sie klopfte ihm leicht auf die Schulter. »Kommen Sie, machen wir uns auf den Weg zum Haus.«

»Ich wußte nicht, daß hier in der Nähe Häuser sind.«

»Na ja, in unmittelbarer Nähe nicht. Sie werden leider ein Stück weit laufen müssen. Glauben Sie, daß Sie das schaffen?«

»Den werde ich dazu brauchen.« Rivers griff nach seinem Stock, der gegen die Beifahrertür gefallen war. Als die Frau ihm beim Aussteigen helfen wollte, knurrte er: »Geht schon.«

Sie trat etwas zurück, aber nachdem er sich mühsam hochgehievt hatte, war ihrem Gesicht weder Überraschung noch Kränkung anzusehen. Statt dessen lächelte sie ihm freundlich zu und sagte: »Sie werden patschnaß werden.«

Die Warnung kam zu spät. Der Regen durchnäßte ihn bereits bis auf die Haut, sobald er den Wagen verlassen hatte. Mit zusammengekniffenen Augen blickte er himmelwärts und sah ein trostloses Grau in Grau, ohne auch nur den geringsten Riß in der Wolkendecke. Was Rivers freilich am meisten wunderte, war die fast tropische Wärme des Regens.

Er schlug die Wagentür zu und fragte die Unbekannte: »Wie weit ist es?«

»So sehr weit nicht, aber unter diesen widrigen Umständen werden Sie doch Hilfe benötigen«, erwiderte sie. »Der Weg wird inzwischen bestimmt ziemlich matschig sein.«

»Schauen wir erst mal, wie ich allein zurechtkomme.«

»Stützten Sie sich wenigstens auf meine Schulter, einverstanden?« Der Regen prallte erbittert an ihrem grellgelben Umhang ab, und sie hatte die Kapuze tief in die Stirn gezogen, so daß ihr Gesicht wieder im Schatten lag.

»Ich sollte mir noch rasch den Schaden ansehen.«

»Nicht nötig. Er ist minimal, nur ein Kratzer, eine kleine Delle. Haben Sie die Wagenschlüssel?«

Er nickte.

»Dann nichts wie los. Stützen Sie sich auf mich.«

Er tat es, und ihre Schulter erwies sich unter seiner Hand als zwar schmal, aber erstaunlich kräftig.

Der Weg war mehr als nur matschig, er hatte sich in einen regelrechten Sumpf verwandelt. Die Ironie wollte es, daß die Frau als erste ausrutschte, und er packte sie am Arm, damit sie nicht hinfiel. Als sie trotzdem keinen Halt fand, umschlang er sie mit beiden Armen und drückte ihren Körper an sich. Es war ein Augenblick seltsamer Nähe, kurz, aber erregend.

»Sie wollten doch eigentlich *mir* helfen«, murmelte er.

Sie wirkte leicht verlegen, rückte etwas von ihm ab und senkte den Kopf, so daß er ihr nicht mehr in die Augen blicken konnte. »Tut mir leid«, glaubte er sie über den Lärm hinweg sagen zu hören.

Sie setzten mühsam ihren Weg fort, hielten sich jetzt gegenseitig fest, während der an Intensität noch zunehmende Regen ihre geduckten Körper peitschte. Tausende von Tropfen explodierten wie winzige Wasserbomben auf ihren Köpfen und Schultern. Das Wasser war jetzt kühler, aber nur ein wenig, und Dampf stieg sowohl von dem Morast unter ihren Füßen als auch vom Laubwerk links und rechts des Weges auf. Rivers fühlte sich wieder an einen tropischen Regen erinnert.

Sein Bein schmerzte immer mehr. Dann stürzte er, fiel auf die Knie und riß die Frau mit sich. Als er aufzustehen versuchte, rutschte er wieder aus und zog sie noch einmal zu Boden. Sie rollte zur Seite, die Kapuze glitt ihr vom Kopf, und sofort war ihr dunkles schulterlanges Haar triefend naß. Zu seiner großen Überraschung lachte sie.

»Ich habe...«, keuchte sie, »ich habe seit langem nicht mehr... soviel Spaß gehabt.«

Er wischte sich über das nasse Gesicht, was sie erneut zum Lachen brachte. Rivers betrachtete seine Hand und begriff, daß er sich gründlich beschmiert hatte.

Sie bemühte sich, auf die Beine zu kommen. »Ihre Schlammpackung wird schon abgewaschen«, beruhigte sie ihn, schrie aber im nächsten Moment auf, weil sie wieder ausgerutscht war.

Der Klimatologe hob seinen Stock auf, der im Morast zu versinken drohte, rammte das Ende tief in den Boden und stemmte sich hoch, dankbar dafür, daß die Erde unterhalb der aufgeweichten Oberfläche noch fest war. Dann streckte er der Frau eine Hand hin. »Verlagern Sie Ihr ganzes Gewicht auf einen Fuß, und dann richten Sie sich langsam auf.«

Sie tat, wie ihr geheißen, und stand gleich darauf neben ihm. Ihre Haare klebten ihr am Kopf, aber das tat ihrer guten Laune sichtlich keinen Abbruch. Ihre Augen funkelten humorvoll, und unwillkürlich mußte auch er lächeln. »Sollen wir einen neuen Versuch machen?« schlug sie vor.

»Wie weit ist es noch?«

»Ein Stückchen. Glauben Sie, daß Sie's schaffen?«

»Ich habe nicht die Absicht hierzubleiben.«

»Stützen Sie sich wieder auf mich.«

Diesmal schob sie ihre Schulter unter die seine und schlang ihren Arm um seine Taille, während er seine freie Hand auf ihre andere Schulter legte.

Kleine Anhöhen säumten jetzt den Weg auf beiden Seiten, und Bäume bildeten über ihren Köpfen eine Art Baldachin, der für den Wolkenbruch allerdings kein allzu großes Hindernis darstellte. Blätter, Zweige und sogar dünnere Äste fielen von dieser lockeren Decke herab, und an den steilen Abhängen entstanden Sturzbäche, die zu Miniatur-Erdrutschen führten.

»Was ist das nur?« schrie sie. »Ich weiß zwar, daß das Wetter unberechenbar geworden ist, aber ein solcher Regen? Es ist einfach unmöglich.«

»Sagen Sie sich das immer wieder vor – vielleicht erreichen wir Ihr Haus dann schneller.«

Sie schob ihre Kapuze etwas zur Seite, um ihn ansehen zu können. »Irgendwie habe ich das Gefühl, daß Sie diese Wanderung nicht so genießen wie ich.«

Er rutschte aus, konnte sich diesmal aber auf den Beinen halten. »Was wollen Sie? Ich lächle doch.«

»Ehrlich gesagt, ist es eher eine Grimasse. Tut Ihr Bein sehr weh?«

»Ja, aber ich schaff's schon.«

Er fluchte leise vor sich hin, weil ein erneutes Ausrutschen das Feuer in seinem Kniegelenk auflodern ließ.

Als sie den Schutz der Bäume verließen, prasselte der Regen mit noch größerer Kraft auf sie nieder, zwang sie, sich weit vorzubeugen, und erschwerte ihnen das Fortkommen mit jedem Schritt.

»Der Boden war noch vor kurzem steinhart«, brüllte sie ihm ins Ohr.

»Der Regen dringt in alle Risse und unterspült die oberste Erdschicht. Wenn das noch lange so weitergeht, wird sie sich stark senken.« Der Schmerz wurde plötzlich so unerträglich, daß er ruckartig stehenblieb und mit zusammengebissenen Zähnen den Kopf zurückwarf.

»Wir müssen uns irgendwo unterstellen, damit Sie sich ein wenig ausruhen können«, sagte sie mit erschrockenen Augen.

»Unterstellen? Wo denn?« Er sah sich achselzuckend um.

»Die Bäume sind etwas abseits vom Weg viel dichter. Ich bin sicher, daß sie uns Schutz bieten werden.«

Rivers wußte, daß er in diesem Zustand das Haus nie erreichen würde. Seine Verletzung machte mittlerweile jeden Schritt zur Qual. Das Auto lag weit hinter ihnen, vielleicht sogar genauso weit, wie das Haus noch entfernt war. Wenn sie irgendwo einen Unterschlupf fanden, könnte er wenigstens ein paar Schmerztabletten schlucken. »Zeigen Sie mir, wohin wir müssen«, sagte er atemlos.

»Dort hinauf.« Sie deutete auf die Anhöhen. »Können Sie klettern?«

Scheiße, dachte er. »Ich werd's versuchen.«

Sie stolperten auf die Anhöhe zur Rechten zu und hielten Ausschau nach einer vom Regen ausgewaschenen Rinne.

»Sie zuerst«, rief die Frau. »Ich stütze Sie von hinten, und dann können Sie mich raufziehen.«

Rivers war von der Idee, daß diese attraktive Samariterin ihn am Hintern anschieben würde, nicht begeistert, sah aber ein, daß ihr Vorschlag vernünftig war. Er stieß seinen Stock in die weiche Erde der Rinne und krallte sich mit der anderen Hand am oberen Rand des Abhangs fest. Der Aufstieg war nicht einfach, aber unter Aufbietung aller Willenskraft und mit tatkräftiger Hilfe der Frau schaffte er es. Oben angelangt, kniete er sich auf das gesunde Bein und streckte ihr den Stock entgegen.

Sie packte das Ende und suchte nach etwas, woran sie sich mit der freien Hand festhalten könnte. Das gab ihm kurz die Gelegenheit, ihr Gesicht zu betrachten, die blasse Haut, die scharf umrissenen Lippenkonturen und vor allem die sanften Augen. Rivers wunderte sich über sich selbst.

Er zog sie gleichmäßig und kräftig hoch, während sie ihre Schuhspitzen und die Finger der linken Hand in den Lehm grub. Als sie fast oben war und Rivers ihr unter die Achsel greifen wollte, bröckelte die nasse Erde, auf der er kniete, plötzlich ab. Er flog nach vorne, stieß mit ihr zusammen, und beide rollten den kurzen Abhang hinab und landeten unten im Morast.

Die Frau stieß im Fallen einen leisen Schrei aus, nicht vor Angst, sondern vor Überraschung, und als sie rücklings auf der Erde lag, Rivers quer über ihr, mit dem Gesicht im Schlamm, fluchte sie herzhaft, wobei ihr Zorn eher dem Himmel als ihrer beider Ungeschicklichkeit galt.

Rivers stützte sich mit den Armen ab, und als sie sein Gesicht sah, verflog ihr Ärger, und sie mußte grinsen.

Er hingegen vermochte an dieser Situation nichts Komisches zu sehen und wollte das gerade mürrisch zum Ausdruck bringen, als Lichter die dichte Regenwand durchbohrten.

Das Fahrzeug bewegte sich problemlos und mit gleichmäßiger Geschwindigkeit auf dem glitschigen Feldweg, obwohl die Reifen gelegentlich in überfluteten Vertiefungen einsanken. Der Motorenlärm wurde vom Rauschen des Regens übertönt. Die Motorhaube ging fast nahtlos in die Windschutzscheibe über, wodurch von der Stoßstange bis zum Dach eine Art aerodynamischer Keil entstand, und mit seinen Rundumfenstern, seiner dunkelgrünen, vor Nässe glitzernden Karosserie, seiner runden Form und den wütend funkelnden Scheinwerfern hatte es mehr Ähnlichkeit mit einem großen, gefährlichen Raubtier als mit einem Auto.

Es blieb neben dem im Dreck liegenden Paar stehen, und das Fahrerfenster wurde langsam geöffnet.

Das freundliche runzelige Gesicht, das auf sie herabblickte, ließ Rivers' unbegründete Ängste sofort verfliegen, und die Stimme des Mannes war ihm vom Telefon her vertraut.

»Darf ich Sie mitnehmen, Mr. Rivers, oder amüsieren Sie sich lieber weiter da unten mit meiner Tochter?«

# 4

»Willkommen in Hazelrod...«

Hugo Poggs lächelte Rivers, der neben seiner ›Retterin‹ in dem achtsitzigen Toyota Previa saß, über die Schulter hinweg zu. Die Frau neben Poggs drehte sich auf ihrem Sitz um und betrachtete Rivers aufmerksam. Sie hatte ein rundes Gesicht mit Pausbacken, und das mit grauen Strähnen durchzogene Haar war zu einem mädchenhaften geflochtenen Pferdeschwanz zusammengefaßt. Ihre hellblauen Augen funkelten amüsiert, als sie sagte: »Ich hatte keine Ahnung, daß Klimatologen ihr eigenes Wetter mitbringen.«

Diese Bemerkung entlockte Poggs ein leises kehliges Lachen, während er den Wagen vom ausgefahrenen Weg auf einen breiten Hof mit Kopfsteinpflaster lenkte, wo sich verschiedene Nebengebäude aus Ziegeln und Holz sowie alte Stallungen um ein großes, ziemlich baufälliges georgianisches Haus gruppierten. Ein kleiner, stämmiger Mann in grünem Ölzeug, mit einem australischen Ranger-Hut auf dem Kopf und einem Metalleimer in der Hand, winkte ihnen zu, während er auf einen der Schuppen zurannte.

»Zeit zum Füttern«, erklärte Poggs, bevor er den Toyota dicht an den Stufen zum Haus zum Stehen brachte. Er stellte den Motor ab und legte seinen dicken Arm auf die Rückenlehne, um Rivers zu mustern. Seine Wangen waren von dünnen Venen gerötet, und sein Kinn versank in den Fleischringen darunter. Er war ein massiger Mann, der die Angewohnheit hatte – vielleicht war es aber auch eine Notwendigkeit –, Luft zu holen, bevor er etwas sagte. »Ich würde vorschlagen, daß Sie sich waschen und etwas Trockenes anziehen, bevor wir uns miteinander bekannt machen.«

Der Schmerz in Rivers' Bein hatte ein wenig nachgelassen, aber er genoß die Aussicht auf seine Tabletten und auf eine kurze heiße Dusche. Bedauerlicherweise hatte er seinen Pulsator zu Hause gelassen, weil er gedacht hatte, daß er ihn auf der Reise nicht benötigen würde, und weil er außerdem versuchte, sich den häufigen Gebrauch des Geräts abzugewöhnen.

Er stieg unbeholfen aus. Der Wolkenbruch hatte etwas nachgelassen, trommelte aber immer noch mit beachtlicher Kraft auf Kopfsteinpflaster und Wagendach. Während Poggs' Tochter auf derselben Seite wie er ausstieg, ging ihm durch den Kopf, ob er sich im tosenden Sturm vielleicht verhört hatte, was ihren amerikanischen Akzent betraf, denn Poggs selbst war ein englischer Gentleman wie aus dem Bilderbuch, von der korrekten Aussprache bis hin zu seiner Tweedhose, dem karierten Hemd und der Wollkrawatte – auf die passende Tweedjacke mit Lederflecken an den Ellbogen verzichtete er zweifellos nur wegen der Hitzewelle. Rivers wollte der Frau gerade für ihre Hilfe danken, als ein etwa achtjähriges Kind aus dem Wagen kletterte und unter ihrem Umhang Schutz suchte. Er hatte das kleine Mädchen auf dem Rücksitz gar nicht bemerkt, auch nicht den Jungen in T-Shirt und Shorts, der auf der anderen Seite heraussprang und von der älteren Frau mit dem Pferdeschwanz die Stufen hochgescheucht wurde. Die Kinder quiekten in gespielter Panik und rannten durch eine breite Veranda ins Haus, gefolgt von den beiden Frauen.

»Wir beide sind wohl gezwungen, uns würdevoller zu benehmen«, meinte Poggs, während er seinen korpulenten Körper aus dem Auto zwängte.

»Ich glaube, mir ist meine Würde dort draußen im Matsch abhanden gekommen«, erwiderte Rivers.

Er hinkte neben seinem Gastgeber die Stufen hinauf, den der Regen nicht zu stören schien. Sie durchquerten die verglaste Veranda, wo ein rostiger Puppenwagen und zwei Kinderräder ebenso Platz hatten wie Gummistiefel und ein Stapel trockenes Feuerholz. Dann stand der Klimatologe in einer geräumigen hohen Halle, von der viele Türen abgingen. Eine breite Treppe führte zu einer Galerie im ersten Stock empor.

Durch eine offene Tür konnte Rivers ein großes Zimmer sehen, das mit Möbeln und allerlei Zierat vollgestopft war. Zwischen Sofas und Sesseln lagen Bodenkissen herum, und in einer Ecke stand ein riesiger Feigenbaum. Er hielt Ausschau nach Poggs' Tochter, aber sie war nirgends zu sehen. Die beiden Kinder, die etwa gleichaltrig waren und sich verblüffend ähnlich sahen, saßen in der Nähe der Haustür auf einem alten Schaukelpferd, von dem die Farbe abblätterte. Sie hatten die schwärzesten Haare, die Rivers je gesehen hatte, geradezu zigeunerhafte schwarze Locken, aber ihre Haut war hell, und ihre Augen waren von strahlendem Blau. Sie schaukelten in perfektem Gleichklang und mit ruhiger Intensität, ohne den Fremden Beachtung zu schenken.

»Sie sollten schleunigst diese nassen Sachen auszuziehen, Mr. Rivers.« Die rundliche Frau mit dem geflochtenen Pferdeschwanz war aus einem Zimmer auf der linken Seite der Halle aufgetaucht und näherte sich ihm mit einem großen weißen Handtuch. Zu seiner großen Erleichterung warf sie es aber über die Köpfe der Kinder und frottierte sie kräftig ab, ohne sich um die lautstarken Proteste zu kümmern.

»Das wäre wirklich vernünftig«, stimmte Poggs der Frau zu und deutete mit einem dicken Finger nach oben. »Die dritte Tür entlang der Balustrade führt ins Bad. Unsere Dusche ist nicht die stärkste, aber vom gröbsten Schmutz wird sie Sie bestimmt befreien. Legen Sie Ihre Kleider vor die Tür. Wir geben Ihnen etwas Trockenes zum Anziehen.«

»Nein, hören Sie, das ist wirklich nicht...«

»Blödsinn!« fiel ihm die Frau ins Wort, und ihr Ton duldete keinen Widerspruch. »Gehen Sie rauf. Zum Reden haben wir später noch Zeit genug.« Sie rieb noch immer die Köpfe der zappelnden Kinder.

»Mein Auto...«

»Das stiehlt niemand«, beruhigte ihn Poggs. »Wenn Sie mir die Schlüssel geben, lasse ich es herbringen. Sobald es aufhört zu regnen, werden wir es aus dem Straßengraben ziehen.«

Rivers sah ein, daß weitere Einwände sinnlos wären, und er

hatte auch keine Lust dazu, denn er fühlte sich unangenehm schmutzig, und er mußte auch etwas gegen die Schmerzen unternehmen. »Das ist sehr freundlich von Ihnen«, sagte er.

Poggs schüttelte den Kopf und wirkte plötzlich etwas müde. »Es ist reiner Egoismus unsererseits.« Er hob die Hand, um zu verhindern, daß Rivers Fragen stellte. »Später, Mr. Rivers, wenn Sie in besserer Verfassung sind. Nehmen Sie es mir nicht übel, aber Sie sehen aus wie etwas, das die Katze reingeschleppt hat, nun aber nicht fressen mag.« Er kicherte über seinen Scherz, erntete von der Frau jedoch einen strafenden Blick.

Rivers stieg die Treppe hinauf, und als er auf dem Absatz kurz stehenblieb, stellte er fest, daß die Familie ihn beobachtete, sogar die beiden Kinder mit den leuchtend blauen Augen. Die Erwachsenen schauten rasch weg und wurden aktiv: Die Frau hob den Jungen und das Mädchen nacheinander vom Schaukelpferd, und Poggs verschwand in einem Zimmer. Verwirrt über dieses Interesse an seiner Person, fragte sich der Klimatologe zum wohl hundertsten Male, warum man ihn hierher eingeladen hatte. Tief in Gedanken versunken hinkte er die restlichen Stufen hinauf und zählte sodann die Türen ab. Am meisten wunderte er sich aber über sich selbst? Warum hatte er diese Einladung angenommen?

Ein Windstoß fegte Regen ans kleine Badfenster, als er hinter sich die Tür schloß. Es gab weder einen Schlüssel noch einen Riegel, aber Rivers war viel zu erschöpft, um sich an einer solchen Bagatelle zu stören. Er zog eine kleine Packung Dihydrokodein aus der nassen Jackentasche, ging zum Waschbecken, drehte den Hahn auf und schluckte drei Tabletten, wobei er hoffte, daß der Wassertank des Hauses mit einem effektiven Reinigungsfilter versehen war. Dann zog er sich aus, wartete, bis lauwarmes Wasser aus der Dusche kam und stellte sich mit geschlossenen Augen darunter, das Gesicht den Wasserstrahlen zugewandt.

Während er sich einseifte, taten Wärme und Pillen ihre Wirkung, und der Schmerz ließ nach; nur widerwillig stellte er die Dusche Minuten später ab und griff nach einem Handtuch.

Vielleicht hörte er sie nicht eintreten, weil der Regen so laut ans Fenster trommelte. Er bemerkte ihre Anwesenheit erst, als sie sagte: »Sie haben Ihre Kleider nicht vor die Tür gelegt.«

Er hatte sich gerade das Gesicht abgetrocknet, und das lange Handtuch verhüllte seine Blöße größtenteils. Trotzdem versteifte er sich unwillkürlich. Sie stand auf der Schwelle, ein Kleiderbündel auf dem Arm.

»Diese Sachen müßten Ihnen eigentlich passen.« Sie lächelte ihn ohne jede Verlegenheit an.

Dann fiel ihr Blick auf die häßlichen Narben auf seinem Bein, und er sah, daß sie zusammenzuckte, bevor sie hastig wegschaute, während er selbst die Verletzung unter dem Handtuch verbarg.

»Kann ich sie mitnehmen?« fragte sie.

»Was?«

»Ihre nasse Kleidung.«

»Oh.« Er deutete mit dem Kopf auf den Schemel, wo die Sachen lagen.

Sie schien seine Verlegenheit erst jetzt zu bemerken, und ihre sanften braunen Augen bekamen wieder einen leicht amüsierten Ausdruck. »Entschuldigung! Hier kommt einem jedes Anstandsgefühl abhanden, besonders bei dieser Hitze.« Sie nahm die nassen Sachen vom Schemel und legte ihm die trokkenen hin. »Ich heiße übrigens Diane, und ich bin froh, daß ich losgegangen bin, um nach Ihnen Ausschau zu halten, als ich sah, daß ein Unwetter aufzog. Unsere Abzweigung ist so leicht zu übersehen. Wenn ich gewußt hätte, daß Sie in den Graben fahren, hätte ich natürlich einen zweiten Regenschutz für Sie mitgenommen.«

»Es war also kein Zufall.«

»Wir haben den ganzen Morgen auf Sie gewartet, Mr. Rivers. Poggsy ist dann mit der restlichen Sippe in die Kirche gefahren, und mir wurde die ehrenvolle Aufgabe zuteil, nach Ihnen auszuschauen.«

»Poggsy?«

»Hugo, mein Schwiegervater.« Sie wunderte sich über sein

leises »Ah«, fuhr aber fort: »Poggs ist ein so alberner Name, daß wir beschlossen haben, ihn noch alberner zu machen, und ich glaube, ihm gefällt das, obwohl er das Gegenteil behauptet.« Sie blieb auf der Schwelle stehen. »Kommen Sie nach unten, wenn Sie fertig sind. Sie sehen so aus, als würde Ihnen ein kräftiger Drink sehr gut tun. Und wie ich Poggsy kenne, wird er nur zu gern mithalten.«

Als sie sich schon zum Gehen wandte, fragte er: »Wissen Sie eigentlich, warum ich hier bin?«

Sie blickte ihm offen in die Augen. »Ja, und ich hoffe sehr, daß Sie uns helfen können.«

»Helfen? Ich verstehe nicht…«

»Das ist ja das Problem. Keiner von uns versteht es. Aber vielleicht sind Sie das Bindeglied, das etwas Licht ins Dunkel bringen kann.«

Während sie die Tür schloß, klirrte das Badfenster, von einer besonders kräftigen Bö geschüttelt.

# 5

Es regnete nicht mehr, als Rivers das Bad verließ. Die Halle im Erdgeschoß war sonnendurchflutet, und das glänzende Parkett blendete ihn so, daß er auf der Treppe die Augen zusammenkniff.

Er fühlte sich viel besser, körperlich erfrischt und weitgehend von den Schmerzen befreit. Die weite Kordhose und das gestreifte Hemd waren bequem, die Schuhe nur eine Nummer zu groß. Wem die Sachen wohl gehören mochten? Auf halbem Wege nach unten bemerkte er, daß eines der Kinder wieder auf dem Schaukelpferd saß und ihn beobachtete.

Es war das Mädchen. Die schwarzen Haare wurden auf dem Scheitel von der Sonne rot verfärbt, und obwohl das Gesichtchen im Schatten lag, fiel das ungewöhnliche Blau ihrer Augen auf. »Hallo«, rief er lächelnd, um der Kleinen zu zeigen, daß er kein Menschenfresser war.

Wortlos glitt sie vom Pferd und schlüpfte in das Zimmer, das Rivers bei seiner Ankunft von der Halle aus gesehen hatte. Von dort waren Stimmen zu hören, und so steuerte er darauf zu.

Hugo Poggs saß in einem der unförmigen, aber bequem aussehenden Sessel, die Frau mit dem Pferdeschwanz – Poggs' Frau, wie Rivers mittlerweile vermutete – in einer Sofaecke. Der kleine Junge schmiegte sich eng an sie, während das Mädchen es sich zu Füßen von Diane bequem gemacht hatte, die auf einem Stuhl mit steifer Lehne saß. Er vermutete, daß der stämmige Mann im Hintergrund, der ihn vom Fenster aus mißtrauisch betrachtete, derselbe war, der vor einer Weile im Ölzeug den Hof überquert hatte, um die Tiere zu füttern. Er machte einen überaus kräftigen Eindruck, und sein Brustkorb stellte eine Bedrohung für seine Hemdknöpfe dar. Rivers nickte allen von der Schwelle aus zu.

»Ah, fühlen Sie sich besser?« erkundigte sich Poggs fröhlich.

»Viel besser. Sie waren wirklich sehr freundlich.«

»Unsinn, es war von *Ihnen* sehr freundlich, nur aufgrund eines Telefonats diese weite Fahrt zu machen. Bitte kommen Sie herein – wir haben Ihnen eine bequeme Sitzgelegenheit reserviert.« Er deutete auf einen leeren Sessel dem seinen gegenüber, holte eine Pfeife hervor und klopfte sie in einem Aschenbecher aus.

Der Junge hob den Kopf vom üppigen Busen seiner Großmutter. »Opa...«

Poggs setzte eine zerknirschte Miene auf. »Ich hab's ganz vergessen«, murmelte er und schob die Pfeife wieder in seine Brusttasche. Dann hellte sich sein Gesicht auf. »Die Sonne hat den Zenit längst überschritten, Mr. Rivers, wie wär's deshalb mit etwas zum Anwärmen Ihrer Innereien? Ein kleiner Whisky, um Ihre Leber zu foltern? Als Alternative könnten Sie auch Macks selbstgebrannten Schnaps probieren, aber in diesem Fall übernehme ich keine Verantwortung, was Ihre Leber betrifft. Es würde mich nicht wundern, wenn Sie einen katatonischen Schock erleidet.«

Der Mann am Fenster grinste breit, ohne den Köder zu schlucken; wahrscheinlich hatte er diesen Scherz schon sehr oft gehört.

»Ein Whisky wäre nicht schlecht«, sagte Rivers, während er sich in den Sessel fallen ließ.

Poggs war sichtlich zufrieden. »Sie gefallen mir! Ich habe einen ausgezeichneten Tropfen.« Er schob sich an die Sesselkante vor, und es sah fast so aus, als wäre diese Anstrengung zuviel für ihn.

»Bleib, wo du bist, Poggsy, wir wollen nicht, daß du etwas zerbrichst.« Diane ging schon auf die Anrichte am anderen Ende des Zimmers zu, wo ein Silbertablett mit Alkoholika stand. Das Mädchen trottete ihr hinterher und drehte sich unterwegs einmal um; vermutlich wollte es sich vergewissern, daß Rivers ihnen nicht folgte.

Poggsy knurrte behaglich und zwinkerte dem Klimatologen

zu, während er sich wieder zurücklehnte. »Den Macallan, Diane, zu Ehren unseres Gastes.«

Das Zimmer war hell und luftig, mit zwei Fenstern vom Boden bis zur Decke auf einer Seite und einem dritten links von Rivers, das auf den gepflasterten Hof hinausging. Er konnte sich selbst nicht erklären, warum er trotz des strahlenden Sonnenscheins und der Freundlichkeit dieser Familie so nervös war. Nach dem geheimnisvollen Anruf hatte er eine ernste, vielleicht sogar traumatische Unterredung mit diesem Poggs erwartet und sich selbst in der Rolle des Fragestellers gesehen. Nun aber war er total aus der Bahn geworfen worden, und der andere Mann hatte alle Vorteile auf seiner Seite.

»Wir müssen uns unterhalten«, sagte er zu Poggs. »Unter vier Augen.«

»Selbstverständlich. Aber ich möchte, daß Sie uns vorher ein bißchen kennenlernen.« Poggs' leicht tränende Augen hielten Rivers' Blicken ruhig stand. »Ich möchte Ihnen demonstrieren, daß wir alle ganz normal sind.«

Rivers rutschte unbehaglich in seinem Sessel herum. »Ich...« Er räusperte sich und setzte neu an. »Ich habe nicht allzuviel Zeit und werde bald die Rückfahrt antreten müssen.«

»Nachdem Sie den weiten Weg zu uns nicht gescheut haben?« wandte Poggs' Frau ein. »Das kann doch nicht Ihr Ernst sein? Haben Sie etwas Geduld mit uns, Mr. Rivers. Ich verspreche Ihnen, daß es sich lohnt.«

»Ich hatte mir dieses Treffen anders vorgestellt.«

Poggs lachte darüber, aber die anderen stimmten nicht mit ein. »Davon bin ich überzeugt, mein Freund, und ich bin auch überzeugt davon, daß ich die Sache völlig falsch anpacke. Aber mich würde zunächst einmal sehr interessieren, welche Fortschritte bei der Erforschung dieser absonderlichen Wetterverhältnisse erzielt wurden. Haben Sie irgendwelche Gesetzmäßigkeiten entdeckt? Hat das Met Office mit all seinen Satelliten und Observatorien, mit seinem COSMOS-Computersystem und seinem weltweiten klimatologischen Datennetz irgend etwas über die tatsächlichen Ursachen für die gegenwärtigen extremen Klimaveränderungen und das dadurch hervorgerufene Chaos herausbringen könnten?« Er beugte sich etwas vor und reckte das Kinn, was allerdings wegen der Fettwülste darunter kaum auffiel. »Schließlich kann man die globale Erwärmung nicht für alles verantwortlich machen, stimmt's? Welche Theorie hat Ihre eigene Arbeitsgruppe entwickelt? Haben Sie überhaupt irgendwelche Antworten gefunden?«

Diane reichte dem Klimatologen ein Glas Whisky. »Wir sind alle sehr besorgt«, sagte sie, so als wollte sie sich für Poggs' unverblümte Art entschuldigen. »In kürzester Zeit passiert so vieles.«

Er nahm ihr das Glas ab. »Sie sind nicht die einzigen, die sich Sorgen machen, aber ich muß Ihnen leider sagen, daß ich Ihnen keine Informationen geben darf.«

»Ich weiß, daß Sie in vieler Hinsicht zur Geheimhaltung verpflichtet sind, aber jede Hilfe wird gegenseitig sein, und Sie werden möglicherweise feststellen, daß wir Ihnen mehr zu geben haben als Sie uns«, sagte Poggs.

Diane brachte ihrem Schwiegervater den zweiten Whisky und setzte sich auf seine Sessellehne. Das kleine Mädchen ging um den Sessel herum und stützte sich auf die Rückenlehne, den Kopf auf die gefalteten Hände gelegt. Es ließ Rivers nicht aus den Augen.

Poggs hob sein Glas und sagte: »Slainthe.«

Zerstreut antwortete Rivers: »Slainthero.«

Das gefiel Poggs sichtlich. Er nippte genüßlich an seinem Whisky. »Ich möchte mich mit Ihnen unter anderem über Ihre Beobachtungen vor dem Absturz des amerikanischen Forschungsflugzeugs unterhalten.«

Rivers versteifte sich. »Ich bin sicher, daß Sie die Meldungen in Funk und Fernsehen ebenso aufmerksam verfolgt haben wie die verschiedenen sogenannten Hintergrundberichte in den Zeitungen. Haben Sie dadurch nicht genügend Einblick gewonnen?«

»Oberflächlich betrachtet, ja. Der Unfall hat wirklich einen großen Medienwirbel entfacht.«

»Das haben Flugzeugkatastrophen so an sich. Aber deshalb bin ich nicht hergekommen. Ich bin hier, um herauszufinden, was *Sie* über Tinkerbell wissen.«

»Alles zu seiner Zeit«, sagte Poggs aufreizend ruhig. Das Mädchen beugte sich vor und flüsterte ihm etwas ins Ohr. Er tätschelte ihr die Wange und wandte seine Aufmerksamkeit dann wieder Rivers zu.

»Unsere kleine Dryade sagt, Sie hätten Angst vor uns.«

Rivers verschluckte sich fast an seinem Whisky. »Habe ich denn Grund zur Angst?« konterte er.

»Nicht den geringsten, aber es ist ganz natürlich, daß Sie mißtrauisch sind und sich Gedanken über unsere Motive machen. Mir liegt aber viel daran, Ihre Ängste zu zerstreuen. Wir sind in vieler Hinsicht – in so gut wie jeder – eine ganz normale Familie.«

»Und in anderer?«

»Wie bitte?«

»Sie sagten, Sie seien in *vieler* Hinsicht eine normale Familie.«

Poggs kicherte. »Darf ich Sie James nennen?«

»Nein.«

»Ah.«

Rivers trank den Scotch aus und mußte seinem Gastgeber recht geben: Es war ein erstklassiger Whisky, kräftig aber weich. Er wölbte seine Finger über das Glas und balancierte es auf der Armlehne.

»Schenk unserem Gast bitte noch einmal ein, Diane.«

Bevor sie aufstehen konnte, schüttelte Rivers den Kopf. »Nein, danke.« Er hatte ein leicht dumpfes Gefühl in der Stirnmitte, vielleicht wegen der Kombination von Tabletten und Alkohol. »Entweder wir unterhalten uns jetzt unter vier Augen, oder aber ich breche sofort auf.«

Poggs holte tief Luft. »O Gott, das läuft nicht so, wie ich es mir vorgestellt hatte.«

Die rundliche Frau lehnte sich zu ihm hinüber und drückte seine Hand. »Takt hat noch nie zu deinen Stärken gehört,

Hugo, und ich begreife nicht ganz, warum du dir diesmal soviel Mühe gibst. In Zeiten wie diesen hat ein Mann mit dem Beruf unseres Gastes natürlich alle Hände voll zu tun.« Sie wandte sich mit energischer Miene dem Klimatologen zu. »Zunächst einmal ist es höchste Zeit, daß wir die elementarsten Anstandsregeln beachten und uns Ihnen vorstellen. Danach können Sie und mein Mann zur Sache kommen.«

»Das ist wirklich nicht nötig.« Er hoffte, daß sein Gesicht die Ungeduld, hier wegzukommen, deutlich widerspiegelte.

»Nein, natürlich ist es nicht nötig, aber da Ihr Wagen momentan noch im Graben feststeckt, haben wir etwas Zeit. Also, ich bin Barbara Poggs, aber mir wurde der Spitzname ›Bibby‹ verpaßt, ebenso wie Hugo sich mit ›Poggsy‹ abfinden mußte. Das haben wir unseren Enkeln zu verdanken.« Sie zauste das Haar des Jungen, und er grinste sie vergnügt an. »Diane kennen Sie ja schon, und drüben am Fenster sitzt Mack – das ist kein Abkürzung, er heißt wirklich so. Ohne seine Tatkraft bei der Versorgung und Pflege des Viehs und ebenso im Gemüsegarten – wir sind nämlich Selbstversorger, Mr. Rivers – wären wir aufgeschmissen. Außerdem kann er alles mögliche reparieren, von elektrischen Bügeleisen bis hin zu Scheunendächern, und er wohnt in einem Apartment über den alten Stallungen gegenüber. Sie werden vielleicht schon bemerkt haben, daß er ein sehr wortkarger Mann ist.«

Sie winkte das Mädchen zu sich heran, das sich zutraulich an sie schmiegte und gleichzeitig eine Hand auf den Arm seines Bruders legte.

»Die Kinder sind unsere kleinen Baumnymphen – Sie haben ja vorhin gehört, daß Hugo von ›Dryaden‹ gesprochen hat. Dies hier ist Eva, und der hier ist Josh, obwohl Eva an der großen Tradition von Spitznamen festhält und unbedingt ›Minnie‹ genannt werden möchte, weiß der liebe Himmel, warum. Ich vermute allerdings, daß es mit einer bestimmten Comic-Maus zusammenhängt. Gott sei Dank ist wenigstens Josh mit seinem Namen ganz zufrieden.«

Sie atmete erleichtert aus. »So, das war's. Und jetzt werde

auch ich ausnahmsweise etwas Kräftiges trinken, zum erstenmal seit... äh, seit mindestens einem Tag. Diane, könntest du mir einen überdurchschnittlich großen Gin und Tonic geben. Und dir selbst würde ein belebender Schluck auch gut tun, meine Liebe, nachdem du bei dem schrecklichen Unwetter im Freien warst.«

Diane erhob sich von der Sessellehne. »Gott sei Dank, daß du das Steuer übernommen hast – Poggsy war auf dem besten Wege, alles zu vermasseln.« Ihre schlanke Gestalt schlängelte sich mühelos zwischen den Möbeln zur Anrichte durch. »Wie steht's mit dir, Mack? Möchtest du ausnahmsweise auf dein eigenes Gebräu verzichten und etwas Kultiviertes probieren?«

Mack schüttelte den Kopf und konzentrierte seine Aufmerksamkeit sofort wieder auf Rivers, der sich über das Interesse des Mannes an seiner Person wunderte.

Bibby schob die beiden Kinder sanft von sich. »Ihr zwei geht jetzt spielen, aber zieht Galoschen an, wenn ihr rausgeht – draußen wird es sehr naß und matschig sein.«

Es war lange her, seit Rivers das Wort ›Galoschen‹ gehört hatte, und er entspannte sich unwillkürlich. Jemand, der einen so altmodischen Ausdruck verwendete, konnte doch bestimmt nichts Böses im Schilde führen. Vielleicht lag es aber auch am Whisky im Verein mit den Schmerztabletten, daß er plötzlich milder gestimmt war.

»Wenn Sie Ihre Autoschlüssel Mack geben, zieht er den Wagen mit einem Abschleppseil aus dem Graben raus«, fuhr sie fort. »Was mich betrifft, so werde ich mich mit meinem Gin Tonic in die Küche verziehen. Es würde mich sehr freuen, wenn Sie zum Mittagessen bleiben, Mr. Rivers, aber die Entscheidung liegt natürlich ganz bei Ihnen.« Sie stand auf und nahm ihrer Schwiegertochter den Drink ab. »Bitte glauben Sie uns wenigstens eines – daß wir nicht Ihre Feinde sind.« Mit diesen Worten ging sie zur Tür, ihre Enkel und ihren Mann-für-alles im Schlepptau.

Ihre letzte Bemerkung bestürzte Rivers. Feinde? Warum

sollten sie seine Feinde sein? Warum vermuteten sie, daß er das annehmen könnte? Wieder stieg Unbehagen in ihm auf.

»Sind Sie sicher, daß Sie nichts mehr möchten?«

Er blickte zu Diane auf, die mit dem Macallan vor ihm stand. Ihre Augen hatten wieder jenen amüsierten Ausdruck, aber ohne jeden Anflug von Spott.

»Vielleicht gar keine schlechte Idee«, sagte er und reichte ihr sein Glas.

Sie schenkte ihm ein und stellte die Whiskyflasche neben ihrem Schwiegervater ab.

Poggs atmete pfeifend ein. »Vermutlich ist es gar nicht möglich, Sie behutsam auf diese Sache einzustimmen«, sagte er. »Es war wohl ein Fehler, daß ich das versucht habe. Glauben Sie mir bitte – ich wollte nur eine ungezwungene Atmosphäre schaffen, aber offenbar habe ich genau das Gegenteil erreicht. Wenn es Ihnen recht ist, gehen wir in mein Arbeitszimmer. Dort kann ich Ihnen dann vielleicht erklären, warum mir so viel an diesem Treffen lag.«

Rivers nippte an seinem Scotch und betrachtete seinen Gastgeber nachdenklich über den Glasrand hinweg. Zu seinem großen Ärger wollte ihm auch jetzt nicht einfallen, wo er den Namen Poggs schon einmal gehört hatte. »Okay.« Er erhob sich. »Nachdem ich nun schon einmal den weiten Weg gemacht habe, bin ich bereit, Sie anzuhören, zumal Ihr Verhalten ziemlich befremdlich anmutet.«

Auch Poggs stand auf, und sein Gesicht spiegelte eine seltsame Mischung aus Erleichterung, Besorgnis und Eifer wider. »Bitte nehmen Sie Ihren Drink mit«, sagte er. »Ich habe das Gefühl, daß Sie ihn brauchen werden.«

# 6

Diane begleitete die beiden Männer auf ihrem Weg quer durch die Halle, an der Treppe vorbei. Als Poggs vor einer geschlossenen Tür stehenblieb und in seinen Taschen nach dem Schlüssel kramte, schenkte sie Rivers ein flüchtiges Lächeln, vielleicht um ihm Mut zu machen.

»Ich hatte noch gar keine Gelegenheit, Ihnen richtig zu danken«, sagte er.

»Wie schon gesagt – mir hat es Spaß gemacht«, antwortete sie. »Allerdings möchte ich das Abenteuer nicht unbedingt wiederholen.«

Poggs öffnete die Tür und betrat das Zimmer, aber Rivers hatte es nicht eilig, ihm zu folgen. »Sind Sie daran beteiligt?« fragte er die Frau.

»Wie bitte?«

»Sind Sie an dem Spiel beteiligt, das Poggs treibt? An dieser albernen Geheimniskrämerei?«

Ihre Miene verhärtete sich. »Oh, es ist kein Spiel, das kann ich Ihnen versichern. Aber ein Geheimnis ist es.« Sie schob sich an ihm vorbei.

Er zögerte kurz, bevor auch er Poggs' Arbeitszimmer betrat.

Wie das Wohnzimmer, so war auch dieser Raum hell und luftig, trotz eines wilden Durcheinanders von Büchern, Papieren, Aktenordnern und Zeitschriftenstapeln. Ein langer Tisch auf Böcken inmitten des Zimmers war mit Zetteln und Blättern übersät, während auf einem Eckschreibtisch ein Textautomat und ein Faxgerät Platz hatten. Am Bocktisch stand ein großer Lederstuhl, mit der Rückenlehne zum hohen Flügelfenster, das den Blick auf sonnenversengte Wiesen und Gemüsebeete freigab. Regale voll Aktenordnern und Nachschlagewerken nahmen zwei Wände ein; eine dritte war vom Boden bis zur Decke mit Korkplatten beklebt und diente als riesiges Pinnbrett, das fast zur Gänze mit Zeitungsausschnitten, Zeitschriftenartikeln und getippten Blättern bedeckt war. Einige der Ausschnitte waren mit rotem Filzstift markiert. Neben dem Fenster an der vierten Wand hing eine große Weltkarte, die mit bunten Stecknadeln gespickt war.

Poggs deutete auf die Korkwand. »Bitte nehmen Sie sich die Zeit, diese Berichte zu überfliegen, Mr. Rivers. Die meisten Meldungen und Artikel werden Ihnen zweifellos bekannt sein, aber ich glaube, daß es für Sie nützlich sein könnte, sie massiert auf sich wirken zu lassen, damit Sie einen globalen Überblick bekommen.«

Rivers warf Diane einen fragenden Blick zu. »Bitte«, sagte sie.

Inzwischen ging es nicht mehr darum, dem alten Knaben einen Gefallen zu erweisen; Rivers' Neugier war geweckt. Trotzdem widerstrebte es ihm, sich in etwas hineinziehen zu lassen. Von der Tatsache einmal abgesehen, daß diese Leute für ihn Wildfremde waren, ließ auch sein professioneller Verhaltenskodex keine Zusammenarbeit mit ihnen zu. War sich Poggs darüber im klaren? Wußte er, daß Rivers zu einer jener britischen Arbeitsgruppen gehörte, die eigens zur Erforschung der Klimaphänomene des letzten Jahrzehnts gebildet worden waren? Vielleicht nicht, denn andernfalls hätte er nicht gesagt, Rivers solle sich anhand der Zeitungsausschnitte einen ›globalen Überblick‹ verschaffen; er hätte gewußt, daß Rivers diesen bereits besaß. Andererseits konnte eine schnelle Sichtung des Materials, aus reiner Höflichkeit Poggs gegenüber, nichts schaden. Er stellte sein Glas auf einer Ecke des Bocktisches ab und ging zu der wandgroßen Collage von Presseberichten hinüber.

In jedem Artikel ging es um Umwelt- oder Klimakatastrophen der einen oder anderen Art, von Überschwemmungen in Bangladesch bis hin zu Dürren im Mittelwesten Amerikas. Er las größtenteils nur die Schlagzeilen, warf gelegentlich einen flüchtigen Blick auf Fotos samt Unterschriften oder überflog ein, zwei Absätze in einem getippten Bericht. Es gab Meldungen über Hagelstürme und chronisches Frostwetter in Südaustralien, denen die besten Weinberge des Landes zum Opfer gefallen waren, über die Hungersnot am Horn von Afrika, über verheerende Hurrikans in der Karibik, im Pazifischen Becken und sogar in England. Es gab Erdbeben in Armenien, San Francisco, Italien, Japan und – erst vor kurzem – das zweite große Erdbeben in Alaska, das die Großstadt Anchorage und ihre Nachbarorte Portage und Whittier zerstört hatte.

Zwei Vulkanausbrüche waren zusammengeheftet. Bei dem ersten handelte es sich um die schwere Explosion einer Erdspalte auf Heimaey, einer der kleinen Inseln dicht vor der Küste Islands, die noch größere Schäden als eine ähnliche Eruption im Jahre 1973 angerichtet hatte: Die Hafenstadt war völlig zerstört worden, und der Hafen selbst hatte sich in eine feste Masse erstarrter Lava verwandelt. Der zweite Bericht galt der Eruption des Mount Merapi im dichtbevölkerten Zentraljava, bei der heiße Dämpfe und Ascheregen Dörfer in meilenweitem Umkreis verwüstet hatte. Daneben hing ein kurzer Artikel über die Untersee-Eruption des Great Barrier Reef an der Nordostküste Australiens, eine aufsehenerregende Katastrophe, der hundertachtundzwanzig Touristen und Sommerfrischler zum Opfer gefallen waren.

Er überflog eine lange getippte Abhandlung über Polens katastrophale Verschmutzung durch Industriebetriebe: In Oberschlesien hatte saurer Schnee Flüsse ruiniert und Nadelwälder in Hügel und Täler voller schwärzlicher skelettartiger Baumstümpfe verwandelt; über Städten wie Zabrze, Chorzow und Katowice waren riesige Giftwolken entstanden, die sich immer weiter ausgebreitet und vereinigt hatten, bis sie mit ihren Schadstoffen – Schwefeldioxid, pechhaltige Substanzen, Blei, Zink, Magnesium, eine endlose Liste von Abgasen – die ganze Luft verpesteten, die Atmosphäre veränderten, Krankheiten verursachten und Städte wie Krakau in ökologische Katastrophenzonen verwandelten. Land und Wasser waren gleichermaßen verseucht. Obwohl diese Tatsachen Rivers bestens bekannt waren, stieg Zorn in ihm auf.

Daneben hing ein Zeitschriftenfeature, dessen trostlose

Farbfotos ein beredtes Zeugnis vom Wahnsinn der menschlichen Gier – oder vielleicht auch Verzweiflung – ablegten: das Aralbecken, jenes einst so fruchtbare Kernland der ehemaligen zentralasiatischen Sowjetrepubliken, hatte sich in eine riesige Wüstenei verwandelt. Ein ganzer See war verschwunden, der Boden war so salzig, daß darauf nichts wachsen konnte, die Luft zerstörte alles, womit sie in Berührung kam, vom menschlichen Gewebe bis hin zu Bauwerken, die Muttermilch war so giftig, daß Babys sie nicht trinken durften, und körperliche Mißbildungen sowie geistige Behinderungen waren an der Tagesordnung.

Rivers wandte seine Aufmerksamkeit dem nächsten vergilbten Zeitungsausschnitt zu. Er hatte Poggs und Diane ganz vergessen, die geduldig warteten, ohne ihn bei der Lektüre zu stören. Diane trat schließlich ans große Fenster und blickte auf die feuchten Wiesen und Hecken hinaus. Die Sonne erwärmte die Erde schon wieder, und die Dämpfe erzeugten in Bodennähe einen grauen Nebelschleier.

Der Klimatologe las über das tödliche Virus, das sich im gesamten Mittelmeerraum und sogar bis zu den Küsten Englands ausgebreitet hatte; es griff Gehirn und Nervensystem von Robben und Delphinen an, und ihre Kadaver trieben scharenweise durch die Meere, bis sie an irgendwelchen Stränden oder Felsklippen angeschwemmt wurden. Die Wissenschaftler stritten noch darüber, ob die Krankheit ihre Ursache in der von Menschen erzeugten Verschmutzung hatte, oder ob diese das Immunsystem der Tiere nur so geschwächt hatte, daß sie extrem anfällig für diese Krankheit wurden. Eines stand aber immerhin bereits fest: Erst die Erwärmung der Meere hatte eine schnelle Ausbreitung der Epidemie ermöglicht. Arten wie Blauwale, Nordwale und Buckelwale waren mittlerweile auf ein bis zwei Prozent ihrer früheren Zahl dezimiert, trotz der eindringlichen Warnungen aller Naturschützer Ende der achtziger Jahre, und alle Meeressäugetiere und Meeresvögel, sogar jene in Arktis und Antarktis, wohin Menschen nur selten ihren Fuß setzten, hatten große

Mengen an Pestiziden, Quecksilber und anderen Giftstoffen im Körper.

Er stieß auf einen relativ kleinen Zeitungsausschnitt, wo über den Massenselbstmord Tausender von Pinguinen zu Beginn der Dekade berichtet wurde. In einem anderen Artikel ging es um die Umsiedlung gefährdeter Tierarten wie Elefanten, Flußpferde, Nashörner, Giraffen in neue Naturparks in Spanien, Italien, Südfrankreich und Nordamerika, wo das Klima für sie günstiger war.

Sein Zorn wich immer mehr einer Art bitterer Depression. Seit Jahren hatte es Warnungen gegeben, aber nur wenige Regierungen – so gut wie gar keine – hatten darauf reagiert. Schließlich waren sie jedoch gezwungen gewesen, den Kassandrarufen Gehör zu schenken, weil buchstäblich jeder Kontinent und jedes Land in zunehmendem Maße von Katastrophen aller Art heimgesucht wurden, doch selbst dann noch hatten sie nur höchst widerwillig zugehört.

Von den fünfundzwanzig Millionen Quadratkilometern tropischer Regenwälder, die einst die Oberfläche des Planeten bedeckt hatten, waren jetzt nur noch etwas mehr als acht Millionen übrig, trotz des United Nations' Deforestation Limitation Agreement von 1995. Eine andere, weltweit gebilligte und von manchen Regierungen auch tatsächlich umgesetzte Resolution besagte, daß ein Katalysator in jedes nach 1993 zugelassene Auto eingebaut werden müßte; die Produktion von Wagen mit geringem Benzinverbrauch wurde durch Steuerentlastungen gefördert, und es gab staatliche Zuschüsse für die Weiterentwicklung des noch immer unpopulären batteriebetriebenen Autos. (Letzteres sagte den fanatischen Umweltschützern nicht besonders zu, denn sie behaupteten, daß mit der Herstellung dieser Autobatterien in Kernkraftwerken und altmodischen Heizkraftwerken eine hohe Umweltbelastung einhergehe, die alle Vorteile dieser Betriebsart mehr als zunichte mache.) In Großbritannien hatte jedoch die Einführung von Strafgebühren bei der Kfz-Steuer für gebrauchte und neue Hochleistungswagen sowie das Gesetz von 1996 über den wochenweisen Straßenverkehr zu kleineren Tumulten und Protestmärschen durch die Innenstädte während der ersten Wochen nach Inkrafttreten geführt. Mittlerweile gab es auch eine ›Kohle-Steuer‹ auf fossilen Brennstoffgebrauch, ferner sehr hohe Zuschüsse bei der Installation von Solarkollektoren – in Privathäusern neunzig Prozent, in Geschäftshäusern fünfzig, und für die Wärmedämmung an Wänden und Dächern älterer Gebäude wurden sowohl Privathaushalten als auch Geschäftsleuten fünfundzwanzigprozentige Zuschüsse gewährt. Produktionsverbote für Fluorchlorkohlenwasserstoffe setzten sich immer mehr durch, die Emissionen von Kohlenmonoxid und Stickoxiden aus Kraftwerken und Fabriken wurden vermindert, und konventionelle Kohlekraftwerke wurden mit Entstikkungsanlagen ausgerüstet. Aber das alles fiel kaum ins Gewicht, verglichen mit den enormen Schäden, die dem Planeten und seiner Atmosphäre seit Beginn des industriellen Zeitalters zugefügt worden waren, und außerdem waren sich bei weitem nicht alle Länder über das Ausmaß dieser Schäden und wirksame Gegenmaßnahmen einig. Wie ein ökologischer Aktivist, der in einem der Zeitungsausschnitte neueren Datums zitiert wurde, gesagt hatte: »Zu wenig wird viel zu spät von viel zu wenigen getan.«

Rivers hielt in der Lektüre inne und blickte zu Hugo Poggs hinüber, der auf dem alten Lederstuhl am Bocktisch Platz genommen hatte und sein mittlerweile fast leeres Whiskyglas in der plumpen Hand hielt.

»Bitte fahren Sie fort«, drängte Poggs.

Rivers sah keinen Grund für eine Weigerung. Außerdem war diese umfangreiche Materialsammlung zwar deprimierend, übte aber auf ihn eine morbide Faszination aus. Er überflog Artikel über die Insektenplage in der nördlichen Hemisphäre, über die Ausbreitung von Krankheiten wie Malaria und Gelbfieber in Europa, Nordamerika und Kanada, über die Zunahme von Asthma, Bronchitis und anderen Atembeschwerden in beiden Hemisphären und über Tierkrankheiten wie den Rinderwahnsinn, der vor zwei Jahren ins Vereinigte Königreich zurückgekehrt war und mehr als ein Drittel der Rinderherden dahingerafft hatte. Er las weiter: Letztes Jahr hatte ein Zyklon die Bucht von Bengalen heimgesucht, dreizehntausend Menschenleben gefordert und über vier Millionen Häuser zerstört; Algeriens gesamte jährliche Regenmenge war an einem einzigen Nachmittag niedergegangen, während der Maisgürtel im Westen der USA unter der schlimmsten Dürre litt, die Amerika je erlebt hatte; die Wasser des Nils trockneten langsam aus, wodurch Ägyptens Bewässerungssystem ruiniert und die Leistung des Assuan-Staudamms um verhängnisvolle fünfundachtzig Prozent verringert wurde; das gleiche Schicksal widerfuhr den kontaminierten Fluten des Euphrats; im besiegten Staat Israel waren während der kältesten je registrierten Nacht dreihundert israelische Kriegsgefangene unter freiem Himmel erfroren; ein Waldbrand in British Columbia hatte zwei Millionen Hektar besten Waldes vernichtet; eine Gruppe von sechs Touristen hatte sich in einem Schneesturm auf Gran Canaria verirrt, und die Leichen der Erfrorenen wurden drei Tage später, als der Schnee sehr schnell schmolz, aus einem über die Ufer getretenen Bach geborgen.

Dann fiel sein Blick auf die Schlagzeile: HURRIKAN ZELDA VERWÜSTET JAMAIKA. Darunter hing ein anderer Zeitungsausschnitt, mit dem Foto eines Flugzeugwracks, das nur noch an einem abgebrochenen Flügel und am Heck zu erkennen war, während der Rumpf sich in eine unförmige Masse geschwärzten Metalls verwandelt hatte. Rivers fröstelte, als er die Überschrift las: EIN WUNDER – DREI ÜBERLEBENDE. Der Artikel wartete sogar mit Fotos der drei Glücklichen – zwei Mitglieder der Crew und Rivers – auf; diese Paßbilder waren vermutlich ihren Personalakten entnommen worden. Rivers' Foto war rot eingekreist.

Er drehte sich wütend um. »Was ist das?« fragte er gepreßt. »Was, zum Teufel, geht hier vor?«

Poggs hob besänftigend die Hand. »Sehen Sie sich die anderen markierten Artikel an«, sagte er ruhig.

»Was?«

»Bitte, Mr. Rivers«, sagte Diane. »Wir haben dieselben Anliegen wie Sie. Wir versuchen nicht, Sie auszutricksen, wir führen nichts Böses im Schilde. Tun Sie, was Hugo gesagt hat, und dann hören Sie uns an.«

Rivers brauchte eine Zigarette, aber ihm fiel ein, daß er ja die Kleidungsstücke eines anderen Mannes trug. Er schüttelte den Kopf, verwirrt und frustriert.

»Was haben Sie zu verlieren?« fragte Diane.

Er zuckte im Geiste mit den Schultern. Sie hatte recht – er hatte nichts zu verlieren und vielleicht, aber nur vielleicht, etwas zu gewinnen. Was das sein könnte, wußte er freilich nicht, aber er würde es in den nächsten zehn Minuten herausfinden oder aber – das schwor er sich – von hier verschwinden, ob mit Wagen oder ohne. Ein Spaziergang zur nächsten Telefonzelle würde ihn schließlich nicht umbringen.

Er wandte sich wieder der Korkwand zu und ließ seinen Blick abermals über die Zeitungsausschnitte schweifen. Rot markiert waren: das Erdbeben in Alaska, die Eruption am australischen Great Barrier Reef, der Zyklon in Indien, der Waldbrand in Kanada und, versteht sich, der Flugzeugabsturz, den er selbst überlebt hatte.

»Sie haben also ganz bestimmte Katastrophen ausgewählt«, stellte er fest, während er die Berichte noch einmal studierte. Schließlich gab er den Versuch auf, irgendwelche Gemeinsamkeiten zwischen diesen Fällen zu entdecken, und drehte sich nach seinem Gastgeber um. »Aus welchem Grund?«

Poggs beugte sich vor, stützte seine Ellbogen auf die mit Papieren übersäte Tischplatte und hielt sein Whiskyglas mit beiden Händen umfaßt, so als wäre es ein Abendmahlskelch. »Bei jeder dieser Tragödien wollen Augenzeugen kurz vorher einen winzigen Lichtball gesehen haben.«

Rivers war im ersten Augenblick völlig verblüfft, doch dann gewann er seine Fassung zurück. »Lichtphänomene sind nichts Ungewöhnliches, speziell zu Zeiten von Erdbeben und dergleichen.«

»Zugegebenermaßen gibt es – wie Sie sagen – verschiedene

Arten von Lichtphänomenen, die der Geophysik trotzen, und viele davon hängen mit tektonischen Ereignissen zusammen. Wenn Sie möchten, kann ich Ihnen eine lange Liste der Varianten aufzählen, vom piezoelektrischen Effekt bis zur Chemilumineszenz, aber ich will Ihre Geduld nicht unnötig strapazieren. In diesem Fall geht es um ein völlig anderes Licht, um eine einzige schwebende Kugel, die vor jeder dieser Katastrophen beobachtet wurde. Eine der Zeuginnen, die bei dem Waldbrand von einem Feuerwehrhelikopter aus den Flammen geholt wurde, beschrieb den Lichtball, bevor sie starb. Obwohl ihr Körper fast verkohlt war und sie eigentlich schon lange vor dem Eintreffen des Hubschraubers hätte tot sein müssen, hatten ihre Augen einen – wie die Männer es beschrieben – wundergläubigen Ausdruck, und sie erzählte ihnen, sie hätte wenige Sekunden vor Ausbruch des Feuers ein ›Märchenlicht‹ gesehen. Ein einzelnes ›Märchenlicht‹.«

Rivers sprach das Wort leise aus. »Tinkerbell...«

Er ging zum Tisch, nahm sein Glas zur Hand und warf Poggs einen kalten Blick zu. »Woher wußten Sie, daß ich Tinkerbell überhaupt erwähnt hatte? Es wurde eine Nachrichtensperre verhängt – kein Rundfunk- oder Fernsehsender und keine Zeitschrift brachte diesen Teil der Geschichte.«

Poggs lächelte und wirkte fast verlegen. »Man könnte sagen, daß wir... äh... zuverlässig informiert wurden.«

»Keine Ausflüchte mehr«, warnte Rivers.

»Die Kinder haben es uns erzählt«, sagte Diane hastig. »Josh und Eva.«

Er wandte sich ihr zu. »Die Kinder?«

»Ja, mein Freund.« Poggs lehnte sich wieder zurück. »Sie haben uns in der Zeitung Ihr Gesicht gezeigt. Sie waren sehr aufgeregt. Wissen Sie, die Kinder haben dieses mysteriöse Licht ebenfalls gesehen, vor jeder der Katastrophen, die auf der Wand hinter Ihnen markiert sind.«

**DIE KARIBIK** – *1094 Faden unter dem Meeresspiegel*

Der Informationssammler glitt durch die Meerestiefe, wich Felsvorsprüngen aus, stieg über kleinere Erhebungen hinweg und wurde von seinem Bordcomputer in eine andere Richtung gelenkt, wenn irgendein Hindernis sich als unüberwindlich erwies. Das kompakte Metallgebilde wurde von den Lebewesen in seiner Umgebung meistens ignoriert, obwohl vor einigen Minuten ein blauer Schwertfisch in fehlgeleiteter Selbstüberschätzung versucht hatte, es mit seinem langen spitzen Oberkiefer zu durchbohren; er hatte erst aufgegeben, als das fremdartige Ding mit der harten Schale, das seinem Angriff überhaupt keine Beachtung schenkte, sich in tiefere Gewässer bewegte.

*Dolphin V* (so hieß der Informationssammler, weil er ein direkter Nachfolger des ursprünglichen *Dolphin* der späten achtziger Jahre war) hatte eine sehr lange Reise hinter sich, die vor der Küste Nordafrikas begonnen hatte, wo er aus seinem Mutterschiff, dem RRS (Royal Research Ship) *Arthur C. Clarke* in den unruhigen Atlantik ausgesetzt worden war. Er hatte den Meeresgrund durchquert, so als wäre er ein wanderndes Wesen der Tiefe, hatte sich über die Mittelatlantische Schwelle hinwegnavigiert und schließlich die wärmeren Regionen der Karibik erreicht. Nun sollte er noch die Aves-Schwelle überqueren, bevor er irgendwo in den tieferen Gewässern des Golfs von Venezuela zum Mutterschiff zurückkehren würde.

Während seiner langen Forschungsreise war *Dolphin V* häufig aus der Tiefe emporgestiegen, allerdings nie an die Oberfläche, wo die Wellen für solch ein hochempfindliches Gerät viel zu rauh und gefährlich gewesen wären; statt dessen hatte er unter Wasser verweilt und kleine Radiokapseln freigesetzt, die an die Oberfläche trieben und darauf warteten, daß hoch über ihnen ein Satellit vorbeiflog. Dann funkten sie Informationen in den Weltraum, Informationen, die der Satellit an die Erde weitergab. Die Hauptaufgaben von *Dolphin V* bestanden darin, die Stärke von Strömungen und Stürmen zu messen sowie

Temperatur und Salzgehalt des Wassers zu registrieren. Noch ungleich viel wichtiger waren jedoch detaillierte Angaben über das Plankton-Vorkommen auf jeder Etappe der Reise. Die Bedeutung dieser Mikroorganismen, die zwischen den Polen und dem Äquator umhertrieben, war unermeßlich, denn sie absorbierten Kohlendioxid in den kälteren Teilen und setzten es in tropischen Gegenden frei, wodurch sie ein Gleichgewicht in der Erdatmosphäre erzeugten. Nun aber erwärmte sich der Planet, die Gletscher schmolzen, und die Menge an $CO_2$ hatte erschreckend zugenommen; und das Meeresplankton verhielt sich sehr merkwürdig.

Nicht nur Wissenschaftler, auch Regierungen waren ungeheuer daran interessiert zu wissen, wie gut oder wie schlecht das Plankton gegenwärtig noch seiner Aufgabe gewachsen war.

Das kleine Gerät hatte den heftigen Stürmen in der Meerestiefe getrotzt, jenen gewaltigen Brandungen und titanischen Gezeiten, die tausendmal stärker als jeder Sturm in der Atmosphäre waren, es hatte sich furchtlos voranbewegt, ohne jemals Rast zu machen. Es hungerte nur nach Daten, und es sammelte so viele, daß erst in den letzten Jahren Computer entwickelt worden waren, die diese Unmengen verarbeiten konnten.

Jetzt hatte *Dolphin V* eine weniger rauhe Umgebung erreicht, und sogar der unfreundliche blaue Schwertfisch war weit zurückgeblieben, um nach einer leichteren Beute zu suchen. Der Informationssammler sank im natürlichen Gefälle des Meeresbodens.

Doch während er sich ruhig weiter fortbewegte, geriet unter seinem harten Bauch plötzlich alles in Bewegung. Große Sandwirbel ließen trübe Wolken entstehen, durch die riesige Schwärme farbenprächtiger Fische in wilder Hektik schossen. Ein fast meterlanger Thunfisch prallte mit voller Wucht gegen das Gerät und wirbelte benommen im Kreis herum, bis er sich soweit erholt hatte, daß er sich seinen Artgenossen auf ihrer Flucht in klarere Gewässer wieder anschließen konnte. Drei

Pfeilhechte, die gerade mit Hochgenuß eine Königsmakrele verspeisten, ließen es mit dem Hauptgang bewenden und ergriffen ebenfalls die Flucht. Die Überreste der ein Meter fünfzig langen Makrele sanken auf den Meeresgrund, wo der Fisch vibrierte, als befände er sich noch mitten im Todeskampf.

Ein dumpfes Grollen stieg aus der Tiefe empor, und erodierte Felsen begannen zu zerbröckeln und zu bersten. Heftige Turbulenzen erweckten den Eindruck, als würde das Wasser kochen und schäumen. Alte Strömungen wurden umgeleitet, neue entstanden. Die Oberfläche kräuselte sich. *Dolphin V* geriet in den Unterwassersturm hinein, wich aber kaum von seinem Kurs ab.

Im Gegensatz zu den Lebewesen ringsum kannte die Maschine keine Furcht.

Ein Riß im Felsen unter dem Meeresbett aus Sand und Sedimenten öffnete sich, eine seismische Verwerfung, wo es bisher keine gegeben hatte. Das berstende Geräusch wurde von den Wassermassen nur leicht gedämpft. Die Spalte erstreckte sich über mindestens fünfzig Kilometer, und der Druck von unten auf die oberste Schicht ließ langsam und knirschend eine Canyonwand von fast derselben Länge emporwachsen, einem riesigen phantastischen Monolithen mit glatter, dunkler Oberfläche gleich.

*Dolphin V* wurde von dem Strudel erfaßt und mitgerissen, prallte sodann mehrmals gegen die neue entstandene Wand, bis sein hartes Gehäuse zerbrach und die komplizierten Geräte im Innern zerstört wurden.

Winzige Bestandteile sprühten noch kurz Funken, bevor sie starben, und innerhalb von Sekunden war die Maschine völlig unbrauchbar, ein Stück Schrott, das von den unglaublichen Naturgewalten weiterhin umhergeworfen wurde. Bald löste *Dolphin V* sich völlig auf, und die einzelnen Bruchstücke trieben dahin wie Wrackteile.

Die enorme Verlagerung des Meeresbodens löste eine seismische Welle aus, eine *Tsunami*, die sich immer schneller ausbreitete und bald eine Geschwindigkeit von siebenhundert Kilometer pro Stunde erreichte. Diese Flutwelle wurde höher und höher, als sie seichtere Gewässer erreichte, und sie steuerte unaufhaltsam auf eine nahegelegene Inselkette zu.

**GRENADA, WESTINDIEN**
*ein Hügel über St. George's Harbour*

Nello Kwame Lewis brachte seinen glänzenden Minibus auf dem Randstreifen entlang der staubigen, mit Schlaglöchern übersäten Straße abrupt zum Stehen. Da das Fahrzeug keine Tür hatte – genausowenig wie Fensterscheiben – und da Grenader nichts davon hielten, unnötigerweise den Motor abzustellen, war er im Nu draußen und trampelte über das kurze harte Gras zu einer Stelle, die ihm freie Sicht auf den Hafen tief unter ihm bot. Aber er war nicht in der Stimmung, um die idyllische Schönheit dieses Ausblicks zu genießen, das türkisfarbene und himmelblaue Meer, das träge in den karibischen Hafen flutete, den strahlend weißen Passagierdampfer am Dock der Zollbehörde, die an Metallpfosten vertäuten Schoner und kleinen Boote, die weißen Segel von Yachten, die mühelos durch die Bucht glitten, und über all dem ein so blauer Himmel – abgesehen von einem vagen grauen Fleck in weiter Ferne, der das Meer zu berühren schien –, daß er auf einer Ansichtskarte unecht ausgesehen hätte. Nello war viel zu verärgert und vielleicht auch viel zu vertraut mit dieser Szenerie, um sie gebührend bewundern zu können.

»Mann o Mann«, rief er laut, warf seine Epcot-Mütze – die ein Tourist letztes Jahr in seinem Minibus liegengelassen hatte – auf den Boden und ließ sich im nächsten Moment selbst ins Gras fallen. »Mann o Mann, dieses Mädchen hält mich ganz schön zum Narren!«

Er hob ein halb verrottetes Stück Baumrinde auf und schleuderte es den Hügel hinab, wodurch er einen trägen Gecko aufschreckte, der reglos wie ein Stein im Schatten der Rinde gedöst hatte. Die Echse blinzelte zweimal mit ihren großen starren Augen, bevor sie sich in Sicherheit brachte.

»Er ist doch nur so 'n dummes Arschloch, dieser kleine Angestellte mit seiner fetten Wampe!« klärte er die leichte Brise über das Objekt seines Hasses auf. »Alles ist plötzlich ein Riesenschlamassel!«

Nello stampfte mit den Absätzen seiner Turnschuhe auf der Erde herum – ein unmögliches Benehmen für einen dreiundzwanzigjährigen Mann, der seinen eigenen Minibus mit dem Namen LOVE ME STYLE besaß und zwar nicht wohlhabend war, aber doch ganz gut verdiente, indem er Einheimische von einer Seite der Insel auf die andere chauffierte und Touristen an jeden Ort brachte, den sie sehen wollten. Außerdem galt er als einer der aufgehenden Sterne im Dominospiel, und es hatte bislang ganz danach ausgesehen, als würde er gewählt werden, um Grenada bei den nächsten Ostkaribischen Inselmeisterschaften im Domino zu repräsentieren. Auch das war ein Grund für seine zunehmende Frustration, denn dasselbe ›Arschloch‹, das Nellos Frau – genauer gesagt, seine Auserkorene – stehlen wollte, hatte ihn gestern abend bei einem Wettspiel vernichtend geschlagen.

»Bring mich nich' in Wut, Mann!« brüllte er hügelabwärts, in Richtung des fernen Zollamts.

Nello, normalerweise ein heller Kopf mit ausgeglichenem Wesen, zitterte vor Wut und Verbitterung und war im Augenblick ein wirklich unglücklicher junger Mann. Sogar als der Bus an HEAVEN SENT vorbeifuhr und der Fahrer, Norris Hercules, sein Freund und Nachbar, hupte und durch die leere Windschutzscheibe winkte, war Nello so in Gedanken, daß er nicht zurückwinkte und auch die Grüße und Zurufe einiger Passagiere ignorierte, die sich nach vollbrachtem Tagwerk auf der Heimfahrt entspannten.

»He, nimm später einen zur Brust, Nello!« rief der keineswegs beleidigte Fahrer. »Vielleicht 'n bißchen vom Bergtau, Mann?« Bei der Erwähnung von illegal gebranntem Rum brachen die Passagiere in schallendes Gelächter aus. »O Gott, Nello hat heut 'nen schlechten Tag«, kommentierte Norris.

»Paß lieber auf, wo du hinfährst, Norris!« rief ein Insasse. »Du fährst wie 'ne Wildsau!«

Norris grinste breit und steuerte den Bus absichtlich über ein Schlagloch. »Da kannste Gift drauf nehmen!« gab er zu, worauf erneut wieherndes Gelächter ausbrach.

Von dem farbenfroh bemalten Bus aufgewirbelter Staub legte sich auf Nellos Kopf und Schultern, aber er schien das nicht einmal zu bemerken, so gehässig starrte er das Zollamt an, das von hier aus winzig aussah.

»Alles is' plötzlich 'n Riesenschlamassel!« wiederholte er. Und er hatte recht: Für ihn war tatsächlich die ganze Welt in Unordnung geraten, denn bis vor sechs Tagen war Angella seine zukünftige Frau gewesen, und das wußte auch das ganze Dorf Boca, wo sie beide wohnten. Doch am vergangenen Wochenende, auf dem Rummelplatz am Hafen, hatte er Angella dabei ertappt, wie sie Clyde A. Jelroyd, dem besagten kleinen Angestellten mit der Wampe, verliebte Augen machte und zuzwinkerte. Unglückseligerweise arbeitete Angella wochentags im städtischen Postamt, ganz in der Nähe der Zollbehörde, wo dieser erbärmliche Mischling (halb Afrikaner, halb Ostinder) Papiere hin und her schob und seinen Gummistempel schwang. Seit jenem Abend auf dem Rummelplatz hatte Nello seine Angella und dieses aufgedunsene Schwein zweimal ertappt, wie sie zusammen durch die Straßen schlenderten. Beim erstenmal hielt er – obwohl sein Minibus voller Fahrgäste war – mitten auf der Kreuzung Green und Tyrrel Street an, um sie zur Rede zu stellen. Sie taten ganz unschuldig, aber er brüllte: »Ich lass' mich von euch doch nich' für dumm verkaufen!« und holte zu einem Fausthieb gegen seinen Rivalen aus. Nur das Auftauchen eines Polizisten hielt ihn davon ab, den Kerl an Ort und Stelle k. o. zu schlagen, und nur die Klagen seiner wütenden Passagiere sowie das Hupkonzert des Verkehrs, der durch seinen falsch geparkten Minibus seit zehn Minuten behindert wurde, bewogen ihn dazu, sich wieder ans Steuer zu setzen und weiterzufahren – und das war ein Glück, denn ansonsten hätte er möglicherweise nicht nur das Arschloch, sondern auch noch den Polizisten tätlich angegriffen.

»Verdammt, Weib, weißt du denn nicht, daß dieser Kerl schon verheiratet ist und auch noch 'n uneheliches Balg hat?« hatte er Angella später an jenem Abend angeschrien. Aber Jelroyds legitime Frau und illegitimes Kind schienen sie nicht im geringsten zu stören, denn drei Tage später sah er die beiden wieder: Sie spazierten Hand in Hand über den Marktplatz. Wieder ließ er seinen Minibus, der diesmal mit Touristen besetzt war, einfach stehen und rannte über den Platz, um das heimtückische Pärchen zu stellen, aber diesmal verlor er sie im Menschengewühl einer Seitenstraße. Das glaubte er zumindest; in Wirklichkeit hatten die beiden den ungeschickten Verfolger, dessen Kopf ständig aus der Menge auftauchte, schon aus dreihundert Meter Entfernung gesichtet und waren im Trödelmarkt untergetaucht. Clyde hatte Angella eine Muschelkette gekauft, während sie darauf warteten, daß Nello vorbeistürmte, und sie hatte das Geschenk mit einem koketten Kichern angenommen, wobei ihr Blick verhieß, daß sie später gegen eine kleine Tändelei nichts einzuwenden hätte.

Als Nello eine Viertelstunde später zu seinem Minibus zurückkehrte, war dieser leer, der Verkehr staute sich in beiden Richtungen, und ein Schutzmann notierte sich gerade gewissenhaft sein Kennzeichen. Das war vor einer knappen halben Stunde gewesen (zwanzig Minuten hatte er gebraucht, um aus dem Stau herauszukommen), und er kochte noch immer vor Wut über alle Ungerechtigkeiten – die Untreue seiner Liebsten, das verabscheuungswürdige Verhalten seines Rivalen, den Wankelmut seiner Fahrgäste, den Zorn des Polizisten und natürlich über den gesalzenen Strafzettel. Mann o Mann, das war wirklich ein beschissener Tag!

Ein Vogel flog den Hügel herauf und an Nello vorbei, mit hektisch schlagenden Flügeln, so als hätte er es sehr eilig.

Nello konzentrierte seine Aufmerksamkeit ausschließlich auf das ferne Zollamt. Er malte sich aus, daß Clyde A. Jelroyd jetzt dort saß, nachdem er sich von Angella verabschiedet hatte (bestimmt hatten sie sich geküßt, bevor sich ihre Wege trennten!), daß er zusammen mit den anderen Bürohengsten Tee trank – wegen der Ankunft des Passagierdampfers würden sie alle Überstunden machen müssen – und sich damit brüstete, Nello nicht nur die Freundin ausgespannt, sondern ihn auch beim Domino besiegt zu haben, so daß nun zweifellos er – Clyde – am Inselwettbewerb teilnehmen würde.

Nello knirschte mit den Zähnen und spuckte verächtlich aus. Seine Augen hatten einen bösartigen Ausdruck, als er sodann wieder zum Hafen hinabstarrte. »Ich hetz' die Hexe auf dich«, knurrte er. »Die wird dir was Schlimmes antun, weil du mir's Leben schwermachst. Sie wird dafür sorgen, daß die bösen Geister an deine Tür pochen.« Er brachte ein Grinsen zustande, allerdings kein sympathisches. »Meine Tante ist eine Hexe, und sie wird mich rächen.«

Nello hatte vor seiner Tante immer Angst und riesigen Respekt gehabt, und er war nicht der einzige Inselbewohner, dem es so erging. Sie genoß ihren Ruf als Hexe und ließ keinen Tag verstreichen, ohne einen Zauberspruch zu sprechen oder einen Zaubertrank zu brauen. Sie war ständig damit beschäftigt, ihre Kräuterbäder gegen Krankheit oder Pech zu empfehlen, junge Mädchen, die ›die Frucht des Brotbaums geschluckt hatten‹, von einem ungeborenen und unerwünschten Kind zu befreien, den Feind irgendeines – vorzugsweise zahlungskräftigen – Klienten mit einem Fluch zu belegen oder traditionelle Anliegen zu erfüllen, beispielsweise zur Weihnachtszeit Mama Maladie, den bösen Geist, fernzuhalten. Obwohl Nello inzwischen erwachsen war, hatte er immer noch Angst, seine Tante ohne Papa und Mama zu besuchen; am liebsten hatte er auch noch mindestens zwei seiner Brüder und drei seiner Schwestern bei sich.

In der vergangenen Nacht, nach seiner demütigenden Niederlage beim Domino-Match, war er jedoch die gewundene Straße durch die Hügel zu ihrer Hütte hinaufgefahren, nicht mehr allzu klar im Kopf, weil er nicht nur Rum, sondern auch etliche *Caribs* getrunken hatte. Bedauerlicherweise hatte er es trotzdem nicht über sich gebracht, an die alte Wellblechtür zu klopfen, die sie – im Gegensatz zu den meisten anderen Inselbewohnern – immer fest verschlossen hielt. Statt dessen saß er zitternd in seinem Minibus und starrte mit weit aufgerissenen

Augen auf das kleine beleuchtete Fenster. Und Tantchen trat ans Fenster und starrte zu ihm hinaus. Eine Zeitlang dachte er, sie wollte ihn mit ihrem bösen Blick verhexen; dann winkte sie, und er wußte nicht, ob das eine Einladung war, oder ob sie ihm damit bedeuten wollte, sich zum Teufel zu scheren. Er hatte die Flucht ergriffen und auf dem schmalen Weg so hastig gewendet, daß die Zweige von Büschen und Bäumen seinen Minibus zerkratzten. Er war sicher, auf der ganzen Rückfahrt in sein Dorf ihr spöttisches Gelächter gehört zu haben.

Lautes Rascheln von Farnkraut riß Nello aus seinen Gedanken. Eine Echse – vielleicht derselbe Gecko, den er zuvor aufgeschreckt hatte – huschte hektisch an ihm vorbei, überquerte die ausgefahrene Straße und verschwand im dichten Unterholz auf der anderen Seite. Nello schnalzte mit der Zunge, weil ihm das Verhalten des Tieres töricht vorkam, und wandte seine Aufmerksamkeit sofort wieder dem Hafen zu. Eine plötzliche starke Brise, die ungewöhnlich kühl war, ließ ihn frösteln.

»Du Affe, blöder Affe, du gehst mir auf die Nerven, Jelroyd, und mein Tantchen wird dich mit ihrem bösen Blick verhexen. Das hat sie mir letzte Nacht versprochen.« Und Nello war mittlerweile fast davon überzeugt, daß dem wirklich so war. Er hatte vergangene Nacht in seinem Bus geschlafen, weil er seine Eltern nicht aufwecken wollte, indem er zu so später Stunde durchs Haus tappte, und als er im Dunkeln lag, das Echo des Gelächters seiner Tante noch immer im Ohr, hatte Nello *gewußt*, daß sie *wußte*, weshalb er zu ihrer Hütte gekommen war, obwohl sie sich nicht unterhalten hatten. Daß sein Mädchen ihn zum Narren hielt, war inzwischen Dorfklatsch, und Tantchen würde niemals die Augen davor verschließen; sie würde ein Familienmitglied nie im Stich lassen. Sie würde einen Trank zusammenbrauen und Verwünschungen murmeln.

»Bald wirst du krank sein, Jelroyd!« schrie er.

Er zuckte zusammen, als ein Schwarm Bananenfresser dicht über seinen Kopf hinwegflog, mit durchdringenden Schreien, die in der Schwüle des Spätnachmittags geradezu schockierend wirkten. Er verrenkte sich fast den Hals, um ihren Flug zu verfolgen, und während die schwarzen Vögel in der Ferne immer kleiner wurden, fiel ihm plötzlich die kalte Brise auf, die seinen Nacken streifte und eine Gänsehaut hervorrief. Er blickte wieder aufs Meer hinaus, und seine Stirn legte sich in tiefe Falten, als er der herannahenden grauen Masse gewahr wurde.

In diesem Moment begriff Nello noch nicht richtig, was er da vor Augen hatte, denn weit und breit war keine einzige Regenwolke zu sehen – der strahlend blaue Himmel verblaßte in Horizontnähe zu Azur –, und die graue Masse kam aus dem Meer selbst, eine Art Ausbuchtung, an beiden Enden sanft abfallend. Bevor er sich weitere Gedanken darüber machen konnte, wurde seine Aufmerksamkeit durch etwas anderes abgelenkt.

Direkt vor ihm, in Höhe seines Gesichts und nur knapp zehn Meter entfernt, schwebte ein strahlendes Licht. Es war rund wie ein Kricketball und hatte auch etwa dessen Größe; seine Ränder waren verschwommen wie die der Sonne. Es hing dort über dem Abhang, und obwohl es nicht ganz still stand, änderte es seine Position kaum.

Nello schrie auf und schlug sich die Hände vors Gesicht. »O Mama, mais non«, stöhnte er und fragte sich, ob die bösen Geister anstelle seines Rivalen nun ihn heimsuchten. Die Brise vom Ozean, mittlerweile so stark wie der Wind zur Weihnachtszeit, zerrte an seinem Hemd.

Er spähte vorsichtig durch die gespreizten Finger, und der Tagstern war immer noch da, ja, er schien ihn zu beobachten. Doch was hinter diesem hypnotischen, gespenstischen Licht drohend aufragte, konnte nun nicht mehr ignoriert werden, denn allmählich dämmerte es Nello, worum es sich bei der großen grauen Schwellung auf dem Meer handelte.

»O Gott«, murmelte er, »du meine Güte, Mann o Mann, o Mama!«

Die Welle war von einem sanft abfallenden Ende bis zum anderen mindestens achtzig Kilometer breit, aber ihre Höhe ließ sich aus dieser Entfernung nicht abschätzen. Nello wußte nur, daß sie *sehr* hoch war.

Er begann aufzustehen, und der Lichtball stieg ein wenig, blieb auf der Höhe seines Gesichts. Seine weichen Knie trugen ihn nicht, und er stolperte und wäre fast den Hügel hinabgerutscht. Er klammerte sich an den kräftigen Grashalmen fest, glitt wieder aus und blieb sodann flach auf dem Rücken liegen, während er die rasch näherkommende Wasserwand beobachtete.

Irgendwo in der Unterstadt begann eine Kirchenglocke zu dröhnen. Eine zweite schloß sich an. Nello glaubte, Menschen schreien zu hören, aber ein neues Geräusch begann alle anderen zu übertönen, ein anhaltendes Zischen, das nicht mehr abbrach, sondern immer lauter wurde, während die gewaltige dunkle Masse auf die Insel zurollte. Yachten, Motorboote und Schoner wurden wie Treibholz mitgerissen, als sie sich über dem Hafen auftürmte.

Das Geräusch hatte sich in ein tiefes, grollendes Donnern verwandelt, und Hunderte, nein, Tausende von Vögeln schwirrten über Nellos Kopf hinweg, während alle möglichen Tiere – Eidechsen, Nagetiere, Beutelratten und sogar ein Gürteltier – an ihm vorbeihasteten, vor Panik quiekend und grunzend.

»Das hab' ich doch nicht gemeint, Tantchen!« flehte Nello, die gefalteten Hände zum nach wie vor blauen Himmel emporgereckt.

Die Flutwelle war zwanzig – *nein, dreißig!* – Meter hoch, und sie brach mit ungeheurer Wucht über den Hafen herein, zerschmetterte Boote und Gebäude, schob den großen weißen Passagierdampfer auf das Dock hinauf, wo er das Zollamt samt allen Insassen zermalmte, einschließlich Nellos Erzrivalen in der Liebe und im Domino, der tatsächlich gerade Tee getrunken und sich vor den Kollegen mit seiner Überlegenheit in beiden Spielen gebrüstet hatte. Clyde A. Jelroyd hörte die Glokken, er hörte sogar die Schreie von draußen, und dann hörte er das seltsame zischende, donnernde Geräusch, und als die ge-

genüberliegende Wand einstürzte, hörte er seinen eigenen Aufschrei, aber nicht lange, denn gleich darauf war er genauso flach wie das Buch mit den Zoll- und Verbrauchssteuersätzen auf seinem Schreibtisch, und alsbald entdeckte er, daß die Unendlichkeit geräuschlos ist.

Nello beobachtete die Verwüstung mit fasziniertem Entsetzen und bemerkte nicht einmal, daß das kleine Licht verschwunden war.

Während die Flutwelle die Hafenstadt unter sich begrub und alles zerstörte, was ihr im Wege war, ob nun Betonbauten, Fachwerkhäuser, Metall, Glas oder Menschenfleisch, weinte Nello kläglich, und zum drittenmal an diesem Nachmittag stöhnte er: »O Gott, alles is' plötzlich 'n Riesenschlamassel!«

# 7

Sie hatten sich während des ganzen Nachmittags unterhalten, mit einem späten Mittagessen als einziger Unterbrechung. Nun brach schon die Abenddämmerung herein, und sie redeten noch immer, wobei ihre Gesprächsthemen von den Veränderungen bei den Regenfällen bis zur drastischen Reduktion der Weltproduktion von Nahrungsmitteln, von den Methoden einer selektiven Forstwirtschaft bis zu den Gefahren toxischer Unfälle reichte. Rivers erfuhr, daß Hugo Poggs einer der wichtigsten Autoren von *Dangerous Properties of Industrial Materials* – Gefährliche Eigenschaften von Industriematerialien – gewesen war, unter Wissenschaftlern und Umweltschützern als ›Sax‹ bekannt und nach wie vor als Standardwerk zu Rate gezogen.

Dem Klimatologen wurde jedoch rasch klar, daß die Kenntnisse seines Gastgebers über die globale Krise viel umfassender waren: Poggs hatte in den letzten Jahren detaillierte Studien über jede Katastrophe – egal ob groß oder klein – betrieben, die irgendwie mit der Umwelt in Zusammenhang stand, wobei seine Bandbreite die massenhafte Ausbreitung von Infektionskrankheiten ebenso einschloß wie den Schneemangel in den Alpen. Langsam dämmerte es Rivers, wo er Poggs' Namen schon einmal gehört hatte: Vor einigen Jahren war eine Abhandlung dieses Mannes über ›soft engineering‹ – Arbeit *mit* der Natur, nicht *gegen* sie – sowohl wegen ihrer stichhaltigen Prämissen als auch wegen ihrer Kosteneffektivität gerühmt worden. Später hatte er das Ansteigen des Meeresspiegels aufgrund der globalen Erwärmung prophezeit und nicht nur die Länder aufgeführt, deren Tiefebenen überschwemmt würden, sondern auch die Inseln, die völlig verschwinden würden. Zu jener Zeit hatte man ihn als ›Klima-Hypochonder‹ und sogar als ›geophysische Kassandra‹ bezeichnet, und es gab genug Wissenschaftler und Geologen-Kollegen, die seinen

Berechnungen widersprachen, was letztlich dazu führte, daß die Medien – und daraufhin natürlich auch die Öffentlichkeit – über ihn herfielen.

Die Tatsache, daß diese Vorhersage sich letzthin als ebenso richtig erwies wie andere Prophezeiungen, die er damals über den zukünftigen Zustand des Planeten gemacht hatte, hätte ihm vielleicht bei den Schmähern von einst zu hohem Ansehen verholfen, wenn er der Welt nicht eine weitere verblüffende Hypothese präsentiert hätte. Von da an war er als Exzentriker, wenngleich als brillanter, in Verruf geraten.

Seitdem hatte man wenig von dem Mann gehört, und deshalb hatte Rivers sich bei Poggs' erstem Anruf auch nur vage an dessen Namen erinnert. Doch während ihrer stundenlangen Diskussionen hatte Rivers von seinem Gastgeber nichts gehört, was man auch nur im entferntesten als ›exzentrisch‹ bezeichnen konnte; freilich hatten sie bisher das Thema der ›Lichtphänomene‹ nicht berührt.

Poggs hatte nicht nur geredet, sondern auch aufmerksam zugehört und großes Interesse an Rivers' Ansichten über die Klima- und Umweltveränderungen gezeigt, die natürlich durch die einzigartige Datensammlung gestützt wurden, zu der er als bedeutender wissenschaftlicher Mitarbeiter im Meteorologischen Institut Zugang hatte.

Der Klimatologe hatte sich zu keiner Zeit unter Druck gesetzt gefühlt, denn obwohl Poggs und dessen Schwiegertochter viele Fragen stellten, brauchte er keine ›Staatsgeheimnisse‹ zu verraten, um sie zu beantworten. Allmählich hatte er sich entspannt und war sogar dankbar für gewisse Informationen gewesen, die seine eigene Spezialgruppe entweder übersehen oder aufgrund der ›Daten-Überlastung‹ kaum beachtet hatte. Ein Beispiel hierfür war die schwankende, aber weit verbreitete Erwärmung des Dauerfrostbodens in Alaska (dort ändert sich die Temperatur langsamer als in der Luft, wodurch oft genauere Messungen möglich sind), ein Faktor, den Poggs durch eigene Forschungen belegt hatte, während Rivers' Abteilung ihn unentschuldbar vernachlässigt hatte, vielleicht weil weitere Beweise für die globale Erwärmung kaum notwendig schienen. Poggs' Beobachtungen waren jedoch wichtig unter dem Gesichtspunkt möglichst präziser und vollständiger Aufzeichnungen.

Als Poggs' Frau sich ihnen wieder zugesellte, brach die Dunkelheit herein, und die Schatten im Garten gingen darin unter.

»Die Kleinen sind im Bett«, berichtete sie, während sie eine Lampe anknipste und dem Klimatologen ein kurzes, aber warmes Lächeln schenkte. »Sie warten jetzt auf einen Gutenachtkuß von Mama. Ich habe ihnen schon ein Kapitel vorgelesen, Diane, laß dich also nicht von ihnen an der Nase herumführen.«

Diane stand auf und versuchte, die Falten in ihrem Baumwollrock zu glätten. »Ich bleibe nicht lange weg. Mr. Rivers, wir würden uns sehr freuen, wenn Sie über Nacht hierbleiben. Ob Sie es nun glauben oder nicht – es gibt noch eine ganze Menge zu besprechen, und keinem von uns würde der Gedanke behagen, daß Sie den weiten Weg nach London nachts zurücklegen müssen. Außerdem hat Mack Ihren Wagen zwar einigermaßen wieder in Ordnung gebracht, aber falls Sie doch irgendwelche Probleme damit haben sollten, ist es von Vorteil, wenn es wenigstens hell ist, finden Sie nicht auch?«

Rivers warf einen Blick auf die Uhr. »Ich habe gar nicht bemerkt, daß es schon so spät ist. Danke für Ihr Angebot, aber ich möchte es nicht annehmen. Ich... äh... ich habe morgen einiges zu erledigen.«

Poggs warf ihm einen fast ängstlichen Blick zu. »Wir sollten uns jetzt über den seltsamen Lichtball unterhalten.«

Ein unbehagliches Schweigen trat ein.

»Ich habe mich schon lange gefragt, wann wir darauf zu sprechen kommen würden«, sagte Rivers schließlich.

Poggs räusperte sich, ein rauhes, rasselndes Geräusch, und schob seine nicht angezündete Pfeife zwischen die Zähne.

»Wir wollten, daß Sie uns vorher ein bißchen besser kennenlernen«, erklärte Diane entschuldigend.

»Wir wollen nicht, daß Sie uns für total verrückt halten,

müssen Sie wissen«, fügte Bibby mit einem spitzbübischen Funkeln in den Augen hinzu.

Er erwiderte ihr Lächeln. »Bisher haben Sie mich davon überzeugt, daß Sie nicht *völlig* übergeschnappt sind, aber wir sind bis jetzt nicht nur *einem* Thema aus dem Weg gegangen.« Er blickte Poggs direkt in die Augen. »Ich glaube mich daran zu erinnern, daß Sie vor einigen Jahren das wissenschaftliche Establishment mit einer ganz bestimmten öffentlichen Behauptung schockiert haben. Mir fällt aber beim besten Willen nicht ein, worum es sich dabei eigentlich gehandelt hat. Ich weiß nur, daß die Sache nicht eben zu Ihrer Glaubwürdigkeit beigetragen hat.«

Poggs kaute an seinem Pfeifenstiel herum, nachdenklich, ein schwaches Lächeln auf den Lippen.

Diane öffnete die Tür. »Ich glaube, ich sehe jetzt besser nach Josh und Eva. Es wird nicht lange dauern.« Die anderen lauschten ihren Schritten in der Halle.

»Sie meinen natürlich die ›Mutter Erde‹-Hypothese«, sagte Poggs schließlich. »Keineswegs eine neue Erkenntnis meinerseits. Es ist im Grunde eine jahrhundertealte Vorstellung, aber auf wissenschaftlicher Ebene wurde sie erstmals zu Beginn der siebziger Jahre präsentiert, von einem brillanten Kopf namens James Lovelock, der die These vertrat, daß die Erde nicht nur ein Hort des Lebens ist, sondern selbst lebt – ein Gesamtorganismus, wo Lebensformen und Umwelt ständig interagieren, um ein Gleichgewicht aufrechtzuerhalten, das Leben ermöglicht. Lovelock und ich stimmten zu jener Zeit in vielen Dingen überein, obwohl gesagt werden muß, daß er den Auswirkungen der toxischen Verunreinigung weniger Bedeutung beimaß als ich. Pflanz lieber einen Baum, anstatt Geld für einen Autokatalysator auszugeben, war seine Devise.« Poggs lachte kurz auf. »Ich muß sagen, das hatte sogar etwas für sich. Für ihn war außerdem die Atomkraft eine segensreiche Energie, und darin stimmte ich mit ihm überein, während sich viele puristische Umweltschützer darüber empörten. Bedauerlicherweise gab es zwischen uns grundlegende Meinungsverschiedenheiten in bezug auf seine GAIA-Theorie ...«

»GAIA?«

»Die griechische Erdgöttin – ein fantasievoller Name für eine ernsthafte Idee.«

»Und worüber hatten Sie Meinungsverschiedenheiten?«

»Lassen Sie mich zuerst erklären, worin wir beide übereinstimmten, nämlich in unserer festen Überzeugung, daß die Erde ein sich selbst regulierendes System ist, lebendig und ständig wachsam.« Es entging Poggs nicht, daß das Gesicht seines Gastes eine leichte Irritation widerspiegelte, und er fügte rasch hinzu: »Nein, ich meine ›lebendig‹ nicht in dem Sinn, wie wir hier im Raum lebendig sind. Es gibt andere Definitionen.«

Rivers nickte unverbindlich; es lohnte sich im Augenblick nicht, über diesen Punkt zu streiten.

Poggs fuhr fort: »Soweit wir wissen, ist die Erdatmosphäre immer instabil gewesen, voller Gase, die ständig gegeneinander reagieren. Eigentlich hätte man erwarten können, daß sie irgendwann unter sich zu einem Kompromiß gelangen und interagieren, um eine gleichmäßige und beständige Atmosphäre zu erzeugen. Doch das ist nie geschehen; es hat nie eine Entwicklung in Richtung dieser Stabilität gegeben, die für all jene Organismen, denen die *Instabilität* zugute kommt, das Ende bedeutet hätte, darunter auch für die Menschheit. Statt dessen gehen die Turbulenzen in der Atmosphäre immer weiter, während wir Menschen nichts von diesem Konflikt bemerken und in aller Ruhe unser Alltagsleben führen; das ist in erster Linie deshalb möglich, weil der Sauerstoffgehalt und die Temperatur während der letzten paar Millionen Jahre ziemlich konstant geblieben sind. Wir – Lovelock und ich – stimmten darin überein, daß *etwas* am Werke war, um das alles zu organisieren und natürlich immer wieder zu reorganisieren, und wir zogen daraus die Schlußfolgerung, daß es sich bei diesem Organisator um einen einzigen riesigen Organismus handelt: um Mutter Erde selbst.« Er lehnte sich in dem großen Lederstuhl zurück, damit Rivers Zeit hatte, das soeben Gehörte zu verarbeiten.

»Ich verstehe jetzt, warum Sie beide von anderen Wissenschaftlern scharf attackiert wurden«, bemerkte Rivers. »Diese Theorie ist ein bißchen subversiv, finden Sie nicht auch?«

Poggs kicherte. »Wissenschaft sollte immer subversiv sein. Ist das nicht die Essenz jeder radikalen Entwicklung – ein Nichtakzeptieren festgelegter Gesetze?«

Bibby, die Dianes Platz am Fenster eingenommen hatte, mahnte leicht ungeduldig: »Poggsy, mein Lieber, ich glaube, daß es unserem Gast lieber wäre, wenn du endlich zur Sache kämest, anstatt tiefgründige Überlegungen anzustellen. Ich selbst bin auch etwas müde – nein, Lieber, nicht wegen deiner wie immer glänzenden Ausführungen, sondern wegen dieser verdammten Feuchtigkeit.«

»Du hast völlig recht«, gab ihr Mann zu. »Ich fühle mich auch etwas matt. Wir könnten wahrscheinlich ein weiteres Unwetter gut gebrauchen, um klare Luft zu bekommen.«

»Gott bewahre! Ein Unwetter wie das von heute morgen möchte ich nicht noch einmal erleben«, stöhnte Bibby, während sie sich mit einigen Blatt Papier Luft zufächelte.

»Also, um endlich zur Sache zu kommen, wie Bibby so taktvoll angeregt hat... Wo war ich stehengeblieben?«

»Ich glaube, Sie wollten erklären, welche fundamentalen Einwände Sie gegen die GAIA-Theorie hatten.«

»Ja, und dadurch erregte ich beim wissenschaftlichen Establishment weiteren Anstoß. Weiß Gott, Lovelocks Theorie war für diese Leute schon schockierend genug, und da mußte ich noch meinen eigenen Senf dazugeben. Die Ärmsten hielten mich für noch verrückter als Lovelock.« Sein Kichern ging in einen pfeifenden Husten über.

Seine Frau runzelte besorgt die Stirn.

»Sie müssen wissen«, fuhr Poggs fort, sobald er wieder Luft bekam, »daß es der Erde – Lovelock zufolge – in erster Linie um ihr *eigenes* Überleben geht, nicht um das der Organismen, die auf oder unter ihrer Oberfläche leben. Gewisse Prozesse werden immer ablaufen, um die Meere von Giftstoffen zu befreien und um die schädlichen Gase in der Luft zu beseitigen. Das ist für GAIA eine ganz natürliche Prozedur, eine angeborene Funktion ihres Selbsterhaltungsprogramms, und Lovelock mißt dem menschlichen Leben in diesem Zusammenhang keine große Bedeutung bei. Er glaubt, daß wir durchaus die Spezies sein könnten, die verschwinden wird, während andere, zähere Lebensformen überleben.«

»Hugo...«, warnte Bibby.

»Ja, ja, ich bin ja schon dabei.« Er schüttelte den Kopf über ihr Drängen. »Ich bin von jeher überzeugt, daß es der Erde auf irgendeine metaphysische Art und Weise darum geht, durch ihr Agieren die *Menschheit* am Leben zu erhalten.« Er klopfte mit dem Pfeifenstiel auf den Tisch, um seinen Worten Nachdruck zu verleihen.

Rivers zündete seine letzte Zigarette an, ohne Bibbys mißbilligendes Stirnrunzeln zu beachten. Poggs zog an seiner kalten Pfeife und wartete auf einen Kommentar.

Nun wieder angespannt und unerklärlicherweise verärgert – vielleicht aufgrund der Erkenntnis, daß die lange, unbequeme und zuletzt gefährliche Fahrt umsonst gewesen war –, stieß der Klimatologe eine graue Rauchwolke aus, bevor er sagte: »Das ist aus dem Munde eines Wissenschaftlers wirklich eine bizarre Behauptung.« Es hatte seiner ganzen Willenskraft bedurft, eine so milde Formulierung zu wählen.

»Oh, ich bin mir da nicht so sicher«, erwiderte Poggs gutmütig. »Von der Geologie zur Geophysik und weiter zur Metaphysik – für mich sind da ganz natürliche kleine Schritte. Natürlich hängt es davon ab, was man sich unterwegs angeeignet hat, vermute ich. Und ob man wirklich *bereit* ist, sich voranzutasten.«

Bibby fächelte mit ihren Papieren, um die Rauchwolke zu vertreiben, die in ihre Richtung gezogen war. »Ihr Zynismus wundert mich nicht, Mr. Rivers. Tatsache ist, daß wir gelernt haben, damit zu leben. Er schlägt uns von allen Seiten entgegen. Die Überzeugungen meines Mannes haben nicht nur zu einem ernsthaften Zerwürfnis mit James Lovelock geführt, sondern auch Hugos Ruf als angesehener Geologe und als Fellow der Royal Society erheblich geschadet. Sich mit Spott abzufinden ist nicht ganz leicht, speziell wenn man aus lauteren Motiven heraus gesprochen hat.«

Rivers streifte die Asche in einer Untertasse ab, die Diane ihm liebenswürdigerweise gebracht und schon zweimal geleert hatte. Ein kalter Zorn stieg in ihm auf, eine Rage, die er nur mit größter Willenskraft kontrollieren konnte. »Das glaube ich Ihnen gern. Aber Lauterkeit kann einen Mangel an Beweisen nicht wettmachen. Können Sie mit irgend etwas aufwarten, das diese... diese Behauptung stützt? Vermutlich nicht, nachdem es Ihnen ja nicht gelungen ist, Ihre Kollegen zu überzeugen.«

»Ich kann Ihnen Dinge erzählen, die...«

»Exakte Beweise?«

»Das ist bei einer Hypothese dieser Art unmöglich.«

Rivers machte Anstalten aufzustehen. »Ja, das kann ich mir gut vorstellen. Eine Zeitlang hatten Sie mich fast geködert. Ich dachte, ich hätte es mit vernünftigen Menschen zu tun, und ich gebe zu, daß Ihre Ausführungen mich größtenteils sehr interessiert haben. Aber jetzt...« Er winkte frustriert ab. »Jetzt bin ich mir nicht mehr sicher. Ich bin in der Hoffnung hergekommen, etwas Wichtiges zu erfahren; denn glauben Sie mir, seit meinem Unfall habe ich mich intensiv mit Lichtphänomenen beschäftigt, aber keine Erklärung für das gefunden, was ich an jenem Tag im Sturm gesehen habe.«

Er drückte seine Zigarette aus. »Und was haben Sie mir zu bieten? Einen Glauben, daß die Erde und ihre Menschen Teile ein und desselben komplizierten Ganzen sind, daß zwischen uns im Grunde kein Unterschied besteht.«

»Das ist nicht ganz das, was ich gemeint habe«, warf Poggs ein.

»Spielt keine Rolle – es kommt dem jedenfalls ziemlich nahe. Als nächstes werden Sie mich vermutlich bitten, irgendeinem pseudoreligiösen Kult beizutreten, um das wahre Licht zu finden. Habe ich recht? Geht es um eine seltsame Art von mystischem Symbolismus, der Ihre eigenen Überlegungen stützt? Tut mir leid, aber ich halte das für totalen Blödsinn.«

»Ich verstehe Ihren Ärger nicht.«

Ehrlich gesagt, konnte sich auch Rivers selbst seinen Zorn nicht erklären. »Nennen wir's Frustration«, knurrte er und ging auf die Tür zu.

Bibby stand rasch auf. »Mr. Rivers, wir wollten Sie wirklich nicht...«

»Gewiß.« Er blieb kurz stehen. »Ich zweifle nicht daran, daß Ihre Intentionen durchaus aufrichtig sind, aber Sie müssen verstehen, daß ich für so etwas keine Zeit habe. Für derartige Absurditäten ist die Lage viel zu ernst, viel zu verzweifelt.« Vielleicht war es Müdigkeit, vielleicht das schmerzhafte Pochen in seinem Bein, das vor zwanzig Minuten begonnen hatte; er wußte nur, daß er von hier wegwollte, weg von diesen Leuten und ihrem ›Mutter Erde‹-Quatsch und von Kindern, die Lichter über Tausende von Kilometern hinweg sehen konnten. Genug war genug!

Poggs blieb sitzen, aber seine Stimme klang beunruhigt. »*Sie müssen mir zuhören!*«

Rivers grinste hämisch. »O nein, das muß ich nicht.«

Er riß die Tür auf und humpelte durch die Halle. Seine Schritte hallten auf dem polierten Holzboden laut wider. Ihm dröhnte von Anspannung der Kopf, und er beschleunigte seine Schritte und knirschte mit den Zähnen, so als müßte er ein Stöhnen unterdrücken. Er wollte Diane finden und seine eigenen Kleidungsstücke zurückbekommen; ob sie nun trokken oder noch feucht sein mochten, er würde sie anziehen, von hier verschwinden und in die schmutzige Großstadt zurückkehren, wo der Irrsinn wenigstens weltlicher Art war. Er umklammerte den Knauf des Treppengeländers und schwang sich herum, um den mühsamen Aufstieg zu beginnen.

Doch jemand war schon auf der Treppe, etwa auf halber Höhe, und kam langsam herab. Oben brannte kein Licht, und auch die Halle war nur schwach beleuchtet.

»Diane?« rief er, einen Fuß auf der ersten Stufe.

Sie war von den Kindern eingerahmt, die sich eng an sie schmiegten. Die beiden kleinen Gesichter waren im Halbdunkel gespenstisch bleich.

Diane blieb stehen, als sie Rivers sah, und ihre Stimme war gepreßt und nicht ganz sicher, so als koste es sie große Mühe, sich den Anschein von Ruhe zu geben, um die Kinder nicht noch mehr zu ängstigen. Denn Angst war in den weit aufgerissenen Augenpaaren deutlich zu lesen.

»Sie haben das Licht wieder gesehen.«

Genau in diesem Moment zerbrachen klirrend die Scheiben der Veranda und der Fenster neben der Haustür, und Tausende gezackter Scherben implodierten in die Halle wie Schrapnelle.

Rivers duckte sich instinktiv, und das war sein Glück, denn andernfalls hätten die scharfen Geschosse sich in seinen Hals und Kopf gebohrt; so durchlöcherten Hunderte kleiner Splitter nur das grobe Material der Kordhose und des Hemdes und richteten auf seiner Haut kaum Schaden an.

Er schrie erschrocken auf, ließ sich auf die Stufen fallen und hielt schützend die Arme über seinen Kopf.

Überall im Haus schepperten berstende Scheiben, so als tobte draußen ein schrecklicher Sturm, der jedes Fenster eindrückte.

Die beiden schreienden Kinder kauerten mit ihrer Mutter auf der Treppe; Diane hielt sie fest umschlungen und beschützte sie mit ihrem eigenen Körper.

Das Fenster am oberen Treppenabsatz schien von draußen mit großer Wucht eingeschlagen zu werden, und glitzernde Splitter regneten auf Köpfe und Schultern der auf den Stufen Kauernden herab.

Poggs' Frau, die Rivers bis zur Türschwelle gefolgt war, warf sich instinktiv zu Boden, als die großen Fenster des Arbeitszimmers nachgaben, und nur die hohe Rückenlehne des Lederstuhls bewahrte Hugo Poggs vor den tödlichen Glasscherben.

Vom Fenster am anderen Ende der Halle rieselten nach der mächtigen Implosion weitere Splitter träge auf den Holzboden.

Geduckt und zitternd lauschten alle dem Klirren von Glas, das aus anderen Zimmern zu hören war.

Aber sie hörten kein Sturmgeheul. Überhaupt keinen Wind. Draußen war es völlig windstill.

## NEW ORLEANS, LOUISIANA – *Vieux Carré*

*Es tat weh. O Göttliche Mutter, es tat weh.*

Sie verlagerte ihr schweres Gewicht im Korbstuhl; das Rattangeflecht ächzte, die Kissen schienen zu stöhnen. Mit dem kleinen parfümierten Taschentuch – Spitze und Lavendel, wie immer an Sonntagen – wischte sie sich den Schweiß von der Stirn und vom Nacken, und bald hingen die Spitzen schlaff herunter, und der Duft verflog.

Sie stemmte sich hoch, auf die geschwungenen Armlehnen gestützt, ein Härtetest für deren Stabilität. Ein Ventilator summte rhythmisch über ihrem Kopf, während sie den Raum durchquerte, aber der Luftzug, der die Tüllvorhänge am riesigen Bett flattern ließ, wurde nicht von diesem Ventilator erzeugt, sondern von den Bewegungen ihres gewaltigen Körpers.

Straßenlärm lenkte sie ab, und sie watschelte zu einem der langen Fenster, stieß die schweren grünen Läden auf und trat auf den schmalen schmiedeeisernen Balkon hinaus, während sich das grelle Tageslicht begierig an ihr vorbei ins Zimmer drängte, wo es jedoch von Schatten gedämpft wurde, die unnatürlich dicht und undurchdringlich schienen. Und draußen auf dem Balkon kniff die Frau, die aus einem so schattigen Raum kam, trotz der plötzlichen Helligkeit des Nachmittags nicht einmal die Augen zusammen; ohne zu blinzeln, starrten diese dunklen vorstehenden Augen auf die Menge hinab, die durch die Kolonnaden schlenderte.

Ein Tourist mit lauter Stimme und lärmendem Benehmen entdeckte sie und blieb stehen; er stieß seine Frau an und deutete nach oben, damit auch sie Einblick in das *authentische* alte New Orleans nehmen konnte. Doch seine Frau erschauderte bei diesem Anblick und zog ihn hastig am Ellbogen weiter, ohne noch einmal zurückzuschauen.

Die Frau auf dem Balkon atmete die schwüle, verbrauchte Straßenluft tief ein, mit den Fäusten des Geländer umklammernd, und wiegte sich langsam hin und her, vor und zurück, um ihre Kopfschmerzen zu vertreiben – ein stetiger Rhythmus, der allmählich in ein kaum wahrnehmbares Schwanken überging.

Ihr Blick fiel auf einen schwarzen Jungen und ließ ihn nicht mehr los, während er sich durch das Gewühl von Sonntagsspaziergängern und Touristen schob. Schließlich blieb er stehen und schaute sich um, so als hätte jemand seinen Namen gerufen. Langsam wandte er den Kopf in ihre Richtung, sah hinauf und sperrte vor Schreck den Mund weit auf.

In einer flehenden Geste legte er seine Hände auf die Brust und beugte den Kopf.

Sie ließ ihn gehen, weil sie mit ihren Gedanken bei anderen Angelegenheiten war, aber sie hatte diesen flüchtigen Kontakt genossen.

Der Junge rannte davon; sein ursprüngliches Ziel hatte er völlig vergessen; statt dessen kehrte er auf dem kürzesten Wege nach Hause zurück und warf sich in die Arme seiner überraschten Mutter.

Er würde in den nächsten sieben Tagen Alpträume haben.

Die Frau kehrte in den abgedunkelten Raum zurück und schloß hinter sich die Fensterläden. Dann schloß sie ihre Augen und schien – schwarz gekleidet und dunkelhäutig, wie sie war – mit den anderen Schatten zu verschmelzen. Hätte jedoch jemand in diesem Moment das Zimmer zu betreten gewagt, wäre ihm ihre Gegenwart nicht verborgen geblieben, denn er hätte ihren keuchenden Atem gehört und ihren Schweiß gerochen. *Falls* jemand es gewagt hätte einzutreten.

Sie stöhnte leise.

*Es hatte weh getan.*

Und das begriff sie nicht.

Sie hatte die Bedrohung gespürt und ihre Gedanken auf jenen ›Ort‹ konzentriert – *o zeig mir wo, Große Mutter, o zeig mir wo.*

Der Druck war schier unerträglich gewesen, ihr Geist war förmlich geschunden worden. Aber sie hatte nicht gewankt, war nicht zurückgewichen, *und es hatte weh getan, es hatte weh getan*.

Sie hatte das Bersten gespürt, das Zerschellen von Lichtfragmenten, und es hatte ihr Genuß bereitet, doch dann jener Schmerz.

Dieses Gefühl ließ sich mit keinem anderen vergleichen, und sie konnte nicht begreifen, warum es sie derart geschwächt hatte.

Aber sie wußte genau, daß die Situation bereinigt werden mußte, und sie war sich ganz sicher, daß sie bald wissen würde, auf welche Weise das geschehen mußte.

# 8

Obwohl es erst kurz nach acht Uhr morgens war, trocknete die Sonne schon das durchnäßte Land, wodurch Dampfwolken entstanden, die dicht über dem Boden träge dahintrieben. Der Tag hatte nichts Auffälliges, nichts Beklemmendes an sich. Sogar das Vogelzwitschern klang gleichmütig und unbekümmert. Der Himmel war diesig blau, und die Hügel rings um das flache Tal, das Hazelrod beherbergte, waren in gedämpften Grüntönen gehalten.

Diane führte Rivers durch den Obstgarten hinter den Gärten und erklärte ihm dabei das Bewirtschaftungssystem dieses kleinen Landsitzes. Er hörte höflich zu, war mit seinen Gedanken aber woanders, nämlich bei den bizarren Ereignissen des Vorabends.

Keine Menschenseele hatte sich in der Umgebung des Hauses aufgehalten – zumindest hatten Poggs und Mack keinerlei Anzeichen für irgendwelche Eindringlinge gefunden, als sie nach dem seltsamen Sturm, mit einer Schrotflinte bewaffnet, das Gelände durchsuchten. Folglich mußte es sich um einen sonderbaren Wind gehandelt haben, vielleicht um eine Art Tornado, der das Haus umkreist und dessen nach innen gekehrter Druck die Fenster zerbrochen hatte, während er draußen nicht den geringsten Schaden anrichtete – weder an den Nebengebäuden noch an Bäumen, Zäunen oder sonstigen Gegenständen. Niemand hatte Einwände gegen diese Theorie erhoben – jedenfalls hatte niemand eine andere Erklärung dafür gehabt.

Niemand war ernsthaft verletzt worden, obwohl Diane eine ganze Weile brauchte, um die kleinen Glassplitter zu entfernen, die sich in Rivers' Hemd und Hose gebohrt hatten. Er hatte einige Schnittwunden, die meisten auf den Handrücken, aber nur eine etwas tiefere Schramme am Backenknochen mußte behandelt werden. Auch Diane selbst hatte leichte Schnittwunden an Händen und Stirn, und ihre Haare waren mit Glassplittern von dem Fenster am Treppenabsatz übersät, aber sie hatte Josh und Eva so wirksam beschirmt, daß beide völlig unversehrt blieben. Sie waren zwar etwas benommen, weinten aber nicht und hatten offenbar auch keinen tiefen Schock erlitten.

Poggs und seiner Frau war ebenfalls nichts passiert, obwohl Bibby furchtbar erschrocken war – mehr als alle anderen. Jene grauenhaften Sekunden, bis sie die schreienden Kinder erreichte – in ihrer Angst waren sie ihr wie eine Ewigkeit vorgekommen –, hatten sie sehr mitgenommen; ihr Gesicht war sogar noch an diesem Morgen leichenblaß.

Neben dem Obstgarten gab es eine Weide, zweigeteilt durch einen niedrigen Zaun: Auf einer Seite grasten Kühe und pickten Hühner; auf der anderen tummelten sich Schafe und Gänse. »Aha, Ihre eigene Lebensmittelproduktion«, kommentierte Rivers, ans Gatter gelehnt.

Diane schüttelte mißbilligend den Kopf. »Das ist eine sehr zynische Bezeichnung, aber im Grunde trifft sie zu. Auf der anderen Seite des Obstgartens halten wir Schweine und Enten.«

»Enten zusammen mit Schweinen?«

»Nein. Wir haben einen Teich und einen kleinen Bach.«

»Wie schon gesagt...«

Sie lächelte. »Wir haben auch Bienenstöcke. Aber es geht nichts über Schweine – sie sind großartige Kultivatoren und bis auf den letzten Rest verwertbar.«

»Ich hoffe, Sie geben ihnen keine Namen.«

»Die Kinder tun es, ehrlich gesagt.«

»Und was erzählen Sie Josh und Eva, wenn ein süßes Schweinchen geschlachtet werden muß?«

»Wir leben hier auf dem Land, Mr. Rivers, und dies ist eine Farm, auch wenn sie klein ist. Natürlich schließen wir einige Tiere besonders ins Herz, aber die Kinder begreifen, daß es so etwas wie den natürlichen Lauf der Dinge gibt.«

»Ich wollte Sie nicht kritisieren. Und was bauen Sie an, auf Ihren fünf oder sechs Morgen Land?«

»Vierhundert, aber teilweise bewaldet. Nun, wir bauen Weizen, Gerste und Hafer an. Außerdem verschiedene Bohnenarten, Erbsen, Karotten, Futterrüben und Kohl. Alles natürlich in kleinen Mengen – die meisten Felder sind nur zwanzig Ar groß.«

»Wie schaffen es so wenige Leute, das alles zu bewirtschaften?«

»Oh, Mack allein schuftet für drei Männer. Aber wenn besonders viel zu tun ist, heuern wir Hilfskräfte an.«

In der Ferne bewegte sich eine Kuh durch den aufsteigenden Dunst, und ihr beinloser Körper schien über dem Boden zu schweben.

»Das hört sich so an, als wären Sie für die Belagerung gerüstet«, sagte Rivers, während er fasziniert das geisterhafte Tier betrachtete.

»Belagerung?«

Er wandte sich ihr zu, einen Ellbogen noch immer auf das Gatter gestützt. »Wenn alles endgültig schiefgegangen ist. Wenn wir die Welt so total versaut haben, daß die Nahrungsmittelversorgung für jedes Land zum Problem wird.«

»Sie sind wirklich ein Zyniker.«

»Ich weiß, was vor sich geht.«

»Wissen wir das nicht alle, zumindest in groben Zügen?«

»Natürlich gibt es eine Menge Pessimisten, aber die überwältigende Mehrheit der Menschen zieht es doch vor, schlechte Nachrichten einfach zu verdrängen. Und dieses Vogel-Strauß-Verhalten wird von den Regierenden nach Kräften gefördert.«

»Niemand kann doch vor dem, was unübersehbar ist, die Augen verschließen.«

»Zu sehen ist ja höchstens die Hälfte der Schäden, das wissen Sie genausogut wie ich. Die meisten Leute glauben immer noch, wir hätten die Lage halbwegs unter Kontrolle.«

»Sie malen ein düsteres Bild.«

Er lachte kurz und spöttisch »Ich dachte, in diesem einzigen

Punkt stimmten wir überein – daß wir uns in einen verdammt katastrophalen Zustand hineinmanövriert haben.«

»Es muß eine Möglichkeit geben, die Dinge zu verändern. Wir hier versuchen wenigstens, Antworten zu finden.«

Sein Lächeln hatte einen Anflug von Bosheit. »Und ich dachte, Sie versuchten, für sich selbst Sorge zu tragen.« Er deutete auf das Land ringsum.

Ihre Miene wirkte plötzlich sehr verärgert. »Das lag nie in unserer Absicht. Wir sind vor zehn Jahren hergekommen, und damals sah es hier fast so aus wie heute. Der Mann, dem das alles gehörte, war gestorben, und seine Witwe kam allein mit der Bewirtschaftung nicht zurecht. Poggsy brauchte einen ruhigen und geräumigen Ort, um seine Forschungen fortsetzen zu können, und uns allen sagte die Vorstellung zu, Selbstversorger zu werden. Damals hatten wir keine Ahnung, daß die Lage sich derart verschlimmern würde – wir wollten einfach leben, ohne zu den ökologischen Problemen der Welt beizutragen. Außerdem glauben wir, daß Hazelrod eine großartige Umgebung für Josh und Eva ist. Würden Sie Ihre Kinder in der Großstadt aufwachsen lassen, wenn Sie eine Wahl hätten?«

»Ich habe keine. Kinder, meine ich.«

»Das weiß ich.«

»Und was wissen Sie sonst noch über mich?«

»Über Ihr Privatleben nicht viel. Sie sind nicht nur Physiker, sondern haben auch ein Diplom in Computerwissenschaft. Ihr korrekter Titel lautet Higher Scientific Officer, und Sie arbeiten seit vierzehn Jahren für das Meteorologische Institut. Oder sind es fünfzehn? Während dieser Zeit haben Sie sich mit Wolkenbildung und Niederschlägen beschäftigt, mit den Luftströmungen im untersten Kilometer der Atmosphäre, mit der Messung von Regen und Wolken durch Radar und von Satelliten aus. Und ähnlich Aufregendes mehr.«

Sie lächelte ihm steif zu. »In den letzten Jahren wurden Sie jedoch in wichtigere Angelegenheiten verwickelt. Das globale Klima und die Entwicklung numerischer Modelle zur Darstellung und Vorhersage atmosphärischer Prozesse, um nur ein

Beispiel zu nennen. Anscheinend wurden jene Leute, die ihre Hand auf dem Staatssäckel halten, endlich auf die klimatischen Probleme aufmerksam, mit denen die Welt zu kämpfen hat, und beschlossen, dafür Geld auszugeben.«

Sie blickte zu den dunstverhangenen Hügeln hinüber, so als schweiften ihre Gedanken ab, aber er konnte gleich darauf feststellen, daß das nicht der Fall war.

»Das ist der interessante Teil«, fuhr sie fort. »Sie arbeiten weder im eigentlichen Met Office noch im spezialisierten Hadley Centre. Nein, Ihre Arbeitsgruppe operiert, zusammen mit zwei weiteren, von einem geheimen Ort aus, irgendwo knapp außerhalb Londons, getarnt als ganz normale Außenstation oder Experimentalstation, eine von vielen, die im ganzen Land verstreut sind. Sie und Ihr Spezialteam unterstehen direkt dem Chief Executive, der zufällig auch ständiger Vertreter des Vereinigten Königreichs bei der World Meteorological Organization in Genf ist und seinerseits keinem Geringeren als dem Verteidigungsminister verantwortlich ist.«

Rivers war eher verwirrt als verärgert. »Ich nehme an, daß es sinnlos wäre, Sie nach Ihrer Informationsquelle zu fragen.«

»Poggs hat immer noch gute Kontakte zu gewissen Kreisen. Würden Sie mir eine Frage beantworten? Jenes Forschungsflugzeug, das abstürzte – Sie waren nicht einfach als Beobachter mit an Bord, oder?«

Er antwortete nicht sofort, sondern blickte nun seinerseits zu den graugrünen Hügeln hinüber. »Ich hatte seit über einem Jahr Jagd auf Stürme gemacht, wenn man so sagen will«, begann er nach einer Weile. »Überall im Indischen Ozean, im Pazifik, im Atlantik, weil ich hoffte, irgendein Muster zu entdecken, und sei es auch noch so vage oder allgemein. Aber es gab keines – es *gibt* keines; zumindest konnten wir bisher keines feststellen. Wir kennen die Ursachen, wir haben eine ungefähre Vorstellung davon, wo sie sich austoben werden, aber wir wissen immer noch nicht, *wann* sie losschlagen werden.«

»Was würde es Ihnen nutzen, wenn Sie das wüßten? Ihre

Leute können diese Stürme ja doch nicht unter Kontrolle bringen.«

»Wer weiß? Eines Tages werden wir vielleicht in der Lage dazu sein. Im Augenblick wären wir aber schon zufrieden, wenn wir frühzeitige Vorwarnungen geben könnten.« Er schüttelte eine große Stechmücke vom Handrücken ab, und das Insekt flog mit lautem Summen davon. Rivers entdeckte einen winzigen Blutstropfen auf seiner Haut, wo die Mücke zugestochen hatte, und wischte ihn mit einem Taschentuch ab. »Warum haben Sie sich all die Mühe gemacht, soviel über mich herauszufinden, Diane? Es kann doch nicht so wichtig für Sie sein.«

»Wahrscheinlich wollten wir wissen, was für ein Mensch Sie sind, ob wir Ihnen vertrauen können.«

»Ob Sie mir vertrauen können? Das ist doch völlig absurd.«

»Nein, denn immerhin ging es darum, Ihnen von den Kindern zu erzählen.«

Er hob die Brauen und sah sie scharf an. »Sie glaubten doch nicht etwa, ich könnte ihnen etwas zuleide tun?«

»Wir sind sicher, daß sie irgendwie in Gefahr sind. Sie haben ja selbst gesehen, was gestern abend passiert ist.«

»Ein merkwürdiger Wind, weiter nichts. Das hatte doch nichts mit den Kindern zu tun. Jeder von uns hätte verletzt werden können, als die Glassplitter herumflogen.«

»Die Kräfte des Bösen waren aber gegen sie gerichtet.«

»Kräfte des Bösen? Du lieber Himmel!«

»Die Kinder haben diese Bedrohung auch schon früher gespürt – wir alle. Aber gestern abend hat sie sich zum erstenmal manifestiert.«

»Warum habe ich plötzlich wieder das Gefühl, daß ich gestern abend hätte abreisen sollen, wie ich es ja eigentlich vorhatte?«

»Sie waren gestern abend nicht in der Verfassung, sich ans Steuer zu setzen. Weder vor dem... Zwischenfall noch danach.« Sie blickte ihm in die Augen, und er sah ihre Entschlossenheit. »Warum haben Sie solche Vorbehalte gegen uns? Warum können Sie uns nicht einfach akzeptieren?«

Er mußte unwillkürlich lachen. »Haben Sie überhaupt eine Vorstellung davon, wie Sie auf andere wirken? Jeder halbwegs vernünftige Mensch würde Sie und Ihre Verwandten für verrückt halten.«

Erstaunlicherweise stimmte sie in sein Lachen ein, und auch ihr Lächeln war echt, als sie sagte: »Ich könnte niemandem einen Vorwurf daraus machen, auch Ihnen nicht, nicht im geringsten. Mysteriöse Lichter, spiritistisch veranlagte Kinder... willkommen auf der Farm der Irren!«

Die frostige Atmosphäre zwischen ihnen entspannte sich, aber Rivers' Zweifel und Unruhe blieben bestehen. »Glauben Sie wirklich, daß Josh und Eva über parapsychologische Kräfte verfügen?« fragte er.

»Ich weiß es. Sie haben es oft bewiesen.«

»Wie?«

»Oh... im Grunde sind es Kleinigkeiten. Sie finden verlorengegangene Gegenstände, ohne auch nur hinzusehen. Sie wissen genau, was der andere denkt oder tut, wenn sie getrennt sind. Sie sehen Dinge, die sie mit ihren eigenen Augen nicht sehen können...«

»Ich verstehe nicht...«

»Vor einigen Wochen spielte Eva in der Küche mit ihren Puppen. Plötzlich rannte sie durch das Zimmer und warf sich mir in die Arme. Sie weinte, aber sie konnte mir schluchzend erzählen, daß eines der Schafe sich im Stacheldrahtzaun verfangen hatte und sich bei dem Versuch freizukommen schlimme Verletzungen zufügte. Wir fanden das arme Geschöpf auf dem hinteren Feld: Es zerfetzte sein Fell, während es sich zu befreien versuchte.«

»Kann sie es nicht aus einem Fenster gesehen haben?«

»Völlig ausgeschlossen. Bäume verdecken die Sicht.« Eine Biene flog laut summend zwischen ihnen hin und her. »Und wissen Sie was? Josh kam gleich darauf angerannt. Er war mit Mack im Kuhstall gewesen, als er dieselbe – ich nehme an, Sie würden es Vision nennen – hatte wie Eva. Ich könnte Ihnen andere Beispiele nennen – wie gesagt, meistens handelt es sich um Kleinigkeiten. Aber sie sind nichtsdestotrotz überzeugend.«

»Ich habe über gestörte Kinder gelesen...«

*»Die Kinder sind nicht gestört, Mr. Rivers!«* Ihre Stimme war schneidend. »Josh und Eva sind völlig normale Kinder, in jeder Hinsicht. Aber sie besitzen eine Fähigkeit, die keiner von uns versteht. Vielleicht sind sie die Kinder eines neuen Zeitalters, oder aber sie sind Atavismen mit bestimmten Kräften, über die in vergangenen Zeiten alle Menschen verfügten.«

»Wenn dem so ist, wenn sie wirklich übersinnliche Kräfte besitzen, könnten sie möglicherweise gestern abend selbst das Zerbrechen der Fensterscheiben bewirkt haben.«

»Und wo bleibt dann der merkwürdige Wind, den Sie vorhin erwähnten?« forderte sie ihn heraus.

»Ich weise diese Möglichkeit auch jetzt nicht von der Hand.«

»Aha.« Das hörte sich ziemlich spöttisch an.

»Doch andererseits sind Fälle bekannt, wo...« Er zögerte, wußte nicht so recht, wie er es ausdrücken sollte. »Überreizte Kinder?« schlug er schließlich vor, und obwohl ihre Miene sich verdüsterte, fuhr er fort: »...überreizte Kinder ihre verworrenen Gefühle auf physische Weise manifestierten.«

»Josh und Eva sind *nicht* überreizt, Mr. Rivers. Weit davon entfernt. Aber sie sind für bestimmte Dinge besonders sensibel.«

»Okay«, sagte er versöhnlich. Ich wollte Sie nicht kränken. Aber versuchen Sie sich doch einmal in einen Fremden hineinzuversetzen.«

Ihr Körper schien sich zu entspannen, und das leichte, fast schelmische Lächeln spielte wieder um ihren Mund. »Wir sind nicht sehr fair zu Ihnen, stimmt's? Sie geraten in die englische Version eines Monsuns, beschädigen Ihren Wagen, hören sich stundenlang unsere Klagen über die globale Erwärmung an, werden von umherfliegendem Glas fast zerstückelt – und jetzt müssen Sie auch noch unheimliche Kinder verdauen. Wahrscheinlich fragen Sie sich allmählich, ob Sie in die Twilight Zone geraten sind.«

Er lachte nicht, lächelte nicht einmal. »Dieser Gedanke ist mir tatsächlich schon gekommen.«

Sie lachte an seiner Stelle. »Wir sind nicht verrückt, bitte glauben Sie mir das.«

»Wenn...«, begann er wieder. »Wenn die Kinder...«

»Warum verwenden Sie nicht das Wort ›intuitiv‹? Es könnte Ihnen leichter über die Lippen gehen.«

Er nickte. Das Wort war fast akzeptabel. »Wenn die Kinder tatsächlich intuitiv veranlagt sind, wie Sie sagen – wann ist Ihnen das erstmals aufgefallen?«

»Wir haben bemerkt, daß sie etwas ungewöhnlich sind, als sie so etwa ein Jahr alt waren, glaube ich. Nein, schon zu der Zeit, als wir sie adoptierten. Als Babys kommunizierten sie auf eine Weise miteinander, die...«

»Einen Augenblick bitte«, unterbrach er sie. »Sie sind nicht ihre leibliche Mutter?«

»Josh und Eva waren rumänische Waisen.«

Er wußte selbst nicht, warum ihn diese Neuigkeit so bestürzte, denn die beiden Kinder sahen Diane überhaupt nicht ähnlich. Ihr Haar war kastanienbraun, nicht schwarz. Und ihre Augen waren leicht mandelförmig, während die Kinder große runde Augen hatten. Er hatte angenommen, daß sie ihrem abwesenden Vater ähnlich sahen. Noch bevor er etwas dazu sagen konnte, wurde er durch laute Rufe abgelenkt.

Nicht nur er, auch Diane drehte sich um: Hugo Poggs eilte durch den Obstgarten auf sie zu, schwerfällig und mit hochrotem Kopf. Sein pfeifender Atem war schon von weitem zu hören.

»Es kam gerade in den Nachrichten, Mr. Rivers, Diane...« Er rang mühsam nach Luft. »Grenada... Es ist furchtbar...«

Er blieb dicht vor ihnen stehen und legte eine Hand auf Dianes Schulter, so als brauche er eine Stütze. Rivers erschrak über die rasselnden Geräusche, die aus Poggs' Kehle kamen, bis er allmählich wieder tiefer durchatmen konnte. »Entschuldigen Sie bitte.« Poggs' Gesicht verlor langsam die beängstigende Röte. »Ich muß wohl doch wieder meine Pfeife rauchen. Das ist meine einzige Rettung.« Er räusperte sich und zog seine Hand von Dianes Schulter zurück. »Die Kinder hatten recht. Eine Flutwelle... eine riesige Flutwelle... hat vergangene Nacht Grenada heimgesucht. Dort war es Spätnachmittag. Dem Rundfunk zufolge soll die Insel völlig verwüstet sein. Sie bekam die ganze Wucht der ersten Welle ab, und weitere folgten. O Gott...«

Rivers spürte deutlich, wie sich Kälte nicht nur in seinem Körper, sondern auch in seinem Geist ausbreitete. Das konnte doch nicht wahr sein... Er hatte geglaubt, die Kinder hätten geträumt, einen Alptraum gehabt, weiter nichts. Er hatte sich nicht einmal die Mühe gemacht, bei seiner Dienststelle anzurufen und nachzufragen, ob irgendwelche Katastrophen gemeldet worden waren oder den Satellitenbildern entnommen werden konnten. Es wäre ihm völlig irrational vorgekommen, so etwas zu tun.

Etwas zwang ihn plötzlich, zum Haus hinüberzuschauen.

Die beiden kleinen dunklen Gestalten standen etwa in der Mitte des Obstgartens, Hand in Hand, völlig regungslos.

Sie beobachteten ihn.

# 9

Pilgrim Hall stand diskret in einem Parkgelände hoch oben auf der durchbrochenen Hügelkette, die sich durch die Grafschaften Surrey und Kent bis zur Ostküste hinzog und den Namen North Downs trug. Südlich schlossen sich grüne Täler und Waldgebiete an, die jetzt teilweise krankhaft braun verfärbt waren, während sich im Norden der riesige Betonkoloß von Greater London breitmachte. An diesem feuchten, sonnigen Tag vergiftete etwas Seltsames die Atmosphäre und tönte sogar die Luft selbst leicht gelblich; das war weder Smog noch ein Hitzeschleier, sondern ein Mitbringsel der Höhenwinde aus dem fernen Süden. Es war Sand, der den Himmel verschmutzte, Sand aus der Sahara, den der Schirokko mit sich führte, ein Wind, der früher nur die Mittelmeerküsten und die Inseln westlich von Afrika erreichen konnte, sich nun aber bis in die südlichen Regionen Englands verirrte. Er erzeugte ein eigenartig bedrohliches Licht, das der Landschaft etwas Gespenstisches, fast Unheimliches verlieh.

Um die Großstadt zu meiden, hatte Rivers die achtspurige Umgehungsstraße benutzt, bis er auf die schmale Landstraße abbog, die in die Downs emporführte. Er passierte steile bewaldete Hügel und erreichte endlich den langen Bergkamm. Nun war es nicht mehr weit bis zum unauffälligen Parkeingang. Die Teer- und Kiesstraße führte ein Stück geradeaus und machte sodann einen scharfen Knick auf eine kleine Gruppe einstöckiger Gebäude zu, die mit Satellitenschüsseln und Antennen gespickt waren, überragt von einem einstmals eleganten georgianischen Herrenhaus mit weißer Säulenhalle, das jedoch von mehreren rein zweckmäßigen Anbauten verschandelt wurde; diese ›Schuppen‹ beherbergten verschiedene Experimentalmodelle, Computer, Schaltpulte und eine Datenbank.

Rivers parkte im Schatten von Pilgrim Hall, wischte mit der Hand über die Windschutzscheibe, betrachtete den feinen Staubfilm und humpelte sodann auf den säulengeschmückten Eingang zu. Seine Haut war klebrig von der Hitze, noch bevor er in die Kühle des klimatisierten Foyers eintauchte.

Es gab keinen Empfang, aber eine offene Tür mit einem Plastikschild INFORMATION erfüllte denselben Zweck. Eine Sekretärin schaute von ihrer Schreibmaschine auf, als er eintrat. Sie trug eine Brille mit blauer Fassung, die ihre Augen eulenhaft vergrößerte. »Mr. Rivers? Wir haben Sie heute nicht erwartet.«

»Ich bin eben ein richtiges Gewohnheitstier.« Er blieb auf der Schwelle stehen. »Ist Jonesy da?«

»Er hatte die Wochenendschicht, wird morgen aber wieder hiersein. Oh, er hat mir dieses Päckchen gegeben. Ich sollte es Ihnen heute morgen mit dem Fahrrad vorbeibringen.« Sie nahm einen großen braunen Umschlag von der Schreibtischkante. »Ich habe bei Ihnen angerufen, um mich zu vergewissern, ob Sie zu Hause sind, aber es hat sich am Telefon niemand gemeldet.«

Er war im ersten Moment verwirrt, bis ihm einfiel, daß er seinen Assistenten gebeten hatte, Details über das Unwetter von gestern zu sammeln. Er nahm den Umschlag an sich und wandte sich zum Gehen.

»Übrigens«, rief die Sekretärin ihm nach, »Mr. Sheridan ist hier.«

Rivers blieb überrascht stehen. Was machte der Forschungsdirektor hier in Pilgrim Hall? Normalerweise mußte der Berg zum Propheten gehen. Er beschleunigte seine Schritte, und die Gummizwinge seines Gehstocks machte auf den Fliesen einen dumpfen Lärm. Ein Verdacht keimte in ihm auf.

Vor ihm tauchte aus einem Zimmer mit der Aufschrift G23 ein schlankes Mädchen auf. Celias lockige Haarmähne war wie immer wirr und glanzlos, und sie hatte ihren üblichen Ausdruck nachdenklicher Konzentration. Ihr Gesicht war sehr schmal, fast schon hager, aber das Met Office hatte sie trotzdem hübsch genug für die sogenannte ›Glamour-Seite‹ der Wettervorhersage gefunden, für den gefragten Wetterbericht nach den Mittags- und Abendnachrichten. Diese Wahl war ein Fehler gewesen, denn Celia Jar fühlte sich denkbar unbehaglich, wenn sie den Blicken von Millionen Zuschauern ausgesetzt war, in modischer Kleidung und mit perfekter Frisur. Rivers hatte sie vom Rampenlicht befreit, nachdem sie eines Tages bei ihrer verzweifelten Suche nach ernsthafteren meteorologischen Aufgaben zu ihm gekommen war und er erkannt hatte, daß sie alle Anlagen zu einer hingebungsvollen Forscherin hatte. Überglücklich, in lässiger Kleidung gewissenhafte Studien betreiben zu können, war sie zu einem wertvollen Mitglied seines Teams geworden.

Sie blieb wie angewurzelt stehen, als sie ihn sah, und vor Überraschung klappte ihr der Unterkiefer herunter.

»Hallo, Celia.«

»Du hast doch eine Woche Urlaub. Warum bist du hier?« Sie schien fast wütend auf ihn zu sein.

»Ich habe allmählich das Gefühl, daß ich heute hier nicht willkommen bin.«

»So habe ich es wirklich nicht gemeint, Jim, aber ... Sheridan ist hier. In deinem Arbeitszimmer.«

»In *meinem* Arbeitszimmer?«

»Mit Marley.«

Adam Marley leitete die Arbeitsgruppe 2, ein blasser Mann mit gebeugter Haltung, dem seine Kollegen den Spitznamen ›das Gespenst‹ gegeben hatten.

»Was machen sie da?« Rivers' Stimme blieb ruhig, obwohl Zorn in ihm aufstieg, als er seinen Verdacht bestätigt sah.

»Das weiß ich nicht genau. Sie haben mir heute morgen gründlich auf den Zahn gefühlt.«

Sein Stirnrunzeln machte jede Frage überflüssig.

»Sie wollten genaue Auskünfte über unsere Programme und Zukunftsprognosen haben.«

»Ich habe Sheridan letzte Woche vor der Konferenz doch umfassend informiert. Allerdings habe ich mich geweigert, irgendwelche kurz- oder langfristigen Prognosen zu stellen, bevor uns weitere Daten zur Verfügung stehen. Was, zum Teufel, führt er im Schilde?«

Sie zwinkerte nervös und kaute an ihrer Unterlippe. »Er ist ungeduldig, er möchte Resultate sehen. Ich habe ihm gesagt, daß er mit dir sprechen müsse.«

Celia war keine geborene Rebellin, und er wußte, daß es für sie eine Qual gewesen sein mußte, dem Forschungsdirektor Rede und Antwort zu stehen, speziell in Gegenwart des ›Gespensts‹ Marley, der den gleichen Dienstrang wie Rivers hatte, aber nicht zur Kooperation, sondern zu einem Konkurrenzdenken neigte und Untergebene mit kaum verhohlener Herablassung behandelte. Rivers legte ihr eine Hand auf den Arm und brachte sogar ein Lächeln zustande, das zu der freundschaftlichen Geste paßte.

»Sheridan wußte vermutlich, daß Jonesy heute frei hat?« fragte er.

»Er hat jedenfalls nicht nach ihm gefragt.«

Kein Wunder: Jonesy war bekanntermaßen streitsüchtig und aufsässig. »Mach dir keine Sorgen. Wahrscheinlich sitzen die Burschen vom Ministerium Sheridan seit der Konferenz von letzter Woche im Nacken und wollen Resultate sehen, die wir ihnen nicht liefern können.« Fairerweise mußte er zugeben, daß Sheridan die drei Forschungsabteilungen – Atmosphärische Entwicklungen, Kurzfristige Wettervorhersagen sowie Mittelfristige Prognosen und Klimaforschung – stets energisch gegen irgendwelche Angriffe von seiten des Chief Executive und seines Meteorologischen Komitees oder von seiten des Verteidigungsministeriums in Schutz genommen hatte. Rivers war sogar Zeuge gewesen, als Sheridan sich mit dem Subkomitee anlegte, das aus angesehenen Wissenschaftlern, mächtigen Industriellen und höheren Ministerialbeamten bestand, weil dieses die Frechheit besaß, die Notwendigkeit von Ausgaben für ein Spezialgebiet der Klimaforschung anzuzweifeln.

Aber was hatte dieses unbefugte Eindringen in Rivers' Zimmer zu bedeuten, das im Grunde einem Mißtrauensvotum gleichkam? Und es war auch kein anderer als Sheridan gewesen, der darauf bestanden hatte, daß Rivers eine Woche Urlaub nahm. Nur aus Sorge um seine Gesundheit? Oder steckte mehr dahinter?

Celia blickte immer unglücklicher drein, und er bemerkte, daß er ihren Arm umklammert hielt. Verlegen ließ er sie los. Vielleicht hatte Sheridan recht, vielleicht brauchte er tatsächlich Urlaub. Noch vor wenigen Monaten wäre er mit einer solchen Einmischung spielend fertig geworden. Andererseits wäre es vor einigen Monaten – vor dem Flugzeugabsturz – wahrscheinlich überhaupt nicht zu einer solchen Situation gekommen.

»Äh... besorg mir alle Informationen über die Flutwelle von gestern, okay? Wissen wir schon etwas über das Ausmaß der Katastrophe?«

»Es treffen immer noch neue Meldungen ein, aber die Zahl der Todesopfer wird auf zwei- bis dreitausend geschützt. St. George's Harbour wurde von der ersten Welle voll erfaßt.«

»Ja, das habe ich im Radio gehört.« Er fühlte sich müde und deprimiert. Eine so sinnlose Vergeudung von Leben! Keine Vorwarnung, keine Chance für die Menschen, in höhergelegene Regionen zu flüchten. »Wo hatte sie ihren Ursprung?«

»Etwa hundert Kilometer südwestlich der Windward Chain. Eine seismische Störung in der Meereskruste.«

Das verwirrte Rivers. »Gibt es in jener Gegend denn Grabenbrüche?«

»Bisher gab es keine. Ein Teil des Meeresbodens bewegte sich nach oben und löste die Katastrophe aus. Die dritte und die vierte Welle waren am schlimmsten – vorläufigen Berichten zufolge hatten sie eine Höhe von etwa vierzig Meter, als sie Grenada erreichten.«

»O Gott! Wie breit waren sie denn?«

»Zwischen neunzig und hundert Kilometer.«

Das könnte ihre Höhe erklären, denn solche Flutwellen erstreckten sich manchmal über mehr als dreihundert Kilometer; je kompakter sie waren, desto höher wurden sie – wenigstens in den allermeisten Fällen.

»Intervalle?« fragte er.

»Etwa zwölf Minuten. Vor zwei Stunden war dann alles vorbei; die letzte Welle war nur noch etwa einen Meter hoch.«

Er kratzte sich mit einer Ecke des braunen Umschlags, den die Sekretärin ihm gegeben hatte, am Kinn, tief in Gedanken.

»Jim?«

»Uh? Entschuldige bitte – was ist?«

»Mr. Sheridan?«

Er stieß resigniert die Luft aus. »Ach ja, Mr. Sheridan. Besorg mir möglichst viele Unterlagen über die Flutwelle und bring sie in mein Zimmer.« Er reichte ihr den Umschlag. »Leg sie einfach hier dazu.«

»Jim, du siehst gar nicht gut aus.«

»Ich habe mich heute nicht rasiert.«

»Das ist es nicht.«

Er klopfte gegen den Umschlag. »Sobald wie möglich, Celia.«

Sie blickte ihm nach, während er den Korridor entlanghinkte. Dann kehrte sie, immer noch an der Unterlippe nagend, ins Zimmer G23 zurück.

»Was, zum Teufel, machen Sie hier?«

Sheridan saß an Rivers' Schreibtisch, einen offenen Ordner vor sich. Marley beugte sich über seine Schulter, so als hätten sie gemeinsam die Unterlagen studiert.

»Benötigen Sie dringend irgendwelche Unterlagen?« fragte Rivers kalt von der Schwelle her. Er bemerkte, daß andere lederfarbene Aktenordner auf dem Schreibtisch verstreut waren. Sogar einige Schubladen des Metallschranks hinter dem Schreibtisch waren halb geöffnet, so als wären sie hastig durchsucht worden.

Sheridan schloß den Ordner und lehnte sich im Sessel zurück. Er wirkte eher verärgert als verlegen.

»Sie haben doch Urlaub«, sagte er.

»Ich wollte Informationen über die Flutwelle der vergangenen Nacht.«

»Nur eine weitere Katastrophe, Jim. Heutzutage durchaus nichts Ungewöhnliches.«

Marley hatte sich vom Schreibtisch entfernt und stützte sich jetzt mit dem Ellbogen auf einen der grauen Aktenschränke. »Geht es Ihnen nicht gut, Rivers? Ich muß sagen, Sie sehen aus, als könnten Sie Ihren Urlaub gut gebrauchen.« Er hatte die entnervende Angewohnheit, beim Sprechen unablässig leicht zu lächeln, so als mache er sich über seinen Gesprächspartner lustig.

Rivers ignorierte ihn. »Was ist los, Charles? Ich habe Sie doch erst letzte Woche über unsere Fortschritte informiert.«

»Sie mögen das als Fortschritte bezeichnen, aber bedauerlicherweise ist der Chief Executive anderer Ansicht. Vergessen Sie nicht, es ist Sir Spencer, der seinen Kopf nicht nur gegenüber dem Verteidigungsminister, sondern auch gegenüber dem Premierminister höchstpersönlich hinhalten muß.«

»Sie kennen doch die Probleme...«

»Natürlich kenne ich sie. Und ich weiß auch, daß wir nicht die einzige Institution sind, die sich mit diesen Angelegenheiten beschäftigt. Aber das Met Office hat nun einmal eine besondere Reputation, die es aufrechtzuerhalten gilt – wir sind schließlich weltweit führend in Klimaforschung und Klimavorhersage. Offen gesagt, das Komitee und das Subkomitee waren von unserem Auftritt bei der Konferenz nicht gerade beeindruckt.«

»Und ich soll jetzt wohl den Prügelknaben abgeben?«

Sheridans Bestürzung war echt. »Davon kann überhaupt keine Rede sein. Mein Gott, darum geht es doch nicht. Sie wissen genau, daß Sie einer der meistgeschätzten Wissenschaftler sind, die wir beschäftigen. Aber der Unfall, Jim...« Er machte eine hilflose Geste, so als sei ihm seine eigene Anspielung denkbar peinlich. Dann ließ er seine Hand entmutigt auf den Ordner sinken. »Ich glaube, daß Sie sich noch nicht vollständig erholt haben. Dieser Flugzeugabsturz hat Sie mehr mitgenommen, als Sie zugeben wollen.«

»Meine Arbeit hat darunter nicht gelitten.«

»Ich würde Ihnen zustimmen, wenn Sie uns genauere Vorhersagen und vielleicht auch einige realistische Lösungen für unsere Problemen liefern könnten.«

»Wir wissen doch schon lange, was wir tun müßten. Wir wissen es seit einem halben Jahrhundert.«

»Und jedes Land auf der ganzen Welt tut sein möglichstes, um die Situation zu verbessern.«

»Ein bißchen spät am Tage!«

»Sie haben natürlich völlig recht, aber jetzt ist wenigstens der gute Wille vorhanden.«

»Aber wir plündern nach wie vor die Weltressourcen. In dieser Hinsicht gibt es immer noch keine wirkungsvolle Kontrolle.«

»Wir können nun einmal nicht ohne Energie auskommen, befürchte ich, und keine Regierung wird zulassen, daß die Industrie ihres Landes oder das Wohlbefinden ihrer Bürger unter Energiemangel zu leiden hat.«

»Dann wird es nie irgendwelche Lösungen geben.«

»Ich glaube nicht, daß Mr. Sheridan unterstellt, es könnte einfache Lösungen geben«, warf Marley glattzüngig ein.

Genau nach Stichwort, dachte Rivers. Marley genoß diesen Auftritt mit Sicherheit.

»Natürlich tu ich das nicht.« Sheridan warf Marley einen wütenden Blick zu, bevor er seine Aufmerksamkeit erneut Rivers zuwandte. »Ich möchte Ihnen gegenüber mit offenen Karten spielen, okay, Jim? Es ist für uns alle unübersehbar, daß Sie jenes schreckliche Erlebnis, das nun drei Monate zurückliegt, noch nicht richtig bewältigt haben. Und das ist nicht verwunderlich – Sie hatten Glück, daß Sie überhaupt mit dem Leben davongekommen sind.« Er hob die Hand, um Rivers' Proteste im Keim zu ersticken. »Ich weiß genau, daß Sie mich am liebsten am Kragen packen, über den Schreibtisch ziehen und anbrüllen würden, daß Ihnen nichts fehlt, daß Sie sich großartig fühlen, besser denn je. Sie sind ausgelaugt, Jim, verstehen Sie das nicht? Oh, Sie haben sich gut beherrscht, aber Ihre Nerven sind zum Zerreißen gespannt. Und wir wissen, daß Ihre Beinverletzung Ihnen immer noch starke Schmerzen verursacht. Glauben Sie, wir lesen die medizinischen Gutachten nicht? Was glauben Sie, weshalb ich Ihnen eine Woche Urlaub ans Herz gelegt habe? Wenn wir Sie länger entbehren könnten, würde ich Sie für einen Monat oder mehr nach Hause schikken. Tatsache ist, daß wir Ihnen nicht genügend Zeit zur Erholung gegönnt haben. Es sind die seelischen Narben, die genauso heilen müssen wie die körperlichen, können Sie das nicht begreifen?«

Rivers zwang sich zur Ruhe. Auf seinen Stock gestützt, betrachtete er den Fußboden. »Sie glauben, ich steuere auf einen Nervenzusammenbruch zu, stimmt's?« forderte er Sheridan heraus.

Der Forschungsdirektor stöhnte laut. »Keineswegs, aber mir fällt auf, daß Sie nicht so leistungsfähig wie früher sind. Und Marley sagt...«

»Aha!«

»Ich wollte sagen, daß Marley bereit ist, einige Ihrer Projekte zu übernehmen, wenn Sie damit einverstanden sind. Kollegiales Verhalten, ohne Hintergedanken. Eine hilfreich ausgestreckte Hand. Ich bin sicher, daß Sie sich genauso verhalten würden, wenn er nicht ganz auf der Höhe wäre.«

»Stöbern Sie deshalb in meinen Unterlagen« – er deutete auf die Ordner, die auf dem Schreibtisch herumlagen – »und fragen meine Mitarbeiter aus?«

Sheridan versuchte erst gar nicht, seine Ungeduld zu verbergen. »Wir haben uns über den neuesten Stand der Dinge informiert. Ja, ja, ich weiß, Sie haben mich letzte Woche unterrichtet, aber ich dachte, daß Marley und ich zusammen entscheiden könnten, was er übernehmen kann.«

»Ehrlich gesagt, bin ich mir nicht sicher, ob ich einigen Ihrer Mutmaßungen zustimmen kann.« Marley stöberte unter den Ordnern herum, offenbar auf der Suche nach ganz bestimmten

Unterlagen. »Der Einfluß der jahreszeitlich bedingten Temperaturveränderungen an der Meeresoberfläche in den Tropen, um nur ein Beispiel zu nennen...«

»Halten Sie den Mund, Marley.« Rivers stützte sich auf den Schreibtisch und fragte Sheridan ruhig: »Meine Mitarbeiter sind gut genug, um unsere Projekte auch während meiner Abwesenheit weiterführen zu können. Eine Woche würde bestimmt nicht ins Gewicht fallen. Also los, Charles, sagen Sie, was Ihnen auf den Nägeln brennt.«

Sheridan zögerte höchstens ein, zwei Sekunden. »Das habe ich schon gesagt. Sie liefern uns keine Antworten, Jim.«

»Es gibt im Augenblick keine Antworten. Wir brauchen mehr Zeit, mehr Beispiele.«

»Noch mehr Katastrophen? Die Welt kann nicht warten.«

»Mir war bisher nicht klar, daß ihr Schicksal nur von mir abhängt.«

»Sie brauchen nicht sarkastisch zu werden. Ich sage nur, daß ich beschlossen habe, Ihre Belastung etwas zu verringern, einen Teil Ihrer Arbeit umzuverteilen. Marley scheint mir im Augenblick eher in der Lage zu sein, sie zu bewältigen.«

»Und wenn ich nicht damit einverstanden bin?«

»Ihnen bleibt keine Wahl. Ich will nicht unhöflich sein, aber ich möchte, daß Sie sofort gehen. Fahren Sie nach Hause und ruhen Sie sich aus. Oder, noch besser, fahren Sie an irgendeinen ruhigen Ort, wo Sie sich entspannen und das alles eine Weile vergessen können. Gönnen Sie Ihrem Geist – und um Himmels willen auch Ihrem Körper – eine Rast. Nach Ihrer Rückkehr nächste Woche reden wir dann weiter. Bis dahin will ich Sie hier nicht sehen, ist das klar?«

Rivers richtete sich auf und bezwang erneut unter Aufbietung äußerster Willenskraft seine Wut, obwohl Marleys halbes Lächeln das Faß fast zum Überlaufen brachte.

Sheridan fuhr in versöhnlichem Ton fort: »Jim, Sie sind noch nicht in der Lage, Ihre Arbeit fortzusetzen. Ich habe einen Fehler gemacht, als ich dachte, das würde die beste Therapie für Sie sein. Ich habe mich geirrt, und es ist an der Zeit, daß Sie das auch selbst einsehen. Von Ihren physischen Schmerzen einmal ganz abgesehen, ist es Ihre geistige Verfassung, die uns« – er korrigierte sich hastig, um nicht den Eindruck zu erwecken, als sei Rivers' Geisteszustand ein allgemeines Gesprächsthema gewesen – »die mir Sorgen macht. Das Trauma, jene Männer sterben zu sehen...« Die plötzliche Panik in Rivers' Augen ließ ihn verstummen, eine wilde Leidenschaft, die sofort wieder verflog und von starrer Emotionslosigkeit abgelöst wurde,

Sheridan räusperte sich verlegen und setzte erneut zum Reden an.

Rivers' Lächeln hielt ihn davon ab, ein eisiges Lächeln.

»Okay«, sagte Rivers, »ich werde mich hier nicht blicken lassen. Aber die Ereignisse eskalieren zusehends, Charles, und am Ende der Woche wird die Welt möglicherweise nicht mehr ganz dieselbe sein.«

Er ging, und die beiden anderen Männer starrten ihm völlig perplex nach.

# 10

Warum, zum Teufel, hatte er das gesagt? Verdammt, Sheridan glaubte ohnehin schon, er wäre einem Nervenzusammenbruch sehr nahe, und nun hatte er ihm einen weiteren Beweis dafür geliefert.

Rivers riß die Wagentür auf und ließ sich auf den Fahrersitz sinken. Scheiße! Was war nur in ihn gefahren?

»Jim?«

Celia spähte durch die Scheibe. Müde schaltete er die Elektronik ein und drückte auf den Fensterknopf.

Sie strich sich eine Haarsträhne aus der Stirn und streckte ihren Kopf herein. »Was war mit Sheridan und Marley?«

»Nicht viel«, erwiderte er lakonischer, als ihm zumute war. »Offenbar glauben sie, daß einige unserer Projekte ohne mich schneller vorankommen könnten, das ist alles.«

Sie schüttelte den Kopf, eine Mischung aus Ungläubigkeit und Empörung. »Das ist...«

»Vergiß es. Vielleicht haben sie sogar recht.« Er rieb sich mit den Fingern den Nasenrücken. »Seit einer Weile fehlt es mir wohl an Engagement.«

»Du hast dir nicht genügend Zeit für eine richtige Erholung gegönnt.«

»Ich bin kein Invalide, Celia.«

Sie enthielt sich einer Antwort.

Rivers ließ den Motor an und blickte dann wieder zu ihr hoch. »Arbeite mit Marley zusammen und laß dich von ihm nicht ärgern. Sein Fach versteht er jedenfalls. Und sag Jonesy das gleiche.«

»Darf ich dich zu Hause besuchen?«

»Ich bin nicht sicher, ob ich dasein werde. Vielleicht verreise ich für ein paar Tage.«

»Wenn du das tust... ich habe noch etwas Urlaub...«

Er zögerte einen Augenblick, bevor er in den Rückwärtsgang schaltete. »Das Institut kann nicht gleich zwei von uns entbehren. Es ist zuviel los. Aber es ist ein liebes Angebot, Celia.«

Sie mied seinen Blick. »Es ist ernst gemeint.«

Er legte seine Hand kurz auf die ihre. Dann setzte er zurück und wendete auf der langen Auffahrt.

»Laß es mich wissen, wenn etwas Aufregendes passiert«, rief er ihr noch zu. Staub wirbelte vom Boden auf, als der Wagen davonfuhr. Wenige Minuten später ordnete er sich in den Verkehr Richtung Hauptstadt ein.

Fröstelnd schaltete er die Klimaanlage herunter, während er sich wieder fragte, warum er etwas derart Lächerliches zu Sheridan gesagt hatte. Und warum hatte er es mit solcher Überzeugungskraft vorgebracht? Seine Gewißheit, vor dem Jüngsten Gericht warnen zu müssen, war verflogen, sobald er das Forschungszentrum verließ. Und doch ging ihm dieser Gedanke nicht ganz aus dem Kopf...

Wegen seiner unheimlichen gelblichen Färbung brachte der Sonnenschein wenig Frohsinn in die mit Läden gesäumten Straßen. Fußgänger – viele von ihnen in T-Shirts und Shorts, Gesicht, Arme und Beine von Sonnenschutzmitteln glänzend, manche auch noch mit UV-Warnplaketten ausgestattet – schlenderten träge über die mit Abfällen übersäten Trottoirs; eine Gruppe von Teenagern hockte an einer Ziegelmauer: sie tranken aus Dosen, und ihre Glieder zuckten im Rhythmus der Musik, die aus ihren Walkmans dröhnte. Eine Frau mit nackten fleischigen Armen schob einen Zwillingskinderwagen, in dem nur ein Kind saß, und vielleicht war der leere Platz neben dem schlafenden Kind die Ursache ihrer melancholischen Miene. Manche Schaufenster waren schmutzig; andere – wie jenes, in dem flache 3D-Fernseher ausgestellt waren – hatten Schutzgitter, und an den Scheiben klebten Warnschilder, die darauf hinwiesen, daß diese Gitter vierundzwanzig Stunden am Tag unter Strom standen. Eine riesige Plakatwand war mit Postern, die für neue Bands und Untergrundmagazine warben, überklebt, so daß die ursprüngliche Glanzreklame nicht mehr zu lesen war.

Rivers überquerte mehrere Straßenbahnschienen und bog erleichtert auf eine der ›Red Routes‹ durch die Innenstadt ein, denn auf diesen Hauptverkehrsadern kam man schneller voran, und bald würden die heruntergekommenen Viertel hinter ihm liegen. Beileibe nicht zum erstenmal fragte er sich, wie es in London wohl jetzt zugehen würde, wenn man nicht in letzter Minute das wochenweise Fahrverbot durchgesetzt hätte: Zweifellos wäre die gesamte Innenstadt mittlerweile ein einziger riesiger Parkplatz, und man käme auf vier Rädern mit einer Höchstgeschwindigkeit von drei Stundenkilometer voran.

Die Tower Bridge tauchte vor ihm auf, seit langem verschandelt durch die grell rot, weiß und blau gestrichenen Brückenträger. Hier floß der Verkehr langsamer, so als wäre jeder Fahrer auf der Hut vor dem Spalt im Mittelteil der alten Brücke, wo die Reifengeräusche einen anderen Klang bekamen. Rechts lag die aufwendig restaurierte Hafengegend, deren Büros und Wohnungen noch immer zur Hälfte leerstanden, obwohl die Regierung in den vergangenen zehn Jahren mit verschiedenen Programmen und Initiativen versucht hatte, Anreize für Geschäftsleute zu schaffen. Der Canary Wharf Tower, seinerzeit der größte Turmblock Europas, war mittlerweile zu einem Symbol der Apathie geworden. Das Rad der Rezession drehte sich immer schneller, weil Langzeitinvestments in einer Welt, die sich in rasantem Tempo veränderte, nicht nur unattraktiv geworden waren, sondern schlichtweg als Torheit galten. Links der Brücke stand der Tower of London, der seine Majestät jedoch vor dem Hintergrund der Wolkenkratzer – diesen Bastionen der Finanzwelt – fast eingebüßt hatte. Unten floß die Themse träge dahin, in der Tiefe schon wieder stark verschlammt; die kurze Rückkehr zu der verbesserten Wasserqualität vor zehn Jahren war nur noch eine sentimentale Erinnerung.

Die Straße führte Rivers in die City, ins Finanzzentrum der

Hauptstadt, durch das nach wie vor das Geld der Welt floß. In diesen Straßenschluchten änderte sich das ganze Ambiente; hier kam es auf Tempo und Aufmachung an. Kurzärmelige Hemden waren zwar erlaubt, wurden aber durch Krawatten ergänzt; und wenn jemand Shorts trug, so mußten sie wenigstens aus Anzugstoff sein. Die Frauen waren in modischer Hinsicht kühner; ihre leichten, farbenfrohen Sommerkleider hoben sich wohltuend von den eintönigen Betonmauern ab.

Es ging auf das Ende der Mittagszeit zu, und die Straßen waren belebt. Dieseltaxis, Lieferwagen, Busse und Pkws krochen langsam voran. Wie ein verblichenes Monument des Größenwahns ragte das Gebäude der Lloyd's-Versicherung empor: Der Zahn der Zeit hatte an der Stahl- und Chromkonstruktion besonders genagt. Die exponierten röhrenförmigen ›Innereien‹ waren in noch schlimmerem Zustand als die einstmals silbrigen Passagen, ihre Oberflächen schwärzlich und mit Rostflekken übersät. Gott allein weiß, welche Schadstoffe in der Atmosphäre zu solchen Verheerungen führen, dachte Rivers; jedenfalls war der Traum eines Architekten zum Alptraum des Besitzers verkommen. Unglückseligerweise hatten in den letzten Jahren hohe Versicherungsverluste, die auf Umweltschäden und Naturkatastrophen ebenso zurückzuführen waren wie auf eine Zunahme von Diebstählen und anderen Straftaten, die finanziellen Reserven der Gesellschaft erheblich vermindert (und NAMEN, d. h. Mitglieder, deren Geld alle Risiken deckte, waren heutzutage kaum noch an Land zu ziehen), so daß eine ›Reinigung‹ des Gebäudes natürlich nicht gerade Priorität hatte. Manche Leute nahmen es durchaus mit Genugtuung zur Kenntnis, daß die Lloyd's-Glocke, die einst geläutet wurde, wenn ein Schiff unterging, nun metaphorisch für Lloyd's geschlagen hatte.

Rivers bremste, um eine Gruppe kichernder Büromädchen passieren zu lassen, die in der Straßenmitte feststeckte. Eine winkte ihm zum Dank zu und wurde von einer Freundin gehänselt, die ihm keck die Zunge herausstreckte. Er brachte ein Lächeln zustande, bevor er zu dem Wagen vor ihm aufschloß.

Eine Ampel hatte den Verkehr gestoppt. Er warf einen Blick auf die WARTEZEIT-Computeranzeige am Laternenpfahl neben der Straße und stellte den Motor ab, als er sah, daß die Ampel noch drei Minuten fünfzehn Sekunden auf rot stehen würde. Der Grenzwert für laufende Motoren in stark befahrenen Stadtgebieten lag knapp darunter. Das Wasserstoffauto litt immer noch unter Kinderkrankheiten. (Das wurde jedenfalls behauptet; Rivers fragte sich allerdings, in welchem Ausmaß Bestechung und Sabotage durch die großen Erdölgesellschaften daran schuld waren, daß es sich noch nicht stärker durchgesetzt hatte.) Er beugte sich vor, um das Radio einzuschalten, verzichtete dann aber doch darauf; er hatte schon genug schlechte Nachrichten gehört. Einen Ellbogen auf den Türrahmen gestützt, kratzte er sich am Kinn, das mit Bartstoppeln bedeckt war. Was sollte er für den Rest der Woche mit sich anfangen? Sheridans Rat befolgen und irgendwohin fahren? Alle Probleme hinter sich lassen, seinem Kopf eine Ruhepause gönnen? Im Grunde keine schlechte Idee. Einen ruhigen, friedlichen Ort finden und die Welt eine Zeitlang einfach ihrer schlimmen Lage überlassen. Schließlich war er nur ein einzelner unbedeutender Doktor der Physik; welchen Unterschied könnte sein Kurzurlaub denn schon im globalen Plan bedeuten? Und außerdem...

*Du lieber Himmel!* Seine Hände umklammerten das Lenkrad. *Was war das?*

Er sah sich um. Die Leute auf der Straße waren wie angewurzelt stehengeblieben. Auch sie blickten verwirrt und bestürzt in die Runde. Eine Frau ganz in der Nähe klammerte sich an ihren Partner. Der Mann sagte etwas zu ihr, beruhigte sie wahrscheinlich, daß alles in Ordnung sei, obwohl sein Gesichtsausdruck seine Worte Lügen strafte.

Es wiederholte sich. Eine Art Ruck. So als hätte die Erde einen leichten Schluckauf bekommen.

Lähmende Kälte überflutete Rivers, und seine Knöchel traten weiß hervor, als er das Kunststofflenkrad noch fester umklammerte. Er blinzelte, als er sich plötzlich geblendet fühlte, aber vor ihm war nichts Grelles; das Bild – ein runder Lichtball – war irgendwie auf der Netzhaut seiner Augen aufgetaucht, ohne real vorhanden zu sein. Ein Gedankenblitz, entschied er rasch, eine starke Erinnerung, durch den Schock ausgelöst. Aber so real! Und so schnell verschwunden...

Die Menschen setzten sich wieder in Bewegung, tauschten ungläubige Blicke, schüttelten die Köpfe. Jemand lachte, aber es klang künstlich. Eines der Mädchen, die Rivers vorbeigelassen hatte, brach in Tränen aus. Ein älterer Mann in korrekter dunkelblauer Botenuniform stützte sich mit der Hand auf eine Hausmauer. Rivers bemerkte, daß die grünen Ziffern der WARTEZEIT-Anlage hektisch blinkten.

Ein dumpfes ominöses Rumpeln begann.

Er spürte es durch den Wagenboden hindurch; die Federung schaukelte, die Karosserie vibrierte. Das ursprüngliche Geräusch war vertraut – es erinnerte an das Poltern eines Lastwagens inmitten nächtlicher Stille, aber seine zunehmende Intensität hatte nichts Alltägliches mehr an sich und gab Anlaß zu den schlimmsten Befürchtungen. Rivers erkannte, was geschehen würde, denn er hatte sich in den letzten Jahren gründlich mit Aufzeichnungen und Filmen über Erdbeben beschäftigt; doch nichts hatte ihn auf die beängstigende Heftigkeit dieser plötzlichen Erschütterung der Erde vorbereitet. Das ganze Auto begann zu zittern, als das Rumpeln aus der Tiefe zu einem dumpfen Donnern anschwoll. Der Laternenpfahl begann zu schwanken. Die Leute auf der Straße hatten Mühe, sich auf den Beinen zu halten; einige klammerten sich irgendwo fest. Riesige Glasscheiben wölbten sich.

Dann stieß etwas so hart gegen den Autoboden, daß Rivers vom Sitz gehoben wurde; nur der Sicherheitsgurt verhinderte, daß er mit dem Kopf gegen das Dach prallte. Durch die geschlossenen Fenster waren Schreie zu hören. Männer und Frauen krochen auf allen vieren über die Betontrottoirs, während andere an Laternenpfählen oder Fußgängerschranken Halt suchten. Eine zweite Welle erschütterte den Boden, und Rivers' Auto wurde in das Fahrzeug vor ihm geschoben. Er warf sich auf seinem Sitz zurück und sah bestürzt, daß die Fahrbahn schwankte und an ihrer Oberfläche venenartige Risse entstanden.

Die Welt schien sich wieder zu beruhigen, und das Poltern wurde leiser, aber die Stille hielt nicht lange an.

Das schreckliche Geräusch schwoll erneut an, wurde zu einem donnernden Getöse, das die Landschaft erschütterte und die Menschen zum zweitenmal ins Wanken brachte. Ein Lieferwagen auf der Gegenfahrbahn geriet in eine gefährliche Schieflage, als ein Teil der Straße sich hob. Der Fahrer schob hastig die Tür auf, sprang heraus und kroch davon, so schnell Hände und Knie ihn trugen. Einen Moment lang sah es so aus, als würde der Transporter umkippen, doch dann kam er auf dem neu entstandenen Erdhügel wieder ins Gleichgewicht. Die Glaswand der Empfangshalle eines Bürogebäudes zerbarst von oben bis unten, während Menschen durch die breite Tür dicht daneben ins Freie flüchteten. Auch anderswo stürzten Menschen in wilder Panik auf die Straße, aus Furcht, unter einstürzenden Gebäuden begraben zu werden.

Die Erde bebte weiter, und in ihrem gräßlichen Brausen gingen die menschlichen Schreie fast unter. Einige Autofahrer verließen ihre Wagen, um nicht plötzlich unentrinnbar in der Falle zu sitzen, aber Rivers blieb, wo er war, weil er wußte, was als nächstes passieren konnte.

Zuerst hörte es sich wie ein Wolkenbruch oder Hagelschauer auf dem Wagendach an, dann prasselten größere Glasstücke herab, vermischt mit Putz und Metall. Ganze Fensterscheiben, die sich aus verbogenen Rahmen gelöst hatten, zerbarsten auf Beton oder Menschenleibern. Rivers' Windschutzscheibe verwandelte sich in ein kompliziertes Spinnennetz, als ein Geschoß gegen das Sicherheitsglas prallte. Der Boden dröhnte immer noch.

Jedesmal, wenn etwas Schweres gegen sein Obdach aus Metall schlug, schreckte Rivers zusammen, doch zugleich war er wie hypnotisiert von den Szenen, die sich draußen abspielten. Durch das Seitenfenster beobachtete er die allgemeine Panik:

Die Menschen suchten verzweifelt Schutz; manche rannten in die Gebäude zurück, die sie gerade verlassen hatten, während andere sich an irgend etwas Festes klammerten oder in Torwege krochen. Viele lagen auf dem Boden, die Knie bis zur Brust hochgezogen, das Gesicht in den Händen vergraben.

Ein Mann und eine Frau – das Paar, das ihm schon früher aufgefallen war – stolperten auf sein Auto zu. Der Mann, der einen leichten beigen Sommeranzug trug, schrie ihm etwas zu, vielleicht die Bitte, eine der Beifahrertüren zu öffnen. Ein, zwei Sekunden blieb Rivers regungslos sitzen, völlig überwältigt von dem Geschehen – und den Folgerungen, die man daraus ziehen mußte. Doch das Entsetzen auf den Gesichtern des Paares riß ihn aus seiner Erstarrung, und er beugte sich zur Seite, um am Türgriff zu ziehen. Seine Finger gehorchten ihm aber nicht mehr, als eine riesige Scheibe Spiegelglas, die sich irgendwo in den oberen Etagen eines Hochhauses selbständig gemacht hatte, auf dem Pflaster aufschlug.

Doch bevor es in Abertausende von Splittern zerbrochen war, hatte das gehärtete Glas die linke Schulter des Mannes mit ungeheurer Wucht getroffen und seinen Körper der Länge nach durchschnitten. Grausigerweise hielt die Frau ihren Gefährten fest, als ein Teil von ihm schon abfiel, und sie blickte in die Augen, in denen noch ein Funke Leben flackerte. Doch bald sank auch das restliche Fleisch in sich zusammen, und nun krallte die Frau in ungläubigem Entsetzen ihre Finger in ihr eigenes Gesicht.

Mit Blut vermischtes Glas hatte im Bruchteil einer Sekunde die Autofenster bespritzt, ein übelkeiterregender Anblick. Rivers beobachtete, wie die Frau neben der gespaltenen Leiche langsam in die Knie sank. Eine weitere Glasscheibe verfehlte sie nur um ein, zwei Meter und zerschellte am Boden in tausend Stücke, die in alle Richtungen flogen. Aus dem Riß auf der Straße sprudelte plötzlich Wasser, ein Hochdruck-Springbrunnen, der jeden in der Umgebung durchnäßte. Auch auf das Dach über Rivers' Kopf prasselten Tropfen.

Das Auto schwankte wieder, und diesmal hielt er sich sowohl am Sitz als auch am Lenkrad fest. Schreie und das Krachen abbröckelnden Mauerwerks vermischten sich mit dem Grollen aus der Tiefe und erzeugten eine alptraumhafte Dissonanz, die genauso an den Nerven zerrte wie die Erschütterungen selbst. In der Ferne konnte er das Hochhaus einer Nationalbank sehen, das hin und her schwankte, so als würden gigantische Winde an ihm zerren. Von irgendwo auf der Straße war eine gedämpfte Explosion zu hören, und gleich darauf quollen schwarze Rauchwolken aus Lüftungsschächten im Boden empor.

Rivers' Magen drohte zu rebellieren, so als würde sein Wagen auf Eisplatten schleudern, und er schluckte hart, um sich nicht übergeben zu müssen. Das starke Beben ging plötzlich in eine Art wiegende Vibration über, aber dieses Nachlassen der Naturgewalt vergrößerte das Chaos auf der Straße nur noch mehr. Leute, die gestürzt waren, rappelten sich auf und rannten wild durcheinander. Andere strömten aus den Gebäuden und schoben jene beiseite, die zurückzukehren versuchten. Ein rotes Taxi kam auf der Gegenfahrbahn angebraust, bemerkte in letzter Sekunde den querstehenden Transporter, der die Straße blockierte, und wich auf den Gehweg aus, ohne das Tempo zu verringern. Funken stoben, als Metall an der Mauer entlangschrammte. Der Fahrer riß das Steuer herum, um wieder auf die Straße zu kommen, aber er konnte dem Menschenstrom nicht mehr ausweichen, der sich aus einem Büro ergoß und ihm den Weg versperrte. Das Taxi raste in die Menge hinein, drehte sich um sich selbst, schleuderte mit quietschenden Reifen auf dem nassen Pflaster und prallte gegen die Seite eines Busses. Die Taxitür flog auf, und der Fahrer fiel heraus, die Augen vor Panik weit aufgerissen; er kroch auf den Knien herum, so als suche er verzweifelt nach einem Versteck.

Ein dumpfes Poltern lenkte Rivers' Aufmerksamkeit von dem Mann ab. Er drehte sich nach vorne und sah, daß die verstörte Frau, deren Partner auf so grauenhafte Weise ums Leben gekommen war, über seiner Motorhaube hing. Ihr Gesicht war blutüberströmt, und ein langer Glassplitter ragte aus ihrer

Stirn hervor, aber er konnte nicht beurteilen, ob sie vor Schmerz oder vor Schreck mit den Fäusten auf das Blech trommelte.

Rivers stieß seine Tür auf und stieg aus. Der Lärm, der nun ungedämpft über ihn hereinbrach, steigerte seine eigene Angst. Höchstens einen Meter entfernt lag ein junger Mann im Rinnstein; er schrie, machte aber keinen Versuch zu flüchten. Ein Laternenpfahl ächzte, während er sich bedenklich zur Seite neigte. Jemand – die Stimme war so hysterisch, daß man nicht erkennen konnte, ob sie einem Mann oder einer Frau gehörte – kreischte immer wieder einen Namen, während andere Stimmen um Hilfe flehten. Die vorspringende Fassade eines nahen Gebäudes wies gefährliche Risse auf, die sich von unten nach oben ausbreiteten und dabei in Dutzende von Zickzacklinien verzweigten, begleitet von scharfem Knirschen. Eine weitere Explosion, diesmal irgendwo in der Ferne. Rauch stieg aus einer Seitenstraße auf.

Die Vibration der Erde fühlte sich nun, da Rivers sie direkt durch die Schuhsohlen wahrnahm, noch seltsamer an; sie durchlief seinen ganzen Körper wie ein anhaltender, aber schmerzloser Stromstoß. Es war unmöglich, klar zu denken, denn allein schon die Tatsache, daß London ein Erdbeben erlebte, war schwer zu verkraften, und die Erschütterung des Bodens zusammen mit dem Lärm und Chaos förderte eher Panik als Vernunft. Etwas traf seinen Rücken – ein Stück Glas oder Mauerwerk – und rüttelte ihn soweit wach, daß er sich wieder bewegen konnte.

Er rannte auf die andere Seite des Wagens und zerrte die Frau von der Motorhaube weg. Obwohl sie keinen Widerstand leistete, war ihr Körper doch völlig verkrampft, und er war gezwungen, sie ziemlich grob zu behandeln. Er riß die Beifahrertür auf und stieß die blutende Frau hinein. Weil er das Risiko scheute, zur Fahrerseite zurückzurennen, sprang er zur Hintertür hinein, beugte sich über den Vordersitz, schob die Frau weiter nach unten und deckte ihren Kopf und ihre Schultern mit seinem eigenen Körper. Geschosse prasselten herab, und einige waren schwer genug, um das Dach über ihren Köpfen einzudrücken.

Die Schreie der Frau wurden noch durchdringender, als etwas mit solcher Wucht seitlich gegen den Wagen prallte, daß er fast umkippte.

Rivers fiel in den Raum zwischen Vorder- und Rücksitzen; für kurze Zeit wurde alles dunkel, und es trat eine segensreiche Stille ein...

## HARBOR FREEWAY, LOS ANGELES, KALIFORNIEN

Tina Ziggy, richtiger Name Barbra Zeigerfield, hatte es eilig, kam aber bedauerlicherweise nur im Schneckentempo voran. Beim Anblick der Pkws, Lkws und sogar Wohnwagen, die sich vor ihr auf der Auffahrt zum Hollywood Freeway stauten, verzog sie ihr hübsches, von der kalifornischen Sonne gebräuntes Gesicht zu einer Grimasse. »Scheiße. Scheiße, Scheiße! Bewegt euch doch, ihr Arschlöcher! Los!« Der Verkehr nahm jedoch keine Notiz von ihr.

Der alte Chevrolet-Lieferwagen neben ihr spielte Countrymusic. Der Direktor auf der anderen Seite kanzelte vielleicht gerade einen seiner Günstlinge per Autotelefon ab; die Fenster seines Mercedes waren wegen der Hitze und der Abgase fest verschlossen. Er bemerkte, daß Ziggy ihn beobachtete, und zwinkerte ihr zu, keineswegs verärgert. Das Telefon immer noch ans Ohr gepreßt, winkte er ihr sogar zu, als sein Wagen ein Stückchen vorankam. Der Kerl hatte ein blasiertes Lächeln. Auf der anderen Spur zog der Lieferwagen davon.

»Verpißt euch«, murmelte Tina.

Sie fühlte sich total beschissen. Die Xanax und Norpramin taten zwar ihre Wirkung und hielten sie von Koks fern, aber sie nahm rasch zu und hatte ständig Verstopfung. Außerdem war sie immer müde. Müde, aber immerhin schlief sie jetzt in den meisten Nächten. Und die Sucht ließ allmählich nach. Freilich war sie auch ihre meisten Freunde los. Aber wer brauchte schon solche Freunde? Schauspieler waren Hohlköpfe, die an ihrem eigenen Schatten ein größeres Interesse hatten als an anderen Menschen. Sie ließen immer die gleiche Platte ablaufen: ihr eigenes Loblied. Kokainsüchtig waren die meisten sowieso. Oder noch Schlimmeres. Jedenfalls die aus ihrem Bekanntenkreis. Drogen, Sex und Rock ohne Roll (der Low-Rock der neuen Ära). Verkommen und pervers – und das traf auf beide Geschlechter zu. Zum Teufel mit ihnen allen! Schluß mit den Ausschweifungen! Brody war total out – jedenfalls bei ihr. Sollte er doch einer anderen blöden Gans das Leben versauen!

Der neue River Phoenix? Ha! Jemand müßte Brody klarmachen, daß an dem alten nichts auszusetzen war. *Sie* würde jedenfalls nicht mehr den Sandsack abgeben, an dem er seinen Frust abreagieren konnte! Und andere hirnlose Schauspieler konnten ihr von nun an auch gestohlen bleiben. Sei du selbst, Zig, altes Haus! Sei von nun an – wie hieß das doch gleich? – *anspruchsvoller*. Ja, das war's. Wend's gleich heute an. *Anspruchsvoll*. Ja, Mr. Leiberwitz, Allmächtiger Produzent, Sie Gott unter allen Perversen, ich möchte *anspruchsvollere* Rollen, Rollen, in denen ich atmen kann.

Na endlich! Endlich kommt Bewegung in den Verkehr! Ihr Käfer, ein Kabrio, machte einen Satz vorwärts. Scheiße, Mädchen, beruhige dich! Du bist noch früh genug dran! Schluck ein Valium oder zwei. Oder auch drei. Alles wird gutgehen. Heute ist der Tag des großen Durchbruchs. Das spür' ich einfach im Urin.

Die Musik dröhnte ihr wieder ins Ohr, als sie den Lieferwagen einholte. Der Fahrer, ein Rüpel mit eckigem Kinn und Strohhut auf dem Kopf, grinste ihr anzüglich zu und machte eine eindeutige Geste. Sie zeigte ihm den Vogel, und er wandte sich an seinen Beifahrer und sagte etwas zu diesem guten Kumpel, der sich herüberbeugte und wie ein Hund hechelte, so daß die Zunge sein unrasiertes Kind berührte. Tina konzentrierte sich ausschließlich auf die Straße.

Zum Glück bewegten sich die Fahrzeuge auf ihrer Spur, so daß sie den Primitivlingen und ihrem Lärm entrinnen konnte. Der Tag fing ja wieder mal gut an! Sogar das Wetter war total beschissen. Schau dir nur mal den Himmel an, Mädchen! Dunkel, die kalifornische Sonne ausnahmsweise mal hinter Wolken verschwunden. Geradezu unheimlich dunkel. Wirklich nicht schön. Wenigstens war's nicht kalt. Aber verdammt komisch sah der Himmel aus.

Tina zog die Seiten ihres A-förmigen Rocks – vorne fast bis zur Schamgegend geschlitzt (der Pfeil weist den Weg, Mr. Leiberwitz) – über ihre Schenkel, heute nicht gewillt, jemandem umsonst auch nur einen Blick auf ihre Vorzüge zu gönnen.

Umsonst gab's ab jetzt gar nichts mehr. Sie hatte ihre Lektion gelernt. Freiheit bedeutete nicht unbedingt, wahllos mit jedem ins Bett zu gehen. In Zukunft würde sie anspruchsvoller sein.

Uff! Hollywood Freeway, Downtown/4th Street. Nichts wie rüber zur Ausfahrt! Scheiße, die rechte Fahrbahn war dicht! In der Ferne konnte sie den Dorothy Chandler Pavillon sehen – den Ort, wo die Oscars verliehen wurden, ihren eigentlichen Bestimmungsort. Heute allerdings noch nicht. Aber bald. Oder irgendwann. Sie warf einen Blick zum Hollywood Freeway hinauf. Dort rollte der Verkehr wenigstens. Sobald sie erst mal da oben war, hatte sie es bis zu Universal nicht mehr weit. Sie streckte ihren Arm seitlich raus und schaltete den Blinker ein. Los, laßt mich rein, ihr Arschlöcher! Sie mußte frühzeitig im Studio sein, wegen der Schminkerei und des Umziehens – diese Probeaufnahmen waren endlich das Wahre! Und falls der Herr Produzent, dieser Lüstling, hinterher mit ihr etwas ›Zeit verbringen‹ wollte – sei's drum! Für die Kunst würde sie alles tun. Alles. Aber umsonst gab's nichts mehr. Das würde sie ihm klarmachen.

Tina brauchte diese Rolle. Was machte es schon aus, daß sie nur die zweite Geige spielen würde – oder die dritte oder vierte! Es war ein guter Film mit einer richtigen Handlung. Und sie mußte – wenn sie die Rolle bekam – sterben. Das war immer toll. Es prägte sich den Leuten ein. Auch wenn man nur Nummer sieben auf der Liste des Massenmörders war.

*Laßt mich rüber, ihr Mistkerle!*

Der Lieferwagen mit den zwei Cowboys fuhr gefährlich dicht an sie heran, und die Blödhammel grinsten auf sie herab. Der Beifahrer saß seinem Kumpel jetzt fast schon auf dem Schoß. Und Clint Black mit seinem Macho-Song schien Tina auch verhöhnen zu wollen.

»Los, Jungs, laßt mich rein«, rief sie. »Ich muß dringend wohin.«

Der mit dem Texashut warf ihr eine Kußhand zu. KZLA wünschte ihr einen schönen Tag.

Während Tina versucht hatte, auf die rechte Fahrspur zu gelangen, war vor ihr eine Lücke entstanden, und bevor sie wieder aufschließen konnte, schob sich ein Pontiac dazwischen. Hinter ihr schloß sofort ein Nissan auf.

Sie schwenkte wieder in Richtung des Lieferwagens, tat so, als wollte sie ihn rammen, ihr Gesicht mittlerweile rot vor Wut. *»Ich brauch' das nicht, ihr...«* Sie sparte sich das Schimpfwort: Die beiden Kerle würden sowieso wissen, was sie waren.

»Hast du was Besond'res vor, Süße?« Der Möchtegern-Cowboy schob sich die Hutkrempe aus der Stirn und setzte eine teilnahmsvolle Miene auf.

»Du kannst mich mal...«

»Ist das dein Ernst, Baby? Wow!« Er stieß seinen grinsenden Kumpel mit dem Ellbogen an.

Sie änderte ihre Taktik. Mit Beschimpfungen war bei diesen beiden Burschen nichts zu erreichen. »Bitte, Jungs, wenn ich diese Ausfahrt verpasse, sitz' ich ganz schön in der Tinte.«

»Kleines Mädchen, mir blutet das Herz!«

Sie hupte in ihrer ohnmächtigen Wut. Der Mann im Nissan sah ihre Verzweiflung und hupte ebenfalls, allerdings nur kurz, weil ein böser Blick des Cowboys ihn einschüchterte.

Tina entdeckte, daß vor ihr etwas Platz war, und gab Gas, aber der Lieferwagen blieb auf gleicher Höhe mit ihr und blokkierte sie weiterhin.

Okay, okay, bleib ganz cool! Sobald sie hier raus war, würde sie sämtliche Valium im Röhrchen schlucken. Nein, das ging auch nicht, sonst würde sie bei den Probeaufnahmen wie ein Roboter agieren.

»Ahhh...«, jammerte sie und bekam feuchte Augen.

Der Cowboy beugte sich noch weiter aus dem Fenster, die linke Hand auf der Tür. Er öffnete gerade den Mund, um eine boshafte Bemerkung zu machen, als sein Kumpel ihn an seinem karierten Hemd zupfte und durch die Windschutzscheibe nach vorne deutete.

»Schau mal!« hörte Tina ihn brüllen, um die Musik zu übertönen. »Schau mal, da drüben!«

Strohhut kniff wie ein echter Präriebewohner die Augen zusammen, während er in die Richtung blickte, die ihm der Zeigefinger seines Freundes wies. »Was is 'n das?« sagte er langsam.

Trotz ihrer Wut schaute auch Tina hin und hob überrascht die nachgezogenen Brauen.

Ein kleines Licht tanzte über den Autodächern.

»Elmsfeuer«, meinte der Cowboy.

»Nee«, widersprach der andere. »Das is 'n Kugelblitz. Schau dir doch nur mal 'n Himmel an.«

Auch Tina blickte hoch.

Der Himmel war noch dunkler geworden. Und irgendwie aufgebläht.

»Hübsches Ding...«

Sie betrachtete das Ding wieder. Der widerliche Kerl hatte recht, es war wirklich hübsch. Und weil ihre Augen immer noch feucht vor Frustration waren, schien es eine Korona aus geheimnisvollen Farben zu haben. Eine Art Rückblende? Nein, das war nicht möglich – die beiden Männer sahen das Licht ja auch. Und andere Fahrer ebenfalls. Manche streckten den Kopf aus den Fenstern und verrenkten sich fast den Hals, um das ausgelassene Licht zu betrachten. Andere, die wie Tina in Kabrios saßen, hatten es da einfacher.

Das Licht schwebte über die Autodächer, hüpfte manchmal bis zu den Motorhauben hinab und prallte davon ab. Von einem Auto zum anderen. Es erinnerte Tina an einen jener runden Bälle, die bei Kinderfilm-Matineen an den Worten eines Liedes entlangsprangen. Aber es unterschied sich doch davon. Dieses Licht... es funkelte.

Irgendwie hob es ihre Stimmung. Die Probeaufnahmen waren nicht mehr so wichtig. Auch nicht das Valium. Und Brody ebensowenig. Das Licht war so strahlend und so... so glückverheißend. Sie lächelte, ein Lächeln reiner Freude, das sie viel zu lange nicht mehr zustande gebracht hatte. Dieses Ding war besser als jedes Aufputschmittel! Sie fühlte sich plötzlich so leicht, so sonnig.

Doch nun wurde es unberechenbarer. Es schoß in die Tiefe

und stieg wieder empor, es drehte sich und wirbelte umher. Es schwebte regungslos im Raum, und im nächsten Moment schoß es durch die Luft. Ein Mann beugte sich aus dem Autofenster und versuchte es zu fangen wie einen bunten Schmetterling, aber es wich seinen Fingern mühelos aus.

Der Verkehr kroch unter dem Licht dahin, und bald kam Tina ihm so nahe, daß sie seine Größe besser beurteilen konnte. Und auch seine schlichte Schönheit. Es war perlweiß, mit einer leuchtenden Aura aus zarten Pastellfarben; es hatte tatsächlich eine Art Korona, obwohl die Tränen in ihren Augen diese erheblich verstärkt hatten. Es war nicht größer als ein Baseball, nicht kleiner als ein Apfel, und es hüpfte über die Autodächer wie ein Kind über die Steine in einem Bach.

Oh, herrlich, dachte Tina, einfach *herrlich*...

Etwas klatschte zwischen ihrem Käfer und dem aggressiven Lieferwagen laut auf der Straße auf; das dumpfe matschige Geräusch riß sie jäh aus ihrer Verzückung, und sie fuhr in ihrem Sitz zusammen.

Sie hielt an – der Verkehr war ohnehin fast zum Stillstand gekommen –, löste ihren Sicherheitsgurt und reckte sich über den Beifahrersitz hinweg, um sehen zu können, was da unten gelandet war. Auch Texashut schaute nach hinten. Das seltsame Geräusch hatte sogar Tanya Tucker übertönt. Gemeinsam starrten sie auf die Fahrbahn.

Es sah ganz so aus, als wäre ein Eisblock auf den Boden gefallen und in kleine Stücke zerbrochen.

Sie sahen einander an, und die Verwunderung löschte sowohl Lüsternheit als auch Animosität aus.

»Muß von 'nem Flugzeug stammen«, erklärte der Cowboy. »Ich hab' schon von so was gehört.« Er spähte zum Himmel empor, auf der Suche nach dem schurkischen Flugzeug. »Kommt von ihren Klos...«

Tina war einem Blick nicht gefolgt, sondern hatte sich wieder dem strahlenden Licht zugewandt. Aber es war verschwunden.

Sie seufzte enttäuscht. Was war es gewesen? Ein elektrisch

geladener Ball, weiter nichts? Nein, ein tanzender Stern, dachte sie, ein gutes Omen. *Leuchte, leuchte*...

»Oh!«

Sie zuckte wieder zusammen. Diesmal hatte das Geräusch sich anders angehört, eher wie ein... wie ein *Platsch*!

Tina hauchte noch ein »Oh!«, als sie den Strohhut auf ihrem Beifahrersitz sah und im nächsten Moment feststellte, daß der Kopf des Cowboys schlaff an der Tür des Lieferwagens herabhing. Sein Kumpel rüttelte ihn an der Schulter; er hatte keine Ahnung, was passiert war, und wunderte sich nur, warum der Fahrer plötzlich wie ein Mehlsack aus dem Fenster hing.

»Los, Carl, nun fahr schon weiter!«

Ein vergeblicher Appell. Das blutige Loch in Carls Kopf verriet Tina, daß der Mann tot war. Tot!

Sie lachte, obwohl ihr im Grunde überhaupt nicht zum Lachen zumute war. Herrgott, der arme Kerl war tot. Mausetot. Ihr hysterisches Kichern verwandelte sich in Schluchzen. O Scheiße... das schien ein Pechtag für sie zu werden. Aber noch viel mehr Pech hatte dieser Tag dem Cowboy gebracht...

Etwas schlug auf der Kühlerhaube ihres Käfers auf. Mit schreckensweit aufgerissenen Augen betrachtete sie die tiefe Delle.

»O Gott!« stöhnte Carls Kumpel, der endlich entdeckt hatte, was passiert war.

Gleichzeitig schrie Tina laut auf, als ein weiterer Eisblock ihre Windschutzscheibe zerschmetterte. Verdammt, wie viele Klos hatte dieses Flugzeug?

Ein weiterer Brocken traf den Camaro neben ihr, auf der linken Spur. Der Fahrer schaute wütend aus seinem Fenster, so als wäre Tina für den Schaden verantwortlich, und rief etwas, aber sie konnte nicht hören, was.

Dann *regnete* es Eis vom Himmel.

Tina heulte laut, als ein Hagelkorn von der Größe eines Fußballs auf dem Strohhut neben ihr landete. Sie rückte möglichst weit zur Seite und stand halb auf, so als wäre es etwas Lebendiges und Scheußliches. Ein Schlag auf die Schulter betäubte ihren ganzen Arm.

Unter ohrenbetäubendem Trommeln legten die riesigen Hagelkörner den Verkehr in Los Angeles lahm. Sie hatten alle möglichen Größen und Formen – Eiszapfen, Kegel, große Sterne und Kugeln – ein tödlicher Niederschlag. Blech verbog sich, Glas zerbrach, und die Kabriofahrer duckten sich und hielten die Arme über den Kopf. Trotz des Hagelschlags und der Stimme von Patsy Cline aus dem Lieferwagen konnte Tina hören, daß es oben auf dem Hollywood Freeway, wo der Verkehrsstrom ein höheres Tempo gehabt hatte, zu vielen Karambolagen kam.

Sie hob ihren unversehrten Arm und konnte einen Schlag auf den Kopf gerade noch abwehren. Doch nun war auch dieser Arm taub, und sie konnte ihn kaum bewegen. Sie mußte unbedingt Deckung suchen, in einem anderen Fahrzeug oder unter ihrem VW. Trotz ihrer tauben Arme gelang es ihr, sich auf den Sitz zu knien. Doch der Nissan fuhr auf ihren Wagen auf, und ihr Oberkörper wurde über die Rückenlehne geschleudert. Ihre langen nackten Beine verfingen sich im Lenkrad, und sie hing mit durchgebogenem Rücken hilflos da. Als ein Eisblock von der Größe eines Telefonbuch ihr aufs Zwerchfell fiel, bekam sie keine Luft und hatte das Gefühl, ein Dampfhammer hätte ihren Bauch getroffen.

Sie wand sich verzweifelt, bekam endlich ihre Beine frei und fiel auf den Rücksitz. Ein Volltreffer auf die Stirn sorgte dafür, daß sie plötzlich viele Lichtbälle in Regenbogenfarben sah, die zu explodieren schienen. Und während sie von den Eisbrocken förmlich gesteinigt wurde, vergaß sie allmählich den Schmerz und dachte nur noch an jenes eine strahlende Licht.

Bis auch das dahinschwand und nichts mehr blieb, bis Tina ihren Körper abstreifte und sich auf die Suche nach etwas Neuem machte, nach etwas, das ihr mehr Frieden bescheren konnte als jeder irdische Erfolg. Es war ein sehr tröstlicher letzter Gedanke.

# 11

Der Schmerz war schlimm. Wirklich schlimm.

Rivers lehnte sich an eine Hauswand, um abzuwarten, bis die Dolche, die sein Bein durchbohrten, etwas stumpfer würden. Eine Frau ging vorbei, streifte ihn mit einem Blick, bot ihm aber keine Hilfe an. Vielleicht hatte sie ihre eigenen Sorgen: Freunde oder Verwandte in dem von der Katastrophe am meisten betroffenen Stadtteil. Vielleicht hielt sie ihn aber auch für einen der vielen Obdachlosen, die in der Gesellschaft keinen Platz fanden und sich mit billigem Fusel betäubten. Mit seiner zerrissenen, blutbefleckten Kleidung und Staub in den Haaren sah er einem Penner wohl recht ähnlich. Aber das Erdbeben hatte andere noch viel übler zugerichtet. Einige hatten dabei sogar den Tod gefunden.

Obwohl der Schmerz kaum nachgelassen hatte, beschloß er weiterzugehen, wobei ihm der Gedanke Kraft gab, daß er es ja nicht mehr weit hatte. Nur noch ein Block, sagte er sich. Nur noch ein Block, dann würde er zu Hause sein. Ob er imstande wäre, die Stufen bis zur Haustür zu erklimmen, war freilich eine andere Frage.

Seltsam, wie dämmerig es auf den Straßen aussah, obwohl es erst Spätnachmittag war. So als wäre der Staub der gesamten Stadt aufgewirbelt worden und hätte sich mit dem Schirokkosand vermischt, um sich wie ein gelblicher Schleier vor den rotgetönten Himmel zu legen und den Feuerball der über den Dächern stehenden Sonne zu dämpfen. Die aufgeregten Gesichter der Leute, die sich auf den Straßen drängten, wurden durch dieses seltsame Licht verfärbt, so daß die Furcht ihnen äußerlich nicht anzusehen war. Viele schienen noch unter Schock zu stehen, während andere die Pubs und Bars bevölkerten, bis auf die Trottoirs hinaus, so als wollten sie ihr Überleben feiern. Die Stadt schien in einer Mischung aus Angst und nervöser Heiterkeit zu pulsieren, während alle über das unglaubliche Ereignis diskutierten. *Ein Erdbeben hatte London erschüttert.* Nachrichtensprecher versuchten das Geschehen schon herunterzuspielen, indem sie der Öffentlichkeit erklärten – zweifellos auf Drängen des zuständigen Ministeriums –, daß Großbritannien jedes Jahr durchschnittlich dreiunddreißig Erdbeben erlebte, daß es sich also keineswegs um ein so spektakuläres Ereignis handelte, wie man glauben könnte. Nichtsdestotrotz ließ sich nun einmal nicht leugnen, daß allein schon der Ort der Katastrophe Anlaß zu größter Sorge gab. Außerdem mußte dieses Beben eine Stärke von mindestens 4,1 auf der Richter-Skala und von mindestens 7 auf der zwölfstufigen Mercalli-Skala erreicht haben, schätzte Rivers, der bisher allerdings keine Bestätigung dafür hatte, weil sämtliche Leitungen des Met Office blockiert gewesen waren, als er vor einer Weile angerufen hatte, sogar jene Geheimnummern, die nur privilegierte Mitarbeiter kannten. Daß es keine Vorwarnungen, keine leichten seismischen Störungen vor dem Hauptbeben gegeben hatte, war zwar nicht allzu ungewöhnlich, aber doch besorgniserregend. Das Beben selbst hatte nur wenige Minuten gedauert, und bisher waren Nachbeben ausgeblieben. Rivers fragte sich, ob es überhaupt welche geben würde.

Den Schäden nach zu schließen, die er unterwegs gesehen hatte, war er in unmittelbarer Nähe des Epizentrums gewesen, ziemlich genau über dem Herd. Keines der Gebäude, an denen er vorbeigekommen war, hatte in der Grundsubstanz gelitten, aber manch eines würde dringend instand gesetzt werden müssen, von den unzähligen zerbrochenen Fensterscheiben ganz zu schweigen. Straßen wiesen Risse und Verformungen auf, aber immerhin hatten sich keine tiefen Erdspalten aufgetan. Wie er gehört hatte, sollte eine Flutwelle entlang der Themse einige kleinere Schiffe zerstört haben. Der öffentliche Verkehr war natürlich fast zum Erliegen gekommen, denn U-Bahnen und Eisenbahnen mußten ihren Betrieb einstellen, bis Wände, Brücken und Schienen gründlich untersucht und alle Signale überprüft werden konnten. Außerdem funktionierten wegen Stromausfalls vielerorts die Ampelanlagen nicht, wodurch die Bemühungen der Polizei, das heillose Durcheinander in den Griff zu bekommen, zusätzlich erschwert wurden.

Als Rivers in seinem stark beschädigten Auto das Bewußtsein zurückerlangt hatte, saß die Frau mit dem blutigen Gesicht in sich zusammengesunken auf dem Beifahrersitz, und der Wagen stand gefährlich schief, fast auf der Seite. Das Grollen aus der Tiefe hatte aufgehört. Alles war unnatürlich still. Er hatte sich am Rücksitz hochgezogen und eine Tür aufgestoßen.

Überall auf der Straße standen Leute herum, und die meisten machen einen benommenen Eindruck. Manche weinten – Männer ebenso wie Frauen –, während andere nur völlig verwirrt dreinblickten. Dann setzte der Lärm ein – laute Rufe, Motoren, die wieder angelassen wurden, das Knirschen von zerbrochenem Glas unter den Füßen. Als dann auch noch ganze Menschenscharen aus den Gebäuden auf die Straße fluteten, hatte das Stimmengewirr eine phänomenale Lautstärke erreicht.

Jetzt bog Rivers endlich in seine Straße ein und seufzte erleichtert. Der lange Weg durch die Stadt hatte ihn völlig erschöpft, aber ihm war ja nichts anderes übriggeblieben, als zu Fuß zu gehen, nachdem sein Wagen fahruntüchtig war und bei den öffentlichen Verkehrsmitteln das totale Chaos herrschte. Die Schmerztabletten, die er immer bei sich trug, hatten nicht viel geholfen, und mittlerweile hinkte er sehr stark. Eine rote blutverkrustete Schramme auf dem Handrükken hob sich von den leichteren Schnittwunden des Vortages ab. Sein Backenknochen war violett verfärbt, und er konnte nur vermuten, daß er sich diesen blauen Fleck zugezogen hatte, als er das Bewußtsein verlor. Sein Jackett hing über einer Schulter, sein Hemd war schweißnaß, und er stützte sich schwer auf seinen Stock, während er stur einen Fuß vor den anderen setzte.

Als die Stufen zu seinem Haus endlich in Sicht kamen, schloß er vor Erleichterung kurz die Augen. Ein Königreich für einen kühlen Drink und eine warme Dusche, in dieser Reihenfolge. Aber würde er noch genügend Kraft haben, um diese verdammten Stufen zu bewältigen?

Er blieb nur etwa dreißig Meter von ihnen entfernt stehen, weil sein Bein einzuknicken drohte. Nun komm schon, sagte er sich, das ist doch lächerlich. Du bist doch bei dieser Hitze nicht meilenweit durch die überfüllten Straßen gelaufen, nur um wenige Schritte von deiner Türschwelle entfernt aufzugeben. »Bastard«, murmelte er vor sich hin, und damit war sein Knie gemeint.

Vor ihm flog eine Autotür auf, und jemand sprang heraus.

»Diane?«

Sie kam auf ihn zu, ohne zu lächeln. »Ist alles in Ordnung, Jim?«

Sie trug eine weiße kurzärmelige Bluse und einen leichten Faltenrock.

»Was machen *Sie* denn hier?«

»Ist alles in Ordnung? Sie sehen grauenhaft aus.«

»Das hat man mir heute schon einmal gesagt.« Und das war *vor* dem Erdbeben gewesen.

»Sie sehen so aus, als hätten Sie...«

»Als hätte ich ein Erdbeben hinter mir?«

»Sind Sie verletzt?«

»Nein, ich habe nur ein paar Kratzer abbekommen. Nichts Ernstes. Sagen Sie mir lieber, warum Sie hier sind.«

»Als erstes sollten wir Sie ins Haus schaffen.«

»Diane, ich weiß nicht so recht...«

Sie schlüpfte unter seinen Arm und umfaßte seine Taille. »Seien Sie kein Idiot. Los, stützen Sie sich auf mich, und dann bringen wir diese Stufen hinter uns.«

»Wenigstens regnet es diesmal nicht.«

Sie lachte. »Stürme und Erdbeben. Wir treffen uns unter widrigen Umständen.«

»Das hört sich sehr englisch an.«

»Eine Folge des Zusammenlebens mit Poggsy und Bibby.«

»Und mit Ihrem Mann.«

»Ja, vergessen wir ihn nicht.«

Er warf ihr einen erstaunten Blick zu und stellte fest, daß sie eher resigniert als verärgert aussah.

Sie gingen an dem Wagen vorbei, aus dem sie gestiegen war, einem alten roten Ford mit offenem Verdeck. »Ich dachte, Sie würden im Minibus reisen«, kommentierte er, als sie die Stufen erreichten. Er biß die Zähne zusammen und wappnete sich für den Aufstieg.

»Den benutzen wir nur, wenn die ganze Familie unterwegs ist. Für mich allein tut's dieser alte Karren – er ist sparsamer im Verbrauch. Sind Sie bereit?«

Er nickte und unterdrückte ein Stöhnen, während er sich sowohl auf Dianes Schulter als auch auf seinen Stock stützte.

»Schaffen Sie's?« fragte sie besorgt.

»Wenn wir jetzt stehenbleiben, nicht.«

»Nur noch zwei Stufen.«

»Wo ist Ihr Mann, Diane?«

Sie ignorierte die Frage, bis sie vor der Haustür standen. Rivers lehnte sich an den Türrahmen, versuchte wieder zu Atem zu kommen und wartete darauf, daß der Schmerz ein wenig nachlassen würde. »Meine Krankengymnastin würde mir bestimmt sagen, das sei gut für mich, und wahrscheinlich würde sie mir befehlen, hinunterzugehen und die Prozedur zu wiederholen.«

»Ich kenne diese Art von Sadismus. Vor meiner Heirat habe ich kurze Zeit als Krankenschwester gearbeitet. Tony ist übrigens tot.«

»Tony?«

»Mein Mann, Poggsys und Bibbys Sohn.«

»Das tut mir leid.«

Sie zuckte die Achseln. »Mir auch – ein wenig.«

Rivers warf ihr einen fragenden Blick zu, aber sie gab keine weiteren Erklärungen ab. Er wühlte in seiner Hosentasche nach den Schlüsseln. Die Haustür war mit zwei Schlössern gesichert. In der Eingangshalle war es herrlich kühl, und sie atmeten beide auf.

»Gehört Ihnen das ganze Haus?«

»Nur das Erdgeschoß. Das Basement steht zur Zeit leer, und im ersten Stock wohnen zwei junge Männer.«

»Also keine Treppe mehr. Ausgezeichnet.«

Er schwankte, und Diane war sofort wieder an seiner Seite, stützte ihn tatkräftig und hielt ihn am Ellbogen fest.

»Sie sind wirklich in schlechter Verfassung.«

»Der Schmerz kommt und geht.« Das hörte sich gleichmütiger an, als ihm zumute war. Er deutete auf eine Tür und suchte wieder die beiden richtigen Schlüssel heraus. Sie nahm ihm den Schlüsselbund ab und ging voraus. Er folgte ihr und beobachtete, an die Wand gelehnt, wie sie erst das eine und dann das andere Schloß öffnete. Dabei fragte er sich, warum sie wohl den weiten Weg hierher gemacht hatte. Offenbar waren Hugo Poggs und seine Familie nicht gewillt, so leicht aufzugeben. Aber was, zum Teufel, erwarteten diese Leute von ihm?

Diane öffnete die Tür und trat beiseite. »Kann ich Ihnen helfen?« fragte sie.

»Jetzt ist alles in Ordnung«, erwiderte er barsch und betrat seine Wohnung.

Sie folgte ihm unaufgefordert und schaute sich rasch um. Das Wohnzimmer war gepflegt, ohne den Eindruck pedantischer Ordnung zu vermitteln. Der Kamin war auf beiden Seiten von gefüllten Bücherregalen umgeben; gegenüber von einem breiten, sehr bequem aussehenden Sofa war ein kleines Fernsehgerät in die Wand integriert; auf einem niedrigen Couchtisch lagen Zeitungen und Zeitschriften, und auf einem langen Sideboard hinter dem Sofa standen gerahmte Fotos – zwei eines älteren Paares und ein drittes, das eine junge Familie zeigte: ein Mann und eine Frau saßen im Garten auf einer Hollywoodschaukel, und zwei Jungen knieten vor ihnen im Gras; alle lächelten strahlend in die Kamera. An den weißen Wänden hingen drei farbenfrohe Pastellgemälde, Originale, die mit David Napp signiert waren und Landschaften der Provence zum Motiv hatten. Rivers' Hi-Fi-Anlage war eine altmodische Bang & Olufsen. Die Vorhänge waren duftig und von femininer Eleganz. Diane konnte sich beim besten Willen nicht vorstellen, daß Rivers sie selbst ausgesucht hatte, es sei denn, sie hätte sich ein völlig falsches Bild von ihm gemacht.

»Hören Sie, ich muß aus diesen Sachen herauskommen und mich erst mal unter die Dusche stellen«, sagte Rivers. »Ich möchte ja nicht ungastlich sein, aber...«

Sie winkte einfach ab. »Duschen Sie ruhig. Ich werde uns einen kühlen Drink mixen. Etwas Kräftiges, okay?«

»Kann eigentlich kein Mitglied Ihrer Familie Andeutungen verstehen?«

Sie lächelte. »Ich habe von Poggsy gelernt, dickfellig zu sein. Wo haben Sie Eiswürfel – im Kühlschrank?«

Er deutete mit dem Kopf auf eine offene Tür. »Die Küche ist da drüben. Im Sideboard da drüben finden Sie Wodka, Gin und Scotch.«

»Wie wär's mit Wodka Collins?«

»Hört sich gut an. Ich... äh... ich muß aber erst mal eine Weile allein sein.«

»Es braucht Ihnen doch nicht peinlich zu sein, Ihren Pulsator zu verwenden. Vergessen Sie nicht, daß ich Sie gestern nackt gesehen habe. Das Ding in Ihrem Knie ist mir nicht entgangen. Funktioniert das wirklich?«

»O ja, es lindert den Schmerz. Die Oszillation beruhigt irgendwie die Nervenenden. Fragen Sie mich nicht, wie.«

»Bringen Sie sich bitte nicht durch einen elektrischen Schlag um. Ich mixe die Drinks und warte hier, bis Sie fertig sind, okay? Oder kann ich sonst noch etwas für Sie tun?«

Er schüttelte den Kopf. »Würden Sie mir ein paar Fragen beantworten?«

»Noch mehr Fragen? Später, wenn Sie sich besser fühlen.« Sie kauerte sich vor das Sideboard und öffnete eine Tür. »Hier drin, haben Sie gesagt. Ah, ich sehe den Wodka schon. Himmel, Sie sind ja gut versorgt! Ich nehme für uns beide viel Eis, okay?«

Rivers war schon im Bad verschwunden.

»Okay«, sagte Diane leise zu sich selbst.

»Sie sehen viel besser aus«, sagte Diane, während sie ihm ein großes Glas reichte.

Rivers trug jetzt eine leichte Baumwollhose und ein Baumwoll-T-Shirt. Seine Füße waren nackt, seine Haare glänzten naß. Er nahm ihr den Drink ab und zog sich einen Stuhl vom Schreibtisch am Fenster heran. Sie prostete ihm zu und trank einen großen Schluck. Er tat das gleiche.

»Erzählen Sie mir jetzt, warum Sie hier sind«, forderte er sie ohne jede Einleitung auf.

Diane zog auf dem Sofa ihre Beine an und stützte sich auf einen Arm. »Josh und Eva wollten, daß ich herkomme.«

»Josh und Eva? Warum?«

»Sie wußten, daß Sie in Gefahr sind.«

»Haben sie das Erdbeben gesehen?«

Sie schüttelte den Kopf. »Nein, sie spürten einfach, daß Sie in Gefahr sind.«

Ohne es zu wollen, murmelte Rivers: »Das Licht...«

Sie warf ihm einen forschenden Blick zu. »Die Kinder spürten, daß Ihnen etwas Unangenehmes zustieß. Poggsy meinte, daß einer von uns herausfinden sollte, was los war, speziell, als wir Sie telefonisch nicht erreichen konnten. Ich wurde nominiert. Nein, das stimmt nicht ganz – ich habe mich selbst gemeldet.«

»Aber ich dachte...«, sagte Rivers langsam, fast zu sich selbst.

»Was, Jim?«

Er straffte seine Schultern, so als könnte er sich damit zu rationalem Denken zwingen. »Ach, nichts. Ich dachte, ich hätte jenes seltsame Licht wieder gesehen, aber es war nur ein geistiges Bild, eine Erinnerung.«

»Sind Sie sich ganz sicher?«

»Sicher bin ich mir über gar nichts. Aber ich weiß, daß es wie damals im Flugzeug war. Nur... nur war es diesmal nicht real.«

»War es das denn beim letzten Mal?«

Er stellte das Glas auf dem Couchtisch ab. »Das ist eine seltsame Frage, speziell nachdem Ihre eigenen Kinder behaupten, es gesehen zu haben.«

»Oh, ich sage ja nicht, daß das Licht nicht gesehen wird. Ich frage mich nur, ob es real ist.«

»Das ergibt für mich keinen Sinn.«

»Und wenn es nun eine Warnung ist, ein mystisches Zeichen, das nur im Geist existiert? Finden Sie es nicht bedeutsam, daß es immer vor einer Katastrophe erscheint? Jedenfalls sehen die Kinder es stets, kurz bevor etwas Schreckliches passiert.«

»Aber heute ...«

»Das war ein relativ leichtes Beben, keine große Katastrophe. Nicht groß genug für eine Vision.«

»Glauben Sie wirklich, daß ich damals im Auge des Sturms nur eine Vision hatte?«

»In Ermangelung eines besseren Wortes – ja. Und die Kinder haben es heute wieder gesehen, aber es war unscharf, unbestimmt, nicht wie sonst. Ich vermute, daß Sie es im Geiste sahen, als Sie in Gefahr waren.«

»Mentale Telepathie ... Ist das Ihr Ernst?«

»O ja, und das wissen Sie genau.«

Rivers griff nach seinem Drink.

»Seien Sie doch nicht so zynisch, Jim«, bat Diane. »Akzeptieren Sie doch ausnahmsweise einmal, was Sie hören, *glauben* Sie einfach an die Aufrichtigkeit anderer Menschen.«

»Oh, an Ihrer Aufrichtigkeit zweifle ich nicht.«

»Lassen Sie uns nicht die ganze Debatte von vorne beginnen. Ich kann Ihnen keine Beweise liefern, aber im tiefsten Innern wissen Sie genausogut wie ich, daß etwas Ungewöhnliches – und das ist noch ein sehr milder Ausdruck – in der Welt um uns herum vorgeht. Josh und Eva haben irgendwie daran teil, das ist alles, was Sie mir glauben sollten.« Sie stellte ihre Beine auf den Boden und beugte sich zu ihm vor. »Und Sie ebenfalls, Jim. Auch Sie sind in das Geschehen verwickelt.«

# 12

Der von ICI gesponserte Vierundzwanzig-Stunden-Nachrichten-TV-Kanal des BBC beschäftigte sich natürlich in erster Linie mit dem Tagesereignis: der ›Großen Londoner Erderschütterung‹ (die ursprüngliche Bezeichnung ›Großes Londoner Erdbeben‹ war in späteren Berichten abgemildert worden). Stromleitungen waren mancherorts unterbrochen, nicht wenige Gebäude wiesen Risse auf, der öffentliche und private Verkehr war stark beeinträchtigt, die Themse war an einigen Schwachpunkten über die Ufer getreten, aber bisher waren nur vier Todesopfer gemeldet worden (einer von ihnen war der Mann, der vor Rivers' Augen in zwei Teile gespalten worden war). Allerdings gab es viele Verletzte. Rivers schaltete von einem der zehn Kanäle zum anderen um – SKY News meldete eine weitere Katastrophe: ein gewaltiger Hagelschlag über Los Angeles hatte viele Todesopfer gefordert und zu unzähligen Unfällen auf den Freeways geführt –, kehrte aber alle paar Minuten zum BBC Newsdesk mit den drei aufgeregten Berichterstattern zurück. Er mußte lächeln, als ausgerechnet die attraktive junge Dame aus dem Trio verkündete, daß keine weiteren Störungen erwartet wurden; ein Massenexodus aus der Hauptstadt war zweifellos das letzte, was sich die Lokalbehörden wünschten, denen nur ein mehr oder weniger symbolisches Ziviles Verteidigungskorps zur Verfügung stand.

Der Abend schien besonders früh und schnell hereingebrochen zu sein, was mit Sicherheit auf den Staub und feinen Sand in der Atmosphäre zurückzuführen war, und die Luft war jetzt sogar noch schwüler als tagsüber. Durch das vergitterte Fenster waren Stimmen zu hören: Viele Leute saßen auf den Stufen oder auf Stühlen, die in offene Türen gestellt wurden, eine Sitte aus alten Londoner Zeiten, die seit der Klimaerwärmung zu neuen Ehren gekommen war. Und das große Tagesereignis hatte den Wunsch nach einem Schwatz noch erheblich verstärkt.

Rivers schaltete eine Lampe ein, nachdem er und Diane sich in der letzten Stunde nur im flimmernden Licht des Fernsehers unterhalten hatten.

»Stört es Sie, wenn ich den Kasten jetzt ausmache?« fragte er.

»Ganz im Gegenteil«, antwortete sie, mit einer Zeitschrift fächelnd. »Ich glaube, wir wissen jetzt alles Notwendige über das heutige kleine Drama.«

Er schaltete das Gerät mit der Fernbedienung aus. »Haben Sie Hunger?«

»Ich bin am Verhungern.«

»Ich könnte uns etwas zubereiten, es sei denn, Sie möchten lieber essen gehen.«

»Ich glaube nicht, daß heute abend viele Restaurants geöffnet sind. Essen wir lieber hier.« Sie zupfte an ihrem Blusenkragen. »Macht es Ihnen etwas aus, wenn ich mich dusche? Ich fühle mich richtig klebrig.«

»Nur zu. Hinter der Badtür hängt ein zweiter Bademantel.«

»Als Reserve?«

»Gelegentlich ist das ganz nützlich.«

»Könnte ich vorher noch zu Hause anrufen, damit die Kinder sich keine Sorgen um mich machen?«

»Der Hauptanschluß ist in diesem Zimmer. Drücken Sie einfach auf die Taste P für ›Privacy‹, dann sind die Lautsprecher ausgeschaltet. Ich gehe in die Küche.«

»Das ist wirklich nicht nötig.«

»Schon gut, ich will uns ja sowieso schnell was zu essen machen. Mögen Sie Omelettes?«

»O ja.«

Er stand auf, nahm den Hörer von der Halterung an der Wand und reichte ihn Diane. »Kommen Sie rüber, wenn Sie fertig sind«, sagte er. »Duschen können Sie nach dem Essen.«

Im Kühlschrank fand er genug Eier für zwei Omelettes, schlug sie leicht schaumig und fügte einige Pilze und kleingeschnittenen Schinken hinzu. Diane kam herein, als er den Tisch deckte.

»Die Kinder haben es gesehen.«

»Das Beben?«

»Nein. Später. Sie haben den Hagelschlag über Los Angeles gesehen. Und sie haben auch das Licht wieder gesehen.«

Er hob die Omelettes aus der Pfanne auf die Teller. »Setzen Sie sich. Essen wir erst mal.«

Sie starrte ihn ungläubig an. »Ist das alles, was Sie dazu zu sagen haben? Josh und Eva hatten eine weitere Vision, haben Sie nicht gehört?«

»Doch, aber ich bin hungrig. Und Sie sind es auch.«

Sie nahm am Tisch Platz. »Wir dringen einfach nicht zu Ihnen durch, stimmt's?«

Er stellte die Pfanne auf den Herd zurück. »Vielleicht doch. Was Sie soeben erzählt haben, hat mich nicht gewundert, das ist alles. Vielleicht gewöhne ich mich allmählich an die Idee.«

»Endlich.«

»Ich sagte ›vielleicht‹. Erzählen Sie mir von Ihrem Anruf.«

Sie führte den ersten Bissen mit der Gabel zum Mund. »Mmm, nicht schlecht«, kommentierte sie gleich darauf. »Sie sind offenbar daran gewöhnt, für sich selbst zu sorgen.«

»Jahrelanges Training. Die Kinder – was ist passiert?«

»Ich habe mit Bibby gesprochen. Sie hatte sich große Sorgen um uns beide gemacht. Anscheinend waren die ersten Berichte über das Beben maßlos übertrieben. Sie war sehr beruhigt, als ich ihr sagte, die Schäden seien relativ begrenzt. Aber als sie hörte, daß Sie mittendrin waren, war sie ganz betroffen.«

Er nahm ihr gegenüber Platz.

»Josh und Eva fielen wieder einmal in Trance – obwohl Trance eigentlich nicht der richtige Ausdruck ist. Sie stellen einfach ihre jeweilige Tätigkeit ein und werden ganz still und ruhig. Wenn man sie sieht, könnte man glauben, sie lauschten aufmerksam auf irgend etwas – wissen Sie, sie schauen dann nie geradeaus, sondern immer zur Seite, wie wenn man etwas hört, aber sich nicht ganz sicher ist, woher es kommt. Nach einer Weile schließen sie dann die Augen.«

Rivers begann zu essen, nahm den Geschmack aber kaum wahr.

»Manchmal sind sie einige Minuten wie weggetreten«, fuhr Diane fort, »manchmal nur wenige Sekunden. Heute war es schnell vorbei. Sie haben das kleine Licht gesehen und dann große Steine, die vom Himmel fielen und jeden, den sie trafen, töteten oder verletzten.«

»Hagelkörner.«

»Riesige Hagelkörner. Ein unglaublicher Hagelschlag. Und das ausgerechnet in Los Angeles.«

»Wußten die Kinder, wo es passierte?«

»Sie wußten, daß es jenseits des Ozeans war. Fragen Sie mich nicht, wie – sie scheinen die Entfernung irgendwie zu spüren.«

Rivers hatte sich überlegt, ob die Kinder das, was sie sahen, mit dem herabstürzenden Glas beim Londoner Erdbeben verwechselt haben könnten.

»Sie beschrieben auch die Straßen, teilweise hoch in der Luft.«

Nein, keine Verwechslung, aber ihm fiel etwas anderes ein. »Könnten sie es in den Nachrichten gehört oder gesehen haben?«

»Wir haben den ersten Bericht darüber vor höchstens zwanzig Minuten gehört, und Bibby schwört, sie hätten die Nachricht auch erst zu dieser Zeit gehört. Die Kinder hatten ihre Vision eine gute Stunde zuvor, so gegen halb sechs unserer Zeit.«

Rivers hatte nur wenige Bissen gegessen, nicht etwa, weil ihm der Appetit vergangen war, sondern weil er von Anfang an keinen großen Appetit gehabt hatte. Er holte eine Dose Bier aus dem Kühlschrank, bot sie Diane an, und als sie dankend ablehnte, goß er das Bier in sein leeres Wodkaglas.

»Warum Josh und Eva?« fragte er, während er wieder Platz nahm. »Was haben sie so Besonderes an sich?«

»Wir sind nicht sicher, daß sie überhaupt etwas Besonderes an sich haben. Wir glauben, daß es andere wie sie gibt. Wissen Sie, die Kinder selbst sind sich bewußt, daß auch andere diese... diese Erfahrungen – oder wie immer man es nennen will – machen.«

»Wie viele andere?«

»Das läßt sich unmöglich sagen. Was uns Angst macht, ist, daß die Zwillinge daneben auch eine Bedrohung spüren, irgendwelche Kräfte des Bösen, die gegen sie gerichtet sind.«

Rivers war immer noch viel zu erschöpft, um erneut unwillig zu reagieren. Außerdem wäre es sinnlos gewesen: Nichts, was er sagen könnte, würde dieser Frau – und ihrer Familie – verständlich machen, wie lächerlich ihre Geschichte war. Er versuchte abzulenken: »Erzählen Sie mir mehr von Josh und Eva. Sie sagten, sie seien rumänische Waisen...«

Diane durchschaute sein Ablenkungsmanöver und konnte nur mit Mühe eine leichte Gereiztheit unterdrücken. Verdammt, kam man denn an diesen Mann überhaupt nicht heran? »Tony und ich wußten schon, bevor wir heirateten, daß wir nie Kinder haben würden – es lag an mir, nicht an ihm. Ich werde Sie nicht mit den medizinischen Ursachen langweilen – Verklebung der Eileiter und all so was. Aber im Laufe der Jahre wurde mein Wunsch nach Kindern immer übermächtiger, vielleicht weil ich glaubte, dadurch eine schwierige Ehe retten zu können, vielleicht aber auch einfach aus ganz natürlichen mütterlichen Instinkten heraus. Vermutlich kam beides zusammen. Aber hierzulande ist Adoption keine einfache Sache. Die Wartelisten sind so lang, die Anforderungen so hoch, und Tony... nun ja, Tony hatte gewisse Probleme, die leider auch anderen Menschen nicht verborgen blieben.«

Rivers war neugierig, stellte ihr aber keine Fragen.

»Sogar private Agenturen machten uns keinerlei Hoffnungen. Und dann – vielleicht erinnern Sie sich noch daran – dann ging die Nachricht von den rumänischen Kindern durch die Welt, von den vielen ausgesetzten oder verwaisten Kindern, die in erbärmlichen Heimen dahinvegetierten oder an Unterernährung und fehlender Pflege starben. Der Westen erfuhr davon, nachdem der rumänische Führer Ceausescu und seine Frau von ihren eigenen Landsleuten erschossen worden waren und die Demokratiebestrebungen in Gang kamen. Es dauerte seine Zeit, aber ich zog Erkundigungen ein, buchte einen Flug und suchte zwei Wochen lang die Waisenhäuser von Bukarest ab.«

»Ohne Ihren Mann?«

»Tonys Mutter, Bibby, begleitete mich.«

»Legten die dortigen Behörden denn keinen Wert darauf, beide Ehepartner zu sehen?«

Sie lächelte grimmig. »Glauben Sie mir, niemand hatte auch nur das geringste Interesse daran, uns irgendwelche Steine in den Weg zu legen. Die Rumänen waren froh, wenn es ein paar hungrige Mäuler weniger zu stopfen gab. Zwar gab es Spenden aus aller Welt, aber die finanziellen Mittel waren nach wie vor sehr begrenzt. Außerdem interessierten sich die Behörden nicht für das Schicksal dieser Kinder. Oh, es war nicht ganz so einfach, wie es sich vielleicht anhört; nichts wurde unversucht gelassen, um Kontakt mit der Mutter aufzunehmen, und das konnte Wochen oder auch Monate dauern. Wenn man sie gefunden hatte, mußte sie überredet werden, die nötigen Papiere zu unterschreiben. Bargeld konnte dabei manchmal sehr hilfreich sein, aber in den meisten Fällen war es nicht mal notwendig.«

Sie hatte ihr Omelette aufgegessen und schob den Teller weg. »Sie machen mit Ihrem keine großen Fortschritte.« James deutete auf seinen Teller.

»Ich bin nicht besonders hungrig.« Er führte eine Gabel zum Mund, um sie zufriedenzustellen.

»Haben Sie Wasser?«

»Im Kühlschrank steht welches.«

Sie holte eine viereckige Plastikflasche heraus und goß das reine Wasser in ein frisches Glas. »Wie schon gesagt – wir haben in allen Bukarester Waisenhäusern gesucht, aber... na ja, irgend etwas stimmte nicht – besser kann ich es einfach nicht ausdrücken.« Sie schüttelte den Kopf, obwohl er gar keine Frage gestellt hatte. »Tut mir leid, ich habe dafür keine Erklärung. nennen Sie's Instinkt oder...«

»Intuition?«

»Auf die Gefahr hin, meine Glaubwürdigkeit weiter zu erschüttern – ja, eine Intuition. Dann hörten wir von einem Ort am Rand von Moldawien, einer Institution für die ›hoffnungslosen Fälle‹, wie die Rumänen es ausdrückten. AIDS-infizierte Babys, körperlich Behinderte und Zigeunerkinder. Sie können sich überhaupt nicht vorstellen, wie wenig die Rumänen am Schicksal von Zigeunerkindern interessiert sind, speziell, wenn diese ausgesetzt wurden. Man behandelte sie damals kaum besser als wilde Tier, man hielt sie von den anderen Kindern streng getrennt und fütterte sie nur mit Resten – und in jenen Heimen gab es nicht viele Reste. Gott sei Dank hat die neue Regierung jetzt endlich die Verantwortung für solche Institutionen übernommen. Damals – und vielleicht sogar noch heute – wurden diese Kinder als ›erblich belastet‹ angesehen. Wir fanden Josh und Eva in einem schmutzigen Kellerraum von der Größe eines Wandschranks; sie teilten sich ein Bettchen, ihre kleinen Körper waren völlig ausgemergelt, und sie hatten große, unglaublich ausdrucksvolle blaue Augen. Babys, kleine Babys, vier oder fünf Monate alt. Die Schwestern hatten sich nicht einmal die Mühe gemacht, ihnen Namen zu geben.«

In Dianes Traurigkeit schwang ein unterdrückter Zorn mit, der ihre Gesichtszüge verhärtete.

»Aber diese Augen, diese strahlend blauen Augen... Zigeunerkinder mit blauen Augen! Vielleicht waren es diese Augen, die eine magische Anziehungskraft auf uns ausübten. Nein, es muß etwas Stärkeres gewesen sein, etwas Unerklärliches. Mitleid? Es gab so viele Kinder, die unser Mitleid erweckten. Aber wir wußten sofort, daß wir diese beiden nach Hause mitnehmen würden. Es kostete uns eine Menge Aufwand und unzählige Diskussionen, aber schließlich hatten wir alle notwendigen Dokumente beisammen. Letztlich verweigerte uns niemand seine Unterschrift – vom Bürgermeister dieser Stadt bis hin zum kleinsten Angestellten der Lokalbehörde. Sechs Wochen später konnten wir mit den Babys nach Hause fliegen.«

Rivers nippte an seinem Bier. Die Luft war schwül und elektrisch geladen, so als braue sich ein Gewitter zusammen. Er schaute aus dem Küchenfenster, konnte am halbdunklen Himmel aber keine Wolken entdecken.

Er fuhr mit einem Finger über den Glasrand. »Wissen sie, daß sie adoptiert sind?«

»Selbstverständlich. Ich habe es ihnen erzählt, sobald sie alt genug waren, um es zu begreifen, aber gleichzeitig noch jung genug, um keine große Affäre daraus zu machen. Sie wissen, daß sie Zigeunerkinder sind, und es macht ihnen überhaupt nichts aus. Ganz im Gegenteil – irgendwie gefällt ihnen diese Vorstellung.«

»Als Sie sie gefunden haben, waren sie da...?« Er wußte nicht, wie er es ausdrücken sollte.

»Normal?« half sie ihm aus der Klemme. »Sogar Babys registrieren genau, wenn sie mißhandelt werden. Aber mit der Zeit haben sie sich an Liebe und zärtliche Fürsorge gewöhnt. Wenn Ihre Frage aber darauf abzielt, ob sie ein ungewöhnliches Verhalten an den Tag legten, so lautet die Antwort – nein. Abgesehen von diesen strahlend blauen Augen, die einem bis auf den tiefsten Grund der Seele zu schauen schienen, waren sie ganz normale Kinder, obwohl die besondere Affinität zwischen Zwillingen bei ihnen vielleicht extrem stark ausgeprägt war, so als wären sie in Denken und Handeln manchmal tatsächlich eins. Sie müssen so etwa vier Jahre alt gewesen sein, als ihre besonderen Gaben uns erstmals auffielen.«

»Sie erwähnten heute morgen und vorhin auch wieder, daß jemand ihnen etwas zuleide tun will. Irgendwelche Kräfte des Bösen, so haben Sie sich ausgedrückt. Was – was *genau* – meinen Sie damit?«

»Ich wünschte, ich wüßte es. Es ist einfach ein Gefühl, das die Kinder haben.«

Er schnitt eine Grimasse über die unbefriedigende Antwort.

»Also gut. Sie sagten auch, ich wäre irgendwie in die Ereignisse verwickelt. Können Sie *das* erklären?«

Die Ellbogen auf den Tisch gestützt, spreizte sie ihre Hände. »Ich wünschte, ich könnte es. Irgendwie sehen die Kinder einen engen Zusammenhang zwischen Ihnen und dem Licht, vielleicht weil Sie zur Zeit der einzige lebende Augenzeuge sind, den wir kennen. Sagen Sie bitte – waren Sie vor dem Flugzeugabsturz der einzige an Bord, der dieses Licht gesehen hatte?«

»Jeder, der hinausschaute, konnte es sehen.«

Sie saß eine Weile nachdenklich und mit besorgter Miene da. »Werden Sie mich nach Hause begleiten und mit Josh und Eva sprechen?«

Er lehnte sich zurück und antwortete nicht sofort. Dann: »Worüber sollen wir denn sprechen?«

Sie wirkte etwas verlegen. »Okay, ein Punkt für Sie. Aber ich weiß einfach, daß Sie und die Kinder zusammenkommen müssen. Außerdem legt Poggsy nach wie vor großen Wert auf Ihre Hilfe, um die richtigen Leute zu überzeugen, etwas für die Umwelt zu tun.«

»Die richtigen Leute tun etwas.«

»Aber nicht genug. Gezielte und energische Maßnahmen wären vonnöten.«

»Und wer, zum Teufel, würde mir zuhören?« Er dachte an seine Unterredung mit Sheridan am Vormittag. Diese Leute schienen seinen Einfluß gewaltig zu überschätzen.

»Sie wären ein wichtiges Mitglied einer ernstzunehmenden Bewegung. Hugo hat überallhin Kontakte, und diese Leute sind durchaus keine versponnenen Baumfreunde, keine Umweltschützer der naiven Sorte. Wie hätten wir sonst so viel über Sie herausfinden können?«

Ja, wie? Offenbar gab es auch in seiner eigenen Institution frustrierte Leute.

Diane beugte sich näher zu ihm herüber. »Als Sie heute morgen wegfuhren, waren die Kinder ganz verstört. Im ersten Moment nicht, aber nach einer Stunde oder so. Eva sagte mir, sie und Josh wollten unbedingt den Licht-Mann wiedersehen.«

»Ich bin der Licht-Mann?«

»Die Namen, die sie erfinden, sind immer einfach und direkt. Das ist ein weiterer Grunde, weshalb ich glaube, daß Sie irgendwie in diese Sache verstrickt sind, ob Ihnen das nun gefällt oder nicht.«

Er faßte einen Entschluß. »Also gut, ich komme mit, obwohl ich nichts von all dem glaube. Aber ich weiß sowieso nicht, was ich mit dem Rest der Woche anfangen soll – mir wurde befohlen, Urlaub zu nehmen. Also, warum nicht, was habe ich schon zu verlieren.«

Sie grinste. »Richtig, was haben Sie zu verlieren?« Sie prostete ihm mit ihrem Glas zu, bevor sie das Wasser trank. »Nachdem Ihr Wagen ja außer Gefecht ist, bringe ich Sie morgen selbst hin.«

»Sie können doch unmöglich hin- und herfahren.«

»Das habe ich auch gar nicht vor. Lassen Sie mich hier übernachten. Ihr Sofa sieht bequem aus.«

»Ich... äh... ich könnte mit dem Zug fahren.«

»Mein Gott, Sie sehen ja ganz verwirrt aus. Ich tu Ihnen bestimmt nichts.«

»Nein, ich meine, ja, natürlich können Sie hierbleiben. Es ist nur...«

Sie lachte. »Ihre angeborene englische Reserve. Altmodisch, sehr altmodisch. Ich werde noch einmal in Hazelrod anrufen und Bibby über die neueste Entwicklung in Kenntnis setzen. Und dann werde ich endlich duschen.«

Rivers konnte nur nicken, während er sich fragte, worauf er sich da eingelassen hatte.

Rivers würde auf dem Sofa schlafen.

Diane hatte nach anfänglichem Widerspruch seinem Drängen nachgegeben, sie solle sein Bett benutzen. Er wechselte schnell das Bettzeug und bot ihr ein Pyjamaoberteil – »Bei der Hitze? Sie wollen mich wohl auf den Arm nehmen!« – und eine neue Zahnbürste an. Während sie duschte, telefonierte Rivers mit dem US Geological Survey's National Information Service in Golden, Colorado, einer Institution, die mit Hilfe eines internationalen Telemetrienetzes jede kleine oder große Erschütterung auf dem Planeten messen konnte. Mit ihren fast siebenhundert Stationen, die regelmäßig meldeten, und dreitausend weiteren, die auf Anfrage Informationen lieferten – etwa sechzigtausend seismische Angaben pro Monat, wobei alle Daten in den Computern des Zentrums gespeichert wurden –, war es für Meteorologen und Wissenschaftler in aller Welt die detaillierteste und umfassendste Informationsquelle. Weil Erdbeben – zumindest *schwere* Erdbeben – die regionalen Seismographen oft überforderten, konnten Institutionen in einiger Entfernung meistens genauere Angaben liefern. Rivers' Anruf in Colorado hatte allerdings einen rein praktischen Grunde – in seinem eigenen Institut waren nach wie vor sämtliche Leitungen besetzt. Er wollte ganz einfache Auskünfte: Hatte sich unterhalb von London eine neue Verwerfung gebildet, oder hatte sich eine alte – und bisher unbedeutende – bewegt? Und in welchem Umkreis war das Beben zu spüren gewesen? Er erfuhr, daß der Riß – es *war* eine neue Verwerfung, soweit man wußte – knapp fünfzig Kilometer unter der Erdoberfläche entstanden war, und die Computeranalyse verschiedener Seismogramme hatte ergeben, daß die Erschütterungen noch in etwa achtzig Kilometer Entfernung spürbar gewesen waren. Die meisten Schäden waren jedoch innerhalb der zentralen Quadratmeile Londons entstanden. Rivers bedankte sich bei seinem Informanten, hängte ein und zündete sich nachdenklich eine Zigarette an. Es ergab keinen Sinn, nicht den geringsten. Es war so, als würde die Welt von einer Katastrophe zur anderen taumeln, immer schneller, immer unaufhaltsamer. Worauf steuerte das alles zu?

Er grübelte noch immer über dieser Frage, als Diane fünf Minuten später ins Zimmer trat. Sie trug einen Bademantel, der ihr viel zu groß war, und ihre Haare umrahmten glatt und dunkel ihr Gesicht.

»Wissen Sie, wenn ich Ihre grimmige Miene sehe, bin ich

fast geneigt, Ihnen zu sagen, daß dies nicht das Ende der Welt ist«, bemerkte sie.

Sie begriff nicht, warum er bei ihren Worten in schallendes Gelächter ausbrach.

Das Nachbeben ereignete sich um 1.22 Uhr.

Überall im Zimmer begannen Gegenstände zu vibrieren – ein Aschenbecher auf dem Couchtisch, die beiden leeren Kaffeetassen daneben, Kugelschreiber und Bleistifte in einem Becher auf dem Bücherregal, die kleine Messinglampe auf dem Kaminsims. Einer der silbernen Fotorahmen auf dem Sideboard fiel zu Boden, die Bilder an der Wand schaukelten, die Palme am Fenster tanzte eine Gigue.

Rivers fuhr aus dem Schlaf und spürte die Vibration durch das Sofa hindurch. Das Rumpeln war diesmal gedämpft, schien aus großer Tiefe zu kommen. Im Flur krachte etwas zu Boden, vermutlich ein Bild. »O Gott...«, murmelte er.

Seine Schlafzimmertür flog auf, und Diane stand auf der Schwelle; sie hatte den Bademantel nur über die Schultern geworfen und hielt ihn mit einer Hand vorne zusammen. Mit der anderen umklammerte sie die Türklinke.

»Ist das ein weiteres Erdbeben?« fragte sie mit zittriger Stimme.

»Es wird bestimmt bald vorbei sein«, beruhigte er sie rasch.

Sie lief durchs Zimmer und kauerte sich neben das Sofa. Auf einen Ellbogen gestützt, zog er sie an sich. »Es wird sicher gleich aufhören«, versicherte er wieder.

Diane vergrub ihr Gesicht an seiner nackten Brust, und ihre Stimme klang erstickt. »O Scheiße, das gefällt mir gar nicht!«

Sie zuckte erschrocken zusammen, als zwei oder drei Bücher aus dem Regal fielen und Rivers' Stock, der in einer Ecke gelehnt hatte, aufs Parkett knallte.

Das Dröhnen wurde intensiver, obwohl es immer noch weit entfernt schien. Die Fenster klirrten in den Rahmen.

Dann, von einer Sekunde zur anderen, verebbte der Lärm, die Vibration hörte auf, und alles war wieder ruhig und still.

Rivers' Finger glitten von Dianes Rücken zu ihrem Nacken hoch, strichen ihr übers Haar. Sie schmiegte sich noch immer an ihn. »Es ist vorbei«, flüsterte er. »Alles ist in Ordnung.«

Langsam hob sie den Kopf, und er konnte im Dunkeln sehen, daß ihre Augen groß und ängstlich warne. »Bist du sicher, daß es kein zweites Erdbeben ist?«

»Nur das Nachbeben. Es könnte weitere geben.«

»O Gott, hoffentlich nicht!« Als sie sich von ihm löste, rutschte ihr der Bademantel von einer Schulter. Sie schob ihn wieder hoch und hielt den Stoff fester zusammen. Von der Straße waren Schreie zu hören. Fenster und Türen wurden geöffnet. In der Wohnung im ersten Stock rannte jemand herum.

»Na, jetzt weißt du, wie tapfer ich bin«, sagte sie trocken, wenngleich noch etwas zittrig.

»Du hast nicht geschrien.« Auch er duzte sie jetzt ganz selbstverständlich.

»Der Schreck hat mir die Sprache verschlagen, glaube ich. Jetzt könnte ich einen Drink vertragen, irgendwas Kräftiges. Und du?«

»Hört sich nicht schlecht an. Brandy soll gut zur Nervenberuhigung sein.« Er setzte sich auf. »Äh...«

»Bleib, wo du bist, ich kenne deine Schamhaftigkeit ja schon. Laß mich die Drinks holen. Wenn meine Beine mich tragen und ich etwas Licht habe...«

»Probier's mit der Lampe auf dem Kamin, aber paß auf den Couchtisch auf.«

Er beobachtete den grauen Schatten, der sich vorsichtig durchs Zimmer bewegte, leicht gebückt, einen Arm tastend ausgestreckt. »Ich kann sie jetzt erkennen. Ja, hat sie schon. Jetzt muß ich nur noch den Schalter finden. Schließ die Augen.«

Sie machte Licht, wandte ihm den Rücken zu, schob ihre Arme in die Ärmel und knotet den Bademantel in der Taille zu. Dann drehte sie sich wieder um, und obwohl ihr Gesicht noch bleich war, brachte sie ein kleines Lächeln zustande.

Er stellte seine Füße auf den Boden, wobei ein scharfer

Schmerz durch sein Bein schoß, und schlang das Laken um seine Hüften, bevor er nach der Zigarettenschachtel auf dem Couchtisch griff, eine Zigarette anzündete und sich dann wieder zurücklehnte, während Diane mit Gläsern klirrte.

»Sind das deine Eltern?« hörte er sie sagen.

Er drehte sich um und sah, daß sie das Foto aufgehoben hatte. »Ja.«

»Sie sehen nett aus. Freundlich.«

»Das waren sie auch.«

»Oh, tut mir leid.«

Er zog an seiner Zigarette.

»Und das Familienfoto?« Sie betrachtete das andere Bild auf dem Sideboard. »Der Mann sieht so aus, als könnte er dein Bruder sein.«

»Ja, mein jüngerer Bruder. Er lebt mit seiner Familie jetzt in Kanada.«

Sie füllte die Gläser nicht zu knapp bemessen und brachte ihm seines. »Keine anderen nahestehenden Menschen?« erkundigte sie sich. »Ich hatte ein, zwei Freundinnen erwartet, vielleicht sogar eine Exfrau.«

»Nein, ich war nie verheiratet.«

»Und sonst?«

Der Brandy wärmte seine Kehle. Er nahm einen zweiten, größeren Schluck. »Ich war nicht immer allein, wenn es das ist, was dich interessiert.«

»Hat das Zusammenleben nicht geklappt?«

»Wir hatten keine Gelegenheit, es auf Dauer auszuprobieren. Damals erkannte niemand, welche Bedrohung erneut von den Tropenkrankheiten ausging, weil einige Erreger völlig resistent gegen Impfstoffe geworden waren. Laura erkrankte nach einem gemeinsamen Urlaub in Malaysia, aber wir hielten es zunächst für eine Influenza. Es war Malaria, und zwei Wochen später war sie tot.«

Diane kniete sich neben ihn auf den Teppich, einen Ellbogen auf der Sofakante. »Das ist schrecklich... Kaum zu glauben...«

»Das ist jetzt sechs Jahre her. Erst die rapide Zunahme an Todesfällen durch Malaria schreckte die Medizin auf, aber allen Bemühungen zum Trotz hat sich die Lage seitdem weiter verschlimmert – es müssen immer stärkere Impfstoffe produziert werden.«

»Hast du... hast du ein Foto von ihr?« Diane konnte selbst nicht verstehen, warum sie so neugierig auf diese Frau war, die Rivers geliebt hatte.

»Nein.« Er lächelte ihr zu, und sie sah eine Härte in seinen Zügen, die ihr bisher nicht aufgefallen war. Sie wartete darauf, daß er weiterreden würde, aber er nippte nur wieder an seinem Brandy. Draußen erstarben die Geräusche allmählich; die Leute schlossen Fenster und Türen, zweifellos in der Hoffnung, daß die Aufregung für diese Nacht vorbei war. Aus der Wohnung im ersten Stock waren gedämpfte Stimmen zu hören, aber bald trat auch dort Stille ein.

»Jetzt bist du an der Reihe – erzähl mir von deinem Mann, Diane.«

Sie akzeptierte es, daß er das Thema wechselte, um nicht weiter über sich sprechen zu müssen.

Achselzuckend erklärte sie: »Wie schon gesagt – Tony ist tot.«

»Und damit hat sich's?«

»Möchtest du die ganze Geschichte hören?«

»Nicht unbedingt.«

»Die nackten Tatsachen?«

»Wenn du sie mir erzählen willst.«

»Ich hol' die Flasche, okay?«

Er nickte, und Diane brachte den Brandy, füllte ihr eigenes Glas und streckte ihm die Flasche hin. Er nahm das Angebot an, schob den Flaschenhals aber mit dem Glasrand hoch, als sie zuviel eingießen wollte. Diane lehnte sich wieder ans Sofa, und er registrierte unwillkürlich, wie weiß und glatt die Haut ihrer Schenkel war, bevor sie den Bademantel darüber zog.

»Tony war ein Alkoholiker«, bekannte sie unumwunden. »Hast du jemals eines dieser zweiköpfigen Monster gekannt,

Jim? Ich meine – wirklich gekannt, nicht nur gewußt, daß der oder jener ein bißchen zu oft zur Flasche zu greifen scheint?« Sie erwartete offenbar keine Antwort auf ihre Frage. »Wir lernten uns kennen, als ich Schwesternschülerin am Massachusetts General Hospital in Boston war. Er wurde eines Nachts mit einem gebrochenen Kiefer eingeliefert – anscheinend hatten er und seine Freunde sich die falsche Bar ausgesucht, um Examensschluß zu feiern. Der Barmann hatte für Studenten in gehobener Stimmung nichts übrig, und als Tony immer mehr außer Rand und Band geriet, wurde er auf sehr unsanfte Weise vor die Tür gesetzt. Niemand wußte genau zu sagen, ob er sich den Kiefer gebrochen hatte, als er auf dem Gehweg landete, oder ob die Faust des Barmanns den Schaden angerichtet hatte. Tonys Freunde waren nicht in der Verfassung, irgend etwas beurteilen zu können.«

»Ich verstehe nicht – was hat er denn in Boston gemacht?«

»Oh, er war Austauschstudent. Das war zu jener Zeit sehr beliebt. Er strebte einen Abschluß in Sprachen am Boston College an. Schaffte ihn auch. Tony war sehr intelligent, das muß man ihm lassen. Na ja, obwohl er nicht viel reden konnte, spann sich zwischen uns eine Beziehung an, während er im Krankenhaus lag. Nach seiner Entlassung gingen wir oft zusammen aus, und damals dominierte noch sein positiver Kopf – der negative übernahm erst viel später die Kontrolle.« Sie blickte nachdenklich in ihr Glas. »Ich habe seine Eltern, Hugo und Bibby, erst kennengelernt, als Tony mich hierher nach England brachte, und damals waren wir schon verheiratet.«

»Und waren sie mit seiner Wahl einverstanden?«

»Einverstanden?« Sie tätschelte sein Knie. »Du bist wirklich sehr altmodisch, stimmt's? Oh, ich glaube, sie waren sehr erfreut. Später habe ich erfahren, daß Tony nie leicht zu behandeln war, obwohl er im Grunde nichts Böswilliges an sich hatte. Vermutlich wollte er einfach das Leben genießen und sonst nichts, und anfangs war ich genauso. Aber allmählich begann ich mich für die Arbeit seines Vaters zu interessieren. Poggsy kämpfte schon damals für die Umwelt, lange bevor das

Thema so aktuell und populär wurde. Er begriff die Dringlichkeit der Situation. Bald war ich derart fasziniert, daß ich mich um andere Dinge kaum noch kümmerte, und das trug natürlich nicht gerade dazu bei, die Beziehung zu Tony zu verbessern, eine Beziehung, um die es ohnehin nicht mehr zum besten stand. Vielleicht flüchtete ich mich in die Arbeit, weil er so viel trank. Es war ein Teufelskreis, in den wir gerieten: Je mehr er trank, desto mehr vergrub ich mich in Poggs' Arbeit, und je mehr ich das tat, desto häufiger griff Tony zur Flasche. Aber immerhin wurden mir allmählich einige Gründe für Tonys Schwäche klar. Zum einen hatte er den Leistungen seines Vaters nichts Gleichwertiges entgegenzusetzen, und zum anderen konnte er auch nicht den Idealen seiner Familie entsprechend leben, während ich mich zunehmend mit diesen Idealen identifizierte. Okay, das ist die vereinfachte Version, aber was soll's, der Morgen ist noch weit.«

Diane lächelte, aber Rivers spürte, daß sich dahinter viel Schmerz verbarg.

»Wir alle suchten nach Entschuldigungen für ihn. Das tut wohl jeder, der einen Trinker liebt. Ich bin keine Psychologin, und deshalb kann ich nicht beurteilen, ob es zu vermeiden gewesen wäre, da seine Frustration schließlich auch in anderen Formen zutage trat.«

»Er wurde gewalttätig dir gegenüber.«

Sie sah erstaunt auf.

»Für deine Bitterkeit mußte es noch andere Gründe als die Trunksucht geben«, bot er als Erklärung an.

»Ist mir diese Bitterkeit so stark anzumerken?«

»Nein, so gut wie gar nicht. Aber ich hatte schon heute abend den Eindruck, als seist du über seinen Tod nicht allzu traurig.«

»Trauer hält nicht ewig an. Außerdem gebe ich gern zu, daß Tonys Tod in mancher Hinsicht eine Erleichterung bedeutete. Ich weiß, das hört sich schrecklich an, aber du kannst dir nicht vorstellen, wie destruktiv er war, sich selbst und seiner Umgebung gegenüber. Ich hatte gehofft, daß er sich nach der Adoption der Kinder verändern würde – und ich glaube, in lichten Momenten hatte er das gleiche Gefühl. Doch als ich dann mit den Babys aus Rumänien zurückkam, wurde alles nur noch schlimmer. Frag mich nicht, warum – vielleicht erkannte er, daß es nun ein weiteres Ideal gab, dem er sich nicht gewachsen fühlte. Vielleicht war das alles für ihn einfach zuviel.«

Das weiche Lampenlicht spiegelte sich in ihren feuchten Augen. »Als die Zwillinge größer wurden und sich zu richtigen kleinen Persönlichkeiten entwickelten, begann er sie zu hassen. Nicht daß er grausam zu ihnen gewesen wäre, das nicht, aber er hat sie nie ... nie *liebgewonnen*, er war immer kalt zu ihnen. Und zornig. Diesen Zorn konnte ich am allerwenigsten verstehen, aber er war unübersehbar, eine Art gärendes Ressentiment. Irgendwie hatte er wohl das Gefühl, als würden sie ihm den Spiegel vorhalten, und deshalb fürchtete er sich vor ihnen. Als die Kinder fünf Jahre alt waren, versuchte Tony eines Tages, Josh zu verletzen.«

Sie verstummte, so als brauchte sie eine Ermutigung, um fortzufahren. Rivers sagte leise, ohne sie zu drängen: »Erzähl es mir.«

Diane fuhr mir steifen Fingern am Glasrand entlang. Im Geiste erlebte sie noch einmal jene alptraumhafte Szene, über die sie auch heute noch kaum sprechen konnte. Doch schließlich zwang sie ihre Hand zur Ruhe und blickte Rivers fest in die Augen. »Wir lebten damals alle in Hazelrod. Tony und ich hatten mehrmals versucht, es allein zu schaffen, aber er war so labil, und er trank noch mehr als sonst, wenn Hugos und Bibbys Einfluß fehlte. Und je mehr ich mich an Hugos Arbeit beteiligte, desto vernünftiger war es natürlich, unter einem Dach zu leben. Bibby konnte sich dort mehr um die Kinder kümmern, und ... na ja, offen gesagt, war die ganze Athmosphäre in Hazelrod einfach viel gesünder.

Poggsy und ich waren im Arbeitszimmer, als wir Eva schreien hörten. Wir fanden sie auf der Treppe, schreckensbleich, und wir hörten Tony oben im Schlafzimmer brüllen. Als wir ins Zimmer stürzten, drückte er Josh ein ganzes Stück vom Boden entfernt an die Wand, seine Hände um Joshs Hals gelegt.«

»O Gott...«

»Ja, o Gott!« Diane stellte ihr Glas auf dem Couchtisch ab und verschränkte ihre Finger, ohne den Ellbogen vom Sofa zu nehmen. »Tony hatte einen Rausch ausgeschlafen, und als er aufwachte, standen die Kinder im Schlafzimmer. Soweit wir Tonys unzusammenhängendem Geschrei entnehmen konnten, hatten sie nichts anderes getan, als ihn zu beobachten, während er auf dem Bett herumlag. Warum ihn das derart in Rage brachte, weiß ich beim besten Willen nicht. Er tobte wie ein Irrer. Die Kinder würden ›in seiner Seele herumstöbern‹, kreischte er. Das waren seine Worte. Sie ergaben überhaupt keinen Sinn.

Josh war ganz still und passiv. Er versuchte nicht, sich zu wehren, er hing einfach steif an der Wand, und einen schrecklichen Moment lang dachten wir, er sei schon tot. Ich packte Tony bei den Haaren und zog seinen Kopf nach hinten, während Hugo versuchte, Tonys Hände von Joshs Kehle wegzureißen. Es war ein Kampf, und ich dachte, daß wir ihn verlieren würden, denn Tony hatte die Kräfte eines Irren. Dann hörte er plötzlich von selbst auf, so als wäre ihm endlich zu Bewußtsein gekommen, was er machte. Er ließ Josh auf den Boden fallen, beugte sich über ihn und starrte lange auf den kleinen Körper hinab – zumindest kam es uns wie eine Ewigkeit vor. Wir hielten ihn immer noch fest, hatten Angst, ihn loszulassen, doch dann fiel er auf die Knie, vergrub seinen Kopf in den Armen und heulte wie ein Kind.

Wir trugen Josh hinaus und trösteten ihn, aber er war ganz ruhig und zitterte nicht einmal, obwohl er leichenblaß war. Als er Eva sah, umklammerten sie einander, so als zählte für sie beide sonst niemand auf der Welt. Sie schlossen uns total aus, und das tat weh... Es rief mir schmerzhaft in Erinnerung, daß diese Kinder nicht mein Fleisch und Blut waren, daß ihre enge Verbundenheit mich nie mit einschließen würde.

Danach erlaubten wir Tony nie mehr, mit den Zwillingen allein zu bleiben. Ich war drauf und dran, unsere Koffer zu packen und mit ihnen das Haus zu verlassen, aber Bibby überredete mich, in Hazelrod zu bleiben. Und Tony selbst war völlig zerknirscht. Er versank nur noch tiefer in seinem Kummer und Selbsthaß und flehte uns an, ihm zu verzeihen. Doch für mich war das Ende des Weges erreicht – ich konnte unser völlig verpfuschtes gemeinsames Leben nicht mehr ertragen. Die Vorstellung, daß die Kinder in Gefahr sein könnten... nein, das war einfach zuviel. Es war höchste Zeit für eine Trennung, und ich begann Pläne zu schmieden.

Doch eine Scheidung erwies sich als überflüssig. Zwei Wochen später war Tony tot – er kaum bei einem Autounfall ums Leben. Ja, er saß betrunken am Steuer – natürlich! Zum Glück brachte er nur sich selbst um; kein anderes Fahrzeug war beteiligt. Er prallte gegen die Leitplanken auf der Autobahn. Und vielleicht war das ein Segen, wer weiß? Wie hätte sein Leben ohne uns ausgesehen? Bei einer Scheidung hätte *er* gehen müssen, denn Hugo und Bibby hätten mich und die Kinder nie fortgelassen. Das wußte auch Tony genau.«

Dianes Stimme wurde fester. »Ich weiß, was du jetzt denkst, aber ich für meine Person glaube nicht, daß es Selbstmord war. Tony mag Gewissensbisse gehabt haben, aber er war viel zu egoistisch, um sich das Leben zu nehmen. Vermutlich ist er einfach am Steuer eingeschlafen, oder er konnte den Wagen nicht mehr unter Kontrolle halten. Dem Bericht des Gerichtsmediziners zufolge hatte er so viel Alkohol im Blut, daß er kaum noch gewußt haben konnte, wie man den Motor anläßt.«

Sie atmete tief durch, und ihr Körper entspannte sich, so als wäre eine Last von ihr abgefallen. »Jetzt kennst du also die ganze Geschichte. Bist du froh, gefragt zu haben?«

Er stellte sein leeres Glas neben ihres auf den Tisch.

»Sie sind ein Mann weniger Worte, Mr. Rivers. Hat Ihnen schon mal jemand gesagt, wie enervierend das sein kann? Manchmal...«

Er küßte sie zart.

Diane war viel zu überrascht, um irgendwie darauf zu reagieren.

Sein Gesicht dicht an ihrem sagte er: »Das einzige, was du mir nicht erzählt hast, ist, was du anfangs in ihm gesehen hast.«

Sie zuckte die Achseln. »Wir waren jung, er war charmant. Man darf die Blindheit der Jugend nicht unterschätzen. Ich brauche noch einen Drink.«

Er packte sie am Arm, als sie nach der Flasche greifen wollte. »Nein, du brauchst keinen mehr.«

Sie reagierte leicht verärgert. »Mach dir keine Sorgen, ich bin nicht wie Tony. Sein Beispiel war abschreckend genug. Aber vielleicht hast du recht – ich brauche keinen weiteren Drink. Warum hast du mich geküßt?«

Nun war er seinerseits überrascht. »Es kam mir einfach richtig vor.«

»Aus Mitleid?«

»O nein, bestimmt nicht.«

»Ich suche nicht nach einem anderen Mann, Jim. Josh und Eva nehmen meine ganze Liebe in Anspruch, und außerdem gibt es so viel zu tun. Poggsy ist erschöpft von seinen Bemühungen, den Leuten klarzumachen, daß sie nicht länger die Augen vor dem, was um sie herum geschieht, verschließen dürfen, und er braucht jede Hilfe, die ich ihm geben kann. Um seine Gesundheit ist es nicht besonders gut bestellt.«

Rivers legte ihr eine Hand auf die Schulter. »Vergiß, daß ich dich geküßt habe. Warum versuchen wir nicht, ein paar Stunden zu schlafen?«

Sie senkte den Kopf, so daß er ihre Augen nicht sehen konnte. »Ich will es nicht vergessen.« Ihre Hand berührte die seine. »Aber du hast recht, wir sollten jetzt schlafen. Etwas sagt mir, daß wir diesen Schlaf brauchen werden.«

Ein leichter, aber verwirrender Schauer überlief ihn, ausgehend von der Stelle, wo sie Hautkontakt hatten, vielleicht die unterbewußte Erkenntnis eines Gedankens, der viel zu subtil oder viel zu vage war, um Gestalt anzunehmen. Einen Moment lang flimmerte das sanfte Licht des weißen Lichtballs durch seinen Geist, doch dann wurde es abrupt von etwas Dunklerem überlagert, von einem ominösen Schatten, der finster hervorquoll, verblaßte, wieder auftauchte und schließlich verschwand.

Er lehnte sich erschrocken zurück, obwohl der Eindruck keineswegs sehr intensiv gewesen war; eine schwache, aber düstere flüchtige Wahrnehmung, ein milder aber unheilvoller Eingriff. Rivers holte tief Luft und konnte sich im nächsten Moment kaum noch an die seltsame Erfahrung erinnern, geschweige denn sie verstehen.

»Ist alles in Ordnung, Jim?« hörte er Diane fragen.

Und er wußte nicht, was er darauf antworten sollte.

*O ja, singt und lobpreist und bittet um Vergebung.*

Die erhobenen Stimmen erfüllten ihren fetten Körper, vibrierten in ihren groben Knochen.

*O ja, Mutter Erde, scheine durch mich hindurch.*

Die Gemeinde, eine konfuse Mischung aus Weißen, Schwarzen und solchen, die keiner dieser beiden Kategorien zugeordnet werden konnten, klatschte in die Hände, stampfte rhythmisch mit den Füßen und sang aus voller Kehle. Die Türen im Hintergrund waren fest verschlossen und verriegelt, denn dieses Heiligtum war nur für die *wahren* Gläubigen und nicht für laue Andächtige bestimmt. Eindringlinge, die nur auf der Suche nach einer törichten Religion waren und die einzig wahre Quelle verstockt leugneten, waren hier unerwünscht.

Sie ragte über der Gemeinde empor, ihr gewaltiger Körper in dunkle Geländer gehüllt, und die meisten Gläubigen fürchteten sich davor, dieses fette Gesicht direkt anzusehen. Jene, die es wagten, wandten ihre Blicke hastig wieder ab, aus Angst, die Aufmerksamkeit von *Mama* auf sich zu ziehen. Schließlich hatte man genug Geschichten gehört. Niemand legte Wert darauf zu überprüfen, ob sie tatsächlich stimmten. Alles nur Gerüchte, murmelten die mutigen Toren oder die dummen Ignoranten. O nein, warnten die Älteren und Weiseren.

*Mama* besaß die alten Kräfte, und diese Kräfte wurden durch Zauberei erworben, durch die dunklen Rituale aus längst vergangenen Zeiten. Man munkelte sogar, daß sie ihre Kräfte der Schwarzen Magie verdankte.

Es war die Erde, an die sich die Versammlung singend und lobpreisend wandte, es war die Gesegnete Mutter allen Lebens, die diese Menschen anflehten, Sie möge Ihre Jünger vor Ihrem Zorn bewahren. Die Passanten auf der Straße konnten durchaus glauben, dies wäre eine Kirche inbrünstiger Adventisten des Siebenten Tages. Hätten sie freilich sehen können, wie es hinter den verschlossenen Türen und Fenstern aussah, und hätten sie die Worte der kraftvollen Hymnen verstehen können, hätten sie sich vermutlich gefragt, welche Religion eine derartige Düsternis des Geistes und der Liturgie heraufbeschwor. Der Altar war mit schwarzem Stoff verhüllt, und das einzige Gefäß darauf war aus grauem Stein. Abgesehen von diesem steinernen Altarkelch gab es keinen Zierat, auch keine Kerzen. Harte Bänke und Stühle waren die einzigen Sitzgelegenheiten. Und es gab keine Bildwerke, keine Ikonen, keine Kruzifixe. Der Innenraum war völlig schmucklos und ziemlich dunkel; die Lampen, die von der hohen Decke herabhingen, spendeten nur schwaches Licht. Dieser Gesegnete Tempel der Heiligen Erde duldete keine Ablenkungen.

Viele Bewohner von New Orleans wußten von der Existenz dieses Tempels (schließlich stand er schon genauso lange wie die nur wenige Blocks entfernte Kathedrale, in gewisser Weise sogar länger, denn die St. Louis Cathedral war während der letzten zweihundert Jahre dreimal abgebrannt), aber kaum jemand sprach darüber. Das Gebäude unterschied sich äußerlich nicht von den anderen, zwischen denen es eingekeilt war. Die Holzstufen führten vom erhöhten Trottoir zu einer stabilen Flügeltür empor; die Fenster auf beiden Seiten waren mit kunstvoll gearbeiteten Gittern versehen, und die schweren Läden waren immer geschlossen; auf dem Balkon im ersten Stock war manchmal die große, fette Gestalt einer Schwarzen zu sehen, die das Getümmel auf der Straße beobachtete. Sogar Alteingesessene wußten wenig über diese abstoßende Person, nur daß sie von ihren Anhängern *Mama Pitié* genannt wurde und eine Art Hohepriesterin dieser geheimnisvollen Sekte war. Gerüchte besagten, daß sie Wunder vollbrachte. (Solche Legenden fielen bei dem bunten Völkergemisch in der Altstadt auf fruchtbaren Boden, bei diesen Abkömmlingen von Leibeigenen und Sklaven aus den karibischen Niederlassungen der Franzosen, von französischen und spanischen Adeligen, von Huren verschiedener Rassen von deutschen Bauern und Akadiern aus Neuschottland, vermengt mit anderen europäischen Immigranten, die später ins Land gekommen waren.)

Mama Pitié betrachtete ihre Herde leidenschaftslos. Manche

Gläubige sangen die inbrünstige Hymne mit geschlossenen Augen, während andere in die Schatten an der Decke starrten. Ein höchstens sechzehnjähriges Mädchen, hellhäutig und hübsch, dessen farbige Mutter völlig in den Lobpreis vertieft war, war mit den Gedanken offenbar nicht bei der Sache, sondern starrte die Frau an, die vor dem schlichten Altar stand. Mama Pitié fing den Blick des Mädchens mühelos ein und nahm ihn gefangen, so als wäre eine tollkühne Fliege einer Spinne ins Netz gegangen. Die junge Mulattin erstarrte und versuchte vergeblich, ihren Blick von dem fetten Gesicht mit der platten Nase, die nur ein einziges Nasenloch hatte, von den Narben auf den breiten Wangen und von den runden furchterregenden Augen abzuwenden. Die Mutter spürte die plötzliche Angst ihrer Tochter und drehte deren Kopf rasch zur Seite. Dankbar schloß das Mädchen die Augen und flüsterte die Hymne, eng an die Mutter geschmiegt, zitternd, einer Ohnmacht nahe.

Der Gesang verklang unmelodisch, und die Gemeinde nahm auf Bänken und Stühlen Platz. Die Geräusche hallten von den kahlen Wänden wider. Gemeinsam konnten die Gläubigen es nun wagen, ihre Priesterin anzusehen, ohne befürchten zu müssen, ihre Aufmerksamkeit zu erregen. Mama Pitié hob die Arme, und die Menge intonierte: »*O ja.*«

»O ja, meine Brüder und Schwestern.« Ihre Stimme war genauso dunkel wie ihr Gesicht. »Die Mutter von Allem segnet ihre Kinder.«

Manche bedankten sich mit lauten Rufen, andere murmelten nur vor sich hin.

»Die Mutter von Allem wird sich ihrer Babys in Zeiten der Drangsal annehmen. Sie werden nicht verhungern, sie werden nicht zugrunde gehen. Doch falls sie leiden, so ist es Ihr Wille.«

»Richtig!« rief jemand.

»Das stimmt, Mama!«

»O ja!«

Mama Pitié ließ ihre Arme sinken. »In den bevorstehenden

schlimmen Zeiten wird die Mächtige Mutter all jenen Kraft geben, die an Sie glauben. Mutter wird das Land wieder aufbauen, wenn jene düsteren Tage vorüber sind, und nur den treuesten Ihrer Söhne und Töchter wird Ihre Gnade zuteil werden.«

»Ja, Mama Pitié, Mama Erbarmen!«

»Denn Sie ist die Eine, die Einzige, und es kann keine anderen geben, keine Götter, keine Teufel, keine Engel, keine Dämonen. Und sie behält die Macht in Ihrer Brust, um uns zu erlösen, wenn das Chaos überwunden ist und die Erde nicht mehr bebt und die Meere und Flüsse zum letzten Male wüten und tosen!«

»O ja, Mama!«

»Mutter Erde wird mit den Auserwählten in Frieden leben. Und wir sind die Auserwählten, wir werden die Wächter dieses Paradieses sein, und andere wird es nicht geben! Ihr *wißt*, daß ich die Wahrheit spreche.«

Beifall erfüllte den Saal, und vereinzelt war verzücktes Stöhnen zu hören.

»Denn ihr alle habt mit eigenen Augen gesehen, wie Ihr Zorn sich äußert! Ihr habt die Erdbeben und die Regen und die großen Flutwellen gesehen, die über die Länder der Sünder hereinbrechen! Ihr habt das alles selbst in den Nachrichten gesehen! Ihr habt es mit euren eigenen Augen gesehen!«

»Wir haben es gesehen, Mama!«

Nach diesem Höhepunkt senkte sie ihre Stimme wieder ein wenig. »Und ihr, ihr werdet errettet werden, wenn ihr diese Errettung bei mir und den Meinen sucht.« Sie deutete auf die Reihe schweigender Männer, die hinter dem Altar standen. Strahlend weiße Hemden und schlichte Krawatten waren im Ausschnitt ihrer schwarzen Gewänder zu sehen; darunter trugen sie dunkelgraue Anzüge. »Ihr werdet im Gegensatz zur übrigen Menschheit befreit werden, weil ich die Göttliche Mutter darum bitte, auf Deren Leib wir atmen, und eure Buße vor mir wird als Buße vor Ihr gelten!«

Der Tempel hallte vom Lobpreis der Gläubigen wider, von ihrem Händeklatschen und Jubel.

Anstatt sie zur Ordnung zu rufen, wartete Mama Pitié ab, bis von selbst wieder Ruhe eintrat. Dann sagte sie leise: »Bring mir den armen Kleinen.«

Ein kollektives Seufzen ging durch die Gemeinde. Im Hintergrund stand eine Negerin auf, ein Baby von etwa sieben Monaten in den Armen.

»Bring ihn mir, mein Kind«, befahl die Priesterin wieder.

Die Frau mit dem Kind trat vor, zuerst zögernd, dann entschlossener, weil andere Gemeindemitglieder sie ermutigten. Ihre Schritte wurden aber langsamer, als sie sich der schwarz gekleideten Gestalt vor dem Altar näherte.

Mama Pitié warf ihr einen ungeduldigen Blick zu und streckte ihre riesige Hand nach dem Wickelkind aus. Die Mutter reichte es ihr mit gesenktem Kopf. Mama Pitié wickelte den Jungen aus und hielt ihn hoch, damit alle seinen verkrümmten und gelähmten Arm sehen konnten. Ein mitleidiges Raunen ging durch die Gläubigen.

»Das ist das äußere Zeichen inwendiger Sünde«, erklärte ihnen die Priesterin. »Die Schande dieser Mutter verursacht dem Kind Schmerzen.«

Verstört sank die Kindesmutter auf die Knie, mit gebeugten Schultern und auf die Brust gesenktem Kopf.

»Du hast diesen Tempel verlassen, Schwester Angeline, und den Lügen jener gelauscht, die sich heilig nennen. Wie helfen sie dir jetzt, da dieses Kind leidet? Wirst du jemals wieder auf diese Ursulinen hören, auf diese Nonnen, die die falsche Mutter und deren unheiligen Sohn anbeten, die bösartige Lügen verbreiten und mit den Männern, die sich Priester nennen, Unzucht treiben?«

Die kniende Frau schüttelte nicht nur den Kopf, sondern ihren ganzen Oberkörper. Nie wieder würde sie das Kloster der Ursulinenschwestern in der Oberstadt besuchen – der Schwestern des Bösen, wie Mama Pitié sie nannte. Nie mehr würde sie ihr Kloster putzen, ihre Wäsche waschen, auf ihre lügnerischen Worte hören. »Verzeih mir meine Torheit, Mama. Die Göttliche Mutter hat meinen Sohn für meine Sünden bestraft.«

»O ja«, raunten die Beobachter.

»Bitte die Göttliche Mutter, daß sie mir Verzeihung gewährt, Mama!« Sie weinte laut.

»Du wirst diesem Tempel treu bleiben.« Es war keine Frage, eher eine Feststellung der Priesterin.

»O ja, Mama.«

Mama Pitié warf sich stolz in die Brust und ließ ihren Blick über die Gemeinde schweifen, so als wolle sie sich vergewissern, daß alle Anwesenden Zeugen des Versprechens dieser unglücklichen Frau waren. »So werdet ihr alle diesem Tempel treu bleiben«, verkündete sie.

»Amen, Mama«, respondierten sie eifrig.

Mama Pitié wandte sich von ihnen ab und legte den lahmen Jungen auf den Altar. »Höre uns an diesem Tag, o Göttliche Mutter von Allem. Verleih uns Deine Kräfte, um dieses kranke Geschöpf zu heilen, das ohne eigene Schuld leidet. Erhöre uns und zeige uns Deine Göttliche Gnade.«

Sie griff über das strampelnde Bündel hinweg nach dem Steinkelch, der auf dem Altar stand. Er war mit einer Flüssigkeit gefüllt, deren Farbe und Konsistenz an Runkelrüben, vermischt mit Schlamm, erinnerte. Niemand außer der Hohepriesterin wußte, woraus der Zaubertrank bestand, aber die Gläubigen, die in der Nähe des Altars saßen, schworen, daß das Gebräu nach Ziegenblut und Exkrementen stank. Mama Pitié ließ ihren Blick abermals über die Gemeinde schweifen und hob den rauhen Kelch hoch empor, bevor sie ihn an ihre Lippen führte.

Die Gläubigen murmelten; einige stöhnten; andere seufzten. Sie trank.

Dunkle Flüssigkeit floß in zwei dünnen Rinnsalen von ihren Mundwinkeln zum Kinn hinab, und alle hörten sie schlucken, denn in diesem Gesegneten Tempel der Heiligen Erde hallten alle Geräusche laut wider. Als sie den Kelch wieder absetzte, glänzten ihre dicken Lippen, und ihre Zähne waren gerötet.

Sie stellte das Steingefäß auf den Altar zurück, hob das Kind hoch und entblößte den kleinen Körper vollends.

»Seht euch dieses Kind an«, intonierte sie und senkte die Lider, so als wäre sie in Trance, bis nur noch weißlich-gelbe Schlitze zu sehen waren. »Seht euch dieses Kind an«, wiederholte sie, »das Zeugnis ablegt von der Sünde seiner Mutter. Doch nun hat sie ihrer Schlechtigkeit abgeschworen, und das Kind wird nicht mehr leiden müssen.«

Sie legte das Baby, das aus Leibeskräften zu schreien begonnen hatte, in ihre gut gepolsterte Armbeuge und hob mit der anderen Hand den verkrümmten Arm bei den Fingern an. Das Baby schrie noch lauter.

Mama Pitié unternahm keinen Versuch, das verstörte Kind zu beruhigen oder zu trösten. Die Mutter sah hilflos zu, selbst tränenüberströmt.

Die Hohepriesterin zog an dem verkümmerten Arm, ohne auf die verzweifelten Proteste des Babys zu achten. Der Arm begann sich zu strecken.

Die Mutter des Jungen hörte auf zu weinen und hielt den Atem an. Ein Raunen ging durch die Gemeinde. »O ja«, flüsterten die Gläubigen, »Mama Pitié, gelobt sei sie.«

Es schien so, als würden die zarten Knochen elastisch werden und langsam die richtige Form annehmen. Die tiefen Falten im Fleisch schwanden dahin, die braune Haut wurde glatter, und das Baby hörte auf zu schreien.

Mama Pitié strich jetzt mit ihren dicken Fingern über den Arm. Ihr Gesicht war ausdruckslos, die Lider noch immer gesenkt. Sie atmete schwer und rasselnd, wobei ihre gewaltige Brust wogte. Schließlich ließ sie die kleine Hand los.

Und nun hob das Baby selbständig sein fast perfektes Ärmchen und fuchtelte damit in der Luft herum, beugte und streckte seine Finger, wie es alle Kleinkinder tun.

Die Menge brach in Jubel aus und applaudierte, als Mama Pitié das geheilte Kind noch einmal hochhob. Seine Mutter erhob sich rasch von den Knien, das Gesicht jetzt von Tränen der Freude und Dankbarkeit überströmt, und nahm es von der Wunderheilerin entgegen.

Mama Pitiés Augen waren nun wieder weit geöffnet. Sie

blickte auf Mutter und Kind hinab, und ihre Lippen verzogen sich zu einer Art Lächeln, dem allerdings jede Wärme fehlte.

»*Mama Pitié, Mama Pitié, Mama Pitié*«, skandierte die Menge, angeführt von den sechs Meßdienern hinter dem Altar. Doch obwohl das Wunder, das sie soeben miterlebt hatten, eigentlich die Herzen der Menschen hätte wärmen müssen, waren ihre Huldigungen nicht nur von gläubiger Ehrfurcht erfüllt: Ein starkes Unbehagen schwang darin mit.

Mama hob ihre Hände, die Handflächen der Gemeinde zugewandt, so als erteile sie einen Segen, und die Leute stampften nur noch lauter mit den Füßen. Eine junge Frau, die bisher ruhig in Altarnähe an der Wand gestanden hatte, stimmte eine neue Hymne an, und die anderen fielen rasch ein. Die Musik ohne jede Instrumentalbegleitung schwoll an und erfüllte den Tempel.

Die Arme immer noch erhoben, wandte die Hohepriesterin ihren Kopf zur Seite und gab ihren schwarz gewandeten Helfern durch leichtes Heben der Brauen ein kaum merkliches Zeichen. Auf dieses Signal hin setzten sie sich in Bewegung, verteilten sich in der Halle und forderten die Sänger mit Hilfe von Klingelbeuteln an langen Metallstangen unmißverständlich zu Spenden auf. Die Herde war willig, sogar die Ärmsten ließen sich nicht lumpen, und keine Geldbörse, keine Tasche wurde übersehen.

Die vollen Klingelbeutel wurden nach vorne gebracht; einer der Meßdiener nahm sie an sich und verließ den Tempel. Mama Pitié stand wie ein schwarzer Felsen da, ohne mitzusingen. Sie bewegte ihren großen Kopf nicht, aber ihr Blick schweifte aufmerksam umher, und sie prägte sich jedes Gesicht ein. Sie wartete, bis die Hymne – eine Hymne nur für diesen Tempel, wie alle, die hier gesungen wurden – fast zu Ende war, bevor sie sich abwandte und langsam zu der Tür ging, durch die auch ihr Helfer mit der Abendkollekte verschwunden war. Ein anderer Meßdiener hielt ihr die Tür auf, und sie verließ die Halle, ohne sich noch einmal umzudrehen.

Einige Gläubige seufzten enttäuscht, während andere noch

lauter sangen, so als hofften sie, daß Mama Pitié ihre Einzelstimmen heraushören und dann wissen würde, wer ihr und der Großen Mutter Erde besonders huldigte und deshalb Wohlgefallen verdient hatte. *Gesegnet sei die Mutter von Allem und Ihre Dienerin, Mama Pitié.* Denn ihr Wille hatte die Mißbildung des Babys besiegt, genau wie die Wunden und Krankheiten unzähliger anderer. *Gepriesen sei die Mama der Wunder.* Mochte sie mit ihrem unförmigen Körper, ihrem verunstalteten Gesicht und den riesigen, alles sehenden Augen auch keinen erfreulichen Anblick bieten – ihre Heiligkeit war berühmt, und ihre spirituelle Güte war legendär. *Gelobt sei diese gesegnete Erlöserin.*

Hinter der geschlossenen Tür blieb die Hohepriesterin kurz stehen, schloß die Augen und stützte sich mit einer Hand auf die Wand des schmalen Korridors. Die Musik aus dem Tempel war jetzt gedämpft. Ihre Brüste hoben und senkten sich unter den Gewändern, und sie wischte sich mit einem weiten Ärmel den dünnen Schweißfilm von der Stirn.

Durch eine halboffene Tür am Ende des Ganges war das Klirren von Münzen zu hören, und Mama Pitié straffte sich, brachte ihren Atem unter Kontrolle und ging darauf zu. Auf der Schwelle blieb sie stehen und schaute ins Zimmer.

Nelson Shadebank blickte von seiner Arbeit auf – er zählte die Kollekte – und legte die Finger um einen kleinen Münzstapel. »Nicht schlecht, Mama. Ein gutes Wunder inspiriert Großzügigkeit, stimmt's?« Der Mann sprach den Dialekt der New Yorker Bronx. Er rückte seine goldgeränderte Brille zurecht, lehnte sich zurück, schob das gezählte Geld zu den anderen Münzen und Scheinen auf dem runden Tisch und wartete auf eine Antwort.

Es kam keine. Mama Pitié zog sich zurück, und Shadebank zuckte die Achseln und zählte weiter.

Die Hohepriesterin stieg die Holztreppe hinauf, wobei sie wieder ins Keuchen kam. Ihre breiten Hüften füllten die schmale Wendeltreppe fast völlig aus.

Oben angelangt, blieb sie erneut stehen und lauschte den

fernen Schlußklängen der Hymne. Bald würde ihre Herde den Tempel verlassen. Alle würden sie in eine Welt der Schändung und Plünderung zurückkehren, und die meisten würden nach ein, zwei Tagen die Worte ihrer Predigt vergessen haben, denn beeindruckt waren sie im Grunde nur von dem Heilungswunder, das sie gegen Ende vollbracht hatte. War dies das einzige, wodurch sie die Leute an sich zu binden vermochte? Bedeuteten ihre Worte so wenig? Die Frau, jene Angeline, hatte sich vom Schutz der Allmächtigen Mutter abgewandt, bis die Strafe ihren Drittgeborenen ereilte. Dann, o ja, *dann* hatte sie sich aus den Klauen der falschen Kirche befreit und war in den gnädigen Schoß der Allmächtigen Mutter zurückgekehrt. Wenn das Kind nun aber nicht geheilt worden wäre, was dann? Hätte Angeline sich erneut abgewandt? Wenn es ihr, Mama Pitié, nicht gelungen wäre, den verkrümmten Arm zu begradigen, hätten ihre Anhänger dann auch an ihren Lehren gezweifelt? War der Glaube dieser Leute so schwach? Mama Pitié fühlte deutlich, wie heißer Zorn in ihr aufstieg.

Sie beruhigte sich erst, als ihr eine neue Frage in den Sinn kam. Spielte das überhaupt noch eine Rolle?

Im halbdunklen Treppenhaus lächelte sie.

Spielten *diese Leute* überhaupt noch eine Rolle?

Spielte *irgend etwas* überhaupt noch eine Rolle?

Denn die menschliche Rasse hatte alles versaut, und das würde die Große Mutter nicht länger dulden.

Mama Pitiés Lächeln verwandelte sich in ein breites Grinsen. Ein sehr unangenehmes Grinsen, dort im Dämmerlicht.

Es verschwand aber schlagartig, als sich ihr ein Bild aufdrängte, das Bild eines Mannes, dessen Gesichtszüge unscharf blieben, die psychische Manifestation eines Mannes, den sie nicht kannte, der aber irgendein Gebrechen hatte.

Mama Pitié legte eine Hand an ihre Schläfe, konzentrierte sich auf die Projektion, weil ihr irgendwie bewußt war, daß diese Person für sie wichtig sein würde. Vielleicht schon bald. Dann schwand das Bild dahin, während unten die Musik verklang.

Sie war nicht nur verwirrt über diese Vision, sondern unerklärlicherweise auch verärgert. Es gab irgendeinen Zusammenhang zwischen diesem Mann und den Kindern, deren Gedanken ihre eigenen störten. Und irgendwie würden alle drei eine Rolle in ihrem eigenen Schicksal spielen.

Sie konnte die Bedrohung spüren, und sie verabscheute die drei dafür.

Verstört und ziemlich beunruhigt ging sie den Flur entlang, zu ihrer Wohnung, die genau über dem Tempel lag. Dort würden ihre Bedürfnisse befriedigt, ihre Lüste gestillt werden.

Und Protestschreie würden erstickt werden.

# 13

»Jim!«

Er bewegte sich, wachte aber nicht gleich auf.

Diane schüttelte ihn sanft an der Schulter.

Rivers öffnete die Augen und legte schnell eine Hand darüber, so als täte ihm das Licht weh. Er massierte seine Schläfen mit Fingern und Daumenspitzen, bevor er Diane ansah, die neben ihm kniete.

»Ich habe dir Kaffee gemacht«, sagte sie und hielt die Tasse hoch, damit ihm der Duft in die Nase stieg.

Er murmelte ein Dankeschön und stützte sich auf einen Ellbogen, wobei er ein Stöhnen nicht unterdrücken konnte, weil sein Rücken und seine Glieder völlig steif waren und bei jeder Bewegung schmerzten.

»Du bist in miserabler Verfassung«, kommentierte sie überflüssigerweise. »Vielleicht hilft eine Dusche.«

»Darauf würde ich nicht wetten. Wie spät ist es?«

»Kurz nach neun. Ich habe dich schlafen lassen – ich dachte du könntest es gebrauchen.« Sie reichte ihm den Kaffee, und er blinzelte ein paarmal, um auch die letzte Müdigkeit zu vertreiben. »Ich habe mir ein Hemd von dir geborgt – hoffentlich stört es dich nicht.«

Es störte ihn nicht im geringsten. Das hellblaue Hemd, das lose über ihren Rock fiel, stand ihr viel besser als ihm selbst.

»Ich mache uns jetzt Frühstück, und dann können wir uns auf den Weg machen.«

Rivers fiel ein, daß er versprochen hatte, mit Diane nach Hazelrod zu fahren. »Ich habe keinen Hunger«, sagte er nach dem ersten Schluck Kaffee, dessen köstlich bitterer Geschmack seine Lebensgeister weckte.

»Vielleicht nicht, aber du mußt etwas essen. Wir haben eine lange Fahrt vor uns. Ich habe deinen Kühlschrank geplündert und kann dir was halbwegs Ordentliches auf den Tisch stellen.«

Sie beugte sich vor, und ihre Lippen berührten seine Wange. Er war so verblüfft, daß sie aufgestanden und in der Küche verschwunden war, bevor er reagieren konnte. Stimmen aus dem tragbaren Fernseher drangen über die Schwelle, während er sich das Laken um die Hüften schlang und ins Schlafzimmer hinkte, die Kaffeetasse in der Hand.

Sein Bett war ordentlich gemacht. Er setzte sich auf eine Ecke und ließ die Unterhaltung der letzten Nacht im Geist Revue passieren. Er dachte an die Zwillinge, an ihren Hintergrund, an Dianes alkoholsüchtigen Ehemann und seinen Tod – seinen Selbstmord? Und an das Licht. Ein mystisches Zeichen, hatte sie es genannt. Unsinn oder... Oder was? Bleib auf dem Teppich, ermahnte er sich. Telepathie zwischen Zwillingen war *eine* Sache, so etwas konnte er akzeptieren. Aber ein mystisches Zeichen? Ein Zeichen wofür? Er trank den Kaffee aus. Vielleicht ein Zeichen für ihre Paranoia. Und er ließ sich von Poggs und dessen Familie in diese Absurdität hineinziehen. Er schüttelte verärgert über sich selbst den Kopf, weil diese Leute etwas an sich hatten – vielleicht war es ihre unbedingte Aufrichtigkeit –, das ihn verleitete, ihnen fast zu glauben.

Er griff nach dem Bademantel, der über einer Stuhllehne hing, und zog ihn an. Es war der Bademantel, den Diane sich ausgeliehen hatte, und der Stoff roch noch schwach nach ihr. Ohne daß es ihm bewußt war, lächelte er vor sich hin, während er, tief in Gedanken, ins Bad ging.

Das Frühstück – Schinken, Pilze und gegrillte Tomaten – stand auf dem Tisch, und Diane hantierte an dem kleinen Fernseher herum, als Rivers eine Viertelstunde später die Küche betrat.

»Ich kriege diese verdammte Interferenz einfach nicht weg«, sagte sie, und nach einem Blick in seine Richtung: »Jeans und Sweatshirt – das paßt aber nicht zum Image des Met Office!«

»Ich bin ja nicht im Dienst.« Er ging zu dem Fernseher und stellte fest, daß das Bild gestört und der Ton undeutlich war.

»Die Antenne muß sich heute nacht gelockert haben.« Trotzdem überprüfte er die Zuleitungen auf der Rückseite des Geräts.

»Ich weiß nicht – dein Radio hat auch Probleme.«

Er war überrascht. »Atmosphärische Störungen?«

»Schon möglich. Setz dich, bevor dein Frühstück kalt wird. Du hast übrigens keine Eier mehr.« Sie schaltete den Fernseher aus.

Rivers stellte fest, daß er wahnsinnig hungrig war. Er setzte sich, und Diane tat es ihm nach, obwohl auf ihrem Platz nur ein Glas Orangensaft stand.

Er deutete mit seiner Gabel darauf. »Ist das alles, was du ißt?«

»Ich habe vorhin ein paar Äpfel gefunden. Viel gesünder als das, was du auf dem Teller hast, aber ich konnte mir nicht vorstellen, daß du ein Anhänger gesunder Kost bist.«

Er nickte zustimmend. »Du hast völlig recht. Welche Pläne hast du für heute?«

Sie schenkte ihm Kaffee ein. »Keine richtigen Pläne. Wir fahren nach Hazelrod, du unterhältst dich mit den Kindern, und dann sehen wir mal, was sich daraus entwickelt.«

»Was erwartest du denn?«

Sie zuckte die Achseln. »Ich habe keine Ahnung. Mich verwirrt diese ganze Geschichte genauso wie dich. Wir alle sind verwirrt.«

»Okay, lassen wir also alles einfach auf uns zukommen. Aber wahrscheinlich wirst du sehr enttäuscht sein.«

»Das werden wir ja sehen. Ich bin einfach froh, daß du beschlossen hast, mit uns zusammenzuarbeiten.«

»Ehrlich gesagt – ich bin neugierig. Meine eigenen Forschungen haben zu nichts geführt, und deshalb habe ich, wie ich schon gestern abend sagte, nichts zu verlieren.«

»Trotzdem herzlichen Dank.«

Nun war es an ihm, die Achseln zu zucken.

»Warum ist so viel los?«

Rivers, der auf dem Beifahrersitz von Dianes Ford Escort saß, betrachtete den dichten Verkehr. »Alle wollen raus aus London, weil sie ein weiteres Erdbeben befürchten.«

Ein Stück weiter vorne war der Verkehr auf der Auffahrt zur M4 völlig zum Stillstand gekommen.

»Ich hoffe nur, daß sie alle irgendein festes Ziel haben.« Auch hier auf der Umgehungsstraße unterhalb der Autobahn kam man nur im Kriechtempo voran.

»Das dürfte ihnen ganz egal sein«, erwiderte Rivers. »Den Leuten geht es nur darum, irgendwo auf dem Land zu sein, fern von einstürzenden Hochhäusern.« Er beugte sich vor und schaltete wieder einmal das Autoradio ein, aber die Störgeräusche, die in kurzen Abständen den Empfang beeinträchtigten, waren so unangenehm für die Ohren, daß er schnell wieder ausschaltete und zum Himmel emporblickte, der von einer dichten weißen Wolkendecke verhüllt war. Die Sonne war nur von Zeit zu Zeit als matte, kraftlose Scheibe zu sehen, während die Luft unangenehm warm und feucht war.

Hinter ihnen hupte jemand ungeduldig, und natürlich wirkte das schlechte Beispiel ansteckend – ein Hupkonzert setzte ein. Um das wochenweise Fahrverbot kümmerte sich auch niemand mehr, wie die verschiedenfarbenen Plaketten an den Windschutzscheiben bewiesen. Aber vielleicht hatten diese Autofahrer mit ihrer Panik gar nicht so unrecht, dachte Rivers. Wer konnte ihnen denn schon garantieren, daß es keinen weiteren Erdstoß geben würde? Schließlich hätte niemand den ersten für möglich gehalten.

»Wir hätten London auf irgendwelchen ruhigen Seitenstraßen verlassen sollen«, meinte Diane, die nervös das Lenkrad umklammerte.

»Heute wird es keine ruhigen Straßen geben, die aus London hinausführen. Entspann dich, wir kommen schon noch nach Hazelrod. Sobald wir auf der Autobahn sind, geht's bestimmt schneller.«

»Da bin ich mir nicht so sicher. Ich wette, daß da oben auch alles verstopft ist.« Das Auto bewegte sich wieder einmal einige Zentimeter weiter.

Ein Polizeihubschrauber flog dicht über ihren Köpfen hinweg und schwenkte nach links ab, auf das Südufer des nahen Flusses zu. Rivers blickte dem Helikopter nach und beneidete ihn um seine Freiheit. Dann faßte er einen Entschluß. »Okay, vielleicht sollten wir's doch mit einem anderen Weg versuchen. Fahren wir an der nächsten Ausfahrt raus, anstatt die Autobahnauffahrt anzusteuern. Dann überqueren wir die Themse auf der Kew Bridge. Vielleicht ist der Verkehr auf der anderen Flußseite nicht ganz so dicht.«

Sie schaltete ohne weitere Diskussionen den Blinker ein, um auf die linke Fahrspur zu gelangen. Andere Fahrer waren von ihrem Manöver nicht begeistert, und Rivers streckte seine Hand aus dem Seitenfenster und machte versöhnliche Gesten. Es dauerte eine ganze Weile, aber schließlich verließen sie die Umgehungsstraße und fuhren auf der Chiswick High Road nach Süden, auf die Brücke zu. Bald mußte Diane jedoch wieder anhalten: der Verkehr staute sich vor einer belebten Kreuzung, wo offenbar die Ampeln ausgefallen waren.

»Wenn's so weitergeht, brauchen wir ja den ganzen Tag, um aus der Stadt rauszukommen«, klagte Diane resigniert.

Rivers grinste, obwohl er selbst nicht gerade entspannt war. »Bis vor ein paar Jahren ging es während der Rush-hours in London immer so zu.«

»Ich erinnere mich daran, obwohl wir möglichst selten hinfuhren. Schmutz, Gestank, der totale Kollaps als ständige Bedrohung – und das war *vor* dem Erdbeben.« Sie lachte, wurde aber gleich wieder ernst. »Ich verstehe immer noch nicht, wie so etwas passieren konnte. Eine Verwerfung hätte doch schon viel früher jemandem auffallen müssen.«

»Wahrscheinlich war es ein so winziger Riß, daß kein Gerät ihn entdecken konnte. Und dann ist tief unten in der Erde irgend etwas vorgefallen – eine Eruption – und hat diesen Riß vergrößert. So was passiert täglich auf der ganzen Welt, jede Minute. Diesmal war es nur stärker als in den meisten Fällen, und es ereignete sich an einem besonders empfindlichen Ort.« Er runzelte die Stirn. Weiter vorne war irgend etwas los. Durch die offenen Wagenfenster waren ferne Schreie zu hören. Plötzlich begriff er, welche Gefahr ihnen drohte.

»Schließ dein Fenster und verriegle die Tür!« befahl er Diane scharf.

Sie warf ihm einen überraschten Blick zu, und er sah, daß es schon zu spät war. Ein breites braunhäutiges Gesicht war hinter Dianes Schulter aufgetaucht.

Ein, zwei Sekunden war Rivers unfähig zu reagieren – *das Gesicht war ihm vertraut, die großen glotzenden Augen, die breite, seltsam entstellte Nase* –, aber er zwinkerte, und das Gesicht veränderte sich. Es war immer noch das eines Schwarzen, aber die Züge hatten sich plötzlich gewandelt. Verwirrt – und erfüllt von einer dumpfen Angst – starrte er in jene haßerfüllten Augen.

Diane schrie auf, als ein muskulöser brauner Arm durchs Fenster schoß. Kopf und Schulter des Jugendlichen folgten. Sein Blick huschte durch den Wagen und blieb an Rivers' Reisetasche auf dem Rücksitz haften. Er versuchte sie zu grapschen, indem er seinen Oberkörper nach vorne war und Diane auf dem Fahrersitz einklemmte.

Wutentbrannt überwand Rivers seine Lähme und schmetterte dem Dieb seine linke Faust ins Gewicht. Ein zweiter schneller Schlag traf genau den Nasenrücken des Burschen, der hastig den Rückzug antrat, wobei Diane durch Schieben tatkräftig mithalf.

Sobald er wieder draußen stand, erholte er sich jedoch soweit, daß er Rivers wüst beschimpfte, sodann die Tür aufriß und sich hereinwarf. Diane versuchte ihn zurückzustoßen, aber er war viel zu stark für sie. Diesmal war Rivers aber schon bereit.

Er hatte nach seinem Stock gegriffen, der sich großartig als Waffe eignete. Der Schlag war kurz, scharf und sehr hart. Die breite Nase des Schwarzen wurde noch breiter und platter. Er grunzte, und Speichel flog aus seinem Mund. Rivers stieß ihn rückwärts aus dem Wagen, und der Ganove landete auf der Straße. Aus seiner gebrochenen Nase lief ein dicker Blutstrom.

»Mach schnell die Tür zu!« schrie Rivers, der jedoch gleichzeitig registrierte, daß er seine eigene Sicherheit sträflich vernachlässigt hatte: Die Beifahrertür flog auf, und grobe Hände packten ihn am Genick. Er wurde rückwärts aus dem Escort gezerrt, und sobald er draußen lag, zwischen Dianes Wagen und dem Auto daneben, begannen Füße in Turnschuhen ihn zu treten. Es gelang ihm, den Angreifer am Bein zu packen; er zog mit aller Kraft, und der Kerl krachte zu Boden. Doch ein dritter Mann zog Rivers an Haaren und Schultern hoch und hielt ihn fest, während der andere – blond, T-Shirt, das Gesicht zur haßerfüllten Grimasse verzerrt – sich aufrappelte und zum Schlag auf Rivers' Magen ausholte.

Es tat weh, es tat scheußlich weh. Er krümmte sich vor Schmerz, und diese Reflexhandlung war so stark, daß der Mann hinter ihm ihn unwillkürlich losließ. Während Rivers noch verzweifelt nach Luft rang, traf ein Knie sein Gesicht, so daß er rückwärts gegen das Nachbarauto flog.

»Die Bullen!« schrie jemand dicht an seinem Ohr, und während er am Wagendach Halt fand, immer noch asthmatisch keuchend, rempelte ihn jemand im Vorbeirennen grob an. Der blonde Angreifer gab jedoch noch nicht auf, obwohl sein pockennarbiges Gesicht eine gewisse Unsicherheit verriet, als er in Boxstellung ging. Offenbar überlegte er, ob ihm Zeit genug blieb, noch einmal zuzuschlagen und sich den Geldbeutel zu schnappen, der aus Rivers' Jeanstasche herausschaute, bevor die Polizei eintraf. Ein weiterer Mann sauste an ihnen vorbei und brüllte eine Warnung.

Rivers wartete nicht ab, bis der Blonde seinen Entschluß gefaßt haben würde. Er schlug mit geballter Faust zu.

Sein Gegner konnte zwar blitzschnell soweit ausweichen, daß der Schlag ihn nicht mit voller Wucht traf, aber immerhin taumelte er rückwärts, konnte mühsam das Gleichgewicht halten und rannte davon, ohne Rivers noch eines Blickes zu würdigen, der sich wieder an den Wagen zurücklehnte, heilfroh, den Ganoven auf der Flucht zu sehen.

Diane war aus dem Escort gesprungen, sobald der Schwarze sich aus dem Staub gemacht hatte, und nun preßte sie sich an einen Kotflügel, um einen eiligen Polizisten vorbeizulassen. Erleichtert sah sie, daß weitere Uniformierte zwischen den Fahrzeugen hinter dem flüchtenden Mob herrannten. Sie schüttelte bestürzt den Kopf.

»Steamers.«

Rivers stützte sich jetzt auf die Motorhaube des Escort, immer noch schwer atmend, eine Hand auf dem Zwerchfell.

»Was?«

»Früher haben Banden solche Raubzüge in U-Bahnen oder Einkaufspassagen unternommen, heute bevorzugen sie Straßen. Sie rotten sich zusammen, warten auf einen Verkehrsstau – manchmal lauern sie auch einfach an belebten Kreuzungen; die besten Plätze kennen sie –, dann rennen sie zwischen den stehenden Wagen umher und schnappen sich Geldbeutel und Handtaschen, alles, was in Reichweite ist. Das geht normalerweise so blitzschnell, daß die Fahrer gar nicht wissen, wie ihnen geschieht. Die Polizei nennt diese Ganoven *Steamers*.«

Diane trat neben ihn. »Mir war bisher gar nicht klar, was ich in all den Jahren des Landlebens verpaßt habe.«

»Wir hatten noch Glück. Die Polizei hatte sie vermutlich schon gesichtet – vielleicht von dem Hubschrauber aus –, bevor sie richtig loslegen konnten. Wahrscheinlich hat der Mob die Stromausfälle und das Chaos nach dem Erdbeben ausgenutzt und die ganze Nacht hindurch Raubzüge verübt.«

Andere Fahrer und Passagiere, manche sichtlich verstört, stiegen aus, um die Verfolgungsjagd zu beobachten.

»Bist du okay?« erkundigte sich Rivers, der endlich wieder normal atmen konnte.

»Ein bißchen zittrig, weiter nichts. Danke, daß du den Rohling außer Gefecht gesetzt hast.« Sie entdeckte ein dünnes Rinnsal von Blut an seinen Lippen. »Haben sie dich schlimm verletzt?«

»Sie haben ihr möglichstes getan.« Er tupfte das Blut mit einem Taschentuch ab. »Komm, steigen wir ein und verschwinden von hier. Ich fange an, diese Stadt zu hassen.«

Sie umarmte ihn plötzlich und legte für einen Augenblick ihren Kopf auf seine Schulter. Er sah sie überrascht an.

»Ich bin einfach glücklich, daß du bei mir bist«, sagte sie, bevor sie sich von ihm löste und einstieg.

# 14

*Er saß auf einem Felsen in der Nähe der offenen Tür, das ausgedörrte, ledrige Gesicht erhoben, so als suchte er die Sonnenstrahlen. Aber die Sonne war hinter dichtem Nebel verborgen, obwohl ihre Kraft dadurch kaum gemindert wurde.*

*Der alte Mann saß nun schon fast drei Stunden so da, so als warte er auf eine himmlische Botschaft, auf den schnellen Flügelschlag eines Himmelsboten.*

*Trotz der schwülen Hitze trug er ein fadenscheiniges Jackett und eine derart abgetragene Hose, daß ihre ursprüngliche Farbe kaum noch zu erkennen, bestenfalls zu erraten war. Sein graues Hemd, eine Nummer zu groß, war bis zum Hals zugeknöpft, so als mißtraue er der seltenen Windstille zwischen den kalten Brisen, die normalerweise durch dieses weite Tal fegten.*

*Er wartete.*

*Und wartete.*

*Bis eine Erkenntnis seine trüben grauen Augen schärfte. Eine gedankliche Erkenntnis.*

*Er berührte mit dünner zitternder Hand seine Stirn und schloß die Augen. Seine Schultern sackten nach vorne, und Strähnen seiner feinen weißen Haare hingen fast bis zu den gebeugten Knien hinab.*

*Ein einziger Seufzer kam über seine trockenen alten Lippen.*

*So viele, so viele andere...*

*Und ihre Gefährdung, die Gefahr für sie selbst und für alle.*

*Seine Schultern krümmten sich noch mehr. Oh, so viele. Und sie waren noch so jung. Bis auf einen.*

*»Ah!« Diesmal war es ein bitterer Seufzer, denn er hatte eine Vision der Frau gehabt, und ihre Gedanken hatten sich gekreuzt, eine flüchtige Wahrnehmung, ein Wissen um die gegenseitige Existenz.*

*Dieses Bewußtsein schwand nicht mehr dahin: Die bislang vage Verbindung hatte endlich klare Formen angenommen.*

*Die Ereignisse würden sich von nun an überstürzen und zuspitzen.*

*Erbarme dich unser, unser aller, flehte er still. Aber erbarme dich vor allem der Kinder; sie hatten noch keine Zeit zu leben.*

*Er zog die Revers seines Jacketts über der Brust zusammen, obwohl es nach wie vor warm und windstill war.*

Bibby trat aus der Hintertür auf den unebenen roten Steinpfad hinaus, ein Tablett mit zwei Gläsern Limonade und einer kleinen Schüssel voller Nüsse und roher Karotten in den Händen. Während sie den abgetretenen Pfad entlangging, schweifte ihr mütterlicher Blick über das Sommergemüse. Trotz des kürzlichen Wolkenbruchs war der Boden schon wieder trocken und rissig. Aber unterhalb der obersten Schicht würde die Erde noch gut und feucht sein, tröstete sie sich und blickte sodann himmelwärts, ob es nach weiterem Regen aussah.

Eine Wolkendecke reichte bis zum hügeligen Horizont, aber nichts deutete auf baldige Niederschläge hin. Zumindest war aber der große Wassertank hinter dem Haus jetzt wieder voll, so daß man sich vorerst keine Sorgen wegen des üblichen sommerlichen Sprengverbots zu machen brauchte. Wo konnten Josh und Minnie Mouse nur stecken? Dem halben Brotlaib nach zu schließen, den sie auf dem Küchentisch liegengelassen hatten, fütterten sie die Enten.

Ein Schatten huschte über ihr breites und gutmütiges Gesicht, während sie das wackelige Gatter am Ende des Pfades öffnete. Sie machte sich solche Sorgen um die Zwillinge mit ihren Visionen und Träumen. Sie hatte Angst um die beiden, obwohl es keinen besonderen Anlaß für solche Ängste zu geben schien. Höchstens, daß diese Visionen in letzter Zeit immer häufiger wurden, in immer kürzeren Abständen erfolgten, so als steigere sich die Dynamik, so als überstürzten sich die Ereignisse, als steuerten sie auf...

Sie blieb stehen, eine Hand auf dem Gatter. *Worauf steuerten die Ereignisse zu?* Würde es darauf eine Antwort geben? Vielleicht schon bald? Eine Biene flog summend an ihr vorbei, während sie gedankenverloren dastand. Unerklärlicherweise wurde ihr das Herz plötzlich so schwer, daß sie leicht schwankte und das Gatter fester umklammerte. In panischer Angst hielt sie Ausschau nach den Kindern, und als sie im ersten Augenblick nicht zu sehen waren, rutschten ihr vor Nervosität fast die Gläser vom Tablett.

Dann hörte sie erleichtert ihre Stimmen; sie waren ganz in der Nähe, hinter den Sträuchern und Bäumen, die den Teich vom Garten abgrenzten. Natürlich waren sie dort, sie hatte ja *gewußt*, daß sie dort sein würden. Bibby schalt sich selbst wegen ihrer Torheit. Das Reden und Lachen der Zwillinge hörte sich völlig normal an, verriet die Sorglosigkeit von Kindern, denen der bedrohliche Zustand einer kranken Welt noch nicht bewußt ist. Es war ein tröstlicher Gedanke, der sie seltsamerweise aber zugleich auch traurig stimmte.

»Wo seid ihr, meine kleinen Dryaden?« rief sie, obwohl sie genau wußte, daß sie sich am Ufer tummelten und die größeren Enten von den weniger beherzten weglockten, damit alle ihren gerechten Anteil an Brotstückchen bekamen.

Josh – vielleicht war es aber auch Eva – gab sofort Antwort. »Hier, Oma Bibby! Hast du neues Brot dabei?«

Bibby ließ das Gatter los, und ihr Gang wurde kräftig, ja sogar beschwingt. Allein schon die Stimmen dieser bezaubernden Geschöpfe mit den Zigeunerhaaren vertrieben ihre düstere Stimmung. »Ich hab' was Gutes für euch«, kündigte sie an, während sie zwischen den Bäumen dem Teich zustrebte.

Die Kinder blickten ihr lächelnd entgegen. Obwohl das Sonnenlicht durch Wolken gedämpft wurde, leuchteten die blauen Augenpaare so intensiv, daß Bibby sogar aus einiger Entfernung von ihrer strahlenden Schönheit überwältigt war. Sie schüttelte über sich selbst den Kopf, denn dieser Anblick war nun wirklich nichts Neues. Trotzdem gefiel ihr ihre eigene freudige Überraschung: Sie war glücklich, daß die Kinder sie auch nach all den Jahren noch so verzaubern konnten.

»Was hast du für uns, Omi?« Es war Eva alias Minnie, die hastig ihre letzten Brotkrümel an die gefräßigen Enten verteilte und dann auf die Großmutter zugerannt kam.

»Limonade«, sagte Bibby, »und Nüsse und dergleichen.«

Die Kinder machten lange Gesichter.

»Aber ihr wißt doch, daß das gut für euch ist. Nur weil Opa euch mit Bonbons und Schokolade verwöhnt…« Sie grinste über die erstaunten Mienen. »Oh, ich weiß genau, was er euch aus der Stadt mitbringt und in die Taschen schiebt, wenn er glaubt, daß ich es nicht sehe. Opa Poggsy hat mich noch nie hinters Licht führen können, seit wir geheiratet haben, und glaubt mir, Kinder, das ist sehr lange her.«

Eva lächelte zu ihr empor. »Wir werden ihm nicht erzählen, daß du's weißt, Omi.«

Sie lachte. »Oh, ich verstehe. Das würde ihm den Spaß verderben, stimmt's? Ja, ich wette, daß er das Versteckspiel genießt. Und ihr beide genauso!«

Eva nickte vergnügt und blickte zu ihrem Bruder hinüber, der die letzten Brotkrumen in den Teich warf, wozu die Enten beifällig quakten, und sodann zu seiner Schwester und Großmutter lief, nach der Limonade griff und in großen Schlucken trank, so als wäre er am Verdursten. Er leerte das halbe Glas, bevor er sich mit strahlendem Lächeln bedankte.

Die Zwillinge trugen weiße T-Shirts und Shorts und waren barfuß. Zusammen mit ihrer Großmutter ließen sie sich im Gras nieder und bedienten sich aus der Schüssel mit Nüssen und Karotten, die zwischen ihnen stand. Eva begann Bibby die Abenteuer dieses Morgens zu erzählen, und Josh fiel ein, wann immer er das Gefühl hatte, daß sie etwas ausgelassen hatte. In dieser friedvollen Atmosphäre entspannte sich Bibby zusehends: Die umherschwimmenden Enten kräuselten die Wasseroberfläche, die Weide am entgegengesetzten Ufer neigte anmutig ihre Äste, und in der Ferne zogen sich die üppig grünen Hügel dahin. Ein Buchfink landete in unmittelbarer Nähe der Menschen, weil er hoffte, daß etwas aus der Schüssel für ihn abfallen könnte, und die Zwillinge enttäuschten ihn nicht.

Nach einer Weile verebbte das Geplauder, die Schüssel war leer, die Limonade ausgetrunken. Bibby streckte sich mit ausgebreiteten Armen im Gras aus, zufrieden, in segensreicher

Stille ein wenig ausruhen zu können, bis es Zeit würde, das Mittagessen zuzubereiten. Ein zusätzliches Gedeck mußte aufgelegt werden, denn Diane würde ja James Rivers mitbringen. Er war in mancher Hinsicht ein interessanter Mann, dessen Tiefsinn auf den ersten Blick nicht zu erkennen war, aber hatte er irgendeine Relevanz für die Ereignisse? Bibby war sich dessen nicht so sicher wie Diane und Hugo. Spielte die bloße Tatsache, daß Rivers jenes besondere Licht gesehen – und überlebt – hatte, tatsächlich irgendeine Rolle? Die Kinder schienen das zu glauben, aber sie selbst zweifelte ein wenig daran.

Während sie so dalag, in ihre Gedanken versunken, kam ihr nur langsam zu Bewußtsein, daß die Welt um sie herum noch stiller geworden war.

Sie hob den Kopf und betrachtete die Kinder.

Sie saßen völlig regungslos da, und Josh hatte den Kopf zur Seite geneigt, so als lausche er auf irgend etwas.

Bibby setzte sich auf. Sie hatte die beiden schon oft in diesem Zustand erlebt und war deshalb nicht übermäßig besorgt. Aber die kindlichen Gesichter wirkten konzentrierter als je zuvor, so als müßten sie sich diesmal besonders anstrengen, um die geistigen Botschaften zu empfangen.

Ein Schauder durchlief Eva und wurde einen Augenblick später auf Josh übertragen.

Bibby wollte diese seltsame Kontemplation unterbrechen, denn im Gegensatz zu den bisherigen tranceartigen Zuständen der Zwillinge stand in Joshs Augen diesmal deutlich Angst geschrieben, und Evas Unterlippe zitterte leicht. Bibby verspürte das Bedürfnis, sie von dem imaginären Abgrund, dem sie sich näherten, zurückzureißen, und sie streckte die Hand nach ihnen aus, hielt aber mitten in der Bewegung inne und rief die beiden auch nicht an, weil ein Instinkt sie vor dem Eingreifen warnte.

Die Kinder starrten zur Seite, die Augen auf irgendeinen unsichtbaren Punkt gerichtet, während sie körperlosen Stimmen lauschten. Sie saßen aufrecht da, mit gekreuzten Knöcheln, die Hände locker im Schoß. Plötzlich versteiften sie sich, erstarrten einen Moment lang und warfen sich einander in die Arme, umklammerten sich in inniger Umarmung.

Es zerriß Bibby das Herz, sie zu beobachten, und sie rückte näher heran, um beide in den Arm zu nehmen, ihnen den Schutz ihres üppigen Busens angedeihen zu lassen. Aber dann zögerte sie doch wieder, denn es bestand ja keinerlei physische Gefahr; die Bedrohung – falls es eine gab – existierte nur im Geist der Zwillinge, und dort konnte sie nichts ausrichten.

Evas Kopf mit den zerzausten Haaren ruhte auf der Schulter ihres Bruders, und ihre Augen waren – wie die seinen – weit aufgerissen und starr. Die Kleine spürte die Gegenwart so vieler anderer, die wie sie und Josh waren, und so vieler anderer, die anders waren, deren Gedanken bösartig und entartet waren. Und eine war stärker als die allermeisten, und ihre Gedanken waren so grauenhaft und feindselig, daß die Kinder vor Angst wimmerten. Dieser böse Geist war sehr mächtig und erfüllt von ungeheurem Haß auf die Menschheit, und die Kinder nahmen nicht nur die negativen Schwingungen wahr, sondern sie hatten auch eine vage Vision von der Person – etwas Dunkles, Brütendes, Fettes...

Jetzt schloß Bibby die Zwillinge doch in ihre Arme, denn die kleinen Körper zitterten wie Espenlaub, und aus den nun geschlossenen Augen flossen Tränen. Sie zog sie fest an sich, spürte aber, daß die beiden weit entfernt waren, an einem Ort, wohin sie ihnen nicht folgen konnte.

Im Geiste vereint, stellten sich Josh und Eva gemeinsam diesem furchtbaren Wesen, dessen Bild sich nicht fassen ließ, das im Tempo eines langsamen Herzschlags fluktuierte. Es hatte keine Umrisse und keine Merkmale, und es erblühte und verwelkte, verwelkte und erblühte in pulsierendem Rhythmus. Die Kinder erkannten es wieder, denn es hatte sie auch früher schon gestreift, allerdings noch nie so wie diesmal, mit solcher Kraft und Unverfrorenheit. Sie fühlten sich geschwächt, fast schon überwältigt. Sie fühlten sich völlig ausgeliefert.

Bis die Gedanken eines anderen sich ankündigten und dieser bösartigen Wucherung mitsamt den Kohorten, die sich um sie geschart hatten, den Boden entzogen. Diese neue Präsenz war lichterfüllt und wundervoll, und sie vertrieb alle Schatten. Und die Kinder kannten sie gut, denn sie war ihnen schon oft erschienen: Josh und Eva nannten diese Lichtgestalt ›Träume-Mann‹.

Der Bann, in den jener böse Geist sie geschlagen hatte, wurde überwunden; die Kinder – und andere mit ihnen – waren wieder frei.

Josh und Eva sanken an die Brust ihrer Großmutter, die sie fest an sich drückte und in ihren Armen wiegte, damit sie sich wieder sicher und geborgen fühlen konnten, obwohl Bibby selbst sich schmerzlich bewußt war, daß sie die Ursache für die Ängste ihrer Enkel nie ergründen konnte.

Kerzenschein schimmerte durch die Spitzenvorhänge, die das Bett vom übrigen dunklen Raum abschirmten, und tauchte die grauenhaften Vorgänge in weiches Licht, während nach außen nur Geräusche durch den schleierartigen Stoff drangen, dessen Falten gelegentlich durch heftige Bewegungen in Unordnung gerieten. Das Zimmer selbst war verschlossen, und draußen vor der Tür schliefen zwei Wächter, der eine auf einem harten Stuhl, der andere auf dem Boden. Sie würden später benötigt werden.

Mama Pitié setzte sich über dem glänzenden Körper zurecht, der stumm und hilflos auf den beschmutzten Laken lag. Ihre fetten Schenkel preßten sich auf die Hüften des betäubten Mannes. Sein Penis war immer noch riesig – eine Wirkung des Tranks, den sie ihm vor Stunden zwischen die murmelnden Lippen gegossen hatte. Sie führte ihn ein und begann einen derart wilden Ritt, daß das Bett bebte und die Vorhänge schwankten. Dann hob sie seine entkräfteten Hände hoch und drückte sie an ihre schweren Brüste. Sie seufzte vor Lust, doch schon bald überwog die Frustration über seine Passivität. Der Mann war fast verbraucht, und sogar die Kraft ihres Zaubertranks schwand jetzt schnell dahin.

Fast vier Stunden waren vergangen, seit er in diesen Raum

gebracht und halb bewußtlos auf ihr Bett gelegt worden war, und seine Jugend hatte ihr in dieser Zeit gute Dienste geleistet. Doch nun konnte ihm nicht einmal mehr irgendein Zaubertrunk auf die Sprünge helfen. Bald würde man seinen Kadaver in die Sümpfe oben im Cajun-Land werfen, wo er entweder verwesen oder von Alligatoren verspeist werden würde, vermutlich beides.

Seine Verwandten würden ihn möglicherweise vermissen und die Polizei belästigen, aber junge Burschen wie er waren lockere Vögel, die kamen und gingen, wie es ihnen gerade einfiel; treu waren sie nur ihren Zuhältern. Und Mama Pitié stand mit den besten Zuhältern der Stadt im Bunde.

Natürlich wählte sie sehr sorgfältig aus – kein Opfer konnte je mit dem Tempel in Verbindung gebracht werden, keine Spur führte je dorthin, ob es sich nun um einen Strichjungen aus der schwarzen Kommunität von Lafayette oder um eine Nutte aus der Bourbon Street handelte. Mama liebte junge Geschöpfe, jung und knusprig, die Männer muskulös und hart an den Stellen, auf die es ankam, die Mädchen weich und zartgliedrig. Jedes Geschlecht hatte seine besonderen Reize und Vorzüge, die sich trefflich und vielfältig nutzen ließen. Mama war sehr einfallsreich.

Der Kopf des Mannes rollte zur Seite, und seine Lieder waren halb gesenkt, so daß nur noch weiße Schlitze anstelle von Pupillen zu sehen waren.

Mama Pitié setzte sich grunzend auf ihm zurecht. Schweiß rann zwischen ihren nackten Brüsten herab und versickerte irgendwo in den Bauchfalten. Sie betrachtete ihren unwilligen Liebhaber und leckte sich mit der rosafarbenen Zunge die wulstigen Lippen.

»Du hast's noch nicht geschafft, Junge«, erklärte sie ihm mit tiefer, knurrender Stimme. Ohne ihn zu verlieren, beugte sie sich zur Seite, hob den Spitzenvorhang an und zog eine Schublade des Nachttisches heraus, auf dem drei Kerzen brannten. Etwas Metallisches klirrte in der Schublade, die sie neben sich aufs Bett stellte.

Es waren zehn Ringe, weit genug, um bis zum ersten Gelenk auf Mamas dicke Finger und Daumen zu passen, und an jedem Ring war eine gebogene Klinge befestigt, so daß ihre Hände sich zusehends in Krallen verwandelten. Sie nahm sich dafür Zeit und lächelte, als sie fertig war. Es war ein brutales Grinsen.

Mama hob ihre Arme über den Kopf empor, die Handgelenke gesenkt, so daß die Klauen nach unten auf ihre Beute gerichtet waren – eine dramatische Geste, die einer seltsam müden Heiterkeit zu entspringen schien. Der Mann spürte wohl, daß ihm noch Schlimmeres bevorstand, denn er bewegte seinen Kopf und öffnete die Augen. Sein Mund klaffte auf zu einem Schrei, denn sogar ein betäubtes Gehirn erkennt die Nähe des Todes, aber den ausgedörrten Lippen entrang sich nur ein hoher, pfeifender Laut, ein leises, kraftloses Quieken.

Mamas Hände senkten sich zum tödlichen Angriff. Sie stieß zu. Blut sprudelte auf ihre Handgelenke. Doch plötzlich warf sie den Kopf hoch und rollte mit den Augen, bis ihre Lider zufielen und sie wie versteinert dasaß, ohne ihr fast totes Opfer zu beachten.

Stimmen, Geflüster in ihrem Kopf... Bilder, vage Umrissen, ungeformte Phantome flogen vorbei, wurden immer schneller, wirbelten in Lichtstrudeln umher. Das alles war ihr im Grunde vertraut, aber diesmal... diesmal war es doch irgendwie anders. Stärker und zugleich verwirrender.

*Kinder. Sie sah Kinder. Viele – Hunderte, Tausende! Und sie blökten wie Schafe, sie fürchteten sich, sie duckten sich. Vor* ihr *hatten sie Angst, alle hatten sie Angst vor ihr. Sie konnte die Energie jener anderen spüren, die jedoch nicht so mächtig wie sie selbst waren und in ihrem – Mamas – Schatten zu verweilen schienen.*

*Und dann tauchte ein Doppelbild auf, das blasse, ängstliche Gesicht eines Kindes und sein Spiegelbild. Dunkles, dunkles Haar, das bei einem der Kinder die hohen Backenknochen umrahmte und sich um einen schmalen Hals lockte. Mama begriff, daß es zwei verschiedene Gesichter waren, zwei Kinder mit strahlend blauen Augen, mit geradezu traumhaften blauen Augen.*

*Die Furcht, die sie vorübergehend gelähmt hatte, wurde von Zorn abgelöst.*

*Sie fühlte, daß diese Geschöpfe, die verschwommen vor ihrem geistigen Auge verweilten, ihre Wut spürten, daß sie vor Angst über ihren Unwillen zitterten, so wie sie es getan hatten, als sie ihnen den Sturm geschickt hatte, diesen mutterlosen Geschöpfen... diesen mutterlosen... mutterlosen...*

Ihr dämmerte, woher ihr Zorn rührte.

Mama hatte die schon bei anderen Gelegenheiten gespürt. Diese... diese *Wesen*... sie waren gegen die notwendigen Veränderungen, die leisteten Widerstand gegen das, was geschehen mußte. Und langsam begann sie zu begreifen, was *wirklich* geschehen mußte...

Auch sie bekam es nun mit der Angst zu tun.

»*Oh, Mama...*«, stöhnte sie laut.

Ein letztes Zittern durch lief den Körper auf dem Bett, als das Leben aus ihm wich.

»*Oh, Mama...*«

*Eine andere Erscheinung zwang sich ihr auf... jemand, der ihr an Macht nicht nachstand, der vielleicht sogar noch mächtiger war als sie selbst. Er war ihr vertraut. Sie kannte ihn seit einiger Zeit, und seine Stärke war einschüchternd. Sie wich geistig zurück, denn noch war sie nicht zur Konfrontation bereit. Dazu bedurfte es der Heimlichkeit und List.*

Mama Pitié trat den Rückzug an, verschloß sich den Visionen und öffnete die Augen, um leichter in die Realität ihres Zufluchtsortes zurückkehren zu können. Die Verbindung mit jenem Wesen wurde schnell und mühelos unterbrochen. Ihr Atem ging schwer, denn es war eine lange, wenn auch nicht uninteressante Nacht gewesen.

Sie starrte ins Kerzenlicht, das durch den schleierartigen Vorhang ein einziger weißglühender Ball zu sein schien. Ihr Lächeln war diesmal geradezu verschlagen.

Denn sie begriff, daß in ihrem Geist – und im Geist der *anderen* – eine Begegnung stattgefunden hatte. Man hatte sich einander quasi vorgestellt.

# 15

Sie waren sehr erleichtert, als sie Hazelrod endlich erreichten, denn die Fahrt war lang und anstrengend gewesen. Alle Straßen, die aus London herausführten, waren verstopft, weil viele Menschen sich aus dem potentiellen Katastrophengebiet in Sicherheit bringen wollten. Das Chaos wurde durch jene noch verschlimmert, die in die Hauptstadt fuhren, um die bereits entstandenen Schäden mit eigenen Augen zu besichtigen. Das wochenweise Fahrverbot wurde völlig ignoriert. Erst auf den Landstraßen kam man leichter voran, aber sie hatten mindestens zwei Stunden gebraucht, um auch nur in die Vororte zu gelangen.

Ein pochender Schmerz in Rivers' Bein deutete darauf hin, daß er bei dem Angriff der Straßenräuber nicht nur einen Schlag in die Magengrube und eine blutige Nase abbekommen hatte; wahrscheinlich war während des Kampfes die alte Verletzung getroffen worden, obwohl er dies in jenem Moment gar nicht bemerkt hatte. Er schluckte zwei Dihydrokodein, um den Schmerz zu betäuben, und die leicht anregende Wirkung der Tabletten machte ihn gesprächiger. Sie unterhielten sich während der Fahrt über Wichtiges und Unwichtiges und erfuhren dadurch etwas mehr über den anderen. Was Rivers über Diane erfuhr, gefiel ihm sehr.

Sie hatte einen starken Willen und wirkte in mancher Hinsicht sogar hart, aber unter dieser rauhen Schale verbarg sich große Sensibilität und sehr viel Einfühlungsvermögen. Josh und Eva waren ihr ein und alles, und wenn sie über ihre fehlgeschlagene und am Ende so tragische Ehe sprach, bedauerte sie nicht so sehr die Tatsache, daß ihr verstorbener Mann ihr das Leben zur Hölle gemacht hatte, als vielmehr die negativen Auswirkungen auf die Kinder. Zu ihren Schwiegereltern hatte sie eine sehr enge Beziehung; vielleicht machte Dianes Stärke für das Ehepaar Poggs das Versagen des Sohnes wett, und außerdem hatte sie ihnen Enkel beschert, auch wenn sie adoptiert waren. Seltsamerweise war Diane selbst eine Waise, aufgewachsen in einem Heim in Springfield, unweit von Boston. Sie hatte ihm mit einem trockenen Lächeln erzählt, Springfield könne sich nur einer Sache rühmen: daß es der erste Ort war, wo Basketball gespielt wurde. Sie vertraute Rivers an, daß sie als Kind oft von ihrer Mutter, aber nie von ihrem Vater geträumt hatte, und daß diese Träume in letzter Zeit ein- oder zweimal zurückgekehrt waren. Beim Aufwachen konnte sie sich jedoch nicht an das Gesicht ihrer Mutter erinnern, nur an deren Augen, sanft und blau. Diese neuen Träume brachten sie zum Weinen, genau wie früher, als sie noch ein kleines Mädchen gewesen war, und sie fühlte sich dann einsam und ängstlich.

Traurige Ereignisse dieser Art fehlten in Rivers' Vergangenheit: Er war in einer harmonischen Familie aufgewachsen und hatte eine für die Mittelschicht typische englische Erziehung genossen; gute, aber nicht elitäre Schulen, erstklassige Leistungen an der Universität und danach die lange Laufbahn beim Met Office. Ganz schön langweilig, hatte er fast entschuldigend gesagt. Einziges Glanzlicht waren die zwei Jahre nach dem Studium gewesen, in denen er kreuz und quer durch Europa und Australien reiste. Seitdem konnte er nur seine Karriere und einige gescheiterte Liebesaffären vorweisen, mit Ausnahme jener letzten Beziehung, die so schmerzhaft geendet hatte. Alles nicht sehr aufregend, gab er zu.

Mehrere Jahre intensiver Forschungen über extreme Wetterbedingungen und ökologische Phänomene, rief Diane ihm in Erinnerung. Flüge im Sturm, Besuche in Katastrophengebieten, Entwicklung neuer Methoden bei der Klimavorhersage und ein fast tödlicher Flugzeugabsturz. Nicht allzu eintönig, widersprach sie.

Etwa auf halbem Wege nach Hazelrod legten sie in einem Gasthof eine kurze Rast ein, nicht zuletzt, damit Rivers sich ein wenig die Beine vertreten konnte. Während sie anschließend in der Wirtsstube saßen – Diane trank Orangensaft, Rivers ein Bier vom Faß –, erzählte sie von den wenigen Jahren als Krankenschwester. Ihre damaligen Erfahrungen, speziell auf einer Krebsstation, hatten ihr nicht nur den wirklichen Wert des Lebens zu Bewußtsein gebracht, sondern ihr auch zu der Erkenntnis verholfen, daß man das Leben, solange man es hat, auch wirklich *leben* sollte. Sie sprach von der Kraft und Würde des Menschenherzens, wenn die physische Pein überwältigend wurde, wenn der Tod immer näher rückte. Jene Jahre in den Krankenhäusern hatten sie auch insofern nachhaltig geformt, als ihr klar geworden war, daß es nicht nur auf das eigene Überleben ankam: Was zählte, war das Wohl aller, und daraus resultierte dann das Wohlergehen des Individuums.

Vielleicht wäre dieses gefühlsbetonte Bekenntnis Rivers peinlich gewesen, wenn Diane es nicht mit solch pragmatischer Natürlichkeit abgelegt hätte. Außerdem grinste sie ihm unmittelbar danach zu und entschuldigte sich dafür, daß sie sich so hochtrabend anhörte. Aber, so fuhr sie fort, dies sei der Grund, warum die Arbeit mit Hugo ihr so viel bedeute: Sie gebe ihr das Gefühl, ihren winzigen Teil zum Überleben des Planeten beitragen zu können, indem sie nach Lösungen suchte, die das Weiterbestehen der menschlichen Rasse sichern könnten. »Ich gebe gern zu, daß dieses Problem mich sehr beschäftigt, aber ich bin nicht davon besessen, und ich gebe mich keinerlei Illusionen hin. Wir haben schon so viel entdeckt.«

Den Rest der Strecke hatten sie in gelöster, freundschaftlicher Atmosphäre zurückgelegt, Obwohl es Rivers anfangs widerstrebte, zuviel von sich zu erzählen, brachte Diane ihn bald dazu, von Dingen zu sprechen, die er noch keiner Menschenseele anvertraut hatte. Der Tod seiner Geliebten vor sechs Jahren hatte ihn total aus der Bahn geworfen; eine Zeitlang hatte er sogar befürchtet, den Verstand zu verlieren. Abgesehen von der Trauer war Konzentration sein Hauptproblem gewesen. Er konnte sich weder bei seiner Arbeit noch bei Unterhaltungen oder auch nur bei der Zeitungslektüre konzentrieren. Detailliert Bericht zu erstatten war ihm fast unmöglich, und nur sein bisheriges Ansehen und die heimliche Hilfe von Kollegen ermöglichten es ihm, seinen Job zu behalten. Doch die Zeit der Trauer ging schließlich vorüber, und danach gewann seine Arbeit für ihn eine neue Bedeutung; im Grunde war sie fortan das einzige, was für ihn zählte. Er vergrub sich darin.

Diane verstand ihn nur allzugut, denn der Verlust ihres Ehemanns hatte auf sie – trotz der besonderen Umstände – ähnliche Auswirkungen gehabt. Sie sah in der Ökologie und ihren vielen Geheimnissen von da an fast so etwas wie eine Berufung, einen ernsthaften Beruf und nicht nur ein Interessengebiet. Seltsam, dachte sie, wie persönliche Verluste sowohl Rivers als auch sie selbst zu größerem Einsatz in ihrem jeweiligen Fachgebiet veranlaßt hatten. Und nun hatten sie sich – wie Diane hoffte – zusammengetan, um nach Erkenntnissen zu suchen, wie der Erde noch zu helfen war. Sie hielt es jedoch für vernünftiger, das nicht zu erwähnen, um seinen angeborenen Zynismus nicht wieder zu wecken.

Die erste Person, die sie im Hof von Hazelrod sahen, war Mack. Er schob einen mit Dachziegeln schwer beladenen Schubkarren über das Kopfsteinpflaster und blieb kurz stehen, um ihnen zur Begrüßung zuzuwinken. Seine nackten braungebrannten Arme waren sehr muskulös, und beim Lächeln kamen zwischen seinem vielfarbigen Bart gelbliche Zähne zum Vorschein. Rivers betrachtete den Mann aufmerksam, bevor er aus dem Escort stieg, denn bei seinem ersten Besuch hatte er keine Gelegenheit gehabt, Poggs' Helfer einzuschätzen.

Mack mußte Ende Fünfzig oder Anfang Sechzig sein, schätzte der Klimatologe, obwohl der stämmige Körper keine Alterserscheinungen – weder physische Beschwerden noch Langsamkeit – erkennen ließ. Nein, es waren die Falten in seinem Gesicht und seine wissenden Augen, die verrieten, daß er nicht mehr jung war. Hinzu kam noch ein ruhiges Auftreten und die entspannte Sicherheit seiner Bewegungen. Der Mann strahlte erdverbundene Beständigkeit aus. Er musterte Rivers genauso aufmerksam wie dieser ihn.

»Schön, Sie wohlbehalten wiederzusehen«, sagte Mack, an Diane gewandt. Seine langgezogene und etwas undeutliche Aussprache, die seine Herkunft aus West Country verriet, wirkte genauso beruhigend wie der ganze Mann. »Gestern war in den Nachrichten viel von dem Erdbeben zu hören.«

»Uns ist nichts passiert, Mack.« Diane erwiderte sein Lächeln. »Wir hatten heute morgen ein bißchen Ärger, als wir London verlassen wollten, aber sonst ist alles in Ordnung. Wo sind die anderen?«

»Sie haben gerade zu Mittag gegessen. Äh... die Zwillinge sind vorhin ein wenig verstört gewesen.«

Dianes Lächeln verflog schlagartig.

»Oh, es geht ihnen gut, Sie brauchen sich keine Sorgen zu machen, Missy. Mrs. Poggs hat sich um sie gekümmert. Soviel ich weiß, hatten sie einen ihrer komischen kleinen Träume.« Er betrachtete Rivers wieder. »Sie sehen sehr mitgenommen aus, Mr. Rivers.«

Rivers berührte seine Nase und stellte fest, daß sie sowohl geschwollen als auch wund war. »Stoßverkehr ist eben keine reine Freude.«

Mack verfolgte die Angelegenheit nicht weiter, sondern hob den Schubkarren an. »Ich ersetz' gerade die kaputten Dachziegel. Die meisten zerbrochenen Fensterscheiben wurden schon gestern und heute früh durch neue ersetzt. Der Glaser und sein Gehilfe konnten die Geschichte kaum glauben. Verdammter Sturm!«

Rivers vermutete, daß er den seltsamen Wind meinte, der nur um das Haus herum getobt hatte.

»Okay, Mack«, sagte Diane. »Fall nicht von irgendwelchen Leitern.«

Er nickte ihr zu, und seine grauen Augen funkelten humorvoll. »Nur keine Bange, ich paß schon auf mich auf. Und machen Sie sich wegen der Kleinen keine Sorgen – die beiden sind zäher, als sie aussehen.«

Er entfernte sich, und Diane und Rivers blickten einander über das Wagendach hinweg an. »Du siehst wirklich sehr mitgenommen aus«, kommentierte sie. »Deine Nase muß während der letzten Stunde so stark angeschwollen sein, und die Schnittwunde auf der Wange von neulich sieht immer noch scheußlich aus. Komm, gehen wir rein und legen etwas Kaltes und Nasses auf deine diversen Blessuren.«

Sie ging voraus; Rivers holte seine Reisetasche aus dem Auto und humpelte hinter ihr her, erschöpft von der Fahrt und von dem scharfen Schmerz in seinem Bein. Etwas Kaltes und Nasses würde auch seiner trockenen Kehle guttun, dachte er. Die Sonne war immer noch hinter der dichten Wolkendecke verborgen, aber die Nachmittagshitze war noch unangenehmer geworden.

Als Diane sich auf der Schwelle nach ihm umdrehte, sah sie, daß sein Bein ihn kaum noch trug, aber ihre Aufmerksamkeit schien ihm peinlich zu sein, und so ging sie schnell ins Haus, ohne auf ihn zu warten. In der Halle wurden sie von Poggs willkommen geheißen.

»Diane, James.« Er umarmte seine Schwiegertochter und schüttelte Rivers kräftig die Hand. »Wir haben euch zum Mittagessen erwartet. Gab's irgendwelche Probleme?« Er atmete pfeifend ein, während er auf eine Antwort wartete.

Diane küßte ihn auf die Wange. »Wir hatten auf der Fahrt durch London eine kleine Auseinandersetzung mit Hooligans«, erklärte sie.

»Aha, daher rühren also die Verletzungen. Sie müssen unbedingt verarztet werden, mein Junge.«

»Ich wollte ihm gerade einen Eisbeutel machen«, sagte Diane. »Mack hat berichtet, daß es Probleme mit Josh und Eva gegeben hat.«

»Oh, nichts Besorgniserregendes. Bibby konnte sie schnell beruhigen. Sie ist jetzt oben und versucht die beiden zu einem Nickerchen zu überreden. Wie wär's, wenn du mir die Betreuung unseres Freundes überläßt und oben nach dem Rechten siehst?«

»Wenn du nichts dagegen hast, Jim?« Sie warf Rivers einen Seitenblick zu.

»Natürlich nicht. Mir geht es ganz gut, wirklich.«

Sie rannte die Treppe hinauf.

»Also Jim und nicht James«, konstatierte Poggs. »Sehr schön. Ich fand James von jeher einen langweiligen Namen. Hören Sie mal, ich habe immer noch eine halbe Flasche von dem Macallan. Wie wär's. wenn wir uns einen Drink genehmigen? Sie sehen so aus, als könnten Sie einen gebrauchen.«

»Ein Longdrink wäre mir eigentlich lieber.«

»Dann eben beides. Ein Whisky und ein Bier. Was sagen Sie dazu?«

»Eine großartige Idee.«

Der Geophysiker schnaubte zufrieden. »Gehen Sie schon mal ins Wohnzimmer und schenken uns beiden einen Schluck von dem harten Zeug ein, während ich Ihnen ein kaltes Bier aus der Küche hole. Oh, und einen Eisbeutel. Wahrscheinlich haben Sie auch Hunger, aber Bibby wird Ihnen bestimmt bald was auftischen.«

Er deutete auf das Wohnzimmer und verschwand in der Küche. Rivers holte eine Schachtel Zigaretten aus seiner Reisetasche, zündete eine an und schob die Packung wieder in die Seitentasche, während er ins Wohnzimmer ging. Er fand zwei Gläser und schenkte den Whisky ein, wobei er Poggs großzügiger als sich selbst bedachte. Mit seinem Glas in der Hand trat er an das große Fenster, dessen Scheibe noch mit frischem Kitt verschmiert war, und blickte auf den Hof hinaus.

Der erste Schluck und die ersten Züge an der Zigarette übten eine wohltuende Wirkung aus, obwohl der Schmerz in seinem Bein nicht nachließ. »Zum Wohl«, prostete er sich selbst leise zu und nahm einen größeren Schluck.

Hugo Poggs ließ nicht lange auf sich warten, ein Glas Bier in der einen Hand, ein Geschirrtuch mit Eiswürfeln in der anderen. »So, mein Junge. Wenn Sie sich in fünf Minuten nicht viel besser fühlen, sind Sie ein hoffnungsloser Fall.«

Rivers stellte das Whiskyglas auf einem Beistelltischchen ab und griff dankbar nach Bier und Eisbeutel. Nach einem großen Schluck stellte er das Glas neben das andere, ließ sich aufs Sofa fallen, legte den Eisbeutel auf seine geschwollene Nase, zuckte zusammen und stieß einen Seufzer aus.

»Angenehm?« erkundigte sich Poggs.

»Kalt.«

Poggs ließ sich mit seinem Whisky im Sessel nieder und rang nach Atem, bevor er trinken konnte.

»Ah, köstlich«, lächelte er, während er sich zurücklehnte. Dann wurde er aber ernst. »Wie schlimm war das Beben? Wir haben gestern abend im Fernsehen Berichte gesehen, aber heute ist der Empfang so miserabel, in Funk und Fernsehen, daß wir überhaupt nicht auf dem laufenden sind.«

Rivers, der die Beine ausgestreckt und die Schultern tief in die Polster gedrückt hatte, hob den Eisbeutel kurz an, um Poggs anzusehen.

»Sie hatten hier auch einen schlechten Empfang?«

»Fast gar keinen. Sehr starke atmosphärische Störungen.«

»Wir hatten in London dasselbe Problem. Und auch auf der Fahrt hierher.«

»Aha.« Poggs trank wieder einen Schluck Macallan, den Blick auf den Teppich gerichtet. »Glauben Sie, daß das etwas zu bedeuten hat?«

»Na ja, es ist ungewöhnlich.« Rivers ließ seinen Kopf zurücksinken und legte das feuchte Handtuch wieder auf sein Gesicht. »Störungen der Luftwellen über einem Erdbebengebiet sind keine Seltenheit, aber dies hier ist etwas anderes. Ich bezweifle, daß es da einen Zusammenhang gibt.«

»Also ein weiteres Rätsel«, murmelte Poggs. »Noch etwas, womit unser Planet uns verwirren will.«

»Dieses Rätsel wird bestimmt bald gelöst sein. Ich glaube kaum, daß es etwas Dramatisches ist.«

»Vielleicht haben Sie recht.« Poggs schnaubte ungeduldig. »Wir neigen mittlerweile dazu, jede leichte Abweichung von der Norm total überzubewerten. Weiß Gott, die Natur bricht ständig ihre eigenen Regeln.«

»Sie durchbricht die Regeln, die wir ihr aufzuzwingen versuchen, um für uns selbst eine Art Ordnung zu schaffen.«

»Sie haben natürlich völlig recht. Trotzdem müssen wir doch mit irgendwelchen Modellen arbeiten, sonst ist alles ein einziges Chaos.«

»Meteorologen arbeiten auch mit der Chaostheorie: Wir können Wetterveränderungen mittlerweile mit Hilfe unserer Computermodelle verstehen, aber wir werden nie in der Lage sind, sie mit absoluter Gewißheit vorherzusagen, weil es einfach zu viele Variable gibt.« Rivers wechselte das Thema, weil er nicht in der Stimmung für eine ausführliche Debatte über die nichtlinearen Gleichungen der Turbulenzen war, die die physikalischen Gesetze vor große Probleme stellten oder gar außer Kraft zu setzen schienen. »Was war mit den Zwillingen los?« fragte er. »Mack hat erzählt, daß sie wegen eines Traums verstört waren.«

»Was? O nein, es war kein Traum, obwohl wir manchmal diesen Ausdruck wählen. Sie haben heute morgen unten am Teich die Enten gefüttert, und dann sind sie offenbar wieder einmal in Trance gefallen. Das passiert den beiden Knirpsen mittlerweile regelmäßig – viel zu oft, wenn Sie mich fragen.«

»Was ist passiert?«

»Bibby war bei ihnen, Gott sei Dank, obwohl ich nicht glaube, daß ihnen körperlich irgend etwas Schlimmes zugestoßen wäre. Aber sie konnte die Kinder trösten, als sie sich fürchteten.«

Auf der Treppe waren Stimmen zu hören.

»Wenn das meine Frau ist, kann sie Ihnen selbst alles erzählen.« Poggs leerte sein Glas und ließ es neben seinem Sessel verschwinden, wobei er Rivers zugrinste. »Sie sieht es nicht gern, wenn ich unter der Woche so früh am Tag trinke. Angeblich ist es schlecht für meine Leber. Natürlich ist das totaler Blödsinn. Maßvoll genossen, gibt es nichts Besseres für den Kreislauf. Ah, meine beiden Waldnymphen! Kommt rein.«

Die Kinder standen auf der Schwelle und starrten Rivers an. Dann tauchten Diane und Bibby hinter ihnen auf und schoben sie vorwärts. Seltsamerweise gingen die Zwillinge direkt auf Rivers zu.

Er entfernte den Eisbeutel wieder und erwiderte die forschenden Blicke, die ihm ein leichtes Unbehagen verursachten. Unbewußt rieb er sein schmerzendes Knie.

»Hallo!« Er merkte selbst, wie ungeschickt sich seine Begrüßung anhörte.

»Tut Ihr Bein noch weh?« fragte Josh.

»Äh... ja. Ich hatte einmal einen Unfall...«

»Hier?« Josh legte einen Finger auf das Knie.

»In etwa... und drumherum... Aber es ist nichts...«

Josh umspannte Rivers' Bein mit beiden Händen, seine kleinen Finger in der Kniekehle. Dann zog er die Hände langsam zurück, wischte sie an seinen Shorts ab und wiederholte die Bewegung. »Ihr Bein hat auch weh getan, als Sie letztes Mal hier gewesen sind, nicht wahr?« erkundigte er sich. »Ich habe gesehen, wie stark Sie humpelten. Der Schmerz ist wirklich schlimm, ja?«

Verblüfft antwortete Rivers: »Ja, manchmal schon.«

»Laß mich mal, Josh.« Eva schob ihren Bruder eifrig beiseite.

Rivers sah hilfesuchend zu den Erwachsenen hinüber. Bibby lächelte ihm zu, und Diane reichte ihm einen Aschenbecher. Ihr bittender Blick besagte, daß er Geduld mit den Kindern haben solle.

Eva berührte kichernd sein Knie, und dann wechselten die Zwillinge sich ab, strichen immer wieder über sein Hosenbein. Erstaunlicherweise ließ der Schmerz erheblich nach. Rivers öffnete den Mund und wollte etwas sagen, fand aber keine Worte.

»Sie können auch Kopfweh lindern«, berichtete Bibby stolz. »Das haben sie bei mir mehr als einmal unter Beweis gestellt. Sie können den Schmerz nicht völlig verschwinden lassen, *noch* nicht, aber wer weiß, wozu sie in der Lage sein werden, wenn sie erst mal älter sind? Nun, wie fühlen Sie sich?«

Er hatte fast Angst, durch ein lautes Wort den Zauber zu brechen, den die Kinder wirkten. Während er seine Zigarette im Aschenbecher ausdrückte, murmelte er: »Das ist... das ist einfach... Was ist das?«

»Psychische Heilung, so könnte man es vielleicht nennen«, sagte Diane. »Entschuldige, Jim, aber Bibby hat mich überredet, es die Kinder versuchen zu lassen, als wir oben waren und ich erwähnte, daß es dir nicht besonders gut geht. Wir wollten dir aber keinen Schock versetzen.«

»Ich verstehe immer noch nicht... Wie konnten sie den Schmerz abstellen?« Während er zuvor das Gefühl gehabt hatte, als würden ihn winzige Dämonen mit glühenden Nadeln foltern, verspürte er jetzt nur noch ein leichtes Ziehen.

»Das tun sie nicht. Sie öffnen nur deine Energiekanäle, damit dein Körper sich selbst helfen kann. Es gibt dafür keine medizinische Erklärung, Jim, du mußt es einfach akzeptieren, anstatt es zu hinterfragen.«

»Auch ich möchte mich für diese Überrumpelung entschuldigen«, sagte Bibby, während sie sich auf die Armlehne von Poggs' Sessel setzte. »Ich wollte, daß Sie am eigenen Leibe erleben, wie ungewöhnlich Josh und Eva sind, und deshalb habe ich sie gebeten, es Ihnen zu demonstrieren. Die beiden waren sehr angetan von der Idee, Ihnen zu helfen. Aus irgendeinem Grunde sind Sie für die Kinder sehr wichtig.«

Die Zwillinge traten zur Seite, zufrieden mit sich selbst, und Rivers berührte vorsichtig sein Bein. »Das ist unglaublich«, sagte er und beugte das Knie. Als der Schmerz auch jetzt wider Erwarten nicht zurückkehrte, schüttelte er verwundert den Kopf. »Unglaublich«, wiederholte er.

Diane setzte sich schmunzelnd neben ihn. Es war unübersehbar, daß sie seine totale Verblüffung zutiefst genoß. »Für einen so nüchternen Menschen wie dich muß das schwer zu verkraften sein. Du bist weder betäubt noch hypnotisiert worden, aber deine Schmerzen haben nachgelassen, und das haben zwei Kinder bewirkt, die nicht einmal die Art der Verletzung kennen. Wie wird jemand wie du mit so was fertig?«

Seine Aufmerksamkeit war noch immer auf sein Bein konzentriert. »Leicht ist es nicht«, gab er zu. »Aber ich bin sehr dankbar. Wie lange wird es anhalten?«

Diane zuckte mit den Schultern. »Schwer zu sagen. Vielleicht eine Stunde oder so, vielleicht auch für den Rest des Tages. Wie bei einer Medizin, so ist auch hier mehr als eine Dosis erforderlich, um eine dauerhafte Wirkung zu erzielen.«

»Die Zwillinge könnten ein Vermögen verdienen.«

Hugo Poggs und seine Frau lachten. »Es gibt genügend andere Heiler auf der Welt. Josh und Eva sollen nicht unter Druck stehen«, sagte Bibby. »Außerdem ist ihr Talent ja noch nicht voll entwickelt.«

Rivers wandte sich den Kindern zu. »Danke, daß ihr mich von den Schmerzen befreit habt. Wißt ihr, wie ihr das bewerkstelligt?«

Beide schüttelten schüchtern den Kopf.

»Spürt ihr irgend etwas, während ihr das macht?«

»Es prickelt ein bißchen«, sagte Josh.

Eva nickte zustimmend. »Wir ziehen den Schmerz heraus. Das geht ganz einfach, wenn wir uns richtig konzentrieren.«

»Und tut euch das nicht weh?«

Sie kicherten. »Natürlich nicht«, erwiderte Josh fast herablassend. »Wir werfen den Schmerz doch einfach fort.« Eva kicherte wieder.

»Eure Mutter hat gesagt, daß ihr mich sehen wolltet. Stimmt das?«

Beide nickten.

»Könnt ihr mir sagen, warum?«

»O ja«, meinte der Junge.

Rivers wartete, war aber gezwungen, noch einmal nachzufragen, weil eine Erklärung ausblieb. »Dann sagt mir, warum.«

Diesmal war es Eva, die ihm antwortete: »Sie müssen den Träume-Mann finden.«

# 16

Die Kinder standen auf Stühlen vor der großen Weltkarte in Poggs' Arbeitszimmer, während die Erwachsenen – Poggs, Bibby, Diane und Rivers – sich erwartungsvoll um sie scharten.

Es war Dianes Idee gewesen, die Zwillinge mit der Karte zu konfrontieren, denn alle geduldigen, aber hartnäckigen Fragen nach der Identität des Träume-Mannes und nach seinem Aufenthaltsort hatten zu nichts geführt. Er war in ihren Träumen einfach da, beharrten sie, und er war freundlich, nicht so wie die andere Person. Sie weigerten sich strikt, über jene ›andere Person‹ zu sprechen. Der freundliche Mann war alt, erzählten sie, obwohl sie ihn nie wirklich gesehen hatten. Sie hatten seine Gegenwart nur *gespürt*, aber sie wußten, daß er sehr alt und weise war, und daß er ihnen helfen wollte. Rivers hatte gefragt, warum sie glaubten, daß ausgerechnet *er* diesen sehr alten und weisen Mann finden könne. Die verblüffende Antwort hatte gelautet: »Weil Sie ein Teil des Lichtes sind.«

Rivers hatte keine weiteren Fragen gestellt, denn die einfache Erklärung der Kinder bereitete ihm tiefes Unbehagen. Was, zum Teufel, sollte das bedeuten? Wie konnte er ein *Teil* des Lichtes sein? Er hatte es gesehen, aber es hatte nichts mit ihm zu tun. Poggs hatte sein Unbehagen bemerkt und ihm noch einen Whisky eingegossen.

Schließlich waren Josh und Eva der Fragerei überdrüssig geworden, und deshalb hatte Diane das Spiel mit der Weltkarte vorgeschlagen. Sie erklärte Rivers, daß sie ein ähnliches Spiel schon mehrmals gespielt hätten: Wenn etwas im Haus nicht mehr aufzufinden war, zeichnete Diane oder Bibby eine grobe Skizze der Räumlichkeiten von Hazelrod, damit die Kinder zeigen konnten, in welchem Zimmer sich der verlorene Gegenstand befand. In sieben von zehn Fällen fanden Josh und Eva das Gesuchte dann tatsächlich in dem Raum, den sie auf der Skizze angegeben hatten, versicherte Diane.

Er war den anderen ins Arbeitszimmer gefolgt, sein Whiskyglas in der Hand, und hatte sich eine neue Zigarette angezündet. Das Ganze war lächerlich, rief er sich in Erinnerung, so als befürchte er insgeheim, dem Zauber der Bewohner von Hazelrod zu erliegen. Es waren gute Menschen, ehrliche Menschen, daran zweifelte er nicht. Aber sie mußten irgendwie irregeleitet sein. Was sie machten, hatte doch nichts mit der Realität zu tun, und ihn versuchten sie jetzt auch noch in ihre Hirngespinste hineinzuziehen. Andererseits hatten die Kinder ihn *tatsächlich* von den Schmerzen in seinem Bein befreit, zumindest vorläufig. Und wenn man Diane Glauben schenken konnte, spürten sie Katastrophen, die sich in Tausenden Kilometer Entfernung ereigneten. Er betrachtete die Weltkarte mit sehr gemischten Gefühlen.

»Schaut euch alle Länder an«, erklärte Diane den Zwillingen, »und laßt eure Gedanken nicht abschweifen.«

Josh und Eva betrachteten die Karte von links nach rechts, von oben nach unten.

»Beachtet die bunten Stecknadeln einfach nicht«, fuhr Diane fort. »Sie zeigen nur, wo sich auf der Welt schlimme Dinge ereignet haben.« Ihre Stimme wurde leise und beruhigend. »Laßt euch Zeit und denkt an den Träume-Mann, nicht an sein Aussehen, sondern an die Gefühle, die ihr habt, wenn ihr wißt, daß er da ist. Könnt ihr das?«

Beide nickten.

»Okay. Wenn ihr bereit seid, dann zeigt uns auf der Karte, wo der Träume-Mann sich eurer Ansicht nach aufhält.«

Sie zögerten nur ein, zwei Sekunden. Josh deutete auf Afrika, Eva auf Indien. Dann deutete Josh auf Brasilien, Eva auf Rußland. Dann deuteten sie gemeinsam auf Bulgarien.

Rivers beobachtete, wie Dianes besorgte Miene einer triumphierenden wich.

Dann deutete Josh auf Sri Lanka, Eva auf Japan. Beide

lachten, als der eine auf Mexiko, die andere auf Portugal zeigte.

Diane warf Rivers einen bestürzten Blick zu.

»Er ist überall, auf der ganzen Welt!« rief Eva begeistert, als ihr Finger auf Pakistan deutete, während Josh auf Kuba zeigte.

# VARANASI (BENARES), INDIEN

Salim Prabhu nahm eine weitere Batterie von dem Stapel, der vor ihm aufgeschichtet war, und ließ den Hammer mit dem kurzen Griff auf das Gehäuse niedersausen. Sein Körper und seine Shorts waren mit Kohlenstaub bedeckt. Sogar sein Gesicht war mit dem roten Pulver beschmiert. Sein Rücken schmerzte, und sein Kopf dröhnte von dem unaufhörlichen Hämmern – nicht nur von seinem eigenen Hämmern, sondern auch von dem der anderen sieben Jungen, die wie er in diesem trostlosen Schuppen zwischen der Werkstatt eines Rikschabauers und einer Metzgerei arbeiteten. Er war sogar noch vor seinen Kameraden hier gewesen – kurz vor Morgengrauen –, um sich den Platz in unmittelbarer Nähe der offenen Türen zu sichern, wo er wenigstens das Tageslicht genießen konnte und nicht ganz soviel Staub wie die anderen einatmen mußte. Weiter hinten mußten die Jungen im Licht einer einzigen Laterne schuften, und ihre Augen sahen im Halbdunkel weiß und gespenstisch aus. Für jede zerschlagene Batterie, deren Kohle wiederverwertet wurde, erhielten sie eine Paisa*, und jeder von ihnen hoffte, bis zum Abend mindestens neun Rupien verdient zu haben. Salim nannte die Zeit, zu der sein langer Arbeitstag endete, ›Kuhstaub-Stunde‹, weil er etwas außerhalb der Stadt wohnte, wo die Bauern in der Abenddämmerung ihr Vieh von der Weide in den Stall trieben. Gegenwärtig wurde freilich kein Staub aufgewirbelt, dachte er beim Hämmern, denn dies war der dritte Monate der Monsunzeit, und die Regenfälle hatten früh eingesetzt; die *pandas*, die Hindupriester, prophezeiten, daß sie lange anhalten würden. Wie im Vorjahr und vor zwei Jahren.

Im Augenblick regnete es aber nicht, und die Menschen gingen auf den Straßen ihren Geschäften nach, ungeachtet der braunen Fluten des Ganges, die durch die Stadt strudelten. Die Ganga Flood Control Commission hatte sich bemüht, im Laufe

* 1 Paisa = 1/1000 Rupie; Anm. d. Übers.

der Jahre die Dränage zu verbessern, und es waren Dämme gebaut worden, um das Ausmaß der Überschwemmungen zu verringern, doch trotzdem würden die tiefliegenden Straßen den steigenden Pegelstand bald nicht mehr bewältigen können, und sogar die Waren und Lebensmittel, die auf hohen Regalen gelagert wurden, waren gefährdet.

Salim hoffte, daß seine Schwester Nergish, die mit ihren neun Jahren ein Jahr jünger als er selbst war, heute auf der Müllhalde genug Plastik und Blech finden würde, um ihren riesigen Sack zu füllen. Ihr Vater würde unzufrieden sein, wenn der Sack nicht prallvoll mit wiederverwertbaren Abfällen für die habgierigen Altwarenhändler war, und er würde seine Wut an ihnen allen auslassen.

Salim hatte sich kurz vor Morgengrauen von Nergish getrennt, am Rand der Barackensiedlung, wo sie mit ihren Eltern und ihrem Baby-Brüderchen Tipu wohnten. Er hatte sich auf den Weg in die überschwemmte Innenstadt gemacht, während seine Schwester eine Abkürzung durch den Busch zu den Müllhalden am Stadtrand nahm. Ihr Vater Rakesh hatte vergangene Nacht wieder einmal in betrunkenem Zustand getobt; er würde sich jetzt, mitten am Vormittag, wahrscheinlich noch im Schlaf hin und her wälzen und von seiner Glanzzeit als Offizier in der Indischen Armee träumen. Damals war er ein stolzer Mann gewesen, der seinem Land mit Freuden diente. Aber nach zehn Jahren wurde er wie ein Hilfsarbeiter einfach auf die Straße gesetzt, ohne Pension, ohne Krankenversicherung, ohne Anspruch auf subventionierte Lebensmittel. Dabei hatte er eine junge Familie zu versorgen. Eine Zeitlang hatte er auf dem Bau gearbeitet, aber eine solche Plackerei war nicht nach seinem Geschmack und vertrug sich außerdem nicht mit seiner Würde als ehemaliger Offizier. Jetzt schufteten Salim und Nergish, um ihn, ihre tuberkulöse Mutter Rajnee und Klein-Tipu zu ernähren, während er sich mit billigem Schnaps tröstete und mit dem Schicksal haderte, das ihm so übel mitgespielt hatte. Manchmal war seine Sprache so unflätig, und er wurde so gewalttätig, daß seine Familie auf die andere Seite des Abwasserkanals flüchtete, der an ihrer Baracke vorbeiführte, und dort wartete, bis er sich ausgetobt hatte und zu schnarchen begann.

Ohne die riesigen schwarzen Fliegen (sie wurden auch ›Bestien der Luft‹ genannt) zu beachten, von denen es nur so wimmelte, sobald die Regenfälle für kurze Zeit aufhörten, blickte Salim von seiner Arbeit auf und beobachtete das geschäftige Treiben vor der Tür. Die Straßen waren heute nicht mit gelben Taxis verstopft, weil diese in den höhergelegenen Stadtvierteln blieben, aber an Fahrradrikschas und Kamelkarren herrschte wahrlich kein Mangel, und unternehmungslustige Bootsleute beförderten zahlende Fahrgäste in kleinen Booten und Gondeln. Pilger und andere Fromme wateten durch das Wasser und strömten in Scharen durch die Basare und Gassen zur Mutter Ganges. Manche von ihnen trugen Totenbahren und beweinten geliebte Menschen, deren Leichen am Ufer des großen Flusses in den Flammen gereinigt werden würden und deren Asche in den Strom gestreut werden würde. Vor einigen Jahren waren noch viel mehr Fromme in diese Stadt der Toten geströmt, um mit eigenen Augen das Wunder der Menstruation der Göttin zu sehen, denn der Fluß hatte sich damals plötzlich rot verfärbt. Der Ansturm von Pilgern hatte nicht einmal nachgelassen, als eine Fabrik ein Stück stromaufwärts gerichtlich belangt wurde, weil sie Farbstoffe einfach in den Fluß geleitet hatte. Heilige Kühe liefen frei herum, und die *dhobi-wallahs*, die mit ihrer Wäsche zum Fluß unterwegs waren, wichen ihnen in weitem Bogen aus, weil sie sich fürchteten, die schwerfälligen Tiere mit ihren Bündeln auch nur zu streifen.

Auf der anderen Straßenseite rief ein Teeverkäufer »Tschai, tschai, tschai!«, und Salims trockener Mund lechzte nach dem starken süßen Kardamomgeschmack. Jemand rief seinen Namen, und als er den Kopf hob, sah er Rekha, die ihm von einem der kleinen Balkone im obersten Stockwerk des Gebäudes gegenüber zuwinkte. Unter ihr, in der ersten Etage, gab es eine durchgehende überdachte Holzgalerie, und im Erdgeschoß –

das aber höher lag als die Straße – befanden sich diverse Läden. Rekha war ein *hijri*, ein Eunuch, im Alter von einundzwanzig Jahren der Manneskraft beraubt – sie war dafür bekannt, daß sie bei Gelegenheit ihre Röcke hob und jedem möglicherweise interessierten Passanten ihre Kastrationsnarben zeigte –, und sie lebte zusammen mit ihresgleichen und mit dem Guru in dem Bordell im obersten Stock. Sie behaupteten von sich, die erwählten Wächter des Grabes des Propheten zu sein, und sie erschienen oft bei Heirats- oder Geburtszeremonien, wo sie tanzten, sangen und für ihre Segenswünsche Geld verlangten; wenn keine Rupien flossen, stießen sie Verwünschungen aus. Rekhas Sari war grellgelb, und sogar aus dieser Entfernung konnte Salim sehen, daß ihre Lippen knallrot geschminkt und ihre Augen mit Khol umrandet waren, während ihre Haut mit Kurkumapaste aufgehellt war. Sie schürzte die Lippen, senkte verführerisch die Lider und schüttelte sich gleich darauf vor Lachen, als der Junge hastig seinen Blick senkte und mit besonderem Eifer weiterarbeitete.

Sie rief wieder seinen Namen, eine Neckerei ohne böse Absicht, denn sie mochte den Jungen, und wenn die Straßen trokken waren und sie zwischen den Touristen und Pilgern herumflanierte, blieb sie oft stehen und unterhielt sich mit ihm, und manchmal warf sie ihm einen Fruchtbonbon zu, während er seine Batterien zerschlug. Salim riskierte einen weiteren Blick, grinste von einem Ohr zum anderen und erwiderte Rekhas Winken. Ein Wanderbarbier, der gerade in einem Torweg einen Kunden rasierte, bemerkte dieses Geplänkel und spuckte in das schmutzige Wasser, in dem er bis zu den Knöcheln stand, denn die *hijra* wurden sowohl respektiert als auch geschmäht, nicht nur weil sie die Macht besaßen, nach Belieben zu segnen oder zu fluchen, sondern auch weil die Frommen ihren Lebensstil für anstößig hielten. Er knurrte etwas in Salims Richtung, der sich schon wieder über seine Arbeit beugte. Rekha streckte dem Jungen und dem Barbier die Zunge heraus und verschwand wieder im Zimmer.

Während Salim hämmerte, schweiften seine Gedanken zu

weniger langweiligen Dingen, und aus den Gedanken wurden Tagträume: von Festen mit Elefanten, die Blumengirlanden trugen und mit pflanzlichen Farben gemalt waren, von winzigen Glocken, die – an Ketten befestigt – über weichen Betten klingelten, von Tigerjagden (jetzt verboten) und Polospielen, von Freskenmalern, die auf Bambusleitern standen und die Wände mit Darstellungen von Indiens vergangenem Ruhm schmückten, von juwelenbehangenen Tänzerinnen in Brokatgewändern und durchsichtigen Schleiern, deren Glöckchen an den Fußknöcheln rhythmisch klingelten, von prächtigen Pfauen und farbverändernden Chamäleons. Er träumte von solchen Dingen, weil es in seiner Welt nichts von all dem gab. Abgesehen von Rekha und ihren unheimlichen Gefährten, die er gelegentlich zu sehen bekam, war sein Alltag sehr monoton und ereignislos. Deshalb malte er sich in seiner Fantasie schöne, abenteuerliche und herrlich fröhliche Dinge aus.

Manchmal hatte er in seinen Tagträumen auch den kleinen Ball vor Augen, der wie eine Perle in der Sonne schimmerte und wie ein Blütenblatt in der Brise dahinschwebte.

Diese Vision erfüllte ihn mit Freude und war ihm so willkommen wie der Besuch eines guten Freundes. Er sah das Licht auch in nächtlichen Träumen, und dann brachte es ihn mit anderen zusammen, die eine unverbrüchliche Gemeinschaft bildeten. Meistens spürte er diese anderen Kinder nur, aber gelegentlich sah er sie auch, und sie gehörten allen möglichen Rassen und Religionen an. Und alle waren von der gleichen unermeßlichen Sehnsucht erfüllt wie er selbst.

Doch in letzter Zeit erwachte er schweißgebadet aus solchen Träumen, so herrlich sie im Grunde auch waren, denn jetzt gab es in ihnen auch etwas Furchterregendes, das drohend auftauchte und immer größer wurde, wie schwarze Wolken am Horizont, das aber nicht greifbar war. Dieses düstere Etwas jagte Salim Angst ein, aber solche Schreckensvisionen verflogen schnell, wenn er in die harte Realität zurückkehrte. Was ihn jedoch nie verließ, ganz egal, wie schwer er schuften mußte, war das Verlangen, jenes verführerische Licht einmal zu berühren.

Die Klänge der fünfsaitigen Tanpura rissen ihn aus seinen Träumereien: Der *Ustad* spielte irgendwo im dunklen Hintergrund seines Ladens auf der anderen Straßenseite, und Salim bekam unwillkürlich eine Gänsehaut, als das Lied des alten Musikgurus die anderen Großstadtgeräusche übertönte, denn die Worte sprachen von Feuer, das sich mit den Himmelstränen vermischte. Die Abkühlung der Regenzeit nach der sengenden Hitze im April und Mai war von jeher begrüßt worden, auch wenn die Göttin Ganga dann über die Ufer trat und die Ebenen überflutete. Doch die Worte des *Ustad* warnten vor den Schrecken, wenn Feuer und Wasser ihre Gewalt vereinten. Zwei *pandas*, die nicht weit entfernt auf Steinblöcken über dem Strom kauerten – in Lendenschurzen aus Musselin –, hielten in ihrer *puja* inne, um zu lauschen, und Salim konnte Bestürzung in ihren Augen erkennen, bevor sie die Köpfe senkten und ihre Andacht noch intensiver fortsetzten.

Salim hob seinen Hammer, doch bevor er zuschlagen konnte, ließ ein fernes Donnern ihn mitten in der Bewegung innehalten. Auch Passanten blieben lauschend stehen, und manche legten ihre Köpfe schief, sichtlich beunruhigt. Der Junge sah einen grellen Farbenblitz, als Rekha auf den Balkon gerannt kam. Sie spähte auf die Straße hinab und sodann zum wolkenverhangenen Himmel empor, eher neugierig als besorgt. Das Lied des *Ustad* verklang, als das träge Wasser, das in der Altstadt stand, in Bewegung geriet.

Salim spürte, daß der Boden unter ihm bebte. Die Batterienpyramide des Jungen hinter ihm fiel in sich zusammen, und die Gehäuse rollten zwischen dem Pulver umher.

Das Wasser schwappte jetzt auch über Türschwellen, die es bis dahin nicht erreicht hatte. Überall sahen sich Leute erschrocken um.

In diesem Augenblick beschloß der Himmel, seine Schleusen wieder zu öffnen, und der Regen prasselte so unvermittelt und mit solcher Wucht hernieder, daß zahlreiche Passanten hinfielen oder taumelten. Der Wolkenbruch verwandelte das ruhige Flußwasser im Nu in ein aufgewühltes Meer, so daß die kleinen Boote und Gondeln im Sturm schwankten.

Salim trat hastig von der offenen Tür zurück. Seine Haut und seine Shorts waren schon naß, und seine schwarzen Haare klebten ihm auf der Stirn. Er betete, daß das Unwetter seine Schwester nicht auf den Müllbergen überrascht haben mochte, denn Sturzbäche dieser Art würden die ganze Halde in einen einzigen Sumpf verwandeln, in dem sie leicht versinken könnte. Die anderen Jungen drängten sich im Hintergrund des Raumes zusammen, aber Salim blieb weiterhin vorne stehen und starrte mit offenem Mund auf das Menschengewimmel in der grauen Wasserfläche hinaus, fasziniert von dieser erstaunlichen Sintflut. Der Fußboden zitterte, feine Staubwolken stiegen auf, und Salim konnte kaum glauben, daß Regen eine solche Kraft besaß.

Er konnte Rekhas farbenfrohe Gewänder auf dem Balkon gerade noch erkennen, aber hinter den Regenschleiern schienen sie sich in blasse Pastelltöne verwandelt zu haben. Die Gebäude gegenüber waren nur verschwommene Umrisse, ebenso wie die davor umherhastenden Figuren.

Salim erschauderte, obwohl die Luft noch nicht kalt war; er erschauderte, weil in ihm eine seltsam heitere Furcht aufstieg. Er schwankte zwischen Angst und Erregung, doch keines dieser Gefühle gewann die Oberhand.

Die Erscheinung nahm er bereits wahr, noch bevor seine Augen sie erblickten. Er starrte genau auf jene Stelle, wo Sekunden später die kleine Kugel auftauchte.

Sie tauchte aus dem Regen auf wie ein einzelner Scheinwerfer, ihre Leuchtkraft wurde vom Wolkenbruch kaum gedämpft, der Hof um sie herum ging unmerklich in ihre unbestimmte Oberfläche über, und sie schwebte anmutig über den aufgewühlten Wassern, gänzlich unberührt von der Sintflut.

Vor dem Gebäude gegenüber blieb der schimmernde Ball stehen. Ein Regenbogen bildete sich um ihn herum, ein Kreis, dessen unterer Rand ins unruhige Wasser eintauchte, und das Lächeln des Jungen wurde noch freudiger, denn dies war das Licht aus seinen Träumen, er erkannte es wieder.

Er stieß einen Jubellaut aus, während die Jungen hinter ihm noch enger zusammenrückten, weil dieses seltsame Licht ihnen nicht geheuer war. Doch bald gefror sogar Salims Lächeln.

Das ganze Gebäude hatte zu beben begonnen. Die Laterne fiel vom Regal herunter, die Kerze erlosch, und in der hinteren Raumhälfte wurde es noch dunkler. Die sorgfältig gestapelten Batterien fielen scheppernd zu Boden, und das Geräusch erinnerte an tausendfaches Zähneklappern. Die Jungen schrien auf.

Draußen im Regen begann sich das schimmernde Licht spiralförmig zu bewegen, anfangs in engen Bahnen, dann immer schneller und ausgreifender. Während es durch den Wolkenbruch wirbelte, prallten keine Regentropfen von seiner sanft begrenzten Oberfläche ab; es stieg langsam in die Höhe, begleitet von Wasserzungen, die danach zu schnappen schienen wie Eidechsen nach einer verlockenden Beute, bis das Wasser auf den strahlenden Lichtball zu anschwoll.

Salim war von dem Anblick so hypnotisiert, daß er das Schwanken des Gebäudes gar nicht mehr bemerkte. Er legte den Kopf tief in den Nacken, als das Licht und das mit Schaum gesprenkelte Wasser darunter immer höher stiegen; er hielt den Atem an und bekam Herzklopfen. Als ein Donnern aus der Erde unter der Straße aufstieg und die Fundamente der alten Stadt zu erschüttern schien, fiel Salim auf den Rücken, zwischen die überall verstreuten Batterien. Schlamm und große Erdklumpen wurden von einem plötzlich entstehenden Wasserberg ausgespien, und gleich darauf brach eine große Schmutzfontäne durch, ein riesiger Geysir, der schnell sauber wurde, als kochende Flüssigkeit himmelwärts schoß, um das strahlende Licht zu verschlingen. Dampf zischte und wogte um diesen gigantischen weißen Turm herum, dessen Rand zuerst den Gehsteig und die Galerie darüber, dann aber auch einige der kleinen Balkone im obersten Stock wegriß, darunter auch den, auf dem die *hijri* gaffend stand. Rekha schrie vor

Überraschung und Qual auf, als die brühend heiße Säule ihr die Haut verbrannte und sie zusammen mit anderem Treibgut emporgeschleudert wurde. Ihr Schrei wurde genauso verschluckt wie ihr Körper.

Der Geysir dehnte sich immer mehr aus. Sein Gipfel entfaltete sich hoch im Himmel und ließ Tropfen herabregnen, die im Wolkenbruch zischten; und am Boden entwichen riesige Dampfwolken, die einen sengenden, sich blitzschnell ausbreitenden Nebel erzeugten.

Der Lärm war ohrenbetäubend, während Salim sich in den hintersten Winkel des Raumes flüchtete, wo seine Freunde ein Gewirr von Leibern bildeten. Aber vor dieser entfesselten Naturgewalt konnte man sich nicht in Sicherheit bringen.

Innerhalb von Sekunden brach die ganze Fassade des Gebäudes, das dem Geysir am nächsten war, in sich zusammen, und nur die hinteren Mauern hielten dem grausamen Dampf stand. Der Wasserstrahl erfaßte im Nu die ganze Straße und verbrühte Händler, heilige Männer, Pilger und Tiere, die sich dort aufhielten.

Salim und seine Gefährten, die dort in ihrem staubigen Refugium kauerten, spürten die grauenhafte Hitze nur sekundenlang, denn der erste Schock vernichtete bereits alle Sinneswahrnehmungen. Und während ihre mageren Körper Blasen warfen und verschmorten, wurde ein anderer Teil von ihnen, ein Teil, dem kein physischer Schmerz etwas anhaben konnte, befreit.

Salims Geist flog auf ein helles Licht zu, viel heller als jedes Licht, das er je in seinem kurzen Leben gesehen hatte.

Dieses Licht war sogar noch strahlender als die in der Sonne schimmernde Perle seiner Träume.

# 17

Es war ein herrliche Ort, ein Garten, der sich meilenweit erstreckte, mit weiten Rasenflächen, baumgekrönten Hügeln und riesigen farbenfrohen Blumenbeeten. Blaßblaue Berge mit schneebedeckten Gipfeln ragten hinter den fernen bewaldeten Anhöhen empor, und darüber wölbte sich ein wolkenloser Himmel von strahlendem Azur. Wie gespenstische Schildwachen standen viele weiße Säulen in dieser gepflegten Grünanlage herum, groß aber unaufdringlich, ohne ersichtliches System angeordnet. Hoch in der klaren Luft flog ein goldfarbener Adler dahin, anmutig und doch hoheitsvoll. Ein Bach, in dem sich der blaue Himmel spiegelte, floß durch diesen paradiesischen Ort und mündete in einen großen See, auf dessen gekräuselter Oberfläche Diamanten aus Sonnenlicht tanzten.

Die Zwillinge hielten sich bei den Händen, während sie durch die Blumengärten schlenderten, und hin und wieder blieb Eva stehen und machte Josh auf etwas aufmerksam; dann beobachteten sie gemeinsam einen blauen Schmetterling, der sich auf einer Mohnblüte niedergelassen hatte, oder eine pelzige Biene, die sich zwischen Löwenzahn tummelte und dabei Pollen sammelte. Eine leichte Brise machte die Wärme erträglich und bewegte die Blätter der nahen Bäume. Die Zwillinge knieten nieder, um eine grüne Raupe zu betrachten, die einen Grashalm hinaufkroch, und als sie die Köpfe wieder hoben, stellten sie fest, daß viele andere Kinder die Wiesen bevölkerten: Die meisten spielten in Gruppen, manche unterhielten sich oder sangen einander etwas vor, und einige wenige hingen allein ihren Gedanken nach, und obwohl sie gerade erst aufgetaucht waren, hatte es ganz den Anschein, als wären sei schon immer dagewesen. Josh schätzte, daß es mindestens tausend sein mußten, wahrscheinlich viel mehr, und er warf Eva einen erstaunten Blick zu, denn mit so vielen waren sie noch nie zusammengetroffen. Evas Augen leuchteten, und sie zog ihren Bruder auf eine Kinderschar zu, die um die Säulen herum Blindekuh spielte. Die Zwillinge wurden nicht extra willkommen geheißen, sondern ganz natürlich in den Kreis aufgenommen, und bald kicherten sie mit den anderen, während ein Junge mit verbundenen Augen nach ausweichenden Freunden suchte, die Arme wie Antennen ausgestreckt.

Josh und Eva genossen es, in diesen Traum zurückzukehren, denn hier kamen sie mit Kindern zusammen, die ihresgleichen waren, mit denen sie eng verbunden waren, weil sie alle den Einen Gedanken teilten. Niemand von ihnen verstand, was dieser Eine Gedanke war. Der alte Mann, der manchmal unter ihnen weilte, hatte ihnen nur gesagt, daß der Eine Gedanke ihnen allein gehöre und sie befähige, auf diese Weise zusammenzukommen. Eines Tages würden sie seine Kraft und seinen Ursprung erkennen, versprach der alte Mann, der Träume-Mann, und vielleicht war dieser Tag nicht mehr allzu fern.

Eva wich lachend den Armen des Blindekuh-Jungen aus und versteckte sich hinter einer nahen Säule, deren glatte Oberfläche warm war. Vor Überraschung quiekte sie leise auf und sprang zurück, trat aber gleich darauf wieder neugierig näher und berührte die Säule mit den Fingerspitzen, und diesmal empfand sie die Wärme als angenehm. Sie lehnte genüßlich ihre Wange daran.

Josh kam von der anderen Seite her angelaufen. Seine blauen Augen funkelten ausgelassen, und er schmiegte sich eng an Eva, so daß nun sowohl seine Schwester als auch die Säule ihn vor den suchenden Händen schützten.

Der Junge mit den verbundenen Augen war den leise fliehenden Schritten und dem Kichern gefolgt. Die Zwillinge bewegten sich um die Säule herum, so als hätte man sie aneinandergeschweißt, und versuchten die Luft anzuhalten.

Doch der Junge blieb plötzlich stehen und drehte bestürzt den Kopf nach allen Seiten. Dann nahm er die Binde ab, und in seinem Gesicht stand ein so abgrundtiefer Jammer geschrieben, daß Evas Lippen vor Mitleid zitterten. Auch andere Kinder hatten ihre Aktivitäten eingestellt und blickten sich suchend um. Josh und Eva konnten ihren Schmerz gut nachvollziehen, denn ihnen fiel plötzlich ebenfalls auf, daß zwar mehr Kinder als je zuvor hier waren, daß aber einer fehlte. Ihr kollektives Bewußtsein litt unter diesem Verlust, und alle wurden von ein und demselben Gedanken heimgesucht: daß bald auch viele andere nicht mehr imstande sein würden, an diesen Ort zu kommen. Einige Kinder begannen zu weinen. Andere blickten zum Himmel empor und sahen die Gewitterwolken, die über dem fernen Gebirge aufzogen. Die allgemeine Trauer um den fehlenden Kameraden wurde von zunehmender Angst abgelöst.

Die Wolken bewegten sich rasch auf die grünen Rasen und Wiesen zu, dunkel und zornig, von Blitzen durchzuckt, während tiefes Donnergrollen über die Wälder rollte.

Die angenehme Brise verwandelte sich in einen starken Wind, der an den Kleidern der Kinder zerrte und ihre Haare zerzauste. Manche schrien auf, andere wimmerten verstört. Ein neuer Blitz, immer noch ziemlich weit entfernt, bleichte die Landschaft, und das Krachen des Donners ließ die Kinder erschrocken zusammenzucken. Mit eingezogenen Köpfen faßten sie sich fest bei den Händen, paarweise oder in kleinen Gruppen aneinandergeschmiegt.

Die Wolken brausten auf sie zu, ausgefranst und bedrohlich, den Himmel verhüllend, und beim Näherkommen schienen sich aus ihnen Klauen herauszubilden, die hinabschossen, so als wollten sie die Kinder von den Wiesen reißen, sich aber in Bodennähe einfach auflösten.

Als Josh beim nächsten Donnerschlag zusammenfuhr, fiel ihm auf, daß sich im Gras etwas bewegte. Er stolperte rückwärts und zog Eva mit sich, die aufschrie, als sie die Würmer entdeckte, denn sie waren plötzlich überall, krochen aus der Erde hervor, begleitet von Spinnen, Käfern und Insekten mit harten Panzern, und bald wimmelte es im Gras nur so von diesem ekligen Gewürm. Kinder kreischten und stampften mit den Füßen, als sie sahen, worauf sie standen, und dann zerstoben sie in alle Richtungen. Die Gewitterwolken waren mittlerweile direkt über ihren Köpfen angelangt, und in diesen Dampfwirbeln entstanden ständig neue Formen: Münder und Augen und lange Zungen, die dem Boden entgegenzuckten; ganze Arme tauchten auf, nur um von den heftigen Windstößen sofort wieder zerfetzt zu werden. Und es gab monströse alptraumhafte Gestalten, die sich ebenfalls auflösten, kaum daß sie entstanden waren.

»Lauf, Eva!« rief Josh drängend und zog sie in Richtung der Wälder, die den großen Garten begrenzten und am ehesten Deckung bieten konnten. »Lauf! Schnell!«

Die Kinder rannten bei ihrer Flucht wild durcheinander und stießen immer wieder zusammen. Viele fielen in das aus der Erde kommende Gewürm, und die Panik wurde durch Gedankenübertragung noch vervielfacht. Auch Josh und Eva wurden mehrmals umgeworfen, bevor sie den Wald erreichten. Am Rand blieben sie zögernd stehen, denn keines der anderen Kinder hatte diesen Weg eingeschlagen, und die Dunkelheit unter dem Blätterbaldachin wirkte nicht besonders einladend.

Josh warf einen Blick zurück auf die Wiesen unter den düsteren Wolken, wo ihre Freunde kopflos umherrannten, und er fragte sich, ob Eva und er dort nicht vielleicht doch besser aufgehoben wären, denn möglicherweise bot die Menge eine gewisse Sicherheit. Aber Eva zupfte ihn am Arm und deutete auf etwas.

Im Wald leuchtete ein kleines Licht.

Der Junge schrie vor Freude auf und zog seine Schwester über die Waldschwelle. Gleich darauf standen sie auf einem schmalen Pfad.

Das Licht flimmerte nicht weit entfernt zwischen den Bäumen.

Sie tauschten einen Blick. Worte waren überflüssig, denn beide wußten, daß der Weg zum Licht führte. Sie rannten los, Josh voraus, denn der Pfad war so schmal, daß sie nicht nebeneinander laufen konnten, und das Moos unter ihren Füßen war weich und bequem. Die oberen Baumäste wurden von einem Wind geschüttelt, der den Kindern zu folgen schien.

»Wart auf mich«, bat Eva, und Josh mußte sein Tempo verringern. Ungeduldig griff er nach der Hand seiner Schwester, um sie mit sich ziehen zu können, und dann rannten sie weiter, Josh halb seitlich, obwohl das sehr unbequem war. Niedrige Zweige und Büsche peitschten ihnen die Beine, aber sie blieben erst stehen, als ihnen auffiel, daß sie sich dem Licht nicht näherten. Es schwebte vor ihnen, schimmerte im Halbdunkel, zog sich zurück und kam ihnen dann wieder ein Stückchen entgegen, so als wollte es sie ermutigen, ihm weiter zu folgen.

»Es will uns an irgendeinen sicheren Ort bringen, das weiß ich genau«, beharrte Eva.

Josh lächelte. Auch er wußte das. »Komm«, sagte er, und sie rannten wieder zwischen den Bäumen hindurch, schnell und anmutig wie richtige Waldnymphen.

Der kleine Lichtball führte sie, ein flatterndes Irrlicht, das sie manchmal aus den Augen verloren, aber nie für lange Zeit. Schließlich wurde der Pfad breiter, und nun rannten die Zwillinge Seite an Seite, und oft wurden ihre Atemzüge von aufgeregtem Kichern unterbrochen, wenn die kleine Lichtkugel mit ihnen Versteck spielte, im Dickicht verschwand und anderswo wieder auftauchte, Bäume umkreiste und dann wieder pfeilgerade davonschoß, tiefer in den Wald hinein. Und immer tiefer in den Wald hinein folgten die Kinder.

Allmählich wurde sie müde.

»Ich kann nicht mehr, Josh«, klagte Eva, an den knorrigen Stamm eines krummen alten Baumes gelehnt, und sah sich ängstlich um, denn der Wald war hier noch dichter, das Laubwerk wilder und stacheliger.

»Wir können nicht hierbleiben«, erklärte Josh, obwohl auch er so erschöpft war, daß er sich auf den blätterbedeckten Pfad fallen ließ.

»Aber wohin gehen wir überhaupt?« fragte Eva düster.

»Wir... wir folgen dem Licht.« Sein Atem ging schnell, während er danach Ausschau hielt.

»Ich will ihm nicht mehr folgen.«

»Wir müssen aber, Eva, wir...« Er blinzelte.

Unerklärlicherweise hatte sich plötzlich die Nacht über den Wald gesenkt und war verschwörerisch mit dessen Schatten verschmolzen. Der Weg war in Dunkel gehüllt, aber nun schimmerte ein anderes Licht zwischen den Bäumen, und es war wärmer und beständiger als der kleine Lichtball.

»Es ist ein Fenster«, flüsterte er.

»Es ist ein Haus!« rief Eva, die seinem Blick gefolgt war.

Sie rannten wieder los, ohne auf die grausamen Dornen zu achten, die an ihren Kleidern zerrten und ihre Haut zerkratzten. Eva schrie auf, als sie über eine Wurzel stolperte, aber Josh bewahrte sie vor einem Sturz und zog sie weiter. Als sie sich diesem neuen Licht näherten, wurden sie vorsichtiger und langsamer. Die Blätter raschelten im starken Wind, und die Baumwipfel schaukelten und knarrten. Beide Kinder fuhren erschrocken zusammen, als es im Unterholz laut knackte, aber welches Tier auch immer sich darin verfangen hatte – es befreite sich und setzte hastig seinen Weg fort, wobei das Laubwerk erbebte.

Endlich gelangten die Zwillinge auf eine Lichtung. Die schwarzen Wolken hingen über den Bäumen, und Blitze tauchten die Szenerie in silbernes Licht. Zwei winzige Fenster des alten Steinhäuschens waren hell – ein weicher, einladender Schein –, und aus dem Schornstein im Strohdach stieg träger Rauch empor, der vom Wind erfaßt und mitgerissen wurde. Kletterrosen verliehen den rauhen Mauern ein freundliches Aussehen, obwohl ihre Farben im wechselnden Licht kaum zu erkennen waren. Es gab keinen Garten – der Wald ringsum erfüllte diese Funktion, aber der Pfad, der zur Haustür führte, war beiderseits mit blauen Glockenblumen gesäumt. Die Tür war nur angelehnt, und durch den schmalen Spalt war flackerndes Licht zu sehen.

Josh und Eva kannten solche Häuschen aus ihren Märchenbüchern, und eines war all den verschiedenen Geschichten gemeinsam: Solch ein lieblicher Ort bot immer Zuflucht. Manchmal war da freilich noch etwas anderes, aber im Augenblick konnten sich die Kinder nicht daran erinnern, was das war. Sie waren müde und verängstigt, und trotz des anstrengenden Rennens fröstelten sie und fühlten sich sehr trostbedürftig.

»Komm«, sagte Josh und ging kühn voraus. Eva folgte ihm, obwohl ihr die Sache nicht ganz geheuer vorkam.

Als sie sich der angelehnten Tür näherten, hörten sie ein leises heiteres Lied, aber der Wind trug die Worte davon. Ein besonders heftiger Donnerschlag und die ersten Regentropfen ließen die Glockenblumen wie Espenlaub erzittern, und die Kinder rannten die letzten Schritte bis zur Tür.

Auf der Schwelle blieben sie jedoch wieder stehen, und als das Donnergrollen verklang, konnten sie das Lied besser hören als zuvor. Es wurde in einer Sprache gesungen, die sie nicht verstanden, die ihnen aber seltsam vertraut war. Schaudernd standen sie da und hatten Angst einzutreten oder auch nur anzuklopfen, als der Gesang plötzlich abriß und eine Stimme, die so einschmeichelnd wie das Lied war, sie ins Haus bat.

»Kommt herein, Kinder, niemand wird euch hier etwas zuleide tun.« Es war eine Frauenstimme.

Die Zwillinge sahen einander unschlüssig an. Die Frau sprach Englisch mit einem starken ausländischen Akzent, aber ihre Einladung war unmißverständlich.

»Bitte kommt, hier ist es warm, und ihr bekommt auch etwas zu essen.«

Es war Eva, die die Tür weiter aufstieß.

Eine Gestalt saß in einem Schaukelstuhl am Kamin, eine Seite von den Flammen beleuchtet, die andere im dunklen Schatten verborgen. Ein Geschirrschrank voll hängender Teetassen und bemalter Teller stand an einer Wand, und mitten im Zimmer stand ein kleiner runder Tisch mit Spitzentischtuch; gegenüber dem Schaukelstuhl war ein niedriger Hocker, und über dem Feuer hing ein schwarzer Kessel; Vorhänge mit

Blümchenmuster schmückten die kleinen Fenster, und ein Teppich in weichen Farbtönen bedeckte einen großen Teil des Holzbodens. In der Ecke führte eine schmale Wendeltreppe zu dem Raum oder den Räumen im ersten Stock. Die Kinder blieben, wo sie waren, denn obwohl das Zimmer im Feuerschein gemütlich und einladend wirkte, waren sie noch auf der Hut vor der Unbekannten, die sie willkommen hieß.

Sie streckte ihnen eine Hand entgegen. »Habt keine Angst«, sagte sie mit ihrem fremdländischen Akzent. »Ich bin jemand, der euch früher gut gekannt hat, jemand, der euch liebt.«

Sie trug ein großes Tuch um die Schultern und dünne Schnürstiefel, die oberhalb der Knöchel vom Unterrock verhüllt wurden, der ein Stück unter dem langen Rock hervorkam. Wilde dunkle Locken fielen ihr ins Gesicht und verhüllten es. Das Wort ›Zigeunerin‹ durchzuckte Eva, und sie gab den Gedanken blitzartig an ihren Bruder weiter, der scharf die Luft einzog und diese Annahme sofort akzeptierte, denn in Träumen stellt man selten etwas in Frage.

Dann fiel ihm das Bilderbuch ein, in dem sie diesen Ort zum erstenmal gesehen hatten. Wovon hatte die Geschichte nur gehandelt?

Der Schaukelstuhl bewegte sich hin und her, hin und her, und er knarrte ständig...

Josh konnte sich einfach nicht erinnern, obwohl er wußte, daß es wichtig war, und Eva versuchte es nicht einmal: Sie trat näher an die Gestalt heran.

»Komm«, bat die Zigeunerin, »wir haben einander viel zu erzählen. So hübsch...«

Josh war unschlüssig. Jenes Märchen – wovon hatte es gehandelt? Etwas quälte ihn, huschte durch seinen Geist, war ärgerlich, weil er sich nicht erinnern konnte. *Es war einmal ein kleines Haus, mitten in einem dunklen und schrecklichen Wald...*

Eva drehte sich lächelnd nach ihm um, bevor sie wieder ein, zwei Schritte auf die Frau zuging, die jetzt die Arme ausbreitete.

»So viel zu erzählen...«, sagte die Zigeunerin, und ihr Akzent verlieh den Worten zusätzliches Gewicht. »Sooooo viel...«

*Und in dem Haus lebte... lebte...*

»Woher kommst du, Kleine, und wie heißt du?«

Eva zögerte. »Aber du bist doch unsere Mami. Du weißt, wie ich heiße.«

»Ach ja, natürlich, aber es ist so lange her. Willst du mir nicht erzählen, wo du jetzt wohnst? Komm näher her und flüstre es mir ins Ohr.«

*Und in dem Haus lebte eine alte Hexe...*

Eva stand vor der Frau.

*...die wilde Tiere und Vögel anlockte und auch Elfen, die dort im Wald lebten...*

Seine Schwester würde gleich umarmt werden.

*...und kleine Kinder, die sich verirrt hatten...*

Doch statt dessen packte die Frau Evas Handgelenk und erhob sich aus dem Schaukelstuhl, das Gesicht immer noch zur Hälfte im Schatten.

*...sie lockte sie zu sich, um sie in ihrem Eintopf zu kochen...*

Ein gewaltiger Donnerschlag ließ das Häuschen erbeben, und die Tür hinter Josh flog weit auf.

*...und zu essen!*

»Eva!«

Josh stürzte auf seine Schwester zu, die sich nach ihm umdrehte, aber die dunkle Gestalt ragte über ihr empor und wurde immer größer. Das Tuch glitt von ihren plötzlich viel breiteren Schultern, und die Haare verhüllten jetzt nicht mehr ihr Gesicht – ein so schwarzes und grausames Gesicht, daß Josh vor Schreck fast gestürzt wäre.

Eva wirbelte herum, um zu sehen, was ihren Bruder so erschreckt hatte, und beim Anblick der riesigen Gestalt, die über ihr emporragte, schrie sie laut auf und versuchte zurückzuweichen, aber das Ungeheuer hielt sie am Handgelenk fest und zog sie noch näher an sich heran.

»Nein!« kreischte Eva, aber ihr Widerstand war vergeblich.

Josh warf sich gegen die monströse Gestalt – es war immer

noch eine Frau, registrierte er, aber sie hatte sich in eine gewaltige Schwarze verwandelt, mit einem einzigen langen Loch in der platten Nase und mit Narben im bösartigen Gesicht. Er schlug mit den Fäusten auf sie ein, aber sie fegte ihn mit ihrer freien Hand beiseite, so als wäre er nur eine lästige Fliege.

»Laß sie in Ruhe!« schrie Josh, sprang vom Boden auf und griff wieder an. Sein Fußtritt war so kräftig und – noch viel wichtiger – sein Geist so erfüllt mit Absicht, seine Schwester zu retten, daß das Ungeheuer Eva tatsächlich losließ, ob nun vor Überraschung oder vor Schmerz. Der Junge packte seine Schwester bei der Hand und zog sie auf die offene Tür zu.

Doch kurz bevor sie die Tür erreichten, fiel sie krachend ins Schloß.

Josh ließ Eva los, um an der Klinke ziehen zu können, doch während er gegen die übernatürliche Kraft ankämpfte, die die Tür geschlossen hielt, fiel ein drohender Schatten auf das körnige Holz. Eva legte jetzt mit Hand an, und ohne Vorwarnung flog die Tür wieder weit auf, gerade als draußen ein greller Blitz zuckte, der alle blendete.

Zu Tode erschrocken sprang Josh in den Regen hinaus und rannte und rannte, während es um ihn herum wieder Nacht wurde und der Wind ihm ins Gesicht blies, so als wollte er ihn zum Stehenbleiben zwingen. Er zertrat einige geknickte Glokkenblumen und stürzte sich ins Unterholz, ohne noch einen Blick zurück zu werfen, vor Angst und Anstrengung laut keuchend. Und während er blindlings aus dem Traum floh, schrie er Eva zu: »*Lauf, Eva, lauf, lauf...*«

Er schrie, obwohl er wußte, daß sie nicht mehr bei ihm war.

Die Abendnachrichten waren schlimm, wie meistens. Ein Sandsturm war über die Highways im Mittelwesten Amerikas gefegt und hatte zu einem Verkehrschaos mit vielen Toten geführt, ein Wirbelsturm hatte die Bucht von Bengalen verwüstet, und in Kasachstan, das zur Gemeinschaft Unabhängiger Staaten gehörte, hatte es ein Erdbeben gegeben.

Rivers zündete sich die vierte Zigarette dieses Abends an,

ohne auf Bibbys mißbilligenden Blick Rücksicht zu nehmen, und starrte auf den kleinen Bildschirm des zweidimensionalen Fernsehers, der auf einer Ecke des Küchenschranks stand. Die anderen saßen neben ihm am Küchentisch, mit düsteren Mienen, trotz der fast leeren Weinflasche vor ihnen. Schmutziges Geschirr vom eilig zubereiteten Abendessen stapelte sich im Spülbecken. Der Empfang war schlecht, was aber – wie alle vermuteten – nicht am Alter des Gerätes lag, sondern an den anhaltenden atmosphärischen Störungen.

Im Augenblick sahen sie eine gewaltige kochend heiße Wasserfontäne, mindestens neunzig Meter hoch und aus einiger Entfernung gefilmt, eine Fontäne, deren Spritzwasser durch wolkenbruchartigen Regen abgekühlt wurde und Wolkenwirbel bildete. Diese todbringende heiße Quelle war mitten in einer alten indischen Stadt hervorgebrochen.

Von Zeit zu Zeit verblaßte das Bild und wurde von ›Schneeflocken‹ oder doppelten Konturen verzerrt, aber jetzt war es ausnahmsweise völlig klar – und erschreckend. »Der Zorn der inneren Erde«, kommentierte Poggs über die Stimme des Nachrichtensprechers hinweg, und es hörte sich wie ein zur Situation passendes Zitat an.

»Aber das Ding ist so hoch!« murmelte seine Frau, eine Hand erschrocken an die Wange gepreßt.

»Der Druck muß phänomenal gewesen sein«, meinte Poggs. »Mindestens ...«

Er wurde von hastigen Schritten auf der Treppe vor der offenen Küchentür unterbrochen. Sie hörten Josh mit angstvoller Stimme nach seiner Mutter rufen, bevor er auf der Schwelle auftauchte, im Schlafanzug, mit Tränen in den Augen. Seine schmalen Schultern bebten. Diane war schon aufgesprungen und lief ihm entgegen.

»Josh, was ist?«

Er warf sich in ihre Arme und vergrub sein Gesicht an ihrer Taille. »Eva«, hörten sie seine gedämpfte Antwort. »Die böse Frau hat Eva gefangen!«

Diane schob ihn sanft von sich weg und ging in die Hocke,

um ihm ins Gesicht schauen zu können. »Wen meinst du, Josh? Was für eine Frau?«

Er begann zu schluchzen. »Die... die dicke Frau...« Er deutete auf die Treppe.

Diane stürzte hinaus, bevor die anderen auch nur aufgestanden waren. Bibby folgte ihr rasch.

Poggs ging zu dem Jungen. »Beruhige dich, Josh. Du hast geträumt, stimmt's?« Seine Worte klangen nicht tadelnd, nur sanft überredend.

Josh schüttelte den Kopf. »Nein. Wir sind gerannt und gerannt, Opa, und... und wir haben ein Haus gefunden... die Frau war dort... aber... aber sie...« Ein Schluchzen erstickte seine Stimme.

»Jetzt ist alles wieder gut, Josh, du bist in Sicherheit.« Poggs setzte sich auf einen anderen Küchenstuhl, zog den Jungen zwischen seine dicken Knie und legte einen Arm um seine Schultern. »Es war nur einer deiner Alpträume, Josh. Du brauchst dich nicht zu fürchten, denn jetzt bist du ja wach.«

Der Junge schmiegte sich an die Brust seines Großvaters, schüttelte aber wieder verneinend den Kopf. »Kein Traum, kein Traum...«

Von oben ertönte Bibbys Stimme: »Hugo, komm schnell!«

Poggs stand sofort auf, und Josh blinzelte bestürzt durch seine Tränen hindurch. Sein Großvater nahm ihn bei der Hand und stieg mit ihm die Treppe hinauf. Rivers überlegte, ob er ihnen folgen sollte, beschloß dann aber, am Fuß der Treppe zu warten.

Er lauschte eine Weile den aufgeregten gedämpften Stimmen, ertrug die Ungewißheit dann aber doch nicht und machte sich auf den Weg nach oben. Auf halber Höhe traf er Bibby, deren Gesicht ihre Sorge deutlich widerspiegelte.

»Was ist passiert?« fragte er.

»Eva... Wir können sie nicht aufwecken. Sie scheint in einer Art Koma zu sein.«

Sie ließ ihn stehen, und gleich darauf hörte er sie in der Halle telefonieren: Sie rief einen Krankenwagen.

**NEW ORLEANS, LOUISIANA** – *Französisches Viertel*

Verfluchte Scheiße, allmählich wurde das Pflaster zu heiß!

Nelson Shadebank wischte den Schweiß von seiner goldgeränderten Brille und seiner zerfurchten Stirn ab, während er die knarrende Holztreppe hinter dem Tempel erklomm. Das schwüle Wetter war schweißtreibend – sein einziges Zugeständnis an die Hitze war allerdings das Ablegen des Jacketts; seine Krawatte lag eng am Kragen an, die Manschetten seines Nadelstreifenhemdes waren mit auffallenden goldenen Manschettenknöpfen geschmückt –, aber der Besuch der beiden NOPD-Beamten hatte auch Angstschweiß verursacht.

Verdammt, sie mußte darüber informiert werden.

Oben angelangt, ging er den Flur entlang. Feuchte Flecken unter den Achseln waren kleine Schönheitsfehler an seinem ansonsten makellosen Hemd, und unter der beigen Hose mit korrekter Bügelfalte klebte ihm die Unterhose auf der Haut. Vor der Tür von Mama Pitiés privaten – sehr *privaten* – Räumen blieb er stehen. »Oh, Scheiße«, murmelte er, brachte es aber nicht über sich anzuklopfen. Was, zum Teufel, mochte sie heute nachmittag dort drin treiben? Vermutlich war sie allein – ihr letztes ›Lustobjekt‹ war am vergangenen Abend weggeschafft worden, und er selbst hatte das organisiert –, aber das bedeutete noch lange nicht, daß man sie stören durfte. Nein, bei Gott nicht. Als er es zuletzt gewagt hatte, hatte sie ihn so angestiert, daß er sich vor Angst fast in die Hosen gemacht hätte. Immerhin hatte sie ihn aber nicht verprügelt – er hatte einmal beobachtet, wie sie mit ihren riesigen Händen einen ihrer Zombies bearbeitete, und diese Pranken waren wahrhaft mörderisch.

Shadebank hatte geglaubt, eine Goldgrube entdeckt zu haben, als er vor vier Jahren, nach seiner Flucht aus New York, den Tempel betreten hatte, nicht aus einem spirituellen Anliegen heraus, sondern angezogen von der Musik. Er war neugierig gewesen, denn in jenen Hymnen wurde nicht Gott gepriesen, sondern die Mutter Erde, und gesungen wurde mit leidenschaftlichem Erweckungseifer. Und die Gemeinde bestand auch nicht, wie er erwartet hatte, ausschließlich aus Schwarzen. Er war gerade noch hineingeschlüpft, bevor die Türen von innen verschlossen wurden, und er hatte festgestellt, daß hier Weiße, Schwarze und Cajuns versammelt waren. Als er dann sah, wie voll die Klingelbeutel nach der Kollekte waren – und nicht etwa mit Kleingeld –, da glänzten seine Augen genauso wie die der Gläubigen. Sogar jene, die mehr als ärmlich aussahen, waren überaus großzügig, und Shadebank selbst hatte einen Zwanziger gespendet, obwohl er sich nur aus Neugier in den Tempel verirrt hatte.

Shadebank war damals auf der Suche nach einem neuen Job gewesen. Sein letzter Arbeitgeber, einer der ganz großen Gangsterbosse, war als Kronzeuge aufgetreten, um nicht wegen Mordes, schwerer Mißhandlung, Folter, Vergewaltigung und – natürlich – Drogenhandels zu fünfmal lebenslänglich verurteilt zu werden. Um seinen eigenen Kopf aus der Schlinge zu ziehen, hatte er gesungen und jeden hingehängt, der irgend etwas mit Drogenhandel zu tun hatte. Zum Glück war Shadebank von einem New Yorker Bullen gewarnt worden, der im Laufe der Jahre für seine Gefälligkeiten gegenüber den Gangs mehrere hunderttausend Dollar kassiert hatte. Shadebank hatte sich gerade noch rechtzeitig in den Süden absetzen können und war im Pfuhl von New Orleans untergetaucht.

Nach jenem ersten Besuch im Tempel hatte er einige Tage benötigt, um Näheres über Mama Pitié und ihren Tempel der Heiligen Mutter Erde zu erfahren, aber er hatte gewußt, daß die Mühe sich lohnte – das sagte ihm sein Instinkt und nicht etwa sein Bildungsgrad, obwohl er einen Collegeabschluß vorweisen konnte. An Mama heranzukommen war ziemlich schwierig gewesen, weil ihre Helfer – er nannte diese Dummköpfe ›Zombies‹ – sie übermäßig abschirmten, aber er hatte es geschafft, indem er einen Brief in den Klingelbeutel warf und anschließend geduldig vor der Tempeltür wartete. Als er sie schließlich kennenlernte, überraschte ihn zweierlei: Mama Pitiés Geisteskraft und die Tatsache, daß sie keine Heuchlerin war – die Dame war hundertprozentig aufrichtig. Unheimlich, aber aufrichtig. Und sehr böse.

Sie hatte sich für seine Ideen interessiert, daß sie viel mehr Menschen erreichen könnte, wenn sie im Land umherreiste und ihre Ankunft in Lokalzeitungen und Rundfunksendern ankündigte, und er hatte ihr garantiert, daß sich auf diese Weise die Spenden für den Tempel verdreifachen, vervierfachen, ja verfünffachen ließen. Reichtum, so versicherte er ihr, bedeutete Macht, und Macht bedeutete *Einfluß*. Und wenn sie Herz und Geist der Menschen genügend beeinflußte, würden diese die spirituelle Vereinigung mit der Heiligen Mutter Erde erlangen. Er war sich nicht sicher, ob sie an seine Aufrichtigkeit glaubte oder nicht, aber das war auch nicht weiter wichtig: Was zählte, war nur, wie nützlich sie einander sein konnten. Shadebank hatte seitdem gute Arbeit für sie geleistet, die Einnahmen und Ausgaben des Tempels kontrolliert, Mamas Besuche in anderen Staaten organisiert und für eine gewisse Ordnung unter den Zombies gesorgt, die genauso hirnlos wie ihrer Hohenpriesterin total ergeben waren. Ferner war er zu einem Experten geworden, was die Bemäntelung von Mamas gelegentlichen ›Verirrungen‹ betraf. Bedauerlicherweise war sie kürzlich bei einer ihrer ›Auserwählten‹ allzu sorglos gewesen, und auch Shadebank selbst hatte nicht genügend aufgepaßt.

Er hob die Hand, um endlich anzuklopfen, zögerte aber erneut. Waren das Stimmen, die aus Mamas Zimmer zu hören waren? Ausgeschlossen – niemand war an seinem Arbeitszimmer im Erdgeschoß vorbeigekommen, wo er sich in den letzten Stunden mit den Abrechnungen beschäftigt hatte, wie immer bei weit geöffneter Tür. Zwei der Zombies putzten den Tempel, und die anderen schliefen entweder zu Hause oder aber sie arbeiteten. Vielleicht führte Mama Selbstgespräche. Das wäre nichts Ungewöhnliches. Aber sie mußte unbedingt erfahren, daß die Bullen dem Tempel einen Besuch abgestattet hatten und wiederkommen würden, um mit ihr persönlich zu sprechen. Er hatte gegenüber diesen Südstaatenrassisten den blöden Nigger gespielt und ihnen erklärt: »Sie nicht da, Officer«, aber sie waren ihm nicht auf den Leim gegangen. O nein, ihnen hatten seine korrekte Kleidung und seine glänzenden Schuhe gründlich mißfallen. Bestimmt hätten sie ihn am liebsten verprügelt, nur weil er gepflegt aussah. *Okay, Scheißer*, hatten sie gesagt, *wir kommen später wieder*, und einer hatte auf den Tempelboden gespuckt. Was Shadebank besonders geärgert hatte, war, daß einer der Bullen selbst ein Schwarzer war.

Von drinnen war jetzt eine Art Stöhnen zu hören. Scheiße, war dieses Luder nun allein oder nicht? Verdammt, sie mußte wissen, daß die Bullen nach einem vermißten Mädchen suchten, einem jungen Ding, das vor einigen Wochen verschwunden war. Die Angehörigen der Kleinen hatten erwähnt, daß sie gern den Tempel besuchte, und deshalb hielt die Polizei es für möglich, daß Mama Pitié etwas über ihren Verbleib wußte. Das hatten die Bullen zwar nicht explizit gesagt, aber Shadebank hatte es ihren mißtrauischen Schweinsäuglein angesehen. Bullen hatten für religiöse Freaks nichts übrig – sie wußten genau, daß diese nichts anderes als oft Ganoven waren.

Vielleicht wurde es für ihn Zeit weiterzuziehen, bevor dieses verderbte Luder alles vermurkste. Ja, er sollte wirklich verduften, bevor die Scheiße so richtig am Kochen sein würde. Unten im Safe lagen genug Mäuse, um irgendwo anders einen Neuanfang zu machen. Weit weg von diesem verrückten Weib. Möglichst weit weg. Und jetzt würde er anklopfen.

Doch die Tür öffnete sich, bevor seine Knöchel das Holz berührt hatten.

Mama Pitié hatte das Bild des Kindes noch immer deutlich vor Augen, obwohl es Shadebank, der Buchhalter, war, der sich vor ihr duckte. Bald würde es jedoch verblassen, und sie würde sich konzentrieren müssen, um einen Teil des Mädchens in ihrer Gewalt zu behalten, um es in ihrem eigenen Willen gefangenzuhalten.

Mama war vom Bett aufgestanden, weil sie gespürt hatte, daß jemand vor der Tür stand. Shadebanks inwendiges Zittern hatte ihre Gedanken gestört, ihren Genuß beeinträchtigt. Sie war zur Tür gewatschelt, ein riesiger Schatten, der sich zwischen anderen Schatten bewegte, und als sie die Tür öffnete sah sie den Mann nur verschwommen.

Shadebank, dieser unwissende Narr, murmelte etwas Unverständliches, und Mama Pitié schloß ihre Augen, um das Kind besser festhalten zu können. Laß es nicht los, sagte sie sich, nachdem es dir in die Falle gegangen ist. Der Junge war leider entkommen, aber das Mädchen gehörte ihr. Wenigstens im Augenblick. Und das Mädchen hatte vieles zu erzählen. Sehr, sehr vieles.

# 18

*»Eva!«*

Im Traum kam das Echo seiner Stimme, über den großen See hinweg, von den Wäldern und Bergen auf der anderen Seite zurück.

Als auch der letzte Ton verklang, rief Josh wieder Evas Namen.

Die Wiesen und Weiden waren leer, und nur die stillen Säulen erinnerten ihn an die vielen Male, da er und Eva hier mit den anderen Kindern gespielt und fröhliches Lachen dieses Paradies belebt hatten. Die Erinnerungen schwanden aber dahin wie das Echo, und er blieb allein und verzweifelt zurück.

Er ließ seinen Blick über den Waldrand schweifen, der den Garten begrenzte, und suchte nach der Stelle, wo Eva und er zunächst Zuflucht gesucht hatten, aber das Laubwerk sah überall gleich aus und lieferte keinerlei Anhaltspunkte. Deprimiert wandte er sich wieder dem silbrigen See zu und beobachtete einen Adler, dessen Federn im Sonnenlicht golden schimmerten und der ein Weilchen tief flog, um sich dann in die Höhe zu schwingen, bis er nur noch ein winziger Punkt am Himmel war und schließlich ganz verschwand. Dieser Verlust machte Josh nur noch trauriger.

Er ließ sich auf den Boden fallen, mit gebeugten Schultern, den Kopf fast auf die Brust gesenkt. »Bitte, komm zurück«, sagte er leise, wie zu sich selbst. Dann schluchzte er auf, doch bevor der Kummer ihn völlig überwältigen konnte, bemerkte er, daß die Luft um ihn herum sich veränderte, sich elektrisch auflud, so als stünde ein Gewitter dicht bevor.

Er spürte die Gegenwart des Träume-Mannes, und als er lächelnd aufschaute, war dieser tatsächlich da...

Hugo Poggs legte den Hörer auf und kehrte in die Küche zurück, wo Rivers schon die dritte Tasse Kaffee an diesem Morgen trank. Es war für beide eine lange Nacht gewesen, obwohl sie auf ihren Stühlen eine Weile eingedöst waren. Der Aschenbecher auf dem Küchentisch war voll, und Poggs griff sofort wieder nach seiner Pfeife, die er am Rand abgelegt hatte, zündete sie an und nahm Rivers gegenüber Platz.

»Nun?« fragte Rivers begierig.

Poggs zog an der Pfeife, bevor er antwortete. »Keine Veränderung seit Bibbys letztem Anruf. Eva steht offenbar unter einer Art Schock, aber Gott sei Dank gibt es keine Anzeichen für Katatonie – sie kann sich bewegen, und soweit die Ärzte das beurteilen können, sind alle Körperfunktionen intakt. Sie reagiert sogar auf Stimulation.« Seine massige Gestalt wurde von pfeifendem Husten erschüttert, aber er behielt die Pfeife zwischen den Zähnen, schlug sich nur einmal mit der Faust an die Brust und sah Rivers über den Tisch hinweg an. »Leider gelingt es ihnen nicht, sie aufzuwecken – offenbar ist ihr Schlaf viel zu tief.«

»Schlafkrankheit?« schlug Rivers ohne große Überzeugung vor.

Poggs verwarf die Idee mit einem kurzen Kopfschütteln. »Ich weiß, daß seit den Klimaveränderungen einige Fälle in England aufgetreten sind, aber die Tsetsefliege hat es bisher nicht geschafft, hier bei uns Fuß zu fassen. Jedenfalls wurde uns das immer wieder versichert. Außerdem weist Eva keines der Symptome auf. Sie...« Er nahm die Pfeife aus dem Mund und starrte den Holm an, so als hätte er ihn noch nie zuvor gesehen. »Sie schläft, das ist alles. Bibby sagt, daß die Ärzte glauben, Eva würde schließlich ganz von allein aufwachen, aber ich vermute fast, daß sie die Sache insgeheim viel ernster nehmen.«

»Wie wird Diane damit fertig?«

»Sie war noch bei Eva, als Bibby angerufen hat. Ich glaube, sie hat Angst, von ihrer Seite zu weichen, für den Fall, daß Eva einfach entschläft. Natürlich sind solche Befürchtungen unbegründet, aber...« Er schob seine Pfeife wieder in den Mund und machte eine hilflose Handbewegung. »Das alles ist so verdammt merkwürdig, finden Sie nicht auch? Josh behauptet, sie hätten beide denselben Alptraum gehabt, aber er wäre weggerannt und auf diese Weise entkommen. Und Eva scheint nun von irgendeinem Monster – einer Traumhexe, wenn man Josh glauben darf – gefangengehalten zu werden. Kann ein Alptraum – und mag er noch so traumatisch sein – wirklich eine solche Macht ausüben?«

»Nicht, wenn es sich um zwei normale Kinder handelt.«

»Was ist dann die Antwort?«

Rivers rutschte unter Poggs' forschendem Blick nervös auf seinem Stuhl herum. »Josh und Eva sind anders als alle Kinder, die ich bisher gekannt habe. Diane und Sie haben mir erzählt, sie hätten ungewöhnliche mentale Kräfte, und nach der Behandlung, die sie gestern meinem Bein zuteil werden ließen, bin ich geneigt, Ihnen Glauben zu schenken.« Er verschwieg, daß der Schmerz sich während der Nacht an ihm gerächt hatte.

»Worauf wollen Sie hinaus?«

»Diese mentalen – Pardon, psychischen – Kräfte könnten eine Kehrseite haben. Möglicherweise sind die Zwillinge in psychologischer Hinsicht besonders anfällig.«

»Anfällig wofür?« Poggs' Ton war nicht kritisch, nur interessiert.

Rivers zuckte die Achseln. »Das ist das Rätsel. Aber vielleicht könnte es Eva helfen, wenn ein Psychologe das herausfände.«

»Während sie schläft?«

»Durch Josh.«

»Ich glaube nicht, daß Diane so etwas erlauben würde, denn das würde ja implizieren, daß die Kinder geistig nicht normal sind.«

»Das ist eine altmodische Sichtweise.«

»Trotzdem ist es eine durchaus verständliche Einstellung, besonders bei jemandem, der Kinder adoptiert hat. Solche Eltern brauchen sehr lange, bis sie die Angst verlieren, daß ihre

Kleinen ihnen genommen werden könnten, auch wenn das irrational sein mag. Und Sie dürfen nicht vergessen, daß Diane schon ihren Mann verloren hat. Nein, es muß eine andere Möglichkeit geben.«

»Mag sein, aber in diesem Fall...«

Beide bemerkten gleichzeitig, daß Josh auf der Schwelle stand. Er trug seinen Peter-Pan-Pyjama, war barfuß und lächelte triumphierend.

»Ich weiß, wo der Träume-Mann ist, Opa«, verkündete er.

# 19

Josh zappelte aufgeregt auf seinem Sitz hin und her, während Diane ihn anzuschnallen versuchte. Neben ihnen klinkte Rivers seinen eigenen Sicherheitsgurt ein und tat sein möglichstes, um sich zu entspannen. Er ließ seinen Blick durch das Flugzeug schweifen. Mit fünfhundert Touristen und Geschäftsleuten an Bord war es ausgebucht, und er hatte Glück gehabt, so kurzfristig noch drei Plätze buchen zu können – für sich, Diane und Josh. Allerdings mußten sie ihren Flug nach Glasgow nicht von London Heathrow, sondern von Gatwick aus antreten, und das hatte eine längere Anfahrt bedeutet. Dafür war dieser Flughafen aber etwas weniger überlastet. Rivers sehnte sich nach einer Zigarette und verwünschte insgeheim das weltweite Rauchverbot aller Luftlinien. Zum Glück würde der Flug nicht viel länger als eine Stunde dauern, bei Rückenwind vielleicht sogar noch weniger.

Der European Airbus rollte auf die Startbahn zu, und eine lächelnde Stewardeß bot Josh einen Bonbon an. Er lutschte genüßlich und fand auch diesen Teil des Flugabenteuers sehr angenehm. Rivers wünschte, seine eigenen Nerven wären genauso unbelastet, aber eine Bruchlandung genügte wohl, um einem die Freude am Fliegen für das ganze Leben zu vergällen. Als die Triebwerke auf volle Kraft schalteten und der Kampf zwischen Auftrieb und Gewicht schnell den Höhepunkt erreichte, umklammerte er die Armlehnen. Dann waren sie in der Luft, aber Rivers atmete erst erleichtert aus, als das Flugzeug Höhe gewonnen hatte und die Motoren gleichmäßig dröhnten. Eine Hand legte sich auf die seine, und er begriff, daß Diane sein Unbehagen bemerkt hatte.

»Danke, Jim.«

»Wofür?«

»Für deine Hilfe. Es muß dir schwerfallen, an uns zu glauben.«

»Ich bin mir immer noch nicht sicher, ob ich das tue. Aber wenigstens...« – er suchte nach einer Begründung, nicht nur für Diane, sondern auch für sich selbst – »wenigstens habe ich das Gefühl, etwas Positives zu tun, anstatt nur untätig herumzustehen, während die Welt sich immer mehr zerstört. Und außerdem, wenn unsere Reise Eva helfen wird...«

»Das wird sie, dessen bin ich mir ganz sicher. Wir verstehen zwar nicht, was vor sich geht, aber es gibt bestimmte Bindeglieder, die wir nicht einfach ignorieren können. Wenn wir diesen Mann ausfindig machen – diesen Träume-Mann, wie Josh ihn nennt –, werden wir vielleicht einige Antworten erhalten.«

»Bist du sicher, daß er wirklich dort sein wird, wo Josh sagt?«

Sie nickte und sah ihn mit ihren braunen Augen ernst an. »Ich weiß es, Jim.«

Rivers warf einen Blick auf den Jungen und starrte sodann auf die dicke Wolkendecke, die unter ihnen lag. Ihm fehlte Dianes fester Glaube. Das Ganze konnte sich durchaus als fruchtloses Unternehmen herausstellen, als völlig irrationales und verzweifeltes Unterfangen. Als Josh am Vortag behauptet hatte zu wissen, wo man den Träume-Mann finden könne, hatte sein Großvater ihn wieder vor jene Weltkarte im Arbeitszimmer geführt, und der Junge war auf einen Stuhl gestiegen und hatte sofort auf das Land gedeutet, wo er den Mann aus seinen Träumen vermutete. Rivers hatte bis dahin geglaubt, dieser Mann wäre eine Fantasiegestalt, von der die Zwillinge nur geträumt oder die sie erfunden hatten, aber Josh beharrte darauf, daß es sich um einen realen Mann handelte, der in Schottland lebte. Rivers hätte fast gelacht, als der Achtjährige mit dem Finger auf Schottland zeigte, und nur seine Müdigkeit nach der schlaflosen Nacht voll langer Diskussionen mit Poggs sowie dessen ernsthaftes Interesse hatten ihn davon abgehalten. Der Geophysiker hatte unter seinen vielen alten Meßtischblättern mehrere Karten von verschiedenen Gegenden Schottlands gefunden – »Die schottischen Highlands gehören zu den kompliziertesten geologischen Gebilden der Erde«, hatte er Rivers sein früheres Interesse erklärt –, und Josh hatte sich über die auf dem Tisch ausgebreiteten Blätter gebeugt, das Gesicht vor Konzentration angespannt, die schmalen Schultern fast bis zu den Ohren hochgezogen. Er hatte einen Ort – genauer gesagt, ein Gebiet – gefunden, das ihm intuitiv bedeutsam erschien. Ein fast hundert Kilometer langer vulkanischer Graben, der Great Glen mit seiner Seenkette der ›Lochs‹ zwischen dem Firth of Lorne im Südwesten und dem Moray Firth im Nordosten, teilte Schottland in zwei Hälften, und der Junge lenkte ihre Aufmerksamkeit auf die mittlere Region dieses Grabens. »Hier ist er!« rief Josh, während er auf ein Gebiet mit kleineren Seen zeigte, die im rechten Winkel zu den größeren lagen. »Hier lebt der Träume-Mann.«

Als Diane später am Tag aus dem Krankenhaus zurückgekommen war, hatte sie beschlossen, mit ihrem Sohn an diesen Ort zu fahren. Eva schien keine physischen Beschwerden zu haben, und die Ärzte waren sicher, daß im Augenblick keine Gefahr für sie bestand, obwohl der seltsame Schlaf andauerte. Sie hatte Rivers gebeten, sie nach Schottland zu begleiten, während Bibby im Krankenhaus Wache halten und Hugo Poggs als Kontaktperson in Hazelrod bleiben würde, und Rivers hatte eingewilligt.

Der A320 überflog die Midlands, als Rivers das Licht vor dem Fenster sah.

Josh hatte gerade sein Frühstück beendet – Rivers und Diane hatten sich mit Kaffee und Keksen begnügt und dabei eine angeregte Unterhaltung geführt –, als dem Klimatologen der helle Ball auffiel. Diane fiel auf, daß er sich versteifte, und sie warf selbst einen Blick nach draußen.

»Ist es das?« flüsterte sie atemlos.

Rivers kniff die Augen zusammen, plötzlich unsicher. Der Lichtball, der über der Wolkenbank schwebte, war von einem Regenbogeneffekt umgeben.

»Oh, diese Dinger sind ganz normal, Sir.« Eine Stewardeß beugte sich über Rivers hinweg, um Joshs Tablett abzuservieren. »Es ist nur ein Halo, der durch Reflexion des Lichts an den Wolken entsteht. Aber hübsch, nicht wahr?« Diane reichte ihr das Tablett an, und sie entfernte sich.

Rivers atmete auf. »Sie hat recht – es ist nicht dasselbe. Mir ist einfach die Angst in die Glieder gefahren.«

»Mir genauso«, sagte Diane.

»Mir auch«, gab Josh ungezwungen zu. »Ich muß dauernd an den Träume-Mann denken.«

»Kannst du ihn beschreiben, Josh?« wollte Rivers wissen.

»Wenn ich versuche, ihn mir richtig vorzustellen, wird er unscharf, irgendwie verschwommen. Aber seine Stimme hört sich alt an. Und ich bin ganz sicher, daß er weiße Haare hat. Das kann ich sehen.«

»Erzähl uns noch einmal von den Träumen, Josh«, drängte Diane.

»Mama!« rief Josh bedeutungsvoll.

»Nur noch ein einziges Mal. Es ist wichtig.«

Mit einem übertriebenen Stöhnen berichtete der Junge von dem Traum, den er mit dem Träume-Mann geteilt hatte, und von seinem späteren Traum. Er schilderte sowohl die Ereignisse als auch die Umgebung in allen Einzelheiten, so als würde er sie einem vor ihm liegenden Bilderbuch entnehmen. Als er fertig war und sie ihm einige zusätzliche Fragen gestellt hatten, setzte das Flugzeug schon zur Landung an.

Sie hatten nur Handgepäck bei sich, und so gab es keine Verzögerungen. Die Formalitäten beim Mietwagenservice waren minimal, und zwanzig Minuten nach der Landung überquerten sie bereits die Brücke über den River Clyde und gelangten auf die Hauptstraße, die sie geradewegs ans Ziel bringen würde. Sie fuhren meilenweit am Loch Lomond entlang und hatten trotz der bevorstehenden Suche durchaus einen Blick für seine düstere Schönheit. Bald gelangten sie zu einer Gebirgskette, deren schneebedeckte Gipfel von der schwülen Hitze nicht in Mitleidenschaft gezogen wurden. Die niedrigsten Wolken schienen auf ihren Spitzen auszuruhen, bevor sie in wolligen Fetzen davontrieben.

Obwohl lebhafter Touristenverkehr herrschte, kamen sie gut voran, und zwei Stunden später hatten sie Fort William passiert und näherten sich der Kleinstadt, die sie als Stützpunkt gewählt hatten. Das gewaltige Massiv des Ben Nevis ragte rechts der Straße empor.

Spean Bridge war eher ein Weiler als ein Städtchen, mit Läden und Häusern entlang der Hauptstraße und einem winzigen Bahnhof im Hintergrund. Diane entdeckte das kleine Hotel, und Rivers parkte neben dem Eingang. Zum Glück gab es noch freie Zimmer, sogar zwei nebeneinander. Nach einem schnellen Imbiß gingen sie in Rivers' Zimmer, wo er auf einem der Betten eine Karte ausbreitete.

»Schau sie dir genau an, Josh«, erklärte er dem Jungen. »Dies ist die Gegend, auf die du in Hazelrod gedeutet hast. Du meintest, der Träume-Mann sei irgendwo hier...« Er umfuhr mit dem Finger eine Region paralleler Seen. »Wir befinden uns jetzt hier...« Er deutete auf die Kleinstadt. »Kannst du deine Angaben spezifizieren, Josh?«

Der Junge sah ihn verständnislos an.

»Ich meine, kannst du uns jetzt genau zeigen, wo der Träume-Mann deines Wissens nach ist?«

»Ich glaube...« – die Augen intensiv auf die Karte gerichtet, runzelte Josh die Stirn – »ich glaube, er ist... hier.« Er wies auf eine Stelle, wo drei Lochs eine fast gerade Linie bildeten.

»Bist du sicher?«

Der Junge stützte sich mit den Ellbogen auf das Bett und klopfte mit einem Finger an seine Unterlippe. Er murmelte etwas Unverständliches vor sich hin und schaute sodann zu seiner Mutter auf. »Ich glaube es nur«, sagte er entschuldigend.

»Das macht nichts, Liebling«, beruhigte ihn Diane. »Wir wollen nur, daß du dein Bestes gibst, okay? Schau dir die Karte noch einmal an und dann sag uns, ob du noch immer dasselbe Gefühl hast.«

Er tat, wie ihm geheißen, das Gesicht in beiden Händen. »Es ist nicht mehr klar«, klagte er.

Rivers und Diane tauschten einen Blick. »Was machen wir jetzt?« fragte sie. »Ich dachte, Josh würde noch genauere Angaben machen können, wenn wir fast am Ziel wären.«

»Wir machen mit ihm eine Rundfahrt entlang der Lochs und halten gelegentlich an, damit er ein Stückchen zu Fuß gehen kann. Vielleicht kommt ihm dann eine Erleuchtung. Und wenn wir auf irgendwelche Häuser stoßen, klopfen wir einfach an.«

»Und was sollen wir den Leuten sagen?«

Er zuckte die Achseln. »Was uns gerade einfällt. Bist du müde, Josh? Möchtest du nach der langen Reise ein bißchen ausruhen?«

Der Junge sprang vom Bett auf. »Ich bin überhaupt nicht müde. Können wir Boot fahren?«

Diane zog ihn an sich. »Dafür haben wir keine Zeit. Wir sind hier, um den Träume-Mann zu finden, das weißt du doch. Wenn uns das gelingt, könnte er Eva vielleicht irgendwie helfen.«

»Er wird uns bestimmt helfen, Mama. Der Träume-Mann paßte immer auf uns auf, während wir spielen.«

Wie ein Hirte? dachte Rivers und betrachtete den Jungen forschend. Nicht zum erstenmal fragte er sich, was diese Träume bedeuten mochten. Hatten sie überhaupt eine Bedeutung, oder waren es reine Fantasien zweier übersensibler Kinder? Und falls letzteres der Fall war, falls dieser Träume-Mann nicht existierte, bedeutete das dann auch, daß alles, wovon Diane und Hugo Poggs ihn zu überzeugen versuchten, keine Gültigkeit hatte? In Anbetracht all der anderen Phänomene – des absonderlichen Wetterverhaltens, der unerklärlichen Erdbeben und des geheimnisvollen Lichtballs – mußte das nicht unbedingt so sein. Trotzdem – die Suche nach dem Träume-Mann *war* ein Test, der seine Zweifel zerstreuen oder verstärken würde. Er vermutete, daß Diane sich über den Konflikt, der immer noch in seinem Innern tobten, durchaus im klaren war, obwohl sie nicht über die Konsequenzen eines Fehlschlags gesprochen hatten. Doch jetzt hatte Diane andere Gründe, um hier in den Highlands nach Antworten zu suchen, denn ein Erfolg könnte Eva vielleicht aus ihrem unnatürlichen Schlaf wekken. Schon deswegen hoffte Rivers, daß es den Träume-Mann wirklich gab.

»Sind wir bereit?« fragte er, und Diane verstand den Hintersinn dieser simplen Frage. Sie nickte, und während Josh schon zur Tür rannte, legte sie ihre Hand an Rivers' Wange, und er hielt ihre Finger kurz fest.

»Alles wird gut werden«, sagte er, aber es hörte sich nicht sehr überzeugend an.

In der gemütlichen Halle stellte sich der Mann, der jetzt am Empfang stand, als Besitzer des Hotels vor.

»Machen Sie heute nachmittag eine Sightseeing-Tour oder wollen Sie spazierengehen?« fragte er. »Wenn Sie nur mit dem Auto herumfahren, ist alles in Ordnung, aber wenn Sie auch zu Fuß gehen wollen, brauchen Sie festere Schuhe.« Josh konnte den schottischen Dialekt des Mannes kaum verstehen, folgte aber dessen Zeigefinger. Auch Rivers betrachtete seine braunen Slipper und blickte sodann fragend zu Diane hinüber, die wie Josh derbe Wanderstiefel trug. Für ihn hatte sie in Hazelrod jedoch nichts Passendes gefunden.

»Wenn ich mir einen Vorschlag erlauben darf – ein Stück die Straße runter ist ein kleiner Laden, wo man schon was für Sie finden wird.« Der Hotelier, dessen energisches Gesicht von geplatzten Adern an Nase und Wangen übersät war, grinste breit. »Natürlich können Sie mir auch sagen, ich solle mich um meine eigenen Angelegenheiten kümmern.«

»Nein, Sie haben ganz recht«, beruhigte ihn Rivers. »Wir sind ziemlich überstürzt aufgebrochen. Ich werde Ihren Rat befolgen.«

»Wissen Sie, die Wege sind oft steinig, und in der Nähe der Sümpfe ist es ziemlich morastig. Bei diesem Wetter hatten wir auch schon heimtückische Nebel, aber solange Sie die Wege nicht verlassen, kann Ihnen nichts passieren.«

Sie bedanken sich für seine Fürsorge und fuhren zu besagtem Laden. Fünf Minuten später verließ Rivers das Geschäft in stabilen Wanderstiefeln. Er warf seine Slipper auf den Boden hinter dem Fahrersitz und setzte sich wieder ans Steuer.

»Soll ich nicht vielleicht fahren?« fragte Diane, besorgt, daß sein Bein nach einer so langen Reise schmerzen könnte.

»Es ist besser, wenn du zusammen mit Josh Ausschau hältst. Wenn er auf irgend etwas reagiert, rufst du ›Halt!‹, und dann erkunden wir die Gegend zu Fuß. Okay, Josh?«

Der Enthusiasmus des Jungen war verflogen. Er betrachtete die Hügel hinter der Stadt und sagte ernst: »Ich habe ein bißchen Angst.«

Während Diane ihren Sohn in die Arme nahm, blickte auch Rivers zu den fernen Hügeln hinüber. Die Sommersonne hatte die welligen Abhänge vielerorts braun verfärbt, und die schweren gelblichen Wolken verliehen dem Licht einen milden Schein. Trotzdem hatte die Landschaft etwas Bedrohliches an sich, etwas träge Brütendes, Enervierendes. Auch Rivers hatte Angst.

Er trank Brandy, Diane nippte an einem Glas Weißwein. Sie saßen in der spartanischen Hotelbar, während Josh in dem Doppelzimmer, das er mit seiner Mutter teilte, fest schlief. Diane sah etwa alle zehn Minuten leise nach ihm und kehrte dann zu Rivers an den Ecktisch zurück.

Sie studierten die ausgebreitete Karte, so als könnte sie ihnen irgendwelche Anhaltspunkte liefern.

»Ich habe nicht erwartet, daß wir ihn gleich finden«, sagte Rivers, während er eine Falte im Papier glättete. »Ein einziger Nachmittag hat nicht viel zu bedeuten.«

»Josh schien sich seiner Sache so sicher, bevor wir aufgebrochen sind.« Diane fuhr mit den Fingern über die Karte, so als könnte eine Blindenschrift darin verborgen sein. »Er hat vor Enttäuschung geweint, als ich ihn zu Bett brachte.«

»Morgen wird er ausgeruht und vielleicht aufnahmefähiger sein.«

»Aber er war sich so sicher«, wiederholte sie und ließ ihren Blick durch die Bar schweifen, so als hoffte sie, von irgend jemandem Hilfe zu erhalten. Der Raum war ziemlich voll, wenn auch nicht überfüllt, und die Leute unterhielten sich gedämpft, denn dieses Hotel wurde hauptsächlich von passionierten Wanderern und Bergsteigern frequentiert. Vergnügungssüchtige Touristen wären in dieser Kleinstadt fehl am Platz gewesen. In der Wirtsstube nebenan, wo sich fast nur Einheimische aufhielten, ging es lebhafter zu, und gelegentlich waren von dort Lachsalven zu hören.

Während Diane Josh zu Bett gebracht hatte, hatte Rivers einen Schwatz mit der molligen Bardame mittleren Alters und dann auch mit dem gerade vorbeikommenden Hotelier gehalten. Natürlich konnte er nur vage Fragen stellen, aber der Hotelier versicherte ihm, daß es in den Tälern und auf den Hügeln viele freistehende Häuse gab, deren Bewohner man selten zu Gesicht bekam. Die meisten Bauernkaten standen leer, weil sich heutzutage kaum noch jemand in der Landwirtschaft abrackern wollte, aber es gab eine Anzahl von Einsiedlern, die von der modernen Zivilisation nichts wissen wollten. Nur die nächsten Nachbarn kannten diese Leute, wobei man ›nächste‹ nicht zu wörtlich nehmen durfte – oft wohnten sie kilometerweit voneinander entfernt. Die Post oder der Kolonialwarenhändler, der immer noch abgelegene Gehöfte belieferte, könnten hilfreich sein, »aber dazu bräuchten Sie einen Namen«, hatte McKay, der Hotelier, gemeint. Rivers hatte keine Erklärungen für seine Suche abgegeben, und man hatte ihm auch keine Fragen gestellt, aber sie hatten ihm doch neugierig nachgeschaut, als er zu seinem Tisch zurückgegangen war.

Rivers zündete eine Zigarette an und holte seine Pillendose aus der Jackentasche. Er nahm zwei Tabletten, spülte sie mit Brandy hinunter und inhalierte sodann kräftig, als gehörte das mit zum Ritual.

»Darfst du trinken, wenn du diese Schmerztabletten nimmst?« Diane betrachtete ihn besorgt.

»Nein, aber irgendwie wirken sie dann besser.«

»Das bildest du dir bestimmt nur ein.«

»Vieles im Leben ist reine Einbildung.« Er sah, daß sie sich versteifte, und fügte hastig hinzu: »Das sollte wirklich keine Anspielung sein. Man sagt doch, daß Schmerz ein rein geistiges Phänomen sei. Nun, dann hilft mir der Alkohol vielleicht, den Schmerz zu vergessen.«

»Tony pflegte zu sagen, er trinke, weil er sich dann besser erinnern könne.«

»Woran?«

»Wie sehr er es genießt, betrunken zu sein. Sein Sinn für Humor war mitunter ziemlich makaber.« Sie mied seinen Blick und starrte auf ihren Schoß. »Die Sache wird nicht klappen, stimmt's?« sagte sie leise.

Ihm fielen auf Anhieb keine tröstenden Worte ein, aber er sah, daß Tränen in ihren Wimpern glänzten.

»So schnell dürfen wir die Flinte nicht ins Korn werfen«, sagte er unbeholfen, legte seine Zigarette in den Aschenbecher und strich sanft über ihren Arm.

»Wir sind meilenweit gefahren und gelaufen.« Sie wischte eine Träne ab. »Ich hatte mir vorgestellt, daß Josh uns geradewegs zu diesem Mann führen würde. Sind wir einfach töricht gewesen, Jim? Haben wir an Fantasiegespinste geglaubt?«

»Noch vor wenigen Tagen hätte ich diese Frage mit einem klaren Ja beantwortet. Jetzt bin ich mir nicht mehr so sicher.«

»Aber du hast immer noch Zweifel?«

»Wie könnte das anders sein? Ich will es mal so ausdrücken – mein Geist ist jetzt für Ideen offen, die ich bis vor kurzem als total verrückt verworfen hätte.«

Ihre Wangen waren feucht, aber sie brachte ein schwaches Lächeln zustande. »Du bist ein guter Mensch, Jim.«

»Nein, ich bin ein neugieriger Mensch, weiter nichts. Ehrlich gesagt, habe ich mich mit dir und Hugo eingelassen, weil ich nichts zu verlieren und vielleicht – aber nur vielleicht – etwas zu gewinnen habe.«

Sie sah ihn fragend an, aber er schüttelte den Kopf. »Was, das weiß ich selbst noch nicht.« Er lächelte grimmig. »Manchmal frage ich mich, ob sich möglicherweise nicht nur die Welt verändert, sondern auch die Menschen. Vielleicht suche ich nach mehr als nur nach einem alten Mann mit weißen Haaren.« Er schüttelte wieder den Kopf, verblüfft über seine eigenen Gedanken. »Vielleicht«, fügte er als Fußnote hinzu.

Später rief Diane Hugo an, von dem Telefon in Rivers' Zimmer, um Josh nicht zu stören.

»Wie geht es Eva?« erkundigte Rivers sich, nachdem sie den Hörer aufgelegt hatte.

»Unverändert. Bibby ist noch im Krankenhaus, und sie wird auch nachts bei Eva bleiben. O Jim, was können wir nur tun?«

Rivers setzte sich neben sie aufs Bett. »Es ist ein gutes Zeichen, wenn es ihr nicht schlechter geht.«

»Das hat Hugo auch gesagt. Aber *warum* schläft sie so? Josh behauptet, daß jemand sie festhält, aber wie sollte das möglich sein? Wie kann man in einem Traum gefangen sein?«

Rivers hätte ihr dieselben Fragen stellen können, aber er wollte sie nicht noch mehr verstören. Deshalb legte er ihr tröstend einen Arm um die Schultern. »Du mußt dich jetzt ausruhen«, sagte er sanft. »Morgen fahren wir die ganze Gegend ab und klopfen, wenn es sein muß, an jede Tür.«

Sie vergrub ihren Kopf an seinem Hals. »Und wenn wir ihn nun finden und er uns nicht helfen kann? Wenn es ihn zwar gibt, er aber machtlos ist?«

Er spürte, daß sie heftig erschauderte, so als wäre ihr plötzlich zu Bewußtsein gekommen, wie absurd dieses ganze Unterfangen war, und er hob behutsam ihr Kinn an. »Der ungläubige Thomas bin *ich*, hast du das vergessen?« Dann küßte er sie zart, und als sie darauf reagierte, preßte er seine Lippen fester auf die ihren und schloß sie in die Arme.

Sie riß sich abrupt los, und er versuchte nichts, sie umzustimmen, weil er begriff, daß dies nicht der richtige Zeitpunkt war, daß ihre Nerven zum Zerreißen gespannt waren. Im Augenblick war sie von der Sorge um ihr Kind so in Anspruch genommen, daß sie sich keine anderen Gefühle erlauben konnte.

»Tut mir leid«, murmelte sie.

Er strich ihr eine Locke aus dem Gesicht. »Du brauchst dich nicht zu entschuldigen. Ich weiß, daß du zur Zeit anderes im Kopf hast.« Er zog sie hoch. »Versuch jetzt zu schlafen – wir haben morgen einen anstrengenden Tag vor uns.«

Sie umarmte ihn leidenschaftlich, bevor sie zur Tür ging, und als sie sich noch einmal umdrehte, verrieten ihre Augen, wie verwirrt sie war. Leise schloß sich hinter ihr die Tür.

# 20

*Gardenias Gesicht berührte das seine, die Liebkosung eines Toten, und Rivers stieß die Leiche entsetzt von sich. Sein Schrei ging im Dröhnen der Flugzeugmotoren unter. Gardenia schwebte an die Decke, und das Grinsen unter seinem dichten schwarzen Schnurrbart schien den Klimatologen zu verhöhnen.*

*»Is' nicht so schlimm, Doc. Sterben is' gar nicht so schlimm, wenn man sich erst mal dran gewöhnt hat.« Der Tote lachte und trieb davon, um andere Besatzungsmitglieder des Forschungsflugzeugs heimzusuchen.*

*Das Flugzeug verlor weiter an Höhe, und der Sturm versuchte es zu kippen. Diesmal konnte der Pilot es nicht mehr hochziehen, und Rivers wurde in seinen Sitz gepreßt, während sein Magen ein ganzes Stück zurückzubleiben schien. Das Flugzeug stürzte ab, tiefer und immer tiefer, und nun schrien alle an Bord. Er riß sich die Kopfhörer herunter, aber der Lärm wurde dadurch noch schlimmer, die Schreie realer, das Tosen des Sturms und das Dröhnen der Motoren schier unerträglich.*

*Er warf den Kopf herum, um einen Blick aus dem Fenster zu werfen, und er konnte dort draußen jetzt Land sehen, und es kam ihnen entgegen, sehr schnell, viel zu schnell, eine riesige feste Masse, die das Flugzeug vernichten wollte, das sich seitwärts neigte und ins Trudeln geriet, nun völlig außer Kontrolle. Das Kreischen der Besatzung vermischte sich mit dem Bersten von Metall, als das Flugzeug dem gewaltigen Druck nicht mehr standhalten konnte und eine Tragfläche und ein Triebwerk verlor, und Gardenia kam wieder auf ihn zugeflogen, aber diesmal hatte er auch die anderen bei sich. Einige weinten, während andere grinsten und wieder andere ihn entsetzt anstarrten, und die Erde war nur noch wenige Meter entfernt und kam immer näher... Gardenia und dessen Freunde streckten ihre Arme nach ihm aus, denn der Tod hatte Anspruch auf sie alle, und niemand sollte entkommen, sie saßen alle in einem Boot, und dieses Boot steuerte unauf-*

*haltsam auf den Abgrund zu, und sie berührten ihn mit kalten Fingern, obwohl sie noch nicht tot waren; sie begrapschten sein Gesicht, seine Augen und Lippen, sie zerrten an seinen Kleidern, drängten ihn nachzugeben, sich mit ihnen ins Unabänderliche zu fügen ... und das Licht schien durch sie hindurch, in jenen Sekunden vor dem Aufprall, und es wurde immer größer und stärker, es absorbierte die Körper, die – mit Ausnahme Gardenias – noch nicht tot waren, es nahm sie in seinen Glanz auf, und ihn blendete es mit seiner Strahlkraft, durchdrang sein Gewebe, seine Sehnen, sein Fleisch und seinen Geist, so daß auch er davon verzehrt wurde ...*

*Er hörte den Aufprall, die Explosion von Tonnen Metall, und einen Augenblick lang spürte er den schrecklichen, den grauenhaften, den unerträglichen Schmerz, der von seinem Bein auszugehen schien, aber gleich darauf – nein, noch schneller: sofort – von jedem Nerv in seinem ganzen Körper Besitz ergriff.*

*Doch der Schmerz verflog genauso schnell, wie er eingesetzt hatte, als das Licht seinen Geist umhüllte und von allem Denken und Unbehagen befreite, und irgendwie reiste er durch dieses Licht, weder sinkend noch steigend, sondern in einer geraden, wenngleich unsichtbaren Linie; und das war Freude, ja reine Seligkeit, und das Ziel war unvorstellbar ...*

*Und er tauchte in Frieden ein.*

*Aber auch das war nur ein kurzer Moment.*

*Kurz bevor er erwachte, sah er sanfte grüne Wiesen und Weiden, dazwischen weiße Säulen und einen silbernen See, hinter dem sich pastellfarbene Hügel und Wälder erstreckten. Ein Adler flog über den See, mit lautlosem Flügelschlag, langsam und sicher. Er wollte dort bleiben; wenn das der Tod war, so sehnte er diese Ruhe herbei. Aber ihm war nur ein flüchtiger Blick vergönnt.*

*Die Vision verblaßte schnell, verdrängt von seinem eigenen Bewußtsein.*

*Rivers öffnete die Augen, und jemand aus seinem Traum rief nach ihm.*

*Er setzte sich auf, und die Stimme, die keine Stimme sondern ein Gedanke war, rief weiter nach ihm, und sie war verlockend, obwohl die Botschaft unverständlich blieb.*

Er schlug das Laken zurück, setzte sich auf die Bettkante und starrte in die Dunkelheit, während er sein schmerzendes Bein massierte. Obwohl er in der Kühle der frühen Morgenstunden fröstelte, blieb er eine ganze Weile so sitzen und dachte über den Traum nach. Über den Traum und jenen lautlosen, aber beharrlichen Ruf.

Nur durch den schmalen Schlitz unter der Tür fiel etwas Licht ins Zimmer. Ohne diesen schwachen Schein wären die Möbel und Rivers' nackter Körper quasi unsichtbar gewesen. Plötzlich wurde er aktiv, knipste die Nachttischlampe an und griff nach seinen Jeans, die auf dem zweiten Bett lagen. Er zog sich schnell und leise an, um Diane und ihren Sohn im Nebenraum nicht zu wecken. Dann nahm er die Autoschlüssel von der Kommode und öffnete lautlos die Tür. Das Licht im Korridor war unangenehm grell, und er brauchte ein, zwei Sekunden, um sich daran zu gewöhnen. Dann ging er auf Zehenspitzen zum Hinterausgang, entriegelte die Tür und schlüpfte hinaus.

Eine erste zarte Morgenröte verdrängte die Dunkelheit hinter den fernen Hügeln, und eine Brise zerrte an seiner dünnen Jacke. Er wartete einen Augenblick, und sein gesunder Menschenverstand hinterfragte seine Motive, doch er verdrängte seine Zweifel und ging weiter. Diane und er hatte den Mietwagen am Vorabend vor dem Hotel abgestellt. Er stieg ein, ließ den Motor an und fuhr auf der Hauptstraße in nordwestliche Richtung.

Der Great Glen war vor etwa dreihundertfünfzig Millionen Jahren entstanden, als das Land nach einer starken Erschütterung von einer Küste zur anderen gespalten wurde, wobei die obere Hälfte hundert Kilometer nach Südwesten verschoben wurde. Das so entstandene lange Tal füllte sich mit den Wassern des Ness, Oich, Lochy und Linnhe, und später wurden diese Lochs von einem Meer zum anderen durch den Kaledonischen Kanal verbunden. Zwischen den Bergen und Tälern des großen Grabens gab es auch viele kleinere, aber nicht minder eindrucksvolle Lochs, hauptsächlich in der nordwestlichen Ecke, und dieses herrlich wilde Hinterland war Rivers' Ziel. Die Ironie des Schicksals wollte es, daß der See, den er ansteuerte, in der Nähe des Gebiets lag, das er mit Diane und Josh schon abgesucht hatte, obwohl dieser spezielle See noch etwas abgelegener war. Die gewundene Straße war holperig und mit Steinen übersät, und sie führte durch einen Tannen- und Birkenwald.

Die Sonne hatte den ausgezackten Horizont noch nicht erreicht, und in der grauen Dunkelheit mußte Rivers höllisch aufpassen, um die scharfen Kurven zu bewältigen. In einer dieser Kurven mußte er voll auf die Bremse treten, weil ein Rothirsch die enge Straße blockierte. Den Kopf mit dem prächtigen Geweih leicht zur Seite geneigt, betrachtete das Tier die hellen Autoscheinwerfer furchtlos, aber mit leichter Neugier. Rivers wartete geduldig, denn der Hirsch hatte mehr Anrecht auf diesen Weg als er selbst, und nachdem das stolze Geschöpf sein Interesse befriedigt und seine Autorität demonstriert hatte, erklomm es den Abhang in kurzen Sprüngen. Bald war es nicht mehr zu sehen, und nach einer weiteren Minute war auch kein Rascheln im Unterholz mehr zu hören.

Rivers hätte während dieses kurzen Halts Gelegenheit zum Überlegen gehabt, aber er verzichtete darauf und fuhr langsam weiter, wobei ihm zu Bewußtsein kam, daß er die Situation nicht analysieren *wollte*, daß er nicht darüber nachdenken wollte, ob diese Fahrt vernünftig war, weil er befürchtete, daß sein sicherer Instinkt durch logisches Denken beeinträchtigt werden könnte.

Der Loch, nach dem er suchte, tauchte überraschend auf. Soeben noch war er an einem schmalen Fluß mit schneller Strömung entlanggefahren, und im nächsten Moment sah er – es war inzwischen hell geworden –, daß ein langgestreckter See vor ihm lag, auf einer Seite von steilen Hügeln und auf der anderen von sanften Abhängen umgeben. Beide Ufer waren mit Mischwald oder mit Heidekraut und Farnen bewachsen. Links von ihm führte eine Brücke über den Fluß, aber ihn zog nichts in diese Richtung. Er hatte keine Eingebung, die Brücke zu überqueren, sondern fuhr achtlos an ihr vorbei.

Die Wälder zu seiner Rechten wichen rasch einer hügeligen Moorlandschaft, und kleine dunkle Schatten huschten umher – Kaninchen, die von einem Grasbüschel zum anderen hüpften. Gelegentlich hörte er das Blöken von Schafen oder fuhr an einem einsamen weiß getünchten Haus vorbei, das etwas abseits der Straße stand. Nur in einem davon brannte Licht – also war in dieser Herrgottsfrühe außer ihm doch schon jemand auf den Beinen.

Der See schien kein Ende nehmen zu wollen, aber er fuhr eigensinnig weiter, sehr langsam, nicht wegen der unebenen Straße, die eher ein Feldweg war, sondern weil er nach irgendeinem Hinweis Ausschau hielt, daß er sein Ziel erreicht hatte, mochte es nun eine Art Geistesblitz oder eine winkende Gestalt am Straßenrand sein. Aber er erhielt kein Zeichen, und allmählich kamen ihm Zweifel, die in seiner Vernunft starke Verbündete fanden. Er fragte sich unwillkürlich, ob er vielleicht von einer Abart des Schlafwandelns heimgesucht wurde, einer halbbewußten Fortsetzung seines Traumes. Wieder hielt er an, und diesmal stieg er aus und vertrat sich die Beine im Gras am Straßenrand.

Die Brise, die allmählich den Nebel über dem See vertrieb, ließ das Schilfrohr rascheln, und für Rivers hörte es sich wie ein warnendes Geflüster an. Das weiße Wollgras, das den Abhang zum Ufer bedeckte, schwankte und wogte in dem leichten Wind, der auch Rivers' Haar zerzauste. Fröstelnd drehte er sich im Kreis und suchte See, Hügel und Moore nach irgend etwas ab. Er hörte den einsamen Ruf eines Brachvogels, konnte ihn aber nirgends entdecken.

»Was mache ich hier?« murmelte er halblaut vor sich hin, so als hätte er erst jetzt schlagartig sein volles Bewußtsein wiedererlangt. Aber er wußte, daß das Selbstbetrug war, denn er hatte sein bisheriges unerklärliches Verhalten durchaus akzeptiert und sich der Führung einer unfaßbaren, aber beharrlichen Macht anvertraut, die ihn anzog wie ein transzendenter

Leuchtturm und auch jetzt stark genug war, um all seine Zweifel zu zerstreuen.

Er setzte seine Fahrt fort, und als ihm Wälder erneut die Sicht versperrten, spähte er unwillkürlich in die Schatten unter den Bäumen – obwohl dieser Impuls ihn nervös machte, wußte er doch nicht, was er vorfinden könnte. Es war zwar pervers, doch er freute sich geradezu über die Schmerzen in seinem Bein, denn sie waren ein Beweis für die Realität des Geschehens, das ansonsten geradezu traumhaft anmutete.

Wieder im offenen Land, beobachteten ihn Schafe mit schwarzen Gesichtern von den Abhängen. Durch die offenen Fenster stieg ihm der Duft von Sympfmyrte und Heidekraut in die Nase, und Lachmöwen auf morgendlicher Nahrungssuche kreuzten selbstmörderisch seinen Weg.

Er hielt an einer kleinen Schafhürde an, denn daneben stand die Ruine einer Bauernkate, einstmals aus Steinen stabil gebaut, so daß sie den Elementen trotzen konnte, nun aber verfallen, das Wellblechdach halb abgedeckt, die Fenster ohne Scheiben. Er hinkte darauf zu, nicht weil er sie für seinen Bestimmungsort hielt, sondern weil diese frühere menschliche Behausung sich gut als stilles Örtchen eignete. Obwohl ihm bewußt war, daß solche Vorsichtsmaßnahmen in dieser abgelegenen Gegend völlig überflüssig waren, kam er gegen sein Schamgefühl einfach nicht an. Nach einem Blick ins wenig einladende Innere – es roch moderig, und der Boden war mit Holz und Schutt übersät – ging er jedoch lieber hinter das Gebäude, auch wenn er dabei mehrmals über Trümmer stolperte und auf feuchten Steinen ausrutschte, was seinem Bein nicht gerade zuträglich war. Der Wind stürzte sich begeistert auf ihn, als er um die Ecke bog, und er mußte sich an der rauhen Mauer festhalten, um nicht das Gleichgewicht zu verlieren. Zufrieden, weil er von der Straße aus nicht mehr zu sehen war, öffnete er den Reißverschluß und verrichtete seine Notdurft, was bei der starken Brise gar nicht so einfach war. Um nicht bespritzt zu werden, beugte er sich weit zurück, und dabei fiel ihm plötzlich etwas ins Auge.

Der Nebel über dem See und den niedrigen Hügeln hatte sich inzwischen aufgelöst, und dicht hinter dem Ende der weiten Wasserfläche schimmerte ein kleines Licht.

Auf diese Distanz konnte er weder Größe noch Form des Lichts abschätzen, aber es mußte ziemlich stark sein, sonst wäre es nicht so deutlich sichtbar. Eine Lampe, ein beleuchtetes Fenster? Rivers bezweifelte das, denn die Entfernung schien es nicht abzuschwächen. Ein kleiner Spiegel, der die Sonnenstrahlen reflektierte, hätte die Lösung sein können, wenn die Sonne nicht noch frühmorgendlich pinkfarben gewesen wäre, während das Licht fast weiß war. Rivers bekam es mit der Angst zu tun: Ein solches Licht war für ihn mit schrecklichen Assoziationen verknüpft. Konnte es sich wiederum um den Vorboten einer Katastrophe handeln, um ein schlechtes Omen? Nein, nein, das war absurd. Dieses Ding war viel zu weit entfernt, als daß irgendeine Aussage möglich wäre, und außerdem bewegte es sich nicht von der Stelle, ganz im Gegensatz zu dem mysteriösen Lichtball, den er kurz vor dem Flugzeugabsturz beobachtet hatte. Es konnte alles mögliche sein – eine Fackel, ein einzelner Scheinwerfer. Aber obwohl er sich das immer wieder einredete, war er nicht so recht davon überzeugt.

Rivers zog den Reißverschluß hoch und wischte sich die Hände an den Jeans ab. Verdammt, er konnte jetzt nicht einfach umkehren! Möglicherweise war das Licht eine Art Signal, ein Führer. Er kehrte zum Wagen zurück und spähte aufmerksam am ganzen Seeufer entlang, aber das Licht war verschwunden. Vielleicht hatte sich der Blickwinkel geändert, vielleicht war das Licht hinter Bäumen oder Hügeln verborgen, sagte er sich. Die ungefähre Richtung wußte er aber noch, und so fuhr er einfach weiter.

Als er am Ende der Straße ankam, hatte die Sonne schon genügend Kraft, um die Luft zu erwärmen, und sie erhellte auch die Unterseite der Wolken, die hoch über der Landschaft dahinzogen. Auf einem kleinen flachen Platz, der offenbar zum Wenden gedacht war, hielt er an und stellte den Motor ab, blieb aber im Auto sitzen, während er die Umgebung in Augenschein nahm. Irgendein kleines Tier sauste durch das hohe Queckengras und Heidekraut, und das laute Rascheln ließ ihn zusammenzucken. Er lehnte sich zurück und griff in seine Jakkentasche, holte die Pillendose hervor und schluckte zwei Tabletten. Dann zündete er eine Zigarette an. Und was jetzt? fragte er sich.

»Verdammt, und was jetzt?« wiederholte er laut.

Der Loch wurde an dieser Stelle zu einem schmalen Fluß, der von bewaldeten Hügeln gesäumt war. Rechts von Rivers war Heide, ein Stück weit eben, dann aber ziemlich steil ansteigend, mit Erika dicht bewachsen. Weder ein Gebäude noch ein Licht war zu sehen.

Er rauchte seine Zigarette draußen zu Ende, wobei der Rauch von der kräftigen Brise, die durch das Flußtal fegte, sofort davongetragen wurde. Dabei drehte er sich langsam im Kreis, blickte zum See zurück, ans andere Ufer hinüber, den Fluß entlang und zuletzt über das offene Heideland hinweg, auf dem er stand. Überall suchte er nach einem Zeichen, nach irgendeinem Hinweis, welche Richtung er einschlagen sollte. Erbittert ließ er die Zigarettenkippe auf den Boden fallen und drückte sie mit dem Absatz tief in die Erde.

Nachdem seine Rundschau ergebnislos geblieben war, beschloß er, sich einen höheren Aussichtspunkt zu suchen, und begann langsam den Hügel hinaufzusteigen.

Er kam nur mühsam voran und bedauerte bald, seinen Stock im Hotel gelassen zu haben. Der Boden war mal fest, mal morastig, und mehr als einmal versank einer seiner Füße im Wasser. Bald lernte er, sich von einem Grasbüschel zum nächsten zu bewegen wie die Kaninchen, die er beobachtet hatte.

Alle paar Schritte blieb er stehen und ließ seinen Blick über die Hügel schweifen; oft drehte er sich auch um und schaute zum See hinab. Er sprang über einen schnell fließenden Bach, dessen Wasser – vom Torf gefiltert – klar wie Bernstein war, und als er auf der anderen Seite landete, schoß ein derart heftiger Schmerz durch sein geschwächtes Knie, daß er nach Luft schnappte. Er bückte sich und umklammerte das Gelenk mit beiden Händen, die Augen fest zusammengekniffen.

Als der Schmerz ein wenig nachließ, holte er zittrig seine Pillendose hervor, obwohl es eigentlich viel zu früh für eine weitere Dosis war. Kniend schöpfte er Wasser aus dem Bach, um sie hinunterzuspülen, und wischte sich mit den nassen Händen das Gesicht ab.

Abgesehen von der herrlich wilden Landschaft war nichts zu sehen – kein Haus, kein Mensch, nicht einmal ein Tier. Nur ein dunkler Punkt kreiste am wolkenverhangenen Himmel.

Der Vogel schoß plötzlich herab, und seine weiten Schwingen bewältigten spielerisch alle Luftströmungen.

Es war hoffnungslos, entschied Rivers. Hirngespinste hatten ihn an diesen eindrucksvollen, aber öden Ort geführt, Hirngespinste, ausgelöst durch seinen Traum, aber zweifellos hervorgerufen durch die Ereignisse und Diskussionen der vergangenen Woche. Er war ein verdammter Narr gewesen, einem derart unsinnigen Impuls zu folgen.

Der Vogel flog in seine Richtung. In der Sonne schimmerten seine Flügel goldbraun.

Rivers war unentschlossen. Sollte er ins Hotel zurückkehren, wo Diane jetzt vielleicht schon ängstlich auf ihn wartete, oder sollte er weitersuchen? Aber wonach? Hier gab es doch nichts außer Hügeln und Bergen in der Ferne und einem großen See. Er schüttelte verzweifelt den Kopf. Seine Fahrt war so zielsicher gewesen, so...

Der Flügelschlag des großen Vogels ließ ihn auf dem Absatz herumwirbeln. Der goldfarbene Adler flog dicht an ihm vorbei, schnell und doch unvorstellbar anmutig, und verschwand hinter einem Hügelkamm, der höchstens zwanzig oder dreißig Meter von Rivers entfernt war.

Ihm fiel der Adler aus seinem Traum ein, und es war dieser Gedanke, der ihn veranlaßte, den steilen Hügel zu erklimmen, obwohl es ein mühsamer Aufstieg war und er sich an Grasbüscheln festklammern mußte, um nicht abzurutschen.

Auf allen vieren erreichte er den Gipfel, vor Anstrengung

und Schmerz keuchend, doch das alles war schlagartig vergessen, als er sah, was in der flachen Mulde auf der anderen Seite verborgen war.

Die Mauern der Bauernkate waren aus Granit und Basalt, das Dach aus verwittertem blauem Schiefer. Es war ein stabiles einstöckiges Gebäude, an der Westseite von Ebereschen geschützt, mit einem metallenen Regenfaß an einer Ecke. Er sah ein einziges geschwärztes Fenster und daneben eine offene und genauso schwarze Tür. Weder brannte Licht noch gab es irgendein anderes Anzeichen dafür, daß das Häuschen bewohnt war.

Rivers fröstelte, doch das hatte nichts mit dem stärkeren Wind auf dem Gipfel zu tun. Dies war eine inwendige Kälte, eine Gänsehaut auf der Innenseite seines Fleisches. Er zweifelte nicht daran, daß dies der Ort war, an dem er Antworten auf die Geheimnisse erhalten würde, die ihn nicht nur in den letzten Tagen, sondern schon seit dem Flugzeugabsturz quälten. Er wußte selbst nicht, warum er sich so sicher war, aber er verstand ja nicht einmal, was ihn hierhergezogen hatte. Vielleicht würde er auch *das* hier erfahren. Er stand auf und hinkte auf das alte Haus zu, die Augen auf die dunkle offene Tür gerichtet.

Als er näher herankam, rief er, denn er wollte den Bewohner nicht erschrecken – und vielleicht wäre ihm auch eine gewisse räumliche Distanz bei der Begegnung mit dem Unbekannten nicht unlieb gewesen. Doch niemand reagierte auf seinen Ruf, niemand trat auf die Schwelle.

Er entdeckte den Adler wieder, über dem Dach, nun wieder ein kleiner Punkt, der gleich darauf in Richtung der fernen Hügel davonflog, und er überlegte, ob das Auftauchen des großen Vogels ein reiner Zufall war oder aber ein Teil des Mysteriums – ein Traumbild, das sich materialisiert hatte, um ihn herzuführen. Noch vor kurzem hätte er über eine solche Idee nur gelacht.

Vor der Kate blieb Rivers stehen und betrachtete die offene Tür mit nervöser Erregung. Viele Gedanken gingen ihm durch den Kopf, aber sie waren im Grunde nur störend, denn die Situation war völlig eindeutig: Seine Suche war zu Ende, und die damit verknüpften Erwartungen oder, besser gesagt, Sehnsüchte könnten in diesen vier Wänden befriedigt werden. Nichts einfacher als über die Schwelle zu treten. Und doch kostete es ihn große Überwindung, zur Tür zu humpeln, und er hielt unwillkürlich den Atem an, während er einen Blick ins Innere warf.

Es gab nur einen einzigen Raum, und das Licht, das durch die drei schmutzigen Fenster einfiel, war trüb und fast gruftartig. Der Steinboden war ausgetreten, und gegenüber der Tür stand ein Herd; der Rauchfang war ebenso wie die Wände von Torfruß geschwärzt. Eine lange Bank an der Wand konnte notfalls wohl als Bett dienen, und an einem der Fenster stand ein kleiner Tisch mit Stühlen. Komfort schien es in dieser Hütte nicht zu geben.

Enttäuscht – zugleich aber merkwürdig erleichtert –, daß sich niemand dort aufhielt, trat Rivers ein. Ein säuerlicher Geruch hing in der Luft, den nicht einmal die frische Brise vertreiben konnte, ein Geruch nach hohem Alter, aber nicht nach Verwesung, der schale Geruch einer Zelle, vermischt mit Asche. Im ersten Moment dachte er, die Kate wäre vielleicht gar nicht mehr bewohnt, aber Töpfe und Krüge, halbvoll oder voll, auf einem Regal neben der Kochstelle und frisches Gemüse auf dem Tisch belehrten ihn eines Besseren. Er sah sich noch einmal in dem Raum um, was kaum mehr als drei Sekunden in Anspruch nahm, und fand keine anderen Anzeichen dafür, daß hier tatsächlich jemand lebte – keine Bilder oder Fotos, keine Bücher, kein Telefon, kein Radio. Diese asketische Atmosphäre wirkte deprimierend, und Rivers mußte unwillkürlich an das Hexenhaus aus Joshs Traum und an die Schrekken, die dort auf die Kinder gewartet hatten, denken. Es war schwierig, an einem solchen Ort seine Fantasie in Schach zu halten.

Er wußte nicht so recht, was er jetzt tun sollte – was von ihm *erwartet* wurde. Sollte er hier warten? Sollte er draußen nach dem Menschen suchen, der ihn an diesen einsamen Ort geführt – oder *gelockt* – hatte? Er zuckte zusammen, als der Schmerz wieder mit besonderer Stärke durch sein Bein schoß, und ließ sich auf die Bank fallen, um das Knie zu entlasten. Er massierte die alte Verletzung mit fast geschlossenen Augen, als ihm eine Bewegung der Schatten auf dem Boden auffiel. Er blickte zu dem Fenster über dem Tisch hinüber und sah das kleine Licht, dessen Glanz durch die mit alten Regentropfen befleckte und staubige Scheibe getrübt wurde. Rivers dachte, es wäre die Sonne, bis ihm auffiel, daß das Fenster nach Westen hinausging und somit die Morgensonne unmöglich durch diese Öffnung einfallen konnte. Außerdem bewegte sich das Licht.

Es sank bis zur Fenstermitte und stand dann still, ein kleiner Lichtkreis, der trotz des Schmutzes auf dem Glas mit steter Intensität leuchtete.

Rivers stand auf und drückte sich an die Wand neben der Feuerstelle, ohne das Phänomen aus den Augen zu lassen. Wieder huschten Schatten über den Boden, diesmal von der anderen Seite her, und als er blitzschnell den Kopf drehte, entdeckte er ein weiteres Licht, das vor dem gegenüberliegenden Fenster schwebte und ihn zu beobachten schien wie ein leuchtendes Auge.

»Was ...«, hörte er sich murmeln, aber die Frage nahm keine Form an, weil seine Gedanken viel zu verworren waren.

Und dann flüsterte er »O Gott!«, als dicht vor der offenen Tür ein drittes Licht herabschwebte und den Eingang mit einem hellen Glanz überflutete, der ihn so blendete, daß er seine Augen mit der Hand abschirmen mußte. Er preßte sich so fest an die Wand, als wollte er mit den Steinen verschmelzen, um unentdeckt zu bleiben.

Dann blinzelte er jedoch, um klarer sehen zu können, denn nun schien sich in dem Glanz etwas zu bewegen, eine unwirkliche verschwommene Gestalt, die durch das strahlende Licht hindurchging und als Silhouette auf der Schwelle verharrte.

**MARIANENGRABEN** – *Pazifischer Ozean*

Die Sonne würde erst in einigen Stunden aufgehen, aber die beiden Männer, Lieutenant Henry ›Hank‹ Whitesell und Scientific Officer Carl Fricker, waren hellwach und aufbruchbereit.

»Der Wind ist während der Nacht stärker geworden«, berichtete der Lieutenant dem wissenschaftlichen Leiter des Projekts, Dr. Victor Brenman, dessen kahler Schädel in seltsamem Gegensatz zu seinem dichten lockigen Bart stand, »und die Dünung wird immer gemeiner.«

»Auf Ihrer Reise werden Sie nichts davon merken, Lieutenant.« Brenman wandte sich Fricker zu. »Wie fühlst du dich heute morgen, Carl? Etwas besser, hoffe ich.«

Fricker sah keinen Grund, sein Unwohlsein zu verschweigen: Brenman kannte ihn viel zu gut. »Ich wäre lieber unten, als obenauf zu reiten – aber zieh daraus jetzt bitte keine falschen Schlüsse, Hank.«

Der Lieutenant, ein großer Mann, der seine Ähnlichkeit mit dem attraktiven jungen Kapitän pflegte, der in der uralten Fernsehserie *Voyage to the Bottom of the Sea* – Wiederholungen liefen auf mehreren Kanälen – neben Richard Basehart als Admiral eine wichtige Rolle gespielt hatte, grinste und setzte sein Fernglas an die Augen, um die Lichter des ein Stück entfernten Navy-Schleppdampfers zu betrachten. Durch ein hundert Meter langes Stahlkabel mit dem Schiff verbunden, schaukelte der *Dauphin* auf den Wellen, ein vor vier Jahren gebauter Bathyscaph, das sogar dem stärksten Druck der Meere standhalten konnte. Heute sollte es Fricker und Whitesell in den ›Challenger Deep‹ hinabbringen, einen der tiefsten Meeresgräben, die je von Menschen erforscht worden waren. Das Unterseeboot würde sich unter den Wellen wohler fühlen als an der Oberfläche, dachte Whitesell, genau wie sein Gefährte Carl.

Er ließ das Fernglas wieder sinken. »Na, was sagst du, Kumpel – bereit, den großen Schritt zu wagen?«

»Das hört sich ja fast nach einer Hochzeit an«, spöttelte Fricker, während er sich an der Reling festhielt, weil das Schiff sich plötzlich nach Steuerbord neigte.

»Na ja, wir werden es lange miteinander aushalten müssen.«

»Mir macht das Wetter Sorgen, meine Herren«, sagte der Kommandant der USS *Quayle*, auf deren Brücke die Männer standen. »Dieser Wind nimmt allmählich wirklich unangenehme Formen an.«

»Den letzten Vorhersagen zufolge ist nichts Schlimmes zu erwarten«, versicherte Brenman, der unter Druck stand, weil wichtige Leute größten Wert darauf legten, daß diese Mission möglichst schnell abgeschlossen wurde. Er konnte deshalb keine Rücksicht auf die rauhe See nehmen. »Ihr werdet mehrere Stunden brauchen, um den Boden zu erreichen«, sagte er zu Fricker, »und deshalb würde ich vorschlagen, daß ihr euch so schnell wie möglich auf den Weg macht.«

»Ist mir sehr recht«, erwiderte Fricker und warf dem Lieutenant einen fragenden Blick zu.

»Na klar«, erklärte Whitesell. »Nichts wie los.«

Sie verließen die Brücke des Zerstörers, nachdem Kommandant Jessel ihnen viel Glück gewünscht hatte, und begaben sich auf das Unterdeck. Fricker und Brenman hielten sich nach Möglichkeit an Geländern fest, während der Lieutenant ganz locker und sicher voranging. Das wartende Walboot wurde neben dem stählernen Rumpf der *Quayle* beunruhigend hin und her geworfen.

An der Reling legte Brenman Fricker eine Hand auf die Schulter. »Ihr geht auf eine Tiefe von über zehntausend Meter runter, aber bitte langsam und vorsichtig. Wir wissen nicht, was ihr finden werdet, wir können euch nicht mal sagen, wonach ihr Ausschau halten sollt, aber es *muß* eine Antwort geben. Halt die Augen auf und mach alle tausend Meter Aufnahmen. Das ist natürlich nur eine grobe Richtlinie – film alles, was du für wichtig hältst.«

»Klar.« Fricker wischte seine feuchte Brille ab und starrte auf das Walboot hinab, das im Moment mindestens drei Meter unter ihm schaukelte. Er hatte das unangenehme Gefühl, als würde auch sein Magen in die Tiefe sinken.

Brenman klopfte ihm auf die Schulter. »Viel Glück, Carl. Denk daran – es ist ein Routineeinsatz, aber er könnte Antworten von unschätzbarem Wert liefern. Wir müssen einfach wissen, warum dieses Zeug in solchen Mengen nach oben kommt.«

Trotz des schwachen Lichts konnte Fricker die Masse winzigen Planktons sehen, die auf der Meeresoberfläche trieb; Plankton war eigentlich mikroskopisch klein, für das bloße Auge buchstäblich unsichtbar, aber in dieser Massierung bildete es eine abnorme Schicht auf der rauhen See. Er nickte Brenman zu, und gleich darauf packte der Lieutenant ihn am Arm, während das Walboot sich auf den Wellen hob.

»*Jetzt!*« brüllte Whitesell über das Tosen des Wassers hinweg.

Sie sprangen zusammen in das Gummiboot hinab und wurden von den kräftigen Händen der Besatzung aufgefangen. Fricker setzte sich rasch und winkte Brenman noch einmal zu, während das kleine Boot sich vom Mutterschiff entfernte und den wartenden Bathyscaph ansteuerte. Er zog seine ›Detroit Tigers‹-Kappe tiefer in die Stirn und wischte wieder seine Brille ab. Das rostfleckige Unterseeboot, dem sie sich näherten, sah für die vor ihm liegende Aufgabe eigentlich viel zu fragil aus, aber während der letzten sechs Jahren, in denen er oft mit solchen Dingern unterwegs gewesen war, hatte keines jemals Anlaß zur Sorge gegeben. Lecks waren zwar keine Seltenheit, aber der Innendruck machte sie immer unschädlich.

Auf dem *Dauphin* warteten Lieutenant Chris Nelligan, stellvertretender Offizier des Tiefseebootes, und Joseph Bundy, der Chefmechaniker, die den Tauchvorgang von außen einleiten und überwachen würden.

»Willkommen an Bord!« rief Nelligan, während er Fricker hilfreich die Hand entgegenstreckte. »Alles in bester Ordnung, nicht der geringste Grund zur Beunruhigung.«

Fricker hielt sich am Kommandoturm fest und wartete, bis auch Whitesell an Bord war. »Wird dieses Wetter uns irgendwelche Probleme bereiten?« schrie er Nelligan zu.

Der junge Lieutenant schüttelte den Kopf. »Wenn es so bleibt, wie es jetzt ist, nicht im geringsten. Wenn es schlimmer wird – ich meine, *viel* schlimmer –, rufen wir euch, und dann könnt ihr ja wieder raufkommen. Wir werden hier auf euch warten, das ›X‹ markiert die Stelle.«

»Du bist ein Goldstück, Chris«, sagte Whitesell, der sich ebenfalls am Geländer festhielt.

»Du sagst es, Hank. Ruhig Blut da unten.« Er schlug Whitesell auf die Schulter. »Geh nicht auf die Jagd nach Meerjungfrauen.«

»Nur nach den hübschen. Alles in Ordnung, Bundy?«

»Das Baby wird halten.«

»Freut mich zu hören. Nach dir, Carl.«

Fricker kletterte die Leiter im Schacht des Kommandoturms hinab, und als er die Luke zur Kabine in der stählernen Tauchkugel auf der Unterseite des Bathyscaphs öffnete und sich hineinschob, stieg ihm der Geruch von Gummi und Lösungsmitteln in die Nase. Erleichtert darüber, daß er nun nicht mehr Wind und Wellen ausgesetzt war, überprüfte er rasch die Instrumente in der engen Kapsel, die Batterien, die Bilgen und die Sauerstoffregeneratoren. Alles war in Ordnung; er schaltete zufrieden den Kassettenrecorder ein, nannte Datum und Tauchnummer sowie seinen und Whitesells Namen und Dienstrang. Gleich darauf zwängte der Lieutenant seine große Gestalt in die winzige Kabine, ohne zu stöhnen oder zu murren, erpicht darauf, den Auftrag auszuführen.

Bundy war ebenfalls den Einstiegsschacht hinabgestiegen und schob seinen Kopf durch die offene Luke. »In zehn Minuten könnt ihr starten«, kündigte er an. »Ich wünsche einen wunderschönen Tag.«

»Bis bald, Bundy«, rief Whitesell, während auch er noch einmal alle Instrumente überprüfte. »Und danke für die gute Arbeit.«

»Gern geschehen, Lieutenant. Zerkratzt mein Baby nicht an irgendwelchen Felsen da unten.«

»Wir werden ihnen ausweichen, keine Bange. Fertig, Carl?«

»Fertig.« Fricker griff nach der Stahlluke, und zu dritt – Bundy von außen – schlossen sie sie. Sie hörten, wie Riegel vorgeschoben wurden, und dann gab ihnen der Mechaniker durch das Bullauge in der Luke mit einer Taschenlampe das Signal, daß alles dicht war. Bundy kletterte die Leiter hinauf und öffnete ein Ventil. Innerhalb weniger Minuten war der vertikale Korridor durch den Schwimmkörper mit Wasser gefüllt.

Das war der Beginn von Frickers und Whitesells Isolation, denn jetzt waren sie in der Kugel eingeschlossen, bis die Reise zu Ende sein würde. Sie hörten, wie die Ballasttanks geöffnet wurden, worauf zwei Tonnen Meereswasser den Schwimmkörper überfluteten. Über ihnen würden jetzt Nelligan und Bundy in das Gummiboot springen, das sie rasch aus dem Senkbereich herausbringen würde. Die Nadel des Tiefenmeßgeräts begann sich nach unten zu bewegen, und während der *Dauphin* tiefer sank, ließ sein Schaukeln nach. Fricker wartete einige Minuten, bevor er durch das Unterwassertelefon Meldung machte.

Der Abstieg ging frustrierend langsam vonstatten, aber das war nicht zu ändern, denn der Bathyscaph mußte sich an den steigenden Druck adaptieren können. In neunzig Meter Tiefe gelangte es in die Zone, wo die Temperatur des Wassers abrupt fiel und seine Dichte zunahm. Die Fahrt stockte wegen des neuerlichen Auftriebs, und die beiden Männer nutzten die Gelegenheit, um ihre feuchte Schutzkleidung abzulegen und alle Instrumente noch einmal zu überprüfen, denn Vorsicht war das A und O beim Tiefseetauchen. Nach einigen Minuten setzte Whitesell Leichtbenzin aus dem Manövriertank frei, um den Auftrieb zu senken, und die Reise in die Tiefe wurde fortgesetzt.

Es dauerte nicht lange, bis sie eine Zone zunehmender Dunkelheit erreichten, wo Farben monochrom wurden und

Entfernungen nicht mehr wahrnehmbar waren. In dreihundert Meter Tiefe gab es überhaupt kein Licht mehr.

»Schauen wir doch mal, was sich da draußen tut.« Fricker schaltete die Scheinwerfer ein und löschte das Licht in der Kabine.

»Du lieber Himmel, was ist denn das für 'ne Scheiße?« rief Whitesell erstaunt.

Es war nicht ungewöhnlich, in dieser Tiefe formloses Plankton vorbeitreiben zu sehen, aber dies hier war etwas ganz anderes: Eine beinahe kompakte Wand aus winzigen Pflanzen und Tieren schwebte am großen Bullauge vorbei nach oben.

»So was habe ich noch nie gesehen«, sagte Fricker leise, und seine Augen leuchteten hinter der Brille.

»Sollen wir was von dem Zeug einsammeln?« wollte Whitesell wissen.

»Nicht nötig. Wir haben an der Oberfläche genug Proben genommen. Mittlerweile wissen wir, daß es sich in nichts von anderem Plankton unterscheidet. Was wir herausfinden wollen, ist die Ursache für diese ungewöhnliche Massenbewegung an die Oberfläche.«

»Da unten muß irgendein Umbruch stattfinden.«

»Keines unserer Instrumente weist darauf hin. Außerdem ist dies nicht der einzige Ort, wo so etwas passiert.«

Whitesell drehte sich abrupt nach ihm um. »Sag das noch einmal!«

»Rund um den Globus steigt Plankton an die Oberfläche von Ozeanen und Meeren.«

»Du willst mich wohl veräppeln!«

»Schön wär's! Irgend etwas geht vor sich, und wir stehen bisher vor einem Rätsel, obwohl es natürlich eine Ursache für dieses Phänomen geben muß.«

»Ist diese Mission deshalb so streng geheimgehalten worden?«

Fricker zuckte in der Dunkelheit die Achseln. »Nicht ganz geheim, aber unsere Herren und Meister halten gern den Deckel drauf, das stimmt schon.«

»Gibt es dafür irgendeinen besonderen Grund?«

»Ja – Gewohnheit. Okay, ich filme dieses Zeug jetzt, und dann machen wir wieder Licht und konzentrieren uns darauf, auf den Boden runterzukommen.«

Es wurde kalt in der Kugel, aber die beiden Männer waren so beschäftigt, daß sie es kaum bemerkten. Fricker machte in fünfzehnhundert Meter weitere Aufnahmen und erstattete dem Zerstörer Bericht. Bei etwa dreitausend Meter entstand ein kleines Leck.

»Eine der Ausgleichsröhren ist nicht ganz dicht«, erklärte Whitesell völlig unbekümmert. »Aber das hört auf, wenn wir tiefer gehen und der Wasserdruck für eine bessere Abdichtung sorgt.«

»Hoffentlich hast du recht.«

»Vertrau mir«, grinste Whitesell.

In sechstausend Meter Tiefe wollte Fricker wieder telefonieren. »Wir haben sie verloren«, sagte er nach mehreren vergeblichen Versuchen, Kontakt zur *Quayle* herzustellen.

»Vielleicht klappt's später wieder«, beruhigte ihn Whitesell. »Du weißt ja, wie launisch die Bedingungen sein können. Werfen wir mal wieder einen Blick raus.«

»Ich möchte mich vorher noch mit Hilfe der Sonartransduktoren vergewissern, daß wir nicht zu dicht an die Grabenwand herangetrieben sind.« Er drückte auf Knöpfe und beobachtete die Leuchtwand. »Verdammt, das kann doch nicht stimmen!«

»Was ist los?« fragte Whitesell scharf, denn aus unerfindlichen Gründen wuchs sein Unbehagen, je tiefer sie sanken.

»Das Sonar zeigt nichts an, was irgendeinen Sinn ergeben könnte.«

»Schalt mal die Scheinwerfer ein.«

Fricker tat, wie ihm geheißen.

»Heilige Mutter Gottes...«, hörte er Whitesell murmeln.

Fricker wußte, daß er in dieser Tiefe alles mögliche sehen könnte, von roten Garnelen bis hin zu Plattfischen, die durch das mitternächtliche Wasser schwammen, obwohl so etwas selten vorkam. Aber diesmal war es nur eine dicke Wand von etwas, das wie beweglicher Schlamm aussah.

»Das ist Morast«, sagte der Lieutenant. »Wir müssen ihn vom Grabenboden aufgewühlt haben.«

»Unmöglich«, widersprach Fricker. »Wir sind noch mindestens viereinhalbtausend Meter vom Boden entfernt.«

»Ich würde mal auf den Tiefenmesser schauen, wenn ich du wäre.«

»Das habe ich schon gemacht, und es stimmt.«

»Okay, Klugscheißer, dann erklär du mir, was das ist.«

»Das Plankton«, erwiderte Fricker ruhig. »Jetzt ist es mit Schlick vom Ozeanbett vermischt.

»Ausgeschlossen!«

»Nicht ganz. Wie schon gesagt, in letzter Zeit haben unsere Wettersatelliten an vielen Stellen Planktonansammlungen entdeckt, die an die Oberfläche emporsteigen. Es ist wirklich ein Phänomen. In diesem speziellen Fall glauben wir, daß das Plankton durch sehr starke Strömungen im Marianengraben konzentriert wird, und aus irgendeinem Grund wird es ausgerechnet hier an die Oberfläche befördert.«

»Das ist hochinteressant, Carl, aber ich muß dir sagen, daß ich nicht gerade überglücklich bin, mich in diesem Dreck hier unten zu tummeln.«

»Du weißt doch, wie wichtig diese Lebensform für die Erdatmosphäre ist.«

»Natürlich weiß ich, daß das Plankton Kohlendioxid mit der Atmosphäre austauscht, aber dadurch fühle ich mich kein bißchen besser.«

»Plankton absorbiert Kohlendioxid in höheren Breitengraden und setzt es näher am Äquator frei. In den Ozeanen ist etwa fünfzigmal soviel Kohlendioxid gespeichert wie in der Atmosphäre, und je mehr von Menschen erzeugte Gase es aufsaugt, desto besser, als Gegengewicht zum Treibhauseffekt.«

»Aber hier befinden wir uns in einem wärmeren Breitengrad. Dieser ganze Mist wird das Gleichgewicht stören.«

»Nein, die meisten Konzentrationen sind in den nördlichen und südlichen Regionen. Diese hier ist eine Ausnahme.

»Und wir sollen herausfinden, wie es dazu gekommen ist.«

»Wir sollen uns nur ein bißchen umsehen.«

Der Bathyscaph ruckte plötzlich, und beide Männer hielten sich an Handgriffen fest.

»Na ja, für mich besteht kaum ein Zweifel daran, daß unten etwas vor sich geht, das den normalen Ablauf stört. Willst du tiefer gehen, um herauszufinden, was dort los ist?«

»Das hatte ich eigentlich vor.«

»Ich glaube nicht, daß mir diese Idee sehr zusagt.«

»Die Entscheidung liegt bei dir – ich bin nur ein Passagier. Aber es könnte sehr hilfreich sein, wenn wir genau wüßten, was los ist.«

»Was du nicht sagst!« Whitesell überlegte kurz. »Ich nehme an, daß der Commander nicht allzu glücklich wäre, wenn ich das Hasenpanier ergreife, und falls es ungemütlich werden sollte, können wir ja immer noch umkehren. Wie tief willst du runter?«

»Noch mindestens dreitausend Meter. Ideal wäre es natürlich, wenn wir den Boden erreichen könnten, aber das wird unter diesen Bedingungen vielleicht nicht möglich sein.«

»Du hast's erfaßt. Also dreitausend, und dann unterhalten wir uns weiter, okay? Am besten lassen wir die Scheinwerfer an – diese Strömungen werden allmählich tückisch, und ich möchte nicht unbedingt gegen die Grabenwand prallen.« Dann knurrte er leise vor sich hin: »Durch dieses Zeug da draußen würden wir sie allerdings sowieso kaum rechtzeitig sehen.«

»Ich schalte die Kamera ein – ich will visuelle Dokumente vorzeigen können.«

Längere Zeit war Whitesell ständig damit beschäftigt, mit Hilfe des Propellers den starken Strömungen Widerstand zu leisten und sie bei ihrem Abstieg auf Kurs zu halten. Wegen des unnatürlichen Auftriebs des Bathyscaphs mußte immer mehr Leichtbenzin freigesetzt werden. Die Unterhaltung reduzierte sich auf ein Minimum, weil beide Männer alle Hände voll zu tun hatten, und je tiefer sie sanken, desto nervöser wurden sie, speziell Whitesell.

Bei fast neuntausend Meter wurde die Sicht etwas besser. »Jetzt ist es fast nur noch Schlick«, sagte Fricker. »Ich glaube, das Plankton liegt jetzt hinter uns.«

»Bei dieser Tiefe ist das nicht weiter verwunderlich.«

»Also – machen wir weiter?«

»Ist dir klar, wie lange wir gebraucht haben, um hierherzugelangen?«

»Fast sechs Stunden.«

»Richtig. Und es wird eine ganze Weile dauern, bis wir wieder oben sind. Denk daran, wenn wir in Schwierigkeiten geraten.«

»Ich denke schon jetzt daran, Hank. Nur noch ein kleines bißchen tiefer, einverstanden?« Es gab immer noch nichts zu sehen, jedenfalls nichts Berichtenswertes. Fricker war fest entschlossen, auf den Meeresboden zu gelangen, selbst wenn er Whitesell zu jedem weiteren Meter einzeln überreden mußte.

»Ich laß noch etwas Ballast ab, damit wir langsamer werden.«

Fricker grinste. »Großartig. Wir haben's ja nicht eilig.«

Sie machten sich wieder an ihren Instrumenten zu schaffen, beide glücklich darüber, beschäftigt zu sein, während sie immer tiefer sanken. Fricker versuchte noch einmal vergeblich zu telefonieren; das ganze Zeug über ihnen machte den Kontakt mit der Oberfläche noch schwieriger als sonst. Whitesell warf immer wieder einmal einen Blick aus dem Bullauge, und seine Nervosität verwandelte sich in ein immer stärkeres Unbehagen. Irgend etwas stimmte nicht, aber er wußte nicht, was. Jahrelange Erfahrung bei Einsätzen dieser Art und mehrere kritische Situationen hatten ihn abgehärtet, und er galt als einer der gelassensten und fähigsten Bathyscaph-Taucher in der Navy, aber irgend etwas war ihm auf dieser Reise unheimlich, und es irritierte ihn, daß er die Ursache nicht kannte.

Fricker schaltete den hochsensiblen Tiefenmesser ein. »Das

ist seltsam«, sagte er und wartete sodann, bis Whitesells Stöhnen verklungen war. »Wir bekommen keine eindeutige Angabe. Fast so, als...«

Er wollte gerade sagen, daß es fast den Anschein hatte, als fluktuiere der Meeresboden, doch der Lieutenant packte ihn plötzlich am Arm.

»Siehst du auch, was ich sehe?«

Fricker warf einen Blick aus dem Bullauge. Dort draußen im Schlick bewegte sich etwas Weißliches, stieg langsam und stetig empor, unbeeinflußt von den Strömungen, die den Bathyscaph hin und her warfen.

»Ist das ein Fisch oder eine leuchtende Pflanze?« wollte Whitesell wissen.

»Keine Ahnung.« Fricker schaltete die Innenbeleuchtung und dann auch die Außenscheinwerfer aus.

Das Leuchten wurde stärker.

»Es ist ein Licht«, flüsterte Whitesell. »Es ist ein gottverdammtes Licht.«

»Das ist doch unmöglich«, sagte Fricker ungläubig.

Und doch schien es ein Licht zu sein. Sein milder Glanz änderte sich nicht, obwohl Schatten von wirbelndem Schlick es umgaben.

Wegen des dicken Glases und der Verzerrungen durch das dichte Wasser war seine Größe schwer zu schätzen, aber Fricker glaubte, daß es einen Radius zwischen fünfzehn und dreißig Zentimeter haben mußte. Sie verrenkten sich fast den Hals, um seinen Aufstieg möglichst lange beobachten zu können, aber es verschwand bald außer Sicht.

Im schwachen Schein der Konsolenlichter sahen sie einander an.

»Ich habe keine Ahnung, was das war, aber ich hatte ganz schön Schiß davor«, gestand Whitesell.

»Es...« – Fricker war fast sprachlos – »es war fantastisch.«

»Ja, unglaublich, aber trotzdem hat es mir nicht gefallen.«

»Folgen wir ihm«, schlug Fricker vor und streckte schon die Hand nach dem Schalter für Ballastregulierung aus.

»Warte, es bewegt sich viel zu schnell, wir könnten es nie...«

Das schreckliche gedämpfte Krachen irgendwo unter dem Bathyscaph ließ beide Männer erstarren. Das Geräusch kam wieder, nur war es diesmal ein Dröhnen, das die Wassermassen kaum abzuschwächen vermochten. Andere Geräusche folgten, Felsen zerbarsten, und einzelne Brocken prallten gegen das stählerne Boot.

Die Kugel begann zu beben, und dann schwankte sie so stark, daß Fricker und Whitesell gegen die gekrümmte Wand und gegen Instrumente geschleudert wurden.

»Mach die Scheinwerfer an!« schrie Fricker. »Ich will sehen, was da unten vor sich geht.«

Darauf gedrillt, Befehlen in jeder Situation zu gehorchen, drückte der Lieutenant auf den Schalter. Doch bevor sie einen Blick hinauswerfen konnten, wurde der Bathyscaph von einer starken Druckwelle erfaßt und legte sich schief, so daß die beiden Männer gegeneinander flogen und ein Knäuel von Armen und Beinen bildeten.

»Was ist das?« schrie Whitesell.

Fricker ahnte die Ursache des Tumults, denn tiefe Ozeangräben wie dieser hier lagen oft in der Nähe tätiger Vulkane und waren von jeher Gebiete mächtiger geologischer Aktivität gewesen. In ihrer näheren Umgebung kam es oft zu Seebeben.

»Bring uns rauf, so schnell du kannst!« schrie er seinem Gefährten zu, obwohl er wußte, daß ›schnell‹ in diesem Zusammenhang ein sehr relativer Begriff war, da der Innendruck während des gesamten Aufstiegs an den Außendruck angepaßt werden mußte.

Aber es war ohnehin schon zu spät für sie.

Weil die Scheinwerfer direkt auf den Meeresboden gerichtet waren, konnten sie durch das Bullauge sehen, wie eine riesige brodelnde graue Wolke auf den *Dauphin* zugeschossen kam. Das eiskalte Wasser in ihrer Umgebung verdampfte sofort, und sie führte Tonnen von Gesteinsbrocken vom Meeresboden mit sich.

Das Unterseebot wurde mit ungeheurer Geschwindigkeit vor dem emporschießenden Schaum hergetrieben, und aus Frickers und Whitesells Augen, Ohren und allen anderen Körperöffnungen strömte schon Blut hervor, als der Bathyscaph umkippte.

Der stählerne Rumpf zerbarst, das Glas des Bullauges zerbrach, und die beiden Männer implodierten.

# 21

Die Sonne war rot verfärbt und berührte fast die Spitzen der fernsten Berge, als Rivers durch das lange Tal zurückfuhr.

Er war müde, ausgelaugt. Aber in seinen Augen stand ein Staunen, das seit seiner Kindheit nicht mehr darin zu sehen gewesen war.

Ein Hirsch lief vor ihm den holprigen Weg entlang und flüchtete erst, als der Wagen zu nahe kam, den Abhang hinauf.

Wolken mit goldenen Rändern zogen über die Landschaft dahin, von einem Westwind vorangetrieben, und auch das gekräuselte Wasser des Sees schillerte golden, während die Hügel wie in herbstlichem Braun glänzten.

Rivers fuhr durchaus geschickt, war aber in Gedanken ganz woanders, denn er hatte einen Tag des Lernens und Begreifens hinter sich. Einen Tag der Offenbarung.

Es war auch ein Tag der Verwirrung und Angst gewesen, denn er hatte seine Lektionen nicht ohne Debatten und anfängliche furchtsame Ablehnung gelernt. Der alte Mann hatte jedoch große Geduld mit dem Zynismus und der Bestürzung seines Schülers gehabt und ihm alles ganz behutsam und mit sanfter Wärme erklärt.

Allerdings hatte dieser weise Mann nicht behauptet, alle Antworten zu wissen, denn es gab Geheimnisse, die der menschliche Geist in seinem derzeitigen Evolutionsstadium einfach nicht fassen konnte. Eine Gewißheit hatte er dem Klimatologen jedoch vermittelt: Welche Turbulenzen auch vor ihnen liegen mochten, sie waren in diesem Kampf nicht allein. Einigkeit war ihr Verbündeter, und die daraus resultierende Stärke war ihr Vorteil. Große Veränderungen standen bevor, und viele würden auf die Probe gestellt werden; Rivers war nur einer von ihnen.

Die Schatten im Tal wurden immer länger, und die hereinbrechende Dämmerung breitete sich wie ein Schleier aus. Ganz mechanisch schaltete Rivers die Scheinwerfer ein. Ein großer Hase, dicht gefolgt von einem zweiten und dritten, hoppelte dicht vor dem Wagen über den Weg. Sie verschwanden im Unterholz, tauchten weiter oben am Hügel wieder auf und schlugen dieselbe Richtung wie Rivers ein, genauso schnell wie er. Bald tauchten sie im hohen Gras unter.

Der Loch wurde immer schmaler und endete schließlich. Der Weg stieg jetzt langsam an, und in einer leichten Kurve warf Rivers über die Schulter hinweg einen Blick zurück ins Tal, trat hart auf die Bremse und hielt an einer breiteren Stelle am Straßenrand an, die wohl als Aussichtspunkt für Touristen diente. Mit angezogener Handbremse starrte er zum See hinab.

Mindestens hundert kleine Lichtbälle schwebten über der großen Wasserfläche, winzige Sterne, die in der Dämmerung geheimnisvoll schimmerten.

# 22

Josh legte den Kopf zur Seite, um seine Zeichnung aus einer neuen Perspektive zu betrachten, machte mit seinem Buntstift noch ein paar Striche und hielt das Bild dann lächelnd hoch, um es seiner Mutter zu zeigen, die wieder telefonierte.

»Bist du ganz sicher, Hugo?« hörte er sie sagen.

Blecherne Geräusche tönten aus dem altmodischen Hörer, während sein Großvater antwortete.

»Gib ihr von uns einen dicken Kuß, ja?« Seine Mutter lächelte ihm zu. »Ja, ihm geht es gut. Ich habe ihm heute einen kleinen Zeichenblock gekauft, damit er eine Beschäftigung hat, und er malt gerade ein Bild. Jim? Ich weiß immer noch nichts – er ist bis jetzt nicht zurückgekommen. Ja, ich mache mir große Sorgen. Ich verstehe nicht, warum er keine Nachricht hinterlassen hat.« Eine Pause, während Opa Poggsy sprach. »Ja, Hugo, sobald ich etwas Neues weiß. Wir werden bald zurückkommen.«

Diane verabschiedete sich von ihrem Schwiegervater und legte den Hörer auf. »Liebe Grüße von Opa«, sagte sie zu dem Jungen, der im Pyjama am Toilettentisch saß, und setzte sich auf eine Bettkante. »Wie wär's mit einer Umarmung für Mami?«

Josh glitt vom Hocker und warf sich in die ausgebreiteten Arme seiner Mutter. Sie drückte ihn fest an sich und küßte ihn auf die Wange. »Eva wird bald wieder ganz gesund sein, Josh«, berichtete sie, während sie mit den Fingern durch sein lockiges Haar fuhr.

»Ist sie noch immer wach?«

»Ja, und nicht einmal schläfrig. Woher hast du's gewußt, Josh? Ich meine, als ich heute nachmittag angerufen habe.«

Er zuckte die Achseln. »Ich habe einfach gespürt, daß sie aufgewacht ist. Ich habe dir doch gesagt, daß sie nicht mehr schläft, stimmt's?«

»Ja, ja, das hast du.«

»Darf sie nach Hause?«

»Die Ärzte wollen sie über Nacht noch im Krankenhaus behalten. Zur Beobachtung.«

Er wich etwas zurück, um ihr forschend in die Augen schauen zu können.

»Sie wollen nur ganz sicher sein, daß es ihr morgen früh noch gutgeht«, erklärte Diane. »Dann werden Oma und Opa sie bestimmt nach Hause mitnehmen dürfen.« Sie zog ihn wieder an sich und wiegte ihn in den Armen. »Ich wünschte, ich wüßte, wie das bei euch beiden funktioniert, ich meine, eure enge Verbindung. Diese Nähe ist sehr kostbar, Josh – zu wissen, was der andere denkt und fühlt.«

»Manchmal ist es schrecklich.«

»Wenn ihr euch streitet?« Er nickte. »Alle Geschwister haben manchmal Streit, Josh, sogar Zwillinge wie ihr. Das ist nicht schlimm, wenn ihr euch schnell wieder versöhnt.«

»Aber ich habe sie an dem schlimmen Ort allein gelassen, ich bin weggerannt, und die böse Frau hat sie gefangen.«

»Nein, das war nur ein Traum. Es ist nicht wirklich passiert. Außerdem ist sie jetzt ja wieder wach und redet wie ein Buch.«

»Ich bin so froh, daß es Eva besser geht, Mami. Ich habe mich sehr allein gefühlt.«

Sie drückte ihn noch fester an sich. »Du hast doch immer noch mich.«

»Das ist nicht dasselbe.«

Diane verspürte wieder einmal leichte Traurigkeit darüber, daß sie mit den Kindern niemals so eng verbunden sein konnte, wie die beiden miteinander dies waren, ganz egal, wie sehr sie ihnen ihre Liebe auch zeigen mochte; und obwohl die Zwillinge diese Liebe erwiderten, würde sie immer etwas abseits stehen, außerhalb dieser engen Zweisamkeit. Vielleicht wäre das anders, wenn sie ihre leibliche Mutter wäre ...

»Kann ich weiterzeichnen, Mami?«

Sie ließ ihn los, damit er ihre Traurigkeit nicht spürte. »Natürlich.« Er setzte sich wieder auf den Hocker vor der Frisierkommode, und sie beugte sich über ihn und betrachtete seine Zeichnung. »Ein schönes Bild, Josh. Ist das der Garten aus deinem Traum?«

»Ja. Siehst du, das sind alles meine Freunde.«

Die Figuren mit den streichholzartigen Gliedern waren bunte, ihre Punkt-und-Strich-Gesichter glücklich. Josh und Eva hatten dieses Bild schon oft gemalt: den strahlend blauen Himmel, der wie eine Decke scharf begrenzt war, darunter die runde, gezackte Sonne, auf der linken Seite ein halber See, daneben Gras und Hügel in kräftigem Grün. Kinder rannten mit ausgebreiteten Armen zwischen hohen Pfosten herum, die nie bunt ausgemalt wurden. Diane und Bibby hatten mehrmals gefragt, was diese Pfosten oder Säulen darstellen sollten, aber Josh und Eva antworteten immer achselzuckend: »Sie sind einfach da.«

Diane trat ans Fenster, die Arme vor der Brust verschränkt. Draußen gab es nicht viel zu sehen – nur den Parkplatz und dahinter die Hügelkette, die jetzt langsam mit der Dunkelheit verschmolz, aber sie hatte den ganzen Tag über immer wieder aus dem Fenster geschaut, in der Hoffnung, den Mietwagen vorfahren und Rivers aussteigen zu sehen. Wo konnte er nur sein? Warum war er in aller Herrgottsfrühe weggefahren, ohne an ihre Tür zu klopfen oder wenigstens einen Zettel durch den Türspalt zu schieben? Es ergab einfach keinen Sinn. Aber andererseits hatte sie von der ersten Begegnung an gespürt, daß Rivers unberechenbar war. Oh, nach außen hin wirkte er ganz normal und vernünftig, aber tief in seinem Innern ging irgend etwas vor sich, etwas Verwirrendes und Bestürzendes. Sie fragte sich, ob er vor dem Flugzeugabsturz anders gewesen war. Oder vielleicht war er ein anderer Mensch gewesen, bevor seine Geliebte gestorben war. Trauerte er immer noch um sie? Wenn er nur nicht so verschlossen wäre, wenn er seine Gefühle zeigen würde! Und wie stark machten ihm die physischen Schmerzen zu schaffen? Manchmal war ihm die Anspannung deutlich anzusehen, an der gerunzelten Stirn und den fest zusammengepreßten Lippen. Die meiste Zeit wußte er den Schmerz gut zu verbergen, aber in seinen Augen stand er immer geschrieben. Seine grenzenlose Erleichterung und Entspannung hatte sich so deutlich in seinem Gesicht widergespiegelt, als die Zwillinge ihn vorübergehend von den Qualen befreiten.

War er sich überhaupt darüber im klaren, daß unablässige Schmerzen auch enorme seelische Schäden anrichten konnten? O Jim, wo bist du nur? Zorn stieg in ihr auf. Warum tust du so etwas?

Um sich zu beruhigen, blickte sie zu Josh hinüber. »Bist du müde, Liebling?«

Josh legte langsam seinen Buntstift hin. »Ein bißchen vielleicht.«

»Dann stecken wir dich jetzt ins Bett, okay?« Gebadet hatte sie ihn gleich nach dem frühen Abendessen im kleinen – noch fast leeren – Speisesaal des Hotels, und sie war froh über die kurze Ablenkung gewesen.

Der Junge lief zu seinem Bett und zog die Decke zurück. Diane faltete sie ordentlich und deckte Josh mit dem Laken zu.

Sobald er eingeschlafen war, würde sie sich – nicht zum erstenmal an diesem Tag – in der Rezeption erkundigen, ob Rivers angerufen hatte. Es war zwar unwahrscheinlich, aber vielleicht hatte er nicht direkt mit ihr sprechen wollen. Und anschließend würde sie wohl in die Bar gehen und einen steifen Drink bestellen. Ein Scotch mit Soda wäre nicht zu verachten.

Josh, der sich schon gemütlich ins Kissen gekuschelt hatte, hob plötzlich den Kopf und starrte die Wand an, so als könnte er hindurchsehen.

»Was ist los, Josh?« Sie legte ihm eine Hand auf die Schulter.

»Er ist wieder da.«

»Was?«

»Er ist wieder da, Mami. Und... und er ist... er ist irgendwie komisch.«

»Du bleibst jetzt brav liegen und versuchst einzuschlafen, Josh. Ich bleibe nicht lange fort.«

Josh schloß die Augen, als seine Mutter das Zimmer verließ, konnte aber nicht einschlafen. Er spürte die geheimnisvolle geistige Verbindung mit dem alten Mann, der nicht allzuweit entfernt im Dunkeln saß und um die Welt weinte.

## NEW ORLEANS, LOUISIANA

Shadebank zog an seinen Manschetten, bis sie gut zwei Zentimeter unter den Ärmeln seines Leinenjacketts hervorkamen. Dann betastete er einen der goldenen Manschettenknöpfe, während er mürrisch aus dem Fenster der großen Limousine starrte, in der drei weitere Fahrgäste saßen. Zu dieser frühen Morgenstunde waren noch nicht viele Leute auf den Straßen unterwegs.

Neben ihm machte sich Mama Pitié breit. Ihre Augen waren geschlossen, und ihre fetten Lippen bewegten sich, so als wäre sie ins Gebet vertieft. In der klimatisierten Limousine war es angenehm kühl, aber Mama stank trotzdem nach Schweiß und billigem Parfüm, und sie atmete so schwer, als müßte sie den Wagen anschieben. Hatte die große Frau Angst vor dem Fliegen? Shadebank hoffte inbrünstig, daß dem so war.

Ihnen gegenüber saßen zwei von Mamas Zombies, die Lider gesenkt, aber nicht ganz geschlossen, so als wären auch sie ins Gebet versunken.

*Verrückt. Total verrückt.*

In aller Herrgottsfrühe zum Flughafen zu fahren und sich aus dem Staube zu machen – *das Land zu verlassen* –, wo die Bullen ohnehin schon so mißtrauisch waren! Was aber am verrücktesten war: Mama hatte auf Rückflugtickets bestanden!

Draußen in den Sümpfen war eine Leiche gefunden worden. (Mamas idiotische Helfer hatten vergessen, daß die Sümpfe in den letzten Jahren fast ausgetrocknet waren, und sie hatten sich der Leiche – oder was davon noch übrig war – an einer Stelle entledigt, wo keine Alligatoren mehr hinkamen.) Shadebank hatte aus zuverlässiger – und gut bezahlter – Quelle erfahren, daß man Mama Pitié einem strengen Verhör unterziehen wollte. Offenbar war der Tote zuletzt in Gesellschaft eines Jüngers von Mama gesehen worden, eine sehr lose Verbindung, gewiß – wenn da nicht auch noch das seit mehreren Wochen vermißte Mädchen gewesen wäre.

Wir hätten Ruhe bewahren sollen, sagte sich Shadebank.

Wir hätten einfach abwarten sollen, bis es den blöden Bullen zuviel geworden wäre, uns immer wieder die gleichen blöden Fragen zu stellen. Jetzt könnte der Eindruck entstehen, daß wir abhauen.

Er selbst hatte freilich sowieso nicht die Absicht gehabt, noch sehr viel länger im Tempel zu bleiben. Gestern abend hatte er endgültig den Entschluß gefaßt, das Weite zu suchen. Hier wird mir das Pflaster allmählich zu heiß, hatte er sich nicht zum erstenmal in den letzten Tagen gesagt. Kein Kofferpacken, nur ein schneller Griff in den Safe, und dann nichts wie weg. Schließlich hatte er darin schon Übung.

Aber das Luder hatte seinen schönen Plan durchkreuzt. Draußen war es noch dunkel gewesen, als sie ihn in dem heruntergekommenen Hotel, wo er ein billiges Zimmer bewohnte, angerufen und ihm befohlen hatte, vier Plätze im nächsten Flugzeug reservieren zu lassen. »Irgendein spezielles Ziel?« hatte er sich erkundigt, nicht ganz sicher, ob sie ihn nur hinters Licht führen wollte. »England«, hatte sie ruhig geantwortet.

*England!* Was, zum Teufel, hatten sie in England zu suchen? Und warum wollte sie, daß er sie begleitete? Die zweite Frage hatte er sich leicht beantworten können. Er war ein ›gebildeter Nigger‹, der sich mit Flügen und fremden Ländern und all so was auskannte, während Mama Pitié in solchen Dingen völlig unerfahren war, trotz ihrer sonstigen Gerissenheit. In mancher Hinsicht war sie wirklich saublöd. Deshalb hatte sie ihn damals ja eingestellt. Sie war sich ihrer eigenen Grenzen bewußt und hatte sofort bemerkt, daß er ihr nützlich sein konnte. Er spielte an seinem Manschettenknopf herum und wünschte sehnlichst, daß sie noch vor Erreichen des Flughafens einem Herzschlag erliegen möge.

# 23

Als allererstes fiel Diane auf, daß Rivers nicht mehr hinkte. Sie blieb wie angewurzelt in der Halle stehen, als er schnellen Schrittes und mit einem seltsamen Gesichtsausdruck durch die Tür kam.

Er sah sie sofort, hob grüßend die Hand und eilte auf sie zu, wobei er fast mit einem Paar mittleren Alters zusammengestoßen wäre, das sich gerade von der Rezeption entfernte, derbe Wanderschuhe an den Füßen, mit schweren Rucksäcken bepackt.

Dianes erste Erleichterung verwandelte sich in Zorn.

»Wo...?« setzte sie mit schmalen Lippen und funkelnden Augen an, aber anstatt den Satz zu beenden, warf sie sich plötzlich in seine Arme. »Wir haben uns solche Sorgen gemacht«, war alles, was sie hervorbrachte.

Er strich ihr übers Haar und zog sie an seine Brust. »Wir müssen den Flughafen anrufen und Plätze reservieren lassen«, sagte er atemlos und angespannt. »Wir müssen so schnell wie möglich nach Hazelrod zurück.«

Sie hob den Kopf. »Es gibt keine Nachtflüge – ich habe mich erkundigt, als ich die Tickets für den Hinflug buchte. Aber warum, Jim? Was ist los?«

»Weißt du, wann morgens das erste Flugzeug startet?«

Sie schüttelte den Kopf. »Warum diese Eile?«

»Wir müssen zu Eva zurück.«

Immer noch kopfschüttelnd, lächelte Diane ihn an. »Es geht ihr gut, Jim. Sie ist jetzt wach, und Poggsy sagt...«

»Ja, ich weiß, aber wir müssen bei ihr sein, bevor es zu spät ist.«

Diane löste sich von ihm. »Wie konntest du das wissen?«

»Der alte Mann hat mir erzählt, daß es ihr gutgeht.«

»Der Träume-Mann? Du hast ihn gesehen?«

»Ich habe den ganzen Tag mit ihm verbracht. Es war ich und nicht Josh, den der alte Mann sehen mußte.« Er nahm sie am Arm und führte sie aus der Halle in den Korridor.

»Du hinkst nicht mehr«, sagte sie trotz ihrer Verwirrung.

Er lächelte grimmig, und sie sah seine Müdigkeit, eine Erschöpfung, die aber mit etwas anderem vermischt war. Besorgnis? Ja, auch das, aber zugleich leuchteten seine Augen in stiller Begeisterung.

»Er ist ein Heiler«, erklärte Rivers, ohne seine Schritte zu verlangsamen. »Wie Josh und Eva. Wie Tausende von Kindern aus ihrer Generation.« Er blieb unvermittelt stehen und sah sie an, und anstelle jenes freudigen Staunens, das sie soeben noch in seinem Gesicht gelesen hatte, spiegelte es nun die Trauer wider, die auch in seinen nächsten Worten zum Ausdruck kam. »Sie sind unsere einzige Hoffnung, Diane. Ohne die Kinder sind wir alle verloren. Ohne sie ist die ganze Welt verloren.«

Er ging weiter, und Diane eilte ihm nach.

# 24

Diane blickte zum Himmel empor, während sie Josh die hintere Wagentür aufhielt. Die dunklen Wolken verdüsterten die frühe Morgensonne und überschatteten die Landschaft.

Alles war still.

Kein Vogel sang.

Kein Windhauch regte sich.

Die lange Straße war menschenleer.

Sogar die Häuser wirkten unbelebt.

Es war nicht kalt, und doch fröstelte Diane. Sie blickte Rivers über das Wagendach hinweg an, weil sie wissen wollte, ob auch er die unheimliche Stimmung spürte, und seine Augen verrieten ihr nur allzu deutlich, daß dem so war. »Fertig?« fragte er.

Sie nickte, nahm auf dem Beifahrersitz Platz, und als er sich ans Steuer setzte, berührte sie seinen Arm. »Kann es wahr sein?« flüsterte sie.

»Wir werden es sehr bald wissen«, erwiderte er, während er sich anschnallte.

»Ich möchte ihn gern selbst sehen.« Es war eher eine Bette als eine Forderung.

Rivers blieb fest. »Nein, er hat darauf bestanden, daß wir so schnell wie möglich von hier wegfahren.«

»Um Eva zu beschützen?«

»Nicht nur.« Er ließ den Motor an, bevor er sich Diane zuwandte. »Wir müssen ihm vertrauen.«

»Deine Gefühle haben sich heute morgen also nicht verändert? Du glaubst immer noch an ihn.«

»Hast du daran gezweifelt?«

»Na ja, kaltes Tageslicht und dergleichen...«

Der Wagen rollte vom Parkplatz auf die Straße und beschleunigte. Wegen des trüben Morgens schaltete Rivers die Scheinwerfer ein.

»Konntest du nachts schlafen?« fragte Diane, die ständig aufgewacht war.

»Wie ein Baby, wenn auch nicht allzu lange. Ich glaube, ich war viel zu erschöpft, um nachdenken zu können.« Er verschwieg, daß er die Nacht zum erstenmal seit Monaten schmerzfrei verbracht hatte. »Und heute morgen bin ich ohne den geringsten Zweifel an seinen Worten aufgewacht. Frag mich nicht, warum, aber ich wußte, daß alles, was er mir gesagt hat, wahr ist. So unglaublich, so fantastisch es sich anhört – ich *weiß*, daß es stimmt. Und selbst wenn seine Worte mich nicht überzeugt hätten, so hätten mir doch die vielen Lichter über dem See gezeigt, daß etwas Außergewöhnliches vorgeht.«

»Aber was können wir *tun*, Jim?«

»Nicht viel. Es ist schon zu spät, um das Steuer noch herumzuwerfen.«

Josh, der seltsam still gewesen war, seit Diane ihn geweckt hatte, fragte von hinten: »Fahren wir wegen Eva nach Hause?«

»Ja, Josh«, antwortete Rivers.

»Kann ihr denn etwas Schlimmes passieren?«

Rivers zögerte. »Ich bin mir nicht sicher, Josh.« *Verlaß diesen Ort und beschütz die Kinder*, hatte der alte Mann ihm gesagt. *Beschütz die Unschuldigen vor dem Bösen, das sie bedroht.* Er hatte keine nähere Erklärung gegeben, keinen Grund genannt, nur mit großem Nachdruck verlangt, daß Rivers unverzüglich nach Hazelrod zurückkehren solle.

»Du hast doch gehört, daß ich vorhin mit Oma Bibby telefoniert habe.« Diane drehte sich nach hinten, um die Hand ihres Sohnes zu berühren. »Sie holen Eva heute morgen aus dem Krankenhaus ab, wenn die Ärzte es erlauben. Du siehst also, du brauchst dir um Eva keine Sorgen zu machen.«

Linkerseits tauchten die gewaltigen Konturen des Ben Nevis auf. Heute, in dem trüben Licht, wirkte der Berg eher düster als majestätisch, eher bedrohlich als beeindruckend.

»Vielleicht wäre es besser gewesen, Eva noch ein Weilchen im Krankenhaus zu lassen«, sagte Rivers leise.

»Du weißt doch, daß sie niemanden länger als notwendig dabehalten, und sie glauben, daß man sie zu Hause genausogut beobachten kann.« Diane hatte das unheimliche Gefühl, als würde der Berg sie anstarren, und sie riß sich von diesem Anblick los und schimpfte sich selbst eine Närrin. Rivers' Enthüllungen des gestrigen Abends hatten sie nervös gemacht, ob sie nun stimmen mochten oder nicht. »Jim«, sagte sie, »ich bin von all dem nicht überzeugt.«

Trotz seiner eigenen tiefen Unruhe mußte Rivers unwillkürlich lächeln. »Wir haben die Rollen vertauscht. Ich dachte, der Zweifler wäre ich.«

»Es ist wirklich nicht leicht zu glauben, kannst du das nicht verstehen?«

»O doch, ich kann dich sehr gut verstehen, und ich mache dir überhaupt keinen Vorwurf.«

»Das alles ist *so* ungewöhnlich. Du bittest mich... bittest mich...«

»Zu glauben und zu vertrauen? Ja, das stimmt, aber im Grunde macht es keinen Unterschied, was du oder ich oder sonst jemand glaubt: Der Prozeß hat vor langer Zeit begonnen, und nichts kann ihn jetzt noch aufhalten. Es ist zu spät, wir sind alle viel zu dumm gewesen.«

Sie hatten Fort William erreicht, und während sie durch die Stadt fuhren, betrachtete Diane die Häuser und Hotels und stellte sich deren Bewohner vor, die vielleicht gerade aufwachten oder frühstückten. Viele schliefen bestimmt noch, und keiner von ihnen war sich darüber im klaren, was mit der Welt um sie herum geschah. Sie waren selbstgefällig, unverantwortlich, sogar fahrlässig in ihrer Ignoranz. Und sie hatten keine Ahnung, was sie erwartete...

»Gott steh uns bei!« sagte sie leise, und Rivers fragte sich, ob Gott das drohende Strafgericht jetzt noch abwenden könnte.

Einige Kilometer hinter Crianlarich hielt Rivers abrupt an.

Diane, die mit geschlossenen Augen dagesessen war, eine Hand auf der Stirn, den Ellbogen auf den Fensterrahmen gestützt, fuhr erschrocken zusammen. Auch Josh, der während der ganzen Fahrt so ruhig gewesen war, daß sie glaubten, er wäre eingeschlafen, wurde nach vorne geworfen, und nur sein Sicherheitsgurt verhinderte, daß er sich den Kopf an Dianes Rückenlehne anschlug.

Alle drei starrten durch die Windschutzscheibe auf die Straße vor ihnen.

Diane zwinkerte mehrmals, weil sie ihren Augen kaum traute. Der Highway führte durch Heideland und Täler, deren steile Abhänge zu nebelverhangenen Bergen emporführten. Silbrige Wasserfälle stürzten von den schroffen Felswänden herab und verwandelten sich in flacheren Gebieten in steinige, geschwinde Flüsse und Bäche. Es gab nur wenig Bäume, aber die Vegetation war üppig, wenngleich vor der Sommersonne braun verfärbt und ausgetrocknet. Und aus diesem Gras, Gebüsch und Ginster kamen die kleinen Tiere hervor und überquerten zu Hunderten die Straße, hauptsächlich Hasen und Kaninchen, aber auch Wühl- und Feldmäuse und dazwischen vereinzelte Füchse und Hirsche. Sie hetzten über den Highway, auf der verzweifelten Suche nach einer neuen Heimat.

»Wovor rennen sie davon?« fragte Diane bestürzt.

»Es hat begonnen«, lautete Rivers' Antwort.

Diane riß sich vom Anblick der fliehenden Tiere los. »Was hat begonnen? Was meinst du damit?«

»Der alte Mann hat gesagt, daß unter Mensch und Tier Panik ausbrechen werde. Die Tiere fürchten sich vor etwas, das wir noch nicht bemerken, das wir noch nicht sehen können.« Er fuhr weiter und erreichte schnell die flüchtenden Tiere.

»Jim, nicht!« Sie packte ihn bei der Schulter.

»Wir dürfen das Flugzeug nicht verpassen, Diane. Wir müssen da durch.« Er hupte, und die Tiere in unmittelbarer Nähe wichen dem Auto aus, setzten ihre Flucht jedoch unbeirrt fort. Der Wagen fuhr über ein Hindernis, und Diane stellte sich schaudernd vor, wie die zarten Knochen unter den Reifen zermalmt wurden. Rivers hupte unaufhörlich, während er das Auto gleichmäßig durch den Strom pelziger kleiner Körper lenkte. Ein Fuchs erschreckte ihn, der plötzlich vor der Windschutzscheibe auftauchte und über die Motorhaube raste, ohne auch nur einen Blick in Richtung der Menschen zu werfen. Er sprang hinunter und verschwand außer Sicht, während andere – ungeschicktere – Tiere gegen das Blech auf der Fahrerseite prallten oder quiekend unter die Räder gerieten. Rivers verschloß sich den Lauten und Erschütterungen und setzte die Fahrt unbeirrt fort, gegen die heftige Versuchung ankämpfend, zu beschleunigen und die Sache so schnell wie möglich hinter sich zu bringen.

Nur einmal bremste er kurz, um zwei Hirsche vorbeizulassen. Josh hielt sich auf dem Rücksitz die Ohren zu, um die leisen Schreie nicht zu hören, und Diane schloß die Augen und biß sich in die Unterlippe, während das Auto vorwärtskroch. Sobald eine freie Stelle auftauchte, fuhr Rivers etwas schneller, aber er war immer wieder zu einem Schneckentempo gezwungen, weil weitere Tiere die Straße blockierten.

Es war eine mühsame und qualvolle Fahrt, aber schließlich ließen sie die fliehenden Tiere hinter sich zurück. Erleichtert und darauf bedacht, den Zeitverlust aufzuholen, trat Rivers aufs Gas. Diane schaute nach hinten, verstört, aber auch neugierig. Sie hätte zu gern gewußt, wovor die Tiere solche Angst hatten, aber als sie ihren Blick über die Landschaft schweifen ließ, war nichts zu sehen, was diese Panik hervorgerufen haben konnte, und so konzentrierte sie sich wieder auf die Straße vor ihnen.

Als sie vergangene Nacht endlich in ihr eigenes Zimmer zurückgekehrt war, damit der völlig erschöpfte Rivers wenigstens einige Stunden schlafen konnte, war sie von seinen Mitteilungen verwirrt und erschüttert gewesen. Trotz der sehr späten Stunde hatte sie Hugo angerufen und ihn gewarnt, er solle Eva im Auge behalten, wenn sie aus dem Krankenhaus nach Hause kam. Sie hatte ihm gesagt, daß Josh, Rivers und sie am nächsten Tag zurückfliegen und ihm dann alles erklären würden. Natürlich hatte Hugo sie mit Fragen gelöchert, aber sie hatte ihn bis zu ihrer Rückkehr vertröstet, weil sie noch viel zu durcheinander gewesen war, um vernünftige Antworten geben zu können. Und jetzt drängten sich ihr selbst so viele weitere Fragen auf, denn es war ihr am Vorabend einfach unmöglich gewesen, dieses gewaltige Konzept auf Anhieb ganz zu begreifen.

Sie drehte sich zu ihrem Sohn um, weil sie Rivers keine Fragen stellen wollte, wenn Josh sie hören konnte. Der Junge war wach, hatte die Knie angezogen, den Kopf auf die Rückenlehne gelegt und starrte ins Leere. Gelegentlich blinzelte er, aber ansonsten saß er regungslos da, fast leblos.

Diane wandte ihre Aufmerksamkeit Rivers zu. Sein Profil war grimmig, und die Müdigkeit in seinen Augen war unübersehbar. Er hatte sich nicht rasiert, und die dunklen Bartstoppeln betonten die Hagerkeit seines Gesichts, die ihr bisher nie aufgefallen war. Sie war froh, darauf bestanden zu haben, daß er nachts etwas aß, denn heute morgen hatten sie keine Zeit zum Frühstücken gehabt. Ihre Finger berührten sein Gesicht, zögernd, denn sie hatte jetzt ein wenig Angst vor ihm. Er griff nach ihrer Hand und drückte sie beruhigend.

»Wird alles gutgehen?« fragte sie leise und hoffte, daß Josh viel zu geistesabwesend war, um ihre zittrige Stimme zu bemerken.

»Es muß einfach«, antwortete er nur; sie zog ihre Hand zurück und fragte sich, ob die Kraft, von der er nachts gesprochen hatte, tatsächlich existierte. Konnte er diese Begegnung mit dem alten Mann, der unweit eines Sees in einer Bauernkate lebte, nur geträumt haben? Oder war es eine Halluzination gewesen, ausgelöst durch physischen und psychischen Druck? Litt er noch immer unter dem Trauma des Flugzeugabsturzes und der Schmerzen, die ihn seitdem quälten? Schmerzen, die nun schlagartig, wie durch ein Wunder verschwunden waren. Gewiß, auch die Zwillinge besaßen heilende Kräfte – aber in welchem Ausmaß beruhte dieser Heilungsprozeß auf den Geisteskräften des Kranken selbst? Und dann war da seine anstrengende Arbeit, bei der man von ihm in zunehmendem Maße Antworten und Prognosen in bezug auf das Weltklima verlangte, das bizarr und völlig unberechenbar geworden war. Hinzu kam noch die Trauer um seine Geliebte, dahingerafft von einer Krankheit, die eine Zeitlang als völlig besiegt gegolten hatte, dann aber – wie andere Tropenkrankheiten – wieder aufgetreten war und sich wegen der radikalen Umweltveränderungen epidemieartig ausgebreitet hatte. (Es schien wie eine Ironie des Schicksals, daß diese Krankheit früherer Zeiten heute so oft tödlich verlief, während relativ neue Krankheiten wie AIDS und Krebs geheilt oder doch fast geheilt werden konnten.) Konnte jemand solche Bürden über längere Zeit hinweg mit sich herumtragen, ohne daß es zu irgendwelchen negativen Auswirkungen kam? Und zuletzt hatten auch noch Hugo und sie selbst ihn mit neuen Problemen belastet.

Bei diesem Gedanken stieg Ärger auf sich selbst in Diane auf. Ärger und Schuldgefühle. Sie betrachtete ihn wieder; er spürte ihren Blick und wandte sich neugierig ihr zu.

»Jim...«, setzte sie zum Sprechen an, zögerte dann aber und schüttelte den Kopf. »Es tut mir leid, das alles ist so... so...«

»So schwer zu verkraften? Ja, ich weiß. Man könnte sagen, es ist geradezu überwältigend.« Er grinste jetzt, und in diesem Moment erkannte sie die tief in ihm verborgene Kraft, die ihn alle Prüfungen bestehen ließ. Nein, sein geistiges Gleichgewicht hatte trotz allem, was er durchmachen mußte, nicht gelitten. Sie glaubte die Geschichte seiner Begegnung mit dem alten Mann – mit Joshs und Evas Träume-Mann –, obwohl er ihr nicht erlaubt hatte, den Weisen zu sehen. Aber dessen Offenbarung war sehr viel schwerer zu schlucken.

Und doch... und doch ging sie nur zwei Schritte weiter als Lovelocks Hypothese, daß der Planet Erde ein lebendiger, sich selbst erhaltender Organismus sei, und nur einen Schritt weiter als Hugos Theorie, daß unsere Welt einfach ein riesiges interstellares lebensförderndes System sei, das eigens für die menschliche Rasse erschaffen wurde. Die Prämisse des Träume-Mannes war viel tiefgründiger als jene beiden anderen Theorien, aber war sie weniger glaubhaft? Nein, möglicherweise nicht. Doch spielte das jetzt noch eine Rolle? Dem Träume-Mann zufolge würden nur wenige Auserwählte an den Veränderungen teilhaben, die der Welt bevorstanden. In ihren Händen – nein, in ihrem *Geist* – lag das Schicksal der Menschheit und des Planeten, auf dem sie lebte. Es hatte jede Menge Warnzeichen gegeben, schon seit Jahrzehnten. Jetzt verwandelten sie sich in winzige psychische Leuchtsignale, in Omen, in präzise, aber rätselhafte Hinweise auf Umweltschäden. Die frühzeitigen Warnungen – Erwärmung der Erdatmosphäre, Löcher in der Ozonschicht, Massenvernichtung von Meereslebewesen durch Verschmutzung und anderes mehr – waren ignoriert worden, bis es zu spät war. jetzt waren die Warnungen von unergründlicherer, vielleicht sogar mystischer Art, eher Vorboten unabwendbarer Gefahren als Alarmsignale, die noch etwas bewirken konnten. Diane begann still zu beten.

Sie erreichten sehr schnell die nördliche Spitze des Loch Lomond, jenes achtunddreißig Kilometer langen Sees, dessen schmales Ende tief ins Gebirge der Highlands einschnitt. Doch im Gegensatz zur Hinfahrt hatte Diane, als sie jetzt am Ufer entlangfuhren, keine Augen für die herrliche Szenerie, für die Bergketten und die dichten Mischwälder, die sich an den Steilhängen des Ben Lomond festklammerten. Weiter südlich verbreiterte sich der See und beherbergte in seinem ruhigen schiefergrauen Wasser eine Reihe bewaldeter Inseln, und an seinem fernen südlichen Ufer war er von sanfteren Hügeln umgeben. Hier stießen die schottischen Highlands mit den Lowlands zusammen.

Im ersten Moment dachte Diane, daß mit der Federung des Wagens etwas nicht in Ordnung wäre, weil die Vibration durch die Sitze zu spüren war, so als würden sie über einen feinmaschigen Viehzaun oder über eine wellige Oberfläche fahren. Doch dann bebte die ganze Karosserie, und Rivers' Hände, die das Lenkrad umklammerten, wurden sichtlich gerüttelt.

Er lenkte den Wagen an den Straßenrand und stellte rasch den Motor ab. Das Fahrzeug vibrierte weiterhin; eine Rolle Bonbons, die sie Josh auf der Hinfahrt gekauft hatten, fiel von der Ablage über dem Armaturenbrett und landete vor Dianes Füßen. Ein in Gegenrichtung fahrender Lastwagen hatte ebenfalls angehalten, und der Fahrer sah sich in seiner Kabine um, so als glaubte er, daß mit seinem Laster etwas nicht stimmte.

»Schau dir mal das Wasser an!« rief Rivers über das Scheppern loser Teile hinweg.

Diane folgte seinem Blick und sah, daß der große See, dessen Oberfläche soeben noch so ruhig und glatt gewesen war, sich nun plötzlich mit schäumenden Wellen überzog. »Was ist das?« fragte sie.

Rivers wußte es, gab aber keine Antwort. Er riß die Fahrertür auf und sprang hinaus. In der Nähe stürzte eine Pyramide aus alten Steinen in sich zusammen, die dort aufgestapelt worden waren, um eine Mauer neu aufzubauen. Das Laub der Bäume zitterte und raschelte. Ein loser Holzpfosten, der vor langer Zeit wohl ein Verkehrsschild getragen hatte, schwankte bedenklich. Rivers spürte die Vibration, die sich durch seine Schuhsohlen und Beine auf den ganzen Körper ausbreitete, und als er sich mit einer Hand am Autodach festhielt, übertrug sich das Beben des Metalls auf seine Armmuskeln, bis zur Schulter hinauf. Ihm fiel ein, daß sie sich hier in der Nähe des Highland Boundary Fault, einer großen Verwerfung, befanden.

Diane stieg nun ebenfalls aus, blaß vor Angst, weil sie inzwischen selbst begriffen hatte, was sich hier ereignete. Ein tiefes Rumpeln kam aus der Erde und nahm an Intensität zu, während sich das Beben verstärkte, und Diane deutete plötzlich auf den Himmel hinter ihnen.

In nördlicher Richtung war die Luft mit kleinen schwarzen Flecken gesprenkelt, die schnell näher kamen. Vögel kreisten über den Baumwipfeln und stießen Alarmrufe aus, während sie auf die anrückenden Scharen warteten.

Rivers und Diane beobachteten das Schauspiel verwundert und fasziniert, und auch Josh spähte durch das Heckfenster, mit offenem Mund und weit aufgerissenen Augen. Das Beben wurde allmählich schwächer, und auch das Rumpeln ging in ein langsam verklingendes Grollen über. Doch dafür schwoll der Lärm von tausendfachem Flügelschlag und Vogelgeschrei an, und Sekunden später verdunkelte sich der Himmel über dem See: Eine riesige Wolke aus Vögeln schwirrte dahin und erhielt ständig Zuwachs. Um welche Arten es sich handelte, war nicht zu erkennen, und niemand hätte sie zählen können, aber der Wind, den sie mit ihren Flügeln erzeugten, ließ die Bäume wieder rauschen und kräuselte die Wasseroberfläche.

»Unglaublich«, sagte Diane, aber ihre Stimme ging im Lärm unter. Obwohl sie den Kopf tief in den Nacken legte, konnte sie das Ende des Schwarms nicht ausmachen. Die Schreie der Vögel hallten von den Bergen wider, und der Lärm wurde so unerträglich, daß sie sich schließlich die Ohren zuhielt und mit geschlossenen Augen am Wagen lehnte. Es wurden mehr und mehr: Sämtliche Vogelarten der schottischen Highlands schienen ihren angestammten Lebensraum zu verlassen und in südliche Richtung zu fliehen.

Es dauerte ganze sieben Minuten, bis alle vorbeigeflogen waren und in einiger Entfernung wieder zu einer wirbelnden schwarzen Wolke verschmolzen, von vereinzelten Nachzüglern abgesehen, die den Schwarm verzweifelt einzuholen versuchten. Die Stille, die nun eintrat, war unnatürlich und irgendwie bedrohlich.

Diane blickte den Vögeln nach, bis sie nur noch ein breiter Fleck am Horizont waren, bevor sie sich Rivers zuwandte und angstvoll fragte: »Wohin fliegen sie?«

Rivers öffnete die Wagentür, bevor er antwortete. »Fort von hier«, war alles, was er ihr sagen konnte.

Das Unwetter brach los, als sie die Erskine Bridge über den River Clyde überquerten. Der Wind war schon vorher stark gewesen, doch nun fegte er Regen an die Scheiben und rüttelte an dem Wagen, der im dichten Berufsverkehr nach Glasgow über die Brücke kroch. Als sie den Parkplatz am Flughafen erreichten, waren Wind und Regen gnadenlos, und sie wurden naß bis auf die Haut, während sie über die Straße ins Terminal rannten. Der Flug nach Gatwick hatte etwas Verspätung, und Diane nutzte die Gelegenheit, um von einer Telefonzelle aus noch einmal in Hazelrod anzurufen. Mack meldete sich und berichtete, daß Hugo und Bibby ins Krankenhaus gefahren waren, um Eva abzuholen, und daß sie bald zurückkommen müßten. Alles sei in bester Ordnung, versicherte er, und tatsächlich wirkte allein schon seine kräftige Stimme mit dem ländlichen Dialekt beruhigend, denn es war die Stimme der Vernunft und Beständigkeit in einer Zeit von Zweifeln und großen Wirren.

Josh war ungewöhnlich still, als sie endlich an Bord des European Airbus gingen, im Gegensatz zu seiner Aufregung beim Hinflug, und Diane legte ihm, während sie ihn anschnallte, besorgt eine Hand auf die Stirn, aber sie fühlte sich kühl an.

Sie behielt ihn im Auge, als das Flugzeug zur Startbahn rollte, und war erstaunt, daß er sogar beim Abheben völlig teilnahmslos den Vordersitz anstarrte. Auf ihrer anderen Seite überflog Rivers die Morgenzeitung, die eine der blau uniformierten Stewardessen verteilt hatte. Ein Blick über seine Schulter hinweg auf die Schlagzeilen bestätigte das Schlimmste, denn obwohl die Zeitungen tagtäglich über mindestens eine Katastrophe irgendwo auf der Welt berichteten (in den letzten Jahren waren es sogar immer zwei oder drei gewesen), häuften sich die Meldungen in dieser Ausgabe: Überschwemmungen in Italien, Thailand und Korea; Erdbeben in Armenien, Japan, China, Afghanistan und an der Nordspitze der Antarktis; ein Hurrikan fegte gegenwärtig über Amerikas Mittelwesten hinweg, während Tornados Teile von Neuguinea, Indonesien und Tahiti verwüstet hatten; mehrere tiefliegende Inseln im Südpazifik waren völlig im Meer versunken, und eine massive Sturmflut hatte einen langen Küstenstreifen von Sri Lanka heimgesucht. Hinzu kamen kleinere Vorfälle, die Diane jedoch nicht minder erschütterten: Mindestens hundert Delphine hatten sich an den Felsen vor der Küste von Cornwall absichtlich zerschmettern lassen; riesige Planktongürtel stiegen in allen Ozeanen an die Oberfläche, hauptsächlich – aber nicht ausschließlich – in nördlichen und südlichen Regionen. Rivers' Gesicht war düster, als sie einen Blick tauschten, und Diane fiel plötzlich die seltsame Atmosphäre ein, die sie im Flughafen zwar bemerkt, aber wenig beachtet hatte, ein aufgeregtes Stimmengewirr, das seinen Ursprung zweifellos in Diskussionen über die Vielzahl von Katastrophen gehabt hatte.

»Du hattest recht – es hat bereits begonnen«, sagte sie zu Rivers.

Er schüttelte den Kopf. »Nein, im Grunde hat es schon vor langer Zeit begonnen, Diane. Ich glaube, was jetzt geschieht, ist eine Art Metamorphose. Der Planet ist im Begriff, sich zu verändern, genau wie es der alte Mann vorhergesagt hat.«

Sie rückte näher an ihn heran und sagte fast flüsternd: »Ich habe solche Angst, Jim. Was wird mit uns geschehen?«

Er legte die Zeitung auf seinen Schoß und schob seinen Arm unter den ihren. »Er hat gesagt, alles würde von den Kindern abhängen, von Josh und Eva und all den vielen anderen, die wie sie sind. Wir dürfen Josh nicht merken lassen, wie sehr wir uns fürchten.«

»Aber was können sie tun, wie können sie helfen?«

»Er hat mir gesagt, wir müßten ihnen vertrauen. Ihnen vertrauen und sie beschützen, weil sie unsere Rettung seien.«

»Ich verstehe immer noch nicht, wie.«

»Aber du beginnst an ihn zu glauben?«

»An den Träume-Mann?« Sie lächelte schwach. »Heute morgen war ich mir alles andere als sicher. Ich dachte, vielleicht hättest du eine Halluzination gehabt – du hast dich gestern abend ziemlich verrückt angehört. Später habe ich dann selbst das Erdbeben und die Flucht der Tiere und Vögel miterlebt. Wenn ich das in Zusammenhang mit den bizarren Naturkatastrophen der letzten zehn Jahre sehe, auch in Zusammenhang mit Poggsys Version der GAIA-Theorie und mit dem Verhalten, das Josh und Eva seit einiger Zeit zeigen – ja, dann fällt es mir nicht mehr ganz so schwer, den nächsten Schritt zu akzeptieren. Sagen wir mal so: Ich bin noch nicht hundertprozentig überzeugt, aber ich verwerfe die Theorien des Träume-Mannes auch nicht.« Sie blickte rasch zu Josh hinüber, der jetzt aus dem Fenster starrte. »Was mich aber wirklich quält«, fuhr sie fort, »ist die Frage, wieviel Schaden der Menschheit dabei zugefügt wird. Werden wir dies überhaupt überleben?«

Das leichte Zittern seiner Hand, bevor er sie von ihrem Arm nahm, entging Diane nicht, aber ansonsten wirkte er ruhig und sogar resolut.

»Ich habe ihm dieselbe Frage gestellt«, sagte er, »und er konnte sie mir nicht beantworten. Er erklärte, er könne die Zukunft nicht vorhersagen, er könne nur die Veränderungen im Bewußtsein der Menschen und in der Erde selbst spüren.«

Es war ein atemberaubendes Konzept, mit dem sie sich noch nicht ganz abfinden konnte.

»Ich bin nicht...« Ihre Stimme schwankte, und sie schüttelte den Kopf, so als wollte sie alle möglichen Gedanken verscheuchen. »Was macht diesen Mann so einmalig? Warum besitzt er dieses Wissen? Wie ist so etwas möglich?« fragte sie dann.

Rivers lächelte. »Er hat mir gesagt, es gebe viele Menschen wie ihn, überall auf der Welt verstreut, und ihrer aller Aufgabe sei es, den auserwählten Kindern als eine Art Führer zu dienen.«

»Auserwählten Kindern wie Josh und Eva?«

Er nickte. »Offenbar haben einige dieser Erwachsenen zwar ähnliche Fähigkeiten wie er selbst, aber andere Wertvorstellungen, abweichende, ja sogar konträre Ansichten über die Ordnung der Dinge. Und vor *diesen* Menschen müssen die Kinder beschützt werden.«

Ein kalter Angstschauder überlief Diane. »Aber *woher* weiß er das alles – und woher wissen es jene anderen? Das hast du mir immer noch nicht gesagt.«

»Offenbar ist dieses Wissen uns allen angeboren, aber unsere psychischen Ebenen unterscheiden sich gewaltig. Einige von uns entwickeln ganz bewußt diesen zusätzlichen Sinn – nein, das ist falsch, es ist kein *zusätzlicher* Sinn, sondern ein uralter, der in all den Jahrhunderten der Zivilisation und des wissenschaftlichen Fortschritts verkümmert ist. Vermutlich hat die menschliche Rasse ihn schließlich als überflüssig erachtet. Unser Geruchssinn ist nicht mehr so scharf wie der unserer Vorfahren, die jagen mußten, um zu überleben, und auch unsere Sehkraft hat nachgelassen. Wir sind nicht mehr so stark und wahrscheinlich auch nicht mehr so schnell wie früher. Zweifellos ist unser Gehör nicht mehr so gut wie damals, als wir in Höhlen lebten und von Tieren bedroht wurden. Gott weiß, was wir während unserer sogenannten Entwicklung sonst noch alles eingebüßt haben.«

Aus reiner Gewohnheit massierte er sein Knie, hörte aber damit auf, als ihm einfiel, daß er ja gar keine Schmerzen mehr hatte. »Obwohl wir diese Fähigkeit – dieses *Gespür* – nie total verloren haben, ist es doch seltsam folgerichtig, daß es sich während der letzten hundert Jahre beträchtlich regeneriert hat, als die Bedrohung für unsere Welt immer kritischere Ausmaße annahm. Hellseher, Heiler, Medien, Spiritisten – sie bilden ja fast schon einen eigenen Wirtschaftszweig.«

»Du willst sagen, daß das von irgend etwas ausgelöst wurde?«

»O ja, von unserem eigenen Unterbewußtsein. Irgendwo in der Tiefe der menschlichen Psyche ist diese Kraft noch vorhanden, und vielleicht besinnt sich unser natürlicher Selbsterhaltungstrieb jetzt darauf und holt sie wieder aus der Versenkung hervor.«

»Aber warum widerfährt es nicht uns allen? Warum sind wir nicht alle wie der Träume-Mann oder wie die Zwillinge?«

»Ihm zufolge muß dieser Sinn erst wieder entwickelt werden, so wie man nach jahrelanger Entkräftung wieder laufen lernen muß. Die Fähigkeit ist vorhanden, aber wir haben vergessen, wie man sie einsetzt. Neuen Generationen wird das leichter fallen, sobald das Vorhandensein dieses Sinnes erst einmal allgemein akzeptiert ist, und viele werden ihn ganz natürlich benutzen, so wie Josh und Eva es tun. Ich vermute, daß der Träume-Mann ein Vorläufer jener Kinder ist, die diese Gabe besitzen, eine Mischung aus Prophet, Schildwache und Beschützer. Eine Art Vorhut, wenn man so will.«

Diane schwieg, während sie zu verarbeiten versuchte, was Rivers gesagt hatte. Die psychische Verbindung zwischen Individuen war im Laufe der vergangenen fünfzig Jahre als erwiesene Tatsache anerkannt worden, und im letzten Jahrzehnt wurde allmählich auch die Existenz der menschlichen Megapsyche, des kollektiven Bewußtseins, von Wissenschaftlern und Gelehrten akzeptiert. Sogar Organisationen, die einst diskret von Regierungen gefördert worden waren, um solche Phänomene zu untersuchen, hatten ihre Einwände gegen die Veröffentlichung ihrer Forschungsergebnisse aufgegeben, die fast durchweg positiv waren, auch wenn sich noch nichts Endgültiges sagen ließ.

Diane wurde von einem Passagier abgelenkt, der auf der anderen Seite des Ganges, zwei Reihen weiter vorne, lautstark nach einer Stewardeß rief. Eine eilte herbei, hörte sich seine Beschwerde an, spähte unter den Sitz vor ihm und entfernte sich. Gleich darauf kam sie mit einer kleinen Spraydose zurück und besprühte den Boden an jener Stelle. Einige Frauen kreischten, als die Küchenschabe gesichtet wurde, und dann noch einmal, als der empörte Passagier den aufgescheuchten Kakerlak mit dem Absatz zertrat. Die Stewardeß beseitigte rasch und möglichst unauffällig die Überreste, und die Aufregung legte sich wieder.

»Übrigens«, fuhr Rivers fort, so als hätte es diesen Zwischenfall überhaupt nicht gegeben, »solltest du noch etwas anderes über unseren Freund aus den Highlands wissen.«

»Es würde mich sehr erleichtern, wenn du mir jetzt sagst, daß er verrückt ist.«

Rivers grinste unwillkürlich. »Das ist er leider nicht. Ich glaube vielmehr, daß er der geistig gesündeste Mensch ist, dem ich je begegnet bin. Aber er ist blind.«

Sie sah ihn ungläubig an. »Aber wie kann er dann in dieser Abgeschiedenheit überleben?«

»Es scheint ihm ganz gut zu gelingen. Jeden Monat werden ihm Lebensmittel aus dem nächsten Dorf geliefert – es ist etwa dreißig Kilometer entfernt. Der Lieferant deponiert sie am

Ende des Weges, und dort holt der alte Mann sie selbst ab. Außerdem hat er einen kleinen Gemüsegarten hinter seiner Hütte, eine Ziege für die Milch und einige Hühner, die für Eier sorgen.«

»Aber wenn er nicht sehen kann...«

»Er kommt zurecht, das ist das einzige, was ich dir sagen kann. Seine anderen Sinne kompensieren das fehlende Sehvermögen, hat er mir erzählt. Von Zeit zu Zeit helfen ihm Bauern aus der Nachbarschaft – die Bewohner der Highlands sind an Einsiedler gewöhnt.«

»Aber dann braucht er doch bestimmt Geld, um sie zu bezahlen?«

Rivers schüttelte den Kopf. »Er ist ein Heiler, Diane. Tiere, kranke Kinder aus dem Dorf, Zehenentzündungen, Bronchialbeschwerden, unfruchtbares Vieh – er behandelt alle und wird in Naturalien bezahlt. Das alte Tauschsystem ist in jenen Gegenden noch sehr verbreitet.«

Das Flugzeug wurde plötzlich von einem heftigen Windstoß gerüttelt, und viele Passagiere schauten sich ängstlich um. Eine Stewardeß, die gerade mit dem Getränkewagen unterwegs war, lächelte strahlend und kommentierte: »Böiger Flug heute!« Ihre sorglose Bemerkung wirkte beruhigend und löste bei jenen, die Hörweite waren, nervöses Gelächter aus.

Rivers beugte sich vor, um die Wetterverhältnisse selbst beurteilen zu können. Regen peitschte gegen die Fenster, und die Wolken waren dunkelgrau und turbulent. Er faltete seine Zeitung zusammen, schob sie in das Netz am Vordersitz und öffnete seinen Sicherheitsgurt. »Ich möchte im Met Office anrufen und mit Sheridan sprechen.«

Diane hielt ihn am Arm fest. »Du kannst das alles doch nicht am Telefon besprechen.«

»Das habe ich auch gar nicht vor – er hält mich ohnehin schon für neurotisch. Ich werde eine Verabredung mit ihm treffen, dann kann er mir ins Gesicht hinein sagen, daß ich verrückt bin. Zumindest werde ich mein möglichstes getan haben, um sie zu warnen.«

Sie wollte noch etwas sagen, aber er ging schon auf das nächste Kartentelefon zu.

Sie legte einen Arm um Josh, der noch immer aus dem Fenster starrte, und fragte ihn, ob er etwas essen oder trinken wolle. Er schüttelte flüchtig den Kopf. Sie strich ihm die Haare aus der Stirn, um auf diese Weise unauffällig seine Temperatur wieder zu überprüfen, aber seine Haut war immer noch kühl.

Der melodische Gong der Lautsprecheranlage ertönte, gefolgt von der entspannten Stimme des Piloten: »Guten Morgen, meine Damen und Herren, Jungen und Mädchen, hier spricht Captain Linacre, Ihr Pilot für Flug 484 von Glasgow nach London Gatwick. Tut mir leid, daß wir so ungemütliches Wetter haben, aber wir fliegen derzeit in einer Höhe von zehntausend Meter, und ich habe gehofft, daß wir den Sturm unter uns lassen würden. Verläßlichen Informationen zufolge sieht es vor uns noch unfreundlicher aus, und deshalb halte ich es für empfehlenswert, einen kleinen Umweg zu machen, um dem schlimmsten Unwetter auszuweichen. Das wird unsere Ankunft nur um wenige Minuten verzögern, und wie Sie wissen, würden wir uns ohnehin etwas verspäten, weil wir nicht pünktlich gestartet sind. Ich hoffe, Sie haben Geduld mit mir, aber diese Maßnahme wird uns allen einen angenehmeren Flug ermöglichen. Wir werden die Ostküste überfliegen, und das gibt Ihnen die Gelegenheit, aus der Luft die Schäden zu betrachten, die von den Überschwemmungen des Winters '96 angerichtet wurden. Danke für Ihr Verständnis, und falls es während des Fluges noch irgendwelche Neuigkeiten gibt, können Sie sicher sein, daß ich Sie darüber informiere. Wenn ich noch einen Vorschlag machen dürfte – Sie werden sich wohler fühlen, wenn Sie angeschnallt sind. Danke und weiterhin einen angenehmen Flug.«

Aufgeregtes Stimmengewirr setzte ein, und viele Passagiere, die in der Mitte oder am Gang saßen, beugten sich über ihre Sitznachbarn, um selbst nach dem Wetter zu sehen. Auch Diane schaute aus dem Fenster, aber außer einer dichten grauen Wolkendecke war nichts zu erkennen.

Der Getränkewagen war inzwischen bei ihr angelangt, und sie bestellte für sich einen Wodka mit Tonic, für Rivers einen Scotch und für sie beide Kaffee. Josh bekam ein Glas Milch und Kekse und fügte sich widerwillig, schluckte die Milch aber so schnell wie eine Medizin hinunter und nagte ohne jede Begeisterung an den Keksen herum.

Rivers kam zurück und war dankbar für den Whisky, wollte aber weder Kekse noch Nüsse.

»Hast du die Durchsage gehört?« fragte sie.

»Ich habe sie teilweise mitbekommen, während ich telefonierte. Die Verspätung wird nicht groß sein.«

»Hast du mit Sheridan gesprochen?«

»Er war nicht im Met Office. Seine Sekretärin sagte mir, er sei heute in Pilgrim Hall. Wir könnten also direkt vom Flughafen dorthin fahren – es ist kein großer Umweg.«

»Sollten wir nicht so schnell wie möglich nach Hazelrod zurückkehren?«

»Es wird nicht viel Zeit in Anspruch nehmen, Diane.«

Sie widersprach nicht: Wenn man dem Träume-Mann Glauben schenken wollte, würde die Umwelt eine kolossale Umwälzung durchmachen – der Morgenzeitung konnte man entnehmen, daß dieser Verwandlungsprozeß bereits begonnen hatte –, und da wäre es egoistisch von ihr, Rivers davon abzubringen, die maßgeblichen Leute wenigstens zu warnen. Natürlich hatte er recht – man würde ihn für verrückt halten, aber sie konnte gut verstehen, daß er es wenigstens versuchen wollte. Vielleicht würde man ihm glauben, wenn die Welt erst einmal total aus den Fugen geriet. Sie trank einen großen Schluck, aber immer noch nagte ein winziger Zweifel an ihr. Das alles war so fantastisch, so unglaublich. Vielleicht waren sowohl der Träume-Mann als auch Rivers von einer Art göttlichem Wahnsinn befallen, und sie hatte sich davon anstecken lassen. O Gott, betete sie im stillen, laß das die Wahrheit sein!

Ihre Ängste und Zweifel blieben Rivers nicht verborgen, und anstatt weiter über die Gefahr zu diskutieren, die der Welt drohte, verlieh er leise seinen Gefühlen für sie Ausdruck, etwas, das er sehr lange nicht mehr getan hatte, und Diane ging darauf ein, griff nach seiner Hand, schob ihre Finger zwischen die seinen und gestand ihm nicht nur ihre Sorgen um die Kinder, sondern auch die Zuneigung, die sie in immer stärkerem Maße für ihn empfand. Vielleicht lag es an den besonderen Umständen ihres Kennenlernens, daß sie sich so schnell nahegekommen waren; vielleicht wäre die Anziehungskraft aber auch unter gänzlich anderen Bedingungen wirksam geworden. Wie dem auch immer sein mochte, fest stand jedenfalls, daß eine Bindung zwischen ihnen entstanden war, deren Stärke sich freilich erst im Laufe der Zeit zeigen würde. *Falls* ihnen überhaupt noch Zeit blieb.

Diane bemerkte, daß Josh sich bewegt hatte, als seine Füße ihren Schenkel streiften. Er hatte sich aus dem Sicherheitsgurt befreit und kniete jetzt auf dem Sitz, um besser aus dem Fenster schauen zu können.

»Was ist, Josh?« Sie spürte, daß etwas nicht stimmte, und rückte näher an ihren Sohn heran. Auch Rivers beugte sich vor, neugierig, was den Jungen aus seiner Lethargie gerissen hatte.

Josh gab keine Antwort, und Diane löste ihren Sicherheitsgurt, um ihm über die Schulter sehen zu können. Als sie entdeckte, wovon er so fasziniert war, zog sie scharf den Atem ein und legte instinktiv die Arme um ihn.

Der Airbus hatte soeben die Gegend überflogen, die früher Humber Lowlands hieß und nun größtenteils im Meer versunken war, und leitete irgendwo über den überfluteten Gebieten Ostenglands den Landeanflug auf Gatwick ein. Obwohl der Himmel nach wie vor voll turbulenter Wolken war, gab es zwischen ihnen einige Lücken, durch die Diane das versunkene Land und die neue Küstenlinie sehen konnte. Von dort unten stieg ein kleiner, aber klar umrissener Lichtpunkt auf.

Zuerst dachte sie, es könnte Sonnenlicht sein, das vom Wasser reflektiert wurde, doch dann stellte sie fest, daß das Licht ein ganzes Stück vom Meeresspiegel entfernt und die Sonne zudem von dichten Wolkenschichten verhüllt war. Außerdem gab es gar keinen Zweifel daran, daß der kleine Lichtball sich stetig aufwärts bewegte.

»Jim«, rief sie, »ich glaube...«

Er war schon auf den Beinen, und sie rückte etwas zur Seite, damit er hinausschauen konnte.

»Ist es wieder ein Halo?« fragte sie hoffnungsvoll. »Wie der, den wir auf dem Hinflug gesehen haben?«

Er antwortete erst nach einigen Sekunden. »Nein, diesmal nicht. Es ist eine Warnung. O Gott...«

Diane preßte ihr Gesicht wieder ans Fenster, denn Rivers blickte jetzt in eine andere Richtung. Sie entdeckte nördlich des ersten Lichts ein weiteres.

Die Passagiere in den Reihen dahinter wurden auf diese Unruhe aufmerksam und spähten nun ihrerseits aus den Fenstern. Ein überraschtes Gemurmel setzte ein, und es dauerte nicht lange, da beugten sich sogar die Stewardessen über Sitze, um die seltsamen Lichter zu beobachten, die jetzt ein unheimliches Ballett am Himmel aufführten.

»Mama!« Josh deutete auf das Wasser unter den tanzenden Lichtern.

Sie waren noch weit vom Boden entfernt, und das überflutete Gebiet blieb allmählich zurück, aber Diane und Rivers konnten deutlich einen schäumenden Punkt im Wasser erkennen. Im nächsten Moment gab es eine Eruption, und weil der Blickwinkel sich gerade änderte, sahen sie, wie eine Fontäne in den Himmel emporschoß.

Obwohl der Wasserstrahl ihnen klein vorkam, wußten Rivers und Diane genau, daß er Dutzende Meter hoch sein mußte, wenn man ihn aus dieser Entfernung so gut sehen konnte.

## HILLER HIGHLANDS – *über der Bucht von San Francisco*

Sie kamen aus ihren Häusern gelaufen, um die seltsamen Lichter zu beobachten, die über den bewaldeten Hügeln tanzten. Ein Nachbar verständigte den anderen, daß am Nachthimmel offenbar UFOs aufgetaucht waren. Und die kleinen Lichter boten ihnen ein prächtiges Schauspiel, flogen wie perlfarbene Leuchtkäfer dicht über den Baumwipfeln dahin, stiegen hoch in die Luft empor, schwebten anmutig wieder herab und umkreisten einander wie Aliens in einem alten Spielberg-Film. Manchmal sah es so aus, als müßten sie zusammenstoßen, so schnell sausten sie aufeinander zu, doch in letzter Sekunde änderten sie ihren Kurs, so daß die Zuschauer, die ihren Atem angehalten hatten, freudig »Oh!« und »Ah!« riefen. Die Lichter breiteten sich über Oakland, Berkeley und Piedmont aus, und die Studenten der Berkeley University of California genossen die zusätzliche Attraktion nach ihrem Sommerball, denn die Musik war zwar schon lange verklungen, aber daran, nach Hause zu gehen, dachte kaum jemand. Man stand in Gruppen beisammen, die Mädchen in die Jacken ihrer Freunde gehüllt, um vor den starken Winden von der Bucht her geschützt zu sein, und beobachteten das unheimliche und aufregende Phänomen, laut rufend oder auch nur ehrfürchtig flüsternd, je nachdem, wie tief beeindruckt sie waren.

Viele Bewohner dieser Viertel standen auf den Balkonen und Terrassen ihrer Luxusvillen und erfreuten sich an dem nächtlichen Spektakel. Andere, so etwa der Feuerwehrmann Antonio Degrazza, verfolgten das Schauspiel aus weniger vornehmen Vierteln und mit großer Sorge. Degrazza wußte, daß die Wälder nach fünfmonatiger ununterbrochener Dürre trocken wie Zunder waren. Die Lichter – es schienen mindestens sechzehn zu sein – waren wunderschön, aber ihr strahlender Glanz war ihm nicht geheuer. Wenn sie heiß waren, wenn sie Funken sprühen würden...

Er war gerade ins Haus gegangen, um seinen Chef anzurufen und seine Besorgnis zu äußern, als die Lichter genau das taten, was er befürchtet hatte.

Sie beendeten ihr Luftballett, und jeder Lichtball schwebte acht bis zehn Meter über den Wipfeln, kleine funkelnde Sterne am Nachthimmel, ein herzerfreuender Anblick, der alle zum Schweigen brachte. Dann flogen sie tiefer, alle auf einen Punkt etwa dreißig Zentimeter über dem höchsten Baum zu.

Diesmal wichen sie nicht in letzter Sekunde von ihrem Kurs ab, und beim Zusammenprall explodierten sie mit einem gewaltigen Funkenregen.

Blätter und Äste fingen sofort Feuer, so als hätten die Bäume schon lange darauf gewartet. Flammen schossen empor und fraßen sich, von den Winden angetrieben, blitzschnell durch das trockene Holz, ein lebendiges Ungeheuer, das die dunkle Luft einsaugte und seinen eigenen Wirt verschlang.

Das flammende Inferno breitete sich mit unvorstellbarer Geschwindigkeit aus, und die Bewohner der Hiller Highlands flüchteten, ohne viel mitnehmen zu können, denn niemand mochte sich der Gefahr aussetzen, außer Hab und Gut auch noch das Leben zu verlieren. Die monströse Feuersbrunst fegte durch die Häuser entlang der Hügel und Canyons von Oakland und artete in einen Napalmalptraum aus, der sich unaufhaltsam auf den Hafen zubewegte. Die Hitze war so intensiv, daß Wasserrohre zerbarsten, Hochspannungsleitungen schmolzen, Propantanks und Transformatoren explodierten. Die Hydranten fielen bald aus, und der Koordinator beim Katastrophenschutz forderte unverzüglich Löschhubschrauber an, aber auch das nutzte nichts. Das Feuer war einfach zu mächtig.

Es raste auf das Meer zu, ein nicht mehr zu bändigendes Raubtier, das alles vernichtete, was ihm in den Weg kam, und den Himmel mit schwarzen Rauchwolken verhüllte, so daß weder die echten noch die falschen Sterne zu sehen waren.

Sie standen am Strand und beobachteten ehrfürchtig den Lichtball, der über den Fischerbooten schwebte, wobei das schlechte Wetter in der Ferne einen düsteren Hintergrund abgab, der seine Leuchtkraft nur noch mehr betonte. Das kleine Licht mit der purpurfarbenen Korona blendete durch seine Klarheit, und die Menschen staunten über seine gelassene Ruhe. Nicht einmal die steife Meeresbrise vermochte das Licht aus seiner Position etwa zehn Meter über den Booten zu vertreiben.

Einige kräftige Jungen am Strand schwammen hinaus und hielten sich an den Fischerbooten fest, um besser sehen zu können. Sie riefen und gestikulierten zusammen mit den Fischern, die wundersame Leuchtkugel solle in die Boote herabkommen, damit man sie mit ans Ufer nehmen könne, wo ihr die gebührenden Ehren zuteil würden. Doch das göttliche Licht schenkte ihnen keine Beachtung.

Die Kunde verbreitete sich sehr schnell in der ehemaligen kleinen Fischerstadt, die sich in einen lebhaften Badeort verwandelt hatte, und sowohl Einheimische als auch Touristen verließen ihre kühlen Häuser und Hotels, um zu den Promenaden und Stränden zu eilen und das seltsame Phänomen mit eigenen Augen zu sehen. Der Abend bekam geradezu eine Festatmosphäre, und man bat Beamte und Fotografen hinzu, damit das überirdische Geschehen korrekt dokumentiert werden konnte. Die Welt sollte bald vom Wunder von Cox's Bazar hören.

Ein Hausierer, der sein halbes Leben lang taub gewesen war, behauptete plötzlich, hören zu können, und ein anderer Zuschauer, dessen Existenz bedroht gewesen war, weil er wegen einer schlimme Arthritis keine Rikscha mehr ziehen konnte, fiel im Sand auf die Knie und segnete weinend das Licht, das ihn von seinen unerträglichen Schmerzen befreit hatte. Frauen in der Menge fielen in Ohnmacht; ein Vater trug sein krankes Kind bis dicht ans Wasser und flehte das Licht an, die Krebszellen im ausgemergelten Körper seiner sterbenden Tochter zu vernichten; weiter unten am Ufer wurde ein heiliger Mann, der das Licht lautstark als bösen Blick des Teufels schmähte und verdammte, von den Umstehenden verprügelt.

Alle Unterhaltungen und Gebete verstummten, als weitere Lichter auftauchten und langsam bis zur Höhe des ersten emporstiegen.

Mindestens zwanzig Meter voneinander entfernt, ebensoweit wie von der Küste, breiteten sie sich entlang der Ostseite der Bucht von Bengalen aus, soweit das Auge reichte. Man konnte fast den Eindruck gewinnen, als wären sie durch einen endlosen unsichtbaren Faden miteinander verbunden und wären daran hochgezogen worden, so gleichmäßig hatten sie sich nach oben bewegt, und nun hingen sie da wie die großen Laternen, die bei Festen die Straßen schmückten.

Nach dem ersten Schock brach die Menge in Lobgesänge aus.

Manche Leute, besonders die Kinder, klatschten vor Freude in die Hände, während andere in ehrfürchtigem Staunen zurückwichen. Wieder andere rannten ins Meer und knieten im Wasser nieder oder wateten weiter hinaus und breiteten beschwörend die Arme aus. Die Vorsichtigeren hasteten in ihre Häuser zurück und verschlossen ihre Türen. Viele Touristen fotografierten das Phänomen.

Weder Jubel noch Anbetung hielten lange an.

Die Brise verwandelte sich abrupt in einen Wind, der an Haaren und Kleidern zerrte, und ein Schrei ging durch die Menge, als die riesige Welle hinter der geheimnisvollen Lichterkette auftauchte, dicht gefolgt von einem Gebilde, das den Küsten- und Inselbewohnern von Bangladesch nur allzu vertraut war.

Der turmhohe weiße Wirbel aus Dampf und Wasser zerriß die Dunkelheit und raste mit unglaublicher Geschwindigkeit auf den Strand zu – mit fast dreihundert Stundenkilometern, wie später berechnet wurde.

Die Menschen verloren jedes Interesse an den ›Wunderlichtern‹ und stürzten auf ihre Häuser und Hotels zu, während die klügsten weiterrannten in der Hoffnung, eine Anhöhe erreichen zu können.

Die Flutwelle riß die Schwimmer und die leichten Fischerboote mit sich und zerschmetterte sie an Bäumen und Gebäuden. Der Zyklon folgte ihr auf den Fersen.

## MOUNT PINATUBO, PHILIPPINEN

Es war so, als hätte die Nacht mit der untergehenden Sonne die Geduld verloren, denn das Land war in Dunkelheit gehüllt, obwohl der Tag noch nicht vorüber war. Die dichten finsteren Wolken, die vom Berg aufstiegen, warfen ihre Schatten überallhin, und Staub dämpfte die natürlichen Farben der Vegetation, der Häuser, Fahrzeuge und sogar der Tiere im Umkreis von hundertfünfzig Kilometer. In Manila, achtzig Kilometer vom Mount Pinatubo entfernt, beobachteten die Leute, die den Aufruf der Philippine Institution of Volcanology and Seismology zum Verlassen der Stadt ignoriert hatten, den großen Rauchmantel mit beträchtlicher Sorge. Vor zwei Tagen hatten die Gebäude geschwankt, und weitere Erdstöße wurden erwartet. Starke Winde und sintflutartige Regenfälle hatten sowohl die Ängste als auch die Schäden anwachsen lassen, aber man wollte um jeden Preis verhindern, daß Schwarzmalerei den Kommerz beeinträchtigte. Dann kam das Gerücht auf, mehr als dreißigtausend Filipinos hätten ihre Heimat am alten Vulkan verlassen, weil über dem Rand ein leuchtendes Omen gesichtet worden war, kurz bevor der Pinatubo Rauch und Asche ausgespien hatte. Obwohl die aufgeklärteren Geschäftsleute der Hauptstadt über primitiven Aberglauben dieser Art spotteten, schickten viele von ihnen ihre Familien zu Freunden oder Verwandten weiter im Süden oder sogar auf einer der anderen Inseln.

Die Amerikaner, die gegen solchen Aberglauben natürlich gänzlich gefeit waren, evakuierten klugerweise bereits Clark Base, das Hauptquartier der US 13th Air Force, etwa achtzig Kilometer nordwestlich von Manila gelegen, und auch den Flottenstützpunkt an der Küste unweit von Olongapo. Das Unbehagen war weit verbreitet, und jederzeit konnte eine Panik ausbrechen. Doch der Farmer Micker Ramos hielt nichts von Hysterie und arbeitete weiterhin auf seinen Feldern direkt am Fuße des Vulkans. Der fruchtbare Boden hatte ihm über Jahrzehnte hinweg reiche Ernten eingebracht, obwohl er mehr als einmal gezwungen gewesen war, im letzten Moment zu flüchten. Oft entstanden große Schäden, aber für Micker hatte sich jeder Neuanfang gelohnt. Seine Familie war jetzt allerdings fortgezogen: Seine Frau hatte es einfach nicht mehr ertragen, ständig der Bedrohung durch den Berg ausgesetzt zu sein, und sie hatte die beiden Töchter und den Sohn mitgenommen. Zuvor hatten sie gemeinsam den Stern gesehen, der dicht über dem Kraterrand schwebte, kurz bevor die Erde von einem dumpfen Grollen erschüttert wurde und schwarze Schwefeldämpfe die Sonne verfinsterten. Er hatte seiner Frau erklärt, der Stern sei ein gutes Omen, ein *heiliges* Zeichen, denn etwas von solch strahlender Schönheit könne nur ein Symbol für Hoffnung und Glück sein. Trotzdem hatte sie ihn verlassen und außer den Kindern auch noch das prämierte Schwein mitgenommen. Wie er dieses Schwein vermißte!

Der Tag ging zur Neige, und bei dem schwachen Licht konnte er sein Feld nicht mehr bestellen. Deshalb setzte er sich auf das Trittbrett seines alten Ford-Lkw und starrte zu dem großen schwarzen Berg empor, vor dem er keine Angst hatte. Der Pinatubo war ein alter Freund, der – trotz gelegentlicher Launenhaftigkeit – verehrt und nicht gefürchtet werden sollte.

Für ein, zwei Sekunden wurde der Rauch aus dem Krater dünner, und Micker sprang überrascht auf. *Ja, ja, er war immer noch da, der Stern war immer noch da!* Ein winziger Lichtpunkt, der kaum zwanzig Meter über dem Vulkanrand hell erstrahlte. Als das Licht vor zwei Tagen zum erstenmal aufgetaucht war, hatte Micker es durch ein langes Teleskop beobachtet, das er sich von einem Freund geliehen hatte, und er hatte festgestellt, daß es in Wirklichkeit kein Punkt, sondern ein kleiner schimmernder Ball war, einer herrlichen großen Perle nicht unähnlich. Und nun war es wieder da, um ihm zu sagen, daß alles in Ordnung sei, daß es keinen Grund zur Angst gebe. O ja, dies war ein Omen, aber kein böses, sondern ein gutes, und vielleicht... ja, vielleicht kündigte es, wie der Stern vor zweitausend Jahren, eine neue Geburt an, das Erscheinen eines Erlösers! Micker fiel im Schmutz auf die Knie und faltete seine

Hände auf dem Trittbrett, so als wäre es ein Altargitter. Er beugte den Kopf, und seine Lippen bewegten sich in stillem Gebet.

Er hob den Kopf wieder, als seine Hände zu vibrieren begannen, und er sprang erschrocken zurück, als die ganze Karosserie des alten Fahrzeugs zu klappern begann.

Eine seltsame Wärme strömte durch seine nackten Füße und unteren Beinpartien, und er starrte verwirrt den Boden an. Der Abend war kalt, und die Rauchwolke dort oben hatte den ganzen Tag über keinen Sonnenstrahl durchgelassen, so daß das Feld eigentlich unmöglich so heiß sein konnte. Dann hörte er ein unheilvolles Knurren.

Es schien aus der Erde zu kommen, aber Micker wußte es besser: Der Pinatubo selbst hatte diesen ominösen Laut ausgestoßen.

Das Knurren verwandelte sich in ein Heulen, das Heulen in ein Hecheln, das Hecheln in einen Schrei, und im nächsten Moment regnete es Asche, Schlick und Bimsstein aus dem Vulkan. Die anschließende Explosion hörte sich wie tausend Bomben an, und der Farmer hielt sich die Ohren zu. Der Himmel hellte sich auf, und die dunklen Wolken bekamen einen aggressiven Goldton, als Feuer und Gestein in die Atmosphäre flogen. Micker stand wie angewurzelt da, viel zu überwältigt, um wegzurennen, vor Furcht so starr, daß er sich nicht einmal ducken konnte. Aber er blieb nicht lange wie eine Salzsäule stehen, denn in dem Feld, das er so lange liebevoll bearbeitet hatte, entstand ein Riß, der sich von einem Ende zum anderen schlängelte, über den holprigen, steinigen Weg hinweg, wo der alte Lkw klapperte, bis zum Dschungel im Hintergrund. Eine Erdspalte tat sich auf, und Micker wurde mitsamt seinem Wagen verschlungen und verbrannte in der glühenden Lava.

Geröll aus dem Pinatubo wurde zwanzig Kilometer in die Luft geschleudert, und die Menschen in den Städten der näheren Umgebung schützten sich mit Schirmen und um den Kopf geschlungenen Handtüchern vor Aschenregen und Schutt, während sie die Flucht ergriffen. Jene, die sich bisher geweigert hatten, die Großstädte Angeles, San Fernando und Olongapo zu verlassen, versuchten dies jetzt verzweifelt, während Erdstöße die Gebäude schüttelten und Erdrutsche – verschlimmert durch die Unwetter der letzten Zeit – Brücken und Straßen bedrohten.

Doch so schrecklich diese erste Eruption auch gewesen war, ließ sie sich mit der zweiten doch nicht vergleichen, die kurze Zeit später folgte. Der Pinatubo wurde regelrecht zerrissen.

Der Himmel wurde unheimlich hell, und die Explosion war im Umkreis von viertausendfünfhundert Kilometer zu hören. Wissenschaftler berechneten später, daß sie eine Stärke von mehr als dreißigtausend Megatonnen erreicht hatte – und das bedeutete, daß sie um das Millionenfache gewaltiger gewesen war als jene Atombombe, die am Ende des Zweiten Weltkriegs Hiroshima zerstört hatte. Bei dieser zweiten verheerenden Explosion wurden Gestein und Asche bis zu achtzig Kilometer in die Luft geschleudert, und die Druckwellen breiteten sich über den ganzen Globus aus. Erdbeben und Flutwellen ließen nicht lange auf sich warten, und die Erdspalte, die Micker Ramos und seinen Lkw verschlungen hatte, dehnte sich um weitere fünf Kilometer aus. Von den Großstädten Angeles und Guagua sowie vielen Kleinstädten und Dörfern blieben nur staubbedeckte Ruinen übrig, und zahlreiche Gebäude in Manila und sogar im ganz nördlichen Dagupan brachten unter dem Gewicht des Ascheregens zusammen.

Die Menschen auf den Philippinen glaubten, das Ende der Welt sei angebrochen.

# 25

Hugo Poggs schaute bei Eva herein. Sie saß im Bett, mehrere Kissen im Rücken, damit sie bequem zeichnen konnte. Obwohl sie auf die Fürsorge ihrer Großeltern durchaus ansprach, war sie doch sehr still, und ihren Reaktionen fehlte es an Lebhaftigkeit. Wahrscheinlich war das zu erwarten gewesen; der behandelnde Arzt im Krankenhaus hatte Bibby und ihn ja sogar gewarnt, daß sich bei Eva zu Hause eine gewisse Teilnahmslosigkeit einstellen könnte, obwohl sie völlig normal wirkte, als sie abgeholt wurde.

Bibby, die in einem bequemen Sessel am Bett der Kleinen saß, legte ihr Buch hin und sah ihren Mann über ihre Lesebrille hinweg an. »Soll ich uns etwas zu essen machen, mein Lieber?« fragte sie.

»Ist unsere Minnie hungrig?« Poggs schaute das Kind erwartungsvoll an. »Eva?« rief er, als sie keine Antwort gab.

Diesmal hörte sie auf zu zeichnen und blickte zu ihm hoch. Ihr Gesicht war bleich, und dadurch fielen die strahlend blauen Augen nur noch mehr auf.

»Möchtest du etwas essen, Liebling?« Bibby griff nach der Hand des kleinen Mädchens und hielt sie fest.

»Nein, danke, Omi.« Eva befreite ihre Hand und zeichnete weiter.

Poggs tauschte einen Blick mit seiner Frau, und Bibby schüttelte unmerklich den Kopf. Sie erhob sich, küßte ihre Enkelin auf die Stirn und ging zur Tür, wo Poggs stehengeblieben war. »Vielleicht wird Eva etwas Suppe essen«, sagte sie leise, während sie mit gerunzelter Stirn zu dem Mädchen hinüberschaute.

Poggs drückte ihr ermutigend die Hand, weil er genau wußte, wie viele Sorgen sie sich um ihre Enkel machte. Der Verlust ihres einzigen Sohnes, Anthony, hatte sie beide schwer getroffen, trotz all seiner Schwächen, und wie alle Eltern, deren Kinder nicht besonders wohlgeraten waren, fragten sie sich, ob sie selbst eine Schuld daran traf. Poggs wußte, daß seine Frau sich bis heute den Kopf darüber zerbrach. Die Vorstellung, daß auch den Zwillingen etwas zustoßen könnte, war für sie deshalb ein regelrechter Alptraum, um so mehr, als diese Waisen in Rumänien einen so schrecklichen Start ins Leben gehabt hatten. Und Dianes Anruf am frühen Morgen hatte diese Ängste nur noch verstärkt, obwohl ihre Schwiegertochter die Bitte, sie sollten gut auf Eva aufpassen, nicht näher begründet hatte.

Bibby packte ihn am Ärmel. »Glaubst du, daß wir das Krankenhaus über ihren Zustand informieren sollten?« flüsterte sie.

Er schüttelte den Kopf und antwortete genauso leise: »Sie haben gesagt, daß wir anrufen sollten, wenn Eva sich seltsam verhält oder einen Rückfall erleidet. Aber man kann ihr Verhalten eigentlich nicht als seltsam bezeichnen – wir haben sie und Josh doch schon oft in diesem Zustand erlebt, stimmt's? Und sie scheint nicht schläfrig zu sein, nur sehr matt, würde ich sagen. Weißt du was, altes Huhn, ich werde mich um das Essen kümmern, und du setzt dich wieder zu ihr. Wenn du sie auch nur einen Moment aus den Augen lassen mußt, machst du dir noch mehr Sorgen.«

Bibby lächelte ihn an, diesen großen, dicken Mann, der so oft total in seiner Welt der Wissenschaft versunken zu sein schien, aber die Güte in Person war und sich nicht nur um jene sorgte, die er liebte, sondern auch um alle anderen Mitmenschen. Vielleicht war es Müdigkeit, vermischt mit den Ängsten der letzten achtundvierzig Stunden, die in ihr plötzlich eine überwältigende Niedergeschlagenheit auslöste, und sie legte ihren Kopf an die breite Brust ihres Mannes. Er tätschelte ihren Rücken, so als wäre sie ein melancholisches Kind, und sie genoß das Gefühl, sich bei ihm anlehnen zu können, bis das Pfeifen seiner Lungen sie daran erinnerte, daß Hugo trotz seines täuschend robusten Äußeren kein gesunder Mann war. Sofort richtete sie sich auf und schenkte ihm ein strahlendes Lächeln.

»Ab mit dir in die Küche«, sagte sie munter. »Und ich bleibe bei unserer kleinen Waldnymphe.«

»Braves Mädchen«, brummte er, ohne sich von ihrem scheinbaren Stimmungsumschwung täuschen zu lassen.

Während ihres langen Zusammenlebens hatten sie einen feinen Instinkt für die Gefühle des anderen entwickelt, und im Augenblick mußten sie beide gegen düstere Vorahnungen ankämpfen. »Für uns mache ich ein paar Sandwiches, okay?« Er tätschelte ihr breites Gesäß, als sie sich Eva zuwandte.

»Ich habe keinen Hunger«, erwiderte sie.

»Ich auch nicht, aber ich mache uns trotzdem etwas zurecht.«

Er verließ das Zimmer, und Bibby hörte seine schweren Schritte auf der Treppe. Sie beugte sich über ihre Enkelin, strich ihr einige Haarsträhnen aus der Stirn und betrachtete das Bild, das Eva malte.

Es war das übliche Bild. Die grünen Wiesen voller spielender Kinder. Und natürlich die Säulen, zwischen denen sie spielten, zwei gerade Linien ohne obere Begrenzung.

Wind rüttelte am Fenster, und Bibby stellte fest, daß es zu regnen begonnen hatte.

Poggs ging unten gerade an der Haustür vorbei, als er von draußen ein Geräusch hörte. Er blieb lauschend stehen und hielt sogar seinen pfeifenden Atem kurz an. Wenn ihn nicht alles täuschte, war ein Wagen in den Hof gefahren.

Er ging zum Fenster im Wohnzimmer und zog die Stores zurück. »Mein Gott«, murmelte er, als er sah, was draußen vor sich ging.

Ein großer grauer Grenada parkte vor dem Haus, und drei Männer stiegen aus, alle schwarz, obwohl einer von ihnen, der eleganteste, eine etwas hellere Hautfarbe hatte. Dieser Mann öffnete jetzt die hintere Tür auf seiner Seite, und zum Vorschein kam die fetteste und schwärzeste Frau, die Poggs je gesehen hatte.

Er zuckte zusammen, als ein Windstoß am Fenster rüttelte, und unwillkürlich überlief ihn ein kalter Schauder, als ihm der unerklärliche Wind einfiel, der vor einigen Tagen durchs Haus gefegt war, so als hätte er es auf die Insassen abgesehen.

Als er wieder hinausschaute, sah er, daß Mack auf die Gruppe zuging.

# 26

Es war geradezu eine Erlösung, Gatwick hinter sich zu lassen, denn im Flughafen hatte das totale Chaos geherrscht. Die Informationstafeln kündigten fast nur noch Verspätungen an, und frustrierte Fluggäste liefen hin und her wie Tiger im Käfig, beschwerten sich beim Personal und klagten anderen Passagieren ihr Leid. Den Gesprächsfetzen, die Rivers auffing, während er sich mit Diane und Josh durch die Menge schob, entnahm er, daß Probleme in anderen Flughäfen überall auf der Welt an den Verzögerungen schuld waren.

Die Straße nach London war auf beiden Seiten von verdorrten Feldern und Wäldern umgeben, und im Westen brauten sich schwarze Wolken am Horizont zusammen. Insekten von der Größe kleiner Steine – einige auch wesentlich größer – klatschten gegen die Windschutzscheibe von Dianes Wagen, und sie mußte das Glas immer wieder mit den Scheibenwischern säubern. Josh war nach wie vor sehr still, wollte aber plötzlich wissen, ob sie unterwegs nach Hazelrod seien.

Diane wußte, daß er Angst um seine Schwester hatte, und sie versicherte ihm, Eva sei jetzt bestimmt schon mit Oma und Opa zu Hause, gesund und munter. Sein Schweigen sagte ihr, daß er nicht beruhigt war.

»Was ist los, Josh?« fragte sie. »Warum machst du dir solche Sorgen?« Sie warf einen Blick in den Rückspiegel. Der Junge starrte auf seinen Schoß.

»Ich weiß nicht, Mama«, murmelte er.

Rivers drehte sich um und klopfte ihm aufmunternd aufs Knie. »Wir werden bald in Hazelrod sein, Josh. Ich muß vorher nur noch etwas erledigen, okay?«

Der Junge reagierte nicht, und Rivers schaute wieder nach vorne.

»Müssen wir lange in Pilgrim Hall bleiben?« erkundigte sich

Diane, während sie einen schweren Lkw überholte, der auf der mittleren Spur dahinkroch.

»Nein«, versprach Rivers. »Ich weiß noch nicht, wie ich es Sheridan beibringen werde, aber es wird nicht lange dauern.«

»Und wenn er nun will, daß du dort bleibst?«

»Das wäre sinnlos. Keiner von uns kann irgend etwas tun.«

»Aber wenn er nun darauf besteht?«

»Ich möchte schon seit einiger Zeit meinen Job wechseln.«

Sie warf ihm einen flüchtigen Blick zu. »Das ist doch nicht dein Ernst?«

Rivers seufzte. »Vielleicht nicht.« Er berührte ihre Hand auf dem Lenkrad. »Während ich mit Sheridan rede, versuchst du am besten wieder, Hugo zu erreichen.«

Bevor sie antworten konnte, spürte sie, wie der Vagen vibrierte, und als Rivers seine Hand zurückzog, sah sie, daß ihre Finger auf dem Lenkrad zitterten. »O nein«, stöhnte sie, »nicht hier, nicht schon wieder...«

Sie hatten den langen Lkw hinter sich gelassen, und auf der linken Seite, kaum hundert Meter vom Straßenrand entfernt, tauchte ein steiler grasbewachsener Hügel auf, von dem kleine Erdklumpen abbröckelten. Als sie näher kamen, sahen sie auch, daß tiefe Risse an den Abhängen entstanden.

Der ganze Wagen bebte jetzt, und der Verkehr vor ihnen wurde langsamer, weil jeder Fahrer offenbar glaubte, mit seinem eigenen Auto wäre etwas nicht in Ordnung.

»Fahr weiter, Diane«, drängte Rivers. »Bleib auf der Überholspur und halt auf keinen Fall an.«

Als sie fast auf der Höhe des Hügels waren, lösten sich kleine Erdbrocken aus seiner Kuppe, und die Straße begann sichtbar zu beben. Viele Fahrzeuge blieben auf dem Randstreifen stehen.

»Weiterfahren«, mahnte er eindringlich, als auch Diane unwillkürlich die Geschwindigkeit drosselte.

Sie überholte einen Volvo, der sich nur noch im Schneckentempo vorwärtsbewegte, auf der Innenspur und schwenkte vor ihm wieder auf die Überholspur ein, obwohl es alles andere als einfach war, den Wagen unter Kontrolle zu halten.

Der Hügel explodierte mit einem Krachen, das einem langgezogenen Donnerschlag glich, und eine Fontäne dampfenden Wassers schoß mit ungeheurem Druck daraus hervor. Erde und Steine wurden hoch in die Luft geschleudert.

»Gib Gas!« brüllte Rivers, und Diane gab in einer reinen Reflexhandlung kräftig Gas. Der Wagen schoß vorwärts, während zischende Wassertropfen auf Dach und Motorhaube herabprasselten. Vollauf damit beschäftigt, Fahrzeugen auszuweichen, die vor ihr mit quietschenden Bremsen anhielten, wagte sie keinen noch so flüchtigen Blick nach hinten.

»Was, zum Teufel, ist das?« schrie sie über das Brausen hinweg.

»Das ist einfach unmöglich«, war alles, was Rivers hervorbrachte, während er sich fast den Hals verrenkte, um die sprudelnde Wasserquelle besser sehen zu können, die immer höher wurde, fünfzig Meter, sechzig... »O Gott!« flüsterte er.

Die meisten Fahrzeuge hinter ihnen hatten angehalten, und viele törichte Insassen stiegen aus, weil sie das Phänomen näher betrachten wollten. Rivers beobachtete, wie sie sich schützend die Hände über den Kopf hielten und hastig wieder in ihre Wagen sprangen. Andere gerieten in totale Panik, als das heiße Wasser auf sie herabregnete, und stolperten blindlings über die Straße. Er schloß die Augen, als einige von ihnen von fahrenden Autos erfaßt und in die Luft geschleudert wurden, leblose Puppen mit schlaffen Gliedern, schon bevor sie aufs Pflaster klatschten.

Diese schreckliche und bizarre Szenerie ließen sie rasch hinter sich, weil Diane sehr schnell fuhr. Nur die immer höher werdende Wassersäule, deren Dampfwolken vom Wind verweht wurden, schien geradewegs in den Himmel zu ragen. Rivers dachte grimmig, daß dieser Anblick anderen Vekehrsteilnehmern wenigstens schon aus der Ferne als Warnung dienen würde. Dann bemerkte er, daß ihr Wagen wieder langsamer wurde.

»Weiter, Diane!« rief er. »Hier können wir nicht helfen.«

Sie beschleunigte, schaute aber immer wieder in den Rückspiegel. Ihr fiel auf, daß Josh dem Spektakel überhaupt keine Beachtung schenkte: Er lehnte in einer Ecke und starrte ins Leere. Um so faszinierter war sie selbst von dem gewaltigen dampfenden Wasserstrahl.

»Das kann doch kein natürlicher Geysir sein«, sagte sie.

»Eine gebrochene Rohrleitung ist es jedenfalls nicht, das kann ich dir mit absoluter Sicherheit sagen. Normaler Druck würde einfach nicht ausreichen, um das Wasser in solche Höhe zu treiben – dieses Ding ist mittlerweile mindestens neunzig Meter hoch. Außerdem schießt es auch noch aus einer Hügelkuppe empor, und es ist gänzlich ausgeschlossen, daß bei einem geplatzten Rohr in einigen Meter Tiefe das Wasser ausgerechnet auf einer Anhöhe durchbricht.« Er verstummte und drehte sich noch einmal nach dem Phänomen um. »Wart mal«, sagte er nachdenklich, »erinnerst du dich an den Artikel in der Morgenzeitung? Ich meine den Bericht über den Geysir, der mitten in einer indischen Stadt aufgebrochen ist. Und was ist mit dem komischen Ding, das wir aus dem Flugzeug gesehen haben, als wir die überflutete Ostküste überflogen?«

»Natürliche Geysire?«

»An unnatürlichen Orten.«

Diane hatte aufgrund ihrer jahrelangen Arbeit mit Hugo Poggs eine ziemlich genaue Vorstellung, in welchen Gegenden der Welt es zu derartigen Durchbrüchen kommen konnte: hauptsächlich in vulkanischen Regionen, speziell an den Rändern von Kontinenten. Weder Indien noch England kamen für solche Aktivitäten in Frage.

»Das ist doch unmöglich«, meinte sie. »Die meisten Geysire und heißen Quellen gibt es in Gegenden wie Neuseeland, Italien und Japan. Hierzulande versuchen Wissenschaftler nun schon seit Jahren, das geothermische Energiepotential irgendwie anzuzapfen, aber mit sehr begrenztem Erfolg. Und auch der ist nur auf einige wenige Regionen im Südwesten und Norden beschränkt, wo sich Granitformationen als trockenes Gestein für die Stromerzeugung eignen.«

»Du hast völlig recht – es *ist* unmöglich. Aber wirf einen Blick nach hinten und sag mir dann, daß es nicht geschieht.«

Danach verfielen beide in tiefes Nachdenken, wobei ihnen die absonderlichsten Ideen durch den Kopf schwirrten. Rivers unterbrach dieses Schweigen nur, wenn er Diane neue Anweisungen für die Fahrt nach Pilgrim Hall geben mußte.

Von der M23 bogen sie auf die M25 ab, verließen diese aber schon bei der nächsten Ausfahrt wieder und gelangten über eine Autobahnbrücke auf die schmale, gewundene Landstraße, die durch dichte Wälder zu dem langen Bergkamm emporführte, der die nördlichen und südlichen Grafschaften überragte. Kurz vor dem Gipfel bat er sie jedoch anzuhalten.

»Sieh mal!« Er deutete auf einen gerodeten Waldstreifen, der die freie Sicht weit übers Land bis zu den South Downs ermöglichte, hinter denen das Meer begann.

Diane erstarrte.

Zuerst sah sie nur drei der weißen Wassersäulen, deren Höhe aus dieser Distanz unmöglich abzuschätzen war. Dann entdeckte sie andere, die noch weiter entfernt waren, winzige Fontänen, die sich schimmernd von der Landschaft abhoben. Es waren mindestens sechs, und plötzlich brach eine weitere durch, in der Nähe einer Stadt, bei der es sich um Westerham handeln mußte.

Diane und Rivers stiegen aus, um besser sehen zu können, und als sie die Lichtung betraten, fiel Rivers an den Wäldern ringsum etwas Seltsames auf. Er war in der Mittagspause oft hier gewesen, weil die Ruhe nach dem Getriebe im Forschungszentrum sehr erholsam war, und immer hatte er die Geräusche des Waldes genossen, den Vogelgesang und das Rascheln versteckter Tiere. Jetzt war es totenstill.

Er sah keinen Sinn darin, das Diane zu erzählen, und

machte statt dessen eine Kopfbewegung in Richtung der Landschaft unter ihnen, die einst als ›Garten Englands‹ berühmt gewesen war. »Weißt du, woran sie mich erinnern?«

Sie sah ihn verwirrt an.

»Siehst du es nicht?« fragte er wieder. »Diese weißen Säulen zwischen den Feldern und Wäldern – erinnern sie sich nicht an etwas?«

Jetzt begriff sie und wandte ihren Blick wieder der Landschaft zu. »Die Säulen in Joshs und Evas Garten«, murmelte sie vor sich hin. »Das ist es also, was sie ständig gezeichnet haben...«

Beide drehten sich nach Josh um, der sein bleiches Gesicht ans Autofenster preßte.

»Wo ist Sheridan?«

Die Sekretärin, die in Pilgrim Hall auch als Empfangsdame fungierte, war wieder überrascht, James Rivers auf ihrer Schwelle stehen zu sehen. »Ich dachte, Sie hätten...«

»Ja, ich habe Urlaub«, fiel er ihr ungeduldig ins Wort. »Sagen Sie mir bitte, wo er ist, Margaret.«

Sie betrachtete die attraktive dunkelhaarige Frau, die hinter Rivers stand, und war noch verblüffter, als sie einen kleinen Jungen mit geradezu phänomenal blauen Augen neben der Frau entdeckte.

»*Margaret!*«

Sie zuckte bei seiner Lautstärke zusammen. »Ich glaube, Mr. Sheridan ist schon im Aufbruch begriffen, aber er spricht im Augenblick wohl noch mit Mr. Marley.« Sie schob ihre große Brille zurecht.

»In Marleys Büro?«

»Das weiß ich nicht genau.«

Rivers wirbelte auf dem Absatz herum, nahm Diane beim Ellbogen und eilte mit ihr den Korridor entlang, während sie Josh an der Hand hielt, der Mühe hatte, mit den beiden Erwachsenen Schritt zu halten.

Eine Tür öffnete sich, und ein kleiner, dicker Mann in sackartiger Kordhose und kurzärmeligem Hemd trat auf den Korridor. »Jim!« rief er, offenbar sowohl erfreut als auch überrascht, den Klimatologen zu sehen.

»Hallo, Jonesy.«

»Du kommst gerade zur rechten Zeit, Junge.« Sein walisischer Dialekt war kaum zu hören, um so mehr aber seine Aufregung. »Überall ist die Hölle los.«

»Ich weiß.« Rivers zeigte Diane eine Tür weiter hinten im Korridor. »Ruf von meinem Zimmer aus an. Du mußt die Neun vorwählen.«

Sie eilte mit Josh davon, und Jonesy blickte ihr nach, ein anerkennendes Gesicht in seinem breiten Gesicht. »Sehr hübsch«, kommentierte er.

»Ich muß Sheridan sprechen.«

»Er ist wahnsinnig beschäftigt. Wir bekommen aus aller Herren Länder Meldungen über Wirbelstürme, Überschwemmungen, Erdbeben und alle möglichen anderen gottverfluchten Naturkatastrophen. Man könnte glauben, die Welt wäre total aus den Fugen geraten.«

Das trifft es nicht ganz, dachte Rivers. Im Zimmer hinter Jonesy herrschte hektische Aktivität anstelle der sonst üblichen ruhigen Arbeitsstimmung: Telefone klingelten, laute Stimmen gaben neue Informationen durch, Computer klapperten. Celia tauchte auf der Schwelle auf und sah gerade noch, wie Diane und Josh in Rivers' Büro verschwanden. Sie warf Rivers einen fragenden Blick zu, doch bevor sie etwas sagen konnte, schob er sich an ihr vorbei ins Zimmer.

Er hatte Sheridan und Marley vor einer ganzen Reihe Fernseher gesichtet, deren Bild gestört war, und blieb kurz stehen, um Celia zu fragen, warum der Empfang gestört war.

»Atmosphärische Störungen«, erklärte sie, während sie sich insgeheim fragte, warum er ins Zentrum gekommen war und wer die Frau und das Kind waren. »Wir haben schon seit heute morgen Probleme mit dem Satellitenempfang.« Sie hatte wieder keine Gelegenheit, ihn etwas zu fragen, denn er eilte schon quer durchs Zimmer auf Sheridan zu.

Marley sah ihn zuerst und sagte etwas zu Sheridan. Der Forschungsdirektor, der hemdsärmelig war und sich eifrig Notizen auf einem Clipboard machte, drehte sich zu Rivers um.

»Ich habe Sie nicht so bald zurückerwartet, Jim«, sagte er, während er seinen Kugelschreiber in ein Etui an der Seite des Clipboards schob. »Aber Sie sind genau zur richtigen Zeit gekommen – wir können jede Hilfe gebrauchen. Überall ist die Hölle los, und bedauerlicherweise erweisen sich manche unserer Kommunikationssysteme als wenig zuverlässig.«

»Ich bleibe nicht hier, Charles. Ich muß nur mit Ihnen sprechen.«

Sheridan warf einen Blick auf seine Armbanduhr. »Leider habe ich dazu keine Zeit. In einer knappen Dreiviertelstunde habe ich eine kurze Besprechung mit dem Minister und dem Vorstand, und dann müssen wir zum Premierminister in die Downing Street. Ich komme ohnehin schon zu spät.«

»Es ist sehr wichtig.«

»Unmöglich, Jim. Sie haben doch meinen Terminplan gehört.«

»*Verdammt, geben Sie mir fünf Minuten!*«

Marley sah schockiert aus, und andere Mitarbeiter blickten von ihren Computern auf oder unterbrachen kurz ihre Telefonate, um zu sehen, was der zusätzliche Lärm zu bedeuten hatte. Nur Sheridan verzog keine Miene.

Seine Stimme war ruhig, hatte aber einen barschen Unterton. »Ich habe die ganze Nacht und einen Teil des Vormittags im Met Office verbracht, Informationen verglichen und Telefonate mit aufgeregten Ministern und sonstigen Regierungsvertretern geführt. Dann bin ich hierhergerast, um vor meiner ersten Verabredung heute nachmittag möglichst viele Prognosen aus erster Hand zu bekommen. Offen gesagt bin ich nicht in der Stimmung, Zeit zu vergeuden. Wenn Sie mir also etwas zu sagen haben, so beeilen Sie sich bitte.«

»In meinem Büro.«

»Ich habe keine Zeit...« Er betonte jedes einzelne Wort.

»Unter vier Augen.«

Sheridan drückte Marley das Clipboard in die Hand. »Machen Sie das hier fertig. Notieren Sie jede Information, die reinkommt, und bringen Sie mir das Zeug in Rivers' Büro. Nur kurze, präzise Angaben – der Minister liebt keine Ausschmükkungen. Ich werde während der Fahrt alles noch einmal durchlesen.« Er griff nach seinem leichten Baumwolljackett, das über einer Stuhllehne hing. »Okay, Jim, bringen wir's hinter uns.«

Sie gingen gemeinsam zur Tür, und Jonesy und Celia, die den Auftritt mit angehaltenem Atem verfolgt hatten, traten hastig beiseite, um sie vorbeizulassen.

»Brauchst du uns?« fragte Celia, als Rivers auf den Korridor trat.

»Nein.« Die Antwort war so barsch, daß das Mädchen zusammenzuckte. Rivers blieb kurz stehen und fügte freundlicher hinzu: »Es gibt nichts, was du tun könntest, Celia.«

Sie nickte verständnislos und blickte den beiden Männern nach, die auf Rivers' Zimmer zueilten.

»Ist dir aufgefallen«, sagte sie zu Jonesy, nachdem sich die Tür hinter Rivers und dem Direktor geschlossen hatte, »daß er nicht mehr hinkt?«

Der Waliser hob die Brauen, und sein Kinn verschwand fast in dem dicken Hals. »Hol mich der Teufel!« rief er.

Diane hatte gerade das Bildtelefon ausgeschaltet, als Rivers und Sheridan das Zimmer betraten. Josh saß ruhig auf einem Stuhl neben einem Aktenschrank.

»Diane!« Zu Rivers' Verwunderung umrundete der Forschungsdirektor den Schreibtisch und küßte sie auf die Wange.

»Ihr kennt euch?« fragte er.

»Hugo Poggs und ich sind seit vielen Jahren befreundet«, sagte Sheridan, während er in Rivers' Schreibtischsessel Platz nahm.

Diane ging zu Josh hinüber, und Rivers bemerkte, daß sie leicht errötet war. Dann wandte er seine Aufmerksamkeit wieder dem Direktor zu, völlig verwirrt.

»Also gut, jetzt kann ich es Ihnen ja sagen«, setzt Sheridan zu einer Erklärung an. »Ich habe Hugo erlaubt, Sie um Hilfe zu bitten. Er wollte mir nicht verraten, warum er ausgerechnet Sie brauchte, aber ich habe genug Respekt vor dem Mann und seiner Arbeit, um zu wissen, daß er gute Gründe dafür hatte.«

Rivers war perplex. »Sie haben darauf bestanden, daß ich eine Woche Urlaub nehme...«

»Ja, damit Sie ihm helfen konnten. Seien wir doch mal ehrlich, Jim – hier waren Sie in letzter Zeit ohnehin keine große Hilfe.«

»Ich verstehe das nicht, Charles.«

Sheridan hob hilflos die Hände. »Ich konnte offiziell nichts unternehmen. Um Gottes willen, ich bin Forschungsdirektor des Meteorologischen Instituts. Können Sie sich vorstellen, wie ich dastünde, wenn herauskäme, daß ich einen meiner Leute für eine Untersuchung ausleihe, die mehr mit Metaphysik als mit wissenschaftlicher Forschung zu tun hat? Ich würde mich zum Gespött machen! Aber offen gesagt – nachdem keine Abteilung mir vernünftige Resultate liefern konnte, war ich bereit, alles mögliche auszuprobieren.«

»Und du wußtest das alles?« Rivers' Frage war an Diane gerichtet.

Sie blickte zu ihm auf. »Es tut mir leid, Jim.«

»Sie dürfen ihr keinen Vorwurf machen«, unterbrach Sheridan. »Es war eine meiner Bedingungen, daß Sie nichts von meiner Bekanntschaft mit Hugo Poggs erfahren sollten. Ich wollte nicht, daß Sie von der Tatsache beeinflußt werden, daß Ihr eigener Boß glauben könnte, es gebe irgendeinen mystischen Grund für so vieles, was mit dem Planeten nicht stimmt. Hugo und Diane mußten es mir versprechen, bevor ich meine Einwilligung gab.«

Er lehnte sich im Sessel zurück, die Hände auf der Schreibtischplatte. »Glauben Sie wirklich, ich würde meinem besten Mann – auch wenn er noch so ausgelaugt sein mag – in einer Zeit wie dieser eine Woche Urlaub geben? Ich dachte, unter den gegebenen Umständen könnte es die lohnenswerteste Einsatzmöglichkeit für Sie sein.«

Während er die Wahrheit allmählich verdaute, starrte Rivers

immer noch Diane an. Dann schüttelte er den Kopf und schenkte beiden ein müdes Lächeln. »Nun, das dürfte es mir etwas leichter machen, bei Ihnen ein offenes Ohr zu finden«, sagte er zu Sheridan. »Immerhin sind Sie ja darauf gefaßt, etwas zu hören, das nicht allzu rational klingt.«

»Da bin ich mir nicht so sicher«, erwiderte Sheridan barsch. »Wie gesagt – Hugo hat mir nie richtig erklärt, warum er ausgerechnet Ihre Hilfe brauchte, und ich habe ihn nicht bedrängt. Ehrlich gesagt, hatte ich in der Vergangenheit gewisse Probleme mit einigen von Hugos fantastischen Theorien, aber sein enormes Wissen hätte sich in diesem speziellen Fall als nützlich erweisen können.« Er warf einen Blick auf seine Uhr, stöhnte und gab hastig eine Nummer ins Bildtelefon auf dem Schreibtisch ein. Da er aber die interne nichtvisuelle Leitung benutzte, mußte er der Sekretärin am Empfang seinen Namen nennen. »Sorgen Sie dafür, daß mein Wagen in vier Minuten mit laufendem Motor vor der Tür steht.« Er unterbrach die Verbindung per Knopfdruck und sagte zu Rivers: »Okay, Sie wissen, wieviel Zeit Ihnen bleibt.«

»Es ist unmöglich...«

»Fangen Sie einfach an.«

Rivers fuhr sich mit beiden Händen über die stoppeligen Wangen, so als könnte er sich dadurch besser konzentrieren, und ließ sie dann sinken. »Sie lassen mir nicht genug Zeit, um alles zu erklären, aber zweifellos kennen Sie Hugos Theorie, daß die Erde ein lebendiger Organismus ist, der nur dem einzigen Zweck dient, menschliches Leben zu ermöglichen.«

»Natürlich kenne ich diese Theorie, und ich weiß auch, daß Hugo damit seinem Ruf in wissenschaftlichen Kreisen sehr geschadet hat. Ehrlich gesagt, bin ich selbst nicht allzu glücklich darüber.«

»Nun, jetzt ist die Zeit gekommen, da Sie diese Theorie akzeptierten sollten, denn genau das passiert im Augenblick. Die Welt verändert sich wegen der schrecklichen Schäden, die wir ihr zugefügt haben, speziell in der zweiten Hälfte dieses Jahrhunderts. Man könnte sagen, wir haben dem Kamel endlich den Rücken gebrochen, und nun wird uns eine harte Lektion erteilt.«

Sheridan schüttelte bereits ungläubig den Kopf, aber Rivers fuhr ungerührt fort: »Das Schlimmste ist, daß wir jetzt gar nichts mehr tun können, um die Katastrophe noch abzuwenden. Wir haben unseren Planeten total ruiniert, und jetzt bekommen wir die Quittung dafür.«

»Sie haben doch gesagt, daß die Erde existiert, um uns am Leben zu erhalten. Warum tut sie das denn jetzt nicht?«

»Genau das tut sie. In der heutigen Morgenzeitung stand ein Bericht über Plankton, das in allen Ozeanen an die Oberfläche steigt.«

»Ja, ja«, knurrte Sheridan ungeduldig. »Hauptsächlich in den nördlichen und südlichen Regionen. Wir stehen vor einem Rätsel.«

»Verstehen Sie denn nicht? Denken Sie doch an die Auswirkungen für die Atmosphäre. Der Planet hat seine eigene Methode zur Kontrolle der Giftstoffe in der Luft verbessert. Und vielleicht zeigt er uns sogar eine Möglichkeit, wie wir uns selbst helfen können. Wenn wir das Wachstum von Plankton in den Meeren aktiv fördern könnten – Masseneinleitung von Dünger und Eisenspänen sind zwei Möglichkeiten –, würden *wir* durch unsere eigenen Bemühungen das Gleichgewicht verbessern.«

»Wir würden aber auch weiterhin Brennstoffe zur Energieerzeugung benötigen. Diesem Teufelskreis können wir nie entrinnen.«

»Doch, und die Lösung dieses Problems ist schon zum Greifen nahe. Gerade in diesem Moment wird uns Zeit gegeben, eine unerschöpfliche und schadstofffreie Energiequelle zu entwickeln, ohne die natürlichen Ressourcen weiter auszubeuten.«

»Ich nehme an, daß Sie von der Kernfusion sprechen.«

»So ist es.«

»Die Anti-Atomkraft-Lobby würde Ihnen nicht zustimmen.«

»Diese Leute sind irregeführt. Nichts kann den wissenschaftlichen Fortschritt verhindern, und die Wahrheit ist doch, daß nur ein Teil dieses Fortschritts schädlich war.«

»Aber wir sind noch Jahre davon entfernt, die Probleme der Kernfusion zu lösen!«

»Und bis es uns gelingt, erhalten wir eine Atempause. Ein weiteres Beispiel für die derzeit stattfindenden Veränderungen können Sie nur wenige Kilometer von diesem Institut entfernt sehen. Ich meine die Geysire, die an Orten durchbrechen, wo wir es noch bis heute für unmöglich gehalten hätten.«

»Ja, in den letzten vierundzwanzig Stunden gehen bei uns ständig neue Meldungen aus aller Welt ein. Diese Geysire treten sogar in Wüstengegenden auf.«

»Aber verstehen Sie denn nicht? Das ist eine Energiequelle für uns, etwas, das wir nutzbar machen können. Wir werden nicht mehr so abhängig von fossilen Brennstoffen sein. Und es wird noch weitere Möglichkeiten zur Nutzung regenerativer Energiequellen geben, dessen bin ich mir ganz sicher.«

Ein lautes Klopfen ließ alle zusammenzucken. Die Tür öffnete sich, und Marleys Kopf tauchte auf. »Sie werden sich wahnsinnig verspäten, Charles. Ich habe Ihre Notizen vervollständigt, und Ihr Wagen wartet vor der Tür.«

»Dem Himmel sei Dank für kleine Gnadenerweise!« knurrte Sheridan, während er rasch aufstand, zur Tür eilte und Marley das Clipboard und andere Papiere aus der Hand nahm. Als er sich noch einmal Rivers zuwandte, war sein Ton streng. »Tut mir leid, aber es war ein großer Fehler meinerseits, Sie Hugo zu überlassen – trotz Ihrer miserablen Verfassung hätten Sie hier im Institut nützlicher sein können. Hugo ist ein guter Mensch, und er hat Köpfchen, aber er hat Sie offenbar zu einem Fehlschluß verleitet.« Er hob die Hand, um nicht Rivers', sondern Dianes Protest im Keime zu ersticken. »Ich weiß nicht, woher Sie diese Ideen haben, Jim, und offen gesagt will ich es auch gar nicht wissen. Ich kann zu all dem nur sagen, daß dies mit gesundem Menschenverstand nichts mehr zu tun hat.«

»Charles, so hören Sie doch zu...«

»Genug! Können Sie mir vielleicht sagen, wie ich das, was

Sie mir vorgetragen haben, dem Premierminister erklären könnte?

Um Gottes willen, er würde nicht nur glauben, ich wäre total übergeschnappt, und mich auf der Stelle entlassen, sondern auch gleich die ganze Abteilung schließen lassen. Nein, ich habe einen Fehler gemacht – Sie haben viel zu lange und viel zu hart gearbeitet, und außerdem haben Sie das Trauma Ihres Unfalls noch nicht überwunden. Und jetzt will ich kein Wort mehr hören! Wir unterhalten uns weiter, wenn sich die Lage beruhigt hat – *falls* sie sich jemals wieder beruhigt.«

Damit verließ er das Zimmer, und sie lauschten den Schritten der beiden Männer, die sich auf dem Korridor entfernten. Offenbar begleitete Marley den Direktor bis zum Wagen. Rivers konnte sich Marleys Grinsen lebhaft vorstellen.

Er blickte Diane an und seufzte resigniert. »Und dabei habe ich ihm noch lange nicht alles erzählt.«

# 27

»Du scheinst dich gar nicht zu ärgern.«

Sie hatten den säulengeschmückten Eingang des Forschungszentrums erreicht, Diane und Josh ein paar Schritte hinter Rivers.

Er blieb vor den Glastüren stehen. »Ich habe den größten Teil der Nacht über alles nachgedacht, was der alte Mann mir erzählt hat, und heute vormittag hat mir das alles schwer auf der Seele gelegen. Doch nachdem ich Sheridan jetzt gewarnt und ihm die Möglichkeit gegeben habe, die Informationen an höchste Stellen weiterzugeben, ist mir eine zentnerschwere Last von den Schultern gefallen. Ich hatte von Anfang an nicht erwartet, daß er mir glauben würde – was ich ihm sagte, hörte sich ja sogar für mich selbst verrückt an. Trotzdem fühle ich mich befreit. Die Katastrophe ist nicht mehr aufzuhalten. Niemand kann jetzt noch etwas dagegen tun. Und *wir* sollten uns jetzt ausschließlich um uns selbst kümmern; etwas anderes ist gar nicht möglich.«

Josh zupfte am Rock seiner Mutter. »Mama, Eva hat Angst«, sagte er und sah sie mit traurigen Augen eindringlich an.

»Ich konnte immer noch nicht nach Hazelrod durchkommen«, berichtete Diane. »Entweder ist die Leitung gestört, oder jemand hat den Hörer nicht richtig aufgelegt. Ich weiß, daß etwas nicht stimmt, Jim, und Josh weiß es auch.«

Rivers ging in die Hocke, um dem Jungen in die Augen sehen zu können. »Okay, Josh, wir fahren jetzt nach Hause, und du wirst sehen – es ist bestimmt alles in bester Ordnung.«

Er richtete sich wieder auf und öffnete die Tür. Der Wind stürzte sich auf sie, und Diane mußte Josh fest an der Hand halten, damit er nicht umgeworfen wurde.

»Jetzt werde ich fahren«, sagte Rivers, als sie den Wagen erreichten. Diane gab ihm den Schlüssel, schnallte Josh auf dem Rücksitz an und umarmte ihn.

»Beeilen wir uns, Jim«, sagte sie, während sie auf dem Beifahrersitz Platz nahm. »Ich mache mir Sorgen um Eva.«

Rivers ließ den Motor an. »Josh hat dich angesteckt.«

»Der Träume-Mann hat gesagt, die Kinder müssen beschützt werden.«

Es war sinnlos, sie mit irgendwelchen Beschwichtigungen, an die er selbst nicht glaubte, trösten zu wollen. Das Wichtigste war jetzt, so schnell wie möglich nach Hazelrod zu kommen. Er warf einen Blick auf die Benzinuhr und fluchte vor sich hin. »Wir hätten am Flughafen tanken sollen. Unterwegs gibt es keine Tankstellen, deshalb müssen wir jetzt hier in der Gegend tanken. Aber es ist ein Umweg von höchstens zehn Minuten.«

»Okay, aber beeil dich, Jim.«

Rivers mißachtete die Geschwindigkeitsbegrenzung auf dem Institutsgelände, und das Auto brauste die Auffahrt hinab. Ein flüchtiger Blick nach rechts, und er bog auf die Straße nach London ein. Sein Ziel war eine Tankstelle, die er oft aufsuchte.

Kaum eine Minute später rief Diane, er solle anhalten, und noch während er bremste und am Straßenrand stehenblieb, erkannte er den Grund.

Sie befanden sich an einer der wenigen Stellen, die einen fast ungehinderten Blick auf die Hauptstadt bot. »O Gott!« murmelte Rivers und schloß sekundenlang die Augen.

Eine große schwarze Wolkenwand bedeckte den nördlichen Himmel und näherte sich langsam, aber sicher. Die Turbulenzen in ihrem Innern waren deutlich zu sehen, wenn grelle Blitze sie durchzuckten. Doch so furchterregend diese nachtschwarze Bühnenleinwand auch sein mochte – nicht sie selbst war es, die Rivers und Diane kalte Schauder über den Rücken jagte, sondern das, was sich scharf vor dieser Kulisse abhob.

Über der Großstadt hingen sieben kleine Lichtzeichen.

Rivers stieg aus und stützte sich mit einem Arm auf das Wagendach. Er dachte an das Licht, das er kurz vor dem Erdbeben zu sehen geglaubt hatte, und fragte sich, ob das eine Art Vorahnung gewesen war.

Innerhalb der turbulenten Wolken blitzte es wieder, und er hörte auch den Donner. Kaum war er verklungen, setzte eine andere Art dumpfes Grollen ein. Und diesmal kam es aus der Erde.

Die Metropole begann zu beben.

Der nächste Blitz sprengte die Grenzen der Wolkenbank, und einen Moment lang verschwanden die sieben Lichter, verschmolzen mit dem helleren Licht. Doch als die Energie des Blitzes erschöpft war, schimmerten sie wieder vor dem dunklen Hintergrund, doch nun gingen dünne flimmernde Elektrizitätsstrahlen von ihnen aus, gezackte Linien, die schnell an Kraft gewannen und sich ausbreiteten, bis sie die Lichtkugeln miteinander verknüpften und so ein feines Lichtnetz über der Stadt bildeten.

Das dumpfe Grollen wurde lauter, und der Gewitterdonner schloß sich ihm an.

Rivers hatte den Eindruck, als würde er die Metropole durch ein unscharf eingestelltes Fernglas betrachten, denn Gebäude und Türme zitterten unaufhörlich.

Dann stürzte das erste große Gebäude in sich zusammen.

## GUMRI, ARMENIEN

Eine Staubwolke hing über der Ruinenstadt, während Retter mit bloßen blutenden Händen in den Trümmern gruben und nur von Zeit zu Zeit kurz innehielten, um die schwachen Schreie der Verschütteten hören zu können. Sie benutzten Stangen, um die Stahlträger hochzustemmen, und Spitzhaken, um sich durch Holz und Schutt zu arbeiten. Von der Stadt Kirovakan im Norden bis zur türkischen Grenze in der Nähe von Kars waren Dörfer, Städte und das Land selbst durch die unglaubliche Stärke des Erdbebens verwüstet worden. Die tief religiösen Armenier hatten geglaubt, der kleine Stern wäre ein Zeichen, daß Gott all den Verfolgungen und all dem Unglück ein Ende setzen würde, die im vergangenen Jahrhundert ihr Leben und das ihrer Eltern und Großeltern bedroht – und oft ausgelöscht – hatten. Das Erdbeben, das kurz nach dem Auftauchen des Lichts begann, bewies, daß sie sich geirrt hatten.

Und dennoch beteten sie, während sie in den Ruinen wühlten, bis das erste Nachbeben Schreckensschreie laut werden ließ.

## PESHTIGO, WISCONSIN

Niemand konnte sich in der Geschichte des amerikanischen Mittelwestens an eine längere Dürreperiode erinnern, und seit Monaten hatten kleinere Brände in den Nadelwäldern entlang der Green Bay unweit der Grenze zwischen Wisconsin und Michigan gewütet, aber man hatte sie einigermaßen unter Kontrolle halten können. Doch an diesem Tag, als sternartige Lichter über den Baumwipfeln aufgetaucht waren, hatten starke Winde die einzelnen Brandherde miteinander verbunden und eine gewaltige Feuersbrunst entfesselt, die als massive Flammenwand auf die Stadt Peshtigo, ein Zentrum der holzverarbeitenden Industrie, zuraste Während die Bewohner flüchteten, brannten ihre Häuser wie Papier. Dächer flogen in die Luft und verwandelten sich in Feuerbälle. Viele Leute versuchten in Autos zu entkommen, aber die glühende Hitze ließ die Reifen schmelzen und die Windschutzscheiben zerbersten. Andere suchten Zuflucht im Fluß Peshtigo und tauchten unter; doch sobald sie an die Wasseroberfläche kamen und die sengende Luft einatmeten, starben auch sie. Das Feuer erzeugte einen gewaltigen Aufwind, und orkanartige Winde fegten durch die ganze Region und zerstörten alles, was ihnen in den Weg kam. Mit wahrem Heißhunger fraßen sich die Strudel aus Wind und Feuer immer weiter, auf totale Vernichtung bedacht.

Eine riesige Rauchwolke verhüllte die Morgensonne und verfärbte sie dunkelrot – dunkelrot wie fließendes Blut.

## KASHI, CHINA

Die Stadt war einst eine wichtige Oase an der Seidenstraße gewesen, dem Handelsweg nach Zentralasien, und jetzt war sie das Wirtschaftszentrum der Provinz Xinjiang. Vor ihr erstreckte sich die große Wüste Takla-Makan, dreihunderttausend Quadratkilometer Sand, und Wüstenreisende berichteten abends von einem seltsamen Licht, das über den Dünen leuchtete. Sie sagten, es sei hell wie ein Stern und funkle wie ein Diamant. Die neugierigen Stadtbewohner machten sich sofort auf den Weg, um dieses wundersame Licht mit eigenen Augen zu sehen, und auch die Dunkelheit vermochte sie nicht abzuschrecken. Jene, die zu träge oder zu skeptisch für ein solches Unternehmen waren, baten die Wanderer, Beweise für das Phänomen mitzubringen – Fotos oder, wenn möglich, das Objekt selbst. Viele blickten von Balkonen oder Fenstern in oberen Stockwerken auf die Wüste hinaus und warteten auf die Rückkehr der Kühnen, die das Wunder bezeugen würden, und während sie warteten, sahen sie eine riesige gelbliche Wand, die aus der Dunkelheit auftauchte und sich der Stadt näherte wie eine kolossale Flutwelle. Nur daß es hier weit und breit kein Meer gab. Was auf die Stadt zukam, war die Wüste.

Es war so, als hätten die starken Winde aus dem Osten den Sand überredet, sich als Ganzes zu erheben und in der Nacht anzugreifen, um jede Stadt und jedes Dorf unter einer Lawine aus Sand und Staub zu ersticken. Nicht einmal die Hügel, die Kashi umgaben, boten ausreichend Schutz, und als der Sandsturm – anderthalb Kilometer hoch und um ein Vielfaches breiter – über die Stadt hereinbrach, stürzten die weniger stabilen Gebäude ein, und Menschen und Fahrzeuge, die sich noch auf den Straßen befanden, wurden in die Luft geschleudert und innerhalb von Sekunden unter Sand begraben, wo auch immer sie wieder zu Boden fielen. Bald waren nur noch die obersten Lichter der widerstandsfähigsten Bauten zu sehen, und auch sie erloschen, als der wirbelnde Sand die Elektrizitätswerke lahmlegte.

**KALABRIEN, SÜDITALIEN**

Sie dachten, die Sonne hätte eine Spielgefährtin gefunden. Die kleinere Sonne – viel zu hoch, als daß man ihre Größe abschätzen könnte – umkreiste ihr größeres Gegenstück, und die Arbeiter in den Olivenhainen schirmten ihre Augen vor dem blendenden Licht ab. Erst als Wolken über die Oberfläche der natürlichen Sonne huschten, begriffen sie, daß die kleinere kein verspielter ferner Planet war, sondern sich im Bereich der Erde befand. Ein Raumschiff, murmelten sie. Andere widersprachen. Ein Feuerteufel, meinten sie. Ein Engel des Todes, stammelte eine alte Frau, deren Hände von mehr als siebzig Jahren Arbeit auf Feldern und in Obstgärten knotig und verkrümmt waren und deren Gesicht von denselben Jahren unter der brennenden Sonne lederig und verrunzelt war. Die Bauern (und Bauern waren sie, denn Kalabriens drei Provinzen – Cosenza, Catanzaro und Reggio die Calabria – hatten sich nie zu modernen Industriegebieten gemausert, und das gebirgige Gelände erschwerte sogar den Handel mit Oliven, der die Haupteinnahmequelle darstellte) und ließen das mysteriöse Licht nicht aus den Augen, das plötzlich bis zu einem Punkt dicht über den Bäumen herabsank.

In diesem Moment begann der Boden zu stöhnen. Ein Esel, der im Schatten der Bäume graste, hob seinen alten staubigen Kopf und spreizte die Beine. Die Geräusche aus der Erde wurden schwächer, und dann trat Totenstille ein. Die alte Frau bekreuzigte sich hastig, zum Schutz gegen die Schrecken, die über sie hereinbrechen würden. Das Stöhnen setzte wieder ein, und diesmal löste es unter den zitternden Bauern Angstschreie aus. Einer von ihnen, der schwachsinnige Sohn eines schwachsinnigen Vaters, rannte auf den Lehmweg zu, der den einzigen Zugang zum Olivenhain bildete, aber die anderen waren vor Furcht wie gelähmt. Schreckensstarr beobachteten sie, wie Büsche und Bäume sich von ihren Wurzeln zu befreien versuchten. Der Boden hob und senkte sich in ordentlichen Furchen, wie die Wellen des Meeres. Jetzt schrien alle laut, auch der Esel; viele verloren das Gleichgewicht und fielen auf die Erde, in der sich eine Spalte auftat. Mehrere Menschen verschwanden darin. Bäume neigten sich bedrohlich, ihre Wurzeln freigelegt, und landeten ebenfalls in dem Riß, nur um sofort wieder von glühend heißen Geysiren ausgespien zu werden, denn die Spalte hatte tiefliegende heiße Quellen freigelegt.

Die Beben erfaßten alle drei Provinzen, und vielerorts gab es Eruptionen, die heiße Quellen und brodelnden Schlamm freisetzten. Kurze Zeit später war die gesamte Region naß von den gewaltigen Dampfwolken.

## TOPEKA, KANSAS

Der Tornado erreichte die Hauptstadt von Kansas in den frühen Morgenstunden, als sich der Staatsrat gerade zu seiner Dringlichkeitssitzung über die UFOs versammelte, die in zwei aufeinanderfolgenden Nächten an verschiedenen Orten im ganzen Staatsgebiet gesichtet worden waren. Das Gebäude wurde rasch evakuiert, als die Stürme losbrachen, und die Nationalgarde von Kansas wurde in Alarmbereitschaft versetzt, nicht um den ehrenwerten Bürgern zu helfen, sondern um Plünderungen von beschädigten Geschäften und Privatwohnungen zu verhindern, sobald das Schlimmste vorüber sein würde. Es war kein einzelner Tornado, der durch den Mittelwesten fegte, sondern eine ganze Serie, und jeder tobte sich auf seine Weise aus: Einer verwüstete einen großen Campingplatz, ein anderer zerstörte das Hospital einer Militärbasis. Doch eines war allen gemeinsam: Sie schleuderten Menschen, Laternenpfähle, Autos und Zäune – alles, was sich im Freien befand – meterhoch durch die Lüfte, sie brachten die weniger stabilen Gebäude zum Einsturz, fegten Vieh von den Weiden und verwandelten Flüsse, auch solche, die zuvor fast ausgetrocknet waren, in reißende Fluten.

Die Winde und sintflutartigen Regenfälle suchten nicht nur Kansas heim, sondern auch Oklahoma, Nebraska und Louisiana, und sie hinterließen katastrophale Spuren von Verwüstung und Tod, so daß kein Mensch mehr auch nur einen Gedanken an unheimliche fliegende Lichter und Begegnungen mit Außerirdischen verschwenden mochte.

## TOKIO, JAPAN

Während die Einwohner Tokios die drei mystischen Lichter beobachteten, die am bewölkten Nachthimmel über der Stadt aufgetaucht waren, ging dreißig Kilometer unter ihnen eine dramatische Verschiebung in der Erdkruste vonstatten. Die Druckwelle an der Oberfläche war dreißigmal so stark wie jene der Atombombe von Hiroshima. Tiefe Gräben gähnten plötzlich auf den Straßen, Züge entgleisten, und Tausende Menschen wurden durch herabfallendes Mauerwerk und Glas getötet oder verstümmelt. (Zum Glück waren die neueren Gebäude völlig erdbebensicher, so daß die Sachschäden begrenzt waren.)

Andere wurden von den in wilder Panik flüchtenden Horden zu Tode getrampelt. Die schlimmsten Verwüstungen wurden jedoch durch Brände angerichtet, als beschädigte Erdgasleitungen, Öltanks, Propangasflaschen für Herde und Heizungen und Benzintanks von Fahrzeugen explodierten.

Bald brannten die Baracken im Slumviertel Hongo lichterloh, ebenso wie Shitamachi in der Innenstadt, wo schmale Straßen mit Holzhäusern die hungrigen Flammen nährten, die sich immer weiter fraßen und mit den Feuern in anderen Distrikten vereinigten. Es dauerte nicht lange, bis die Stadt ein Flammenmeer war, und viele Einwohner waren gezwungen, in Teiche und Flüsse zu springen. Dort wurden sie bei lebendigem Leibe gekocht.

## ZAFFERANA ETNEA, SIZILIEN

Die Prozession zog langsam den Berg hinauf, dem Lavastrom entgegen. Die Dorfbewohner sangen ihre Hymnen, während vier kräftige Männer vorangingen und sich auf die schwierige Aufgabe konzentrierten, die Madonnenstatue auf dem Holzpodest aufrecht zu halten. Der Weg war gewunden und steil, aber Zafferanas Priester führte seine Herde resolut an. Hunderte von Minen, die das italienische Militär – unterstützt vom US Marine Corps – zur Detonation gebracht hatte, waren außerstande gewesen, den Lavastrom umzulenken, und nicht einmal die von amerikanischen Helikoptern sorgfältig plazierten Betonblöcke, jeder zwei Tonnen schwer, konnten ihn aufhalten. Doch Padre Guiseppe Pacello war furchtlos, denn schon zweimal in früheren Jahren hatte der Glaube – und heilige Statuen – den glühenden Strom aufgehalten. Der Ätna hieß bei den Dorfbewohnern ›Mongibello‹ (Berg der Berge), und es war noch nicht einmal zehn Jahre her, daß die Lava aus den Rissen an seinen zerklüfteten Abhängen nur wenige Meter von den ersten Häusern entfernt zum Stillstand gekommen war. Die Heilige Jungfrau hatte sie damals und bei einer zweiten Gelegenheit gerettet, und das würde sie auch jetzt tun. Ein großer Teil der Kastanienwälder und Obstgärten weiter oben war schon mit schwarzem geschmolzenem Gestein bedeckt, und der Schwefelgestank war so durchdringend, daß die Kinder und Alten, deren Lungen einer derartigen Belastung nicht gewachsen waren, an andere Orte evakuiert worden waren, weit entfernt von der Gefahrenzone.

Sie hielten in etwa sechs Meter Distanz von der trägen Lava an, hielten sich zum Schutz vor der Hitze die Hände vors Gesicht und folgten dem Beispiel ihres Priesters, indem sie auf dem steinigen Weg niederknieten. Sie priesen singend den Herrn und Seine Jungfräuliche Mutter, erhoben ihre Stimmen in starker Gemütsbewegung, viele mit Tränen in den Augen, denn sie waren der Verzweiflung nahe. Nach der ersten Eruption hatte der Lavastrom nur wenige Wochen benötigt, um diese Stelle zu erreichen. Noch nie in der schriftlich bezeugten Geschichte ihres Ortes hatte sich die Lava so schnell fortbewegt, und sie wußten, daß ihre Häuser innerhalb von Tagen bedroht sein würden. Padre Giuseppe gab Anweisung, die Madonna zwischen seine Herde und die Lava zu stellen, und die vier Männer legten die wenigen Schritte mit dem Rücken zur Gluthitze zurück und setzten ihre Bürde nur drei Meter vom Lavastrom ab. Während sie sodann hastig den Rückzug antraten, gingen einige Büsche in unmittelbarer Nähe in Flammen auf. Der Priester ermahnte die Gläubigen, noch inbrünstiger für ihre Errettung zu beten, und sie taten es kraftvoll und mit Seelenstärke, auch wenn einige sich wegen des beißenden Gestanks Taschen- oder Halstücher vor Mund und Nase hielten und andere sich unauffällig nach hinten verzogen, um hinter den Rücken ihrer Mitbrüder und Mitschwestern vor der schlimmsten Hitze geschützt zu sein. Gemeinsam flehten sie ihren Herrn und Seine Mutter um göttlichen Beistand an.

Die Madonnenstatue wurde geschwärzt. Ihr Gesicht wurde dunkler, und ihre bittend erhobenen Hände bekamen Risse. Vom Holzpodest begann Rauch aufzusteigen. Doch das Wunder, um das sie beteten, geschah. Jedenfalls glaubten sie das zunächst.

Über dem Haupt der Madonna erschien ein weiß glänzendes kleines Licht, dessen Zentrum einer Hostie glich. Nun leuchteten die Augen der Dörfler vor wundergläubiger Freude, und ihre Lippen öffneten sich zu stiller Anbetung. Der Priester hob sein Gesicht zum Himmel empor, der von Rauch und Asche verhüllt wurde, denn dies war das Zeichen, auf das sie gewartet hatten. Zafferana und seine Umgebung würden gerettet werden!

Er streckte gerade seine Arme dankbar dem geschwärzten Himmel entgegen, als die Madonna plötzlich verschwand. Doch das war kein Mysterium – die Erde hatte sich ohne jede Vorwarnung aufgetan, ohne einen Laut, ohne ein Beben, und sie hatte die Statue samt Podest verschlungen. Das helle Licht blieb jedoch, wo es war. Bis ein Strahl weißglühender Lava aus dem neu entstandenen Loch emporschoß und das Licht verzehrte.

Die Einwohner von Zafferana und ihr Priester rannten den Berg hinab, aber nur sehr wenige entkamen dem Feuerregen, der aus der schrecklichen brennenden Fontäne fiel. Und die Lava bewegte sich beharrlich weiter auf den Ort zu.

## NYOS-SEE, KAMERUN

Sie waren aus dem Dorf hergekommen, um mit eigenen Augen den kleinen Stern zu sehen, der über dem großen braunen See flimmerte. Es waren Schlamm und Eisenhydroxid, die während dieser Jahreszeit den normalerweise blauen Nyos-See an der Oberfläche verschmutzten, aber die Dorfbewohner hielten nicht viel von solchen Erklärungen. Sie glaubten lieber, daß das Wasser im Laufe des Jahres alt und müde geworden war und bald sterben würde, um frisch und klar wiedergeboren zu werden, sobald die Tage kühler wurden. Dieses Phänomen hatten sie schon oft miterlebt, aber bisher hatte bei der Wiedergeburt noch nie ein göttliches Licht mitgewirkt. Sie deuteten auf dieses Licht, das hin und her huschte, sie plapperten und knufften einander aufgeregt. Die Kunde von dem Wunder breitete sich aus, und immer neue Menschen strömten herbei: Bald waren es zweitausend oder mehr. Ein tiefer kollektiver Seufzer ging durch die Menge, als der See blubbernd und rülpsend zu atmen begann, doch als eine weiße Wolke, die nach faulen Eiern stank, aus der Tiefe aufstieg, hielten sie sich die Nasen zu, und man hörte vereinzelt Schreie.

Eine immer größer werdende Welle bewegte sich auf das Ufer zu, und Zuschauer, die dicht am Wasserrand standen, wichen erschrocken zurück.

Im Nebel, der auf sie zutrieb, schimmerte das Licht nur noch schwach und gespenstisch. Bald wurden sie von der Wolke umhüllt, und sie spürten eine Wärme, die sich in ihren Körpern ausbreitete. Einer nach dem anderen – Männer, Frauen und Kinder – fiel zu Boden, von angenehmer Schläfrigkeit überwältigt. Sie wußten nicht, daß die Gase – darunter Kohlendioxid – von unten ins Wasser eingedrungen waren, denn der See füllte einen ehemaligen Vulkankrater aus. Diese Gase blieben auf dem Grund des Sees, im kühleren Wasser gefangen, um während der Monsunzeit freigesetzt zu werden, wenn das Wasser an der Oberfläche abkühlte und in die

Tiefe sank, während das nunmehr im Verhältnis wärmere Wasser am Boden nach oben stieg, zusammen mit den darin enthaltenen Gasen.

Sie wußten das nicht, und die wenigen Überlebenden wollten auch gar nichts davon hören. Sie glaubten lieber, daß der Totenstern ihrem Volk erschienen war, um es zu warnen und zur Umkehr zu ermahnen. Niemand konnte sie davon überzeugen, daß dem nicht so war, und es waren nicht allzu viele, die überhaupt den Versuch unternahmen.

...Und so ging es weiter, den ganzen Tag und die ganze Nacht, und diese Katastrophen würden die Umwelt unwiderruflich verändern. Kaliforniens St.-Andreas-Graben erfüllte endlich sein tödliches Versprechen: Der goldene Staat wurde vom Cape Mendocino bis zum Imperial Valley auseinandergerissen, wobei nicht nur San Francisco und Los Angeles, sondern auch Daly City, Hallister und Bakersfield zerstört wurden. Eine Flutwelle richtete in der japanischen Hafenstadt Osaka verheerende Verwüstungen an, trotz des ausgeklügelten Systems von Sturmbarrieren. Eine weitere *Tsunami*, verursacht durch seismische Verwerfungen auf dem Meeresboden, überschwemmte die hawaiische Insel Oahu, und die Wellen kamen immer und immer wieder, bis in der Kawela Bay kein Haus und kein Baum mehr stand. Ein anderes Seebeben ereignete sich im Ärmelkanal; es zerbrach den langen und umstrittenen Eisenbahntunnel zwischen England und Frankreich und forderte Hunderte von Menschenleben in den Hochgeschwindigkeitszügen. Hurrikane fegten über die ganze Kette der Leeward und Windward Islands hinweg, wobei die schlimmsten Schäden auf Antigua und Barbuda entstanden. Auch auf Kuba wüteten Stürme, die eine Spur der Verwüstung hinterließen, an Gebäuden ebenso wie an der Vegetation; Tausende Menschen und Tiere kamen auch hier ums Leben. Erdbeben erschütterten Armenien, Iran, Afghanistan, Thailand, Indonesien, Peru, Chile sowie – überraschenderweise – Südafrika und Madagaskar. Chicago und das Pyrenäendorf Rébénacq wurden von Hagelschlag heimgesucht, wobei die Körner fußballgroß waren, und im Yellowstone Nationalpark warf der Mount Jackson bei einem Nachbeben Tausende Tonnen Felsgestein ab, nachdem der Erdstoß selbst den ganzen Staat Montana erschüttert hatte. Drei Berginseln stiegen aus dem Indischen Ozean empor, was zu Flutwellen an der Südspitze Indiens, in Sri Lanka und Somalia führte. Der Mount St. Helens, der nach seiner letzten Eruption vor einigen Jahren nie mehr völlig zur Ruhe gekommen war, schleuderte mit einer Geschwindigkeit von über tausend Stundenkilometer Dampf und Gas, vermischt mit Asche, in die Luft, so daß die Bäume an seinen Abhängen wie Strohhalme abknickten und weit in der Gegend verstreut wurden. Aus einer Seite des Kilauea-Vulkans auf Hawaii floß ein Lavastrom ins Meer, bevor die ganze Spitze des offenen Berges ins eigene blubbernde Innere stürzte. Ein Vulkan namens Laki in Island riß eine fünfzig Kilometer lange Erdspalte auf, aus der sich Lava in den Fluß Skafka ergoß, so daß statt Wasser geschmolzenes Gestein das Flußbett füllte und das Tal überflutete; der dreißig Kilometer breite Lavastrom bewegte sich unglaublich schnell, füllte einen großen See und zwei weitere Flußtäler und schmolz riesige Mengen an Gletschereis, die das Land überschwemmten; verschlimmert wurde die Lage zusätzlich durch sintflutartige Regenfälle, die auf Verdampfung zurückzuführen waren.

Heftige Gewitter tobten in vielen Regionen der Welt: Ins Empire State Building schlug während eines einzigen stundenlangen Unwetters fünfundsechzigmal der Blitz ein. Auf der Aussichtsplattform eines Wildparks in Kenia wurden sechs Touristen vom Blitz erschlagen, und die übrigen fünf erlitten schwere Verbrennungen. In Ohio wurde ein Kirchturm getroffen, und dabei brannte der Blitz ein Loch in eine der Glocken. In Irland wurden Kartoffeln direkt auf den Feldern gekocht. In aller Welt brachen Waldbrände aus, die meisten in Kanada, und ein großer Feuerring bedrohte Sydney, speziell die Vororte, als Blitze die umliegenden Wälder in

Brand setzten. Ein anderer Blitz schlug über Miami in einen Reservetank im Tragflügel eines 747 Jets ein; die Dämpfe entzündeten sich, und das Flugzeug stürzte ab, wobei sämtliche Passagiere und Besatzungsmitglieder ums Leben kamen. über Kanadas Yukon Territory tauchte eine riesige ätherische Aurora auf; Leuchtmassen erhellten Alaskas Himmel in herrlichen Farben von Blaugrün bis Purpur und Malve. Hoch über Kiruna in Schweden wirbelten Nordlichter wie gefaltete Bänder in Blau-, Grün- und Indigotönen umher, und das tagsüber, bei trübem Wetter.

Überall brachten gewaltige Geysire hervor, viele davon an den unwahrscheinlichsten oder völlig unmöglichen Orten: in der Sahara und in der Wüste Namib ebenso wie im Monument Valley und in der Wüste von Arizona; im Hindukusch-Gebirge in Afghanistan, *dreitausend Meter über dem Meeresspiegel,* schossen Geysire aus den Bande-e Amir-Seen empor, ebenso aus dem Kalksteinplateau im Tibesti-Massiv des Tschad; kleinere, aber nicht minder eindrucksvolle Quellen sprudelten aus dem fast trockenen Valley of Antarctica, während gewaltige Geysire in der Großen Indischen Wüste im Nordwesten des Landes und im nordöstlichen Äthiopien, in der öden Danakil-Senke, auftauchten; andere – einige bis zu hundert Meter hoch – brachen in den australischen Wüsten Gibson und Great Victoria, am Rand des chinesischen Altyntagh-Gebirges und der Wüste Takla-Makan in der Provinz Sinkiang hervor. An diesen Orten und unzähligen anderen schossen die großen Geysire hoch in die Luft empor, und jeder von ihnen hatte die Kraft, das Land in der Umgebung zu verändern.

Und vor all diesen erstaunlichen und katastrophalen Ereignissen wurden seltsame Lichter beobachtet. Manche Leute behaupteten, nur einen einzigen, herrlich hellen Stern gesehen zu haben, während andere schworen, es seien ganze Scharen von Lichtern gewesen, die sich sehr merkwürdig verhalten hätten: Angeblich waren sie ziellos umhergehuscht, hatten einander umkreist, waren hoch in den Himmel geflogen, nur um dann wieder in die Tiefe zu gleiten, ohne aber jemals den Boden zu berühren. Einige Augenzeugen berichteten auch, die Sterne hätten sich zu einer strahlenden Lichtmasse vereinigt...

# 28

Die Fahrt nach Hazelrod war mühsam. Die Straßen in der Nähe von London waren verstopft, weil jeder, der konnte, aus der zerstörten Hauptstadt flüchtete, aus Angst vor Nachbeben. Rettungsfahrzeuge der angrenzenden Grafschaften rasten in die Gegenrichtung, mit Blaulicht und heulenden Sirenen. Auch Privatwagen waren ins Katastrophengebiet unterwegs, und Rivers konnte nur vermuten, daß die Fahrer entweder perverse Schaulustige waren oder aber nach ihren Familien oder Freunden suchen wollten. Einige wollten vielleicht auch nur helfen.

Rivers hatte nach dem Tanken die Autobahn gemieden, weil er hoffte, daß die Landstraßen weniger überfüllt sein würden. Das traf zu, aber auch hier herrschte lebhafter Verkehr.

Der Wind war viel stärker geworden; in ungeschützten Gegenden rüttelte er am Wagen und peitschte die Äste der Bäume. Der Himmel hatte sich weiter verdunkelt, als die Wolken südwärts zogen, schwarze turbulente Massen, die die Sonne verhüllten und bei Tage ein Dämmerlicht erzeugten. Wolkenbruchartiger Regen hatte eingesetzt, wurde vom Wind gegen die Windschutzscheibe getrieben und prasselte aufs Wagendach. Donner grollte in der Ferne, und jedesmal, wenn sie ihn hörten, fragten sich Diane und Rivers, ob er vom Himmel oder aus der Erde kam.

Mehr als einmal passierten sie Unfallstellen, wo Autos sich verkeilt hatten, weil die Fahrer von ihren Sorgen oder vom Regen abgelenkt worden waren. In beiden Fahrtrichtungen rasten Feuerwehrwagen an ihnen vorbei, manchmal auch Streifenwagen oder die Ambulanz, gelegentlich alle drei zusammen. Diane schaltete das Radio ein, aber die lokalen Sender waren so stark gestört, daß man kaum etwas verstehen konnte, und auf den Londoner Frequenzen herrschte Totenstille.

Als sie sich der Stadt Guildford näherten, begann das Auto zu vibrieren. Sie hielten am Straßenrand an, aber das Beben dauerte nicht lange. Es war auch nicht stark gewesen, erhöhte aber dennoch ihre Nervosität.

Diane stellte fest, daß Josh eingeschlafen war. Sein Gesicht war bleich, und gelegentlich bewegten sich seine Lippen, so als führte er im Traum ein Gespräch. Trotzdem beschloß sie, ihn nicht zu wecken.

Ihre Fahrt führte durch Städte und Dörfer, deren Straßen teilweise wie ausgestorben waren, so als versteckten sich die Menschen vor etwas anderem als nur vor dem Sturm. In einigen größeren Städten gab es Verkehrsstaus, und wo ein Polizist oder Lotse in bester Absicht eingriff, machte er die Sache unweigerlich noch schlimmer. Rivers bat Diane, das Radio wieder einzuschalten, und obwohl der Empfang noch immer stark gestört war, schnappten sie einige Meldungen auf. Hauptthema war natürlich das Londoner Erdbeben, aber der Nachrichtensprecher des Lokalsenders berichtete auch von anderen Katastrophen in aller Welt, die größtenteils genauso unvorstellbar waren wie die in England.

»Vielleicht werden sie jetzt verstehen!« kommentierte Rivers, und Diane war sich nicht sicher, ob er Sheridan und dessen Gesprächspartner oder aber die Welt im allgemeinen meinte. Sie schaltete aus, als die Störungen wieder stärker wurden, und sie setzten die Fahrt schweigend fort. Einige der Verkehrsstaus kosteten sie viel Zeit, aber schließlich gelangten sie auf freie Straßen. Von einer Telefonzelle am Wegesrand aus versuchte Diane wieder, Hazelrod zu erreichen; sie kehrte mit gerunzelter Stirn ins Auto zurück und schüttelte nur den Kopf, als Rivers ihr einen fragenden Blick zuwarf. Sie machte sich jetzt wahnsinnige Sorgen und drängte ihn, schneller zu fahren, obwohl ihr bewußt war, daß er genauso machtlos gegen die Verhältnisse war wie sie selbst.

Sie sahen viele Blitze, die meisten am Horizont, und die

Wolken hingen tief. Gelegentlich ließ der Regen etwas nach, aber es war nie von langer Dauer. Ein- oder zweimal sahen sie in der Ferne weitere dampfende Wassersäulen, die aus Wiesen oder bebauten Feldern emporragten. Der Donner kam näher, und ein Kornfeld, an dem sie vorbeifuhren, stand plötzlich in Flammen, als ein Blitz einschlug. Der Wolkenbruch löschte das Feuer gleich wieder, aber dieser Zwischenfall brachte Rivers auf einen Gedanken.

»Die Lichter, die wir über London gesehen haben«, sagte er und lenkte damit Dianes Aufmerksamkeit von dem schlafenden Jungen ab.

»Die Warnungen? Was ist damit, Jim?«

»Blitze steigen von der Erde oder geerdeten Objekten zum Himmel auf, nicht umgekehrt, wie die meisten Menschen glauben. Sie entstehen, wenn die negativ geladene untere Schicht einer Wolke eine positive Ladung vom Boden induziert und der Strom am aufgebauten Entladungskanal emporschießt.«

»Du meinst, daß die Energie aus den Lichtern selbst stammte?«

»Ich nehme es an.«

»Aber der Blitz hat sie miteinander verbunden.«

»Eine Art Kettenreaktion zwischen Positiv und Negativ. Die Lichter müssen beide Ladungen enthalten.«

»Willst du damit sagen, daß diese Dinger mehr als nur hübsche Leuchtkörper sind?«

»Sie sind voll konzentrierter Energie, verstehst du?«

Sie verstand, wußte aber nicht so recht, wohin diese Feststellung sie führte. Der Träume-Mann hatte Rivers erzählt, die Lichter seien Warnzeichen, die irgendeine Katastrophe ankündigten, aber er hatte nicht erklärt, auf welche Weise sie entstanden. »Ich verstehe nicht, woher diese Energie stammen soll«, sagte sie. »Sie müssen doch eine Energiequelle haben ... oder etwa nicht?«

Rivers antwortete nicht sofort. Seine Augen waren auf die Straße gerichtet, aber Diane konnte seinem Gesicht ansehen, daß ihm die verschiedensten Gedanken durch den Kopf schwirrten. Schließlich sagte er: »Ich glaube, sie beziehen ihre Energie von *uns*.«

Die Hauptstraße des nächsten Dorfes war unpassierbar, weil Mauerwerk umherlag, und sie erfuhren, daß ein Erdstoß den Turm der alten Dorfkirche zum Einsturz gebracht hatte. Es dauerte eine Weile, bis Rivers wenden und eine andere Route finden konnte, die auf die richtigen Straßen zurückführen würde.

Der schwarze Himmel wurde jetzt alle paar Minuten von Blitzen erhellt, und nichts deutete darauf hin, daß das Unwetter bald enden würde. Diane fragte sich, wie lange Rivers diese alptraumhafte Fahrt noch durchhalten konnte: Er hatte nachts wenig geschlafen, und bei seiner Rückkehr ins Hotel war er total erschöpft gewesen. Sie erbot sich, ihn am Steuer abzulösen, aber er lehnte mit der Begründung ab, er sei lieber mit irgend etwas beschäftigt, während die Welt um sie herum zum Teufel ging. Sie mußten noch mehrere Umwege machen, weil Straßen überflutet waren, und manchmal raubte der Wolkenbruch ihnen völlig die Sicht, weil die Scheibenwischer überfordert waren, und sie mußten anhalten, bis der Regen etwas nachließ. Als sie endlich nur noch etwa einen Kilometer von Hazelrod entfernt waren, war die Nacht hereingebrochen, und draußen war es noch dunkler als zuvor.

Noch bevor sie den Feldweg erreichten, der zum Haus führte, begann Josh zu schreien.

*Er hielt sich fest, als die Wände um ihn herum, das Dach über ihm und der Boden unter ihm bebten. Er spürte die Vibration in seinen dünnen Beinen, aber er fürchtete sich nicht mehr. Jedenfalls nicht mehr so sehr wie früher.*

*Der letzte Augenblick war fast gekommen.*

*Der letzte Augenblick für ihn.*

*Aber vielleicht ein Neubeginn für die Menschheit.*

*Falls jene, die auf ein anderes Ergebnis hinarbeiteten, besiegt wurden.*

*Und falls die Menschen eine Lehre aus diesem terrestrischen Holocaust zogen.*

*Ein stärkeres Schwanken warf den alten Mann fast um, aber er kam wieder ins Gleichgewicht und taumelte zur Tür. Im Freien machte er noch fünf Schritte und blieb sodann stehen. Über seinem Kopf hörte er den Schrei des Adlers. Verließ er dieses Tal auf der Suche nach einem sicheren Zufluchtsort, wie es all die anderen Vögel getan hatten? Auf den Anhöhen würde er doch bestimmt geschützt sein? Nein, denn Felsen würden einstürzen, Spalten würden sich auftun, und nirgends würde es Sicherheit geben. Es war besser, wenn der Adler eine neue Heimat fand, denn allein schon die Nahrungssuche würde hier eine Zeitlang sehr schwierig sein.*

*Das Brausen kam aus beiden Richtungen, sagte ihm sein scharfes Gehör, ein schäumendes Wirbeln, ein sich heranwälzernder Wassersturm von zwei Seiten; aber der eine war näher.*

*Der Great Glen hatte endlich die Prophezeiung des weisen alten Mannes erfüllt. Die Erde hatte sich entlang des massiven Grabens verschoben, und nun strömten von beiden Küsten her die Meere ein, um den tiefen Kanal zu füllen. Oh, erbarme dich derer, die entweder schon bei dem Erdbeben ums Leben gekommen sind oder jetzt bei der gewaltigen Flut sterben, wenn Nordsee und Atlantischer Ozean sich vereinigen. Er betete für ihre Seelen, und er betete für die Lebenden, nicht nur hier in den zerklüfteten Regionen des Nordens, sondern für all jene, die die große Tragödie der Erde überleben würden, denn für sie würde es viel zu tun geben, sobald wieder Frieden einkehrte, sobald die schrecklichen Kräfte wieder zur Ruhe kamen. Sie würden viel zu säen und viel zu lernen haben, denn die Welt würde ein total veränderter Ort sein.*

Falls ...

*Wind und Regen peitschten sein emporgewandtes Gesicht, als er sich nach rechts wandte, wo der Lärm am stärksten war. Aus dieser Richtung, durch die lange schmale Schlucht, die letztlich zur Westküste und zum Atlantik führte, würden die Wasser zuerst hereinbrechen.*

*Das Beben der Erde hatte aufgehört, aber nun zitterte der alte Mann selbst, weil die Furcht zurückkehrte. O ja, er kannte Furcht, denn der Tod war nun einmal unabänderlich schmerzhaft, und es war schwierig, in solchen Augenblicken an das Paradies zu denken, das auf ihn wartete. Trotzdem betete er, und nicht für sich selbst: Er betete für jene, die in diesem Moment der Metamorphose der Erde gegen das Böse kämpften, das auf Vernichtung aus war. Das Böse, das bestrebt war, jetzt den endgültigen Schlußpunkt zu setzen. In den Händen – im Geist – der Unschuldigen lag das Geschick der Menschheit, und nur deren Beschützer vermochten die Kinder vom personifizierten Bösen zu befreien, das sich gegen sie verschworen hatte. Er dachte an den Mann, der erst gestern den Weg zu ihm gefunden hatte, einen Mann, der das Leiden kannte, der mit all den Schwächen und Unvollkommenheiten behaftet war, die der menschlichen Rasse angeboren sind, der aber dennoch jene Güte besaß, die so viel vermochte. Und er fragte sich, ob dieser Mann entschlossen genug war, um den Kampf bestehen zu können. Seine Aufgabe – wie die so vieler anderer überall auf der Welt – bestand darin, den Kleinen zu helfen, ihre Macht durchzusetzen. Aber würde er – würden sie alle – stark genug im Geiste sein? Einige würden versagen, denn das Gesetz der Unberechenbarkeit würde auch diesmal in Kraft sein. Aber andere würden siegen, und er betete darum, daß ihre Zahl ausreichen würde.*

*Doch eine Antwort auf diese Frage würde er niemals bekommen. Zumindest nicht auf dieser Welt.*

*Er hörte, wie seine Tiere ihre Angst herausschrien, während sie flüchteten oder in den vier Wänden seiner Kate Zuflucht suchten, und sie taten ihm leid, genauso wie alle anderen Lebewesen auf diesem wunderbaren, aber geschundenen, mißbrauchten Planeten. Seine blinden alten Augen weinten um sie, obwohl es dafür bereits zu spät war.*

*Er fiel auf die Knie, als die Wasser sich in sein Tal ergossen, und ihr entsetzliches Tosen übertönte alle anderen Geräusche.*

*Und als die Fluten seinen müden Körper zerschmetterten, begrüßte er das Vergessen und hoffte auf das verheißene Paradies.*

# 29

»Beruhige dich, Josh, es ist nur ein böser Traum. Alles ist jetzt in Ordnung, wir sind fast zu Hause.«

Rivers hatte angehalten, damit Diane hinten einsteigen und ihren fast hysterischen Sohn trösten konnte.

»Die Hexe...«, stammelte Josh immer wieder, »...sie wartet... sie ist hier...«

Die Innenbeleuchtung war eingeschaltet, so daß Rivers das Entsetzen in den Augen des Jungen und das angstverzerrte fahle Gesicht genau sehen konnte.

»Es gibt keine Hexe«, versuchte Diane ihn zu beruhigen. »Du hast nur schlecht geträumt, wie neulich, weiter nichts.« *Aber in jener Nacht hatten sie Eva nicht aufwecken können*, dachte sie bei sich. *Hatten die beiden tatsächlich denselben Alptraum gehabt?* »Jetzt ist es nicht mehr weit, Josh, nur noch ein paar Minuten. Freust du dich nicht darauf, Eva zu sehen? Ich wette, sie ist hellwach und wartet auf uns.«

Josh klammerte sich noch fester an seine Mutter. »Die Hexe, Mama... Eva kennt die Hexe...«

Diane warf Rivers einen verzweifelten Blick zu.

»Vielleicht wird er sich in seiner vertrauten Umgebung beruhigen«, sagte er leise. »Nach allem, was wir heute gesehen haben, ist es kaum verwunderlich, daß er in diesem Zustand ist.«

Diane nickte. »Bringen wir ihn nach Hause.«

Rivers drehte sich nach vorne und fuhr wieder los. Obwohl der Wind immer noch am Wagen rüttelte, nieselte es nur noch. Die Scheinwerfer bohrten sich in die Dunkelheit und ließen Bäume und Büsche seltsam eindimensional erscheinen. Joshs Schreie waren in ein müdes Wimmern übergegangen, als Rivers auf den Feldweg zum Haus abbog, und während sie auf den Hof fuhren, war der Junge ganz still.

Dicht hinter dem Tor trat Rivers so hart auf die Bremse, daß

Diane und ihr Sohn nach vorne rutschten und sie einen Sturz auf den Boden nur verhindern konnte, indem sie sich mit aller Kraft gegen die Rückenlehne von Rivers' Sitz stemmte. Sie sah ihn verwundert an und folgte gleich darauf seinem Blick. Auf dem Hof standen drei Wagen: Hugo Poggs' Toyota, Macks Lieferwagen und ein metallic-grauer Grenada. Doch Rivers starrte auf etwas, das in der Nähe der Verandastufen lag.

Dianes Stimme war angsterfüllt. »Es sieht wie ein menschlicher Körper aus«, sagte sie. »O Gott!«

Rivers fuhr langsam näher heran und stellte den Wagen so, daß die Scheinwerfer voll auf die Gestalt am Boden fielen.

»Ich glaube, es ist...«, setzte Diane an, aber er hatte schon den Motor abgestellt und öffnete die Tür.

»Wart hier«, befahl er.

»Nein, ich komme mit.« Bevor er protestieren konnte, stieg sie aus und ging auf den regungslosen Körper zu. Rivers drehte sich nach Josh um und sagte dem Jungen, er solle im Auto bleiben. In diesem Augenblick erhellte ein Blitz das Wageninnere, und in diesem grellen Licht glich Josh einer Statue aus weißem Marmor, bleich und starr, mit großen Augen, die aber nichts wahrzunehmen schienen. Das Licht erlosch, aber das Bild hatte sich Rivers nachhaltig eingeprägt: Mit seinen lockigen schwarzen Haaren, die das leichenblasse Gesichtchen umrahmten, hatte Josh wie ein kleiner Elf aus einem Märchenbuch ausgesehen.

Irgendwo in den fernen Hügeln rollte Donner.

Rivers stieg aus und ging rasch auf Diane zu, die neben dem zusammengesackten Körper stand, sich aber offenbar nicht überwinden konnte festzustellen, um wen es sich handelte.

Rivers schob sie sanft beiseite und kniete neben dem Mann nieder. »Es ist Mack«, sagte er, noch bevor er die Leiche vorsichtig auf den Rücken rollte.

»Allmächtiger...« Diane kniete sich rasch neben Rivers. »Ich habe mir fast schon gedacht, daß es Mack ist, aber...«

»Oh, Scheiße«, murmelte Rivers, als die gebrochenen Augen des stämmigen Mannes zu ihnen emporstarrten. Er hatte sich ein wenig zur Seite gebeugt, so daß das Scheinwerferlicht nun ungehindert auf die Leiche fiel, und sie sahen beide die dunkle Linie unter Macks Kehle, aus der Blut auf die Pflastersteine tropfte, wo es sich mit dem Nieselregen vermischte.

»Steig wieder in den Wagen«, befahl Rivers, während er Diane hochzog.

»Mack... o mein Gott, warum... wer...?«

Er packte sie an den Oberarmen und schob sie energisch auf das Auto zu. Josh' kleines Gesicht beobachtete sie durch die Scheibe. »Ich möchte, daß du im Wagen wartest, Diane«, wiederholte er ruhig, aber eindringlich. »Setz dich ans Steuer, laß den Motor an und wart auf mich. Verstanden?«

»Nein, ich muß...« Sie versuchte sich loszureißen, aber er hielt sie fest.

»Tu, was ich dir sage, und laß mich erst einmal feststellen, was im Haus passiert ist.« Er öffnete die Fahrertür und schob sie mit erheblichem Kraftaufwand hinein. Immer noch eine Hand auf ihrer Schulter, beugte er sich über sie. »Wenn du irgend etwas Verdächtiges hörst oder siehst, fahr sofort los, zu Nachbarn oder zu einer Telefonzelle, und ruf die Polizei an. Hör mir zu, Diane!«

Sie riß ihren Blick mühsam von der Leiche los und starrte ihn an. »Ich habe Angst, Jim. Eva...«

»Es ist wichtig, daß du hier draußen bleibst. Hast du mich verstanden?«

Sie nickte langsam, aber er hielt sie noch immer an der Schulter fest.

»Wende jetzt gleich und vergiß nicht: Sobald du etwas hörst oder siehst, was dir verdächtig vorkommt, mußt du sofort losfahren. Josh, ich möchte, daß auch du das Haus beobachtest.«

Josh betrachtete ihn ernst, und diese großen Augen waren das einzige, was Rivers deutlich sehen konnte.

Er drückte Dianes Schulter und schloß leise die Wagentür, obwohl er wußte, daß es für solche Vorsichtsmaßnahmen zu spät war – falls Fremde im Haus waren, hatten sie das Auto bestimmt längst gehört oder zumindest die Scheinwerfer gesehen. Wieder durchzuckte ein Blitz den Nachthimmel, und der anschließende Donner war näher und lauter. Er war noch nicht verklungen, als schon der nächste Blitz aufflammte, so daß das Haus in einem gespenstischen stroboskopischen Effekt erhellt wurde. Dieser Anblick erinnerte Rivers an all die Horrorfilme, wo dieser Effekt schon zum Klischee gehörte und eher lächerlich als furchterregend wirkte. Unglückseligerweise war die Realität aber alles andere als komisch.

Die Verandatür schwang leicht im Wind, und er hielt sie fest, während er die Veranda betrat, wo kein Licht brannte. Durch die Spitzenvorhänge an der Haustür fiel jedoch ein heller Schein. Er packte den Türknopf, drehte ihn und drückte gegen die Tür.

Das weiche Licht einer kleinen Lampe auf einem Schränkchen erhellte die Szenerie, und Rivers' erster Instinkt war, die Tür schnell wieder zu schließen und das Weite zu suchen. Sein nächster Instinkt war jedoch, Hugo Poggs zu helfen, der zusammengesackt an der Wand lehnte; seine Augen waren geschlossen, aber seine Brust hob und senkte sich, während er flach und pfeifend atmete. Seine Frau lag mit dem Gesicht nach unten quer über seinen Oberschenkeln.

Rivers öffnete die Tür weiter und trat leise ein. Auf den unteren Treppenstufen lag eine weitere Gestalt. Der Holzgriff eines Messers – es sah wie ein Küchenmesser aus, ein Messer mit breiter scharfer Klinge zum Fleischschneiden – ragte aus einer Schulter des Mannes hervor, dicht über seiner Brust. Das Blut, das sein Hemd befleckt hatte und zwischen seine gespreizten, ausgestreckten Beine geflossen war, war schon zu einer dickflüssigen Masse geronnen, und unter den halb geschlossenen Lidern war nur das Weiße zu sehen, das besonders deshalb auffiel, weil der Mann eine schwarze Hautfarbe hatte. Er war tot, daran gab es für Rivers kaum Zweifel.

Mehr denn je wollte er zum Auto zurückrennen. Mehr denn je wollte er Hazelrod verlassen und Diane und Josh mitnehmen. Aber er wußte, daß er Poggs nicht einfach hier zurücklassen konnte, weder Poggs noch Bibby. Und außerdem mußte

Eva irgendwo im Haus sein. Es sei denn, sie war entführt worden. Ihm fiel Joshs Traum ein – das Häuschen mitten in einem finsteren, unheimlichen Wald, und die Hexe, die auf die Kinder wartete –, aber er rief sich energisch zur Ordnung. Der Alptraum eines Kindes war *eine* Sache, die reale Situation hier eine ganz andere. Lautlos ging er auf Hugo Poggs zu, behielt dabei aber doch vorsichtshalber den Schwarzen im Auge. Als er den Geologen und dessen Frau fast erreicht hatte, glaubte er, von oben ein Geräusch gehört zu haben. Er blieb lauschend stehen. Keine weiteren Geräusche. Nur Poggs' rasselnde Atemzüge. Rivers ging neben ihm in die Hocke, und der Geologe riß erschrocken die Augen auf. Auch als er Rivers erkannte, verlor sich die Angst in seinen Augen nicht ganz.

»Hugo, was ist passiert?« fragte Rivers fast flüsternd, obwohl er selbst nicht wußte, warum.

Poggs' Lippen bewegten sich, aber das Fenster am Ende der Halle flamme silberweiß auf, und ein mächtiger Donnerschlag ließ den Fensterrahmen erzittern. Rivers beugte sich vor, um die Worte des halb bewußtlosen Mannes verstehen zu können.

»Eva...«, keuchte Poggs. »Oben... sie hat Eva...« Er begann zu husten, und erst jetzt sah Rivers das Blut, das aus dem dicken Bauch des Geologen in Bibbys wirre graue Haare sickerte. Er versuchte, ihren Kopf zur Seite zu drehen, denn ihr Gesicht war tief in Hugos Schoß vergraben, aber etwas stimmte nicht, der Kopf war viel zu lose, viel zu beweglich. Er schob seine Hände unter Bibbys Schultern und hob sie an.

Ihre üppigen Brüste streiften seine Brust, als er ihren Oberkörper hochstemmte, und ihr Kopf fiel zurück, in einem völlig unnatürlichen Winkel. Bestürzt begriff er, daß sie tot war, daß man ihr das Genick gebrochen hatte.

»Barbara...«, murmelte Poggs und hob eine Hand, um sie zu berühren. Die Hand sank aber wieder kraftlos auf den Boden, die Innenfläche nach oben, die Finger gekrümmt. Rivers legte Bibbys schweren Körper behutsam auf eine Seite und wandte seine Aufmerksamkeit wieder Hugo zu.

»Wer hat das getan?« fragte er eindringlich, immer noch mit leiser Stimme.

Poggs versuchte sich aufzusetzen, aber es gelang ihm nur, sich an der Wand etwas höher zu schieben. Er holte tief Luft, und das Pfeifen in seinen Lungen war beängstigend. Vor Schmerz zusammengekrümmt, preßte er in einer Reflexbewegung seine Hand an die Brust. »O Gott, es tut so weh«, flüsterte er.

Rivers knöpfte Poggs' Hemd auf, um die blutende Bauchverletzung untersuchen zu können, und gleich darauf wurde ihm klar, daß es nicht die Schnittwunden waren, die den Geologen in diesen Zustand versetzt hatten, denn sie waren zwar zahlreich, aber nicht tief. Das größte Problem war offenbar Poggs' angegriffenes Herz; die bläulich verfärbten Lippen, das fahle Gesicht und die unnatürlich purpurnen Wangen bestätigten Rivers' Vermutung, daß der verletzte Mann einen Herzanfall erlitten hatte. Trotzdem versuchte er wieder zu sprechen.

»Eva... Eva helfen... oben... wir wollten... wir wollten sie... aufhalten...«

Er sagte noch mehr, aber ein neuerlicher Donnerschlag direkt über ihnen ließ das Haus erzittern. Und als er verebbte, kam jemand aus dem Raum am Ende der Halle.

Nelson Shadebank hatte gerade die Wasserspülung der Toilette betätigt, als der Donner krachte. Er zuckte erschrocken zusammen und verfluchte dieses Land, das Wetter und den Flug, der seinem Organismus so gar nicht bekommen war. Aber am meisten verfluchte er Mama Pitié, die ihn um die halbe Welt geschleppt hatte, nur um ein Kind zu terrorisieren. Was, zum Teufel, führte sie im Schilde? Drei Tote, darunter einer ihrer eigenen Leute, und der vierte würde es auch nicht mehr lange machen. Und wofür das alles? Verfluchte Scheiße, was hatten sie eigentlich hier zu suchen? Er schloß den Reißverschluß seiner Hose und zog sich einen der roten Hosenträger über die linke Schulter, während er die Toilettentür öffnete. Natürlich hatte er Schiß vor Mama, aber jetzt hatte er die Schnauze endgültig voll. Er würde verduften, sobald sich dazu eine Gelegenheit bot, sobald Mama viel zu beschäftigt war, um seine Flucht zu bemerken. Vielleicht gleich jetzt. Mit dem Mietwagen abhauen. Vielleicht sollte er in diesem Land bleiben und hier ein neues Leben beginnen. Nein, das wäre falsch. Putz die Platte, Junge, das ist vernünftig, aber häng nicht hier herum, setz dich nach Harlem ab, wo du untertauchen kannst, wo du ein Nigger unter vielen bist. Hier wird Mord nicht auf die leichte Schulter genommen.

Er trat in die Halle hinaus. Der fette Alte war inzwischen vermutlich tot, seine fette Frau sowieso, und der hirnlose George – Hühnerscheiße-George, so hatte er den Zombie getauft – war ebenfalls mausetot, mit zwanzig Zentimetern Stahl zwischen den Rippen: ein Werk der Frau, nachdem George ihren Mann angegriffen hatte. Danach hatte Mama sich um sie gekümmert, und die alte Kuh hatte wie ein Schwein gequiekt, als ihr das fette Genick gebrochen wurde. Das war es, was er in der Halle vorzufinden erwartete. Mit einer vierten Person – einer sehr *lebendigen* Person – hatte er nicht gerechnet.

Shadebank zog scharf die Luft ein und starrte den Neuankömmling an, der neben dem fetten Alten kniete. *Verflucht*, sagte er sich, *diese Scheiße mußte ja schiefgehen!*

Auch Rivers starrte den Schwarzen an, der langsam seinen rechten Hosenträger über die Schulter schob und genauso verblüfft wie er selbst zu sein schien. Dadurch blieb ihm Zeit, den Eindringling genau zu betrachten: die auf Hochglanz polierten braunen und cremefarbenen Schuhe, die helle Leinenhose, das makellose blaue Nadelstreifenhemd mit den korrekten Umschlagmanschetten und goldenen Manschettenknöpfen. Vielleicht war es bizarr, unter solchen Umständen jede Kleinigkeit zu registrieren, aber seltsamerweise funktionierte das Wahrnehmungsvermögen in Krisensituationen oft besonders gut.

Rivers' Frage war dagegen naheliegend. »Wer sind Sie?«

Der andere Mann schob seine goldgeränderte Brille hoch und erwiderte unhöflich: »Leck mich doch...« Dann rief er zu Rivers' großer Verwunderung: »Mama!«

Rivers wich wachsam ein, zwei Schritte zurück.

»*Mama Pitié!*« brüllte der Schwarze. »Wir haben Gesellschaft bekommen!«

Die Autoscheinwerfer hatten den Raum erhellt, waren wie Suchscheinwerfer über Wände und Decke gehuscht und hatten vorübergehend die tiefen Schatten vertrieben, die aber sogleich wieder zurückkehrten, als die Lichter erloschen. Mama Pitié beugte sich über das Kind auf dem Bett, dessen Nachthemd genauso dunkel wie jene Schatten war. Ihre Schläfen pochten vor Anstrengung, und ihre riesigen Pranken waren zu Fäusten geballt. Das Mädchen leistete ihr Widerstand. Nein, das stimmte nicht ganz. So jung es war, hatte dieses Luder seine eigene Schwäche doch erkannt, und sein Geist hatte vor Mama Reißaus genommen, hatte tief im Innern seiner selbst Zuflucht gesucht, wo niemand ihn erreichen konnte.

*O verfluchtes Kind, komm Mama nicht in die Quere! Deine Kraft ist nutzlos, wenn du auf dich allein gestellt bist, sie bedarf der Gedanken anderer, um etwas bewirken zu können. Komm zu mir zurück, kleines Mädchen, komm zurück zu Mama und laß mich dir den Weg zeigen. Den rechten Weg. Den Weg, der es Mutter Erde erlauben wird, ihre Leiden zu überwinden und wieder unangefochten zu herrschen. Spiel nicht mit mir, Kind, du kannst mir nicht entkommen, ich werde dich zurückzerren und dir deine mageren Arme und Beine ausreißen, bis du die Macht aufgibst, die du nicht verdient hast. Ich werde dich zum Weinen und zum Schreien bringen, und all die anderen Kleinen werden deinen Schmerz fühlen und deine Angst wahrnehmen, und sie werden zittern und mit den Zähnen klappern, und ihr Geist wird verdorren und sterben, und sie werden ihr Tun einstellen und nach ihren Müttern schreien, und ihre Mütter werden nicht dasein, keine einzige Mama, und die ganze Welt...*

Mama Pitié hob abrupt den Kopf. Sie blickte zu dem großen Fenster hinüber, das auf den Hof hinausging, aber der Störenfried war nicht dort draußen in der regnerischen Nacht, sondern in ihrem Geist.

*Der andere ist hier! Gütige Mutter, sie verschwören sich gegen mich!*

Sie beugte sich wieder über das Mädchen und zog den schlaffen Körper in ihre Arme. *Ich lasse dich nicht allein, meine hübsche Kleine, du kannst schlafen, aber du kannst mir nicht entkommen. Ich habe dich schon einmal verfolgt, und ich kann es wieder tun. Deine Zeit ist um, o ja, sie ist um... lobpreist Mutter Erde, erhebt eure Herzen und freuet euch, denn die Eine Mutter Erde wird wieder heil werden...*

Sie schnupperte an der zarten Kinderwange. *Wenn ich anfange, mich an deinem Fleisch zu laben, Kind, wirst du sehr schnell zurückkommen. Blitzschnell.*

Speichel tropfte von Mamas Lippen auf die eiskalte Wange der Kleinen, und ihre Zähne berührten die zarte Haut. Ihre Kiefer begannen zu mahlen.

*Jemand ruft!* Mama Pitié hob den Kopf, und ihre Augen waren wachsam wie die eines Raubvogels, den man beim Mahl gestört hat. Ein Hauch von Blut befleckte ihre Zähne. *Es ist Shadebank, der da ruft, dieser verdammte Narr!*

Sie ging zur offenen Tür des dunklen Raumes, das komatöse Kind in ihren Armen.

Oben bewegte sich etwas, und Rivers wich noch weiter zurück, so daß er fast an der Haustür stand. Jemand war dort oben auf dem halbdunklen Treppenabsatz aufgetaucht. Nein, es waren zwei. Ein weiterer Schwarzer in weißem Hemd und dunkler Hose. Und daneben...

Ein Blitz tauchte erneut alle Fenster in grelles Licht und flimmerte noch lange weiter, und der Donner krachte ohrenbetäubend.

Rivers stolperte rückwärts gegen die Tür, die er angelehnt gelassen hatte, und sie fiel laut zu, was allerdings im Donner unterging. Die Lampen im Haus – in der Halle, im Wohnzimmer und in der Küche – flackerten vorübergehend, so als wäre irgendwo eine Stromleitung getroffen worden, aber der Blitz spendete noch immer sein seltsames silbernes Licht. Rivers hielt sich eine Hand vor die Augen und beobachtete durch die gespreizten Finger die gewaltige Gestalt, die neben dem Mann im weißen Hemd oben an der Treppe stand, wobei das stroboskopische Licht, das durch das Fenster hinter ihr einfiel, ihre Silhouette noch unheimlicher machte und ihren wirren Haaren das Aussehen von spiralförmigem Silberdraht verlieh. Nie im Leben hatte er eine größere Frau gesehen. Als der Blitz endlich erlosch, konnte Rivers auch ihre grausamen und irren Augen sehen.

Er erinnerte sich plötzlich an den Tag in London, als er und Diane im Verkehrsstau von Ganoven angegriffen worden waren. Das Gesicht, das damals im Wagenfenster aufgetaucht war – für den Bruchteil einer Sekunde hatte er das Bild dieser Frau gesehen, bevor es der Visage des Räubers gewichen war. Es war eine Vorahnung gewesen, eine Vision, und nun war dieses Gesicht Realität geworden. Es starrte auf ihn herab: die irren glotzenden Augen, die wulstigen Lippen, die dunkle pockennarbige Haut – und die platte breite Nase. Sogar aus dieser Entfernung und in dem schwachen Licht konnte er den Haß in ihrem Blick erkennen – und er spürte ihn auch.

Sekundenlang glaubte er, ein Wiedererkennen in diesem Blick aufflackern zu sehen, und er fragte sich, ob sie an jenem Tag die gleiche Vision gehabt hatte wie er, mit ihm als Objekt.

Ihre Miene spiegelte nun so etwas wie Neugier wider, und sie bewegte sich auf die oberste Stufe zu. Erst jetzt registrierte sein Gehirn etwas, das er bisher vor Furcht und Schock nicht wahrgenommen hatte. Sie trug ein kleines Bündel in den Armen, ein Geschöpf, das um so kleiner und zerbrechlicher wirkte, als die schwarze Frau so riesig und unförmig war. Sie hielt Eva in den Armen!

Er dachte, die Frau würde herunterkommen, vielleicht, um mit ihm zu argumentieren und dabei das Kind, das sie an sich preßte, als Schutzschild zu benutzen. Oder aber sie wollte ihn erpressen – diese mächtigen Pranken könnten dem kleinen

Mädchen mühelos das Genick brechen. (Hatten sie auch Bibby das Genick gebrochen?) Doch nein, sie hatte es nicht nötig, mit ihm zu argumentieren oder ihn zu erpressen. Sie sah stark genug aus, um auch Rivers zu zerreißen, und vermutlich war das ihre Absicht.

Doch statt dessen machte sie nur eine Kopfbewegung, und der Mann schob sich an ihr vorbei und kam die Treppe herab, wobei er etwas an seinen Fingergelenken befestigte. Im Licht eines neuen Blitzes konnte Rivers die gebogenen Messerklingen erkennen.

# 30

Rivers hatte schon früher Furcht kennengelernt. Vor drei Monaten, als das Forschungsflugzeug über dem Golf von Mexiko ins Trudeln gekommen war, vom Hurrikan geschüttelt, hatte er Todesangst durchgestanden. Auch nachdem es dem ungemein tüchtigen und erfahrenen Piloten wider Erwarten gelungen war, den endgültigen Absturz zu verhindern und mit nur einem Triebwerk und sonstigen Beschädigungen des Flugzeugs das Festland zu erreichen, hatte Rivers sich keineswegs entspannt – zu Recht, wie sich zeigte, denn bei der Bruchlandung in der Nähe von Galveston war nicht nur Captain Hekkart, der arme mutige Pilot, ums Leben gekommen; lediglich drei Personen hatten das Unglück überlebt, und von diesen drei war einer nach sechs Wochen seinen schweren Verletzungen erlegen, der zweite vegetierte dahin, ohne sich an die Katastrophe zu erinnern, und Rivers selbst hatte sich physisch zwar weitgehend erholt – abgesehen von dem Bein, an dessen Heilung er nicht mehr geglaubt hatte –, aber Narben einer anderen Art behalten. Ihn verfolgte die Erinnerung an den Sturm, an den grauenhaften langen Flug, nachdem die Maschine schwer beschädigt worden war, an Gardenias Leiche, die sich an ihn gepreßt hatte wie eine Geliebte – und an das Licht, an den kleinen wunderschönen Lichtball, der ihn vor der Katastrophe gewarnt hatte. Diese tiefe Furcht überfiel ihn jedesmal, wenn er an *Tinkerbell* dachte oder ein solches Licht sah.

Er kannte auch eine andere Art der Furcht, deren Schrecken darin bestand, daß man ihr hilflos und ohne jede Hoffnung ausgesetzt war. Diese verzehrende Angst hatte er in den letzten Tagen von Lauras verzweifeltem Lebenskampf erlebt, als die bösartig neue Form der Malaria sie so schnell dahinraffte, ihren Körper zerstörte und zuletzt auch ihre Sinne verwirrte, so daß ihnen sogar die letzte Kontaktmöglichkeit geraubt wurde: tröstende Worte im Angesicht des Todes. Laura war gestorben, und er konnte nur beten, daß sie seine Worte der Liebe doch irgendwie vernommen hatte.

Natürlich hatte er auch bei vielen anderen Gelegenheiten Angst gehabt, aber sich ihr nie so völlig hilflos ausgeliefert gefühlt wie jetzt!

Der Anblick dieses Mannes, der die Treppe herabkam und dabei die Messerklingen an Ringen über seine Finger streifte, und der gigantischen Frau oben an der Treppe rief in ihm eine schreckliche Furcht hervor, weil er sich vor eine Wahl gestellt sah: Er konnte entweder durch die Tür entkommen oder sich dem Grauen stellen. Es war die Wahlmöglichkeit, die seine Furcht ins schier Unerträgliche steigerte.

Fast hätte er sich für die Feigheit entschieden, aber er wußte, daß Diane niemals mit ihm fliehen würde, solange Eva und ihre Schwiegereltern hier im Hause waren. Außerdem hatte Eva sich bewegt – ihre zarte kleine Hand hatte kurz in der Luft herumgefuchtelt, bevor sie auf den fetten Arm gefallen war, der sie festhielt. Diese kleine Geste, zusammen mit dem verächtlichen Blick, den die schwarze Riesin ihm zugeworfen hatte, bevor sie im Hintergrund verschwand, half Rivers bei seiner Entscheidung.

Der Mann hatte jetzt die Mitte der Treppe erreicht, die Augen völlig ausdruckslos auf Rivers gerichtet, ohne die geringste Gefühlsregung. Seine Hände waren leicht erhoben, und mit den Daumen drückte er die Ringe fester an. Konnten diese gebogenen Klingen töten? fragte sich Rivers. Sie sahen gefährlich aus – war Hugo mit dieser Waffe verletzt worden? –, aber sie waren kurz. Natürlich – wenn sie sich in ein Auge bohrten oder über eine ungeschützte Kehle gezogen wurden ... Rivers bewegte sich plötzlich mit einer Geschwindigkeit, die ihm keine Zeit mehr zum Nachdenken ließ.

Seinen Fuß auf eine Stufe zwischen Oberkörper und rechtem Arm des Toten an der Treppe gestellt, zog er das Fleischmesser aus der Leiche, was überraschend mühelos vonstatten ging.

Dann eine blitzschnelle Bewegung aus dem Handgelenk heraus, und die lange Klinge bohrte sich in den Unterleib des Angreifers.

Der Mann stieß einen erstickten gurgelnden Schrei aus, und die Ringmesser blitzten auf, als er verzweifelt mit den Händen ruderte wie ein Nichtschwimmer im tiefen Wasser. Er drohte auf Rivers zu fallen, aber der wich geschickt aus, und der Schwarze fiel die restlichen Stufen hinab und blieb unten, halb über der Leiche liegen. Er krümmte sich vor Schmerzen, zog die Knie an, beugte die Schultern und umklammerte mit beiden Händen den Messergriff, traute sich aber nicht, das Messer herauszuziehen, weil er dadurch noch schlimmere Qualen befürchtete. Bald hatte er dazu ohnehin keine Kraft mehr, und noch bevor Rivers das obere Ende der Treppe erreicht hatte, röchelte der Kerl und starb.

Auf dieser Seite der Treppe befanden sich zwei Türen, und eine war geöffnet. Der Raum war dunkel, aber er spürte die Gegenwart der schwarzen Riesin und roch ihren Schweißgestank, sobald er über die Schwelle trat. Und dann sah er sie in dem schwachen Lichtschein, der von hinten einfiel, am Fenster stehen. Doch im nächsten Moment wurde er von einem grellen Blitz geblendet, dem sofort ein erschreckend naher Donnerschlag folgte. Als das Licht schwächer wurde, konnte er Evas kleinen Körper auf dem Bett erkennen: Sie lag im Nachthemd da, mit ausgestreckten Armen und Beinen, und starrte an die Decke. Das Schlafzimmer gehörte offenbar Hugo und Bibby, denn es handelte sich um ein Doppelbett mit geschwungenen Kopf- und Fußteilen aus dunklem Holz. Es gelang ihm, sich auch die übrige Einrichtung einzuprägen, bevor das Licht erlosch: neben dem Fenster eine Frisierkommode, ein riesiger altmodischer Kleiderschrank an der hinteren Wand und auf beiden Seiten des breiten Bettes Nachttische mit Lampen. Er hatte die Position der näheren Lampe noch genau im Kopf, als der Raum wieder in Dunkelheit versank, und anstatt an der Wand in Türnähe lange nach dem Lichtschalter zu tasten, eilte er zum Nachttisch und knipste die Lampe an, deren Glühbirne allerdings bedauerlicherweise sehr schwach war.

Der Donner war fast gleichzeitig mit dem Blitz erstorben, und Rivers konnte den Wind und Regen vor dem Fenster hören. Die Frau hatte sich nicht bewegt, stieß aber zischend den Atem aus. Rivers richtete sich von der Lampe auf und betrachtete sie. Unwillkürlich überlief ihn ein Schauder, als er etwas beiseite trat, um das Licht nicht zu verdecken. Aus der Nähe sah sie noch grauenvoller aus. Ihr kuttenartiges Kleid war dunkel – schwarz oder vielleicht marineblau – und reichte fast bis zu den dicken Knöcheln. Die Ärmel waren weit und ab den Ellbogen geschlitzt, so daß ihre breiten, kräftigen Handgelenke zu sehen waren. Ihr Haar umrahmte in krausen Locken das Gesicht, das nicht pockennarbig war, aber andere Narben aufwies, die an den Wangen fast wie Stammestätowierungen anmuteten. Ihre Nase war platt und mißgestaltet, aber noch etwas anderes war seltsam daran: Wenn ihn nicht alles täuschte, wenn nicht das schwache Licht besonders tiefe Schatten warf, so hatte sie nur ein Nasenloch. Wieder fuhr ihm ein kalter Schauder über den Rücken.

Sie bewegte sich noch immer nicht.

»Eva«, sagte Rivers eindringlich. »Eva, komm zu mir!« Er wagte es nicht, seinen Blick von der Frau abzuwenden, für den Fall, daß sie plötzlich auf ihn zukommen würde. Das Kind auf dem Bett reagierte nicht. »Eva!« rief er etwas lauter, aber auch jetzt blieb jede Reaktion aus. Nun riskierte er doch einen Blick zu ihr hinüber, und einen grauenhaften Moment lang glaubte er, sie wäre tot. Obwohl ihre Augen weit geöffnet waren, nahm sie nichts von ihrer Umgebung wahr. Er atmete erleichtert aus, als er sah, daß ihre Brust sich fast unmerklich hob und senkte.

»Sie kann dich nicht hören.«

Er wandte seine Aufmerksamkeit der Riesin zu, deren Englisch sich seltsam anhörte.

»Sie ist nicht tot. Aber sie ist nicht bei uns.« Die Stimme war tief und rauh, fast wie die eines Mannes.

»Wer sind Sie?« Trotz der kritischen Situation wollte er es wissen.

»Mach, daß du hier wegkommst!«

Er blieb, wo er war, aber eine Schwäche überkam ihn, ein mit Übelkeit vermischtes Schwindelgefühl, so als übte die Stimme dieser Frau irgendeine geheimnisvolle Kraft aus. Ihr seltsames Englisch hatte er mittlerweile eingeordnet – es war der Akzent der Südstaaten von Amerika, dessen war er sich sicher, aber das trug nur noch mehr zu seiner Verwirrung bei. Der Mann, dem er unten in der Halle begegnet war, hatte nach *Mama Pity* gerufen – nein, nach *Mama Pitié*, er hatte das französische Wort benutzt –, und *sein* Akzent war unverkennbar reinstes Bronx-Amerikanisch. Aber was hatte diese Frau mit ihren Begleitern hier zu suchen? Was wollte sie von Eva? Dann fiel ihm sein Gespräch mit dem alten Mann – dem Träume-Mann der Kinder – in der Bauernkate in den schottischen Highlands ein. Der Weise hatte ihm erzählt, in dieser Zeit der großen Veränderungen seien viele Kräfte am Werk. Manche kämpften für das Gute, doch andere wollten Chaos und Zerstörung, und das einzige Ziel dieser feindlichen Mächte war die Vernichtung der Menschheit. Ihre Motive waren unklar, aber diese Mächte waren während der gesamten Evolution des Menschen allgegenwärtig gewesen (und schon lange zuvor, hatte er rätselhaft hinzugefügt). Rivers hatte geglaubt, der alte Mann spreche in Metaphern und wolle damit sagen, daß diese anderen Kräfte die angeborene und ganz natürliche Widersprüchlichkeit der menschlichen Psyche symbolisierten. Doch nun begriff er, daß sie eine physische Identität hatten, daß diese Frau, diese Mama Pitié, sozusagen das Fleisch gewordene Wort war. Und die entkräftende Schwäche, die nichts anderes als Furcht war, sagte ihm, daß seine Überlegungen richtig waren.

Mehr verzweifelt als neugierig fragte er: »Was wollen Sie von der Kleinen?«

Mama Pitié starrte ihn sekundenlang an, während ihre riesigen Brüste sich mühsam hoben und senkten. Endlich sagte sie: »*Sie ist der Parasit, der sich von Mutter Erde ernährt.*« Sie spuckte diese Worte zornig aus, wie heiße Lava, die ihn verletzen sollte. Aber in ihren Augen entdeckte er einen Anflug von Frustration.

»Sie ist doch nur ein Kind«, erwiderte er so cool, wie er nur konnte, während er sich fragte, ob es tatsächlich möglich war: Konnte ein so kleines, zartes Geschöpf wie Eva tatsächlich den verrückten Ideen und Plänen, die diese Frau für die Zukunft der Welt haben mochte, irgendwie im Wege stehen? Aber Eva war ja nicht allein; sie hatte Josh, und wenn die Träume stimmten, wenn die Worte des alten Mannes wahr waren, so gab es viele andere Kinder wie sie, vielleicht Tausende, psychisch vereint in ihrem Kampf, die Erde der Zukunft zu gestalten. Religiöse Menschen würden sagen, dies sei der uralte Kampf zwischen Licht und Finsternis; und andere könnten die Bibel noch wörtlicher nehmen und erklären, dies sei der ewige Kampf zwischen Gott und den gefallenen Engeln. Wieder andere würden behaupten, die Menschheit halte ihr Schicksal in den eigenen Händen, und nun sei die Zeit gekommen, da alle Stimmen – jeder Geist – gehört werden müßten. Der alte Mann hatte gesagt, die menschliche Megapsyche, jener vernachlässigte Sinn, der alle Menschen miteinander verbindet, sei von den Kindern der neuen Evolution zu neuem Leben erweckt worden, und es sei diese besondere Kraft, die uns auch mit dem Planeten selbst verbinde. So viele Gedanken stürmten auf Rivers ein, daß er seinen Geist zur Ruhe zwingen mußte.

»Alle Männer, Frauen und Kinder sind Parasiten«, fuhr die Riesin langsam fort, »und es ist höchste Zeit für eine Säuberung.«

Er fragte sich, ob er mit ihr diskutieren solle. »Sie haben das falsch verstanden«, sagte er ruhig und hoffte nur, daß seiner Stimme nichts von der lähmenden Angst anzumerken war. »Wir *sind* die Erde. Wir sind ein Teil von ihr, und die Erde ist ein Teil von uns.«

»Mutter Erde vernichtet uns jetzt.«

Der innere Aufruhr, der während der vergangenen vierundzwanzig Stunden in ihm getobt hatte, begann sich zu legen.

Die Offenbarungen des alten Mannes waren schwer zu akzeptieren gewesen, speziell für einen Pragmatiker wie Rivers, doch nachdem die Prophezeiung des Weisen, daß Josh und Eva in tödlicher Gefahr schweben würden und er, Rivers, ihnen helfen müsse, wahr geworden war, lichtete sich der Nebel in seinem Geist. Er hatte zwar schon seit gestern so getan, als wäre er völlig überzeugt, aber ein winziger Zweifel hatte weiter an ihm genagt. Doch diese bizarre Frau hatte nun auch den letzten Rest von Unglauben hinweggeschwemmt. Lovelock und Hugo Poggs hatten teilweise recht, aber beide hatten die ausschlaggebende Wahrheit nicht erkannt: Die Menschheit war *von* der Erde geboren; ihre frühesten Lebensformen waren aus den sumpfigen Tiefen der Ozeane und Meere gekrochen, und das Licht hatte ihnen Energie verliehen und die Dunkelheit vertrieben, die gleichbedeutend mit Energielosigkeit war. Das Licht wurde Teil der menschlichen Psyche, denn das Licht war Hoffnung, es war Glaube, es war das Leben selbst. Seine Wärme war unabdingbare Voraussetzung für Gefühle. Licht wurde zum metaphorischen Symbol für Liebe, für Erbarmen, für den *Geist* des Lebens. Das Licht hatte die Menschheit befähigt, aus der Unterwelt emporzusteigen, mehr als nur ein geistloser Organismus in der Erdkruste zu sein. Und sogar jetzt war das Licht der Brennpunkt, denn es wies der Menschheit den Weg – so wie manche ja auch glaubten, es weise im Augenblick des Todes den Weg.

Mama Pitié redete immer noch, und ihre Stimme hatte jetzt den kräftigen, überzeugten Ton einer Predigerin. »Mutter Erde schüttelt uns von Ihrem Rücken ab, befreit sich von den Insekten, die sich von Ihrem Herzblut ernährt haben. Sie wird sich nicht mehr martern lassen, und Ihr Zorn wird gewaltig sein.«

»Nein, das stimmt nicht«, widersprach Rivers, der inbrünstig hoffte, daß Eva bald aus ihrer Erstarrung erwachen würde. Sein Ton war nüchtern, seine Lautstärke gemäßigt. »Uns werden die Resultate jahrhundertelangen Mißbrauchs drastisch vor Augen geführt, wir werden gezüchtigt, wenn Sie so wollen. Aber es sind *wir*, die das tun, wir selbst. Unsere eigene kollektive Psyche verursacht diese Verwüstungen. Bitte versuchen Sie zu verstehen, was ich sage. Wir bestimmen unser eigenes Schicksal.«

Während er diese seltsame Frau betrachtete, wußte er, daß seine Worte in den Wind gesprochen waren, denn nicht einmal der winzigste Schimmer in diesen schwarzen starren Augen deutete darauf hin, daß sie ihm zuhörte, geschweige denn akzeptierte, was er ihr gesagt hatte. Aber er gewann dadurch Zeit und konnte sich Eva unmerklich nähern. Ein Knie war schon auf dem Bett. »Begreifen Sie denn nicht? Wir haben selbst eine Möglichkeit gefunden, die Erde zu verändern. Unser Geist ist von diesen Unschuldigen« – er deutete auf Eva – »geleitet worden, von diesen Kindern, die die neue Ordnung der Dinge verkörpern. Ihre Kräfte sind zum Teil so alt wie die Menschheit selbst, aber zugleich sind sie Bestandteil unserer Evolution. Irgendwann einmal wird die ganze menschliche Rasse sein wie diese Kinder. Die Katastrophen – die Erdbeben, Überschwemmungen, Stürme, Dürren, Feuersbrünste, Epidemien – sind ein Teil unserer Selbstbestrafung. Wir müssen sie erdulden, um zu begreifen, daß wir uns ändern müssen, und um all das wieder schätzen zu lernen, was wir haben und für selbstverständlich halten...«

»*Schluß jetzt mit diesem ganzen Scheißdreck!*«

Ihr wütender Schrei brachte ihn fast aus dem Gleichgewicht. Sie entfernte sich vom Fenster, und für ihre Statur bewegte sie sich sehr schnell.

»*Mama Pitié!*« brüllte er verzweifelt.

Sie blieb zögernd stehen, und das gab ihm Mut.

»Sie dürfen nicht gegen die Kinder opponieren, Mama Pitié!« Aus dem Augenwinkel heraus sah er eine Bewegung auf dem Bett. »Sie dürfen sich den Kindern nicht in den Weg stellen, es ist zu gefährlich.« Er erkannte, daß die Verhältnisse gerade wegen solcher opponierender Kräfte so katastrophal geworden waren, und ihm fiel ein, daß auch der Träume-Mann das gesagt hatte. »Sie müssen die Kinder in Ruhe lassen, denn sie werden uns durch diese ganze Zerstörung führen.«

»Genau aus diesem Grund bin *ich* hier.« Die Schwarze packte Eva am Knöchel, während sie Rivers anstarrte. »Begreifst *du* das nicht, mein Junge?«

Eva schrie auf, als Mama Pitié sie zum Fußende des Bettes zog, ein schriller Laut, der die Nacht wie ein Messer durchschnitt.

»*Nein!*« schrie Rivers.

Eva klammerte sich verzweifelt an das Bettzeug, aber es wurde einfach mitgezogen. Rivers sprang vor und packte die Frau am Arm, aber das zeitigte so wenig Wirkung, als wäre er selbst ein Kind. Ohne weiter Zeit zu vergeuden, schmetterte er ihr seine Faust ins Gesicht.

Seine Knöchel brannten höllisch, aber zumindest ließ Mama Pitié Eva los. Statt dessen packte sie Rivers, der aufs Bett gefallen war, am Arm, und er konnte sich aus ihrem schraubstokkartigen Griff nicht befreien. Sie zog ihn hoch, grub die Finger der anderen Hand in seine Taille und schleuderte ihn über das Bett hinweg gegen den Kleiderschrank, der krachend an die Wand prallte. Benommen versuchte Rivers wieder auf die Beine zu kommen. Er suchte Halt am Bett und zog sich an der Decke auf ein Knie hoch, kräftig den Kopf schüttelnd, um den Nebel darin zu vertreiben. Verschwommen sah er, daß Eva sich aufsetzte, als ihr Körper sich mit der Decke in seine Richtung bewegte. Den Kopf zwischen die Schultern eingezogen, starrte sie dennoch die gewaltige Gestalt am Fußende des Bettes an.

Die Schwarze bemerkte, daß das Kind sich langsam entfernte; sie packte das Bettzeug mit eisernem Griff und begann die Kleine wieder zu sich heranzuziehen. Ihre Augen, die im Lampenlicht zwei funkelnde Kreise waren, verrieten nur allzu deutlich ihre bösen Absichten, und sie bleckte die Zähne wie ein Hund.

Blut rann Rivers aus einem Ohr über die Wange, aber er bemerkte es kaum, weder die Feuchtigkeit noch den Schmerz. Obwohl immer noch leicht benommen, dachte er doch sehr schnell. Er zerrte mit aller Kraft am Bettzeug, so daß Eva auf die Seite fiel, und als Mama Pitié sie wieder am Knöchel packte, sprang er auf, griff nach der nicht eingeschalteten Nachttischlampe, riß sie aus der Steckdose und schleuderte sie der Frau an den Schädel.

Sie brüllte auf und ließ das Kind erneut los, um sich mit dem Mann zu beschäftigen. Mühelos zog sie ihn über das Bett und preßte ihn an ihren eigenen Körper. Sie quetschte die Luft aus seinen Lungen, und er keuchte vor Schmerz und war sicher, daß sein Rückgrat jeden Moment brechen würde. Es blitzte und donnerte, aber der Blutandrang in seinem Gehirn verursachte ein so starkes Sausen, daß er das Getöse nur gedämpft wahrnahm. Er grub seine Finger in ihren fleischigen Hals und bemühte sich, genauso kräftig zuzudrücken wie sie, doch ihm war schwindelig, und er spürte, daß sein Griff schwächer wurde. Verzweifelt spannte er alle Kräfte an, weil er jetzt nicht nur um sich selbst und um Eva Angst hatte, sondern auch um die Welt.

Es half nichts. Er fühlte, wie sich seine Rückenknochen nach innen bogen; die allerletzte Luft wurde aus seinen Lungen gepreßt und drang als rasselnder Seufzer aus seiner Kehle. Das Zimmer schien immer schwärzer zu werden. Mama Pitiés Gesicht war nur wenige Zentimeter von seinem eigenen entfernt, und seltsamerweise konzentrierte sich sein Blick auf den tiefen Schlitz unter ihrer Nase, auf dieses breite Nasenloch, das einem zweiten – zahnlosen – Grinsen glich und ihn wegen seiner Schwäche zu verhöhnen schien. Doch auch dieser gräßliche Anblick wurde langsam verschwommen, als ihm die Sinne endgültig zu schwinden drohten.

Doch noch wollte er nicht aufgeben: Er spannte seinen Rükken an und ließ den Kopf nach vorne fallen. Seine feuchten Lippen glitten über die Narben auf ihrer Wange und über ihre wulstigen Lippen, und plötzlich biß er zu. Sie zuckte zusammen, und ihr Griff lockerte sich ein wenig, so daß er rasch durch die Nase einatmen konnte. Obwohl ihm vor Ekel übel zu werden drohte, grub er seine Zähne noch tiefer in ihre Unterlippe, und als er ihr Blut schmeckte, biß er die Zähne fest zusammen, um noch mehr Schaden anzurichten. Er spürte, daß sie ihn hochhob und von sich stemmte, aber er biß sich an ihrer Lippe fest und trank ihr Blut, auch wenn es ihn vor Ekel würgte.

Mama Pitié schüttelte ihn wie eine Stoffpuppe, aber es gelang ihr nicht, ihn abzuschütteln.

Da nahm sie all ihre Kräfte zusammen, packte ihn unter den Schultern, streckte die Arme und warf gleichzeitig den Kopf zur Seite. Ihr Geheul erfüllte den Raum, als ihr die Lippe abgerissen wurde, und Rivers hatte den blutigen Fleischfetzen im Mund. Er spuckte das widerliche Zeug hastig aus, doch sie hielt ihn trotz ihrer Schmerzen am Ellbogen fest und drehte seinen Unterarm nach hinten, bis das Ellbogengelenk nachgab, fast so leicht wie das Gabelbein eines Hühnchens.

Rivers schrie vor Schmerz auf, und sie schleuderte ihn beiseite, ließ ihn achtlos auf dem Boden liegen, während sie sich wieder dem kleinen Bündel auf dem Bett zuwandte, das vor Entsetzen wie gelähmt war. Mit dem Mann würde Mama sich später beschäftigen, wenn sie mehr Zeit für Genuß hatte. Blut lief ihr über Kinn und Brust, aber sie ignorierte die klebrige rote Flüssigkeit und den Schmerz genauso wie ihren Widersacher in der Ecke. Im Augenblick gab es für sie Wichtigeres zu tun.

Sie zerrte das Kind vom Bett und drehte sich zum Fenster, das Fliegengewicht hoch über den Kopf haltend, die Augen vor rasender Wut fast aus den Höhlen tretend.

Rivers hörte Eva kreischen und blickte trotz seiner rasenden Schmerzen – nicht nur in dem gebrochenen Arm, sondern am ganzen Körper – erschrocken auf.

»*Neeeeeein!*« brüllte er, als ein Blitz die Szene hell beleuchtete: die gewaltige schwarze Frau mit dem blutüberströmten Kinn, die das schreiende Kind hochstemmte, um es durch das große Fenster zu schleudern.

Donner übertönte Evas Schreie.

# 31

Die kräftigen Arme über dem Kopf ausgestreckt, stand sie da, bereit, Eva in die stürmische Nacht zu werfen. Der Blitz flakkerte noch, und der Donner erschütterte das Haus bis auf die Grundmauern.

Doch Mama Pitié hielt inne.

Sie stand vor dem Fenster, ohne das Gewicht der Kleinen zu spüren, und starrte auf etwas dort draußen in der Nacht.

Verzweifelt gegen den Schmerz ankämpfend, kroch Rivers aus der Ecke hervor, in die er achtlos geschleudert worden war. Seine Lippen waren blutverschmiert, und er hatte immer noch einen ekelerregenden Geschmack im Mund. Sein Körper schmerzte bei jeder mühsamen Bewegung, aber es gelang ihm, das Fußende des Bettes zu erreichen, so daß er sich nunmehr fast hinter der Frau befand. Wieder stieg eine starke Übelkeit in ihm auf, doch er überwand sie, und der kurze Würgelaut, den er nicht unterdrücken konnte, wurde zum Glück vom Donner übertönt.

Plötzlich trat Stille ein, und nur der Regen trommelte gegen die Scheibe. Mama Pitié stand immer noch regungslos da, den Blick starr auf etwas vor dem Fenster gerichtet, und trotz seines Schwindelgefühls bemerkte Rivers, daß weiterhin Licht einfiel, obwohl der Blitz erloschen war. Kniend spähte er an der dunkel gekleideten Frau vorbei.

Das kleine glänzende Licht schwebte über dem Hof, von einem farbigen Ring umgeben, einer Art Regenbogen in zarten Tönen, die dennoch blendeten. Völlig unbeeinflußt vom Wind verharrte es regungslos, und nicht einmal der Regen vermochte seine Strahlkraft zu dämpfen.

Während Mama Pitié den Lichtball durch die Scheibe beobachtete, kamen ihr erstmals Zweifel. Dieses Ding gab keinen Laut von sich, es sagte nichts, aber seine Bedeutung... oh, seine Bedeutung war so klar. Und doch so verwirrend. Irgendwie sagte ihr das Licht – mittels Stimmen, die in ihrem eigenen Geist implantiert waren, Stimmen, die sich wie eine Million singender Kinder anhörten –, daß der Planet *tatsächlich* ihrer aller Lebensgrundlage war, daß er sie nicht nur ernährte, sondern auch ihr Heim und ihr Gastgeber war, daß er und sie alle *eins* waren. Die Offenbarung war überwältigend, doch Mama Pitiés gemarterte Seele wollte sie leugnen, denn andernfalls wäre sie gezwungen gewesen, all ihre bisherigen Lehren, Behauptungen und Überzeugungen zu widerrufen, die ihr ein Lebensziel gegeben hatten, die sie aus den Slums der Großstadt und aus der Falle ihrer abschreckenden Häßlichkeit befreit und sie mit einer Mission betraut hatten, die nicht nur ihren Lebensunterhalt sicherte, sondern sie auch aus der Menge heraushob, nicht als Jahrmarktsensation, sondern als Retterin, als Retterin der Großen Mutter Erde selbst. Und die ihr angeborenen Kräfte waren der Schlüssel zu all dem, denn sie bewiesen ihr, daß sie etwas Besonderes war, daß sie sich von allen unterschied, nicht wegen ihrer Größe und Körperkraft, sondern wegen ihrer Fähigkeit zu heilen, die Gedanken anderer zu lesen und im Geiste zu reisen. Sie glaubte fest daran, daß Mutter Erde ihr diese Kräfte verliehen hatte, zu einem ganz bestimmten Zweck, und erst in den letzten Monaten hatte sie begriffen, aus welchem: Mama Pitié war gesegnet worden, damit sie der Großen Mutter bei deren letztem Konflikt beistehen konnte – und diese Zeit war nun gekommen.

Sie verdrängte ihre Zweifel, sie unterdrückte ihr Staunen über das Licht vor dem Fenster – ein Licht, das letztlich doch nur von anderen abwegigen Hirnen dorthin versetzt worden war, um sie zu verwirren und von ihrer eigentlichen Aufgabe abzulenken – und sie beugte die Arme, um dieses Kind mit seinen entarteten Gedanken aus dem Fenster zu werfen, dieses Kind, das sich mit anderen verbündet hatte, um die Große Mutter Erde auch in Zukunft zu beherrschen und zu verkrüppeln. Sie beugte sich zurück und spannte die Armmuskeln an. *Das Kind würde sich dem Licht dort draußen zugesellen.*

Rivers beobachtete vom Boden aus, wie diese kräftigen Arme vor Anspannung zitterten. Die Finger der Frau waren gespreizt, und Eva hing zwischen den mächtigen Pranken. Sie schrie wieder.

Und Rivers sprang in die Höhe, ungeschickt, aber schnell. Er schlang seinen unverletzten Arm um Evas Taille, und sein eigenes Gewicht, als er wieder auf den Boden fiel, besorgte den Rest. Evas Nachthemd zerriß, als Mama Pitié sie mit einer Reflexbewegung festhalten wollte, und die Kleine fiel auf Rivers.

Er schrie auf, als sein gebrochener Arm die Bettkante streifte, aber er dämpfte Evas Sturz an seiner Brust, und er preßte sie an sich, während er dalag, die Schultern ans Fußende des Bettes gelehnt. Die blutende Riesin kam näher.

Durch die Fenster hinter ihr fiel helles Licht, in dessen Strahlen Staubkörnchen gefangen waren, und ihr massiger Körper ragte silhouettenhaft über ihm und Eva empor.

Kreischend streckte sie ihre Arme wieder nach dem Kind aus.

# 32

Zuerst dachte Rivers, es wäre Donner, der durch den Raum krachte, aber es war ein scharfer Knall, dessen Echo schnell verklang. Und die Helligkeit war weder so grell wie die eines Blitzes, noch hielt sie so lange an.

Mama Pitié taumelte rückwärts, und jetzt sprudelte auch aus ihrer Brust Blut hervor. Wenige Zentimeter vom Fenster entfernt blieb sie stehen und brüllte ihren Schmerz und ihre Wut heraus. Ihr Körper war steif, die Arme erhoben, die Finger wie Krallen gekrümmt.

Erst als Diane ein zweites Mal abdrückte, wurde Mama Pitié nach hinten geworfen und verlor das Gleichgewicht, obwohl sie wild mit den Armen ruderte. Sie flog durch die Scheibe, und der Saum ihres langen Kleides flatterte im Wind wie die Flügel eines monströsen Vogels. Ihr gellender Schrei riß abrupt ab, als sie im Hof auf dem Kopfsteinpflaster aufschlug.

Durch das zerbrochene Fenster waren Regen und heulender Wind lauter zu hören, aber im Zimmer selbst herrschte tiefe Stille. Rivers und Eva lagen auf dem Boden, und Diane stand auf der Schwelle, Macks Schrotflinte, von der Rauch aufstieg, fest umklammert. Ihr Gesicht spiegelte grenzenloses Entsetzen wider, während sie zum Fenster hinüberstarrte, und in ihrem Schock nahm sie das kleine Licht überhaupt nicht bewußt wahr.

Eva bewegte sich in Rivers' Armen, und er ließ sie sofort los. »Mama?« murmelte sie, während sie auf die Beine zu kommen versuchte.

Im ersten Moment dachte er, sie meinte die Riesin, die ihr nach dem Leben getrachtet hatte, und er redete flüsternd auf sie ein, sagte ihr, nun sei alles wieder in Ordnung, die böse Frau namens Mama Pitié sei tot, und sie selbst sei in Sicherheit. Doch Eva rannte mit ausgestreckten Armen zur Tür und rief »Mama«, immer und immer wieder.

Er richtete sich etwas auf und sah, wie Diane die Schrotflinte fallen ließ und ihre Tochter an sich preßte. Eva vergrub ihr Gesicht an Dianes Hals, und Diane hielt sie fest und flüsterte mit geschlossenen Augen den Namen ihrer Tochter.

Der Schmerz, den er eine Zeitlang völlig vergessen hatte, kehrte zurück, und Rivers lehnte seinen Kopf an den geschwungenen Fußteil des Bettes. Er hatte das Gefühl, als schieße glühende Hitze durch die ganze linke Seite seines Oberkörpers. Mit dem unverletzten Arm klammerte er sich am Bett fest und versuchte gegen seine Erschöpfung und gegen die rasenden Schmerzen anzukämpfen.

»Diane«, brachte er mühsam hervor.

Sie eilte sofort auf ihn zu, Eva immer noch an sich gedrückt, und während sie näher kam, fiel ihm auf, daß es im Zimmer heller geworden war, daß das Licht von draußen stärker wurde.

»Was... wer war sie?« fragte Diane, während sie sich neben ihn kniete.

Er holte tief Luft, bevor er antwortete. »Weißt du noch, was der Träume-Mann mir erzählt hat? Er sagte... er sagte, es gebe andere, die wie die Kinder seien... das heißt, die über ähnliche Kräfte verfügten, aber den Kindern feindlich gesonnen seien, weil sie andere Überzeugungen...« Der Schmerz hinderte ihn daran weiterzusprechen. Sie würden später Zeit genug zum Reden haben.

»Jim, dein Arm...«

»Ja, das Luder hat ihn gebrochen.« Er lehnte seine Stirn stöhnend an den Bettrahmen und atmete wieder tief durch. »Ist Eva unverletzt?« fragte er, als die Schmerzwelle verebbte.

Diane betrachtete ihre Tochter, die zu lächeln versuchte, es aber nicht ganz schaffte. An ihre Mutter gelehnt, beobachtete Eva aufmerksam, wie Rivers sich etwas aufsetzte.

»Ich habe Macks Schrotflinte aus seinem Zimmer geholt,

bevor ich ins Haus gegangen bin«, berichtete Diane rasch. »O Gott, ich habe ihn immer gehaßt, wenn er sie benutzte...«

»Du mußtest es tun«, beruhigte Rivers sie. »Andernfalls hätte sie Eva getötet. Und mich wahrscheinlich auch.«

»Poggsy ist in schlechter Verfassung. Ich glaube, er hat einen Herzanfall erlitten. Und Bibby... Bibby ist...«

Rivers nickte. »Vermutlich hat sie einen von den Burschen erstochen, bevor sie ihr das Genick... bevor sie sie getötet haben.« Er fragte sich wieder, ob es Mama Pitié gewesen war, die Bibby das Genick gebrochen hatte. Die Kraft dazu hätte sie jedenfalls besessen, das wußte er aus eigener Erfahrung. »Den anderen habe ich mit demselben Messer erledigt.«

»Ich habe sie unten liegen sehen. Jim, da war noch ein dritter Mann. Ich habe gesehen, wie er das Haus verließ, nachdem ich die Schrotflinte geholt hatte.«

»Hoffen wir, daß er das Weite gesucht hat. Wir müssen Hugo helfen, ihn ins Krankenhaus bringen...«

»Dich auch. Dein Arm muß geschient werden.«

Eva hob ihr Köpfchen von der Schulter ihrer Mutter, und ihr ernster Blick glitt von Rivers' Gesicht zu seinem verletzten Arm. Wortlos streckte sie die Hand aus und berührte ihn. Dann löste sie sich von Diane und kniete vor ihm nieder. Ihre kleine Hand fuhr an dem gebrochenen Arm entlang, von der Schulter bis zum Handgelenk. Er fühlte die Hitze, die aus ihren Fingern drang, und diese Wärme breitete sich schnell auf seinen ganzen Arm aus. Der Schmerz schien vor der ausstrahlenden Wärme zu fliehen. Zuerst verlor er an Schärfe, doch damit war Evas Magie noch lange nicht erschöpft. Sie setzte ihre Behandlung fort, und kurze Zeit später schnappte etwas ein, und Rivers begriff fassungslos, daß die Knochen sich zusammengefügt hatten.

»Mein Gott!« murmelte er und starrte zuerst Eva und dann Diane an. Er versuchte den Arm zu bewegen, aber der Ellbogen war steif; der Schmerz war jedoch verschwunden.

Er zog sich am Bett hoch, und Diane half ihm dabei und stützte ihn. Im Zimmer wurde es noch heller, als es draußen blitzte. Diesmal dauerte es ein, zwei Sekunden, bevor der Donner krachte.

»Das Gewitter zieht ab«, murmelte er geistesabwesend, während er Eva betrachtete. »Danke«, sagte er zu ihr. Müdigkeit drohte ihn plötzlich zu überwältigen, und er lehnte sich schwer an Diane. Sie hielt ihn fest, und er spürte, daß ein Schluchzen ihren Körper erbeben ließ. »Es ist vorbei, Diane, das Schlimmste ist vorbei. Jetzt müssen wir Hugo helfen.«

Ihm fiel auf, daß sich die Schatten im Zimmer bewegten, daß sie auf das zerbrochene Fenster zuhuschten, wo Eva stand und hinausschaute, während der Wind an ihren Haaren zerrte. Draußen bewegte sich das Licht langsam nach oben.

Diane folgte seinem Blick und hielt den Atem an. Der Lichtball mit dem farbigen Ring schwebte immer höher.

»Mein Gott«, flüsterte sie ehrfürchtig, »es ist so schön.«

Dann war es außer Sicht, obwohl sein Glanz noch auf Evas Kopf und Schultern fiel.

»Eva, paß auf die Glasscher...«

Dianes Warnung wurde unterbrochen, als ihre Tochter »*Josh!*« schrie.

Die Erwachsenen eilten ans Fenster, und Rivers stöhnte leise, denn ihm wurde klar, daß doch noch nicht alles vorbei war, daß neue Schrecken auf sie warteten. Wolken rollten auf Hazelrod zu, eine brodelnde Masse, durchzuckt von Flächenblitzen, die im Dampf gefangen zu sein schienen. Donner rollte tief und bedrohlich. Und vor den fernen Hügeln schwankte ein bläulicher Turm unregelmäßig hin und her.

Doch all das nahm Rivers eher nebenbei wahr, während er die wenigen Schritte zum Fenster zurücklegte. Dann konzentrierte sich seine Aufmerksamkeit auf Josh, der unten mitten im Hof stand und die dunkle Gestalt beobachtete, die sich auf den Steinen rührte. Auch der Schwarze mit Goldbrille, dessen rote Hosenträger im Licht von oben besonders auffielen, beobachtete die unförmige Masse, die aufzustehen versuchte. Er stand am Grenada; sein nasses Hemd klebte an ihm und ließ die schwarze Haut durchschimmern.

Mama Pitiés breite Schultern spannten sich vor Anstrengung, als sie langsam den Kopf hob und den Jungen anstarrte, der nur wenige Meter von ihr entfernt stand. Sie streckte eine zittrige Hand nach ihm aus – eine Hand mit verrenkten und gebrochenen Fingern.

Sogar von oben konnte man ihr irres Gemurmel hören, als sie auf die Knie kam, und Rivers und Diane waren vor Schreck wie gelähmt, als sie sich vollends hochrappelte und taumelnd dort unten stand, in Wind und Regen schwankend. Dann machte sie einen Schritt auf den Jungen zu. Und noch einen.

*»Lauf, Josh, lauf weg! Renn vor ihr davon!«*

Rivers hielt Diane fest, weil er befürchtete, sie könnte aus dem Fenster stürzen, so weit beugte sie sich hinaus, während sie ihrem Sohn diese Warnung zuschrie.

Der Junge rührte sich nicht. Er schien hypnotisiert zu sein.

»Josh!«

Eva sagte den Namen mit ganz normaler Lautstärke, aber er schaute sofort zum Fenster empor, und ihre Blicke trafen sich.

Diane wirbelte auf dem Absatz herum, aber Rivers hielt sie am Arm fest.

»Ich muß zu Josh!« schrie sie mit Tränen in den Augen.

»Sieh mal!« Rivers deutete zum Himmel. »Sieh nur...«

Die Lichter kamen von überallher, schwebten dicht unter den schwarzen Wolken, Hunderte Lichter, jedes vom Regen mit einer zarten Aureole umgeben.

»Was ist das?« fragte Diane leise, immer noch halb zur Tür gewandt. Weder sie noch Rivers konnten das Lächeln auf Evas Gesicht sehen.

»Ich bin mir nicht sicher«, sagte Rivers, »aber ich glaube, sie bringen Hilfe.«

Regen wusch das Blut von Mama Pitiés Gesicht und Körper ab, konnte den Strom aber nicht zum Stillstand bringen. Sie wußte, daß sie bald sterben würde, und die Verständnislosigkeit in ihren Augen galt nur den Lichtern, die sich am stürmischen Nachthimmel näherten. Sie konnte ihr Auftauchen ebensowenig begreifen wie das Licht, das aus dem Jungen leuchtete, keine sichtbare Strahlung, sondern ein heller innerer Schein, der geradewegs aus seiner Seele kam. Sie blinzelte, als Regentropfen ihr die klare Sicht raubten. Alles verschwamm vor ihren Augen, aber sie glaubte, andere Kinder bei ihm zu sehen, Hunderte, Tausende, und irgendwie waren sie Teil des Lichts, das von ihm ausging, und Teil der vielen Lichter, die sich nun über diesem Ort versammelten, an den die Große Mutter Erde sie gesandt hatte, damit sie ihre Pflicht erfüllte, damit sie den Willen der Großen Mutter ausführte und das Unkraut ausriß...

Mama Pitié schwankte, brach fast zusammen. Sie mußte den Jungen erreichen, in ihre Arme nehmen und das Leben aus ihm herauspressen, damit Mutter Erde in Ihrer wahren Pracht herrschen konnte...

Sie stand unter Schock, und sie würde bald sterben, aber der Schmerz bedeutete wenig und ihr Leben noch weniger. Sie würde den Jungen schütteln, bis seine Knochen klapperten, bis sein Genick brach. Nur noch wenige Schritte, nur noch wenige Sekunden, und dann würde er ihr gehören.

Frischer Haß loderte in Mama Pitié auf und verlieh ihr neue Kraft.

Die Lichter kamen immer näher, konvergierten, wurden strahlender, zauberten Muster in den Regen, bewegten sich schnell und gleichmäßig. Das einzelne Licht vor dem Fenster setzte derweil seinen Aufstieg fort, und Rivers, Diane und Eva beobachteten es fasziniert; die auffrischenden Winde vermochten es nicht von seinem Kurz abzubringen, und bald hatte es scheinbar nur noch die Größe eines Stecknadelkopfes.

Man hätte es ohne weiteres für einen fernen glühenden Planeten im Sonnensystem halten können, wenn die brodelnden Wolkenmassen ihm nicht als Hintergrund gedient hätten. Die anderen Lichter bewegten sich darauf zu, und Sekunden später hatten die ersten es erreicht und verschmolzen damit, gefolgt von anderen, und der künstliche Stern wurde immer größer und strahlender, beleuchtete den Himmel und die Wolken und tauchte die Landschaft in seinen weißen Glanz.

Eva klatschte vor Begeisterung in die Hände, während das Licht ihrem Gesicht einen unwirklichen Schein verlieh. Diane stöhnte leise, völlig hingerissen, und Rivers fühlte sich bis ins tiefste Innere von dem Licht durchdrungen, das Müdigkeit und Schmerzen vertrieb und ihm neue Energie zuführte.

Das Licht pulsierte dort am Himmel wie eine neugeborene Sonne, eine vibrierende Einheit von unendlicher Kraft.

Und dann begann es sich zusammenzuziehen, sich zu verdichten, und es wurde blendend hell, und diese Bewegung ging so schnell vonstatten, daß sie fast einer Implosion glich, und im nächsten Moment war das Licht verschwunden.

Diane stieß einen enttäuschten Laut aus, und Rivers schüttelte bestürzt den Kopf. Doch die Kinder lachten, denn sie fühlten, wie sich in ihrem tiefsten Innern etwas – man konnte es wohl als Seele und Geist bezeichnen – weitete, stark und fest wurde. Und das stimmte sie heiter.

Doch in seiner Freude war Josh blind für Mama Pitié, die Hexe aus seinem Traum, die nur noch wenige Schritte entfernt war.

»O mein Gott!«

Rivers wandte sich Diane zu, die diese Worte gestammelt hatte. Sie blickte geradeaus, über die alten Stallungen hinweg, und jetzt sah auch er den Zyklon, der noch vor wenigen Minuten nur ein schwankender bläulicher Turm in der Ferne gewesen war. Er näherte sich schnell und mähte auf seinem Weg alles nieder. Und er steuerte direkt auf Hazelrod zu.

Rivers zog Diane und Eva vom Fenster weg, drückte sie auf den Boden hinunter und befahl ihnen, dort zu bleiben, während er selbst zur Tür rannte. Diane protestierte, aber da war er schon verschwunden. Unterwegs riß er das Fenster am Treppenabsatz auf, um den Druck im Haus dem Außendruck weitgehend anzugleichen. Am liebsten hätte er sämtliche Türen und Fenster geöffnet, aber dazu blieb keine Zeit, denn er mußte Josh ins Haus bringen, bevor der Zyklon Hazelrod erreichte, obwohl er nicht wußte, ob sie hier in Sicherheit sein würden, ob die alten Mauern dem Wirbelsturm standhalten würden. Der Wind schwoll zu einem ohrenbetäubenden Crescendo an, doch von einer Sekunde zur anderen trat Stille ein.

Rivers stürzte durch die offene Haustür auf die Veranda hinaus und hielt sich am Rahmen der Verandatür fest.

Er traute seinen Augen kaum.

Ein mildes blaues Licht, fast durchsichtig, erhellte einen Teil des Hofes, und innerhalb dieses wogenden Kreises war alles still und ruhig. Er konnte den Schwarzen am Wagen stehen sehen, Hemd und Hose völlig durchweicht. Er konnte die gewaltige gekrümmte Gestalt von Mama Pitié sehen. Und er konnte Josh sehen, der vor der Frau stand und verglichen mit ihr besonders klein und zerbrechlich wirkte. Aber er konnte nichts sehen, was jenseits der hellblauen gekrümmten Wand des Zyklonenauges lag.

Es war so, als würde ihm jemand die Ohren zuhalten, denn kaum ein Laut war zu hören, nicht einmal das schwache heulen des Sturms. Die Veranda zitterte, und er bemerkte, daß aus den Mauerritzen Staub rieselte. Der alte Puppenwagen knarrte, und eines der Kinderräder fiel um. Die innere Tür rüttelte an ihren Angeln.

»Scheiße!« murmelte Rivers, während er in die unwirkliche Stille hinaustrat.

Er ging auf den Jungen zu, und seine gleichmäßigen Schritte hörten sich fern und gedämpft an, so als bewege er sich unter Wasser. Die Pflastersteine schimmerten blau. Er machte einen Bogen um die Frau, die sich kaum noch auf den Beinen halten konnte und ihn aus traurigen, bösartigen Augen anstarrte, bevor sie auf die Knie sank, eine blutende Hand immer noch nach dem Jungen ausgestreckt. Nur wenige Zentimeter trennten ihre gebrochenen Finger von Joshs Gesicht, doch die Anstrengung ging über ihre Kräfte, die Hand fiel hinab, und Blut tropfte auf die Steine.

Der Mann, dessen Hosenträger im gespenstischen Licht purpurrot waren, öffnete den Mund, aber Rivers konnte nicht hören, was er rief, denn der Druck innerhalb des Kreises erstickte alle Geräusche. Eine Hand an der Wagentür, stand er wie erstarrt da, und nur sein Kiefer bewegte sich, während er Rivers wieder etwas zubrüllte.

Rivers ignorierte ihn. Wie in Zeitlupe hob er den Jungen hoch, schloß ihn in die Arme, bevor er einen kurzen Blick in den Wirbelwind hinauf wagte. In der glatten Wand befanden sich dunkle Ringe, die sich spiralförmig bewegten und einen Welleneffekt erzeugten, der hoch oben außer Sicht verschwand. Das ganze Gebilde schwankte leicht hin und her. Er konnte sehen, daß die oberen Bereiche teilweise mit einem blaugrauen Nebel gefüllt waren, und in diesem Nebel schimmerte ein weiches Licht. Er kannte dieses Licht.

Rivers riß sich von diesem gespenstischen Anblick los und ging auf das Haus zu, ohne mit Josh zu sprechen, weil er befürchtete, den seltsamen Zauber zu brechen, wenn er auch nur einen Laut von sich gab. Und auch der Junge war still.

Als sie an Mama Pitié vorbeikamen, fiel die Frau nach vorne auf ihre Hände, allmählich verblutend.

Die Luft war schwer zu atmen, und seine Lungen arbeiteten angestrengt; er spürte, daß auch Joshs Brustkorb sich mühsam hob und senkte. Fast am Ziel, fast bei den Verandastufen. Nur noch wenige Meter. Er begann sich zu entspannen.

Doch als es nur noch drei Schritte waren, kam plötzlich Bewegung in den Zyklon. Er schloß sich mit einem knirschenden Heulen, schnappte sich Mann und Auto an seinem äußersten Rand und schrumpfte mit hoher Geschwindigkeit. Mama Pitiés zusammengesunkene Masse wurde in die Luft gewirbelt, und ihr Todesschrei vermischte sich mit dem Sausen des Windes. Den Bruchteil einer Sekunde später war ihr gewaltiger schwarzer Körper in Sturm und Finsternis verschwunden.

Rivers wartete nicht länger. Josh in den Armen, warf er sich durch die offene Tür und stürzte in die Halle.

# 33

Der Regen hörte kurz nach Sonnenaufgang auf.

Der Wind hatte schon vor einiger Zeit nachgelassen, und nun war es windstill.

Josh und Eva standen auf der Schwelle von Hazelrod. Hand in Hand traten sie hinaus.

Von der Veranda war kaum mehr als Brennholz übrig. Sie stiegen vorsichtig darüber hinweg und gingen die beiden Stufen in den Hof hinab. Diane und Rivers waren ihnen gefolgt, blieben aber auf der oberen Stufe stehen und sahen sich um.

Der nasse Hof war mit Ästen und Schutt übersät. Ein ganzer Baum lehnte an den stark beschädigten Räumen über den Stallungen. Überall lagen zerbrochene Dachziegel und Backsteine herum. Hugos Minibus lag umgekippt an einer Hausecke, und Macks alter Lieferwagen stand hinter dem Tor, vorne stark verbeult, weil er gegen eine Eiche geschleudert worden war. Dianes Escort war ebenso verschwunden wie der Grenada der ungebetenen Gäste, und Rivers schauderte noch in der Erinnerung an die Stärke des Sturms.

Er dachte daran, wie sie eng aneinandergeschmiegt die Nacht in der Halle verbracht hatten, Diane, die Kinder und er selbst dicht um Hugo Poggs geschart, ihn mit ihren eigenen Körpern schützend, während Bibbys Leichnam nur wenige Meter entfernt lag. Rivers hatte die beiden toten Schwarzen auf die Veranda geworfen, und jetzt waren sie verschwunden, zusammen mit der ganzen Veranda samt Kinderrädern, Puppenwagen und allem übrigen.

Es war eine grauenhafte Nacht gewesen – am schlimmsten, als der Zyklon direkt über ihnen wütete. Er hatte am Haus gerüttelt, mehrere Fensterscheiben zerbrochen und sogar vereinzelte Steine aus den Wänden gelöst. Aber eingedrungen war er nicht, und sie hatten sich in Sicherheit befunden, sogar als Hazelrod gebebt hatte und Zweige, Blätter und Gegenstände durch die Fenster hereingeflogen waren.

Die Leichen von Mama Pitié und dem dritten Mann waren ebenfalls verschwunden. Mack ebenso. Rivers fragte sich, wo man sie wohl finden würde.

So unglaublich es schien – alle im Haus waren eingeschlafen, zuerst die Zwillinge, dann Diane und zuletzt auch Rivers. Und als sie aufwachten fiel Tageslicht durch die offene Tür ein, und sie konnten die Vögel draußen singen hören – herrliche Laute, denn Rivers hatte geglaubt, er würde nie wieder Vogelstimmen hören.

Bald würden sie einen Arzt für Hugo holen müssen, obwohl Josh und Eva vor kurzem erfolgreich ihre Spezialmagie angewandt hatten: Sie hatten ihm über die Brust gestrichen, die Schmerzen gelindert und ihn beruhigt, so daß er jetzt friedlich schlief. Eine neue Krise konnte auftreten, wenn er aufwachte und begriff, daß Bibby von ihm gegangen war, aber Diane würde zur Stelle sein und ihm Beruhigungsmittel verabreichen. Sie hatten die Tote ins Wohnzimmer gebracht und mit einem Laken bedeckt. Die Zwillinge hatten geweint, aber jetzt hatte der neue Tag sie mit Zuversicht erfüllt, und sie hatten alle trüben Gedanken von sich gewiesen. Für Kinder ihres Alters war das ganz natürlich. Später würden sie um ihre Großmutter trauern, aber im Augenblick war etwas mit ihnen geschehen, was weder sie selbst noch Rivers und Diane verstehen konnten, was aber deutlich in ihrer aller leuchtenden Augen geschrieben stand: Sie hatten ein Wunder erlebt.

Rivers dachte an die Lichter, an die Omen, und irgendwie wußte er, daß er recht gehabt hatte: Diese Lichter stammten von den Menschen selbst. Ihr eigenes inneres Unbehagen, ihr warnendes Unterbewußtsein hatte sich in dieser seltsamen Form manifestiert, durch Kräfte, die das Begriffsvermögen des Menschen derzeit noch überstiegen.

Er legte seinen Arm um Dianes Taille – einen Arm, der vergangene Nacht gebrochen gewesen und jetzt wie durch ein Wunder geheilt war; sie lehnte sich an ihn und griff nach seiner Hand. Gemeinsam beobachteten sie, wie Josh und Eva sich im Kreise drehten und das andere Wunder bestaunten, das Wunder am Himmel.

Die Regenbogen waren überall, anmutige Gebilde, die sich meilenweit erstreckten. Manche überschnitten sich, während andere sich über kleinere wölbten, und ihre Farben vermischten sich und schufen neue zarte Töne, die dem Auge wohltaten.

Ihre Schönheit war erhebend, und obwohl Rivers nicht wußte, in welchem Zustand die Welt sich jetzt befand, wie viele Kämpfe ähnlich dem ihrigen in der Nacht ausgetragen worden waren, schöpfte er neue Hoffnung.

Das Schauspiel der Regenbogen erfüllte ihn mit dieser Hoffnung.

*Ihr müßt eure Kinder lehren, daß der Boden unter ihren Füßen die Asche unserer Großväter ist. Erzählt ihnen, damit sie Ehrfurcht vor dem Land haben, daß die Erde mit dem Leben unserer Vorfahren gesättigt ist. Lehrt eure Kinder, was wir unsere Kinder stets gelehrt haben: daß die Erde unsere Mutter ist. Was die Erde befällt, das befällt auch die Söhne der Erde. Wenn Menschen auf den Boden spucken, bespucken sie sich selbst.*

*Das wissen wir. Die Erde gehört nicht dem Menschen, der Mensch gehört zur Erde. Das wissen wir. Alles ist miteinander verbunden wie das Blut, das eine Familie eint. Alles ist miteinander verbunden.*

*Was die Erde befällt, das befällt auch die Söhne der Erde. Der Mensch hat das Gewebe des Lebens nicht erschaffen, er ist nur eine Faser davon. Was auch immer er dem Gewebe antut, das tut er sich selbst an.*

Häuptling Seattle, 1851

# Dean Koontz

"Er bringt den Leser dazu, die ganze Nacht lang weiterzulesen... das Zimmer hell erleuchtet und sämtliche Türen verriegelt." NEWSWEEK

**Unheil über der Stadt** 01/6667
**Wenn die Dunkelheit kommt** 01/6833
**Das Haus der Angst** 01/6913
**Die Maske** 01/6951
**Die Augen der Dunkelheit** 01/7707
**Schattenfeuer** 01/7810
**Schwarzer Mond** 01/7903
**Tür ins Dunkel** 01/7992
**Todesdämmerung** 01/8041
**Brandzeichen** 01/8063
**In der Kälte der Nacht** 01/8251
**Schutzengel** 01/8340
**Mitternacht** 01/8444
**Ort des Grauens** 01/8627
**Vision** 01/8736
**Zwielicht** Roman 01/8853
**Die Kälte des Feuers** 01/9080

TITEL IM JUMBO FORMAT
**Die Kälte des Feuers** 41/32
**Schlüssel der Dunkelheit** 41/40
**Zwielicht** 41/29

Wilhelm Heyne Verlag
München